中國文學史

適合中文系師生、國學愛好者及研究者參考

上

國學大師 鄭振鐸 著

五南圖書出版公司 印行

自序

我寫作這部《中國文學史》，並沒有多大的野心，也不是什麼「一家之言」。老實說，那些式樣的著作，如今還談不上。因爲如今還不曾有過一部比較完備的中國文學史，足以指示讀者們以中國文學的整個發展的過程和整個的眞實的面目的呢。中國文學自來無史，有之當自最近二三十年始。然這二三十年間所刊布的不下數十部的中國文學史，幾乎沒有幾部不是肢體殘廢，或患著貧血症的。易言之，即除了一二部外，所敘述的幾乎都有些缺憾。本來，文學史只是敘述些代表的作家與作品，不能必責其「求全求備」。但假如一部英國文學史而遺落了莎士比亞與狄更斯，一部義大利文學史而遺落了但丁與鮑卡契奧，那是可以原諒的小事麼？許多中國文學史卻正都是患著這個不可原諒的絕大缺憾。唐、五代的許多「變文」，金元的幾部「諸宮調」，宋、明的無數的短篇平話，明、清的許多重要的寶卷、彈詞，有哪一部「中國文學史」曾經涉筆記載過？不必

說是那些新發見的與未被人注意著的文體了，即爲元、明文學的主幹的戲曲與小說，以及散曲的令套。他們又何嘗曾注意及之呢？即偶然敘及之的，也只是以一二章節的篇頁，草草了之。每每都是大張旗鼓的去講河汾諸老，前後七子，以及什麼桐城、陽湖。難道中國文學史的園地，便永遠被一班喊著「主上聖明，臣罪當誅」的奴性的士大夫們佔領著了麼？難道幾篇無靈魂的隨意寫作的詩與散文，不妨塗抹了文學史上的好幾十頁的白紙，而那許多曾經打動了無量數平民的內心，使之歌，使之泣，使之稱心的笑樂的眞實的名著，反不得與之爭數十百行的篇頁麼？這是使我發願要專一部比較的足以表現出中國文學整個眞實的面目與進展的歷史的重要原因。這願發了十餘年，積稿也已不少。今年方得整理就緒，刊行於世，總算是可以自慰的事。但這部中國文學史也並不會是最完備的一部。眞實的偉大的名著，還時時在被發見。將來盡有需要改寫增添的可能與必要。惟對於要進一步而寫什麼「一家言」的名著的諸君，這或將是一部在不被摒棄之列的「爝火」吧。

公元一九三二年六月四日　鄭振鐸於北平

目錄

【上冊】

緒論……001

上卷　古代文學

第一章　古代文學鳥瞰……013
第二章　文字的起源……019
第三章　最古的記載……027
第四章　詩經與楚辭……035
第五章　先秦的散文……065
第六章　秦與漢初文學……079
第七章　辭賦時代……088
第八章　五言詩的產生……097
第九章　漢代的歷史家與哲學家……114

第十章　建安時代……125
第十一章　魏與西晉的詩人……136
第十二章　玄談與其反響……153

中卷　中世紀文學

第十三章　中世紀文學鳥瞰……161
第十四章　南渡及宋的詩人們……168
第十五章　佛教文學的輸入……182
第十六章　新樂府辭……189
第十七章　齊梁詩人……196
第十八章　批評文學的發端……211
第十九章　故事集與笑談集……216
第二十章　六朝的辭賦……221
第二十一章　六朝的散文……225
第二十二章　北朝的文學……250
第二十三章　隋及唐初文學……264
第二十四章　律詩的起來……285

第二十五章　開元天寶時代……304
第二十六章　杜甫……325
第二十七章　韓愈與白居易……344
第二十八章　古文運動……361
第二十九章　傳奇文的興起……372
第三十章　李商隱與溫庭筠……387
第三十一章　詞的起來……410
第三十二章　五代文學……419
第三十三章　變文的出現……440
第三十四章　西崑體及其反動……454
第三十五章　北宋詞人……467

【下冊】

第三十六章 江西詩派 001
第三十七章 古文運動的第二幕 013
第三十八章 鼓子詞與諸宮調 020
第三十九章 話本的產生 039
第四十章 戲文的起來 056
第四十一章 南宋詞人 068
第四十二章 南宋詩人 095
第四十三章 批評文學的復活 102
第四十四章 南宋散文與語錄 109
第四十五章 遼金文學 116
第四十六章 雜劇的鼎盛 123
第四十七章 戲文的進展 173
第四十八章 講史與英雄傳奇 188
第四十九章 散曲作家們 214

第五十章　元及明初的詩詞……237
第五十一章　元及明初的散文……248
第五十二章　明初的戲曲作家們……256
第五十三章　散曲的進展……279
第五十四章　批評文學的進展……299
第五十五章　擬古運動的發生……307

下卷　近代文學

第五十六章　近代文學鳥瞰……317
第五十七章　崑腔的起來……324
第五十八章　沈璟與湯顯祖……343
第五十九章　南雜劇的出現……376
第六十章　長篇小說的進展……397
第六十一章　擬古運動第二期……415
第六十二章　公安派與竟陵派……426
第六十三章　嘉隆後的散曲作家們……445
第六十四章　阮大鋮與李玉……483

緒論

百科全書式的「正史」——最早的中國文學史——「文學鉅人」的影響——中國文學史的使命——其敘述的範圍——新材料的發現——辨偽的工作——官書與個人的著作——中國文學進展的兩個動力：民間創作與外來影響

一

所謂「歷史」，昔人曾稱之爲「相斫書」，換一句話，便只是記載著戰爭大事，與乎政治變遷的。在從前，於上說的戰爭大事及政治變遷之外，確乎是沒有別的東西夠得上作爲歷史的材料的。所以古時的歷史只不過是「相斫書」而已。然中國的史家，從司馬遷以來，便視「歷史」爲記載過去的「百科全書」，所以他們所取的材料，範圍極廣，自政治以至經濟，自戰爭以至學術，無不包括在內。孔子有「世家」，老、莊諸人有「列傳」，屈原、枚乘諸人亦有「列傳」，天官有「書」，藝文有「志」，乃至滑稽、貨殖亦復各有其「傳」。其所網羅的範圍是極廣大的。所謂「文學史」便也常常的被網羅在這個無所不包的「時代的百科全書」，所謂《史記》、《漢書》諸

「正史」者之中。

但文學史之成爲「歷史」的一個專支，究竟還是近代的事。中國「文學史」的編作，尤爲最近之事。翟理斯（A. Giles）的英文本《中國文學史》，自稱爲第一部的中國文學史，其第一版的出版期在公元一九〇一年。中國人自著之中國文學史，最早的一部，似爲出版於光緒三十年（一九〇四年）的林傳甲所著的一部。

最早的「文學史」都是注重於「文學作家」個人的活動的，換一句話，便是專門記載詩人、小說家、戲劇家等等的生平與其作品的。這顯然的可知所謂「文學史」者，不過乃是對於作家的與作品的鑒賞的或批判的「文學批評」之聯合，而以「時代」的天然次序「整齊劃一」之而已。像寫作《英國文學史》（公元一八六四年出版）的法人太痕（Taine, 1828-1873），用時代、環境、民族的三個要素，以研究英國文學的史的進展的，已很少見。北歐的大批評家，勃蘭兌斯（G. Brandes）也更注意於一支「文學主潮」的生與滅，一個文學運動的長與消。他們都不僅僅的讚嘆或批判每個作家的作品了；他們不僅僅爲每個作家作傳記，下評語。他們乃是開始記載整個文學的史的進展的。

原來，自十九世紀以來，學者們對於「歷史」的概念，早已改變了一個方向。學者們都承認一部歷史絕對不是一部「相斫書」，更不是往古的許多英雄豪傑的傳記的集合體；而是人民群衆所創造的歷史。乃是活的，不是死的；乃是記載整個人類的過去或整個民族的過去的生活方式的。所以現在的歷史，對於政治上的大人物，已不取崇拜的態度，只是當他作爲一個社會活動中間的一員。正如托爾斯泰在他的《戰爭與和平》之中寫拿破崙一樣，他在那裡，已不是一個好像神話中的顯顯赫赫的人物，卻只是一個平平常常的軍官。

隨了這個歷史的觀念的變更，文學史當然也便來了一個變更。也如歷史之不再以英雄豪傑爲中心一樣，文學史早已不是「文學鉅人」的傳記的集合體了。

但所謂「文學鉅人」其成就究竟不同。他們的作品，其本身便是一種永在人間的崇高的創作物。我們乃是直接受其創作品的感興，乃是直接感受到他們的偉大的成就的。我們可以抹殺一般的政治上的大人物的成就，但我們決不能抹殺文壇上的一個作家，一個詩人的工作。亞歷山大過去了，查理曼帝過去了。但一個詩人，或一個散文作家，或一個戲劇家，卻是永在的；他們將永遠的生活在我們的面前。只要我們讀著他們的永久不朽的創作物，我們便若面聆其談笑似的親切地與之同在。古代的希臘與羅馬是過去了，但我們如果讀著阿斯且洛士（Aeschylus），梭弗克里士（Sophocles）及優里辟特士（Euripedice）的悲劇，魏琪爾的《阿尼特》（Virgil's Aenied），荷馬的《伊里亞特》與《亞特賽》（Homer's Iliad and Odyssey），我們對於古希臘與古羅馬的情形，便也親切有如目睹。

所以文學史卻要仔細的論列到文學作家的生活。偉大的文學作品，本是大作家的最崇高的創造，當然是離不了作家的自身。所以文學史雖不竟是作家傳記的集合體，卻也不能不著重於作家的自身生活的記述。

然而「人」究竟是社會的動物；我們不相信有一個人曾是完全的「遺世而獨立」的。所謂「隱逸詩人」云云，他究竟還是人世間的活動的一員。他儘管不參加當時任何的政治等等的活動，然而他究竟是受了社會一切大事變的影響的。他的情感往往是最爲豐富的，其感受性，當然也更爲敏銳。所以無論什麼作家，都或多或少地受有他所生活著的那個時代的影響。那個時代的廣大人民的生活都會不期然而然的印染於他們的作品之上。

為了更深切的了解一個作家，我們便不能不去了解他所處的「時代」，正如我們之欲更深切的了解一部作品，便不能不去研究其作家的生平一樣。

文學史的任務，因此，便不僅僅成為一般大作家的傳記的集合體，也不僅僅是對於許多「文藝作品」的評判的集合體了。

但他還有一個更偉大的目的在！「時代」的與「種族的特性」的色彩，雖然深深的印染在文學的作品上，然而超出於這一切的因素之外，人類的情思卻是很可驚奇的相同；易言之，即不管時代與民族的歧異，人類的最崇高的情思，卻竟是能夠互相了解的。在文學作品上，是沒有「人種」與「時代」的隔膜的。我們能夠了解美洲的紅印第安人，澳洲的土人，歐洲的斯坎德那維亞人，儘管他們和我們間隔得很遠，只要我們讀到了他們的神話與傳說，他們的文學的作品；我們也能夠了解遠古的巴比倫人、希臘人，乃至中世紀的匈族與諾曼人，儘管他們的時代離開我們是很遠，只要我們讀到他們那個時代的創作物。

由此可知文學雖受時代與人種的深切的影響，其內在的精神卻是不朽的，一貫的，無古今之分，無中外之別。最原始的民族與最高貴的作家，其情緒的成就是未必相差得太遠的。我們要了解一個時代，一個民族，或一個國家，不能不先了解其文學。

所以，文學乃是人類最崇高的最不朽的情思的產品，也便是人類的最可徵信，最能被了解的「活的歷史」。這個人類最崇高的精神，雖在不同的民族、時代與環境中變異著，在文學技術的進展裡演化著，然而卻原是一個，而且是永久繼續著的。

文學史的主要目的，便在於將這個人類最崇高的創造物文學在某一個環境、時代、人種之下的一切變異與進展表示出來；並表示出：人類的最崇高的精神與情緒的表現，原是無古今中外的隔膜的。其外形雖時時不同，其內在的情思卻是永久的不朽的在感動著一切時代與一切地域與一切民族的人類的。

一部世界的文學史，是記載人類各族的文學的成就之總簿；而一部某國的文學史，便是表達這一國的民族的精神上最崇高的成就的總簿。讀了某一國的文學史，較之讀了某一國的百十部的一般歷史書，當更容易於明瞭他們。

「中國文學史」在這樣的情形之下，便是一部使一般人能夠了解我們往哲的偉大的精神與崇高的創作成就的重要書冊了。一方面，給我們自己以策勵與對於先民的生活的充分的明瞭，一方面也給我們的許多友邦以對於我們的往昔與今日的充分的了解。

二

文學史的目的既明，則其所敘述的範圍，當然很明白的便可以知道。蓋文學史所敘述的並不是每一部文學的作品，而是每一部最崇高的不朽的名著。但也不能沒有例外。有許多文學作品，其本身雖無甚內容，也無甚價值，卻是後來許多偉大作品的祖源，我們由流以溯源，便不能不講到他們；且這類材料，不僅僅論述一個文體的生長與發展所必須敘及，即說到要由文學上明瞭那個「時代」，也是絕好的資料。又有許多已成爲文學史上爭論之焦點的東西或史料，或曾在文學史上發生過重大的影響，成爲一支很有影響的派別與宗門的，例如「西崑體」詩，「江西派」詩等等，卻也不能不講述。——即使其內容是較空虛的。那些作品之所以產生與發展而成爲一個宗門，一個大支，當然也自有其社會的背景與根據。

但於上述者外，文學史所講敘的範圍，在實際上也許更要廣大。原來文學這個名詞所包含的意義，本來不是截然的明白曉暢，像科學中之物理學、植物學等等一樣的。有許多低級趣味的讀物，像通俗的小說、劇本之類，表面上雖亦爲文學的一體的一部分，實際上卻不能列入「作者之林」。但像許多科學上、史學上的名著，有時卻又因其具有文學趣味的關係，而也被公認爲文學上的名著：例如莊子、荀況的哲學著作；司馬遷的《史記》，班固的《漢書》，酈道元的《水經注》等等都是。

但一般人對於這種取捨卻常覺得很難判斷。《史記》、《漢書》可以算是文學，爲什麼《通鑒綱目》之類又不能算是文學呢？我們有何取捨的標準呢？我們知道文學與非文學的區別，其間雖無深嶄的淵阱隔離著，卻自有其天然的疆界；在此疆界內者則取之，在此疆界外者，則捨之。

這個疆界的土質是情緒，這個疆界的土色是美。文學是藝術的一種，不美，當然不是文學；文學是產生於人類情緒之中的，無情緒當然更不是文學。

因了歷來對於文學觀念的混淆不清，中國文學史的範圍，似乎更難確定。至今日還有許多文學史的作者，將許多與文學漠不相干的東西寫入文學史之中去，同時還將許多文學史上應該講述的東西反而撇開去不談。

最早的幾部中國文學史簡直不能說是「文學史」，只是經、史、子、集的概論而已；而同時，他們又根據了傳統的觀念——這個觀念最顯著的表現在《四庫全書總目提要》裡——將純文學的範圍縮小到只剩下「詩」與「散文」兩大類，而於「詩」之中，還撇開了「曲」——他們稱之爲「詞餘」，甚至撇開了「詞」不談，以爲這是小道；有時，甚至於散文中還撇開了非「正統」的駢文等等東西不談；於是文學史中所講述的純文學，便往往只剩下五七言詩，古樂府，以及「古文」。

我們第一件事，便要先廓清許多非文學的著作，而使之離開文學史的範圍之內，回到「經學史」、「哲學史」或學術思想史的他們自己的領土中去。同時更重要的卻是要把文學史中所應述的純文學的範圍放大，於詩歌中不僅包羅五七言古律詩，更要包羅著中世紀文學的精華——詞與散曲；於散文中，不僅包羅著古文與駢文等等，也還要包羅著被罵爲野狐禪等等的政論文學，策士文學，與新聞文學之類；更重要的是，於詩歌、散文二大文體之外更要包羅著文學中最崇高的三大成就——戲劇、小說與「變文」（即後來之彈詞、寶卷）。這幾種文體，在中國文壇的遭際，最爲不幸。他們被壓伏在正統派的作品之下，久不爲人所重視；甚至爲人所忘記，所蔑視。直到了最近數十年來方才有人在談著。我們現在是要給他們以歷來所未有的重視與詳細的講述的了！

但這種新的資料，自小說、戲劇以至寶卷、彈詞、民歌等等，因爲實在被遺忘得太久了的緣故，對於他們的有系統的研究與講述便成了異常困難的工作。我們常常感覺到，如今在編述著中國文學史，不僅僅是在編述，卻常常是在發現。我們時時的發現了不少的已被亡失的重要的史料，例如敦煌的變文，《元刊平話五種》，《永樂大典戲文三種》之類。這種發現，其重要實在不下於古代史上的特洛伊（Troy）以及克里底（Crete）諸古址的發掘。有時且需要變更了許多已成的結論。這種發現還正在繼續進行著，正如一個偉大的故國遺址，還正在發掘的進行中一樣。這使我們編述中國文學史感覺到異常困難，因爲新材料的不絕發現，便時時要影響到舊結論的變更與修改；但同時卻又使我們感覺到異常的興奮，因爲時時可以得到很重要的新的資料，一個新的刺激，有時，我們自己也許還是一個執鑱去土的從事發掘工作的人。

三

還有一件事我們不能不注意，那便是史料的辨僞。中國文學史的歷程，實在是太長了，即就那最可靠的最早的史料而論，也有了三千年以上的來歷。對於遠古的在《詩經》與《楚辭》以前的詩歌，其靠不住的性質，是有常識的人所都知道的。所傳黃帝時代的〈彈歌〉，以及皇娥、白帝子之歌一類，當然是不可信的；即《堯典》中所載的君臣賡和之作也都是後人的記載。大約在馮惟訥《古詩紀》的古逸一部，詩歌中可信的實在不多。但不僅遠古的著作如此，即較為近代的東西也還是有許多的爭論。《西遊記》小說向來視爲元人邱長春之作，直至最近方才論定爲明人吳承恩的創作。而相傳的李陵、蘇武的五言詩其眞僞也是紛紜不已。有許多的謬誤的觀念，便往往因此而構成。且舉一個有趣的例，有一部明人的選本，載了一篇向未被發現過的建安七子時代的王粲〈月賦〉；居然有許多人相信其爲一篇眞實的佚文的發現，將其補入漢、魏辭賦之林。但經了細心的批評家的研究，原來這一篇賦便是謝莊的著名的〈月賦〉！〈月賦〉的開頭假託著「陳王初喪應、劉，端憂多暇。綠苔生閣，芳塵凝榭。悄焉疚懷，不怡中夜……於時斜漢左界，北陸南躔，白露暖空，素月流天。沉吟齊章，殷勤陳篇。抽毫進牘，以命仲宣。仲宣跪而稱曰……」選者目未睹《文選》，便逕定爲仲宣之作。類此的可笑的作僞，尚未爲我們所覺察者，當更爲不少。史料的謹愼的搜輯，在中國文學史的編纂中，因此便成了重要的一個問題。

四

「歷史」的論著爲宏偉的巨業，每是集體的創作，但也常是個人的工作。以《史記》般的包羅萬有的巨著，卻也只是出於司馬遷一人之手。希臘的歷史之父希洛多托士（Herodotus）的史書，也是他個人的作品。文學史也是如此，歷來都是個人的著作。但個人著作的文學史，卻也有個區別：有的只是總述他人已得的成績與見解而整理排比之的，這可以說是「述」，不是「作」；有一種卻是表現著作者特創的批評見解與特殊的史料的，那便是「作」，而不是「述」了。

本書雖是個人的著作，卻只是「述而不作」的一部平庸的書，並沒有什麼特殊的見解與主張。然而在一盤散沙似的史料的堆積中，在時時不斷的發現新史料的環境裡卻有求僅止於「述而不作」而不可能者。新材料實在太多了，有一部分是需要著者第一次來整理，來講述的。這當然使著者感覺到自己工作的艱巨難任，但同時卻也未嘗沒有些新鮮的感覺與趣味。

「官書」成於衆人之手，往往不爲人所重視。蕭衍的《通史》的不傳，此當爲其一因；宋、金、元、明諸史之所以不及個人著作的《史》、《漢》、《三國》乃至《新唐》、《五代》諸史，此當亦爲其一因。但因了近代的急驟的進步與專門化的傾向，個人專業的歷史著作，卻又回到「衆力合作」的一條路上去。這個傾向是愈趨愈顯明的。其初是各種百科全書的分工合作化；其次便是大字典的分工合作化（例如《牛津字典》）；最後，這個「通力合作」的趨向，便侵入歷史界中來。例如一部十餘巨冊的《英國文學史》（Cambridge History of English Literature），這種專家合作的史書，其成就實遠過於中國往昔的「官書」；但有一點卻與「官書」同病。個人的著作，論斷有時不免偏激，敘述卻是一貫的。合作之書，出於衆手，雖不至前後自相悖謬，而文體的駁雜，卻不可掩。所以一般「專家合作」的史書，往往也如百科全書一樣，只成了書架上的參考之物。而成爲學者誦讀之資的史書，當然還是個人的著述。

五

有一個重要的原動力，催促我們的文學向前發展不止的，那便是民間文學的發展。原來民間文學這個東西，是切合於民間的生活的。隨了時代的進展，他們便也時時刻刻的在進展著。他們的形式，便也是時時刻刻在變動著，永遠不能有一個一成不變或永久固定的定型。又民衆的生活又是隨了地域的不同而不同的，所以這種文學便也隨了地域的不同而各有不同的式樣與風格。這使我們的「草野文學」成爲很繁賾、很豐盛的產品。但這種產品卻並不是永久安分的「株守」一隅的。也不是永久自安於「草野」的粗鄙的本色的。他們自身常在發展，常在前進。一方面，他們在空間方面漸漸地擴大了，常由地方性的而變爲普遍性的；一方面他們在質的方面，又在精深的向前進步，由「草野」的而漸漸的成爲文人學士的。這便是我們的文學不至永遠被拘繫於「古典」的舊堡中的一個重要原因。

此外，我們的文學也深受外來文學——特別是印度文學——的影響。這無庸其諱言之。沒有了她們的影響，則我們的文學中，恐怕難得產生那麼偉大的諸文體，像「變文」等等的了。她們使我們有了一次二次……的新的生命；發生了一次二次……的新的活動力。中國文學所接受於她們的恩賜是很深巨的，正如我們所受到的宗教上，藝術上，音樂上的影響一樣，也正如俄國文學之深受英、法、德羅曼文學的影響一樣。而在現在，我們所受到的外來文學的影響恐怕更要深，更要巨。這是天然的一個重要的誘因，外國文學的輸入，往往會成了本國文學的改革與進展。這，在每一國的文學史的篇頁上都可以見到。雖然從前每一位中國文學史家不曾覺察到這事實，我們卻非於此深加注意不可。外來的影響，其重要性蓋實過於我們所自知。

原來，我們的詩人們與散文家們大部分都是在「擬古」的風氣中討生活的。然另一方面，卻有許多不爲人知的先驅者在篳路藍縷的開闢荊荒，或勇敢地接受了外來文學的影響，或毫不遲疑的採用了民間創作的新式樣。雖時時受到迫害，他們卻是不餒不悔的。這使我們的文學乃時時的在進展，時時有光榮的新巨作，新文體的產生。先驅者在前走著；於是「古典主義者」便也往往攜其所學而跟隨著，而形成了一個大時代。作者們的結習雖深，卻阻礙不了時代的自然的前進。一部分的文人學士，雖時時高喚著復古，刻意求工的模仿著古人，然時代與民衆卻即在他們的呼聲所不到之處，暗地裡產生了不少偉大的作品。到了後來，則時代與民衆又壓迫著文人學士採取這個新的文學形式。當民衆文藝初次與文人學士相接觸時，其結果便產生了一個大時代。過了一個時代，這個新的形式，又漸漸成爲古董而爲時代及民衆所捨棄，他們又自去別創一種新的文學形式出來。五代、宋之詞，金、元、明之曲，明、清之彈詞，近數十年來的皮黃戲，其進展都是沿了這個方式走的。

對於這些重要的進展的消息，乃是著者所深切地感到興趣的。

上卷：古代文學

第一章　古代文學鳥瞰

古代文學的兩個特點——二千年的長久的歷程——四個進展的階段——遊獵時代和農業時代的文學——漢民族勢力的發展——秦的統一與封建制度的打破——漢帝國的建立——漢賦的創作——自建安到太康的光榮時代——對於少數民族的羈縻政策所生的惡果——古代文學告終於一個大紛亂的時代裡

一

所謂古代文學，指的便是中國西晉以前的文學而言。這個時代的文學有兩個特點：第一，純然爲未受有外來的影響的本土的文學。我們的中世紀和近代的文學，無論在形式上，內容上都受有若干外來文學的影響，特別是印度的；但在古代文學史上，則這個痕跡尚看不出——雖然在這個時代的最後，印度的思想和宗教已在很猛烈的灌輸進來。第二，純然爲詩和散文的時代。像小說和戲曲的重要的文體，在這時代裡，尚未一見其萌芽。在希臘，在羅馬或在印度的文學史上，已是很絢爛的照耀著這兩種偉大文體的不可迫視的光彩的了。

這個時代，從最早有「記載」的文字留下的時候起，到西晉的末年止，至少是有了二千年左右的歷史（公元前一七〇〇—後三一六年）。在這樣長久的時代裡，我們先民的文學活動，至少也可分爲四個發展的階段：

第一階段，從殷商到春秋時代；這是一個原始的時代。偉大的著作，只有一部《詩經》。

第二階段，戰國時代；這是散文最發展的時代。散文的應用，在這時最爲擴大。作者們都勇敢地向未之前見的文學的荒土上墾殖著。韻文也有了很高的成就，產生出像屈原的〈離騷〉、〈九章〉，宋玉的〈九辯〉以及〈招魂〉、〈大招〉之類的傑作。

第三階段，從秦的統一到東漢的末葉；這是一個辭賦的時代。我們還看見五言詩在這時候開始發生萌芽；我們還看見古代的載籍，在這時候開始的被整理，被「章句」，被歸納排比在好幾部偉大的歷史的名著裡去。

第四階段，從漢建安到西晉之末；這是一個五言詩的偉大時代。抒情詩的創作復活了；同時還復活了哲學的討論的精神。詩人們，學者們，都不甘低首於類書似的辭賦和古代典籍之前了。雖然在最後，我們見到了一個悲慘的少數民族混亂的時代，卻並無礙於這個時代偉大的成就。印度的佛教也在這時輸入中國；開始在哲學上發生著影響，但文學上似還也不曾感受到什麼。

二

在這四個階段的文學的進展裡，中國的歷史的和社會的經濟的情況也逐漸在變動著，且在背後支配著文學的進展。

最早的一個時期裡我們看見漢民族的殷商一代，已定居於河南的黃河流域。漢族到底是西來的呢，還是定居於本土的原始人種，這有種種專門的辯論，我們姑不去討論它。但我們知道當我們的文學史開幕的時候，漢民族已在黃河流域的中部活躍著。他們的文明程度已經是很高的了。他們已知使用銅器。他們已有很繁賾的文字。他們知道怎樣卜占吉凶以至行止；他們在獸骨、龜板和銅器上所刻的文辭，是很整飭的。後來周武王伐紂，推翻中樞的政府而自代之。周朝初期的文化未必有勝於殷商。但不久便急驟進步了。就甲骨文辭的記載看來，殷商已入一個農業時代，他們對於卜年卜雨是很注意的一件事。但也頗著重於田漁，這可見他們是未盡脫遊獵時代的生活的。周代則完全入到很成熟的農業社會之中。《詩經》裡，關於農事的歌詠是極多的；我們讀〈雲漢〉一詩，便知當時的人們對於大旱災是如何的著急。像〈七月〉，像〈碩鼠〉等等便又活畫出當時農民們宛轉呻吟於地主貴族壓迫之下的呼號。「十畝之間兮，桑者閑閑兮」，連情詩也都是以農村的背景寫出之的了。

三

第二個階段，來了一個極大的變動。在第一時期的後期，漢民族的勢力還未出黃河流域以外。

見於《詩經》的十五國風：二南、王、檜、鄭、陳、鄘，皆在河南；邶、衛、曹、齊、魏、唐，皆在河北；豳、秦則在涇、渭之間。其疆域蓋不出於河南、山西、陝西、山東四省之外。但在其最後，我們卻見到長江流域左右的楚與吳、越皆已登上中國政治與戰爭的舞台，而為其重要的角色。在這個時代裡，政治的局面，更大為不同。中樞政府完全失去了權威，以至於消滅。所謂韓、魏、趙、齊、楚、燕、秦的七國，競欲爭霸於當代，合縱連橫，外交的變幻無窮，戰爭的威脅也無時或已。而對內則暴政酷稅，使得民不聊生。平和的農民們連逃亡都不可能。憂民之士，紛出而獻匡時之策；舌辯之雄，競起而效馳驅之任。於是便來了一個散文的黃金時代。在這時，商業是很發達的；儘管爭戰不已，但商賈的往來，則似頗富於「國際性」。大商人們在政治上似也頗有操縱的能力；陽翟大賈呂不韋的設謀釋放秦太子，便是一例。秦居關中，民風最為強悍，又最不受兵禍，首先實行了土地改革，增加生產，且似能充分的得到西方的接濟，故於七國中為最強。齊、楚諸國終於逐漸的為秦所吞併。楚地的文學，在這時詩壇上最為活躍；但大詩人屈原等在其他國家裡並無重要的影響。

第三個時期的開始，便見秦已併吞了六國，始皇帝厲行新政，「書同文字，車同軌」，廢封建為郡縣，打破了貴族的地主制度。（秦的廢封建，似頗受巴比倫諸大帝國的影響，又其自稱「始皇帝」，而後以「二世」，「三世」為次，似更是模擬著西方的諸帝的榜樣的。）這是極大的一個政治上的革命。自此，真正的封建組織便消滅了。但始皇帝雖為農民去了一層大壓力，而秦人的兵馬的鐵蹄，卻代之而更甚的蹂躪著新征服的諸國。因此，不久的便招致了「封建餘孽」的反叛。大紛亂的結果，得天下者卻是從平民階級出身的劉邦。戰國諸世家永遠是淪落下去了。劉邦即皇帝位後，大封同姓諸侯。但文、景之後，封建制度又跟隨了七國之亂而第二次被淘汰。在這時候，北方的一個大敵匈奴，逐漸的更強大了（他們為周、趙、秦的邊患者本來已久）。惟於大政治家劉徹的領導之下，漢族卻給匈奴以一個致命傷。同時，西方諸國也和漢帝國更為接近。西方的文化和特產開始輸入不少。王莽出現於西漢之末。他要實現比始皇帝更偉大的一次大革命，經濟的革命。可惜時機未成熟，他失敗了。東漢沒有什麼重要的變動。漢帝國的威力，漸漸的墮落了。西方諸小國已不復為漢所羈縻。

這三個世紀，並沒有產生什麼偉大的名著，但屈原的影響卻開始籠罩了一切。兩司馬（遷和相如）代表了文壇的兩個方面。遷建立了歷史的基礎；相如則以辭賦領導著許多作家。但兩漢的辭賦，不是無病而呻的「騷」，便是浮辭滿紙，少有眞情的「賦」和「七」。他們只知追蹤於屈、宋的形式之後，而遺棄其內在的眞實的詩情。散文壇也沒有戰國時代的熱鬧，但較之詩壇的情況，卻已遠勝。古籍整理的結果，往古的史實漸漸成為常識，便有像王充一類的學者，以直覺的理解，去判斷議論過去的一切。五言詩漸代了四言的定式而露出頭角來。

四

第四個時期可以說是五言詩的獨霸時代。尚有詩人們在寫四言，但遠沒有五言的重要。在這時代，我們看見漢末的天下紛亂；我們看見魏的統一，晉的禪代；我們還看見少數民族的紛紛徙居於內地。魏、晉的這個羈縻政策的結果，造成了後來的五胡十六國之亂。在這時的初期，魏、蜀、吳的三國雖是鼎峙著，而人才則幾有完全集中於魏都的概況。蜀、吳究竟是偏安一隅。因形勢的便利，又加之以曹氏父子兄弟的好延攬文人學士們，於是從建安到黃初，便成了一個最光榮的五言詩人的時代，一洗兩漢詩壇的枯陋。辭賦在這時代也轉變了一個新的機運。雋美沉鬱的詩思復在〈洛神〉、〈登樓〉諸賦裡發現了。司馬氏繼魏而有天下。東南的陸機、陸雲也隨了孫吳的被滅而入洛。詩人們更爲集中。因了兩漢儒學的反動，又佛教的開始輸入，在士大夫間發生了影響，玄談之風予以大熾。竹林七賢的風趣是往古所未有的。阮、嵇的詩也較建安諸子爲更深厚超逸，引導了後來無數的詩人向同一路線走去。

在西晉的末葉，我們看見了大變亂將臨的陰影。諸王互相殘殺，文人們也往往受到最殘酷的厄運，徒然成了政爭的無謂的犧牲。從永興元年（公元三〇四年）劉淵舉起了反抗的旗幟，自稱大單于的時候起，中原便陷於水深火熱的爭奪戰中。中世紀的文學就在那個大紛亂的時代，代替了古代文學。

第二章　文字的起源

中國語言的系統——南方語言種類的繁賾——文字的統一——文字與語言的聯合——文字的類別——中國文字的起源——典雅的古文之產生——口語文學的消沉——甲骨文字的發現——金石刻文——字體的變遷——文字孳乳的日繁——外來詞語的輸入

一

中國的語言，在世界的語言系統裡，是屬於「印度支那語系」一支中之中國暹羅語的一部。說中國語的人民，區域極爲廣大，人數也多到四萬萬以上。在其間，又可分爲南北兩部的方言。北部的方言，以流行於北京的所謂「官話」爲標準，雖因地域的區別而略有歧異，像天津話，遼寧話，山西話和北京話的差別，但其差別究竟是極爲微細的。現在所謂「國語」，也便是以這種語言爲基礎而謀統一的實現的。南部的方言，則極爲複雜；粗分之，可成爲浙江、福建、廣東的三系。浙江系包括浙江省及其附近地方；福建系包括福建全省及浙江、廣東使用福建系方言的一部分；廣東系則包括廣東、廣西二省。而在這三系裡又各自有著很不相同的歧系。像浙江方言又可分爲上海、寧

波、溫州三種；福建方言又可分爲福州、廈門、汕頭三種；廣東方言又可分爲廣州、客家二種。

如果把全國的方言仔細分別起來的話，誠爲一種困難的複雜的工作。各地方所刊行的用各種不同的中國語系的方言所寫的唱本等等，可驚奇地使我們發現其數量的巨大可觀。在實際的使用上說來，如果一位不懂得廣東方言的人到南部去旅行，不懂得廈門話的人到閩南等地去考察，一定要感覺到萬分的困難，正如一句德國或法國話不懂的人，到歐洲去旅行一樣，也許更要甚之。而不少的南部的人，到北方來，有的時候，竟也聽不懂話，辦不了事。這是數見不鮮的事。

二

但中國的語言雖是這樣的複雜，文字卻是統一的。譬如，我們在廣東或香港旅行時，言語不通，遇到困難，以紙筆來做「筆談」，卻是最簡單的一種解決的方法。原來，不管語言的如何分歧，我們這個偉大的民族，在很早的時候便已尋找到一種統一的工具了，那便是「文字」的統一。在遠東大陸上的這個大帝國，所以會有那麼長久的統一的歷史者，「文字」的統一，當爲其重要的原因之一。

文字和語言同爲傳達思想和情緒的東西。正同每個野蠻民族之必有其語言一樣，最野蠻的民族也必各有其最幼稚的文字的萌芽。語言只是訴之於聽覺的，其保存，只是靠著人的記憶，其傳達，只是靠著人的口說，未必能傳得遠，傳得久，傳得廣，或未必能夠正確無訛。但文字則不同，她是有語言所未必有之傳達的正確性和久遠性的。自有文字的發現，於是人類的文化才會一天天地進步；往古的文化得以傳述下去，異地的文化，得以輸傳過來，所取用者益廣、益博，於是所成就者也就愈偉大，愈光榮了。

在最早的時候，文字與語言是沒有什麼聯絡的關係的。他們雖同爲傳達思想、情緒的工具，卻一則訴之視官，一則訴之聽官，其發展並不是同循一轍的。在那時，文字還不過是繪畫的或象徵的符號，其作用至爲簡單，只是幫助記憶而已。今日非洲及澳洲的土人們，每遣使人傳達意志時，則用一種樹枝造成的木棒，以種種樣式的符號刻畫於上，以備遺忘；或對方見了這棒也可以明瞭其意。秘魯的土人昔常用結繩的制度；這正與《易繫傳》所謂「上古結繩而治，後世聖人易之以書契」的話相應。但較進步的民族，則應用到更複雜的繪畫或和繪畫相類似的方法，以傳達或記載某意或某事。最初的文字，大都和實物是相差不遠的。中國古代的象形字，如日、月、山、川、鳥、馬等等，皆不過是繪畫而已。埃及的象形字，像說兩匹馬，便是實在的繪著兩匹馬的。但後來，這些繪畫的字形，漸漸的簡單了，離開圖畫便一天天的遠了。同時，許多抽象的觀念，也能以會意的字表之，如上下等字，都是由象徵文字而出來的。

但文字如果不能和語言聯合的話，便永遠只會是一種繪畫或象徵的符號而已。人類文化愈進步，於是文字不僅是實物的繪畫的或象徵的記錄，而也是語言的代表或符號了。文字和語言的合一，一面語言漸漸的得以統一了，一面文字也更趨於複雜，孳生得更多，而同時，離象形字的狀態也益遠，更有許多象音、會意的字創造出來。在這種人類所特有的符號之下，千萬年來，是那樣精緻的記錄下，或傳達出人類的偉大的思想與情緒！所謂文學便是用這種特創的符號記錄下或傳達出人類的情思的最偉大的、最崇高的和最美麗的成就。

三

文字學者嘗將文字分爲二種，一爲意字（ideograph），一爲音字（phonograph）。中國文字有一部分是「意字」，即所謂象形文字者是。「音字」又分單語文字，音節文字，單音文字三種。單語文字，即一字可以代表一語者，中國文字也多有之。但同時並有將意字和音字聯合起來了的，像「江」、「河」等「形聲字」皆是。在許愼《說文》裡，我們不知可以見到多少的「从某何聲」（如「雅」字便是从隹，牙聲的）的文字。音節文字，即代表單語中所分之各音節，像日本之平假名，片假名者是。單音文字即代表言語上之單音；語言上所用各種之音，本來不能一一以符號記之，只將單音構成之元素記之，像歐洲各國的字母便是。

文字的目的，既在於代表語言，故當某種文字輸入於他處的時候，其組織法便跟了所輸入之處的語言的變異，而完全變更了過來。例如，腓尼基的文字傳到希臘時，希臘人便將其組織的方法變更了一下而採用之。日本的文字，便也是採用了中國字的偏旁而用來代表其語言的。

中國古代的文字和語言是合一的；至少，在中原的民族是合一的。其他各地，還使用著不同的語言（像在春秋的時候，楚地呼「虎」爲「於（ㄨ）菟」，便是一例）；至於是否有不同的文字，則不可知。我們觀於秦始皇帝的屢次提到「同書文字」（〈琅邪台立石〉），或「書同文字」（〈始皇本紀〉），臣下們至以此和「車同軌」，「器械一量」同爲歌功頌德之語。或當時各國所用的文字說不定竟未必是相同的（或至少是有著各種不同的書寫方法）。惟就殷墟所發現的甲骨文字及殷、周諸代的銅器款識觀之，又確知很早的便有一種共同的文字的存在。這種共同的文字，或其初只是占據於中原的民族之所用；後來才因了他們的勢力的漸漸擴大，而流傳到各地去。總之，在很早的時候，中國的文字大約便已是統一了的。惟語言，則如上文所述，在南方各地就未能統一。又，即在古代，因了語言的時代的變異，而文字則成了一成不變的固體，故中原民族所用的文字，便也漸漸的和語言不能合一。文字很早的便成了典雅的古文；而語言的流變和歧異則仍然繼續存在。總有兩千年以上的時間了，中央政府都在維持著「文字」的統一；至於語言的統一的要求則似是最近的事。

中國的文學，大多數是用典雅的「古文」寫成了的；但也有是地方的方言和最大多數人民說著的北方的口語文寫成了的。那些口語文的文學，其歷史的長久不下於「古文」。惟往往為古文的著作所壓倒，而不為學者們所注意。直到最近，他們的眞價才為我們所發現，所明白。

四

中國文字，相傳是由倉頡創作的。但這說起來甚晚。《易繫傳》只說「後世聖人易之以書契」。到了戰國時代，才有倉頡作書之說。《說文・序》以倉頡為黃帝之史。如果他們的話可信，則中國文字是始創於黃帝時代（約公元前二六九〇年）的了。但我們以為，中國文字的起源或當更早於這個時代。惟眞實的有實物可徵的最早的文字，則始於殷商的時代。殷商時代的文字，於今可見者有兩個來源：一是安陽出土的龜甲文字，一是歷代發掘所得的鐘鼎彝器。後者像「乙酉父丁彝」，「己酉戍命彝」，「兄癸彝」，「戊辰彝」等都還可信。前者則自光緒二十四五年間河南彰德小屯村出現了有刻文的龜甲獸骨之後，專門學者們致力於斯者不止數十人；近更作大規模的發掘，所得益多。把這有刻辭的甲骨和鼎彝研究一下，便可知中國今知的最古的文字，是什麼一個樣子的。雖然有許多文字到現在還未爲我們所認識，但就其可知的一部分看來，其字體是和後來的篆文很相同的。但有兩點是很應該注意的：第一，文字的形式尚未完全固定，一字而作數形者，頗爲不少。試舉羊、馬、鹿、豕、犬、龍六字的重文爲例：

（羊）（馬）（鹿）（豕）（犬）（龍）

第二，文字已甚爲進步，不獨是象形字，即會意字、形聲字也已很自由的用到。這可見那時的文化程度已是很高的了。在羅振玉的《殷墟書契待問篇》裡說，可識者有五百餘字。而在商承祚的《殷墟文字類編》裡，可識者已增到七百九十字，又《待問篇》更有四百字左右，共在一千字以上。而實際上，龜甲文辭尚在陸續發現，其所用的字，當絕不止這些數目而已。

周代所用的文字，就金石刻文中所見者，與「殷墟書契」不甚相遠，也有不能完全辨識之處。晉時在古冢中所發現的古文，解者已少。漢時的經師，也以能讀古文爲專門之業。《漢書・藝文志》有「《史籀篇》，周時史官教學童書也。」是乃今文《千字文》之流的東西。《說文．序》道：「尉律：學童十七已上，始試，諷籀書九千字，乃得爲吏。」是這種字體在漢時尙流行於世。此字體即爲大篆。秦時李斯等爲小篆，程邈等又爲隸書；到漢時，史游又作章草，漸與今體相合。至於今日流行者，字體種類至多，篆書亦間見用。好奇者甚或用到龜甲鐘鼎的古文奇字。唯大都以楷書爲正體。

漢時誦九千字者即可爲吏。時代愈進化，則文字的孳生益多。自和西域、印度交通後，印度、西域的詞語也輸入不少。到了清代編纂《康熙字典》時已收入四萬餘單字。但實際上有許多單字是很少獨用的，每須聯合若干字成爲一詞，例如「菩薩」、「菩提樹」、「涅槃」、「剪拂」等等，都只是一個詞語。若連這種種「詞語」而並計之，則總要在六七萬詞字以上。清末，西方的文化又大量輸入，新字新詞的鑄造，更見增多。用來抒寫任何種的情思，這麼多的中國詞語是不怕不夠應用的。

■參考書目

一、《中國文字學》，容庚編，有燕京大學石印本。
二、《殷墟書契考釋》，羅振玉編，有上虞羅氏刊本。
三、《殷墟文字類編》，商承祚編，有上虞羅氏刊本。
四、《金文編》，容庚編，有上虞羅氏刊本。
五、《說文解字詁林》，丁福保編，上海醫學書局出版，研究《說文》之書以此爲最完備。
六、《康熙字典》，有原刊本，有道光間刊本，後附校勘記，勘正原版錯誤處達數千餘條。惜日常所用者仍是康熙版，道光版未見流行。

第三章　最古的記載

最古的文書可靠者少——甲骨與鐘鼎刻辭的重要——甲骨文字是否全為卜辭的問題——鐘鼎刻辭的簡短——毛公鼎——石鼓文——詛楚文——最古的誓誥的總集：《尚書》——今文與古文之爭——最古文書的三類：誓辭，文誥書札，與記事的斷片——《尚書》的時代——《山海經》：古代神話與傳說的淵藪

一

最古的記載，可靠者很少。所謂邃古的書：「三墳、五典、八索、九邱」之類，當然是「虛無飄渺」的東西；即《尙書》裡的文章，像〈堯典〉、〈禹貢〉之類，也不會是堯、禹時代的眞實的著作。又像〈甘誓〉之類，就其性質及文體上說來，比較有成爲最早的記載的可能性，惟也頗爲後人所懷疑；至少是曾經過後人的若干次的改寫與潤飾的。今日所能承認爲中國文學史的邃古的一章的開始的「文書」，恐怕最可靠的，只有被發掘出的埋藏在地下甲骨刻辭和鐘鼎彝器的記載了。有刻辭的甲與骨，最早的發現在光緒二十六年。福山王懿榮首先得到。丹徒劉鶚又從王氏購得之；這使他異常的注意，更繼續地去收集，共得到五千餘片，選千片付諸石印，名曰《鐵雲藏龜》

（公元一九〇三年出版）。立刻引起了學術界的大騷動。有斥之爲僞者，但也有知道其眞價的。上虞羅振玉於宣統間繼劉氏之業，所獲益多。民國十七年，中央研究院派人到殷墟進行正式發掘的工作，所得重要的東西不少。商代的文化，自此爲我們所知。但這些甲骨刻辭記載的是什麼呢？爲什麼會在同一個地點發現了那麼許多的甲骨刻辭呢？其消息和拉耶（Layard）在尼尼微古城發現了整個楔形泥板書的圖書館是可列在同類的吧。龜板都是兩面磨斫得很平正的，獸骨也都很整齊。所刻文字，有首尾完全者，但都很簡短。究竟一片龜板或一塊骨上刻了多少字，是很不規則的。長篇的記載，是否不止以一二片的龜板（或一二塊骨）了之，也是很有注意的價値的。中央研究院《安陽發掘報告》第一期董作賓的〈新獲卜辭寫本後記〉裡，曾說起發現刻有「冊六」二字的龜板，且有穿孔。是則把許多龜板穿串爲冊子，是很有可能的。羅振玉《殷墟書契菁華》裡所載的骨上刻辭有長到百字左右的，且還是殘文。這可見殷商文辭不僅僅是簡短若《竹書紀年》、《春秋》般的。從羅振玉諸人以來，皆以甲骨刻文爲卜辭。羅氏分此種卜辭爲九類：卜祭，卜告，卜𦎫，卜出入，卜田獵，卜征伐，卜年，卜風雨，及雜卜（《殷墟書契考釋》）。董作賓氏則更加上了卜霽、卜瘳（ㄔㄡ）、卜旬的三類（〈商代龜卜的推測〉）。但這些甲骨刻辭是否僅爲占卜的記載呢？這是很可注意的。那些磨治得很光滑的龜板獸骨，是否僅爲占卜及記載卜辭之用呢？最近發現的兩個獸頭上的刻辭，都記載著某月王田於某地，其中之一，且是記載著獲得某物的。這當然不會是卜辭。在龜甲刻辭上，有「獲五鹿」，「由於陟，往（缺）獲罘（ㄏㄨˋ）一」，「畢𢆶御獲罘一鹿七」等等，又多有帝王大臣之名，及地名等等，似不是單純的卜辭。或當是殷商的文庫罷，故會有那麼多的零片發現。爲了殷人好卜，所以卜而後行的事特別多，或便利用了占卜用過的甲骨以記載一切。這似都需要更仔細的討論，這裡且不提。

鐘鼎彝器的發現，爲時較早；宋代的記載古器物刻辭的書裡已有不少三代古器在著。惟最古者仍當推屬於殷商時代之物。周代的東西也不少。鐘鼎彝器的刻辭，往往只是記載著某人作此，或子孫永寶用之的一類的銘辭。但也有很長篇的文辭，其典雅古奧的程度是不下於《尙書》中的誓誥的，像毛公鼎上的刻文便是一個好例。毛公鼎的刻辭有四百四十九字之多，當是今見的古代器物上刻辭的最長的一篇。又有石鼓文的，係刻於十個石鼓之上，記載一件田獵之事的；以「遴（ㄨˊ）車既工，遴馬既同；遴車既好，遴馬既駈（ㄈㄡˇ）」寫起，接著寫射鹿，獲魚，得雉，以至於獵歸。雖然殘缺不少，但還可以見到其宏偉的體制來。這篇文字的時代，論者不一；或以爲是周宣王時代的東西。但今日已證實其爲秦代之物。又有詛楚文三篇，也是那個時代的秦國的文章。無論如何，把他們歸到《尙書》時代的文籍裡，當是不會很錯的。

二

但甲骨、鐘鼎刻辭等，以不成篇章者爲最多。其較爲完美的文籍的最古的記載，幾全在《尙書》裡。編集《尙書》者相傳爲孔子。據說全書原有一百篇，今存五十八篇。然此五十八篇卻非原本，其中多有僞作。可信爲原作者僅由伏生傳下的二十八篇而已。其餘三十篇，有五篇係由舊本分出，有二十五篇則爲僞作。伏生的二十八篇亦稱爲「今文本」，五十八篇則亦稱爲「古文本」。今文本由伏生傳下，傳其學者，在漢有大小夏侯及歐陽。古文本相傳係武帝末魯共王壞孔子宅以廣其居時，由壁中得到。《漢書．儒林傳》：「孔氏有《古文尙書》，孔安國以今文字讀之。因以起其家，逸書得十餘篇。蓋《尙書》茲多於是矣。」又同書〈藝文志〉：「孔安國者，孔子後也，悉得其書，以考二十九篇，得多十六篇，安國獻之。遭巫蠱事，未列於學官。」又同書〈楚元王傳〉亦言：「得古文於壞壁之中，逸禮有三十九，書十六篇。」由此可見在西漢之時，逸書或《古文尚書》，較之今文僅多出十六篇。此《古文尚書》十六篇，大約在東晉大亂時已失不見。到了東晉元帝時豫章內史梅賾，忽上《古文尚書》，增多二十五篇。這個增多本，初無人疑其爲僞者。到了宋時，方才有人覺得可疑。到了清初，閻若璩著《尚書古文疏證》，從種種方面證實，增多的二十五篇，實爲梅賾所僞造，不僅「文辭格制，迥然不類」而已。這成了一個定讞。

就伏生本的二十八篇而研究之，《尚書》的內容是很複雜的，但大約可分爲下之三類：

第一類誓辭：這個體裁《尚書》裡面很多，自〈甘誓〉起，至〈湯誓〉、〈牧誓〉、〈費誓〉都是。這是用兵時鼓勵臣民的話。我們在這些古遠的誓辭中，很可以看出許多初民時代的信仰與思想。譬如〈甘誓〉，是夏啟與有扈氏戰於甘之野時的誓語，他對於六卿所宣布的有扈氏罪狀乃是「威侮五行，怠棄三正」八個字（有人據此八字疑其爲後人所僞作，但至少當經後人的改寫）；於是他便接下去說：「天用剿絕其命，今予惟恭行天之罰。」稱天以伐人國，乃是古代民族最常見的事。凡當雙方以兵戎相見的時候，無論哪一方，總是說，他是「恭行天之罰」的，他的敵人是如何如何的爲天所棄。不僅啟如此而已。湯之伐桀，亦曰：「有夏多罪，天命殛之。」又曰：「夏氏有罪，予畏上帝，不敢不正。」武王伐紂亦曰：「今予發惟恭行天之罰。」總之，無論哪一方，總是告訴他的部下說：「我們是上天所保佑的，必須順了天意，前去征伐。」他們又是奉了廟主或神像前去征伐的，所以「用命」便「賞於祖」，不用命便「戮於社」。這很可看出古代如何的崇奉神道，或利用神道，無論什麼事，都是與神道有關係的；與一個民族有生死存亡的休戚的戰爭，當然更與神道有密切的關聯了。如果我們讀著〈甘誓〉（約公元前二一九六年）〈湯誓〉（約公元前一七七七年）及〈牧誓〉（公元前一一二二年）的三篇便很可以看出其中不同的氣氛來。神的氣氛是漸漸地少了，人的氣氛卻漸漸地多了。其爲不同時代的東西無疑。不過，像〈甘誓〉、〈牧誓〉的寫出，可能要比較晚些。

第二類文誥書札：這一類《尚書》中很不少，自〈盤庚〉、〈大誥〉、〈洛誥〉以至〈康誥〉、〈酒誥〉、〈梓材〉、〈秦誓〉皆是。它又可分爲二類：一類是公告，即對於民衆的公布，如〈盤庚〉；一類是對於個人的往來書札，或勸告，如〈大誥〉、〈康誥〉、〈洪範〉。這一類的古代文書，在歷史上都是極有用的材料，更有許多珍言訓語，在文學上也是很可寶貴的遺物。譬如〈康誥〉，便是一篇懇摯的告誡文書，〈大誥〉、〈盤庚〉中的文告，便是兩篇反覆勸諭的又嚴正，又周至的公告。

第三類記事的斷片：這一類《尚書》中較少，如〈堯典〉、〈禹貢〉以至〈盤庚〉中的一部分，及〈金滕〉等皆是。《尚書》中的諸文，每有一小段記事（雖然不見每篇中皆有）列於其首，例如〈洪範〉篇首之「惟十有三祀，王訪於箕子」，〈旅獒〉篇首之「惟克商，遂通道於九夷八蠻。西旅底貢厥獒。大保乃作〈旅獒〉，用訓於王」之類。

綜上所言，可知《尚書》的性質與內容是很不一致的。舊說《春秋》是紀事的，《尚書》是紀言的，《尚書》又何嘗止是紀言而已。

三

有的人以爲《尚書》中的最古文件是〈堯典〉。但〈堯典〉卻明明不是堯舜時所作；它記的是堯舜時代的事，且篇首即大書曰：「若稽古帝堯」，可見作此文者尙爲離堯舜時代很遠的人。（舊釋：「若，順；稽，考也。能順考古道而行之者帝堯。」完全是不通的。）最可信的最古的一篇文字乃是〈甘誓〉，但就其明白曉暢的一點看來，至少有後人改寫的痕跡。〈禹貢〉亦是後人所追記。〈甘誓〉若果爲夏啟時代的作品，則此文之作，蓋在公元前二千一百九十六年，即離今約四千年。四千年前，中國之有那樣簡樸的文字，並不是不可能的事。埃及、巴比倫諸國，在這時期其文字已是很發達的了。再者，就甲骨刻辭和〈盤庚〉的文辭看來，在夏代而有〈甘誓〉的產生，似也是不足爲異的事。惟甲骨文以前的文字，即夏代的文字，迄未被我們發現，我們只能將這篇文字作爲後人的記述而已。

《尙書》中最後的一篇文字〈秦誓〉，則寫於公元前六二七年。

四

尙有《山海經》，也是很古遠的書籍，相傳爲夏禹時代伯益所作。畢沅則以《五藏山經》三十四篇爲「禹書」，《海外經》四篇，《海內經》四篇爲周秦所述，《大荒經》以下五篇是「劉秀又釋而增其文」者。這書的著作時代確是非出一時的，但未必便像畢氏那麼犁然可指的某篇爲某時所作。他所謂「禹書」，也不可信。但最遲似不會過戰國以後的；在漢時或更有所增加。

這部書是古代神話的總集，和〈天問〉同爲古文學中的瑰寶。其中的人物，像夸父、西王母等，後皆成爲重要的「神人」；而《鏡花緣》乃更以其中禽獸人物出現於近代的故事中。像《山經》裡的「其中有鳥焉，名曰鴢（ㄧㄠˇ），食之宜子」、「有草焉，名曰荀草，服之美人色」

（《中山經》）云云，更大似後來的《本草》一類的醫藥服食的書的說法。在《海外經》裡，神話最多，像「刑天與帝至此爭神。帝斷其首，葬之常羊之山。乃以乳爲目，以臍爲口，操干戚以舞」（《海外西經》）；「夸父與日逐，走入日，渴欲得飲。飲於河渭。河渭不足，北飲大澤。未至，道渴而死。棄其杖，化爲鄧林。」（《海外北經》）都是很偉大的神話的核心，可惜後人並不曾把它們發揮光大。

參考書目

一、《鐵雲藏龜》，劉鶚編，自印本。
二、《殷墟書契前後編》，羅振玉編，自印本。
三、《殷墟書契菁華》，羅振玉編，自印本。
四、《安陽發掘報告》，民國中央研究院歷史語言研究所出版。
五、《歷代鐘鼎彝器款識》，宋薛尙功編，有明萬曆紅印本，有石印本。
六、《窓齋集古錄》，吳大澂編，有涵芬樓石印本。
七、《尙書正義》，唐孔穎達等撰，有《十三經注疏》本。
八、《尙書讀本》，宋蔡沈撰，有通行本。
九、《古文尙書考異》，明梅鷟撰，有《平津館叢書》本。
十、《尙書古文疏證》，清閻若璩撰，同治六年振綺堂刊本，又《皇清經解續編》本。
十一、《尙書後案》，清王鳴盛撰；有乾隆庚子刊本，又頤志堂原刊本，又《皇清經解》本。
十二、《今文尙書經說考》，清陳喬樅撰，有《左海續集》本，又《皇清經解續編》本。
十三、《尙書歐陽夏侯遺說考》，清陳喬樅撰，有《皇清經解續編》本。
十四、馬國翰的《玉函山房輯佚書》中，輯有大小夏侯及歐陽生諸人的《尙書》古訓注不少。
十五、《山海經》，有明刊本；畢沅注本（局刊本）；汪紱注本（石印本）；郝懿行校本（原刊本）等。《山海經圖》也有明刊本。

第四章　詩經與楚辭

最古的詩歌總集：《詩經》——風雅頌之分的不當——《詩經》中的詩人的創作——《詩序》的附會——亂離時代的歌聲——《詩經》裡的情歌——農歌的重要——貴族的詩歌——《楚辭》時代——屈原和他的〈離騷〉——〈九章〉〈九歌〉等——〈大招〉〈招魂〉的影響——宋玉景差等

一

《詩經》是最早的一部詩歌總集。周平王東遷前後的古詩，除見於《詩經》者外，寥寥可數，且大都是斷片；又有一部分是顯然的僞作。論者以爲：詩三千，孔子選其三百，爲《詩經》。此語不甚可靠。不過古詩不止三百篇之數，則爲無可疑的事實。

很可笑的僞歌，如〈皇娥歌〉及〈白帝子歌〉：「天清地曠浩茫茫」，「清歌流暢樂難極」之類，見於王子年《拾遺記》（《詩紀》首錄之）。將這樣近代性的七言歌，放在離今四千五百年前的時代，自然是太淺陋的作僞了。「登彼箕山兮瞻天下」的一首〈箕山歌〉，「日出而作，日入而息」的〈擊壤歌〉，也都是不必辯解的僞作。「斷竹，斷竹，飛土逐宍」的〈彈歌〉，《吳越春秋》只言其爲古作，《詩苑》卻派定其爲黃帝作，當然是太武斷。「股肱喜哉，元首起哉，百工熙哉」的虞帝與皋陶諸臣的唱和歌，比較的可靠，然卻未必爲原作。《尙書．大傳》所載的〈卿雲歌〉、〈八伯歌〉也是不可信的。較可信的是秦漢以前諸書所載的佚詩。這些佚詩，《玉海》曾收集了一部分。後來郝懿行又輯增之，爲《詩經拾遺》一書。但存者不及百篇，且多零語，其中尙有一部分，是古代的諺語。所以我們研究古代的詩篇，除了《詩經》這一部僅存的選集之外，竟沒有第二部完整可靠的資料。

二

《詩經》的影響，在孔子、孟子的時代便已極大了。希臘的詩人及哲學家每稱舉荷馬之詩，以作論證；基督教徒則舉《舊約》《新約》二大聖經，以爲一己立身行事的準則；我們古代的政治家及文人哲士，則其所引爲辯論諷諫的根據，或宣傳討論的證助者，往往爲《詩經》的片言隻語。此可見當時的《詩經》已具有莫大的威權。這可見《詩經》中的詩，在當時流傳得如何廣！

《詩經》在秦漢以後，因其地位的抬高，反而失了她的原來的巨大威權。這乃是時代的自然淘汰所結果，非人力所能勉強的。但就文學史上而論，漢以來的作家，實際上受《詩經》的風格感化的卻也不少。韋孟的〈諷諫詩〉、〈在鄒詩〉，東方朔的〈誡子詩〉，韋玄成的〈自劾詩〉、〈戒子孫詩〉，唐山夫人的〈安世房中歌〉，傅毅的〈迪志詩〉，仲長統的〈述志詩〉，曹植的〈元會〉、〈責躬〉，乃至陶潛的〈停雲〉、〈時運〉、〈榮木〉，無不顯然的受有這個感化。

然而，在同時，《詩經》卻遇到了不可避免的厄運：一方面她的地位被抬高了，一方面她的眞價與眞相卻爲漢儒的曲解胡說所蒙蔽了。這正如絕妙的〈蘇羅門歌〉一樣，她因爲不幸而被抬舉爲《聖經》，而她的眞價與眞相，便不爲人所知者好幾千年！

《詩經》中所最引人迷誤的是風、雅、頌的三個大分別。孔穎達說：「風、雅、頌者，詩篇之異體，賦、比、興者，詩文之異辭。……賦、比、興是詩之所用，風、雅、頌是詩之成形。」（《毛詩正義》）關於賦比興，我們在這裡不必多說，這乃是修辭學的範圍。至於風、雅、頌三者，則歷來以全部《詩經》的詩，屬於其範圍之內。三百篇之中，屬於「風」之一體者，有二《南》，《王》、《豳》、《鄭》、《衛》等十五國風，計共一百六十篇；屬於「雅」者，有《大雅》、《小雅》，計共一百零五篇；屬於「頌」者有《周頌》、《魯頌》、《商頌》，計共四十篇。《詩大敘》說：「上以風化下，下以風刺上。主文而譎諫，言之者無罪，聞之者足以戒，故曰風。……是以一國之事，系一人之本，謂之風。言天下之事，形四方之風，謂之雅。雅者正也，言王政所由廢興也。……頌者，美盛德之形容，以其成功告於神明者也。」朱熹說：「凡詩之所謂風者，多出於里巷歌謠之作，所謂男女相與詠歌，各言其情者也。……若夫雅頌之篇，則皆成周之世，朝廷郊廟樂歌之詞，其語和而莊，其義寬而密，其作者往往聖人之徒，固所以爲萬世法程而不可易者也。」（《詩經集注序》）《詩大敘》之說，完全是不可通的。漢人說經，往往以若可解若不可解之文句，闡說模糊影響之意思，《詩大敘》這幾句話便是一個例。我們勉強的用明白的話替他疏釋一下，便是：風是屬於個人的，雅是有關王政的，頌是「以其成功告於神明」的。朱熹之意亦不出於此，而較爲明白。他只將風、雅、頌分爲兩類；以風爲一類，說他們是：「里巷歌謠之作」，以雅、頌爲一類，說他們是：「朝廷郊廟樂歌之詞」。其實這些見解都是不對的。當初的分別風、雅、頌三大部的原意，已不爲後人所知；而今本的《詩經》的次列又爲後人所竄亂，更不能與原來之意旨相契合。蓋以今本的《詩經》而論，則風、雅、頌三者之分，任用如何的巧說，皆不能將其抵牾不合之處，彌縫起來。假定我們依了朱熹之說，將「風」作爲里巷歌謠，將「雅頌」作爲「朝廷郊廟樂歌」，則《小雅》中的〈白華〉：「白華菅兮，白茅束兮，之子之遠，俾我獨兮！」與《衛風》中的〈伯兮〉：「伯兮朅兮，邦之桀兮。伯也執殳，爲王前驅。自伯之東，首如飛蓬。豈無膏沐，誰適爲容？」同是摯切之至的懷人之作，何以後一首便是「里巷歌謠」，前一首便是「廟堂郊祠樂歌」？又「風」「雅」之中，更有許多同類之詩，足以證明「風」與「雅」原非截然相異的二類。至於「頌」，則其性質也不十分明白。《商頌》的五篇，完全是祭祀樂歌；《周頌》的內容便已十分複雜，其中有一大部分，是祭祀樂歌，一小部分卻與「雅」中的多數詩篇，未必有多大分別（如〈小毖〉）。《魯頌》則只有〈閟（ㄅㄧˋ）宮〉可算是祭祀樂歌，其他〈泮水〉諸篇皆非是。又《大雅》中也有祭祀樂歌，如〈雲漢〉之類是。更有後人主張：詩都是可歌的；其所謂「風」、「雅」、「頌」完全是音樂上的分別。鄭樵說：「樂以詩爲本，詩以聲爲用，八音六律爲之羽翼耳。仲尼編詩，爲燕享祀之時用以歌，而非用以說義也。」（《通志樂略》）又說：「仲尼……列十五國風以明風土之音不同，分大小二雅以明朝廷之音有間，陳《周》、《魯》、《商》三頌所以侑祭也。……」梁任公便依此說，主張《詩經》應分爲四體，即南、風、雅、頌。「南」即十五國風中之「二南」，與「雅」皆樂府歌辭，「風」是民謠，「頌」是劇本或跳舞樂。這也是頗爲牽強附會的。古代的音樂早已亡失，如何能以後人的模糊影響之追解而爲之分解得清楚呢？鄭樵之說，仍不外風土之音（即民間歌謠），朝廷之音，及侑祭之樂的三個大分別。至於「四詩：南、風、雅、頌」之說，則尤爲牽強。「南」之中有許多明明不是樂歌，如〈卷耳〉、〈行露〉、〈柏舟〉諸作，如何可以說他們是合奏樂呢？我們似不必拘泥於已竄亂了的次第而勉強去加以解釋、附會，甚至誤解。《詩經》的內容是十分複雜的；風、雅、頌之分，是決不能包括其全體的；何況這些分別又是充滿了矛盾呢。我們且放開了舊說，而在現存的三百零五篇古詩的自身，找出他們的眞實的性質與本相來！

據我個人的意見，《詩經》的內容可歸納爲三類：一、詩人的創作，像〈節南山〉、〈正月〉、〈十月之交〉、〈崧高〉、〈烝民〉等。二、民間歌謠，又可分爲：㈠戀歌，像〈靜女〉、〈中谷有蓷〉、〈將仲子〉等；㈡結婚歌，像〈關雎〉、〈桃夭〉、〈鵲巢〉等；㈢悼歌及頌賀歌，像〈蓼莪〉、〈麟之趾〉、〈螽斯〉等；㈣農歌，像〈七月〉、〈甫田〉、〈大田〉、〈行葦〉、〈既醉〉等。三、貴族樂歌，又可分爲：㈠宗廟樂歌，像〈下武〉、〈文王〉等；㈡頌神樂歌或禱歌，像〈思文〉、〈雲漢〉、〈訪落〉等；㈢宴會歌，像〈庭燎〉、〈鹿鳴〉、〈伐木〉等；㈣田獵歌，像〈車攻〉、〈吉日〉等；㈤戰事歌，像〈常武〉等。

三

詩人的創作，在《詩經》是很顯然可以看出的。據《詩序》，「有主名」的創作有：㈠〈綠衣〉，衛莊姜作（《邶風》）；㈡〈燕燕〉，衛莊姜作（《邶風》）；㈢〈日月〉，衛莊姜作（《邶風》）；㈣〈終風〉，衛莊姜作（《邶風》）；㈤〈式微〉，黎侯之臣作（《邶風》）；㈥〈旄丘〉，黎侯之臣作（《邶風》）；㈦〈泉水〉，衛女作（《邶風》）；㈧〈柏舟〉，共姜作（《鄘風》）；㈨〈載馳〉，許穆夫人作（《鄘風》）；㈩〈竹竿〉，衛女作（《衛風》）；(十一)〈河廣〉，宋襄公母作（《衛風》）；(十二)〈渭陽〉，秦康公作（《秦風》）；(十三)〈七月〉，周公作

（《豳風》）；(十四)〈鴟鴞〉，周公作（《豳風》）；(十五)〈節南山〉，周家父作（《小雅》）；(十六)〈何人斯〉，蘇公作（《小雅》）；(十七)〈頍（ㄎㄨㄟˇ）弁〉，「諸公」作（《小雅》）；(十八)〈賓之初筵〉，衛武公作（《小雅》）；(十九)〈公劉〉，召康公作（《大雅》）；(二十)〈泂（ㄐㄩㄥˇ）酌〉，召康公作（《大雅》）；(二十一)〈卷阿〉，召康公作（《大雅》）；(二十二)〈民勞〉，召穆公作（《大雅》）；(二十三)〈板〉，凡伯作（《大雅》）；(二十四)〈蕩〉，召穆公作（《大雅》）；(二十五)〈抑〉，衛武公作（《大雅》）；(二十六)〈桑柔〉，芮伯作（《大雅》）；(二十七)〈雲漢〉，仍叔作（《大雅》）；(二十八)〈崧高〉，尹吉甫作（《大雅》）；(二十九)〈烝民〉，尹吉甫作（《大雅》）；(三十)〈韓奕〉，尹吉甫作（《大雅》）；(三十一)〈江漢〉，尹吉甫作（《大雅》）；(三十二)〈常武〉，召穆公作（《大雅》）；(三十三)〈瞻卬〉，凡伯作（《大雅》）；(三十四)〈召旻〉，凡伯作（《大雅》）；(三十五)〈駉（ㄐㄩㄥ）〉，史克作（《魯頌》）。此外尚有許多篇，《詩序》以爲是「國人」作、「大夫」作、「士大夫」作，「君子」作的。但《詩序》本來是充滿了臆度與誤解的，極爲靠不住。譬如，我們就上面三十幾篇而講，〈燕燕〉一詩，《詩序》以爲是「衛莊姜送歸妾也。」那麼一首感情深摯的送別詩：「瞻望弗及，涕泣如雨」，「瞻望弗及，佇立以泣」；這豈像是一位君夫人送「歸妾」之詞？至於其他，《詩序》以爲「刺幽王」、「刺忽」、「刺朝」、「刺文公」的無名詩人所作，則更多誤會。像〈信南山〉：「信彼南山，維禹甸之，畇畇原隰，曾孫田之。我疆我理，南東其畝，……祭以清酒，從以騂（ㄒㄧㄥ）牡；享於祖考，執其鸞刀，以啓其毛，取其血膋（ㄌㄧㄠˊ）。……」不明明是一首村社祭神的樂歌麼？《詩序》卻以爲是「刺幽王也。不能修成王之業，疆理天下，以奉禹功，故君子思古焉。」這是哪裡說起的誤會呢？大約《詩序》將民歌附會爲詩人創作者十之六，將無名之作附會爲某人所作亦十之五六。據《詩序》，周公是《詩經》中的第一個大詩人。周公多才多藝，確是周室初年的一個偉大的作家。《尚書》中的〈大誥〉、〈多士〉、〈無逸〉等篇，皆爲他所作。《詩經》中傳爲周公所作者爲〈七月〉及〈鴟鴞〉二篇。《史記》：「東土以集，周公歸報成王，乃爲詩貽王，命之曰〈鴟鴞〉。」此詩音節迫促，語意摯切而凄苦，似是出於苦思極慮，憂讒畏譏的老成人所作。但這人是否即爲周公，卻很難說。而〈七月〉便絕不會是周公所作的了；這完全是一首農歌，蘊著極沉摯的情緒，與刻骨銘心的悲怨，「七月流火，九月授衣。……無衣無褐，何以卒歲？……一之日於貉，取彼狐狸，爲公子裘。」這樣的近於詛咒的農民的呼吁。如何會是周公之作呢？《詩序》傳爲召康公所作之詩有三篇，皆在《大雅》，一爲〈公劉〉，一爲〈泂酌〉，一爲〈卷阿〉。〈公劉〉爲歌詠周先祖公劉的故事詩，或有召康公所作的可能。〈泂酌〉爲一種公宴時的樂歌，〈卷阿〉亦爲歡迎賓客的宴會樂歌，如何會是「召康公戒成王」呢？

所稱爲尹吉甫作的詩篇凡四：〈崧高〉、〈烝民〉、〈韓奕〉及〈江漢〉。尹吉甫爲周宣王年代的人（公元前八二七—七八二年）。宣王武功甚盛，吉甫與有力焉。在《詩經》的詩人中，吉甫是最可信的一個。他在〈崧高〉的末章說：「吉甫作誦，……以贈申伯。」在〈烝民〉上說：「吉甫作誦……以慰其心。」這幾篇詩都是歌頌大臣的「廊廟之詩」，（〈崧高〉是贈給申伯的；〈烝民〉是贈給仲山甫的；〈韓奕〉是贈給韓侯的；〈江漢〉是贈給召虎的。）富於雍容爾雅之氣概，卻沒有什麼深厚的情緒。召穆公與尹吉甫是同時的人，他的詩，據《詩序》有三篇見錄於《詩經》：〈民勞〉、〈蕩〉與〈常武〉。《詩序》說，〈民勞〉與〈蕩〉是刺厲王的，〈常武〉是美宣王的。但〈民勞〉是從士大夫的憂憤與傷心中寫出的文字，〈蕩〉似爲歌述文王告殷的一段故事詩，模擬文王的語氣是又嚴正，又懇切。或爲史臣所追記，或爲史詩作者的一篇歌詠文王的故事詩中的一段，現在已不可知。但絕不是：「召穆公傷周室大壞也」，則爲極明白的事。〈常武〉敘述宣王征伐徐夷的故事，這是一篇戰爭敘事詩中的傑作，也是《詩經》敘事詩中的傑作：「赫赫業業，有嚴天子，王舒保作，匪紹匪游。徐方繹騷，震驚徐方，如雷如霆，徐方震驚。王奮厥武，如震如怒，進厥虎臣，闞如虓（ㄒㄧㄠ）虎。鋪敦淮濆，仍執醜虜。截彼淮浦，王師之所。王旅嘽嘽，如飛如翰，如江如漢，如山之苞，如川之流，綿綿翼翼，不測不克，濯征徐國。……」

凡伯相傳與召穆公及尹吉甫同時，或較他們略前，作〈板〉；更有一凡伯，相傳爲幽王時人，作〈瞻卬〉及〈召旻〉二詩。前凡伯爲厲王（公元前八七八—八二四年）卿士。他是周公之後。後凡伯爲幽王時代（公元前七八一—七七一年）的人。〈板〉與〈瞻卬〉及〈召旻〉，所表示的雖同是一個情思，且俱喜用格言，但一則諷諫，一則悲憤。兩個凡伯當都是有心的老成人，見世亂，欲匡救之而不能，便皆將其憂亂之心，悲憤之情，一發之於詩。因此與召穆公及尹吉甫的作風便完全不同：「天之方虐，無然謔謔。老夫灌灌，小子蹻蹻。匪我言耄，爾用憂謔。多將熇熇，不可救藥。」（〈板〉）活畫出一位老成人在舉世的嬉笑謔浪之中而憂思慮亂的心境來！〈瞻卬〉與〈召旻〉便不同了；〈板〉是警告，〈瞻卬〉與〈召旻〉則直破口痛罵了：「人有土田，女反有之；人有民人，女覆奪之。此宜無罪。女反收之；彼宜有罪，女覆說之！哲夫成城，哲婦傾城！」（〈瞻卬〉）正是周室東遷時代，「日蹙國百里」的一種哀音苦語，眞切的反映出當時的昏亂來。

衛武公爲幽王時人，所作〈賓之初筵〉，《詩序》以爲「衛武公刺時也。」但此詩係詠宴飲之事，絕沒有刺什麼人之意，所以《詩序》所說的「衛武公」作，也許未免要加上一個疑問號。我們在社飲的詩中，找不到一首寫得那麼有層次，有條理的。作者從鳴鐘鼓，競射，「烝衎烈祖」，「各奏爾能」，以至或醉，或未醉的樣子，而以「既醉而出」，及「匪言勿言，匪由勿語」的諍諫作結。其中有幾段眞是寫得生動異常。又有〈抑〉，爲格言詩的一類，教訓的氣味很重。《詩序》

也說是衛武公「刺厲王，亦以自警也。」但《詩序》作者所說的時代卻是完全不對的。武公在幽王時，入仕於朝，初本爲侯。後幽王被犬戎所殺，武公引兵入衛。及平王立，乃進武公爲「公」。所以他決不會去「刺厲王」的。他的心是很苦的，當他寫〈抑〉時，或者〈抑〉乃是他在幽王時所作，故有：「於乎小子，告爾舊止。聽用我謀，庶無大悔。天方艱難，日喪厥國，取譬不遠，昊天不忒。回遹其德，俾民大棘」諸語。像這種的情調，頗爲後人所模擬。

芮伯的時代在衛武公之前（據《詩序》），他的〈桑柔〉，據說是「刺厲王」的。但觀〈桑柔〉中：「憂心殷殷，念我土宇。我生不辰，逢天僤怒。自西徂東，靡所定處。多我覯痻（ㄍㄡˋㄇㄧㄣˊ），孔棘我圉」諸語，似爲大亂時所作。此詩如果爲芮伯所作，也許芮伯便是幽王時人。〈桑柔〉亦多格言式的文句，但憂亂怨時之意則十分的顯露，並無一點的顧忌；若「降此蟊賊，稼穡卒痒」，若「維彼愚人，覆狂以喜」，若「大風有隧，貪人敗類」之類，則直至於破口大罵了。

仍叔爲宣王時人。據《詩序》，仍叔作〈雲漢〉乃以「美宣王」的。其實〈雲漢〉乃是一篇皇帝或官吏或民衆禱告神道，以求止旱的禱文。悲摯懇切，是禱文中的名作，絕不會是仍叔「美宣王」的詩：「旱既大甚，則不可沮。赫赫炎炎，雲我無所！大命近止，靡瞻靡顧。群公先正，則不我助。父母先祖，胡寧忍予！旱既大甚，滌滌山川。旱魃爲虐，如惔如焚。我心憚暑，憂心如熏。群公先正，則不我聞。昊天上帝，寧俾我遁。……」這可見出農業社會對於天然災禍的降臨是如何的畏懼，無辦法。

家父，幽王時人。據《詩序》，他作了一篇〈節南山〉，以「刺幽王」。在這首詩的篇末，他也自己說：「家父作誦，以究王訩。式訛爾心，以畜萬邦」，而「憂心如酲，誰秉國成，不自爲政，卒勞百姓」的云云，諷刺執政者的意思是顯明的。

《詩序》謂：〈何人斯〉爲蘇公刺暴公的；〈頍弁〉爲「諸公」刺幽王的。其實，以原詩仔細考察之下，〈何人斯〉實是一首纏綿悱惻的情詩，是一個情人「作此好歌，以極反側」的。「彼何人斯，其爲飄風；胡不自北？胡不自南？胡逝我梁？只攪我心！」寫得十分的直接明瞭。〈頍弁〉是一首當筵寫作之歌，帶著明顯的「今朝有酒今朝醉」的悲淒的享樂主義：「死喪無日，無幾相見。樂酒今夕，君子維宴。」又如何是刺幽王呢！〈渭陽〉是一首送人的詩，卻未必爲秦康公所作；〈竹竿〉是一首很好的戀歌，也不會是衛女思歸之作；〈河廣〉，也是一首戀歌，不會是宋襄公母思宋之作；〈柏舟〉，也未必爲共姜之作，「母也天只，不諒人只」是怨其母阻撓其愛情之意，「之死矢靡慝」是表示其堅心從情人以終之意；〈載馳〉，《詩序》以爲許穆夫人作，其實也只是一首懷人之作。

在《邶風》裡，有衛莊姜的詩四篇，〈綠衣〉、〈燕燕〉、〈日月〉、〈終風〉。假定《詩序》的這個敘述是可靠的話，則衛莊姜乃是《詩經》中的一個很重要的女作家了。〈燕燕〉一詩，非她作，前面已經說過。〈日月〉是懷人之什（ㄕˊ，泛指詩篇、文卷）；〈綠衣〉一詩，是一首男子懷念他的已失情人的詩；〈終風〉，也爲一首懷人的詩。「謔浪笑敖，中心是悼」，這是如何深切的苦語。這些詩都附會不上衛莊姜上面去。又〈式微〉、〈旄丘〉皆顯然爲懷人之什，也並不會是「黎侯之臣」們所作。又據《詩序》，史克作頌以頌魯僖公，即〈駉〉是。但〈駉〉本無頌人意。在本文上看來，明明是一首禱神的樂歌。民間常有禱祝牛馬，以求其繁殖者，〈駉〉當是這一類的樂歌。

在《小雅》中，有一個寺人孟子所作的〈巷伯〉；他自己在最後說著：「寺人孟子，作爲此詩。凡百君子，敬而聽之。」這首詩是罵「譖人者」的；「取彼譖人，投畀（ㄅㄧˋ，給）豺虎，豺虎不食，投畀有北，有北不受，投畀有昊」，怨毒之極而至於破口大罵以詛咒之了！

總上所言，可知《詩序》所說的三十幾篇有作家主名的詩篇，大多數是靠不住的。其確可信的作家，不過尹吉甫、前凡伯、後凡伯、家父及寺人孟子等寥寥幾個人而已。

四

許多無名詩人，我們雖不能知道他們確切的時代，但顯然有兩個不同的情調是可以看得出的：第一是一種歌頌讚美的；第二是一種感傷，憤懣，迫急的。前一種大都是歌頌祖德的；後一種則大都是歌詠亂離，譏刺當局，憤嘆喪亡之無日的。前者當是西周之作，後者當是周室衰落時代之作。經了幽王的昏暴，犬戎的侵入，中央的威信完全掃地了；各地的諸侯便自由的無顧忌的互相併吞征戰。可使詩人憤慨悲憤的時代正是這樣的一個時代！這些後期的無名詩人之作，遣詞用語，更爲奔放自由，在藝術上有了極顯著的進步。

前期的無名詩人之作，在《大雅》中有〈文王〉、〈大明〉、〈綿〉、〈思齊〉、〈皇矣〉、〈靈台〉、〈生民〉、〈公劉〉諸篇，又《小雅》中亦有〈出車〉、〈六月〉、〈采芑〉等作，皆是敘事詩。細看這些詩，風格頗不相同，敘事亦多重複，似非出於一人之手，亦非成於一個時代。當是各時代的朝廷詩人，追述先王功德，或歌頌當代勛臣的豐功偉績，用以昭示來裔，或竟是祭廟時所用的頌歌。在其間，惟〈綿〉及〈公劉〉最可注意。〈綿〉敘公亶父的事。他先是未有家室，後「至於岐下，爰及姜女，聿來胥宇」，乃謀議而決之於龜，龜吉，乃「日止日時，築室於茲」。底下一大段，描寫他們耕田分職，築室造廟，卻寫得十分生動。〈公劉〉敘公劉遷移都邑的事。他帶領人民，收拾了一切，裹了「餱糧」，便啓行了。經山過水，陟於平原，最後乃決意定居於豳。「既溥既長，既景乃岡，相其陰陽，觀其流泉。其軍三單，度其隰原。徹田爲糧，度其夕陽，豳居允荒」，活畫出古代民族遷徙的一幕重要的圖畫來。

後期的無名詩人之作，大都是憤當局之貪墨，嘆大亂之無日，或嗟吁他自己或人民所受之痛苦的。其中最好的詩篇，像：〈柏舟〉（《邶風》）寫詩人「耿耿不寐」欲飲酒以忘憂而不可能。「我心匪石，不可轉也；我心匪席，不可卷也」諸語，不僅意思很新穎流轉，即音調也是很新穎流轉的。〈兔爰〉（《王風》）寫時艱世亂，人不聊生。詩人丁此亂世，卻去追想到未生之前之樂，又去追想到昧昧蒙蒙一事不知的睡眠之樂。他怨生，怨生之多事；他惡醒，惡醒之使他能見「百憂」。因此，唯希望自己之能寐而無覺，一切都在睡夢裡經過！〈葛藟〉（《王風》）也帶有這樣的悲苦調子。〈伐檀〉（《魏風》）是一首諷刺意味很深的詩。《詩經》中破口罵人的詩頗有幾首，而這一首特具冷雋的諷趣。「坎坎伐檀兮，寘（ㄓˋ，安置）之河之干兮，河水清且漣猗。不稼不穡，胡取禾三百廛兮？不狩不獵，胡瞻爾庭有縣貆兮？彼君子兮，不素餐兮！」〈碩鼠〉（《魏風》）不是諷刺卻是謾罵。他竟將他無力驅逐去的貪吏或貪王，比之爲碩鼠。他既不能起而逐去他們，只好消極的辱罵他們道：「碩鼠，碩鼠！不要再吃我的黍麥了，我的黍麥已經有三年被你奪去吃了。我現在終定要離開你而到別一個『樂土』去了。你不要再吃我的黍麥了！」不能反抗，卻只好遷居以躲避——可憐的弱者！但他能夠遷避到哪裡去呢？〈蟋蟀〉（《唐風》）和〈山有樞〉（《唐風》）都是寫出亂世的一種享樂情調。「我躬不閱，遑恤我後」，這個聲語是《詩經》所常見的。

在《小雅》的七十四篇中，這類的詩尤多，至少有二十篇以上的無名詩人作品是這樣的悲楚的亂世的呼號。最好的，像〈采薇〉，是寫行役之苦的；而「昔我往矣，楊柳依依。今我來思，雨雪霏霏。行道遲遲，載渴載飢。我心傷悲，莫知我哀」的一段，乃是《詩經》中最爲人所傳誦的雋語。〈正月〉以下的幾篇，像〈正月〉、〈雨無正〉，也都是離亂時代文人學士的憤語哀談；他們有的是火一般的熱情，火一般的用世之心。他們是屈原，是賈誼，是陸游，是吳偉業。他們有心於救亂，然而卻沒有救亂的力量。他們有志於做事，然卻沒有做事的地位。於是他們只好以在野的身分，將其積憤，將其鬱悶之心，將其欲抑而不能自制的悲怒，滔滔不絕的一發之於詩。其辭或未免重疊紛擾，沒有什麼層次。有類於〈離騷〉，然而其心是悲苦的，其辭是懇摯的。在《詩經》之中，這些亂世的悲歌，與民間清瑩如珠玉的戀歌，乃是最好的最動人的雙璧。

五

《詩經》中的民間歌謠，以戀歌爲最多。我們很喜愛〈子夜歌〉，〈讀曲歌〉等等；我們也很喜愛《詩經》中的戀歌。在全部《詩經》中，戀歌可說是最晶瑩的圓珠圭璧；假定有人將這些戀歌從《詩經》中都刪去了，——像一部分宋儒、清儒之所主張者——則《詩經》究竟還成否一部最動人的古代詩歌選集，卻是一個問題了。這些戀歌雜於許多的民歌、貴族樂歌以及詩人憂時之作中，譬若客室裡掛了一盞亮晶晶的明燈，又若蛛網上綴了許多露珠，爲朝陽的金光所射照一樣。他們的光輝竟照得全部的《詩經》都金碧輝煌，光彩炫目起來。他們不是憂國者的悲歌，他們不是歡宴者的謳吟，他們更不是歌頌功德者的曼唱。他們乃是民間小兒女的「行歌互答」，他們乃是人間的青春期的結晶物。雖然注釋家常常奪去了他們的地位，無端給他們以重厚的面幕，而他們的絕世容光卻終究非面幕所能遮掩得住的。

戀歌在十五國風中最多，《小雅》中亦間有之。這些戀歌的情緒都是深摯而懇切的。其文句又都是婉曲深入，嬌美可喜的。他們活繪出一幅二千五百餘年前的少男少女的生活來。他們將本地的風光，本地的人物，襯托出種種的可入畫的美妙畫幅來。「山有扶蘇，隰有荷華。不見子都，乃見狂且！」（《鄭風》）這是如何的一個情景。「十畝之間兮，桑者閑閑兮，行與子還兮。」（《魏風》）這又是如何的一個情景。「雞既鳴矣，朝既盈矣。匪雞則鳴，蒼蠅之聲。」（《齊風》）這又是如何的一個情景！但在這裡不能將這些情歌，一一的加以徵引，姑說幾篇最動人的。衛與鄭，是詩人們所公認的「靡靡之音」的生產地。至今「鄭衛之音」，尚爲正人君子所痛心疾首。然《鄭風》中情詩誠多，而《衛風》中則頗少，較之陳、齊似尚有不及。鄭、衛並稱，未免不當。《鄭風》裡的情歌，都寫得很倩巧，很婉秀，別饒一種媚態，一種美趣。〈東門之墠〉一詩的「其室則邇，其人甚遠」，「豈不爾思，子不我即」，與〈青青子衿〉一詩的「縱我不往，子寧不嗣音」，「一日不見，如三月兮」，寫少女的有所念而羞於自即，反怨男子之不去追求的心懷，寫得眞是再好沒有的了。「子不我思，豈無他人，狂童之狂也且！」（〈褰裳〉）似是《鄭風》中所特殊的一種風調。這種心理，卻沒有一個詩人敢於將她寫出來！其他像〈將仲子〉、〈蘀兮〉、〈野有蔓草〉、〈出其東門〉及〈溱洧〉都寫得很可讚許。

《陳風》裡，情詩雖不多，卻都是很好的。像〈月出〉與〈東門之楊〉，其情調的幽雋可愛，大似在朦朧的黃昏光中，聽凡珴令的獨奏，又如在月色皎白的夏夜，聽長笛的曼奏：「月出皎兮，佼人僚兮，舒窈糾兮，勞心悄兮。月出皓兮，佼人懰（ㄌㄧㄡˊ，美好）兮，舒懮受兮，勞心慅兮。月出照兮，佼人燎兮，舒夭紹兮，勞心慘兮。」（〈月出〉）

《齊風》裡的情詩，以〈子之還兮〉一首為較有情致。〈盧令令〉一首則以音調的流轉動人。齊鄰於海濱，也許因是商業的中心，而遂缺失了一種清逸的氣氛，這是商業國的一個特色。又齊多方士，思想多幻渺虛空，故對於人間的情愛，其謳歌，便較不注意。《秦風》中的〈蒹葭〉，措詞宛曲秀美。「所謂伊人，在水一方。溯洄從之，道阻且長；溯游從之，宛在水中央。」即音調也是十分的宛曲秀美。

民間的祝賀之歌，或結婚、迎親之曲，在《詩經》裡亦頗不少。〈關雎〉、〈桃夭〉、〈鵲巢〉等都是結婚歌。〈螽斯〉及〈麟趾〉則皆為頌賀多子多孫的祝詞。

民間的農歌，在《詩經》裡有許多極好的。他們將當時的農村生活，極活潑生動的表現出來，使我們在二千餘年之後，還如目睹著二千餘年前的農民在祭祀，在宴會，在牽引他們的牛羊，在割稻之後，快快樂樂的歌唱著；還可以看見他們在日下耕種，他們的妻去送飯；還可以看見一大群的牛羊在草地上靜靜的低頭食草；還可以看見他們怎樣地在咒恨土地所有者，怒罵他們奪去了農民的辛苦的收穫；還可以看見他們互相的談話，譏嘲，責罵。總之，在那些農歌裡，我們竟不意地見到了古代的最生動的一幅耕牧圖了。

這些民間的或農人們的祭祀樂歌，皆在《大》、《小雅》中。於上舉之〈七月〉等外，像〈無羊〉便是一首最美妙的牧歌。「爾羊來思，其角濈濈。爾牛來思，其耳濕濕。或降于阿，或飲于池，或寢或訛。爾牧來思，何蓑何笠，或負其餱……」其描寫的情境是活躍如見的。又像〈甫田〉那樣的禱歌，更不是平庸的駢四儷六的祭神文、青詞、黃表之類可比。「今適南畝，或耘或耔，黍稷薿薿（ㄋㄧˇ ㄋㄧˇ）……曾孫來止，以其婦子，饁彼南畝，田畯至喜。攘其左右，嘗其旨否。」（〈甫田〉）其形狀農家生活，眞是「無以復加矣」。

民間的及貴族的宴會歌曲，盡有不少佳作。有時，竟有極清雋的作品。但這些宴會歌曲，結構與意思頗多相同，當是一種樂府相傳的歌曲，因應用的時與地的不同，遂致有所轉變。像《鄭風》的〈風雨〉，《小雅》的〈菁菁者莪〉、〈隰桑〉、〈蓼莪〉、〈裳裳者華〉、〈頍弁〉，以及《召南》的〈草蟲〉等，句法皆甚相同，很可以看出是由一個來源轉變而來的。而像〈伐木〉（《小雅》），寫一次宴會的情況，眞是栩栩如活：「既有肥牡，以速諸舅，甯適不來，微我有咎！」乃至「坎坎鼓我，蹲蹲舞我」。都是當前之景，取之不窮，而狀之則不易者。貴族或君王的田獵歌，也有幾首，像〈吉日〉、〈車攻〉，且都不壞。帝王及貴族的頌神樂歌，或禱歌，或宗廟樂歌，則除了歌功頌德之外，大都沒有什麼佳語雋言。〈文王有聲〉（《大雅》）在祭神歌中是一個別格。這是祭「列祖」的歌。凡八章。先二章是祭文王的，故末皆曰：「文王烝哉！」末二章則最後皆曰：「武王烝哉！」

《魯頌》中眞正的祭神歌很少。〈泮水〉是一首很雄偉的戰勝頌歌，並不是禱神歌。〈閟宮〉乃是一首禱神歌，其格調卻與《周頌》中的諸篇不同了。

《商頌》五篇，未必便是殷時所作。《詩序》說：「微子至于戴公。其間禮樂廢壞。有正考甫者，得《商頌》十二篇于周之大師。」但其風格離《詩經》中的諸篇並不很歧遠。似當是周時所作，或至少是改作的。其中亦有很好的文句，如：「猗與那與，置我鼗鼓，奏鼓簡簡，衎我烈祖。湯孫奏假，綏我思成。鼗鼓淵淵，嘒嘒管聲。既和且平，依我磬聲。」我們不僅如睹其形，亦且如聞其「鼗鼓淵淵」之聲矣。

六

繼於《詩經》時代之後的便是所謂「楚辭」的一個時代。在名爲「楚辭」那一個總集之中，最重要的作家是屈原①。他是「楚辭」的開山祖，也是「楚辭」裡的最偉大的作家。我們可以說，「楚辭」這個名詞，指的乃是「屈原及其跟從者」。

「楚辭」的名稱，或以爲始於劉向。然《史記・屈原列傳》已言：「屈原既死之後，楚有宋玉、唐勒、景差之徒者，皆好辭。而以賦見稱。」《漢書・朱買臣傳》言：「買臣善《楚辭》。」又言：「宣帝時，有九江被公善楚辭。」「楚辭」之稱，在漢初當已成了一個名詞。據相傳的見解，謂屈原諸《騷》，皆是楚語，作楚聲，紀楚地，名楚物，故謂之《楚辭》。其後雖有許多非楚人作《楚辭》，雖未必皆紀楚地，名楚物，然其作楚聲則皆同。

後漢王逸著《楚辭章句》，於卷首題著：「漢護左都水使者光祿大夫臣劉向集，後漢校書郎臣王逸章句。」《楚辭》到劉向之時，始有像現在那個樣子的總集，這是可信的事，唯這個王逸章句的《楚辭》，是否即爲劉向的原本，卻是很可疑的。據王逸的《章句》本，則名爲《楚辭》的這個總集，乃包括自屈原至王逸他自己的一個時代爲止的許多作品。據朱熹的《集注》本，則《楚辭》的範圍更廣，其時代則包括自周至宋，其作品則包括自荀況以至呂大臨。本書所謂《楚辭》，指的不過屈原、宋玉幾個最初的《楚辭》作家。

*　　*　　*

①屈原及宋玉等見《史記》卷八十四。

《楚辭》，或屈原、宋玉諸人的作品，其影響是至深且久，至巨且廣的。《詩經》的影響，至秦漢已微。她的地位雖被高列於聖經之林，她在文學上的影響卻已是不很深廣了。但《楚辭》一開頭便被當時的作者們所注意。漢代是「辭、賦的時代」；而自建安以至六朝，自唐以至清，也幾乎沒有一代無模擬《楚辭》的作家們。她的影響，不僅在「賦」上，在「騷」上，即在一般詩歌上也是如此。若項羽的「虞兮虞兮奈若何」，劉邦的「大風起兮雲飛揚」，以至劉徹的「草木黃落兮雁南歸」，「羅袂兮無聲，玉墀兮塵生」諸詩，固不必說，顯然的是「楚風」了；即論到使韻遣詞一方面，《楚辭》對於後來的詩歌，其影響也是極大的。他們變更了健勁而不易流轉的四言格式，他們變更了純樸短促的民間歌謠，他們變更了教訓式的格言詩，他們變更了拘謹素質的作風。他們大膽的傾懷的訴說出自己鬱抑的情緒；從來沒有人曾那麼樣的婉曲入微，那麼樣的又真摯，又美麗的傾訴過。

屈原是古代第一個有主名的大詩人。在古代的文學上，沒有一個人可以與他爭那第一把交椅的。《史記》中有他的一篇簡傳，在他自己的作品裡也略略的提起過自己的生平。據《史記》，屈原名平，「原」是他的字。他自己在〈離騷〉裡則說：「皇覽揆余于初度兮，肇錫余以嘉名。名余曰正則兮，字余曰靈均。」是正則，靈均又是他的名字。後人或以正則、靈均為「平」字「原」字的釋義，或以為正則、靈均是他的小名。他是楚的同姓，約生於公元前三四三年（周顯王二十六年，楚宣王二十七年戊寅）。初為楚懷王左徒，博聞強志，明於治亂，嫻於辭令，入則與王圖議國事，以出號令，出則接遇賓客，應對諸侯，原是懷王很信任的人。有一個上官大夫，與屈原同列爭寵，心害其能。懷王使屈原造為憲令。屈原屬藁未定。上官大夫見而欲奪之。屈平不與。上官大夫因在懷王之前讒間他道：「王使屈平為令，衆莫不知。每一令出，平伐其功，以為非我莫能為也。」王怒而疏屈平。「屈平疾王聽之不聰也，讒諂之蔽明也，邪曲之害公也，方正之不容也。故憂愁幽思而作〈離騷〉。」屈原既疏，不復在位，使於齊。適懷王為張儀所詐，與秦戰大敗。秦欲與楚為歡，乃割漢中地與楚以和。懷王恨張儀入骨，說道：「不欲得地，願得張儀。」張儀竟入楚。厚賂懷王左右，竟得釋歸。屈平自齊返，諫懷王曰：「何不殺張儀？」懷王悔，追張儀不及。後秦昭王與楚婚，欲懷王會。王欲行。屈原曰：「秦虎狼之國，不可信，不如無行。」懷王稚子子蘭勸王：「奈何絕秦歡！」懷王卒行，入武關。秦伏兵絕其後，固留懷王以求割地。懷王怒，不聽，竟客死於秦而歸葬。長子頃襄王立，以其弟子蘭為令尹。子蘭怒屈平不已，使上官大夫短之於頃襄王。頃襄王怒而遷之。這是他第二次在政治上的失敗。屈原既被疏被放，三年不得復見。竭智盡忠，而蔽障於讒；心煩意亂，不知所從。乃往太卜鄭詹尹欲決所疑。他問詹尹道：「寧正言不諱以危身乎？將從俗富貴以婾生乎？……寧昂昂若千里之駒乎？將氾氾若水中之鳧，與波上下偷以全吾軀乎？……此孰吉，孰凶？何去，何從？」詹尹卻很謙抑的釋策說道：「用君之心，行君之意，龜策誠不能知此事！」屈原至於江濱，披髮行吟澤畔，顏色憔悴，形容枯槁。乃作〈懷沙〉之賦。於是懷石自投汨羅以死。死時約為公元前二九〇年（即頃襄王九年）的五月五日。在這一日，到處皆競賽龍舟，投角黍於江，以弔我們的大詩人。

近來頗有人懷疑屈原的存在，以為他也許和希臘的荷馬，印度的瓦爾米基一樣，乃是一個箭垛式的烏有先生。荷馬、瓦爾米基之果為烏有先生與否，現在仍未論定——也許永久不能論定——但我們的大詩人屈原，卻與他們截然不同。荷馬的《伊里亞特》、《亞特賽》，瓦爾米基的《拉馬耶那》，乃是民間傳說與神話的集合體，或民間傳唱已久的小史詩，小歌謠的集合體。所以那些大史詩的本身，應該可以說他們是「零片集合」而成的。荷馬、瓦爾米基那樣的作家，即使有之，我們也只可以說他們是「零片集合者」。屈原這個人，和屈原的這些作品，則完全與他們不同。他的作品像〈離騷〉、〈九章〉之類，完全是抒寫他自己的幽憤的，完全是訴說他自己的愁苦的，完全是個人的抒情哀語，而不是什麼英雄時代的記載。他們是反映著屈原的明瞭可靠的生平的，他們是帶著極濃厚的屈原個性在內的。他們乃是無可懷疑的一個大詩人的創作。

七

《漢書．藝文志》裡有《屈原賦》二十五篇。王逸《章句》本的《楚辭》與朱熹《集注》本的《楚辭》，所錄屈原著作皆爲七篇。七篇中，〈九歌〉有十一篇，〈九章〉有九篇，合計之，正爲二十五篇，與《漢志》合。但王逸《章句》本，對於〈大招〉一篇，卻又題著「屈原作，或曰景差作」。則屈原賦共有二十六篇。或以爲〈九歌〉實止十篇，因〈禮魂〉一篇乃是十篇之總結。故加入〈大招〉，仍合於二十五篇之數。或則去〈大招〉而加〈招魂〉，仍爲二十五篇。或則以〈九歌〉，作九篇，仍加〈大招〉、〈招魂〉二篇，合爲二十五篇。但無論如何，這二十五篇，決不會全是屈原所作的。其中有一部分是很可懷疑的。〈遠遊〉中有「羨韓衆之得一」語。韓衆是秦始皇時的方士，此已足證明〈遠遊〉之決非屈原所作的了。〈卜居〉、〈漁父〉二篇，更非屈原的作品。兩篇的開始，俱說：「屈原既放」，顯然是第三人的記載。王逸也說：「楚人思念屈原，因敘其辭以相傳焉。」此外〈九歌〉、〈天問〉等篇，也都各有可疑之處。我們所公認爲屈原的作品，與他的生活有密切的關係者，僅〈離騷〉一篇及〈九章〉九篇而已。

〈離騷〉爲古代最重要的詩篇之一；也是屈原所創作的最偉大的作品。「離騷」二字的解釋，司馬遷以爲「猶離憂也」。班固以爲「離，猶遭也；騷，憂也。」〈離騷〉全文，共三百七十二句，二千四百六十一字。作者的技能在那裡已是發展到極點。她是秀美婉約的，她是若明若昧的。她是一幅絕美的錦幃，交織著無數絕美的絲縷；自歷史上，神話上的人物，自然界的現象，以至草木禽獸，無不被捉入詩中，合組成一篇大創作。

屈原想像力是極爲豐富的。〈離騷〉雖未必有整飭的條理，雖未必有明晰的層次，卻是一句一辭，都如大珠小珠落玉盤，各自圓瑩可喜，又如春園中的群花，似若散漫而實各在向春光鬥妍。自「帝高陽之苗裔兮，朕皇考曰伯庸」起，始而敘述他的身世性格，繼而說他自己在「惟黨人之偷樂兮，路幽昧以險隘」之時。不得不出來匡正。「豈余身之憚殃兮，恐皇輿之敗績」，不料當事者並不察他的中情，「反信讒而齌（ㄐㄧˋ，迅疾）怒」。他「固知謇謇之爲患兮，忍而不能舍也」。在這時，「衆皆競進以貪婪兮，憑不厭乎求索。」獨有他的心卻另有一番情懷。他所怕的是「老冉冉其將至兮，恐修名之不立」。他的心境是那麼樣的純潔：「朝飲木蘭之墜露兮，夕餐秋菊之落英。」然「衆女嫉余之蛾眉兮，謠諑謂余以善淫。」因而慨然地說道：「鷙鳥之不群兮，自前世而固然。何方圜之能周兮，夫孰異道而相安。屈心而抑志兮，忍尤而攘詬。伏清白以死直兮，固前聖之所厚。」在這時，他已有死志。他頗想退修初服，「制芰荷以爲衣兮，集芙蓉以爲裳。」然而他又不能決心退隱。女嬃又申申的詈他，勸他不必獨異於衆。「衆不可戶說兮，孰云察余之中情。」他卻告訴她說，「阽余身而危死兮，覽餘初其猶未悔。不量鑿而正枘兮，固前修以菹醢。」時既不容他直道以行，便欲騁其想像「上下而求索」。「飲余馬于咸池兮，總余轡乎扶桑。折若木以拂日兮，聊逍遙以相羊。前望舒使先驅兮，後飛廉使奔屬。鸞皇爲余先戒兮，雷師告余以未具。吾令鳳鳥飛騰兮，繼之以日夜……欲遠集而無所止兮，聊浮游以逍遙。」但「閨中既以邃遠兮，哲王又不痯。懷朕情而不發兮，余焉能忍與此終古。」他悶悶之極，便命靈氛為他占之。靈氛答曰：「何所獨無芳草兮，爾何懷乎故宇？」他欲從靈氛之所占，心裡又猶豫而狐疑。「巫咸將夕降兮，懷椒糈而要之。」巫咸又告訴他說道：「勉升降以上下兮，求矩矱之所同……及年歲之未晏兮，時亦猶其未央。」他仍不以此說為然。他說道：「蘭芷變而不芳兮，荃蕙化而為茅。何昔日之芳草兮，今直為此蕭艾也！豈其有他故兮，莫好修之害也！」實在的，「既干進而務入兮，又何芳之能祗。固時俗之流從兮，又孰能無變化！」他終於猶豫著，狐疑著，不能決定走哪一條路好。最後他便決絕地說道：「靈氛既告余以吉占兮，歷吉日乎吾將行。」及其「陟升皇之赫戲兮，忽臨睨夫舊鄉。」便又留戀瞻顧而不能自已。「僕夫悲余馬懷兮，蜷局顧而不行。」他始終在徘徊瞻顧。下不了決心。他始終的猶豫著，狐疑著，不知何所適而後可。到了最後之最後，他只好浩然長遠的嘆道：「已矣哉！國無人莫我知兮，又何懷乎故都！既莫足與為美政兮，吾將從彭咸之所居。」他始終是一位詩人，不是一位政治家。他是不知權變的，他是狷狷自守的。他也想和光同塵，以求達政治上的目的，然而他又沒有那麼靈敏的手腕。他的潔白的心性，也不容他有違反本願的行動。於是他便站立在十字街頭：猶豫狐疑，徘徊不安。他的最後而最好的一條路便只有：「從彭咸之所居。」

在〈九章〉裡的九篇裡，大意也不外於此。〈九章〉本為不相連續的九篇東西，不知為什麼聯合為一篇而總名之曰〈九章〉。這九篇東西，並非作於一時，作風也頗不相同。王逸說：「屈原既放，思君念國，隨事感觸，輒形於聲。後人輯之，得其九章，合為一卷。非必出於一時之言也。」他以〈惜往日〉、〈悲回風〉二篇為其「臨絕之音」。其他各篇則不復加以詮次。後人對於他們的著作時日的前後，議論紛紜。〈涉江〉首句說，「余初好此奇服兮，年既老而不衰」，似也為晚年之作。〈惜誦〉、〈抽思〉二篇，其情調與〈離騷〉全同，當係同時代的作品。〈橘頌〉則音節舒徐，氣韻和平，當是他的最早的未遇困厄時之作。然在其中。已深蘊著詩人的矯昂不群的氣態了：「嗟爾幼志，有以異兮，獨立不遷，豈不可喜兮！深固難徙……」〈思美人〉仍是寫他自己的低徊猶豫。〈哀郢〉是他在被流放的別地，思念故鄉而作的。他等候著復召，卻永不曾有這個好音。他最後只好慨嘆地說道：「曼余目以流觀兮，冀一反之何時！鳥飛反故鄉兮，狐死必首丘。信非吾罪而棄逐兮，何日夜而忘之！」〈涉江〉也是他在被放於南方時所作。

他既久不得歸，於是又作〈懷沙〉、〈悲回風〉二賦，以抒其愁憤，且決志要以自殺了結他的貞固的一生。在這時，他已經完全失望，已經完全看不出有什麼光明前途了。國事日非，黨人盤踞，「變白以爲黑兮，倒上以爲下，鳳皇在笯（ㄋㄨˊ，囚禁）兮，雞鶩翔舞；同糅玉石兮，一概而相量。」當然不會有人知他。〈懷沙〉之作，在於「滔滔孟夏兮，草木莽莽」之時。他在那裡，已決死志，反而淡淡的安詳說道：「民生稟命，各有所錯兮，定心廣志，余何畏懼兮。……知死不可讓，願勿愛兮。」在〈悲回風〉裡，他極敘自己的悲愁：「涕泣交而淒淒兮，思不眠而至曙。終長夜之曼曼兮，掩此哀而不去。」他倒願意「溘死而流亡兮，不忍此心之常愁。」至於〈惜往日〉，或以爲「此作詞旨鄙淺，不似屈子之詞，疑後人僞託也。」我們見她一開頭便說：「惜往日之曾信兮，受命詔以昭時，奉先功以照下兮，明法度之嫌疑」，似爲直抄《史記》的〈屈原列傳〉而以韻文改寫之的，屈原的作品，決不至如此的淺顯。僞作之說，當可信。

〈九歌〉、〈天問〉也頗有人說其皆非屈原所出。朱熹說：「昔楚南郢之邑，沅、湘之間，其俗信鬼而好祀。其祀必使巫覡（ㄒㄧˊ，男巫師）作樂歌舞以娛神。蠻荊陋俗，詞既鄙俚，而其陰陽人鬼之間，又或不能無褻慢淫荒之雜。原既被逐，見而感之。故頗爲更定其詞，去其泰甚。」是則朱熹也說〈九歌〉本爲舊文，屈原不過「更定其詞，去其泰甚」而已。這個解釋是很對的。我們與其將〈九歌〉的著作權完全讓給了屈原或楚地的民衆，不如將這個巨作的「改寫」權交給了屈原。我們看〈九歌〉中那麼許多娟好的詞語：「桂棹兮蘭枻（一、，船槳），斫冰兮積雪，采薜荔兮水中，搴芙蓉兮木末。心不同兮媒勞，恩不甚兮輕絕」（〈湘君〉）。「帝子降兮北渚，目眇眇兮愁予。嫋嫋兮秋風，洞庭波兮木葉下」（〈湘夫人〉）。「秋蘭兮青青，綠葉兮紫莖。滿堂兮美人，忽獨與余兮目成」（〈少司命〉）。「若有人兮山之阿，被薜荔兮帶女蘿，既含睇兮又宜笑」（〈山鬼〉）。我們很不能相信民間的祭神歌竟會產生這樣的好句。有許多民間的歌曲在沒有與文士階級接觸之前，都是十分的粗豪鄙陋的。偶有一部分晶瑩的至情語，也被拙笨的辭筆所礙而不能暢達。這乃是文人學士的擬作或改作，給他們以一種新的生命，新的色彩。〈九歌〉之成為文藝上的巨作，其歷程當不外於此。

〈九歌〉有十一篇。或以〈禮魂〉為「送神之曲」，為前十篇所適用。或則更以最後的三篇：〈山鬼〉、〈國殤〉、〈禮魂〉，合為一篇以合於「九」之數，然〈山鬼〉、〈國殤〉諸篇，絕沒有合為一篇的可能。但〈九歌〉實只有九篇。除〈禮魂〉外，〈東皇太一〉實為「迎神之曲」，也不該計入篇數之內。

〈九歌〉的九篇（除了兩篇迎神、送神曲之外），相傳以為都是禮神之曲。但像「思公子兮未敢言」（〈湘夫人〉），「悲莫悲兮生別離，樂莫樂兮新相知」（〈少司命〉），「子交手兮東行，送美人兮南浦」（〈河伯〉），「既含睇兮又宜笑，子慕予兮善窈窕」（〈山鬼〉）諸情語，又豈像是對神道說的。或以為《聖經》中的〈蘇羅門歌〉，不是對神唱的歌曲，而同時又是絕好戀歌麼？不知〈蘇羅門歌〉正是當時的戀歌；後人之取來作為聖歌，乃正是他們的附會。朱熹也知〈九歌〉中多情語，頗不易解得通，所以便說：「其言雖若不能無嫌於燕昵，而君子反有取焉。」

我的意見是，〈九歌〉的內容是極爲複雜的，至少可成爲兩部分：一部分是楚地的民間戀歌，如〈湘君〉，〈湘夫人〉，〈大司命〉，〈少司命〉，〈河伯〉，〈山鬼〉六篇；一部分是民間祭神祭鬼的歌，如〈雲中君〉，〈國殤〉，〈東君〉，〈東皇太一〉及〈禮魂〉。

〈天問〉是一篇無條理的問語，在作風上，在遣詞用語上，全不像是屈原作的。朱熹說：「屈原放逐，彷徨山澤，見楚有先王之廟及公卿祠堂，圖畫天地山川神靈，琦瑋譎佹，及古賢聖怪物行事，因書其壁，向而問之，以渫憤懣。楚人哀而惜之，因共論述。故其文義不次序云爾。」既是楚人所「論述」，可見未必出於屈原的手筆。且細讀〈天問〉全文，平衍率直，與屈原的〈離騷〉、〈九章〉諸作的風格完全不同。我們不能相信的是，以寫〈離騷〉、〈九章〉的作者，乃更會寫出「簡狄在台，嚳何宜？玄鳥致貽，女何喜？」那麼一個樣子的句法來。有人以爲〈天問〉是古代用以考問學生的試題。這話頗有人加以非笑，以爲在古代時，究竟要考問什麼學生而用到這些試題。我們以爲以〈天問〉爲試題，或未免過於武斷；但〈天問〉之非一篇有意寫成的文藝作品，則是無可懷疑的。她在古時，或者是一種作者所用的歷史、神話、傳說的備忘錄也難說。或者竟是如希臘海西亞特（Hesiod）所作的《神譜》，或亞甫洛杜洛斯（Apollodorus）的《圖書紀》。體裁乃是問答體的，本附有答案在後。後人因爲答題過於詳細，且他書皆已有詳述，故刪去之，僅存其問題，以便讀者的記誦。這個猜測或有幾分可能性吧。

八

〈大招〉或以爲屈原作，或以爲景差作。王逸以爲：「疑不能明。」朱熹則直以爲景差作。

〈招魂〉向以為宋玉作，並無異辭。至王夫之、林雲銘他們，始指為屈原作。此二篇內容極為相同。假定一篇是屈原「作」的話，則第二篇決不會更是他「作」的。但這兩篇原都是民間的作品。朱熹在〈招魂〉題下，釋曰：「古者，人死，則使人以其上服，升屋履危，北面而號曰『臯某復』。遂以其衣三招之，乃下，以覆尸。此禮所謂復。而說者以為招魂復魂。又以為盡愛之道，而有禱祠之心者，蓋猶冀其復生也。如是而不生，則不生矣。於是乃行死事。此制禮者之意也。而荊楚之俗乃或以是施之生人。」此種見解，較之王逸的「以諷諫懷王，冀其覺悟而還之也」自然高明得多。〈大招〉之作用，也是同一意思。所以這兩篇「招魂」的文章，無論是屈原，是宋玉，是景差所「作」，其與作者的關係都是很不密切的，他們只是居改作或潤飾之勞而已。這兩篇作品的影響，在後來頗不小。屈原的作品，如〈離騷〉，如〈九章〉，宋玉的作品，如〈九辯〉，都是浩浩莽莽的直抒胸臆之所欲言。他們只有抒寫，並不鋪敘。只是抒情，並不誇張。只是一氣直下，並不重疊的用意描狀。至於有意於誇張的鋪敘種種的東西，以張大他們的描狀的效力者，在《楚辭》中卻只有〈大招〉、〈招魂〉這兩篇。例如，他們說美人，便道：「朱唇皓齒，嫭（ㄏㄨˋ，美好）以姱只（ㄓˇ，語氣詞，用於句尾，表示感嘆）；比德好閑，習以都只；豐肉微骨，調以娛只，魂乎歸徠，安以舒只，嫮目宜笑，蛾眉曼只。容則秀雅，稚朱顏只。魂乎歸徠，靜以安只。」（〈大招〉）他們說宮室，便道：「高堂邃宇，檻層軒些。層台累榭，臨高山些。網戶朱綴，刻方連些。冬有突廈，夏室寒些。川谷徑復，流潺湲些。光風轉蕙，氾崇蘭些。經堂入奧，朱塵筵些。」（〈招魂〉）說飲食，說歌舞，也都是用這種方法。又他們對於招來靈魂，既歷舉四方上下的可怕不可居住，又盛誇歸來的可以享受種種的快樂。這種對稱的敘述，重疊的有秩序的描狀，後來的賦家差不多沒有一篇不是這樣的。〈三都賦〉是如此，〈七發〉是如此，〈簫賦〉也是如此。「賦者鋪也」一語，恰恰足以解釋這一類的賦。〈大招〉、〈招魂〉的重疊鋪敘，原是不得不如此的宗教的儀式。卻不料反開了後來的那麼大的一個流派。

九

在《楚辭》裡，可指名的作家，屈原以外，便是宋玉了。《史記》在〈屈原列傳〉之末，提起這樣的一句話：「屈原既死之後，楚有宋玉、唐勒、景差之徒者，皆好辭而以賦見稱。」司馬遷並沒有說起宋玉的生平。在《漢書・藝文志》裡，於「宋玉賦十六篇」之下，也只注著「楚人，與唐勒並時，在屈原後也。」《韓詩外傳》（卷七）及《新序》（雜事第一及第五）裡，說起：宋玉是屈原以後的一位詩人，事楚襄王（《韓詩外傳》作懷王）為小臣，並不得志。他在朝廷的地位，大約是與漢武帝時的司馬相如、枚皋、東方朔諸人相類。與他同列者有唐勒、景差諸人，皆能賦。他的一生，大約是這樣的很平穩的為文學侍從之臣下去。他的死年，大約在楚亡以前。他與屈原的關係，以上幾部書都不曾說起過。只有王逸在他的《楚辭章句》上說：「宋玉者，屈原弟子也。」（《九辯・序》）這話沒有根據。大約宋玉受屈原的影響則有之，為實際上的師弟則未必然。他在當時頗有一部分的勢力，他的鋒利的談片，或為時人所艷稱，所以他有許多軼事流傳於後。

他的著作，《漢書・藝文志》說有十六篇，今所有者則為十四篇。在其中，惟〈九辯〉一篇，公認為宋玉所作，並無異議。這一部大作，也實在是足以代表宋玉的文藝上的成功。她是以九篇詩歌組成的。那九篇的情調，也有相同的，也有不相同的，大約絕不會是同時之作。〈九辯〉之名，或為當時作者隨手所自題（〈九辯〉原為古詩名），或為後人所追題。在〈九辯〉裡的宋玉，其情調與屈原卻大有不同。他也傷時，然而他只說到「悼余生之不時兮，逢此世之俇攘」而止；他也怨君之不見察，然而他也只說到「君棄遠而不察兮，雖願忠其焉得；欲寂寞而絕端兮，竊不敢忘初之厚德」而止；他也罵世，然而他只說到「何時俗之工巧兮，滅規榘而改鑿。獨耿介而不隨兮，願慕先聖之遺教」而止。他是蘊蓄的，他是：「溫柔敦厚」的。

〈九辯〉裡寫秋景的幾篇是最著名的：「悲哉秋之爲氣也。蕭瑟兮草木搖落而變衰，憭栗兮若在遠行，登山臨水兮送將歸。泬寥兮天高而氣清，寂寥兮收潦而水清。憯淒增欷兮薄寒之中人。愴怳懭悢兮去故而就新。坎廩兮貧士失職而志不平。廓落兮羈旅而無友生，惆悵兮而私自憐。」簡直要一口氣讀到底，捨不得在中途放下。

宋玉的其他諸作，除〈招魂〉外，自〈風賦〉以下，便都有些靠不住。一則他們的文體是疏率的，與〈九辯〉之緻密不同。再則，他們的情調是淺露無餘的，與〈九辯〉之含蓄有情致的不同。三則他們的結構是直接的，與〈九辯〉之纏綿宛曲者又不同。且像那樣的記事的對話體的賦，一開頭便說：「楚襄王游於蘭台之宮，宋玉、景差侍」（〈風賦〉）；便說：「昔者，楚襄王與宋玉游於雲夢之台」（〈高唐賦〉）；便說：「楚襄王與宋玉游於雲夢之浦」（〈神女賦〉），顯然不會是出於宋玉本人之手的。且〈高唐賦〉中簡直的寫上了「昔者，楚襄王與宋玉游於雲夢之台」，這還不是後人的追記麼？〈笛賦〉中還有「宋意將送荊卿於易水之上，得其雌焉」之語。宋玉會引用到荊卿的故事麼？又〈登徒子好色賦〉與〈諷賦〉皆敘的是一件事；結構與情調完全是相彷彿的。〈高唐賦〉、〈神女賦〉與〈高唐對〉三篇也敘的是同一的事件。假定他們全是宋玉寫的，他又何必寫此同樣的若干篇呢？而第一次見於《古文苑》的〈笛賦〉、〈大言賦〉、〈小言賦〉、〈諷賦〉、〈釣賦〉、〈舞賦〉，其來歷更是不可問的。劉向見聞至廣，王逸也博采《楚辭》的作品。

假定當時宋玉有這許多作品流傳著，他們還不會收入《楚辭》之中麼？

此外，楚人之善辭者，尚有唐勒、景差二人。《漢書・藝文志》著錄唐勒賦四篇，無景差的作品。《史記》卻提到過景差。王逸說：「〈大招〉，屈原之所作也，或曰景差，疑不能明也。」朱熹則斷〈大招〉爲景差之作。但這二人都不甚重要，景是楚之同姓，景差大約與宋玉同時；唐勒也是與他們同時，也事楚襄王爲大夫，且嘗與宋玉爭寵而妒害他，勒的作品絕不可見。在《全上古三代秦漢三國六朝文》裡只有他的《奏土論》的殘文數語。

參考書目

一、《毛詩正義》，四十卷，漢毛亨傳，鄭玄箋，唐孔穎達疏，有《十三經注疏》本。
二、《詩集傳》，八卷，宋朱熹撰，坊刻本極多。
三、《詩經通論》，十八卷，清姚際恆撰，有道光丁酉刊本。
四、《讀詩偶識》，四卷，清崔述撰，有《畿輔叢書》本，有日本刊《東壁遺書》本。
五、《詩經原始》，十八卷，清方玉潤撰，有《鴻濛室叢書》本，有石印本。
六、《詩三家義集疏》，二十八卷，王先謙撰，有乙卯年虛受堂原刊本。
七、〈詩經的厄運與幸運〉，顧頡剛撰，載於《小說月報》第十四卷第三號至第五號，又有《小說月報叢刊》本。
八、〈讀毛詩序〉，鄭振鐸撰，載於《小說月報》第十四卷第一號。
九、〈關於詩經研究的重要書籍介紹〉，鄭振鐸撰，載於《小說月報》第十四卷第三號。
十、《楚辭》，王逸章句，洪興祖補注。有汲古閣刊本，有金陵書局刊本。
十一、《楚辭集注》，朱熹撰，有《古逸叢書》本，有坊刊本。

第五章　先秦的散文

先秦散文壇的盛況——哲學家的天下——儒道墨的分道並馳——老子——孔子和墨子的積極救世的精神——「儒分為八墨離為三」——孟子與荀子——莊子——韓非與呂不韋——諸歷史家——《戰國策》——《春秋左氏傳》——《穆天子傳》

一

上古文學，在詩歌一方面，不過有《詩經》與《楚辭》的兩個總集，偉大的作家也只有幾個人。但在散文一方面，作家卻風起泉湧，極一時之盛。或爲哲學家，或爲政治家，或爲辯士，或爲歷史家，或爲專門的學者。各有所長，各有所見，各有所執持。他們是抒達自己的意見而無諱避的。他們沒有什麼傳統的信仰與意見的束縛，他們各欲爲開山祖，也各有他們的信徒。這個時代，論者每以爲是中國哲學的黃金時代。

雖然他們並不以文學爲業，但他們的文章，卻也是光彩煥發，風致遒美，其結構的嚴整，文句的精粹，都爲漢以後散文作家所少見。他們每能以盛水不漏的嚴密的哲學思想，裝載於美麗多趣的文字裡，驅遣著豐富的想像，生動的比喻，活潑而有情致的文辭，爲他自己的應用。因此，他們的作品，便不唯成了哲學上的名著，也成了文學上的名著。

他們都是生活在從公元前五七〇年（周靈王時）到公元前二三〇年（秦始皇時）之間的一個時代的。這一個時代，即所謂春秋戰國的時代。這時，中國的各地，尤其是黃河流域，都繼續的陷在局部戰爭的情形之中。爭戰不休，兵戈時舉。一切的傳統的道德與思想都已被打得粉碎。政治上社會上的紛紜也已達於極點。於是新創的哲學思想與政治觀念便應運而出。有的人表白出消極的厭世的破壞思想。有的人還要努力地維持古代的傳統思想，保存古代的一切良好的制度，積極地與社會相爭鬥。有的人欲以仁愛及實用之學，來挽救這種的擾亂與民間的疾苦。有的人則更欲以嚴明的政治及法律來統轄這種的紛擾的局面。這些都是由社會的自然的趨勢裡，醞釀出他們的哲學來的。重要的派別有三；即所謂儒、道、墨者是。道家抱消極的厭世思想，儒家則主張保守與用世，墨家則以救天下博愛爲己任。更有持極端的個人主義，雖拔一毛而利天下也不肯爲的楊朱，以嚴刑峻法統治一國的商鞅、韓非，以詭辯伏人而自喜的公孫龍、鄒衍等等。但他們的影響究竟沒有儒、道、墨三家那麼大，他們的跟從者也沒有儒、道、墨三家那麼多。這三派的哲學家，各有其開山祖，儒家爲孔丘，道家爲李耳，墨家爲墨翟。這一個時代，恰好也是希臘哲學的黃金時代；蘇格拉底，柏拉圖，亞利斯多德，西諾諸人相繼而起。我們沒有阿斯克洛士，優里辟特似的大悲劇家，然而我們卻有許多的哲學家，足以與希臘哲學界東西相輝映。

二

在這些先秦哲學家中，最先出來的是老子。老子[1]姓李，名耳，字聃（據《史記》），楚國人。關於他的神話甚多，有的說他活了二百餘歲，有的說他出關仙去。於是更有《老子化胡經》，《老子七十二變化圖》之作。道家也以他爲他們的宗教的始祖。於是他便成了與釋迦牟尼的三身如來佛相配當的「三清」（即所謂「老子一炁（ㄑㄧˋ，通「氣」）化三清」）。孔子曾與他相見過。因爲他做過周守藏室之吏，所以孔子向他問禮。大約他的生活時代與孔子相差不遠，其生當在公元前四七〇年（周元王時）以前。老子所代表的思想是消極的，厭世的。他的書有《道德經》[2]上下二篇，共八十一章，文字極簡直。他因爲當時政治的齷齪，言治者紛然出，而天下愈擾，於是主張無爲，主張無治，以爲「不尙賢，使民不爭，不貴難得之貨，使民不爲盜，不見可欲，使民心不亂。是以聖人之治，常使民無治無欲。」雞犬之聲相聞，而民至老死不相往來，這就是他的理想國的景象。他不主張法治，以爲：「民不畏死，奈何以死懼之！」他不喜歡賢能與強力，而以謙下與柔弱爲至德。他說：「江海所以能爲百谷王者，以善下之，故能爲百谷王。」又說：「天下莫柔弱於水，而攻堅強者，莫之能勝，其無以易之。」他的悲觀，極爲徹透。他說：「天地不仁，以萬物爲芻狗；聖人不仁，以百姓爲芻狗。」這種悲觀的消極的思想，在當時極爲流行；一部分的人，以

*　*　*

① 老子見《史記》卷六十三。

② 《道德經》刊本極多，以明世德堂《六子》本爲較好（有石印本）。

生爲苦，於是唱著：「知我如此，不如無生」，一部分的人則流於玩世不恭，譏笑一切僕僕道路的以救民救世爲己任的人，如《論語》中所載長沮、桀溺諸人都是。老子便是他們的代表。

因爲這一派厭世的消極的思想的流行，於是孔子便起來反抗他們，宣傳堯、舜、文、武之治，努力維持理想中的傳統的政治的與社會的道德，以中庸的積極的態度，始終不懈的從事於改良當時的政治，以復於他所理想的古代清明的政治狀況。他在當時的影響極大。跟從他學習的有三千多人，主要的弟子有七十餘人。他名丘，字仲尼，魯國人③。生於公元前五五一年（即周靈王二十一年），卒於公元前四七九年（即周敬王四十一年）。他的事跡與言論，許多書上都有記載，但以《論語》④所記者爲最可靠。他曾做過魯國的司空及司寇。後來去官周遊列國。到了六十八歲時，復回魯地。專心著述，編訂《尚書》、《詩經》、《周易》及《春秋》，還訂定了《禮》與《樂》。卒時，年七十三。孔子的思想，是入世的，是積極的。《論語》雖爲曾子的門人所記，文字雖極簡樸直接，卻能把孔子的積極的思想完全表現出。老子主張無治無爲，孔子則主張有爲，主張政刑與德禮爲治世者所必要。他說：「道之以政，齊之以刑，民免而無恥。道之以德，齊之以禮，有恥且格。」孔子是極力欲維持理想中的道德的。所以齊陳恆殺其君，孔子三日齋而請伐齊。季氏舞八佾於庭，孔子說道：「是可忍也，孰不可忍也！」當時的人常譏嘲孔子之僕僕道路，而無所成。但孔子則不悲觀。「楚狂接輿歌而過孔子曰：『鳳兮，鳳兮！何德之衰！往者不可諫，來者

*　　*　　*

③孔子見《史記》卷四十七。

④《論語》刊本極多，有《十三經注疏》本，有朱熹注本。

猶可追。已而已而，今之從政者殆而。』孔子下，欲與之言，趨而辟之，不得與之言。長沮、桀溺耦而耕，孔子過之，使子路問津焉。長沮曰：『夫執輿者爲誰？』子路曰：『爲孔丘。』曰：『是魯孔丘歟？』曰：『是也。』曰：『是知津矣！』問於桀溺。曰：『子爲誰？』曰：『爲仲由。』曰：『是魯孔丘之徒歟？』對曰：『然。』曰：『滔滔者天下皆是也，而誰以易之！且而與其從辟人之士也，豈若從辟世之士哉。』耰而不輟。子路行以告。夫子憮然曰：『鳥獸不可與同群。吾非斯人之徒與而誰與！天下有道，丘不與易也！』」（《論語．微子》）這種精神，眞足以感動一切時代的人！

較孔子略後，而與孔子具有同樣的積極的救世的精神者爲墨子[5]。墨子主張博愛，非攻。他的勢力，在當時也極大。老、孔、墨三派的思想，幾乎三分天下。墨子名翟，或以他爲宋人，或以他爲魯人。他的生活時代約在公元前五〇〇年（周敬王時）到公元前四一六年（周威烈王時）之間。關於墨子的書，有《墨子》[6]五十三篇。但未必爲墨子所自著。一部分是墨者記述墨子的學說與行事的，一部分是後人加入的。墨子有孔子的積極救世的精神，其救助被損害之國的熱情，且較儒者尤爲強烈。孟子的「墨子兼愛，摩頂放踵利天下，爲之」數語，即足表現他的精神。楚國使公輸般造雲梯欲攻宋。墨子走了十日十夜，趕去見公輸般，說服了他，使他中止攻宋。但同時，他與儒家有好幾點相反對。儒者主張王者之師，並不反對戰爭。墨子則徹底的主張非攻。儒者主張愛有等

*　　*　　*

⑤墨子見《史記》卷七十四。

⑥《墨子閒詁》，孫詒讓著。有自刊本。

次。墨子則主張博愛。儒者不信鬼而信天命，重禮樂，重視喪葬之事。墨子則主張明鬼而非命，提倡節葬而非樂。

儒、道、墨三派，各有其信徒。然他們的學說傳世既久，便又起了分化。韓非子在〈顯學篇〉裡，將儒、墨二家的分化，說得非常詳細。他說：「自孔子之死也，有子張之儒，有子思之儒，有顏氏之儒，有孟子之儒，有漆雕氏之儒，有仲良氏之儒，有孫氏之儒，有樂正氏之儒。自墨子之死也，有相里氏之墨，有相夫氏之墨，有鄧陵氏之墨。故孔、墨之後，儒分為八，墨離為三。」《漢書．藝文志》著錄道家為三十七家，除伊尹、太公及老子經傳經說之外，自文子、蜎（ㄩㄢ）子、關尹子、莊子、列子、老成子、長盧子、王狄子，以至公孫牟、申子、老萊子、黔婁子等不下十餘家。他們既各自著書立說，則當然又各有他們的見地與主張了。這三大派的分化，一方面使儒道墨的學說互相影響，互相採納，一方面使儒道墨的學說益為分歧迷亂，不能有截然的分野。分化的結果，遂陷入不可避免的衰落的途程中。又他們既「取舍相反不同，而皆自謂眞孔墨，孔墨不可復生，將誰使定後世之學乎？」（《韓非子．顯學篇》）自己一派的互相爭論的結果，又使後來者目迷五色，耳紛八音，有無所適從之苦。這都是迫促他們以就於滅亡的。

墨家之書，存者僅《墨子》一作。儒家之書，於《論語》外，存於今者，在《禮記》中有〈大學〉、〈中庸〉二篇，〈大學〉相傳為曾子及其門人所作的。〈中庸〉相傳為孔子之孫子思所作。又有《孝經》，相傳係孔子為曾子說的，由後人記載下來。還有其他各書，但都不甚重要。其中最重要的，且最有影響於後來的文學的作品的，為《孟子》和《荀子》。

孟子[7]名軻，鄒人。生於公元前三七二年（即周烈王四年），卒於公元前二八九年（即周赧王二十六年），卒時，年八十四。他曾受業於子思的門人，見過齊宣王、梁惠王，所如不合，「退而與萬章之徒，序《詩》《書》，述仲尼之意，作《孟子》[8]七篇。」（《史記》）有的人頗疑《孟子》，以爲係後人所僞作，有的人則以爲《孟子》一書未必爲軻所自著，而是弟子所記述的。大約以後說爲較可靠。當孟子時，天下競言功利，以攻伐縱橫爲賢。孟子乃稱述唐虞三代之德，痛言功利之害，宣傳仁義之說，努力維持儒家的道德。是以時人都以他爲「迂遠而闊於事情」。但他一方面卻也染了戰國辯士之風，頗好辯難，喜以比喻宣達他的意見。因此，《孟子》一書較之《論語》及《孝經》諸書，其文辭更富於文學的趣味；辭意峻利而深切，比喻贍美而有趣。他和孔子相差不過一世紀多，而作風之不同已如此。

荀子名況[9]，字卿，趙人。初仕齊，三爲祭酒。齊人或讒荀卿。卿乃適楚。春申君用他爲蘭陵令。春申君死，荀卿失官，因家蘭陵，著書數萬言[10]而卒。卿的生活時代約在公元前三一〇年至前二三〇年左右。他的書《荀子》，有三十三篇，內有賦五篇，詩二篇。漢魏六朝以至唐，最流行之文體之一，即爲賦，而其名實自荀卿始創之。荀卿並不墨守儒家的思想。他批評墨、道及諸子之失

*　*　*

⑦ 孟子見《史記》卷七十四。
⑧ 《孟子》坊刊本極多。
⑨ 荀子見《史記》卷七十四。
⑩ 《荀子》有楊倞注本。

時，對於儒家之子思、孟子也不肯放過。他主張人性是惡的，反對孟子性善之說。主張法後王，反對儒家法先王之說。又主人治，反對天治。對於盤踞於中國人的心中的「相」的觀念，加以嚴肅的駁詰。其影響是很大的。

道家的支流，最著者爲莊子。他的書，爲後來文學者所最喜悅。莊子[11]名周，蒙人。嘗爲蒙漆園吏。與梁惠王、齊宣王同時。約死於公元前二七五年左右。他甚博學，最喜老子的學說，著書十餘萬言[12]。其文字雄麗洸洋，自恣以適已。「以天下爲沉濁，不可與莊語。以卮言爲曼衍，以重言爲眞，以寓言爲廣。獨與天地精神往來，而不敖倪於萬物。不譴是非，以與世俗處。……上與造物者遊，而下與外生死無終始者友。」（〈天下篇〉）他的書，《莊子》，現在存三十三篇，其中〈讓王〉、〈說劍〉、〈盜跖〉、〈漁父〉諸篇，是後人僞作的。他最喜以美麗而雄辯的文辭自恣其所言。像〈秋水〉、〈胠篋〉諸篇都是最漂亮的散文。

道家於莊子之外，尙有關尹子、文子、列子亦皆各有遺文傳於世。《關尹子》及《列子》皆僞作。《文子》則柳宗元也以它爲駁書：「其渾而類者少，竊取他書以合之者多。凡孟管輩數家皆見剽竊。」（柳宗元〈辯文子〉）故這裡俱不詳之。

* * *

⑪ 莊子見《史記》卷六十三。

⑫ 《莊子集解》，郭慶藩編，有長沙刊本。

三

持其說以自騁於世者，於儒、道、墨三家外，還有不少。《孟子》裡說及的，有許行及楊朱。許行與「其徒數十人，皆衣褐捆屨，織席以爲食。」他主張「賢者與民並耕而食，饔飧而治。」他的徒從以爲「從許子之道，則市賈不貳，國中無僞，雖使五尺之童適市，莫之或欺。布帛長短同則賈相若，麻縷絲絮輕重同則賈相若，五穀多寡同則賈相若。」（《孟子．滕文公上》）楊朱的學說，也見於《孟子》。孟子說：「楊朱墨翟之言盈天下。天下之言，不歸楊則歸墨。楊氏爲我，是無君也；墨氏兼愛，是無父也。」最後他又慨然地說道：「能言距楊、墨者，聖人之徒也！」（《孟子．滕文公下》）楊朱之學說能引起孟子那麼激烈的反抗，當然在那個時候一定流傳得很廣。「天下之言，不歸楊則歸墨」，由這句話可知楊朱的勢力已與墨翟並駕齊驅的了。《莊子．天下篇》所敘列的「天下之治方術者」有儒家，有以墨翟、禽滑釐爲中心的墨家，有宋鈃、尹文，有彭蒙、田駢、愼到，有關尹、老聃，有莊周他自己，有惠施。他所評論者凡七家。每一家都有簡略的敘述。荀子的〈非十二子篇〉，則所非者凡六派，十二人。一派是它囂、魏牟，一派是陳仲、史鰌，一派是愼到、田駢，一派是墨翟、宋鈃，一派是惠施、鄧析，一派是子思、孟軻。韓非子的〈顯學篇〉則說到儒、墨二家及其所分化的十一支派。司馬遷在《史記》的〈孟子荀卿列傳〉中，所敘列的除荀、孟之外，則有：齊之騶忌、騶衍、淳于髡、愼到、環淵、接子、田駢、騶奭（ㄕˋ）；趙之公孫龍、劇子；魏之李悝（ㄎㄨㄟ）；楚之尸子、長盧；阿之吁子（即芋子）。「世多有其書」。宋則有墨翟。他父親司馬談作〈論六家要旨〉（《史記》卷一百三十，〈太史公自序〉），所舉的六家則爲陰陽、儒、墨、名、法、道德，也各給以評判。到了劉向，則總諸子爲十家，實則「其可觀者九家而已」。十家者，一儒家，二道家，三陰陽家，四法家，五名家，六墨家，七縱橫家，八雜家，九農家，十小說家。這可見那時的思想界是如何的熱鬧。劉向的敘列，可以說是最有系統的。但這些家派的著作，今百不存一。我們要研究他們，實在是異常的困難。但在那些有書遺留下來的「諸子」中，有一部分還是後人搜集重編的（如《尸子》），有一小部分又顯然可以看出他是僞託的（如《商子》）。公孫龍、鄧析諸人的書也不甚重要。現在都不講。只講比較重要的韓非。

韓非[13]是韓國的公子，喜刑名法術之學。與李斯同事荀卿。他口吃，不能說話，而善於著書。他看見韓國日以削弱，數以書諫韓王，不見用。退作〈孤憤〉、〈五蠹〉、〈內外儲〉、〈說林〉、〈說難〉十餘萬言以見志。後韓國使非於秦。非在秦被殺。他死的時候，是公元前二三三年（即秦始皇十四年）。他的書《韓非子》[14]，有五十五篇，其中一部分是他自己著的，一小部分是後人加入的。他的文辭緻密而深切，後來論文家受他的影響者甚多。

《漢書・藝文志》著錄縱橫家自蘇子（秦）、張子（儀）、龐煖以下至蒯子（通）、鄒陽、主父偃等凡十二家，其中除漢人以外，先秦作者，如蘇張[15]二人，雖已無書傳世，然他們的辯辭，卻

*　　*　　*

⑬ 韓非見《史記》卷六十三。

⑭ 《韓非子集解》有長沙刊本。

⑮ 蘇秦、張儀見《史記》卷七十四。

爲《戰國策》保存得不少。《戰國策》爲古代最好的散文名作之一。她的精華所在便是諸辯士的論難的文章與其足以聳動人主聽聞的議論。所以張儀蘇秦的絕好的政論，我們卻仍能很愉快的享受到。他們的長處，在於能夠度察天下的大勢而出之以引人入勝的妙喻好句，出之以動人心脾的危辭險語。在政論上說來，實在是一種傑作，後人很少能及得到的。賈誼不過悲憤而已，陸贄不過懇切而已，若蘇、張之作，才可當得起雋脆清俊，深入無間之稱。我們沒有對公共講述的大演說家狄摩桑尼士、西塞羅等人。然我們卻有可同樣的不朽的政論者蘇、張。尙有《管子》一書，託名管仲著，《晏子》一書，託名晏嬰著，《孫子》一書，託名孫武著，《吳子》一書，託名吳起著，以及其他如《鬻子》之屬，雖亦議論中聽，結構綿密，而其中類多爲後人所僞作，所以這裡也都不講。

春秋戰國時代的燦爛無比的思想界，到了戰國之末，漸漸的衰落下來。於是有秦相呂不韋，集許多賓客，使各著所聞，以爲八覽，六論，十二紀，名之曰《呂氏春秋》。這一部無所不包的雜書，就是中國古代思想界的總結集。到了秦始皇統一各國，焚天下之書，以愚天下人民之耳目，各種的思想便一時被撲滅無遺。漢興，儒、道二派的餘裔又顯於時，但俱苟容取媚於世，已完全沒有以前的那種救世的，積極的精神了。

四

我們如將先秦的歷史家與先秦的哲學家比較一下，我們便知道歷史家在散文上所占的地位實在是非常的渺小的。先秦的歷史書籍，有被稱爲「斷爛朝報」的《春秋》；有依據這個編年體裁而敘述得比較詳細的《左傳》；有依國別編次，並無敘述的系統的《國語》、《國策》，此外更有唯一的傳記：《穆天子傳》。像《春秋》、《竹書紀年》等編年體的歷史，本來不算是什麼有組織的東西。他們不過依了時間的自然順序以記載歷年所發生的史跡而已。他們是編輯方法最原始的史籍。惟《春秋左氏傳》[⑯]較爲進步，常有許多著意的描狀，足稱爲一部有文學趣味的歷史。《左氏傳》爲左丘明作。左丘明的生平我們知道得很少。據說，他是一個盲人。孔子的《春秋》起於魯隱公元年（公元前七二二年），終於魯哀公十四年（公元前四八一年），左丘明的傳，則書孔子卒，直至哀公二十七年始告終止。

《國語》記載自公元前九九〇年（周穆王十二年）到公元前四五三年（周貞定王十六年）的諸國的史跡。相傳這部書亦爲左丘明所作。左丘明作《春秋傳》，意猶未盡，「故復採錄前世穆王以來，下訖魯悼、智伯之誅，邦國成敗，嘉言善語，……以爲《國語》」[⑰]，這部書的性質與《春秋傳》不同。《春秋傳》編年，《國語》則分國敘述。凡二十一卷，分敘周、魯、齊、晉、鄭、楚、吳及越等八國的重要的史事。《戰國策》繼續《國語》的體例，而敘三家分晉至楚漢未起之前的重要史事。《戰國策》[⑱]在文學上的威權不下於《春秋》、《左傳》及《國語》。而《國策》的時代是一個新的時代，舊的一切，已完全推倒，完全摧毀，所有的言論都是獨創的，直接的，包含可愛的機警與雄辯的。所有的行動都是勇敢的，不守舊習慣的，都是審辨直接的，利害極爲明瞭的。因

* * *

⑯《左氏傳》有《十三經注疏》本，有《相台五經》本。

⑰《國語》有士禮居刊本，有坊刊本。

⑱《戰國策》有士禮居刊本，有坊刊本。

此，《戰國策》遂給讀者以一個新的特創的內容。她如一部中世紀的歐洲的傳奇，如一部記述魏、蜀、吳三國的史事的小說《三國志演義》，使讀者永遠的喜歡讀她。《戰國策》初名《國策》，或名《國事》，或名《短長》，或名《長書》，或名《修書》，卷帙亦錯亂無序。漢時劉向始把她整理過，定名爲《戰國策》，分之爲三十三篇。所敘的諸國，爲東周、西周、秦、齊、楚、趙、魏、韓、燕、宋、衛及中山。

《穆天子傳》⑲爲晉時束皙所見之「汲冢書」之一。其體裁與《春秋》、《國語》、《國策》三書俱異，乃敘周穆王遊行之事。《左傳》言：「穆王欲肆其心，周行天下，將皆必有車轍馬跡焉。」大約穆王的遊行天下的事，必爲當時所盛傳的。所以有人記錄他的遊蹤，作爲此傳。文字多殘闕，其中敘述穆王見西王母及盛姬之死與葬事，極爲渾樸動人，是古代最有趣的文字之一。

尚有《越絕書》、《吳越春秋》及晉史《乘》、楚史《檮杌》諸書，大概都是纂輯古書中的記載而爲之的。《越絕》記越王句踐前後的事，相傳爲子貢撰，或子胥所爲，俱是依託之言。或斷定爲漢時袁康、吳平所撰。《吳越春秋》敘吳、越二國之事，自吳太伯起至句踐伐吳爲止，亦爲漢人所作（《古今逸史》題爲漢趙曄撰）。晉史《乘》及楚史《檮杌》二書，則歷來書目俱不載，至元時乃忽出現。顯然是好事者所僞作的。二書前有元大德十年吾邱衍序，以爲此書乃他所發現。實則即他自己輯集《左傳》、《國語》、《說苑》、《新序》及諸子書中關於晉、楚的記事而編成的。

*　　*　　*

⑲《穆天子傳》有明刊《古今逸史》本，有《百子全書》本，《平津館叢書》本。

▣參考書目

一、《二十子》，有浙江書局刊本。
二、《六子》，有明世德堂刊本。
三、《十子全書》，有蘇州王氏刊本。
四、《百子全書》，有湖北書局刊本。
五、《玉函山房輯佚書》，馬國翰輯，有原刊本，湖南刊本。
六、《諸子平議》，俞樾著，有《俞氏叢書》本。
七、清、明各叢書裡，收入周、秦古書不少。以清人所校者爲可靠。像《平津館叢書》，《守山閣叢書》中所收諸子，皆很重要。

第六章　秦與漢初文學

秦的統一——學術思想的定於一尊——善頌善禱的文人李斯——漢初的散文家陸賈賈誼枚乘鄒陽鼂錯等——漢初的辭賦作家——莊夫子和賈誼的賦——枚乘〈七發〉的影響——漢初的楚歌作者——韋孟的〈諷諫詩〉

一

秦在很早的時候，便是一個強悍的國家，她的民族也是一個強悍的民族。在《秦風》裡，我們已看出她具有著剛毅不屈的氣概，堅恆奮發的情操：「豈曰無衣，與子同袍。王於興師，修我戈矛，與子同仇。」商鞅變法之後，秦國更一天一天的強大了。戰國時代，魏、韓、趙、齊、燕、楚諸國互相攻戰爭奪，無一寧日。秦或加入其中，總是取利而歸。她的函谷關卻從未被敵人侵入過一次。等到合縱連橫說蜂起之時，秦的聲勢已足以震撼天下而有餘了。列國莫不兢兢自保，但已不能阻止住秦人鐵蹄的蹂躪。在十數年之間，秦遂亡韓，滅趙，墟魏，下楚，入燕，平齊，「六王咸伏其辜，天下大定」。

秦的統一天下是古代史上一件絕大的事故。從前的統一，不過分封藩王，羈縻各地的少數民族而已。他們仍然保持其封建的制度，不甚受命於中央。到了秦皇統一之後，方才將根深柢固的分散的地方王國的制度打得粉碎，改天下為郡縣，以其常勝的精兵，駐在各地管轄鎮壓著，正如羅馬兵之留鎮於東方，亞歷山大兵之鎮守於波斯、印度各地一樣。當「三世皇帝」孺子嬰的時候，戰國諸王的遺臣遺民，又蜂起而各舉獨立之旗。但他們卻都不過曇花的一現，不必等到劉邦的統一，而都已死的死，逃的逃了。舊式的地方國家已非當時時勢所能允許其存在的了。

秦始皇和他的丞相李斯，眼光都是極為遠大的，不僅在政治方面，即在思想方面，學術方面，文字方面，也都力求其能統一。在李斯未執政權之前，呂不韋已致賓客，編輯《呂覽》（即《呂氏春秋》），有八覽：〈有始覽〉、〈孝行覽〉、〈慎大覽〉等；六論：〈開春論〉、〈慎行論〉等；十二紀：〈孟春紀〉、〈仲春紀〉、〈季春紀〉等。這部書本沒有一貫的主張，然而其氣魄卻是偉大的，無所不包，無所不談，大有要將天下的學術囊括於一書以內之雄心。及天下統一了之後，始皇、李斯卻更進一步的求統一天下的學術思想，以定於一尊。諸子紛爭之時，同派的每欲壓倒了異派的學者，如孟子之攻楊、墨，荀子之非十二子。不過他們都是沒有權力，只不過嘴裡嚷嚷打倒而已。到了秦始皇，他卻眞的以政治的力量來統一或泯滅一切「異端」的思想了。他又使中國的文字統一了，正如他們之使天下的車，同一軌轍。他們不許學者「道古而害今，飾虛言而亂實。」「史官非秦記，皆燒之，非博士官所職，天下敢有藏《詩》、《書》、百家語者，悉詣守尉雜燒之。有敢偶語《詩》、《書》棄市，以古非今者族，吏見知不舉者與同罪。」以如此的嚴刑峻法，對待學者，於是古代的學術精華，一掃而空。直到了漢惠帝之時，挾書還是有禁。歐洲中世紀的基督教徒，對於古典文學的毀害，還沒有秦始皇在短促的時間對於中國古典文學的毀損那麼重大。這實在是中國學術文藝的一個絕大的厄運。秦始皇在政治上雖給中國民族以很大的貢獻，在文化上，他卻是一個古今無比的罪人。

在那麼深誅痛惡異派思想與「處士橫議」的一個時代，在挾書有禁，藏書有罪，偶語詩書棄市的一個時代，文學的不能發達，自無待說。不僅列國的諸王臣民不能有什麼痛傷亡國的作品出現，即秦地的文人，歌頌大一統的光榮的作品也絕無僅有。李斯所稱的秦記，以及博士官所職的詩書，已付於咸陽一火，絕不可得見。今所以得見者不過幾篇公詔奏議以及刻石文而已。沒有一個時代遺留的作品像秦代那麼少的。秦代沒有一個詩人，沒有一個散文作家，所有的，只不過一位善禱善頌的李斯！

李斯①，楚上蔡人，少年時爲郡小吏。後從荀卿學帝王之術。學已成，度楚王不足事，而六國皆弱，無可爲建功者，乃西入秦。適秦方逐客，李斯議亦在逐中。他乃上書諫逐客，以爲秦之四君，皆以客之功，使秦成帝業。客本無負於秦。「夫物不產於秦，可寶者多，士不產於秦，而願忠者衆。今逐客以資敵國，損民而益仇，內自虛而外樹怨於諸侯，求國無危，不可得也。」秦王乃除逐客之令。時李斯已行，秦王使人追至驪邑，始還。卒用其計謀。二十餘年，竟併天下，以斯爲丞相。始皇卒，斯爲趙高所譖，二世乃下之獄。二世二年，斯論腰斬咸陽市。斯出獄，顧謂其中子道：「吾欲與若復牽黃犬，俱出上蔡東門逐狡兔，豈可得乎！」遂父子相哭，而夷三族。斯的散文，明潔而嚴於結構，短小精悍，而氣勢殊爲偉大。凡秦世的大製作，始皇遊歷天下，在泰山各處

* * *

① 李斯見《史記》卷八十七。

所立的碑碣，其文皆爲斯所作。今錄〈之罘東觀刻石〉一文爲例：

維二十九年，皇帝春遊，覽省遠方，逮於海隅。遂登之罘，昭臨朝陽，觀望廣麗。從臣咸念：原道至明，聖法初興，清理疆內，外誅暴強。武威旁暢，振動四極。禽滅六王，闡併天下。甾害絕息，永偃戎兵。皇帝明德，經理宇內。視聽不怠，作立大義。昭設備器，咸有章旗。職臣遵分，各知所行。事無嫌疑，黔首改化。遠邇同度，臨古絕尤。常職既定，後嗣循業。長承聖治，群臣嘉德。祇誦聖烈，請刻之罘。

二

漢初文學，仍承秦弊，沒有什麼生氣。儒生們但知定朝儀，取媚於人主，對於文藝復興的工作，一點也不曾著手。秦代所有的挾書律，也至惠帝四年（公元前一九一年）方才廢止。文、景繼之，始稍有活氣。這時，分封同姓諸王於各國，於是諸辯士又乘時而起，各逞其驚世的雄談，爲自己的利益而奔走著。頗有復現戰國時代的可驚羨的政談與橫議的趨勢。但同姓諸王國既因七國之被削而第二度破滅，這種風氣便也一時煙消雲滅。一般的才智之士，或者「投筆從戎」，有開闢異域之雄心；或馳騁於文壇，以辭賦博得盛名；或者拘拘於一先生之言，抱遺經而終老。這個情形在漢武帝時代，達到了她的極峰。

劉邦不喜儒。「諸客冠儒冠來者，沛公輒解其冠溺其中。與人言，常大罵。」（《漢書・酈食其（ㄧˋ ㄐㄧ）傳》）跟從於他身邊的儒生辯士，如酈食其、婁敬、陸賈、叔孫通等，皆是食客而已，不能與蕭何、張良等爭席而坐。除陸賈外，他們皆不著書。陸賈[2]，楚人，有口辯。從劉邦定天下，居左右，常使諸侯。以說趙佗功，拜爲太中大夫。賈時前說詩書。劉邦乃命他道：「試爲我著秦所以失天下，吾所以得之者何，及古成敗之國。」賈凡著十二篇。每奏一篇，邦未嘗不稱善。稱其書曰《新語》。《新語》雖今尙存在，但是後人所依託，非賈的原書。他又能辭賦。《漢書．藝文志》有「陸賈賦三篇」，但其文已佚。文帝時有賈誼，亦善於辭賦，而其散文也頗可觀。賈誼[3]，雒陽人。年十八，以能誦詩書屬文，稱於郡中，爲河南吳公所知。吳公爲廷尉，言誼年少，頗通諸家之書。文帝召以爲博士。是時，誼年二十餘。文帝以其能，悅之，超遷歲中至太中大夫。當時諸法令所更定及列侯就國，其說皆誼發。但爲讒臣所間，竟不得大用，而出他爲長沙王太傅。後歲餘，文帝復召入，拜他爲梁懷王太傅。這時，匈奴強侵邊，諸侯僭擬，地過古制。誼數上疏陳政事，多所欲匡建。後梁王墜馬死。誼自傷爲傅無狀。常哭泣。歲餘亦死，年三十三。他的散文議論暢達而辭勢雄勁，審度天下政治形勢也極洞徹明瞭，但已不復有戰國時代狂飈烈火似的偉觀壯彩了。本傳稱其著述[4]凡五十八篇。然今所傳有《新書》五十八篇。卻非其舊，多取《漢書》誼本傳所載之文割裂章段，顚倒次序而加以標題。景帝之時，智謀之士頗多，如鼂錯，如鄒陽，

＊　　＊　　＊

② 陸賈見《史記》卷九十七；《漢書》卷四十三。

③ 賈誼見《史記》卷八十四；《漢書》卷四十八。

④ 《賈太傅集》有《漢魏六朝百三名家集》本。

如枚乘，其說辭皆暢達美麗而明於時勢，有類於戰國諸說士。枚乘[5]字叔，淮陰人，曾兩上書諫吳王，當時稱其有先知之明[6]。鼂錯[7]潁川人，爲景帝內史，號曰「智囊」，即首謀削諸侯封地者。吳楚反，以誅錯爲名。錯遂被殺。錯洞明天下大勢，言必有中。在文帝時，初上書言兵事，論防禦匈奴，復言守備邊塞，勸農力本。此皆尙時之急務。又有鄒陽[8]，齊人，初事吳王濞，後從孝王遊。賈山[9]，潁川人。嘗給事潁陰侯爲騎。孝文時，嘗言治亂之道，借秦爲諭，名曰《至言》。

三

漢初，詩人絕少。陸賈有賦三篇，朱建有賦二篇，趙幽王有賦一篇，皆見於《漢書・藝文志》，今並片語隻字無存；所存者惟劉邦的歌詩二篇而已。一爲過沛時所作的「大風起兮雲飛揚」，一爲對戚夫人所唱的「鴻鵠高飛，一舉千里」。到了文、景之時，詩人方才輩出。《漢書・藝文志》所載者，有莊夫子賦二十四篇，賈誼賦七篇，枚乘賦九篇。又有唐山夫人的〈安世房中

*　*　*

⑤ 枚乘見《漢書》卷五十一。
⑥ 《枚叔集》有《漢魏六朝百三名家集》本。
⑦ 鼂錯見《史記》卷一百〇一，《漢書》卷四十九。
⑧ 鄒陽見《史記》卷八十三，《漢書》卷五十一。
⑨ 賈山見《漢書》卷五十一。

樂〉等等。莊夫子的賦今僅存〈哀時命〉一篇。他名忌，一作嚴忌，會稽吳人，字夫子。與枚乘等同爲梁孝王客。他的〈哀時命〉與賈誼的〈弔屈原賦〉、〈鵩鳥賦〉相類，皆是模仿屈原的〈離騷〉、〈九章〉，以抒寫他自己的不得意之感的。我們看：「哀時命之不及古人兮，夫何予生之不遘時！往者不可扳援兮，徠者不可與期。志憾恨而不逞兮，抒中情而屬詩。夜炯炯而不寐兮，懷隱憂而歷茲。心鬱鬱而無告兮，衆孰可與深謀。欿（ㄎㄢˇ，憂愁）愁悴而委惰兮，老冉冉而逮之。」還不逼肖〈離騷〉的調子？

賈誼的境遇有些和屈原相同，便自然的同情於屈原。他爲長沙王太傅，度湘水，爲賦以弔屈原道：「造託湘流兮敬弔先生，遭世罔極兮乃殞厥身。嗚呼哀哉兮逢時不祥！鸞鳳伏竄兮鴟梟翱翔；闒茸尊顯兮讒諛得志，賢聖逆曳兮方正倒植。……彼尋常之汙瀆兮，豈能容吞舟之魚。橫江湖之鱣鯨兮，固將制於螻蟻。」他不唯是哭屈原，也且在自哭了。他在長沙三年，有鵩鳥飛入其舍，止於坐隅。鵩似鴞，不祥鳥。長沙卑濕，誼自傷悼，以爲壽不得長，乃爲賦以自廣。在這個地方，我們頗可想得Allen Poe作〈烏鴉詩〉的一個環境來。然誼終於自己寬慰地說道：「其生兮若浮，其死兮若休，澹乎若深泉之靜，泛乎若不繫之舟。不以生故自寶兮，養空而浮。德人無累，知命不憂，細故蒂芥，何足以疑。」又有〈惜誓〉，見《楚辭》。王逸以爲「不知誰所作也。或曰賈誼，疑不能明也。」今讀其首句：「惜余年老而日衰兮」，便知決非誼之所作。

在這個漢賦的初期，〈離騷〉的模擬是很流行著的。但到了景帝之時，大詩人枚乘出現，卻將漢賦帶到了別一條道路上去。乘所作有〈七發〉諸賦，而以〈七發〉爲最著。〈七發〉的結構極似《楚辭》中的〈招魂〉、〈大招〉，顯然受有她們的很深的影響。此種文體的結構，皆至爲簡單。像〈七發〉，便分爲下之七段：

序曲：楚太子有疾，吳客往問之。他以爲太子之病，可以要言妙道，說而去之。

第一段：他初以音樂說太子，琴聲是那樣的淒美，然而太子卻病不能聽。

第二段：繼以飲食說太子，美味那麼多，廚手又是那麼高明，然而太子卻病不能嘗。

第三段：更以駿馬名騎說太子，馬是那樣的神駿，然而太子卻病不能乘。

第四段：再以宮苑池觀之樂導太子，又有賓客賦詩，美人侍宴，然而太子卻病不能遊。

第五段：又以遊獵之樂說太子，太子之病雖未痊，然而已有起色。

第六段：於是他更以到廣陵之曲江觀濤之說進。太子還是病不能興。

第七段：最後，吳客道，將爲太子奏方術之士，論天下之精微，理萬物之是非。太子便據几而起，涊然汗出，霍然病已。

這種幼稚簡單的結構，與其浮誇汗漫的敘寫，給後來的漢賦以絕大的影響。

楚歌在漢初，最爲流行。於劉邦〈大風〉、〈鴻鵠〉二歌外，更有可述者。項羽歌：「力拔山兮氣蓋世，時不利兮騅不逝；騅不逝兮可奈何，虞兮虞兮奈若何！」乃是這絕代英雄最後的哀號。趙幽王名友，爲呂后所囚而死；他在囚時曾作一歌；「爲王餓死兮誰者憐之？呂氏絕理兮託天報仇！」誠乃是一首最坦白的悲憤詛咒之作。劉章在諸呂用事時，曾作「深耕穊種，立苗欲疏，非其種者，鉏而去之」一歌，具有很巧妙的雙關之意。唐山夫人爲劉邦姬，作〈安世房中樂歌〉十六章。《漢書・禮樂志》說：「凡樂樂其所生。禮不忘其本。高祖樂楚聲，故房中樂，楚聲也。」房中樂並沒有詩的情緒，不過是皇室的樂歌，用以歌頌皇德祀神而已。

更有韋孟⑩，魯國鄒人，爲楚元王傅，傅子夷王及孫王戊。戊荒淫不遵道，孟作詩諷諫。後徙家於鄒，又作一詩。這兩篇詩都是模擬《詩經》的四言之作，具有老成人的婆心苦口的教訓式的格言的。

■參考書目

一、《漢魏六朝百三名家集》，明張溥輯，有原刊本，翻刊本。
二、《古詩紀》，明馮惟訥編，有原刊本。
三、《全漢三國晉南北朝詩》，丁福保輯，有醫學書局刊本。
四、《全上古三代秦漢三國六朝文》，清嚴可均輯，有黃岡王氏刊本。有醫學書局石印本。
五、《漢魏六朝名家集》，丁福保編，醫學書局出版。
六、《文選》，梁蕭統編，有胡氏刊本；《四部叢刊》本。

*　　*　　*

⑩ 韋孟見《史記》卷九十六；《漢書》卷七十三。

第七章　辭賦時代

詩人皇帝劉徹——他的偉大的時代——漢賦內容的空虛——詩人的落寞——司馬相如——東方朔枚皋嚴助等——王褒張子喬——揚雄——後漢的辭賦作家們——班固崔駰等——張衡——蔡邕

一

從漢武帝以後到建安時代之前，我們稱之爲辭賦時代。漢武帝是一位雄才大略的人，在文學上，他也是一位雄才大略的人。自文、景以來，漢民族經過了幾十年的休養生息，經濟的能力已足使他們向外發展了，政治又已上了軌道。幸運兒的漢武帝恰恰生在此時，便反守爲攻，使喚著許多名將向北方進兵。把千年來的強敵匈奴，攻打得痛深創巨，再不敢正眼兒南窺。這是秦始皇所未竟的功，也是漢高、文、景所不敢想望的事業。同樣的政治與經濟的安定與發達，使文學也跟著繁盛起來。

這個大時代，就文學而言，有兩個大傾向。一個傾向是弘麗的體制，縵誕的敘述，過度的描狀，誇張的鋪寫。這一方面的代表人是司馬相如、東方朔、枚皋。別一個傾向是規模偉大的著作，吞括前代一切知識、成績，而給他們以有系統有組織的敘狀。這一方面的代表人是司馬遷與劉安。這是必然的一種結果。生活上多了餘裕的富力與時間，便自然地會傾向於精細的雕飾的文采一方面去。同時碰上了這樣的一個大時代，也自然而然的會有將前代的種種事物告一個總結束的雄心。

二

漢賦是體制宏偉的，是光彩輝煌的，但內容卻是相當空虛的。我們遠遠地看見了一片霞彩，一道金光，卻把握不到什麼。他們沒有什麼深摯的性靈，也沒有什麼眞實的詩的雋美；他們只是一具五彩斑爛的中空的畫漆的立櫃。他們不是什麼偉大的創作；他們的作者們也不是什麼偉大的詩人們。從賈誼、枚乘以來，漢代辭賦家便緊跟著屈原、宋玉們走去。但獲得的不是屈、宋的眞實的詩思，卻是他們的糟粕。我們可以說，兩漢的時代，乃是一個詩思消歇，詩人寥寞的時代。

漢賦作者們，對於屈、宋是亦步亦趨的；故無病的呻吟便成了騷壇的常態。又沿了〈大招〉、〈招魂〉和荀卿賦的格局而專以「鋪敘」爲業。所謂「賦」者，遂成了遍搜奇字，窮稽典實的代名詞。這是很有趣味的。幾位重要的辭賦作家，同時便往往也是一位字典學者；像司馬相如曾作《凡將篇》，揚雄嘗著《方言》。

漢賦雖未必是眞實偉大的東西，卻曾經消耗了這三百年的天才們的智力。他們至少是給予我們以若干弘麗精奇的著作。劉徹（漢武帝）他自己是一位很好的詩人。在這個時代而有了像劉徹這樣的一位眞實的大詩人，實不僅是「慰情聊勝無」的事。他爲當時許多無眞實詩才的詩人的東道主，而他自己卻是一位有眞實的詩才者。他一即位，便以蒲車安輪去徵聘枚乘，不幸乘道死。他讀了司馬相如的賦，自恨生不同時，而不意相如卻竟是他的同時代的人。《漢書・藝文志》載其有自造賦二篇。今所傳之〈李夫人歌〉：「是邪？非邪？立而望之，偏何姍姍其來遲！」及〈秋風辭〉：「秋風起兮白雲飛，草木黃落兮雁南歸。蘭有秀兮菊有芳，懷佳人兮不能忘……」〈落葉哀蟬曲〉：「羅袂兮無聲，玉墀兮塵生，虛房冷而寂寞，落葉依於重扃（ㄐㄩㄥ）。」以及其他，都是很雋美的。又有〈李夫人賦〉：「去彼昭昭就冥冥兮，既下新宮，不復故庭兮。」見於《漢書・外戚傳》。集合於他左右的賦家有司馬相如、東方朔、嚴助、劉安、吾丘壽王、朱買臣諸賦家。大歷史家司馬遷也善於作賦（《漢書・藝文志》載司馬遷賦八篇）。

司馬相如[①]字長卿，蜀郡成都人（公元前一七九—前一一七）。初事景帝爲武騎常侍，非其所好。後客遊梁，著〈子虛賦〉[②]。梁孝王死，相如歸，貧無以自業。至臨邛（ㄑㄩㄥˊ），富人卓氏女新寡，聞相如鼓琴，悅之，夜亡奔相如。卓氏怒，不分產於文君。於是二人在臨邛買一酒舍酤酒。文君當壚，相如則著犢鼻褌滌器於市中。卓氏不得已，遂分與文君僮百人，錢百萬。相如因以富。武帝時相如復在朝，著〈天子遊獵賦〉。後爲中郎將，略定西夷。不久病卒。所著尚有〈大人賦〉、〈哀秦二世賦〉、〈長門賦〉等。相如之賦，其靡麗較枚乘爲尤甚。〈子虛賦〉幾若有韻之地理志，其山川則什麼，其土地則什麼，其南則什麼，所有物產地勢，無不畢敘。像〈子虛賦〉：

* * *

① 司馬相如見《史記》卷一百十七，《漢書》卷五十七。

② 《司馬相如集》有《漢魏六朝百三名家集》本。

「雲夢者，方九百里。其中有山焉。其山則盤紆岪鬱，隆崇峍崒，岑崟參差，日月蔽虧，交錯糾紛，上干青雲。罷池陂陀，下屬江河。其土則丹青赭堊，雌黃白坿，錫碧金銀，衆色炫耀，照爛龍鱗。」什麼都被拉攞上去了；不問是否合於實際。後來的賦家，像班固、張衡、左思諸人受此種影響爲最深。

東方朔[③]，齊人，也善於爲賦。他喜爲滑稽之行爲。作〈七諫〉、〈答客難〉等。其與相如諸賦家異者，爲在相如諸人的賦中，絕不能見出他們自己的性格，而朔的賦則頗包含著濃厚的個性。他的〈答客難〉一作，尤爲著名，引起了後人的無數的擬作。所謂曼倩的滑稽風趣，頗可於此見之。他本是謾罵，卻寫成了冷笑的自解。他「自以爲智能海內無雙」；而「積數十年，官不過侍郎，位不過執戟」。自己也不知怎麼解釋，便只好以「彼一時也，此一時也……今天下平均，合爲一家，動發舉事，猶運之掌，賢與不肖，何以異哉！」爲無可奈何的託詞。大政治家的劉徹對於嚴安、主父偃等的待遇，和文人的東方朔、枚皋等是不同等級的；其間的作用，頗可測知。

嚴助[④]爲忌的族子。作賦三十五篇，今一篇無存。又劉安作賦八十二篇，吾丘壽王作賦十五篇，朱買臣作賦三篇（皆見《漢書·藝文志》），枚皋作賦百二十篇。傳於今者也絕少。劉安爲漢宗室，曾封淮南王，所作〈招隱士〉曾被編入《楚辭》中，但乃是他的客所爲，並非他作。

此後的辭賦作家，有王褒、張子僑諸人。張子僑官至光祿大夫，曾作賦三篇，今也無一篇見

*　*　*

③東方朔見《史記》卷一百二十六；《漢書》卷六十五。《東方曼倩集》有《漢魏六朝百三名家集》本。

④嚴助，吾丘壽王，朱買臣均見《漢書》卷六十四。

存。王褒[5]字子淵，爲諫議大夫，作賦十六篇[6]。其〈洞簫賦〉、〈聖主得賢臣頌〉、〈四子講德論〉、〈甘泉宮頌〉等皆有名於時。其〈九懷〉一篇，則被王逸選入《楚辭》中。但那時最重要的賦家卻要算是揚雄。雄[7]字子雲，蜀郡成都人（公元前五三－公元一八）。他是典型的一位漢代作家，以模擬爲他的專業。既沒有獨立的思想，更沒有濃摯的情緒，他所有的僅只是漢代詞人所共具有的遣麗辭用奇句的工夫而已。然韓愈諸人卻以他爲孔、孟道統中的承前啓後的一員，眞未免過於重視他了。雄所作，幾乎沒有一書一文不是以古人爲模式的[8]。古人啓發了他的文趣，也啓發了他的思想。他讀了《易》，便作《太玄經》；讀了《論語》，便作《法言》；讀了《楚辭》，便作〈反離騷〉、〈廣騷〉、〈畔牢愁〉；讀了東方朔的〈答客難〉，便作〈解嘲〉。甚至《論語》十三篇，他的《法言》也是十三篇。而雄的賦如〈甘泉〉、〈羽獵〉、〈長楊〉等，也是以司馬相如諸賦爲準則，除堆砌美辭奇字，行文穩妥絢麗之外，便什麼也沒有了。

＊　＊　＊

⑤ 王褒見《漢書》卷六十四。

⑥《王子淵集》有《漢魏六朝百三名家集》本。

⑦ 揚雄見《漢書》卷八十七。

⑧《揚子雲集》有《漢魏六朝百三名家集》本。

三

後漢的辭賦作家，也完全不脫西京的影響；西京有什麼，東京的作家一定是有的。司馬相如有〈子虛賦〉，班固便有〈兩都賦〉；東方朔有〈答客難〉，班固便有〈答賓戲〉，張衡便有〈應間〉；枚乘有〈七發〉，張衡便有〈七辯〉。兩漢人士模擬之風本盛，而以東京爲尤甚，而辭賦作家則尤爲甚之甚者。許許多多的辭賦，皆可以一言而蔽之曰：「無病而呻」；而其結構布局，更是習見無奇的。

東京的第一個重要的辭賦作家是班固。固[⑨]字孟堅（三二—九二），扶風安陵人。年九歲，能屬文，爲蘭台令。述作〈漢書〉，成不朽之業。其所著之賦，以〈兩都賦〉爲最著[⑩]。〈兩都賦〉之結構，絕似〈子虛賦〉。先言西都賓盛誇西都之文物地產以及宮闕之美於東都主人之前，東都主人則爲言東都之事以折之，於是西都賓爲其所服。又作〈答賓戲〉，則爲仿東方朔〈答客難〉者。永元初（公元八十九年），大將軍竇憲出征匈奴，以固爲中護軍。後憲敗，固被捕，死於獄中。

同時有崔駰[⑪]也善爲辭賦，所作〈達旨〉仿揚雄〈解嘲〉。其他〈反都賦〉諸作，今已散佚。

*　　*　　*

⑨ 班固見《後漢書》卷七十。

⑩ 《班孟堅集》有《漢魏六朝百三名家集》本。

⑪ 崔駰見《後漢書》卷八十二。

馮衍[12]字敬通，京兆杜陵人，亦以能作賦名，王莽時不仕，更始立，衍爲立漢將軍。光武時爲曲陽令。所作有〈顯志賦〉及〈書銘〉等。張衡[13]字平子，南陽西鄂人（七八—一三九）。所作有〈西京賦〉、〈東京賦〉、〈南都賦〉、〈周天大象賦〉、〈思玄賦〉、〈冢賦〉、〈髑髏賦〉等；又有〈七辨〉、〈應間〉，仿枚乘、東方朔之作[14]。此種著作在現在看來。自不甚足貴，其足以使他永久不朽者，乃在他的〈四愁詩〉：

我所思兮在太山，欲往從之梁父艱，側身東望兮涕沾翰。美人贈我金錯刀，何以報之英瓊瑤。路遠莫致倚逍遙，何爲懷憂心煩勞。

此詩之不朽，在於它的格調是獨創的，音節是新鮮的，情感是眞摯的。雜於冗長浮誇的無情感的諸賦中，自然是不易得見的傑作。衡並善於天文，爲太史令，造渾天儀，候風地動儀，精確異常，乃是中國古代最大的一位天文家。後出爲河間相，有政聲，徵拜尙書，卒。

李尤[15]字伯仁，廣漢雒人（五五？—一三七？）。初以賦進，拜蘭台令史。與劉珍等撰《漢

* * *

⑫ 馮衍見《後漢書》卷五十八。

⑬ 張衡見《後漢書》卷八十九。

⑭ 馮、張諸人集，有《漢魏六朝百三名家集》本。

⑮ 李尤見《後漢書》卷一百十。

記》，後爲樂安相，卒。有〈函谷關賦〉，〈東觀賦〉等。其〈九曲歌〉雖僅餘二句：「年歲晚暮時已斜，安得力士翻日車」（下闕），卻已顯其宏偉的氣魄。

馬融[16]字季長，扶風茂陵人（七九—一六六）。爲漢季之大儒，但亦工於作賦，善鼓琴，好吹笛，達生任性，不拘儒者之節。常坐高堂，施絳紗帳，前授生徒，後列女樂。所作以〈笛賦〉爲最著[17]。

王逸[18]字叔師，南郡宜城人，元初中舉上計吏，爲校書郎。順帝時爲侍中。其不朽之作爲《楚辭章句》一書，他自己之〈九思〉亦列入其中。此外尚作〈機賦〉、〈荔枝賦〉等。

蔡邕[19]字伯喈，陳留圉（ㄩˇ）人（一三三—一九二）。爲漢末最負盛名之文學者。召爲議郎，校正《六經》文字，自書丹於碑，使工鐫刻，立於太學門外。觀視及摹寫者車乘日千餘輛，塡塞街陌。後免去。董卓專政，強迫邕詣府，甚敬重之，三日之間，周歷三台，拜左中郎將。卓被殺，邕竟被株連死獄中。所作文甚多[20]，賦以〈述行〉爲最著。有詩名〈飲馬長城窟行〉者，辭意極婉美：「青青河畔草，綿綿思遠道。遠道不可思，夙昔夢見之。夢見在我旁，忽覺在他鄉。他鄉各異

* * *

⑯ 馬融見《後漢書》卷九十。

⑰ 《馬季長集》有《漢魏六朝百三名家集》本。

⑱ 王逸見《後漢書》卷一百十。

⑲ 蔡邕見《後漢書》卷六十九。

⑳ 《蔡中郎集》有明蘭雪堂活字本；聊城楊氏刊本；《四部叢刊》本；《漢魏六朝百三名家集》本。

縣，展轉不可見。」編邕集者多把她列入。《文選》則題爲無名氏作。

■參考書目

一、《文選》，梁蕭統編，有胡克家刊本，《四部叢刊》本。
二、《全上古三代秦漢三國六朝文》，清嚴可均編。有王氏刊本，醫學書局印本。
三、《漢魏六朝百三名家集》，明張溥編，有原刊本，長沙刊本。
四、《漢魏六朝名家集》，丁福保編，醫學書局出版。
五、《歷代賦彙》，清康熙間敕編，有揚州書局刊本，有石印本。

第八章　五言詩的產生

五言詩的重要——五言詩不會產生於蘇李的時代——更不會產生在枚乘的時代——最早的五言詩——民歌與民謠——〈古詩十九首〉等——兩篇偉大的五言敘事詩：〈悲憤詩〉與〈孔雀東南飛〉——蔡邕酈炎孔融等——樂府古辭——相和歌辭——〈漢鐃歌〉

一

五言詩的產生，是中國詩歌史上的一個大事件，一個大進步。《詩經》中的詩歌，大體是四言的。《楚辭》及楚歌，則爲不規則的辭句。楚歌往往陷於粗率。而四言爲句，又過於短促，也未能盡韻律的抑揚。又其末流乃成了韋孟〈諷諫詩〉，傅毅〈迪志詩〉等等的道德訓言。五言詩乘了這個時機，脫穎而出；立刻便征服了一切，代替了四言詩，代替了楚歌，而成爲詩壇上的正宗歌體。自屈原、宋玉之後，大詩人久不產生。五言詩體一出現，便造成建安、正始、太康諸大時代。曹操、曹植、陶潛諸大詩人便也陸續的產生了。詩思消歇的「漢賦時代」遂告終止。

五言詩產生在什麼時候呢？鍾嶸《詩品》託始於李陵。蕭統的《文選》也以「良時不再至，離別在須臾」幾篇為李陵之作。徐陵選《玉台新詠》則以「西北有高樓」、「青青河畔草」諸作為枚乘之詩。如果枚乘、李陵之時，五言詩的體格已經是那麼完美了，則他們的起源自當更遠在其前了。至少五言詩是當與漢初的《楚辭》及楚歌同時並存的。然而，在漢初，我們卻只見有「大風起兮雲飛揚」，「諸呂用事兮劉氏微」，「力拔山兮氣蓋世」，卻絕不見有五言詩的蹤影。即在武帝之時，也只有「陸沉於俗，避世金馬門」（東方朔歌），「鳳兮鳳兮歸故鄉」（司馬相如歌），「秋風起兮白雲飛」（武帝〈秋風辭〉）；卻絕不見有五言詩的蹤影。那麼，枚乘、李陵的「良時不再至」，「西北有高樓」等等的至完至美的五言詩，難道竟是如摩西的《十誡》，莫罕默德的《可蘭經》似的從天上落下，由上帝給予的麼？像這樣的奇跡，是文學史上所不許有的。

我們且看，主持著李陵、枚乘為五言之祖的人，到底有提出什麼重要證據來沒有。鍾嶸、蕭統皆以李陵為五言之祖。然鍾嶸他自己已是游移其辭：「古詩眇邈、人世難詳，推其文體，固炎漢之製，非衰周之倡也。」《昭明文選》，先錄〈古詩十九首〉，題目古詩，並不著作者姓氏，其次乃及李陵之作。然鍾嶸嘗說：「其外『去者日以疏』四十五首雖多哀怨，頗為總雜。舊疑是建安中曹、王所製」「去者日以疏」正在〈古詩十九首〉中。鍾氏既疑其為「建安中曹、王所製」，而蕭統卻反列於李陵之上。可見這兩位文藝批評家對於這些古作的時代與作者，也是彼此矛盾，且滿肚子抱了疑問的。劉勰說：「成帝品錄三百餘篇，朝章國采，亦云周備，而辭人遺翰，莫見五言。所以李陵、班婕好見疑於後代。」此語最可注意。《漢書・藝文志》選錄歌詩，最為詳盡，自高祖歌詩二篇，以至李夫人及幸貴人歌詩三篇，南郡歌詩五篇等，凡二十八家，三百一十四篇，無不畢錄。假如李陵有如許的佳作，《藝文志》的編者是決不會不記錄下來的。又《漢書》傳記中，所錄詩賦散文，至爲繁富。李陵傳中，亦自有其歌：「徑萬里兮度沙漠，爲君將兮奮匈奴。路窮絕兮矢刃摧，士衆滅兮名已隤。老母已死，雖欲報恩將安歸！」這是蘇武還漢時，李陵置酒賀武，與武訣別之詩。所謂李陵別蘇武詩，蓋即此詩而已。別無所謂「良時不再至」諸作也。這詩乃是當時流行的楚歌的格式，也恰合李陵當時的情緒與氣概。「良時不再至，離別在須臾，屛營衢路側，執手野踟躕」，「攜手上河梁，遊子暮何之？徘徊蹊路側，悢悢不能辭」，「嘉會難再遇，三載爲千秋。臨河濯長纓，念子悵悠悠」。這三首「別詩」，誠極纏綿悱惻之至，然豈是李陵別蘇武之詩！又豈是「置酒賀武曰：『異域之人，一別長絕』，因起舞而歌，泣下數行，遂與武決」的李陵所得措手的！《古文苑》及《藝文類聚》中，又有李陵的〈錄別詩〉八首，「有鳥西南飛」、「爍爍三星列」等等，則更爲不足信了。

蘇武亦傳有「結髮爲夫妻」、「黃鵠一遠別」諸詩，其不足信，更在李陵詩之上。像：「結髮爲夫妻，恩愛兩不疑。歡娛在今夕，燕婉及良時。征夫懷往路，起視夜何其。參辰皆已沒，去去從此辭！」誠是一篇悲婉之極的名作，卻奈不能和蘇武這一個人名聯合在一處何！又有武〈答李陵詩〉一首，見《古文苑》及《藝文類聚》；〈別李陵詩〉一首，見《初學記》。則更爲顯然的僞託。

爲什麼鍾、蕭諸人定要將這些絕妙好辭抬高了三個多世紀而與李陵、蘇武發生了關係呢？可能的解釋是：自「五胡亂華」之後，中原淪沒，衣冠之家不東遷則必做了胡族的臣民，蘇、李的境況，常是他們所親歷的。所以他們對於蘇、李便格外寄予同情。基於這樣的同情，六朝人士便於有意無意之中，爲蘇、李製造了，附加了許多著作。有名的〈李陵答蘇武書〉便是這樣動機僞作出來的。將許多無主名的古詩黏上了蘇、李的名字，其動機當也是這樣的。

至於五言詩始於枚乘之說，則連鍾嶸、蕭統他們也還不知道。這一說，較之始於蘇、李的一說爲更無根據，更無理由。第一次披露的，是徐陵編輯的《玉台新詠》。他以〈古詩十九首〉中的〈西北有高樓〉、〈東城高且長〉、〈行行重行行〉、〈青青河畔草〉、〈庭中有奇樹〉、〈迢迢牽牛星〉、〈明月何皎皎〉、〈涉江采芙蓉〉八首，定爲枚乘作，更加了〈蘭若生春陽〉一首。大約硬派這九首「古詩」於枚乘名下的，當是相沿的流說，未必始於徐陵。劉勰在他的《文心雕龍》中已說起：「古詩佳麗，或稱枚叔。」徐陵好奇過甚，以此「或稱」，徑見之著錄了。

總之，五言詩發生於景、武之世（公元前一五六—八七）的一說，是絕無根據的。在六朝以前沒有人以五言詩爲始自景、武之世，也沒有一首五言詩是可以確證其爲景、武之世之所作。虞美人答項羽「力拔山兮氣蓋世」一歌的：「漢兵已略地，四方楚歌聲，大王意氣盡，賤妾何聊生！」（見《史記正義》）以及卓文君給司馬相如與之決絕的〈白頭吟〉：「皚如山上雪，皎若雲間月，聞君有兩意，故來相決絕！」（見《西京雜記》）固與蘇、李、枚乘同爲不可靠的。即班婕妤的〈怨歌行〉：「新裂齊紈索，皎潔如霜雪。裁成合歡扇，團團似明月。出入君懷袖，動搖微風發。常恐秋節至，涼飆敓炎熱，棄捐篋笥中，恩情中道絕。」作於成帝（公元前三二—七）之時者，劉勰且以爲疑，《文選》李善注也以爲「古詞」。則西漢之時，有否如此完美的五言詩，實是不可知的。顏延之〈庭誥〉說：「李陵衆作，總雜不類。元是假託，非盡陵制。至其善篇，有足悲者。」蘇東坡〈答劉沔書〉說：「李陵、蘇武贈別長安詩，有『江漢』之語，而蕭統不悟。」（《通考》引）洪邁《容齋隨筆》說：「《文選》李陵、蘇武詩，東坡云後人所擬。余觀李詩云：『獨有盈觴酒。』盈，惠帝諱。漢法觸諱有罪，不應陵敢用。東坡之言可信也。」顧炎武《日知錄》說：「李陵詩，『獨有盈觴酒』，枚乘詩，『盈盈一水間』。二人皆在武、昭之世而不避諱，又可知其爲後人之擬作，而不出於西京矣。」又《文選旁證》引翁方綱說：「今即以此三詩論之，皆與蘇李當日情事不切。史載陵與武別，陵起舞作歌『徑萬里兮』五句，此當日眞詩也。何嘗有攜手河梁之事。所以『河梁』一首言之，其曰：『安知非日月，弦望自有時。』此謂離別之後，或尙可冀其會合耳。不思武既南歸，即無再北之理。而陵云：『大丈夫不能再辱！』亦自知決無還漢之期。則此日月弦望爲虛辭矣。」翁氏又說：「『嘉會難再遇，三載爲千秋。』蘇李二子之留匈奴，皆在天漢初年。其相別則在始元五年。是二子同居者十八九年之久矣。安得僅云三載嘉會乎？……若準本傳歲月證之，皆有所不合。」錢大昕《十駕齋養新錄》也說：「七言至漢，而〈大風〉、〈瓠子〉，見於帝制；〈柏梁〉聯句，一時稱盛。而五言靡聞。其載於班史者，唯『邪徑敗良田』童謠，見於成帝之世耳。……要之，此體之興，必不在景、武之世。」由此可知以〈古詩十九首〉等無主名的五言詩爲枚乘、蘇、李所作，是有了種種的實證，知其爲無稽的；固不僅僅以其違背於文學發展的規律而已。

那麼五言詩，應該始於何時呢？五言詩的發生，是有了什麼樣的來歷的呢？我們所知道的，最早的最可靠的五言詩，是《漢書．五行志》所載的漢成帝時代的童謠：

> 邪徑敗良田，讒口亂善人。桂樹華不實，黃雀巢其顚。昔爲人所羨，今爲人所憐。

及班固的〈詠史詩〉：「三王德彌薄，惟後用肉刑。太倉令有罪，就逮長安城。」這些五言詩，都是很幼稚的。可見其離草創的時代還未遠。又《漢書》載永始、元延間（公元前一六—九）〈尹賞歌〉：「安所求子死？桓東少年場。生時諒不謹，枯骨後何葬。」《後漢書》載光武時（公元二五—五五）〈涼州歌〉：「遊子常苦貧，力子天所富。寧見乳虎穴，不入冀府寺。」《後漢書》又載童謠歌云：「城中好高髻，四方高一尺；城中好廣眉，四方且半額；城中好大袖，四方全匹帛。」〈崔氏家傳〉載崔瑗爲汲令，開溝造稻田，蒲鹵之地，更爲沃壤，民賴其利。長老歌之道：「上天降神明，錫我仁慈父。臨民布德澤，恩惠施以序。穿溝廣溉灌，決渠作甘雨。」常璩《華陽國志》載太山吳資，孝順帝永建中（一二六—一三〇）爲巴郡太守，屢獲豐年。人歌之云：「習習晨風動，澍雨潤禾苗。我后恤時務，我人以優饒。」其後資遷去，人思之，又歌云：「望遠忽不見，惆悵當徘徊。恩澤實難志，悠悠心永懷。」由此，我們可以知道，五言詩的草創時代，當在離公元前三十二年（成帝建始元年）不遠的時候。在這個草創時代，五言詩似尚在民間流傳著，爲民歌，爲童謠，雖偶被史家所採取，卻未爲文人所認識。班固的〈詠史〉卻是最早的一位引進五言詩於文壇的作家。同時的傅毅，雖有人曾以〈古詩十九首〉中的〈冉冉孤生竹〉一首，歸屬於他，而論者也往往以爲疑。張衡的〈同聲歌〉：「邂逅承際會，得充君後房。情好新交接，恐栗若探湯。不才勉自竭，賤妾職所當。綢繆主中饋，奉禮助烝嘗。……」也與〈詠史〉一樣，正足以見草創期的古拙僵直的氣氛。直至東漢的季葉，蔡邕、秦嘉、孔融出來，五言詩方才開始了他的黃金時代。

二

五言詩之所以會發生於成帝時代的前後，似乎並不是偶然的事。在這個時候（公元前三二—年），中國與西域的溝通，正是絡繹頻繁之時。隨了天馬，苜蓿，葡萄等等實物而進到中國的，難保不有新聲雅樂，文藝詩歌之類的東西。五言詩的發生，恰當於其時，或者不無關係吧。或至少是應了新聲的呼喚而產生的。最初是崛起於民間的搖籃中。所謂無主名的許多「古詞」、「古詩」，蓋便是那許多時候的民間所產生的最好的詩歌，經由文人學士所潤改而流傳於世的。因爲論者既不能確知其時代，又不能確知其作者，所以總以「古詞」、「古詩」的混稱概括之。其播之於樂府者則名之爲「樂府古辭」。這些「古詩」、「古詞」，氣魄渾厚，情思眞摯，風格直接，韻格樸質，無奧語，無隱文，無曲說，極自然流麗之致，劉彥和所謂：「結體散文，直而不野，婉轉附物，怊悵切情。」（《文心雕龍》）在此都足以見其爲新出於鉶的民間的傑作。

在最早的那些「古詩」、「古詞」裡，有一部分是抒情詩，又有一部分是敘事詩。而這兩方面都具有很好的成績。抒情詩自當以〈古詩十九首〉爲主。在這十九首之中，作者未必是一人，時代也未必是同時。內容亦不一致。有的是民間的戀歌，有的是遊子思歸之曲，有的是少年懷人之什，有的是厭世的曠達的歌聲。或曾經過文人的不只一次的潤飾，或竟有許多是擬作。鍾嶸《詩品》，以爲「舊疑以爲曹、王之作」。或者這些詩，竟是到曹、王之時，才潤飾到如此的完備之境的吧。在這十九首中，情歌便占了十首。或出之於自己的口氣；或出於他人的代述。類多情意懇摯，措辭眞率，不求乎工而自工，不求乎麗而自有其嬌媚迷人之姿。我們看《詩經》的陳、鄭、衛、齊諸風中的許多情詩，我們看流行於六朝時代的樂府曲子，如〈子夜〉、〈讀曲〉之屬，便知道這些情詩乃正是他們的眞實的同類。其中最好的像第一首〈行行重行行〉；「行行重行行，與君生別離。相去萬餘里，各在天一涯。……相去日已遠，衣帶日已緩。浮雲蔽白日，遊子不顧返。思君令人老，歲月忽已晚。」第二首〈青青河畔草〉：「青青河畔草，鬱鬱園中柳。盈盈樓上女，皎皎當窗牖。娥娥紅粉妝，纖纖出素手。昔爲倡家女，今爲蕩子婦。蕩子行不歸，空床難獨守。」第六首〈涉江采芙蓉〉；「涉江采芙蓉，蘭澤多芳草。采之欲遺誰？所思在遠道。」都是寫得很嬌婉動人的。而第八首〈冉冉孤生竹〉：「冉冉孤生竹，結根泰山阿。與君爲新婚，兔絲附女羅」云云，頗使我們想起了希臘人的葡萄藤依附於橡樹的常喻。第十八首〈客從遠方來〉，則彈著另外的一個戀歌的調子：

客從遠方來，遺我一端綺。相去萬餘里，故人心尚爾。文彩雙鴛鴦，裁爲合歡被。著以長相思，緣以結不解。以膠投漆中，誰能別離此。

除了這些情歌之外，便是一些很淺近坦率的由厭世而遁入享樂主義的歌聲了；但也間有較爲積極的憤慨的或自慰自勵的作品。這種坦率的厭世的人生觀，是民間所常蟠結著的。遇著「世紀末」更容易發生。〈十九首〉中自第三首〈青青陵上柏〉，第十一首〈回車駕言邁〉，第十三首〈驅車上東門〉以至第十四首〈去者日以疏〉，第十五首〈生年不滿百〉都是如此的一個厭世調子。「晝短苦夜長，何不秉燭遊」，便是其中一部分厭世的享樂主義者的共同的供語。「不如飲美酒，被服紈與素」，坦率的厭世主義者，便往往是只求刹那間的享用的。又第四首〈今日良宴會〉，第七首〈明月皎夜光〉都是憤懣不平的調子。

於〈十九首〉外，更有好些抒情的「古詩」。這些古詩，其性質也甚爲複雜，但大都可信其是民間的坦樸的作品。如〈橘砧今何在〉的：「菟絲從長風，根莖無斷絕。無情尙不離，有情安可別」；〈高田種小麥〉的：「高田種小麥，終久不成穗。男兒在他鄉，焉得不憔悴」，都是極爲純樸可愛的。〈采葵莫傷根〉的兩首古詩，更是最流行的格言式的歌謠，意義直接而淺顯：「采葵莫傷根，傷根葵不生。結交莫羞貧，羞貧友不成。甘瓜抱苦蒂，美棗生荊棘。利傍有倚刀，貪人還自賊。」像〈步出城東門〉：「步出城東門，遙望江南路。前日風雪中，故人從此去。」及〈橘柚垂華實〉、〈十五從軍征〉等等，也都是很深刻、瑩雋的詩篇。

民歌常因了易地之故，每有一首轉變於各地，成爲好幾首的。也常襲用常唱常見的語句的。這在許多「古詩」、「古詞」裡都可以見到的。又我們如果仔細地讀了那許多「古詩」、「古詞」，便知道她們雖或經過了好幾次的文人的改作，或竟是文人的擬作，卻終於撲滅不了民歌的那種村樸的特色。民歌的天眞自然的好處，往往是最不會喪失了去的；而一到了文人的筆下，也往往會變成更偉大的東西。失去了的乃是野陋，保存了的卻都是她們的眞實的美，且更加上了文士們的豐裕的辭囊。

三

五言的敘事詩，在這時候，並不發達。敘事詩的構成本比抒情詩爲難。抒情詩可以脫口而出；敘事詩則非有本事，有意匠，有經營不可。在樂府古辭之中，原有些敘事詩，但大都不是以五言體寫成的；用五言詩寫的，只有〈陌上桑〉等一二篇耳。現在我們所講的五言體的敘事詩，在實際上只有兩篇。而這兩篇，卻都是很偉大的作品；結構都很弘麗，內容也極動人，遣詞也很雋妙。民間的敘事詩，假定在那時已經發達的話，這兩篇卻決不是純然出於民間的，至少也是幾個傑出於民間的無名文人的大作，而經過了幾個大詩人的潤改的。這兩篇大作便是：〈悲憤詩〉（相傳爲蔡琰作）與〈古詩爲焦仲卿妻作〉。先說〈悲憤詩〉。

〈悲憤詩〉共有兩篇，一篇是五言體，一篇是楚歌體，更有一篇〈胡笳十八拍〉，其體裁乃是這時所絕無僅有的類似以音樂為主的「彈詞」體。這三篇的內容，完全是一個樣子的，敘的都是蔡琰（文姬）的經歷。由黃巾起義，她被虜北去起，而說到受詔歸來，不忍與她的子女相別，卻終於不得不回的苦楚為止。（琰為邕女，博學有才辯，適河東衛仲道。夫亡，無子，歸寧於家。興平中，天下喪亂，姬為胡騎所獲，沒於南匈奴左賢王。在胡中十二年，生二子。曹操遣使者以金璧贖之，而重嫁陳留董祀。）這三篇的結構也完全是一個樣子的，全都是用蔡琰自述的口氣寫的；敘述的層次也完全相同。難道這三篇全都是蔡琰寫作的麼？如此情調相同的東西，她為什麼要同時寫作了三篇呢？以同一樣的戀愛的情緒，在千百種的幻形中寫出，以同一樣的人生觀念，在千百個方式中寫出，都是可能的；卻從來不曾有過，以同一個的故事，連布局結構都完全相同的，乃用同一種敘事詩的體裁，在同一個作家的筆下，連續表現三篇之多的。〈胡笳十八拍〉一篇，乃是沿街賣唱的人的敘述，有如白髮宮人彈說天寶遺事的樣子，有如應伯爵盲了雙目，以彈說西門故事為生的情形（應事見《續金瓶梅》）。難道這樣的一種敘事詩竟會出於蔡琰她自己的筆下麼？這當然是不可能的。所以三篇之中，〈胡笳十八拍〉不成問題的是後人的著作；且也顯然可見其為〈悲憤詩〉的放大。此外，尚有兩篇〈悲憤詩〉，到底哪一篇是蔡琰寫的呢？楚歌體的一篇〈嗟薄祜兮遭世患〉比較寫得簡率些，五言體的〈漢季失權柄〉則比較的寫得詳盡些。《後漢書》謂：「琰歸董祀後，感傷亂離，追懷悲憤，作詩二章。」則此二章，五言體的與楚歌體的，皆是琰作的了。但所謂二章，未必便指的是不同體的二篇。或者原作本是楚歌體的；成後，乃再以當時流行的五言體重寫一遍的吧？不過細讀二詩，楚歌體的文字最渾樸，最簡練，最著意於煉句造語；一開頭便自嘆薄祜遭患，門戶孤單，自身被執以北；以後便完全寫的她自己在北方的事。沒有一句空言廢話。確是最適合於琰的悲憤的口吻。琰如果有詩的話，則這一首當然是她寫的無疑。琰在學者的家門，古典的習氣極重；當然極有採用了這個詩體的可能。至於五言體的一首，在字句上便大增形容的了。先之以董卓的罪過，再之以胡兵的劫略，直至中段，才寫到自己。且琰的父邕原在董卓的門下，終以卓黨之故被殺。琰爲了父故，似未便那麼痛斥卓吧！詩中敘述胡兵擄略人民的事：「馬邊懸男頭，馬後載婦女」，大似韋莊的〈秦婦吟〉。像這樣的詩，雖用第一身的口氣寫之，實頗難信其爲作者自身的經歷。最有可能的，是時人見到了琰的〈悲憤詩〉，深感其遭遇，便以五言體重述了出來。後人分別不清，便也以此作當爲琰之作的了。五言詩體到了這時，正到運用純熟之境，作者們每想以這一種新成熟的新詩式，來試試新的文體，而五言體的〈悲憤詩〉及〈古詩爲焦仲卿妻作〉二大名作，便是他們的偉大的試作的結果吧。

關於〈古詩爲焦仲卿妻作〉一詩，頗有許多意見與問題。但其爲中國古代詩史上的一篇最宏偉的敘事詩，卻沒有一個人否認。此詩共一千七百四十五字，沈歸愚以爲是「古今第一首長詩」。敘的是一個家庭中的悲劇。其著作的時代似較晚，當是五言詩的黃金期中的作品。序文云：「時人傷之，爲詩云爾。」假如序言完全可靠的話，此詩也是「漢末建安（公元一九六—二二〇）中」的「時人」所著的了。然論者對此，異議尚多。梁啓超說，像〈孔雀東南飛〉和〈木蘭詩〉一類的作品，都起於六朝，前此卻無有（〈印度與中國文化之親屬關係〉）。爲什麼這一類的敘事詩會起於六朝呢？他主張，他們是受了佛本行讚一類的翻譯的佛教文學的影響。但有人則反對他的主張，以爲〈孔雀東南飛〉之作，是在佛教盛行於中國以前。中國的敘事詩，並不是突然而起的。在漢人樂府中，已有了好些敘事詩，如〈陌上桑〉、〈婦病行〉、〈孤兒行〉、〈雁門太守行〉等皆是。蔡琰的〈悲憤詩〉也在漢末出現。又魏黃初（約二二五）間，左延年有〈秦女休行〉。在這個時代（一九六—二二五）的時候，寫作敘事詩的風氣確是很盛的。所以〈孔雀東南飛〉之出現於此時，並無足怪。五言詩在此時實已臻於抒情敘事，無施不可的黃金期了。

四

有主名的五言詩的早期作家，有蔡邕、秦嘉、酈炎諸人。蔡邕的〈飲馬長城窟行〉為五言詩中的最雋妙者之一，然或以為係古詞，非他所作。他的〈翠鳥〉一作，其情思便遠沒有〈飲馬長城窟行〉那麼雋美了：「庭陬有若榴，綠葉含丹榮。翠鳥時來集，振翼修形容。」

秦嘉字士會，隴西人。桓帝時仕郡上計，入洛，除黃門郎。病卒於津鄉亭。當他為郡上計時，其妻徐淑寢疾，還家不獲面別。他贈詩有云：「人生譬朝露，居世多屯蹇。憂艱常早至，歡會常苦晚」，「顧看空室中，彷彿想姿形。一別懷萬恨，起坐為不寧。」深情繾綣，頗足感人。然已離開民間歌謠的風格頗遠。

酈炎[①]的〈見志詩〉二首，其一：「大道夷且長，窘路狹且促。修翼無卑棲，遠趾不步局……」趙壹[②]的〈疾邪詩〉二首：「河清不可俟，人命不可延。順風激靡草，富貴者稱賢。文籍雖滿腹，不如一囊錢。伊優北堂上，骯髒倚門邊」，及「執家多所宜，咳唾自成珠。被褐懷金玉，蘭蕙化為芻。賢者雖獨悟，所困在群愚。且各守爾分，勿復空馳驅，哀哉復哀哉，此是命矣夫。」

* * *

① 酈炎見《後漢書》卷二百十。

② 趙壹見同上。

以及孔融的〈雜詩〉：「巖巖鍾山首，赫赫炎天路……呂望尙不希，夷齊何足慕」；〈臨終詩〉：「言多令事敗，器漏苦不密。」都是以五言的新體來抒寫他們的悲憤的。五言詩在此時，已占奪了四言詩及楚歌的地位，而成爲文士階級所常用的詩體了。五言詩到了這個時代，漸漸地離開民間而成爲文人學士的所有物了。自成帝（公元前三二年）至這時（公元二一九年）凡二百五十年，五言詩已由草創時代而到了她的黃金時代；已由民間而登上了文壇的重地了。

五

當五言詩在暗地裡生長著的時候，其接近於音樂的詩篇，則發展而成爲樂府。惟樂府不盡爲五言的。《漢書》卷二十二說：「（武帝）乃立樂府，采詩夜誦，有趙、代、秦、楚之謳。以李延年爲協律都尉。」同書卷九十二又說：「李延年，中山人，身及父母兄弟皆故倡也。延年坐法腐刑，給事狗監中。女弟得幸於上，號李夫人……延年善歌，爲新變聲。是時上方興天地諸祠，欲造樂，令司馬相如等作詩頌。延年輒承意弦歌所造詩，爲之新聲曲。」又同書卷九十七上，說李夫人死，武帝思念不已，令方士齊人少翁招魂。武帝彷彿若有所遇，乃作詩道；「是耶非耶？立而望之。偏何姍姍其來遲？」因「令樂府諸音家弦歌之。」在這些記載中已可見所謂樂府，不外兩端，第一是「采詩夜誦，有趙、代、秦、楚之謳」，其次，是自作新聲，爲新詞作新譜。然自製之作，本未足與民間已有之樂曲爭衡，而廟堂祭祀的詩頌雖譜以新聲，卻更不足以流傳於當時。世俗所盛行者，總不過是所謂「鄭、衛之聲」而已。《漢書》卷二十二又說：「是時（成帝時），鄭聲尤甚。黃門名倡丙強、景武之屬富顯於世。貴戚五侯、定陵、富平外戚之家，淫侈過度，至與人主爭女樂。哀帝自爲定陶王時，疾之，又性不好音，及即位，下詔曰：『……鄭、衛之聲興，則淫辟之化流，而欲黎庶敦樸家給，猶濁其源而求其清流，豈不難哉？……其罷樂府官。郊祭樂及古兵法武樂在經，非鄭、衛之樂者條奏，別屬他官。』」皇帝的一封詔書又怎能感化了多年的積習呢？所以「樂府官」儘管罷去，而「百姓漸漬日久，又不製雅樂有以相變，豪富吏民湛沔自若」。

「雅樂」不要說「不製」，即製作了，也是萬萬抵抗不了俗曲的。已死的古樂怎敵得過生龍活虎的活人的歌曲。一時的提倡，更改革不了代代相傳，社會愛好的民間樂府。所以《晉書・樂志》說：「凡樂府古辭，今之存者，並漢世街陌謠謳。〈江南可采蓮〉、〈烏生十五子〉、〈白頭吟〉之屬是也。」晉世荀勖採舊辭施用於世，謂之清商三調。然而被於新聲的調句與古辭已很有異同。有一部分，我們現在只能知其新詞而忘其古辭，這是很可惜的。但有一部分，則古辭幸得保存。《唐書・樂志》說：「平調、清調、瑟調，皆周房中曲之遺聲，漢世謂之三調。又有楚調、側調，楚調者，漢房中樂也。……側調者生於楚調，與前三調，總謂之相和調。」張永元《嘉技錄》說：「有吟嘆四曲亦列於相和歌。又有大曲十五篇，分於諸調。唯〈滿歌行〉一曲，諸調不載，故附見於大曲之下云。」他們的話是不大可靠的，特別是以平、清、瑟三調爲「周房中曲之遺聲」的一說。《晉書・樂志》的「並漢世街陌謠謳」一語最得其眞相。我們一看那些古辭，便可知其實出於「街陌」，而非古代遺聲。

大抵漢代的樂府古辭，可分爲相和歌辭，舞曲歌辭，及雜曲歌辭三類。所謂雜曲歌辭，連〈孔雀東南飛〉亦在內，所包括的只是一個「雜」字而已。舞曲歌辭則大都爲舞蹈之歌曲，文辭絕不可解者居大多數，我們現在所最要注意者惟相和歌辭及雜曲歌辭。

「相和歌辭」凡六類，又附一曲〈滿歌行〉，據張永元說是無可歸類的。第一類「相和曲」，我頗疑心她們眞是相和而唱的。〈公無渡河〉、〈江南可采蓮〉以及〈薤（ㄒㄧㄝˋ）露歌〉、〈蒿里曲〉都有相和相接而唱著的可能。〈雞鳴高樹顚〉、〈烏生八九子〉、〈平陵東〉也可和唱。惟〈陌上桑〉爲第三人敘述的口氣，不像相和之曲。然〈陌上桑〉全文都爲純美的五言詩體寫成，與其他相和曲完全不同。或是誤行混入的吧。第二類「吟嘆曲」，今只有〈王子喬〉一曲，且還是魏、晉樂所奏，非是本辭。全文似爲祝頌之辭，如「令我聖朝應太平」之類。第三類「平調曲」，今存者有〈長歌行〉三首，〈君子行〉一首，〈猛虎行〉一首，這幾首都是五言的。〈君子行〉一首亦載《曹子建集》中。第四類「清調曲」，今存者有〈豫章行〉、〈董逃行〉、〈相逢行〉及〈長安有狹斜行〉四首。〈相逢行〉及〈長安有狹斜行〉文字較爲簡捷，似當爲本辭。第五類「瑟調曲」，今存者有〈善哉行〉、〈隴西行〉、〈步出夏門行〉、〈折楊柳行〉、〈西門行〉、〈東門行〉、〈婦病行〉、〈孤兒行〉、〈雁門太守行〉、〈雙白鵠〉、〈艷歌行〉二首及〈艷歌〉、〈上留田行〉等。在這個曲調中，頗多敘事的作品，這是很可注意的。像〈東門行〉、〈孤兒行〉及〈婦病行〉都是很好的敘事詩；在當時，大約是當作短篇的史詩或故事詩般的唱著的吧。第六類「楚調歌」，今所傳僅有三首。〈皚如山上雪〉，共二首，一爲本辭，一爲晉樂所奏。〈皚如山上雪〉即相傳爲卓文君作的〈白頭吟〉。「大曲」中，只有一篇〈滿歌行〉，但有二首，一爲本辭，一爲晉樂所奏。其情調與〈怨歌行〉及「人生不滿百」等皆甚相同。

在「雜曲歌辭」裡頗多好詩。〈傷歌行〉的「昭昭素明月」諸語，大似李白的「床頭明月光」。〈悲歌〉雖只是寥寥的幾句，卻寫得異常的沉痛：「悲歌可以當泣，遠望可以當歸。」〈枯魚過河泣〉似只是一首很有趣的兒歌：「枯魚過河泣，何時悔復及。作書與魴鱮，相教愼出入。」

更有「郊廟樂章」，爲朝廷所用的「雅樂」，其辭大都是出於詞臣之手。深晦古奧，甚不易解，大似舞曲歌辭。但也有極佳之作。此種郊廟樂章也可分為二類：郊廟歌辭（〈漢郊祀歌〉十九首）及鼓吹曲歌辭（〈漢鐃（ㄋㄠˊ）歌〉十八曲）。〈漢郊祀歌〉者，蓋即《漢書．禮樂志》所謂：「武帝定郊祀之禮，祠太一於甘泉……祭后土於汾陰……乃立樂府，采詩夜誦……以李延年為協律都尉。多舉司馬相如等數十人，造為詩賦，略論律呂以合八音之調，作十九章之歌。」詞臣應制所作的東西自易流於古奧。

〈漢鐃歌〉十八曲，中多不可解者。崔豹《古今注》曰：「短簫鐃歌，軍樂也。……漢樂有黃門鼓吹，天子所以宴樂群臣也。短簫鐃歌，鼓吹之一章爾，亦以賜有功諸侯。」《古今樂錄》曰：「〈漢鼓吹鐃歌〉十八曲，字多訛誤。」沈約謂：「樂人以音聲相傳，訓詁不可復解。凡古樂錄，皆大字是辭，細字是聲。聲辭合寫，故致然耳。」沈約之說最為近理。但也未必盡然。當亦有竄亂，或古語本來難知者。其中最好者像〈戰城南〉：「戰城南，死郭北。野死不葬烏可食。為我謂烏：且為客豪。野死諒不葬，腐肉安能去子逃！」而〈有所思〉與〈上邪〉二首，也皆為絕好的民間情歌。所可怪的是，在「郊廟樂章」的鼓吹曲辭中，為什麼竟有這些絕不類「廟堂」之作的民歌在？這可能有兩種解釋：第一是，民歌侵入〈鐃歌〉的範圍中去；第二是，〈鐃歌〉的曲調普及於民間，民間乃取之以製新詞。

參考書目

一、《全漢三國晉南北六朝詩》，丁福保編，有醫學書局印本。
二、《古詩源》，沈德潛編，有原刊本及商務印書館鉛印本。
三、《文選》，有汲古閣刊本，有胡氏仿宋刊本，有《四部叢刊》影宋本。
四、《玉台新詠》，有坊刊本。
五、《漢詩研究》，古層冰著，啓智書局出版。
六、《古詩十九首解》，金聖嘆著，有唱經堂刊本。
七、《漢鐃歌釋文箋正》，王先謙著，有長沙王氏刊本。

第九章　漢代的歷史家與哲學家

司馬遷和他的《史記》——一部宏偉的百科全書體的史書——《史記》在文學上的影響——《淮南子》——董仲舒公孫弘——徐樂嚴安等——劉向劉歆父子——他們的整理工作的重要——班固與荀悅——理性的復活時代——王充的《論衡》——王符仲長統等

一

這個時代，兩司馬並稱，然司馬遷的重要，實遠過於司馬相如。司馬相如以虛誇無實之辭，寫荒誕不眞的內容，他以烏有先生、亡是公爲其所創作的人物，其作品的內容，也不過是「烏有」、「亡是」之流而已。司馬遷的著作卻是另一個方面的，他的成就也是另一個方面的。他不誇耀他的絕代的才華，他低首在那裡工作。他排比，他整理古代的一切雜亂無章的史料，而使之就範於他的一個囊括一切前代知識及文化的一個創作的定型中。而他又能運之以舒卷自如，豐澤精刻的文筆。他的空前的大著《太史公書》（即《史記》）不僅僅是一部整理古代文化的學術的要籍，歷史的巨作，而且成了文學的名著。中國古代的史書都是未成形的原始的作品，《太史公書》才是第一部正式的史書，且竟是這樣驚人的偉作。司馬遷於史著上的雄心大略，眞是不亞於劉徹之在政治上。遷[1]字子長，左馮翊夏陽人，生於公元前一四五年（景帝中五年丙申），其卒年不可考，大約在公元前八十六年（即漢昭帝始元元年乙未）以前。父談爲太史令。遷「年十歲則誦古文，二十而南遊江、淮，上會稽，探禹穴，闚九疑，浮於沅、湘，北涉汶、泗，講業齊、魯之都，觀孔子之遺風，鄉射鄒、嶧，戹困鄱、薛、彭城，過梁、楚以歸。」初爲郎中，後繼談爲太史令。紬史記石室金匱之書。後五年（太初元年）始著手作其大著作《史記》。後李陵降匈奴，遷爲之辯護，受腐刑。後又爲中書令，尊寵任職。遷之作《史記》[2]，實殫其畢生之精力。自遷以前，史籍之體裁，簡樸而散漫，像《國語》，《國策》，《春秋》，《世本》之類，都是未經剪裁的史料。於是遷乃採經摭傳，纂述諸家之作，合而爲一書。其取材有根據於古書者，有記敘他自己的見聞，他友人的告語，以及旅遊中所得者。其敘述始於黃帝（公元前二六九七）迄於漢武帝。「凡百三十篇，五十二萬六千五百字。」（〈自序〉）分本紀十二，年表十，書八，世家三十，列傳七十。本紀爲全書的骨幹。年表、書、世家、列傳，則分敘各時代的世序，諸國諸人的事跡，以及禮儀學術的沿革。將古代繁雜無序的書料，編組成這樣完美的第一部大史書，其工作至艱，其能力也至可驚異。自此書出，所謂中國的「正史」的體裁以立。作史者受其影響者至二千年。此書不僅爲政治史，且包含學

* * *

① 司馬遷見《漢書》卷五十六；又《史記》卷一百三十，自序生平甚詳。

② 《史記》有通行《二十四史》本。

術史，文學史，以及人物傳的性質。其八書——〈禮書〉、〈樂書〉、〈律書〉、〈曆書〉、〈天官書〉、〈封禪書〉、〈河渠書〉、〈平準書〉——自天文學以至地理學，法律，經濟學無不包括在內。其列傳則不唯包羅政治家，且包羅及於哲學家，文學家，商人，日者，以至於民間的遊俠。在文字一方面亦無一處不顯其特創的精神。他串集了無數的不同時代，不同著者的史書，陶融冶鑄之爲一，正如合諸種雜鐵於一爐而燒冶成了一段極純正的鋼鐵一樣，使我們毫不能見其湊集的縫跡。此亦爲一大可驚異之事。且遷之採用諸書，並不拘拘於採用原文。有古文不可通於今者，則改之。在後來文學史上，《史記》之影響也極大。古文家往往喜擬仿他的敘寫的方法。實際上，《史記》的敘寫，雖簡樸而卻能活躍動人，能以很少的文句，活躍躍的寫出其人物的性格，且筆端常帶有情感。像下面〈刺客列傳〉（卷八十六）的一段，便是好例：

荊軻者，衛人也……日與狗屠及高漸離飲於燕市，酒酣以往，高漸離擊筑，荊軻和而歌於市中，相樂也。已而相泣，旁若無人者。……乃裝爲遣荊卿……太子及賓客知其事者，皆白衣冠以送之，至易水之上。既祖取道，高漸離擊筑，荊軻和而歌，爲變徵之聲，士皆垂淚涕泣，又前而歌曰：「風蕭蕭兮易水寒，壯士一去兮不復還。」復爲羽聲慷慨，士皆瞋目，髮盡上指冠。於是荊軻上車而去，終已不顧。遂至秦。……軻既取圖奏之。秦王發圖，圖窮而匕首見。因左手把秦王之袖而右手持匕首揕之。未至身，秦王驚，自引而起，袖絕拔劍，劍長，操其室。時惶急，劍堅故不得立拔。荊軻逐秦王，秦王環柱而走。群臣皆愕，卒起不意，盡失其度。……惶急不知所爲。左右乃曰：「王負劍。」負劍，遂拔以擊荊軻，斷其左股。荊軻廢，乃引其匕首以擲秦王，不中，中銅柱。秦王復擊軻，軻被八創。軻自知事不就，倚柱而笑，箕倨以罵曰：「事所以不成者，以欲生劫之，必得約契以報太子也。」

《史記》一百三十篇，曾缺十篇，褚少孫補之。其他文字間，亦常有後人補寫之跡。但這並無害於《史記》全體的完整與美麗。

二

《太史公書》以外的散文著作，以《淮南子》爲最著。《淮南子》爲劉安[3]集合門下賓客們所著的書。安爲漢之宗室，封淮南王，好學喜士，爲當時的文學者的東道主之一。後以謀反爲武帝所殺。他曾招致天下諸儒方士，講論道德，總說仁義，著書二十一篇，號曰《鴻烈》，即《淮南子》[4]。尚有外篇，今不傳。此書亦囊括古代及當時的一切哲學思想以及許多形而上的見解，頗有許多重要的材料在內。文辭亦奇奧豐腴，有戰國諸子之風。

同時的儒學的作家，如董仲舒[5]、公孫弘[6]等皆有所作。董仲舒作《春秋繁露》。但他們的文

*　*　*

③劉安見《前漢書》卷四十四。

④《淮南子集解》，劉文典編，商務印書館出版。

⑤董仲舒見《史記》卷一百二十一，《漢書》卷五十六。

⑥公孫弘見《史記》卷一百十二，《漢書》卷五十八。

字大都庸凡無奇，在散文上是無可述的。仲舒又有〈士不遇賦〉，也不過是憂窮愁苦的許多詠「士不遇」的作品的一篇而已。

幾個策士，如徐樂、嚴安、主父偃、[⑦]吾丘壽王他們，其文辭都是很犀利的，內容也是很動人的審情度勢的切實議論。戰國說士之風似一時復活起來了，但偉大的漢武時代一過去，他們便也都銷聲匿跡了。

此後無甚偉大的散文著作。劉向、劉歆[⑧]父子在西漢末葉的出現，又把散文帶到另一方面去。

自漢興百數十年到劉向的時候，操於儒生之手的文藝復興。直不曾有過什麼成績，除了爭立博士，招收弟子之外。他們不過做實了「抱殘守缺」四字而已。爲了利祿之故，死守著一先生之言，不敢修正，更不必望其整理或編纂什麼了。所以這百數十年來的文藝復興的時間，我們與其說是「復興」，不如說是在「典守」（司馬遷說：「百年之間，天下遺文古事靡不畢集太史公。」班固說：「於是建藏書之第，置寫書之官。下及諸子傳說，皆充秘府。至成帝時，以書頗散亡，使謁者陳農，求遺書於天下。」劉歆《七略》說：「外有太常、太史、博士之藏，內有延閣、廣內秘室之府。」此皆漢代收藏古籍之情形。）而有了這百數十年來的搜集保守，便給予一個偉大的整理者劉向，以一個絕好的整理編纂的機會。

劉向字子政，爲漢之宗室。他曾時時上書論世事，爲當時的大政治家之一。又善於辭賦，作

* * *

⑦徐樂、嚴安、主父偃等均見《漢書》卷六十四。

⑧劉向、劉歆見《漢書》卷三十六。

〈九嘆〉，見於《楚辭》中。而他的一生精力則全用於他的整理與編纂古典文籍上面。向與其子歆所撰的《七錄》，今已亡佚，然班固的《漢書．藝文志》卻是完全抄襲他的。所以《七錄》雖亡而實未亡。《漢書．藝文志》將古典文籍分爲七大部分，即所謂「七略」者是。「七略」者，一〈輯略〉，敘述諸書之總要；二〈六藝略〉，記錄《六經》的注釋；三〈諸子略〉，登記九流十家之書；四〈詩賦略〉，登記純文藝的著作；五〈兵書略〉，登記行兵布陣以及軍法軍紀之書；六〈數術略〉，登記關於陰陽五行，星卜占卦諸數術的書；七〈方技略〉，登記醫術神仙之書。「大凡書六略——輯略在外——三十八種，五百九十六家，萬三千二百六十九卷。」這個浩瀚的大文庫，其中每一部書都是經過向及其合作者（任宏、尹成及李柱國）的校閱的。「每一書已，向輒條其篇目，撮其指意，錄而奏之。」像這樣偉大的一個工作，這樣清晰的一副頭腦，即以《太史公書》之牢籠百家較之，似也有所不及。經生們不配去整理古籍，他們也不能去整理。只有像向、歆那樣清晰前代思想制度、文學技術的變遷，而又有了博大「容忍」的心胸的，方才有整理的資格與能力。

劉向除了整理古典文籍之外，又加之以編纂。但他只是編纂，並不著述。他所編纂的書，今存者尚有：㈠《戰國策》，㈡《列女傳》，㈢《說苑》，㈣《新序》。此外如《新國語》等等皆已亡佚。《戰國策》在向之前，是傳本不同，異名極多的一部書，經了他的重加編纂之後，方才成了一部完整的書。《說苑》、《新序》、《列女傳》則皆搜集故說舊聞，由他加以排比歸類的。和漢文帝時燕人韓嬰所作的《韓詩外傳》體例略同。《列女傳》專敘古代婦女的言行，以許多的故事，歸之於〈母儀〉、〈賢明〉、〈仁智〉、〈貞順〉、〈節義〉、〈辯通〉、〈孽嬖〉等幾個總目之下，每傳並附以頌一首。此書有一部分爲後人所補入者。後來的人以附有頌者定爲劉向原文，無頌者定爲後人所補。在此三書中，有許多故事是很可感人的。又有《孝子傳》，相傳亦爲向撰。

劉向子歆亦爲當時一個極重要的學者。他繼續了他父親的遺志，完成了絕代的大著作《七略》；他又極力與當時以利祿爲目的，門戶之見極重的經生們奮鬥，欲爭立《古文尚書》、《左傳》、《毛詩》於學官。他的〈讓太常博士書〉，暴露了當時經生們的偏私與無聊。他對於古學的熱忱直是充分的表白出來！他又極力表彰了一部絕代的理想政治的模式的《周禮》。後人每以《左傳》、《周禮》爲他的僞作。但那實是不近情理的一個偏見。

三

後漢的散文，也以歷史及論文爲主。歷史名著之重要者有二，皆爲模擬古代名著之作。一爲《漢書》，班固著，係模擬司馬遷的《史記》的；一爲《漢紀》，荀悅著，係模擬左丘明的《左傳》的。

《漢書》[9]的體例幾乎完全仿之於《史記》。《漢書》凡一百篇，計帝紀十二，表八，志十，列傳七十。這些帝紀、表、志、列傳，皆爲《史記》所已有的體例。其與《史記》不同之點：一《漢書》是斷代的，其敘述起於漢之興起，止於王莽之時代，而《史記》則爲古今通史；二《史記》有「世家」，而《漢書》則無之；三《史記》的「書」，《漢書》則改名爲「志」。《漢書》的文字，武帝以前事，大抵直抄《史記》文字，很少更動；武帝以後，則根據其父彪所續前史之文

* * *

⑨《漢書》有通行《二十四史》本；又《四史》本。

而加以補述增潤。固寫此作，很費匠心，自永平中始受詔作史，潛精積思二十餘年，至建初中乃成。當世甚重其書。學者莫不諷誦。然當他死時，其中〈八表〉及〈天文志〉尚未告成，乃由其妹昭補成之。《漢書》原爲斷代之史，僅記西漢二百二十九年間之事，然間有體例混淆者，如〈古今人表〉上及古代人物，〈藝文志〉也網羅古今著作。劉知幾的《史通》曾致不滿於班氏之書；鄭樵對於《漢書》尤力加詆毀，責備得她體無完膚。但這部歷史雖不是什麼創作，卻也頗有些很活躍的敘述，使我們不得埋沒了她。班固還著有《白虎通》，也是很重要的一部學術著作。桓寬的《鹽鐵論》乃是漢代有關經濟史的極有權威的辯論集。

荀悅[10]字仲豫，潁川潁陰人（一四八—二〇九）。好著述。初在曹操府中，後遷黃門侍郎。當時獻帝好典籍，常以班固《漢書》文繁難省，乃令悅依《左氏傳》體，以爲《漢紀》[11]三十篇。在沒有發展到「紀事本末」的一個體裁之前，其由「百科全書」體的歷史而重複回到比較簡樸，比較原始的編年體裁的《左傳》式，乃是必然的一個趨勢。論者謂其書「辭約事詳」頗爲可觀。《左傳》式的史書，其較《史》、《漢》容易使人醒目處，也便在於他的「辭約事詳」。荀悅又作《申鑒》[12]五篇，凡〈政體〉、〈時事〉、〈俗嫌〉各一篇，〈雜言〉二篇，也頗有些切中時弊的箴誡。然當時的形勢，已到了非漢室「瓦解」另換了一個新的局面不能急轉直下的傾向，所以悅的這

*　　*　　*

⑩ 荀悅見《後漢書》卷九十二。

⑪《漢紀》有明黃省曾刊本，《四部叢刊》本。

⑫《申鑒》有明黃省曾注本，《漢魏叢書》本。

些空論，全是無補於實際的政治的。

但在後漢的時候，學者思想已不復囿於儒家的專制之下。因了劉向父子的努力，古籍漸爲學者所易見。於是加以研究，加以探討，加以比較之後，便到處發現其中的誇誕與矛盾之處，或有許多是不順適於後代文明社會的見解與觀點的。於是一二個勇敢的學者便捉住了這些所在，加以直覺的理性的評判。每一次繼於古籍的整理之後，必有這樣的一次理性運動發生。而在劉向父子之後，也便來了一位大懷疑者王充[13]。他開闢了後來的劉知幾、崔述等人的先路。他字仲任，會稽上虞人。曾師事班彪，仕郡爲功曹，以數諫爭不合去。充卒於公元九十年間（漢和帝永元中）。他常閉門潛思，絕慶弔之禮，戶牖牆壁各置刀筆，遂成《論衡》[14]八十五篇。《論衡》實爲漢代最有獨創之見的哲學著作。當時儒教已爲思想的統治者，而充則毅然能與之問難。他在〈問孔篇〉上說：「世儒學者，好信師而是古，以爲賢聖所言皆無非，專精講習，不知難問。夫聖賢下筆造文，用意詳審，尚未可謂盡得實，況倉卒吐言，安能皆是。不能皆是，時人不知難；或是而意沉難見，時人不知問。案聖賢之言，上下多相違，其文前後多相伐者，世之學者不能知也。」又在〈物勢篇〉上說：「儒者論曰：天地故生人。此言妄也。夫天地合氣。人偶自生也。猶夫婦合氣，子則自生也。夫婦合氣，非當時欲得生子；情慾動而合，合而生子矣。且夫婦不故生子，以知天地不故生人也。」這些話都說得很勇敢。但充的文辭，殊覺笨重，不能暢達其意，這是很可惜的。略後於充者有王

* * *

⑬ 王充見《後漢書》卷七十九。

⑭ 《論衡》有明通津草堂刊本，《漢魏叢書》本，《四部叢刊》本，《百子全書》本。

符。符字節信，安帝時人。志意蘊憤，隱居著書，以譏當時之得失，不欲彰顯其名，故曰《潛夫論》⑮，凡三十六篇，但其言論卻無甚新意。

此後，至獻帝時，又有兩個論文家出現。一為仲長統⑯。統字公理，山陽高平人（一七九—二一九）。性俶儻，不矜小節，默語無常，時人或謂之狂生。曾參曹操軍事。每論說古今及時俗行事，恆發憤嘆息，因著論名曰《昌言》，凡三十四篇。一為徐幹⑰。幹字偉長，北海人（一七一—二一八），著《中論》⑱二十餘篇。曹操曾屢辟之，俱不應。此數人的思想俱不脫儒家的範圍，遠沒有王充的大膽與成就。

*　　*　　*

⑮《潛夫論》有《漢魏叢書》本，湖海樓本（此本有汪繼培箋）。

⑯仲長統見《後漢書》卷七十九，《三國志》卷二十一。

⑰徐幹見《三國志》卷二十一。

⑱《中論》有《漢魏叢書》本。

■參考書目

一、《全上古秦漢三國六朝文》七百四十六卷，清嚴可均編，黃岡王氏刊本，版存廣雅書局，又醫學書局石印本。

二、《漢魏六朝百三名家集》，明張溥編，有原刊本，長沙刊本。

三、《文選》，梁蕭統編，有胡克家刊本，《四部叢刊》本。

四、《古文苑》，有《平津館叢書》本；有坊刊本。

五、《百子全書》，有湖北書局刊本。

六、《漢魏叢書》，有明程榮刻本（三十八種）；何允中刻本（七十六種）；清王謨刻本（八十六種，後又增到九十四種）。

第十章　建安時代

五言詩的成熟時代——以曹氏父子兄弟為中心的詩壇——曹操與曹丕——曹植的兩個時期的詩篇——建安七子：孔融王粲徐幹等——應璩的〈百一詩〉——繁欽繆襲等

一

建安時代是五言詩的成熟時期。作家的馳騖，作品的美富，有如秋天田野中的黃金色的禾稻，垂頭迎風，穀實豐滿；又如果園中的嘉樹，枝頭累累皆爲晶瑩多漿的甜果。五言詩雖已有幾百年的歷史，卻只是無名詩人的東西，民間的東西，還不曾上過文壇的最高角。偶然有幾位文人試手去寫五言詩，也不過是試試而已，並不見得有多大的成績。五言詩到了建安時代，剛是蹈過了文人學士潤改的時代，而到了成爲文人學士的主要的詩體的一個時期。

這個時期的作者們，以曹氏父子兄弟爲中心。吳、蜀雖亦分據一隅，然文壇的主座卻要讓給曹家。曹氏左右，詩人紛紜，爭求自獻，其熱鬧的情形是空前的。

曹氏父子兄弟，不僅地位足以領導群英，即其詩才也足以爲當時諸詩人的中心而無愧。曹操及子丕、植都是很偉大的詩人。尤以曹植爲最有高才。屈原之後，詩思消歇者幾五六百年，到了這時，詩人們才由長久的熟睡中甦醒過來。不僅五言，連四言詩也都照射出夕陽似的血紅的恬美的光亮出來。

曹操[①]字孟德，小字阿瞞，譙人。本姓夏侯氏，其父嵩，爲曹氏的養子，故遂姓曹。操少機警有權術。年二十，舉孝廉爲郎。除洛陽北部尉。光和末黃巾大起。拜騎都尉，討潁川起義軍。遷濟南相。董卓廢立時，操散家財，合義兵討卓。初平中，袁紹表荐他爲東郡太守。建安中，操到洛陽，便總攬了政治大權。他迎帝都許。自爲大將軍。破袁紹、袁術，斬呂布等，次第削平各地。獻帝以他爲丞相，加九錫，爵魏王。他部下每勸他正位。他說道：「若天命有歸，孤其爲周文王乎？」操子丕，果應其言，廢獻帝自立。追尊操爲武帝。操頗受後人的唾罵。其實也未見得比劉裕、蕭道成、蕭衍、李淵、趙匡胤他們更卑鄙。然而他卻獨受惡名！他是一位霸氣縱橫的人，即在詩壇裡也是如此。他的詩是沉鬱的，雄健的，有如他的爲人。當這個時候，古樂府的擬作風氣是很流行的，所以操詩多五言的樂府辭、如〈蒿里行〉、〈苦寒行〉等；又四言詩也顯著復盛之況，所以操詩也多四言者，如〈短歌行〉等[②]。〈薤露〉、〈蒿里〉，本是挽歌曲子。操則襲用之，成爲短的敘事詩；一以敘述何進召董卓事（〈薤露〉），一以敘述袁紹、袁術兄弟相爭，連年兵甲不解事（〈蒿里行〉）。這兩詩多憤激之語，當是他早期之作。〈苦寒行〉是一首絕好的征夫詩。「我心何怫鬱，思欲一東歸」，這時操還是在不得意的時代吧。「行行日已遠，人馬同時飢。擔囊行取

* * *

① 曹操見《三國志》卷一。

② 《魏武帝集》有《漢魏六朝百三名家集》本。

薪，斧冰持作糜」幾句寫得更爲生動新穎，非取之於當前之情景必寫不出來。〈卻東西門行〉也是詠征夫的。「冉冉老將至，何時返故鄉？」又「狐死歸首丘，故鄉安可忘！」操暮年，或已厭於言兵了吧？操的四言詩寫的似乎較他的五言詩更爲俊健可喜，如〈短歌行〉，如〈龜雖壽〉，都是當時不易見到的佳作。「月明星稀，烏鵲南飛，繞樹三匝，何枝可依？」（〈短歌行〉）諸語實爲難得的寫景描情。「老驥伏櫪，志在千里。烈士暮年，壯心不已。」（〈龜雖壽〉）操的雄志是躍躍於紙背的。又〈觀滄海〉寫「東臨碣石，以觀滄海」時所見的海景也是很雋好的。操之詩，往往若無意於爲文辭，而文辭卻往往是錯落有致，精彩自生的。〈土不同〉一首也是如此。詩人無不善感多愁，操的詩也是善感多愁，然於「心常嘆怨，戚戚多悲」（〈土不同〉）裡卻透露著一股英俊之氣，雖悲戚，卻並不頹廢。雖「憂從中來，不可斷絕」，卻終於沒有忘記了「山不厭高，海不厭深，周公吐哺，天下歸心」的壯志。此便是操之所以終與疏懶頹放的詩人不同的所在。

曹丕[③]爲操之長子。字子桓。操卒，丕嗣爲丞相，魏王。建安末，廢獻帝爲山陽公，篡漢，自即皇帝位。都洛陽，國號魏，改元黃初。在位六年卒，謚曰文帝。丕性好文學，雖居要位，並不廢業。博聞強識，以著作爲務。所著有《典論》及詩賦百餘篇[④]。像《典論》那樣的著作，是同時的詩人們所不敢輕於問鼎的。特別關於論文得失，臧否人物的一方面。他的詩，與操詩風格大不相同。操的詩始終是政治家的詩，丕的詩則完全是詩人的詩，情思婉約悱惻，能移人意，卻缺乏著剛

* * *

③ 曹丕見《三國志》卷二。

④ 《魏文帝集》有《漢魏六朝百三名家集》本。

勁猛健的局調。五言詩到了他的時代，方才開始脫離樂府的束縛。子桓的〈雜詩〉諸作，都是用五言體寫的。〈雜詩〉二首，其情韻尤爲獨勝：「漫漫秋夜長，烈烈北風涼。展轉不能寐，披衣起彷徨。彷徨忽已久。白露沾我裳。俯視清水波，仰看明月光。天漢回西流，三五正縱橫。草蟲鳴何悲，孤雁獨南翔。」但我們如仔細一讀，便可見這些雜詩完全是模擬著〈古詩十九首〉的；不唯風格相類，即情調亦極相似。陸機等的此類的詩，直題之曰〈擬古〉，子桓則僅稱「雜詩」，其實也是「擬詩」之流。子桓的四言調，其情調也很婉曲，像〈短歌行〉，孟德的同名的一篇，如風馳雲奔，一氣到底，子桓之作則宛轉哀鳴，孺慕正深，極力地寫著：「其物如故，其人不存」的悲感。孟德雄莽，雜言無端，僅以壯氣貫串之而已，子桓則結構精審，一意到底；這確是大爲進步之作品。又他的〈善哉行〉，只是感到「人生如寄」，便想起不必自苦，還是及時行樂，「策我良馬，被我輕裘。載馳載驅，聊以忘憂」，和孟德「周公吐哺」云云的情調已大異了。子桓更有數詩，與當時流行的詩體不大相類；如〈燕歌行〉則爲七言，〈寡婦〉則爲楚歌體。但其風調則始終是娟娟媚媚的。像〈燕歌行〉：「秋風蕭瑟天氣涼，草木搖落露爲霜。……賤妾煢煢守空房，憂來思君不敢忘。……明月皎皎照我床。星漢西流夜未央，牽牛織女遙相望。爾獨何辜限河梁。」在無數的思婦曲中，這一首是很可以占一個地位的。〈寡婦〉的背景也在秋冬之交，「木葉落兮淒淒」之時。這時是最足以引起悲情的。〈寡婦〉之作原爲傷其友人阮瑀之妻。當時風尚，每一詩題，往往有多人同時並作。故後來潘岳作〈寡婦賦〉，其序便假託地說道：「阮瑀既沒，魏文悼之，並命知舊作寡婦之賦。」

二

曹植[5]字子建，丕弟。少即工文。黃初三年，進侯爲鄄城王，徙封東阿，又封陳。明帝太和六年卒，年四十一。謚曰思（一九二—二三二）。有《陳思王集》[6]。植才大思麗，世稱繡虎。謝靈運以爲天下才共一石，陳王獨得八斗。論者也以爲「其作五色相宣，八音朗暢」，爲世所宗。植當建安、黃初之間，境況至苦。曹丕本來很猜忌他，到了丕一即位，便先剪除植的餘黨。植當然是很不自安的。自此以後，便終生在憂讒畏譏的生活中度過。他不得不懍懍小心，以求無過，以免危害。他本是一個詩人，情感很豐烈的，遭了這樣一個生活，當然要異常的怨抑不平的了，而皆一發之於詩。故他的詩雖無操之壯烈自喜，卻較操更爲蒼勁；無丕之嫵媚可喜，卻較丕更爲婉曲深入。孟德、子桓於文學只是副業，爲之固工，卻不專。仲宣、公幹諸人，爲之固專，而才有所限，造詣未能深遠。植則專過父兄，才高七子。此便是他能夠獨步當時，無與抗手的原因。

他的詩可劃成前後二期。前期是他做公子哥兒，無憂無慮的時代的所作；其情調是從容不迫的，其題材是宴會，是贈答；別無什麼深意，只是爲做詩而做詩罷了。像〈箜篌引〉：「置酒高殿上，親友從我遊。中廚辦豐膳，烹羊宰肥牛。秦箏何慷慨，齊瑟和且柔。」像〈名都篇〉：「名都

*　　*　　*

⑤ 曹植見《三國志》卷十九。

⑥ 《曹子建集》有明仿宋刻本；明安氏活字版本；蔣氏密韻樓仿宋刊本；《四部叢刊》本；《漢魏六朝百三名家集》本。

多妖女，京洛出少年。寶劍直千金，被服麗且鮮。」像〈公宴〉：「公子敬愛客，終宴不知疲。清夜遊西園，飛蓋相追隨。」像〈侍太子坐〉：「白日曜青春，時雨靜飛塵。寒冰辟炎景，涼風飄我身。」都只是從容爾雅的陳述，無繁弦，無急響。又像：「歡怨非貞則，中和誠可經」；「狐白足禦寒，爲念無衣客」；「君子通大道，無願爲世儒」的云云，也都是公子哥兒所說的話。

到了後期，植已飽嘗了煮豆燃萁之痛，受盡了憂讒畏譏之苦，他的情調便深入了，峭幽了，無復歡愉之音，唯見哀愁之嘆。他的文筆也更精練，更蒼勁了，不再是表面上的浮艷，而是骨子裡的充實。他的精光，愈是內斂，他的文采，愈見迫人。一個詩人是什麼也藏不住的；心中有了什麼，便非說出來不可；便非用了千百種的方式，說了出來不可。李後主高唱著：「無限江山，別時容易見時難」，子建便也高唱著：「本是同根生，相煎何太急！」這一類的詩，《子建集》中很不少，像「吁嗟此轉蓬，居世何獨然。長去本根逝，夙夜無休閒。……飄搖周八澤，連翩歷五山。流轉無恆處，誰知我苦艱。願爲中林草，秋隨野火燔，糜滅豈不痛，願與根荄連。」（〈吁嗟篇〉）將他的「轉蓬」似的身世寫得異常的沉痛。然而「根荄」相連的「同生」之感，始終是離棄不了的。而〈贈白馬王彪〉一篇更簡直痛痛快快的破口了：「意毒恨之，……憤而成篇」。「玄黃猶能進，我思鬱以紆。鬱紆將何念，親愛在離居。本圖相與偕，中更不克俱。鴟梟鳴衡軛，豺狼當路衢。蒼蠅間白黑，讒巧反親疏。欲還絕無蹊，攬轡止踟躕。踟躕亦何留！相思無終極。」這些，已盡可見子建的悲憤的心懷了；持以較煮豆燃萁之作：「煮豆持作羹，漉豉以爲汁。萁在釜下燃，豆在釜中泣。本是同根生，相煎何太急！」則「同根生」之語，似猶未免過於淺薄顯露，不似子建的口吻（按此詩本集不載，僅見《世說新語》，或不是子建所作）。

建安之世，擬〈古詩十九首〉等作的風氣甚盛，類皆題著「雜詩」之名。植亦有這樣的〈雜詩〉數首，「去去莫復道，沉憂令人老」諸語，當係脫胎於「棄捐勿復道」諸詩的。植寫樂府，也有一部分是利用著或襲用著古代的題材與作風的，例如〈美女篇〉，便顯然是脫胎於〈羅敷行〉的。「頭上金爵釵」諸語，形容美女的裝飾，與「頭上倭墮髻」諸語之形容羅敷是無所異的，「行徒用息駕，休者以忘餐」與「行者見羅敷，下擔捋髭鬚，……耕者忘其犁，鋤者忘其鋤」，也沒有什麼不同。惟後半篇主意略異耳。〈七哀詩〉作者不少，植亦作有一篇。「明月照高樓，流光正徘徊」，一開頭便是一篇絕妙好辭。全篇情調則大似擬古的〈雜詩〉中的一篇。「願爲西南風，長逝入君懷」，與〈四坐且莫喧〉的「從風入君懷」是顯然的同調。

三

建安時代之才士，集合於曹氏父子兄弟的左右者，有所謂「七子」的。七子者：魯國孔融文舉，廣陵陳琳孔璋，山陽王粲仲宣，北海徐幹偉長，陳留阮瑀元瑜，汝南應瑒德璉，東平劉楨公幹。這七人以外，更有：應璩、楊修、吳質，繁欽，路粹、丁儀，丁廙（ㄒㄧˋ）等，也俱是時之才人。曹氏父子既好士能文，又善於評騭高下。故人才號稱最多。吳、蜀之地，本爲古代文人之鄉者，這時卻反寂寂無聞。僅能仰望光芒萬丈的鄴都而興「才難」之嘆耳。七子之稱，始於曹丕。丕在《典論》上說道：「斯七子者，於學無所遺，於辭無所假。咸以自騁驥騄於千里，仰齊足而並馳。以此相服，亦良難矣。蓋君子審己以度人，故能免於斯累，而作論文。王粲長於辭賦，徐幹時有齊氣，然粲之匹也。如粲之〈初征〉、〈登樓〉、〈槐賦〉、〈征思〉，幹之〈玄猿〉、〈漏卮〉、〈圓扇〉、〈橘賦〉，雖張、蔡不過也。然於他文未能稱是。琳、瑀之章表書記，今之雋也。應瑒和而不壯，劉楨壯而不密。孔融體氣高妙，有過人者。然不能持論，理不勝辭，至於雜以嘲戲，及其所善，揚、班儔也。」他的批評，頗稱的當。在七子之中，粲、幹皆以賦見長；琳、瑀則以章表書記見多。孔融[⑦]爲孔子之後，少有重名，舉高第，爲侍御史。嘗與曹操爭議，爲操所殺。融所作頗多，有集[⑧]十卷。今所存的五言詩，像「遠送新行客，歲暮乃來歸。入門望愛子，妻妾向人悲。……孤墳在西北，常念君來遲。褰裳上墟丘，但見蒿與薇。白骨歸黃泉，肌體乘塵飛。生時不識父，死後知我誰。」（〈雜詩〉）其悲感發於眞情，不能自已，故格外的深摯動人。

王粲[⑨]，山陽高平人。有異才。漢獻帝西遷，粲亦徙居長安。後之荊州依劉表。表卒，曹操辟爲丞相掾。賜爵關內侯，拜侍中。建安二十二年卒。有集[⑩]。粲長於辭賦，〈登樓賦〉尤爲人所稱。然四五言詩則不甚好，其歌功頌德的樂府不必說，即贈〈蔡子篤詩〉，〈贈士孫文始〉，以及〈思親詩〉、〈公宴詩〉諸作，也皆傷於平鋪直敘，缺乏情致。惟〈七哀詩〉三首，爲未遇時所作，頗多傷感的氣氛，大似他的〈登樓賦〉。「荊蠻非吾鄉，何爲久滯淫」，他久已有赴中原之志了。天下喪亂，人不能顧其家。仲宣爲了避難求遇之故，乃棄鄉南去。不料仍是不遇，且又遇亂，所以益生悲嘆。「詩窮而後工」。仲宣這時方窮，故其詩也不復見淺率。陳琳，廣陵人，避難冀

* * *

⑦孔融見《後漢書》卷一百。

⑧《孔文舉集》有《漢魏六朝百三名家集》本。

⑨王粲見《三國志》卷二十一。陳琳、阮瑀、應瑒、應璩、吳質、繁欽、路粹、繆襲等皆附粲傳。

⑩王仲宣及其他七子文集，有《漢魏六朝百三名家集》本。

州。袁紹使典文章，曾爲紹作〈討曹操檄〉，天下傳誦。及袁氏敗，琳又投於操。操卻善待之，使他與阮瑀並爲司空軍謀祭酒，管記室。軍國書檄多琳、瑀所作。徙門下督。有集十卷。琳不以善詩名，然所作卻很不弱，惜他的詩傳於今者太少耳。徐幹，北海人，爲司空軍謀祭酒掾屬，五官中郎將文學。幹的詩，善作情語；即〈答劉公幹詩〉也有：「所經未一旬，……其愁如三春。雖路在咫尺，難涉如九關」之語。他的〈情詩〉：「君行殊不返，我飾爲誰榮？爐薰闔不用，鏡匣上塵生。綺羅失常色，金翠暗無精。嘉肴既忘御，旨酒亦常停。顧瞻空寂寂，惟聞燕雀聲。憂思相連屬，中心如宿醒。」寫得殊眞率盡致。〈室思〉六首，也都是同樣的戀歌的調子；第三首：「自君之出矣，明鏡暗不治」諸句，後人擬作者極多，成了一個很流行的體制。劉楨，東平人，曹操辟爲丞相掾屬。曹丕嘗宴諸文學。酒酣，命夫人甄氏出拜。坐中咸伏，楨獨平視。操聞之，不悅，乃收治罪。減死，輸作署吏。建安二十二年卒，有集四卷。曹丕道：「公幹有逸氣，但未遒耳。至五言詩之善者，妙絕時倫。」然楨詩今存者不多。「豈不罹凝寒，松柏有本性」，平視的氣概，躍然如見！阮瑀字元瑜，陳留人。少受學於蔡邕。曹操辟爲司空軍謀祭酒，管記室。後爲倉曹掾屬。建安十七年卒，有集五卷。瑀詩也是很質實的，並無浮辭艷語。其〈駕出北郭門外行〉，甚似古樂府中的〈孤兒行〉及〈婦病行〉。應瑒，汝南人，漢泰山太守劭之從子。曹操辟爲丞相掾屬，轉平原侯庶子。後爲五官中郎將文學。建安二十二年卒，有集二卷。瑒詩存者不多，俱傷平凡。

應璩爲瑒弟，不在七子之列。他博學好屬文，明帝時，歷官散騎常侍。曾爲詩以諷曹爽。後爲侍中，典著作。嘉平四年卒，有集十卷。璩所作以〈百一詩〉爲最著。所謂「百一」者，義頗晦，解者因之而多。《丹陽集》說：「璩爲爽長史，切諫其失如此，所謂百一者，庶幾百分有一補於爽也。」（此解亦見《文選・五臣注》引《文章志》）《樂府廣題》則以爲：「百者數之終，一者數之始。士有百行，終始如一者，以一士行而言也。」《七志》云：「以百言爲一篇者，以字數而言也。」此數說俱未允。百字之說更非。因〈百一詩〉今存五篇，每篇只有四十字，並無至百字以上者。據今存者而論，如「下流不可處，君子慎厥初」，諸首都並不高明。鍾嶸《詩品》以陶潛詩出於應璩，頗引起世人的駭怪。然璩詩本多，《唐書．藝文志》載璩〈百一詩〉，有八卷之多。李充《翰林論》說璩作五言詩百數十篇，孫盛也說璩作詩百三十篇。或者璩詩果有與淵明詩情調相似處，可惜已不可得見。繁欽字休伯，機辨有文才，少便得名於汝、潁間。爲丞相主簿。建安二十三年卒。欽詩不甚爲人所稱，然其造詣卻在粲、幹以上。如〈定情詩〉之類，實可登曹氏之堂：「我既媚君姿，君亦悅我顏。何以致拳拳？綰臂雙金環。何以致殷勤？約指一雙銀。何以致區區？耳中雙明珠。何以致叩叩？香囊繫肘後。何以致契闊？繞腕雙條脫。何以結恩情？佩玉綴羅纓。何以結中心？素縷連雙針。何以結相於？金薄畫幧（ㄘㄠ）頭。何以慰別離？耳後玳瑁釵。何以答歡忻？紈素三條裙。何以結愁悲？白絹雙中衣。與我期何所？乃期東山隅。日旰兮不來，谷風吹我襦。遠望無所見，涕泣起踟躕。……日暮兮不來，淒風吹我襟。望君不能坐，悲苦愁我心。愛身以何爲，惜我華色時。」正是張衡的〈四愁〉的同類。應瑗有集十卷，今不傳。五言詩僅有一首，題〈雜詩〉，見於《初學記》，頗近民間的歌謠：「貧子語窮兒，無錢可把撮。」繆襲字熙伯，東海蘭陵人。有才學，多所敘述。辟御史大夫府。歷事魏四世。官至侍中尚書光祿勛。正始六年卒。襲詩有〈魏鼓吹曲〉十二首，皆敘述魏曹諸帝的功德者。此種宮廷詩人所作的頌詩，當然不會有什麼可觀的。

■參考書目

一、《漢魏六朝百三名家集》，明張溥編，有明刊本，長沙刊本。
二、《古詩紀》，明馮惟訥編，有明刊本。
三、《全漢三國晉南北朝詩》，丁福保編，醫學書局出版。
四、《文選》，梁蕭統編，有胡氏刻本，《四部叢刊》本。
五、《古詩源》，清沈德潛編，有原刊本；有商務印書館鉛印本。

第十一章　魏與西晉的詩人

黃初時代的詩人們——何晏與左延年——嵇康與阮籍——諸葛亮——太康時代詩人們的蜂起——三張兩傅——潘岳與陸機陸雲——大詩人左思——其妹左芬——同時代的諸小詩人們：荀勗成公綏程曉石崇等——蘇伯玉妻的〈盤中詩〉

一

繼於建安之後的是一個更熱鬧的詩人的時代。建安七子中像孔、陳、阮諸人，他們並不以作詩爲業；但到了黃初以後，專業的詩人們便漸漸的多起來了。因了曹氏父子兄弟的提倡與感化，久已消歇的詩思，至此乃蓬蓬勃勃，呈現著如火如荼之觀；歷數百年而未中衰。他們的作風雖各不同，然阮、嵇諸作，信筆皆有雋氣，左延年的樂府，何晏的諸詩也都很可注意。他們一面承襲了初期的高邁，一面開啓了西晉的清雋；一面結束了七子的複雜的風格，一面闢殖了陸、張、潘、左的功力深厚的詩業。

何晏[①]字平叔，南陽宛人。娶魏帝女。然曹丕不甚信任之。黃初之際，未見有所事任。正始中，曹爽乃用他爲中書，主選舉。宿舊者多得濟拔。爲司馬氏所殺。有《論語集解》十卷，《老子道德論》二卷，集十一卷[②]。五言詩今存二首。在這二首中，頗可見出晏的眞實的情緒來。《名士傳》載：「是時曹爽輔政，識者慮有危機。晏有重名，與魏姻戚，內雖懷憂而無復退也。著五言詩以言志。」擬古與「失題」的一首，所寫的完全是這種憂懼的心理。「常恐入網羅，憂禍一旦并。豈若集五湖，順流唼浮萍」，然而他雖欲如此，已是不可能的了。

左延年[③]未知其里名。《晉書．樂志》僅載其在黃初中以新聲被寵。他的〈從軍行〉雖爲不全的殘作，卻已可見出是未必較杜甫、白居易諸同類的作品低劣的。「苦哉邊地人，一歲三從軍。三子到敦煌，二子詣隴西。五子遠門去，五婦皆懷身。」（下闕）其〈秦女休行〉一篇，尤爲敘事詩中的偉作；平平淡淡的寫來，樸樸質質的寫來，不必需要什麼繁辭華語，而好處自見：「步出上西門，遙望秦氏廬。秦氏有好女，自名爲女休。休年十四五，爲宗行報仇。左執白楊刃，右據宛魯矛。仇家便東南，仆僵秦女休。」

嵇康[④]字叔夜，譙郡銍人。好言老、莊而尙奇任俠。寓居山陽。家貧，鍛以自給。與魏宗室

* * *

① 何晏見《三國志》卷九。

② 《何平叔集》有《漢魏六朝百三名家集》本。

③ 左延年見《三國志》卷二十九。

④ 嵇康見《三國志》卷二十一，《晉書》卷四十九。

婚，拜中散大夫。山濤爲吏部，舉康自代。康答書頗詆訶之。當時司馬氏的權勢日甚，略略有遠見的人，皆已見禍至之無日，特別是與曹魏有關係的人。嵇康雖極力的頹唐自廢，終於不能自免。景元三年，康被司馬昭以細故殺之。有集十五卷⑤。康在獄中時，曾作〈幽憤詩〉以見志。孫登對嵇康道：「子才多識寡，難乎免於今之世也。」康臨刑時，索琴彈之曰：「〈廣陵散〉自此絕矣！」康的詩，以四言爲最多，且最好。陶潛的四言詩便頗似他的。他的〈贈秀才入軍詩〉十九首，很有幾首是極爲雋妙的。四言詩的生命，已中絕了很久，想不到在建安、正始之時乃走上了中興之運，且有了很偉大的作家，如曹氏父子與嵇康。康的四言像「春木載榮，布葉垂陰。習習谷風，吹我素琴」；「目送歸鴻，手揮五弦。俯仰自得，遊心太玄」，如珠的好句，都是未之前見的。此種韶秀清玄的風格，也是未之前見的。在嵇康之後，在思想上固另闢了一條老莊的玄超的大路，一脫漢儒的陰陽五行，凡近實踐的淺陋；在詩歌上也別有了一條高超清雋的要道，一洗漢詩乃至建安詩中的淺近的厭世享樂的思想。在這一方面，康的〈雜詩〉與〈遊仙詩〉是很可以表現出這個新傾向來的。「遙望山上松，隆谷鬱青蔥。自遇一何高，獨立迥無雙。願想遊其下，蹊路絕不通。王喬棄我去，乘雲駕六龍。飄搖戲玄圃，黃老路相逢。授我自然道，曠若發童蒙。」（〈遊仙詩〉）

阮籍⑥字嗣宗，陳留尉氏人，瑀之子。容貌瑰傑，志氣宏放。初辟太尉掾，進散騎常侍。司馬昭欲爲其子炎求婚於籍。籍大醉六十日，不得言而止。後引爲從事中郎。籍聞步兵廚多美酒，遂求

* * *

⑤《嵇中散集》有明黃省曾刻本，《漢魏六朝百三名家集》本，《四部叢刊》本。

⑥阮籍見《晉書》卷四十九。

爲步兵校尉。縱酒昏酣，遺落世事。又對人能爲青白眼。由是禮法之士深所仇疾。卻賴司馬昭常保持之。有集⑦十三卷。嵇康與籍同爲時人所疾，然康死而籍卻全，此中消息當然是有關於政治的內幕的。籍的五言詩，有〈詠懷〉八十二首，其成就極爲偉大。姑舉數首：

夜中不能寐，起坐彈鳴琴。薄帷鑒明月，清風吹我襟。孤鴻號外野，翔鳥鳴北林。徘徊將何見？憂思獨傷心。

嘉樹下成蹊，東園桃與李。秋風吹飛藿，零落從此始。繁華有憔悴，堂上生荊杞。驅馬舍之去，去上西山趾。一身不自保，何況戀妻子。凝霜被野草，歲暮亦云已。

灼灼西隤日，餘光照我衣，迴風吹四壁，寒鳥相因依。周周尚銜羽，蛩蛩亦念飢。如何當路子，磬折忘所歸？豈爲誇譽名，憔悴使心悲。寧與燕雀翔，不隨黃鵠飛。黃鵠遊四海，中路將安歸。

這八十二首的〈詠懷詩〉，作非一時，詠非一意，故我們只能將她們作八十二首詩看。其中有很高妙的詩篇，卻也有些質實無情趣的東西。「登高眺所思，舉袂當朝陽」，「揮袂撫長劍，仰觀浮雲征」。在無數的悲憤詩，「士不遇賦」以及「人生幾何」的篇什裡，我們第一次見到那麼高邁可喜的名句；這實足以使我們心目爲之一清新，爲之一震撼的。在過於樸實的無玄想的，囿於

* * *

⑦《阮步兵集》有《漢魏六朝百三名家集》本。

現實的境地裡的作品中，忽然遇見了像籍的：「天地解兮六合開，星辰隕兮日月頹。我騰而上將何懷！」（〈大人先生歌〉）當然會很清警的遊心於別一個天地之中的。籍與嵇康、劉伶等七人常作竹林之遊，世目之爲「竹林七賢」。努力於打破禮法的運動；以疏狂自放於物外。這種疏狂的行動，超於物外的主張，打破禮法的運動，不僅僅是如向來的見解，所謂爲了避世免禍之故的吧。這其間是具有更深厚的意義的。恰當於漢末「孝廉」掃地之時，曹操本身是個「孝廉」出身的，且憤然的要舉異才高能之士，不孝不義，爲鄉黨所棄者與之同事；孔融也高唱著「非孝」之說。雖然許多儒家學說的擁護，還在竭力的攻擊這些非毀禮教，放蕩不羈的人物，然禮教的本身以及儒道的瑣碎禁忌的規律，已完全被時代所破壞了。一方面是佛教的輸入，給老、莊以一個新的同感，一方面政治的紛擾，需要的不是孝廉清謹之人士。於是疏於禮法的，便更要以此自己標榜著了。自王（弼）、何（晏）以至竹林七賢，幾乎都是這一派的人物。阮籍、劉伶便是其中最著名的代表人。

這時的詩人，尚有郭遐周，郭遐叔兄弟及阮侃，皆與嵇康相贈答。二郭未知其里居。遐周贈康之作凡三首，皆傷於平衍質實，無足稱道。阮侃字德如，尉氏人。有俊才而飭以名理，風儀雅致，與嵇康爲友。仕至河內太守。他有〈答嵇康詩〉二首。

在此，還應一敘吳、蜀的作家們。韋昭作〈吳鼓吹曲〉十二曲，敘孫氏的祖德，只是廟堂之樂，在文學上無甚可稱。昭字弘嗣，吳郡雲陽人。少好學，能屬文。仕孫吳，官至中書僕射。爲孫皓所殺。有《國語注》二十二卷，今存。

諸葛亮⑧字孔明，琅琊陽都人。仕蜀，封武鄉侯，領益州牧。死謚忠武侯。有集二十五卷⑨，《論前漢事》一卷，《集誡》二卷，《女戒》一卷。《論前漢事》等作皆不傳。史稱亮未遇時，躬耕隴畝，好爲〈梁甫吟〉。〈梁甫吟〉今傳一首。「步出齊城門，遙望蕩陰里。里中有三墳，纍纍正相似。問是誰家墓？田疆古冶子。」只是一首很平常的詠史詩。

秦宓有〈遠遊〉一詩：「遠遊何所見？所見邈難紀。岩穴非我鄰，林麓無知已。虎則豹之兄，鷹則鴞之弟，困獸走環岡。飛鳥驚巢起。」頗具稚氣，難稱名篇。宓字子敕，廣漢綿竹人。劉備平蜀，以爲從事祭酒。後爲大司農。

二

黃初、正始之後，便來了太康時代。司馬氏諸帝，雖非文人，且也非文人的衛護者，然而五言詩的成就，已臻於最高點，雖政局時時變動，文人多被殺害，終無損其發展。在秦漢久已蟄伏不揚的詩思，經過了建安諸曹的喚醒，便一發而不可復收了。三張，二傅，兩潘，一左，相望而出，詩壇上現著極燦爛的光明。即在建安、正始時代寂無聲息的東吳，這時也出現了陸氏兄弟。鍾嶸說道：「太康中，三張二陸兩潘一左，勃爾復興，……亦文章之中興也。」五言詩體到了這時，已

＊　　　＊　　　＊

⑧　諸葛亮見《三國志》卷三十五。

⑨　《諸葛忠武侯集》有沔縣祠堂本，《乾坤正氣集》本，《漢魏六朝百三名家集》本。

成爲文壇的中心，詩體的正宗，正如《詩經》時代之四言，《楚辭》時代之騷賦。故陸張潘左諸詩人，皆可直謚之曰：五言詩人。

三張者：張華，張載，張協；二傅者：傅玄，傅咸；兩潘者：潘尼，潘岳；二陸者：陸機，陸雲；一左者，左思。張華[⑩]字茂先，范陽人。晉武帝受禪，以他爲黃門侍郎。以力贊伐吳功，封廣武侯，遷尙書。後進爲侍郎中中書監。盡忠匡輔，加封爲公。元康六年拜司空。以與趙王司馬倫及孫秀有隙，被他們所害。有《博物志》十卷，集十卷[⑪]。華博學強記，當世無倫；歷居要位，自身又是一位詩人，故對於文人們極爲維衛。太康文學之盛，他是很有功績的。關於他，頗有些不根的神話，像豐城劍氣之類的傳說。華的詩，鍾嶸頗貶之，以爲「置之中品疑弱，處之下科恨少，在季孟之間矣。」其實，《詩品》的三品之分，本極可笑。華雖未必及陳王，至少可追仲宣。仲宣則列上品，茂先則並中品而不逮，何故？嶸又說：「其體華艷，興託不奇。巧用文字，務爲妍冶。雖名高曩代，而疏亮之士，猶恨其兒女情多，風雲氣少。謝康樂云：『張公雖復千篇，猶一體耳。』」然華詩實能以平淡不飾之筆，寫眞摯不隱之情。像他的〈門有車馬客行〉：「門有車馬客，問君何鄉士？捷步往相訊，果是舊鄰里。語昔有故悲，論今無新喜。」明白暢達，意近情深，這一類的詩，決不是謝靈運他們所能賞識的。他的〈情詩〉：「居歡惜夜促，在慼怨宵長。拊枕獨嘯嘆，感慨心內傷」；「巢居知風寒，穴處識陰雨。不曾遠別離，安知慕儔侶」等等也都是很佳妙可喜的。

* * *

⑩ 張華見《晉書》卷三十六。

⑪ 《張茂先集》有《漢魏六朝百三名家集》本。

他所作，意未必曲折，辭未必絕工，語未必極新穎，句未必極穠麗，而其情思卻終是很懇切坦白，使人感動的。

張載[12]字孟陽，安平人。博學有文章。起家佐著作郎。累遷弘農太守。長沙王義請為記室督。拜中書侍郎。復領著作。稱疾歸卒。有集七卷。載詩在三張之中，最為駑下，他沒有深摯的詩情，也沒有穠麗的詩語。如他所擬的〈四愁詩〉四首，較之張衡的原作來，真要形穢。

張協[13]字景陽，載弟，齊名於時。辟公府掾，轉秘書郎。累遷中書侍郎，轉河間內史。時當諸王相攻，天下喪亂。協遂屏諸草澤，以屬詠自娛，不復出仕。終於家。有集四卷。他富於詩才，不唯高出於兄，且也過於茂先。鍾嶸《詩品》列之於上品，並論他道：「文體華淨，少病累。又巧構形似之言。雄於潘岳，靡於太沖。風流調達，實曠代之高手。調彩蔥菁，音韻鏗鏘，使人味之，亹亹不倦。」所作存者，僅〈雜詩〉十一首，〈詠史〉一首，〈遊仙詩〉半首而已。茲錄其〈雜詩〉一首於下：

秋夜涼風起，清氣蕩暄濁。蜻蛚吟階下，飛蛾拂明燭。君子從遠役，佳人守煢獨。離居幾何時，鑽燧忽改木。房櫳無行跡，庭草萋以綠。青苔依空牆，蜘蛛網四屋。感物多所懷，沉憂結心曲。

＊　　＊　　＊

⑫張載、張協皆見《晉書》卷五十五。

⑬張載、張協皆見《晉書》卷五十五。

傅玄⑭字休奕，北地泥陽人。博學善屬文，舉秀才。晉王未受禪時，爲常侍；及即位，晉爵爲子，並爲諫官；後遷侍中，轉司隸校尉。免官卒於家。謚曰剛。有《傅子》百二十卷，集五十卷⑮。玄詩，鍾嶸列之下品，與張載同稱，且還以爲不及載，（嶸曰：孟陽乃遠慚厥弟，而近超兩傅）實爲未允。玄詩傳於今者，佳篇至多，至少是可以和陸機、張協、左思、潘岳諸大詩人分一席地的，何至連張載也趕不上呢！他的詩有絕爲清俊，絕爲秀麗可愛者，如〈雜言〉及〈車遙遙〉篇等：

雷隱隱，感妾心。傾耳清聽非車音。

——〈雜言〉

車遙遙兮馬洋洋，追思君兮不可忘。君安遊兮西入秦，願爲影兮隨君身。君在陰兮影不見，君依光兮妾所願。

——〈車遙遙篇〉

玄子咸，字長虞。剛簡有大節，風格峻整，識性明悟，好屬文論。雖綺麗不足，而言成規鑒。潁川庾純嘗嘆曰：「長虞之文，近乎詩人之作矣。」襲父爵。官至司隸校尉。有集三十卷。咸〈七

* * *

⑭ 傅玄、傅咸並見《晉書》卷四十七。

⑮ 《傅休奕集》有《漢魏六朝百三名家集》本。

經詩〉今傳者凡六經，都不過是格言或集句而已。〈與尚書同僚詩〉諸作，也大半是韋孟〈在鄒〉之遺風，離開眞正的詩人之作，實在過於遼遠。但像〈愁霖詩〉：「舉足沒泥濘，市道無行車。蘭桂賤朽腐，柴粟貴明珠。」其樸質無文的作風，卻不同於時流。

陸機、陸雲[16]，並稱二陸。機字士衡，吳郡人，大司馬陸抗之子。少有奇才，領父兵爲牙門將。吳亡，入洛。張華深賞其才華。趙王倫輔政，引爲參軍。大安初，成都王穎等起兵討長沙王義，假機後將軍，河北大都督。因戰敗爲穎所殺。有集[17]四十七卷。張華說他：「人之爲文常恨才少，而子更患其多。」鍾嶸《詩品》，置他於上品，稱他說：「才高詞贍，舉體華美。氣少於公幹，文劣於仲宣。尙規矩，不貴綺錯，有傷直致之奇。然其咀嚼英華，厭飫（ㄩˋ）膏澤，文章之淵泉也。」然就機現在所遺存的詩篇上看來，他未必便是「高才絕代」的一個詩人。他的詩只是圓穩華贍而已，並無如何的俊逸高朗之致，纏綿深情之感。〈擬古詩〉十餘首，如擬〈明月何皎皎〉等，情態雖畢肖，而藻飾已趨工麗。〈猛虎行〉諸作，宜可剛勁飆發，而亦乃靡弱工整，亦足見其才之所限。又如〈爲顧彥先贈婦〉詩，宜可深婉悱惻，若不勝情，乃亦多泛泛之言。唯他〈贈顧彥先〉一作，雖僅存四語，卻頗可注意：「清夜不能寐，悲風入我軒。立影對孤軀，哀聲應苦言。」所創造的詩境乃是同時代的作品中所少見的。

陸雲字士龍，少與兄機齊名。吳平，偕機同入洛。後成都王司馬穎表他爲淸河內史。機爲穎所

＊　＊　＊

[16] 陸機、陸雲並見《晉書》卷五十四。

[17] 機、雲文集皆見《漢魏六朝百三名家集》。

殺，雲亦遭害。有《陸子新書》十卷。雲在文藻方面，不能如機之繽紛，他的詩篇，更多冗長庸腐之作，如〈大將軍宴會被命作詩〉等四言。惟〈谷風〉一作，殊為清雋，頗像陶淵明的篇什。

論者評潘岳、潘尼[18]，每以岳為高出於尼遠甚。實則岳惟哀悼之詩最為傑出耳[19]。岳字安仁，滎陽中牟人。美姿儀。少時每出，婦人擲果滿車。善屬文，清綺絕世。舉秀才為郎。後遷給事黃門侍郎。素與孫秀有隙。及趙王司馬倫輔政，秀遂誣岳與石崇為亂，殺之。有集十卷。鍾嶸《詩品》謂：「《翰林》嘆其翩翩然如翔禽之有羽毛，衣服之有綃縠，猶淺於陸機。謝混云：潘詩爛若舒錦，無處不佳。陸文如披沙簡金，往往見寶。嶸謂；益壽輕華，故以潘為勝。《翰林》篤論，故嘆陸為深。余常言：陸才如海，潘才如江。」岳時有深情之作，故辭不求工而自工，不像陸機之情浮意淺，獨賴綺辭以掩其浮淺。像岳的〈悼亡詩〉，陸機集中是不會有的。〈哀詩〉雖若曠達，實則悲緒更為深摯。「堂虛聞鳥聲，室暗如日夕」（〈哀詩〉），這類的詩句取之於當前而不是出之以鍛煉的。潘尼字正叔，舉秀才，為太常博士。後齊王冏起義兵，引尼為參軍。事平，封安昌公，歷中書令。永嘉中遷太常卿。有集十卷。尼詩，今存者多為應制及贈答，無多大的作用。

左思[20]字太沖，齊國臨淄人。徵為秘書郎。齊王司馬冏命他為記室。辭疾不就。因得以疾終於

*　*　*

⑱ 潘岳、潘尼均見《晉書》卷五十五。
⑲ 尼、岳集並有《漢魏六朝百三名家集》本。
⑳ 左思見《晉書》卷九十二。

家。當時諸王爭權，日尋兵戈，陸、潘諸賢，皆不得免，惟思見機，得以善終。有集[21]五卷。鍾嶸《詩品》列思於上品。他說：「文典以怨，頗爲精切，得諷諭之致。雖野於陸機，而深於潘岳。謝康樂嘗言：左太沖詩，潘安仁詩，古今難比。」沈德潛頗不以他此言爲然，以爲：「鍾嶸評左詩，謂野於陸機而深於潘岳，此不知太沖者也。太沖胸次高曠，而筆力又復雄邁。陶冶漢、魏，自製偉詞，故是一代作手。豈潘、陸輩所能比埒。」德潛之推尊太沖，並非無故。太康之詩，大都辭有餘而意不足，文深而情淺，乏勁蒼之力，而多藻飾之功。即陸機、潘岳也都不免此譏。獨思之作，辭意並茂，肉骨皆雋，情固高曠不群，力亦健俊莫追。太康之際，實罕其儔。「一代作手」之稱，誠當捨潘、陸、張、傅而推思。思之所作存者不多，卻沒有一首不是很雋好的。他的〈悼離贈妹詩〉凡二首，雖運以四言，而深情轉啚：「以蘭之芳，以膏之明，永去骨肉，內充紫庭。至情至念，惟父惟兄。悲其生離，泣下交頸。」「將離將別，置酒中堂。銜杯不飲，涕洟縱橫。會日何短，隔日何長！仰瞻曜靈，愛此寸光。」（第二）太沖與妹素友愛，妹亦有文采，乃被招入宮，生離亦同死別。「此其悼離」之情，所以更與尋常之別不同。他更具豪邁不群之氣概，高曠難及的意緒。我們一讀他的〈詠史〉、〈雜詩〉、〈招隱〉諸作，未有不爲其傲倔之風格所動的。此種風格，在五言詩裡，曹操以外，惟太沖具之耳。

弱冠弄柔翰，卓犖觀群書。著論準〈過秦〉，作賦擬〈子虛〉。邊城苦鳴鏑，羽檄飛京

* * *

[21]《左太沖集》有《漢魏六朝名家集初刻》本。

都。雖非甲冑士，疇昔覽穰苴。長嘯激清風，志若無東吳。鉛刀貴一割，夢想騁良圖。左眄澄江湘，右盼定羌胡。功成不受爵，長揖歸田廬。

——〈詠史〉

皓天舒白日，靈景耀神州。列宅紫宮裡，飛宇若雲浮。峨峨高門內，藹藹皆王侯。自非攀龍客，何爲欻來遊。被褐出閶闔，高步追許由。振衣千仞岡，濯足萬里流。

——〈詠史〉

他的〈詠史詩〉並非專詠一人一事者，只是借歷史上的人物以抒己懷而已。「振衣千仞岡，濯足萬里流」，其雄氣是足吞數十百輩小詩人於胸中，曾不芥蔕的。

思妹名芬，即被徵入宮者。少好學，善綴文。武帝聞而納之。泰始八年，拜修儀，後爲貴嬪。姿陋無寵，唯以才德見禮。她的詩存者僅二首，其中一首〈感離詩〉，即答思〈悼離贈妹〉之作者。雖文藻非甚麗，卻也是至情流露之作。

三

太康詩人，還不只三張、兩傳、二陸、一左、兩潘十人而已。荀勖[22]字公曾，潁川人。初辟曹

*　　*　　*

[22] 荀勖見《晉書》卷三十九。

爽掾，晉武帝受禪，領著作秘書監，封濟北郡公。太康中遷尚書令。成公綏㉓字子安，東郡白馬人。少有俊才，辭賦甚麗。張華雅重綏，荐為太常博士，遷中書郎，泰始九年卒。嵇喜字公穆，譙國銍人，嵇康之兄。入晉拜揚州刺史，遷太僕宗正。嵇康子紹㉔，字延祖，亦能詩，甫十歲而康死，事母孝謹。仕至散騎常侍。晉惠帝敗於蕩陰，百官左右皆奔，惟紹不去，以身衛帝，遂以見害。嵇含字君首，紹從子。以家於鞏縣、亳丘，自號亳丘子。舉秀才，除郎中。惠帝時，官至平越中郎將，廣州刺史。程曉字季明，為昱之孫。嘉平中為黃門侍郎，遷汝南太守，有集二卷。曉常與傅玄贈答，其〈嘲熱客〉一作，卻多俚語俗言，與時流之競為典雅艱深之語者有殊。可算是古代詼諧之作中很重要的一個篇什：

> 平生三伏時，道路無行車。閉門避暑臥，出入不相過。今世褦襶（ㄋㄞˋ ㄉㄞˋ，斗笠）子，觸熱到人家。主人聞客來，顰感奈此何！謂當起行去，安坐正咨嗟。所說無一急，嗒啥一何多！疲倦向之久，甫問君極那。搖扇髀中疾，流汗正滂沱。莫謂為小事，亦是一大瑕。傳戒諸高明，熱行宜見呵。

棗據㉕字道彥，潁川長社人，善文辭。賈充伐吳，請為從事中郎。軍還，徙黃門侍郎，太子中

* * *

㉓成公綏見《晉書》卷九十二。

㉔嵇紹、嵇含見《晉書》卷八十九。

㉕棗據見《晉書》卷九十二。

庶子，卒。摯虞[26]字仲治，京兆長安人。才學通博。舉賢良。官至光祿勛太常卿。世亂年荒，虞竟以餒卒。虞所著述甚富，有《三輔決錄注》七卷，《文章流別志論》二卷，集十卷。束晳字廣微，陽平元城人，博學多聞。性沉退，不慕榮利。張華諸人辟之，為尚書郎。趙王倫欲請為記室，晳辭疾罷歸。晳以著〈補亡詩〉六首有名。司馬彪字紹統，晉之宗室。少薄行，為父所責，不得嗣爵。由是專精學習，博覽群籍。泰始中為秘書郎。後拜散騎侍郎。惠帝末卒。何劭字敬祖，陳國陽夏人，曾子。晉武帝踐阼，以他為散騎常侍；趙王倫篡位，以他為太宰。永寧元年卒。謚曰康。張翰字季鷹，吳郡人。有清才，縱任不拘。時人稱為江東步兵。齊王冏辟為東曹掾。在洛，見秋風起，思吳中菰飯蓴羹鱸魚鱠，嘆曰：「人生貴得適意爾，何能羈官數千里，以要名爵！」因作〈思吳江歌〉，命駕而返。夏侯湛字孝若，譙國人。幼有盛才，文章宏富。泰始中舉賢良，拜郎中。惠帝即位，湛為散騎常侍，元康初卒。王贊字正長，義陽人。博學有俊才。辟司空掾，歷散騎侍郎卒。孫楚[27]字子荊，太原中都人。少負才氣，多所陵傲。初為石苞驃騎參軍，以不和去。後扶風王駿起為征西參軍。惠帝初拜馮翊太守卒。石崇[28]字季倫，渤海人。年二十餘，為城陽太守。伐吳有功，封安陽鄉侯。累遷侍中。出為南中郎將，荊州刺史，領南蠻校尉。致富不貲。頗因此為人所側目。有愛妓綠珠，孫秀使人求之，不得。綠珠墜樓而死。崇亦因之被殺，且族其家。崇在當時，以豪富

* * *

㉖ 摯虞、束晳並見《晉書》卷五十一。

㉗ 孫楚見《晉書》卷五十六。

㉘ 石崇見《晉書》卷三十三。

雄長於儕輩，儼然為一時文士的中心，其家金谷園每為詩人集合之所。崇自己也善於詩，其〈王明君辭〉尤有聲於世。又有〈思歸引〉、〈思歸嘆〉諸作，屢興「思歸引，歸河陽；假余翼，鴻鶴高飛翔」、「感彼歲暮兮悵自愍，廓羈旅兮滯野都，願御北風兮忽歸徂」之思，然而他的地位卻已使他欲歸不得，終於及禍。曹攄（ㄕㄨ）字顏遠，譙國人。篤志好學，參南國中郎將，遷高密王左司馬。流人王逌等侵掠城邑。遇戰，軍敗死之。更有郭泰機，河南人，與傅咸為友；鄭豐字曼季；孫拯字顯世，吳郡富春人；又夏靖諸人，皆與陸機、陸雲兄弟相贈答。其贈答諸詩，今並存於殘本《文館詞林》中。

最後，更應一提蘇伯玉妻的〈盤中詩〉。伯玉被使在蜀，久而不歸。其妻居長安，思念之，因作此詩。關於此詩時代，論者頗滋紛紜。馮惟訥的《古詩紀》，徑題為漢人作，固已有人紛紛駁之。《玉台新詠》次此詩於傅休奕詩後，則她當是太康之際的人物。此詩情意至為新雋：「當從中央周四角」一類的體裁，固鄰於遊戲，然殊無害於此詩的完美。「山樹高，鳥鳴悲。泉水深，鯉魚肥。空倉雀，常苦飢。吏人婦，會夫稀。出門望見白衣，謂當是而更非。還入門，中心悲。北上堂，西入階。急機絞，杼聲催。長嘆息，當語誰。君有行，妾念之。出有日，還無期。結巾帶，長相思。君忘妾，天知之。妾忘君，罪當治。」漢、魏之際，智人頗喜弄滑稽，作隱語；若蔡邕之題〈曹娥碑〉後，曹操之嘆「雞肋」，成了一時的風氣，至晉未衰。由文字的離合遊戲，進一步而到了「當從中央周四角」一類的文字部位的遊戲，乃是極自然的趨勢。更進一步而到了蘇若蘭〈回文詩〉的繁複的讀法，也是極自然的趨勢。

▣參考書目

一、《古詩紀》，明馮惟訥編，有明刊本。
二、《全漢三國晉南北朝詩》，丁福保編，有醫學書局鉛印本。
三、《漢魏六朝百三名家集》，明張溥編。有明刊本，清長沙翻刊本。
四、《文選》，梁蕭統編。坊刊本極多。有胡克家仿宋刻本，《四部叢刊》本。
五、《玉台新詠》，陳徐陵編，有通行本，《四部叢刊》本。
六、《古詩源》，清沈德潛編，有原刊本，有商務印書館鉛印本。
七、《樂府詩集》，郭茂倩編。有汲古閣刊本，湖北書局刊本，《四部叢刊》本。
八、《古樂苑》，明梅鼎祚編，有明刊本。
九、《詩品》，梁鍾嶸著，有《歷代詩話》本。近人陳延傑有《詩品注》（開明書店），又古直也有《詩品注》。
十、《文館詞林》（殘本），有《古逸叢書》本，《佚存叢書》本，楊守敬校刊本；三本各有多寡。張鈞衡曾併合三本，除其重複，刊為一冊。又武進董氏亦有印本。

第十二章 玄談與其反響

玄談之風所以流行的原因——魏晉時代諸名士講談名理的情況——反響的發生——裴頠的〈崇有論〉——玄談諸家在文壇上的地位——王弼與何晏——「竹林七賢」——「八達」與「四友」——阮修主張無鬼論——江統〈徙戎論〉

一

王充開始了對於古書的懷疑、問難之風。這把前漢若干年來的守一經、專一師的儒生們迂狹可笑的觀念打得粉碎。自此以後，爭立某經或某師之說於學官的習慣便銷聲匿影。這持以較劉歆用盡大力以求立《左氏傳》於學官的事實，誠然是進步得很多了！以後，馬融、鄭玄們的解經，其心胸便闊大得多了。這樣的迂狹觀念的打破，乃是王、何、嵇、阮諸子的玄談的風氣之開創的遠因。

漢的時代，是以清議登庸學士文人的。「孝廉」之類，便是文人們出身的路階。最爲世俗所豔稱的許武，不惜自汙以求其二弟的出仕的事，還算是較好的結果。其他以卑鄙作僞的手段而浪得浮名者更不知道有許多。所以遂生了「處士純盜虛聲」之嘆。曹操他自己也是一個「孝廉」出身。然到了他主政的時候，卻不惜再三再四的下令去求「得無有盜嫂受金而未遇，無知」的，「或負汙辱

之名，見笑之行，或不仁不孝而有治國用兵之術」的賢士們。這種反動，是當然要有的。然幾百年來養成的臧否人物的「清議」，決不是一二個人的命令所可得而挽回或消滅之的。而魏武所提倡的坦率不羈之風，遂反成爲「清議」所羨稱的對象了。王、何諸子便在這樣的空氣裡以主持「清議」自居了。

再者，經典與章句之儒的拘束，幾百年來也夠使人討厭的了，遂有反抗的運動產生，專以談名理，講老、莊爲業。恰好佛教哲學也輸入了。玄談之風，遂愈煽而愈烈。

二

我們懸想，那些名士們各執著麈尾，玄談無端，終日未已，或宣揚名理，或臧否人物，相率爲無涯岸之言，驚俗高世之行。彼此品鑒，互相標榜。少年們則發狂似的緊迫在他們之後，以得一言爲無上光榮。《世說新語》（卷一）裡嘗有一則故事，最足以見出他們那些人的風度來：

諸名士共至洛水戲。還，樂令問王夷甫曰：「今日戲，樂乎？」王曰：「裴僕射善談名理，混混有雅致。張茂先論《史》《漢》，靡靡可聽。我與王安豐說延陵、子房，亦超超玄箸。王武子、孫子荊各言其土地人物之美。王云：其地坦而平，其水淡而清，其人廉且貞。孫云：其山嶵（ㄗㄨㄟˇ）巍以嵯峨，其水泙渫而揚波，其人磊砢而英多。」

《世說新語》又說：「裴郎作《語林》，始出，大爲遠近所傳，時流年少，無不傳寫，各有一通。」這可見他們是如何成為流俗人的仰慕嚮往的中心。其結果，遂到了空談無聊，廢時失業。其熱中玄談的情形，竟至有如痴如狂之概：

孫安國往殷中軍許共語。……左右進食，冷而復暖者數四。彼我奪擲麈尾，毛悉墮落滿飰中。賓主遂至暮忘飡。

——《郭子》（《玉函山房輯佚書》本）

每個人略有才情的，便想做名士；一做名士，便曠棄世務，唯以狂行狂言為高。或腐心於片談，或視一言為九鼎，或故為坦率之行動，以自示不同於流俗。這樣的風氣一開，舉世便皆若狂人。當時守法拘禮的人們，當然要視他們為寇讎了。王孝伯嘗道：「名士不須奇才，但使常得無事，痛飲酒，讀〈離騷〉，便可稱名士也。」（見《郭子》）這是多麼刻骨的諷刺！便是本身善談名理的人物，像裴頠，便也引起反動了。頠[1]字逸民，河東聞喜人，時人謂為「言談之林藪」。他深患時俗放蕩。「何晏、阮籍素有高名於世。口談浮虛，不遵禮法，尸祿耽寵，仕不事事。至王衍之徒，聲譽太盛，位高勢重，不以物務自嬰，遂相仿效，風教陵遲。」（《晉書》卷三十五）乃著〈崇有論〉以釋其蔽。這篇大文章，關係很大，足以給當世崇尚老、莊虛無論者們以一個當心拳。他主張「躬其力，任勞而後饗」。如「賤有，則必外形；外形，則必遺制；遺制，則必忽防；忽防，則必

＊　　＊　　＊

①裴頠《晉書》卷三十五。

忘禮。禮制弗存，則無以爲政矣。」然當時諸人則「立言藉於虛無，謂之玄妙；處官不親所司，謂之雅遠；奉身散其廉操，謂之曠達。故砥礪之風。彌以陵遲。……其甚者至裸裎，言笑忘宜。」更極力攻擊著老子的虛無論。「由此而觀，濟有者皆有也。虛無奚益於已有之群生哉！」頠的這些話足以代表了當時一大部分遠識中正之士的意見。然玄談之風已成，終於不能平息下去。過江之後，此風猶熾。或以王、何之罪，上同桀、紂。晉之南渡，全爲彼輩所造成。這話當然過於酷刻。然也足以見名士輩的翩翩自喜的風度是如何的足以引起反動。

三

在政治上，王、何輩的玄談之風，或有一部分惡影響。然以社會、國家崩壞之罪孽全歸之他們，卻也未爲持平之論。在散文壇上，則繼於步步拘束的無生氣的儒生的朽腐作風之後，而有了那麼坦率自然，放蕩不羈的許多東西出現，實是足令我們爲之心目一爽的。這正如建安詩壇之代替了漢人的板澀無聊的辭賦一樣，玄談的風氣也扭轉了漢人的酸腐的作風，而回復到恣筆自放，不受羈勒的自由境地上去。這時代的散文的成就，故是兩漢所未可同步的。

玄談始於王、何，而所謂「竹林七賢」者，更極推波助瀾之至。王弼、何晏皆生於漢、魏之際。晏[②]字平叔，南陽宛人。文帝時拜駙馬都尉。後爲吏部尚書，封關內侯，爲司馬氏所殺。有

* * *

② 何晏見《三國志》卷九。

《老子道德論》及《論語集解》等。他嘗祖述老、莊，爲《無爲》，《無名》之論。他說道：「天地萬物皆以無爲爲本。無也者，開物成務，無往不成者也。陰陽恃以化生，萬物恃以成形，賢者恃以成德，不肖恃以免身。」是所謂「無」者大有符咒似的作用在其中了。弼[3]字輔嗣，山陽人。正始中爲尚書郎，有《周易注》及《老子注》。他所論，存者皆爲斷片；然像〈戲答荀融書〉：「夫明足以尋極幽微，而不能去自然之性」；〈難何晏聖人無喜怒哀樂論〉：「然則聖人之情，應物而無累於物者也。今以其無累，便謂不復應物，失之多矣。」這些話都是較何晏之僅以「無」字爲論旨者遠爲近情近理。他似只是主張著：純任天眞，復歸自然的。

「竹林七賢」者，爲山濤、阮籍、嵇康、向秀、劉伶、阮咸、王戎的七人。其中以嵇康、阮籍[4]爲最有文名。他們嘗爲竹林之遊，世便稱之爲「竹林七賢」。阮籍任性不羈。或閉戶視書，累月不出，或登臨山水，經日忘歸。尤好《莊》、《老》。嗜酒能嘯。他聞步兵廚營人善釀，有貯酒三百斛，乃求爲步兵校尉。又能爲青白眼。禮法之士，疾之若仇。他的〈達莊論〉、〈樂論〉都是很雄辯的。〈大人先生傳〉，則爲其自傳，其哲思幾全在於傳裡：「若先生者，以天地爲卵耳。如小物細人，欲論其長短，議其是非，豈不哀也哉！」他是那樣傲世慢俗！劉伶嘗爲〈酒德頌〉，其意也同此。伶字伯倫，沛國人。放情肆志，常以細宇宙，齊萬物爲心。與阮籍，嵇康相遇，欣然神解，攜手入林。

* * *

③ 王弼見《三國志》卷二十八。

④ 阮籍、嵇康等見《晉書》卷四十九。

嵇康有〈與山巨源絕交書〉，自敘生平性情甚詳。所作〈養生論〉，辭旨至爲犀利。他說道：「善養生者……清虛靜泰，少私寡欲。知名位之傷德，故忽而不營，非欲而強禁也；識厚味之害性，故棄而弗顧，非貪而後抑也。外物以累心不存，神氣以醇白獨著。曠然無憂患，寂然無思慮。」這便是他的自贊，他的宣言！向秀嘗與之論難，康再答之，益暢所欲言。又疊與呂子論難「明膽」；和張遼叔論難「自然好學」及「宅無吉凶攝生論」。又嘗暢論「聲無哀樂」的問題。他的談鋒頗犀利得可怕。惟往往止於中庸，不故爲偏激之言。像他論宅無吉凶，乃結之以「吾怯於專斷，進不敢定禍福於卜相，退不敢謂家無吉凶也。」首鼠兩端，似不是大論文家的態度。阮籍便較他大膽、偏激得多了。

《晉書》敘嵇康、劉伶諸人，並及謝鯤、胡毋輔之、畢卓、王尼、羊曼、光逸諸人，皆好爲誇誕驚俗之行。光逸嘗避難渡江，往依輔之。輔之與謝鯤、畢卓、阮放、羊曼、桓彝、阮孚散髮裸裎，閉室酣飲，已累日。逸將排戶入。守者不聽。逸便於戶外脫衣露頭，於狗竇中窺之而大叫。輔之驚道：「他人決不能爾，必我孟祖（逸字）也。」遽呼入。遂與飲，不捨晝夜。時人謂之八達。

同時王衍（字夷甫）、樂廣尤以一時重望，爲任達者們的領袖。王澄、王敦、庾敳及胡毋輔之，俱爲衍所昵，號曰四友。然他們卻都沒有什麼重要的製作。

晉代的論文家，善於持論者，尚有阮修⑤，字宣子，也好《易》、《老》、善清言，與王衍

*　*　*

⑤阮修見《晉書》卷四十九。

交。主張無鬼論，以爲「今見鬼者云，著生時衣服。若人死有鬼，衣服有鬼邪？」又有江統⑥者，字應元，陳留圉人，元康中爲華陰令。後遷黃門侍郎，散騎常侍，領國子博士。他的〈徙戎論〉是極有關係的政論。他追述諸夷人徙入內地的歷史及其在當日的情形，指陳形勢，至爲明切。他說道：「今百姓失職，猶或亡叛，犬馬肥充，則有噬嚙，況於夷狄，能不爲變！」最後便主張著：「可申諭發遣，還其本域。慰彼羈旅懷土之思，釋我華夏纖介之憂。惠此中國，以綏四方；德施永世，於計爲長也。」這未始不是一策。然可惜已經太晚了。不久，五胡便如火山爆裂似的大舉變亂了！晉帝被殺，王家世族，皆倉皇渡江避難。整個政治的局面全換了樣子。而古代文學的歷程也閉幕於此大混亂的時代。當中世紀的最初的文壇開幕時，又是別一樣的面目了。

*　*　*

⑥江統見《晉書》卷五十六。

▣參考書目

一、《漢魏六朝百三名家集》，明張溥編，有原刊本，有長沙翻刊本。
二、《全上古秦漢三國六朝文》，清嚴可均編，有黃岡王氏刊本，有醫學書局石印本。
三、《文選》，梁蕭統編，有胡克家刊本，有《四部叢刊》本。
四、《世說新語》，宋劉義慶編，坊刊本甚多。
五、《玉函山房輯佚書》，清馬國翰編，有原刊本，有長沙刊本。

中卷：中世紀文學

第十三章 中世紀文學鳥瞰

中世紀文學的歷程——三個時期——印度文學的影響——諸種新文體的出現——中印通婚的結果——輝煌無比的一個大時代——政治上的黑暗——少數民族的不斷侵入——朱元璋的起來——中世紀告終於正德的時代

一

中世紀文學開始於晉的南渡，而終止於明正德的時代，其時間凡一千二百餘年（公元三一七—一五二一年）。在中國文學史上，這一段的文學的過程是最爲偉大，最爲繁賾的。古代文學是單純的本土文學，於辭賦、四五言詩、散文以外，便別無所有了。這個時代，卻是印度文學和中國文學結婚的時代。在這一千二百餘年間，幾乎沒有一個時代曾和印度的一切完全絕緣過。因爲受了印度

文學的影響，我們乃於單純的詩歌和散文之外，產生出許多偉大的新文體，像變文，像諸宮調等等出來。在思想方面，在題材方面，我們也受到了不少印度來的恩惠。我們可以說，如果沒有中印的結婚，如果佛教文學不輸入中國，我們的中世紀文學可能會是完全不相同的一種發展情況的。我們眞想不到，在古代期最後的時候所輸入的佛教，在我們中世紀的文學史乃會有了那麼弘巨的作用！經過了那個弘麗絕倫的結婚禮之後，更想不到他們所產生的許多寧馨兒竟個個都是那麼偉大的「巨人」！

凡在近代繼續生長著的文體，在這個時代差不多都已產生出來了。

民間文學所給予我們許多作家的影響，在這個大時代裡也很明白的可以看出。

歐洲文學史上的中世紀，是一個黑暗的時代。但我們的中世紀。卻是那樣的輝煌絢爛的一個大時代，幾乎沒有一紀一年不是天朗氣清的「佳日」。她不曾有過兼旬的霖雨，也不曾有過長久的陰晦無月的夜景。是那樣偉大的一個中世紀！說起來便不禁得要令人神往！——雖然在政治上是常常那樣的黑暗。

二

在這一千二百年間的中世紀的文學，其歷程可分爲下列的三個時代：

第一時代，從晉的南渡到唐開元以前。這仍是一個詩和散文的時代。但在詩和散文上，其思想題材，乃至詞語，已深印上佛教的影響在上面了。小說的前影在這時已可見到，但只是短篇的故事。《遊仙窟》的出現，才眞實地開始了中國小說的歷史。在這時代之末，七言詩已成爲最流行的詩體。

第二時代從唐開元、天寶到北宋之末葉。印度文學的影響，在這個時候。不僅僅自安於思想、題材或若干詞語的供給了；她們已是直接地闖入我們文壇的中心了。印度所特有的以韻文和散文合組而成的文體，已在這時代成爲「變文」，而占領了一個重要的地位，產生出很多偉大的作品。同時，許多新體的詩歌所謂「詞」者，也嶄然露出頭角來。「詞」的音樂，有一部分是受了印度及中央亞細亞諸國的樂歌的感應的；有一部分則爲各地民間的產物。在散文壇上，這時也發生了一種革命的運動，即所謂古文運動的，起來打倒了既不便於抒情，更不便於論議、敘事的僵化了的駢偶文。其最高的成就乃見之於許多雋妙「傳奇文」上。

第三個時代，從南宋初年到明正德之末。這時，詩壇上是，於詞之外，更有了一種新體的可唱的詩，所謂「散曲」者出現。許多儒士，已是無條件地採納了許多印度的哲理到中國哲學裡去。說書的風氣，在第二時代僅流行於寺廟裡，僅爲和尚們所主講著者，這時代卻大見流行，有了種種不同的分化。短篇的以白話寫成的小說，所謂「詞話」的，以至長篇的歷史小說，所謂「講史」的，因此遂產生出來。「變文」的勢力更大，一方面在「寶卷」的別名之下延長其生命下去，一方面更產出了另一個重要的文體，所謂「諸宮調」者出來。戲劇這一個重要的文體，也在此時出現了。她最初是在中國的東南部溫州流行著，後乃成爲普遍性的。在北方，受了戲文及影戲等等的影響，並由諸宮調蛻化出一種別體的戲曲，所謂「雜劇」的出來。中世紀的文學乃告終止於諸種新的偉大的文體在發展得成熟的時候。許多偉大的名著，如暮春三月落花如雨的新瓣，如秋日的霖雨綿綿不絕的雨絲似的繼續不斷地出現。

這一千二百年間的政治和社會，常常陷於黑暗無比的深井裡，恰似和光芒萬丈的文壇成一個黑白極顯明的反映。中國民族所遭受的痛苦和不幸，乃是古代期裡諸作家所不曾夢想得到的。至少總有八百年以上，中國中南部是在不斷的遭受著北部的諸少數民族的侵入的。其中至少有四百年以上，北方的全部被陷入少數民族的掌握之中。其中更有一世紀，乃至連南方的全部也都被一個遊牧民族的鐵蹄所蹂躪，所征服。所謂契丹（遼），所謂女眞（金），所謂蒙古（元），他們此興彼滅的不斷的在中國政治舞台上活動著。而開其端者則爲五胡的亂華。

從五胡亂華的時候，漢族開始養成能夠在少數民族的極大的壓迫之下生存著的耐力和勇氣。公元三一六年，劉曜陷長安。第二年劉聰殺愍帝。司馬睿便在江南自立爲皇帝。是謂東晉的開始。世家大族紛紛的由中原逃到江南來。時時有志士們懷著恢復中原的雄心，但都只是若曇花的一現。中原及北部是陷入那樣的不可救藥的大混亂之中。五胡十六國，如萬蛇在坑中似的翻騰不已。到了公元四四〇年，北魏太平眞君統一了北地，人民方才略略有些安息的日子過。其後北魏又分裂爲東西魏，再變而爲北齊和北周。南朝也由宋而齊而梁而陳的數易其主。公元五八一年，楊堅代北周而有天下；過了九年，又平陳。南北二地始復見統一的局面。公元六一八年，李淵復代隋而建立唐帝國。一個更強有力的中樞政府，遂以形成。

因了這四百年間是那樣的一個不太平的黑暗時代，於是佛教的勢力便乘機大爲發展；上自皇帝，下到平民，殆無不受這個欲解脫人生痛苦的偉大宗教的洗禮。佛經的翻譯成了最重大的事業。

無數的文士們專心致志的從事於此。梵音的使用，佛家故事的改譯，遂成了這時代很重要的，且是對於後來很有影響的工作。

四

第二個時代開始於唐帝國的全盛時代。繼於李世民的開創之後，李隆基的雄才大略，使得漢族和西方諸國有了更密切的關係。印度和西域的事物，急驟的輸入中國來。特別是音樂，碰到了好歌善舞的李隆基，立刻便有了很大的成就。我們開始的見到新體詩的「詞」的萌芽。但唐帝國對於外來民族仍是抱著羈縻的政策，且進一步而組織著正式的藩軍。這政策的不幸的結果，乃爆發於公元七五五年安祿山的舉叛旗。自此，天下又有了好幾年的紛亂。但這個紛亂，卻打破了大帝國的酣舞清歌的迷夢。在詩壇上產生了像杜甫、白居易般的大詩人。在散文壇上也開始發生了古文運動。惟中樞政府的統御力，自此便一蹶不振。軍閥專橫，民生困苦萬狀，乃至產生了許多空想的劍俠的故事。契丹開始表現其勢力於中國的北部及中原。公元九〇七年，朱溫篡唐而自立。五代不過五十年，而已五易其姓。石敬瑭等且皆借契丹之力以入主中原。於是這個遼（契丹）民族的野心乃更大。趙匡胤雖統一了天下，而於遼卻是不敢「加遺一矢」的。公元一一二五年，宋與金同盟舉兵滅遼。第三年，這個勃興的金民族便又滅北宋而占有北方的天下。宋高宗僅倚長江的天險而自保。又成了南北對峙的局面。

五

第三個時代開始於宋、金兩朝的南北對峙。金雖是勃興的少數民族，但入主北地以後，其文化也突然的達到很高的地位。當中原的藝術家們正紛紛的逃過江南來時，一部分沒有遷徙得動的詩人們、小說家們，便在中原爲金人而歌唱著，講說著故事。其結果遂產生了像董解元《西廂記》和無名氏的《劉知遠諸宮調》那麼偉大的名著出來。稍後，便又由著大詩人關漢卿的大力，而創作了雜劇的一個新體的戲曲出來。同時，在南宋，說話人們正在創作他們的「詞話」，永嘉的劇作家們也正在編寫他們的戲文。

正在這時，北方忽如流星經天似的出現了一個更強盛的以遊牧爲生的蒙古民族。他們在幾個大政治家，大軍事家指揮之下，鐵騎所到，無不殘破，遂建立了一個曠古未有的蒙古大帝國，竟包括了一部分的歐洲乃至印度在內。公元一二三四年，蒙古滅金。過了四十五年，他們又一舉而滅了南宋。在這個強悍的民族的統治底下，漢族人民的痛苦之深是無待說的。但文壇卻並不見得怎樣暗淡。那時的農村經濟似是很充裕的。觀於杜善夫的〈莊家不識勾欄〉，一個農夫乃肯不經意的費了「二百文」去見識見識勾欄裡演劇的情形，其盛況是頗可由此明白的。大都和臨安是兩個文化的中心。雜劇和戲文在這個時期極爲發達。長篇的歷史小說也產生得不少。但這個蒙古大帝國卻崩壞得很快。公元一三六八年，朱元璋的兵逐走了元順帝，恢復了漢民族的天下。在朱明統治之下的中國卻也並不怎樣快樂。朱姓諸皇帝是那樣的專制和無理性！洪武、永樂，都是殘忍成性的人物。文壇似乎反而較元代無生氣。成化、弘治、正德諸代，比較有復興的氣象。偉大的傑作也時時有產生出來。然一切文體經歷了這許多年之後，都有些疲乏了；亟待需要一個新的轉變。近代期的文學便在那樣的一個時候開始。

第十四章　南渡及宋的詩人們

晉的南渡——劉琨與郭璞——楊方湛方生庾闡等——謝道韞與蘇若蘭——佛教的哲理第一次被引入中國詩裡——和尚詩人們惠遠等——陶淵明——謝靈運顏延之等——鮑照鮑令暉與湯惠休

一

晉的南渡是中國歷史上最大的變動之一，也是文學史上最大的變動之一。自南渡之後，中世紀的文學，便開始了。本土的文學，自此便逐漸的薰染上外來的影響。詩歌本是最著根於本土的東西，但在這時，於情調上，於韻律上也逐漸地有些變動了。從南渡到宋末，便是這個變動的前期。我們已可以看得出，南渡以來的詩人們的作風，和古代詩人們是有些不同了。這個不同，一部分的原因是由於五胡的紛擾、變亂所引起；另一方面卻已有些外來影響的蹤影可見。

五胡的變亂，直把整個中原的地方，由萬丈光芒的文化的放射區，一掃而成爲黑暗的中心，回復到原始的狀態裡去。在南渡的前後，中原是一無文學可談的（自北魏的起來，方才有所謂北地文

壇的建立）。跟隨了士大夫、王族們的南渡，文學的中心也南渡了。南渡後的許多年，南朝雖然曾數易其主，但並沒有多大的擾亂。劉氏倒了，蕭氏起來，蕭氏倒了，陳氏起來等等的事實，對於江南的全部似不甚有影響。故六朝的文學，其中心可以說常是在南方。

這個南渡時期的文士，自當以劉琨及郭璞爲領袖。稍後，則有陶淵明挺生出來，若孤松之植於懸岩，爲這時代最大的光榮。謝氏諸彥，鮑照和顏延年，其文采也並有可觀。

二

劉琨①的詩，存者雖不甚多，然風格遒勁，寄託遙遠，實足爲當代諸詩人冠。《晉書》說：「琨詩託意非常，攄暢幽憤，遠想張、陳，感鴻門、白登之事，用以激諶（ㄔㄣˊ）。諶素無奇略，以常詞訓和，殊乖琨心。」我們讀了盧諶、劉琨的酬與答，立刻也便覺得琨詩是熱情勃勃的，諶詩不過隨聲應和而已。琨〈重贈盧諶〉道：「苟能隆二伯，安問黨與仇！中夜撫枕嘆，相與數子遊。……功業未及建，夕陽忽西流。時哉不我與，去乎若雲浮。朱實隕勁風，繁英落素秋。狹路傾華蓋，駭駟摧雙輈。何意百煉剛，化爲繞指柔！」而諶之答詩，卻只是「璧由識者顯，龍因慶雲翔」云云的情調。琨又有〈扶風歌〉：「左手彎繁弱，右手揮龍淵，顧瞻望宮闕，俯仰御飛軒。據鞍長嘆息，淚下如流泉」云云也是具著極悲壯雄健之姿態的。琨字越石，中山人。永嘉初，爲并

*　　*　　*

① 劉琨見《晉書》卷六十二。

州刺史。建興四年，投奔段匹磾（ㄉㄧ）。元帝渡江，加琨太尉，封廣武侯。後爲匹磾所殺。諡曰愍。有集[2]。

郭璞[3]的作風卻和劉琨不同。琨是壯烈的，積極的，憤激的，是決不忘情於世事的。璞卻是閒澹的，清逸的，託詞寓意的，高飛遠舉的。璞的〈遊仙詩〉十四首，其情調甚類阮籍的〈詠懷〉。但籍猶能爲青白眼，有罵世不恭之言；璞則是一位眞率的詩人[4]，只是說著：「朱門何足榮，未若託蓬萊」的話。他慕神仙；他羨長生。他歌詠著：「青溪千餘仞，中有一道士。雲生梁棟間，風出窗戶裡」，「中有冥寂士，靜嘯撫清弦。放情淩霄外，嚼蕊挹飛泉。赤松臨上遊，駕鴻乘紫煙。左挹浮丘袖，右拍洪崖肩」；他神往於「神仙排雲出，但見金銀台。陵陽挹丹溜，容成揮玉杯，姮娥揚妙音，洪崖頷其頤；升降隨長煙，飄搖戲九垓」的境地，他想望著要「尋我青雲友，永與時人絕」。然他明白，這些話都不過是遐思，是幻想，是一場的空虛的好夢，決不會見之於實現的。他只是「寓言十九」而已。所以即在〈遊仙詩〉裡，他已是再三的慨嘆道：「雖欲騰丹溪，雲螭非我駕，愧無魯陽德，迴日向三舍。臨川哀年邁，撫心獨悲吒！」他的一首「失題」：

> 君如秋日雲，妾似突中煙。高下理自殊，一乖雨絕天。

* * *

② 《劉越石集》有《漢魏六朝百三名家集》本。

③ 郭璞見《晉書》卷七十二。

④ 《郭景純集》有《漢魏六朝百三名家集》本。

卻是絕好的一篇情詩。他字景純，河東聞喜人。精於卜筮之術。王導引爲參軍，補著作佐郎，遷尚書郎。後以阻王敦謀叛，被殺。追贈弘農太守。有集。

三

劉、郭同時的詩人們，可稱者殊少。惟楊方的〈合歡詩〉五首，較可注意。方字公回，少好學。司徒王導辟爲掾。轉東安太守。後又補高梁太守。以年老棄郡歸，終於家。像〈合歡詩〉的「居願接膝地，行願攜手趨。子靜我不動，子遊我不留。齊彼同心鳥，譬此比目魚，情至斷金石，膠漆未爲牢。但願長無別，合形作一軀。生爲並身物，死爲同棺灰」，「子笑我必哂，子慼我無歡。來與子共跡，去與子同塵」云云，都是最大膽的戀愛的宣言，和〈子夜〉、〈讀曲〉諸情歌唱同調的。其第三首：「獨坐空室中，愁有數千端。悲響答愁嘆，哀涕應苦言」；那樣的苦悶著，卻爲的只是「白日入西山，不睹佳人來！」在戀中的詩人，其心是如何的烈火般的焦熱！

孫綽字興公，有〈情人碧玉歌〉二首，也是很動人的，其第二首，尤爲嬌艷可愛：

碧玉破瓜時，相爲情顛倒。感郎不羞郎，回身就郎抱。

湛方生嘗爲衛軍諮議參軍，所作〈天晴詩〉：「青天瑩如鏡，凝津平如研。落帆修江渚，悠悠極長眄」，又〈還都帆〉：「白沙窮年潔，林松冬夏青」云云，在當時的詩壇裡乃是一個別調。

庾闡（字仲初，潁川人，徵拜給事中）的〈采藥詩〉，又〈遊仙詩〉十首，明是擬仿郭璞，卻不是璞的同類。璞的〈遊仙詩〉，寄託深遠，對於人生的究竟，有愷切的陳述，闡的所述，則只是以浮辭歌詠神仙之樂而已，我們在那裡看不出一點詩人的性靈來。

顧愷之，字長康，晉陵無錫人。桓溫引爲大司馬參軍，後爲殷仲堪參軍，是當時有大名的畫家。他的詩，雖只有下列的一首〈神情詩〉的摘句（也見《陶淵明集》），卻可見出其中是充溢著清挺的畫意的：

春水滿四澤，夏雲多奇峰，秋月揚明輝，冬嶺秀寒松。

這時的女流詩人也有幾個。謝道韞爲謝奕女，王凝之妻。曾有和謝安等詠雪的聯句：「未若柳絮因風起」盛爲人所傳。然她別的詩卻不能相稱。蘇若蘭爲苻秦時秦州刺史竇滔妻，名蕙，嘗作〈璇璣圖〉寄滔，計八百餘言，題詩二百餘首，縱橫反覆皆爲文章。這是最繁賾的一篇文字遊戲的東西。——遠較蘇伯玉妻〈盤中詩〉爲繁賾！二蘇之間或者有些關係吧。到唐武則天時方盛傳於世。我意這當是許多年代以來才智之士的集合之作，未必皆出於蘇氏一人之手。正如〈七巧圖〉一類的東西一樣，年代愈久，內容便愈繁賾、愈完備。唯像這種遊戲的東西究竟是不會成爲很偉大的詩篇的。

四

這時佛教的哲理已被許多和尚詩人們招引到詩篇裡去了。像「菩薩彩靈和，眇然因化生。四王應期來，矯掌承玉形」（支遁〈四月八日贊佛詩〉）；「一喻以喻空，空必待此喻。借言以會意，意盡無會處。既得出長羅，住此無所住。若能映斯照，萬象無來去」（鳩摩羅什〈十喻詩〉）；「本端竟何從，起滅有無際。一微涉動境，成此頹山勢」（惠遠〈報羅什偈〉），都是我們本土文學裡未之前見的意境。所謂「菩薩」，「由延」，「四王」，「八音」，「六淨」，「七住」，「三益」等等外來的詞語，也便充分的被利用著。這是很重要的一件事實，我們應該大書特書的記載著的。印度的影響第一次在中國文學裡所印染下來的痕跡，原來是這樣的！這或正和「伯理璽天德」、「巴律門」諸詞語之在譚嗣同、黃遵憲諸詩人的詩裡第一次被引用著的情形不大殊異吧。

支遁在諸和尚詩人裡是最偉大的一位。他字道林，本姓關，陳留人，或云河東林慮人。幼隱居餘杭山。年二十五出家。後入剡（ㄕㄢˋ）。晉哀帝時在都中東安寺講道。留三載，遂乞歸剡山。太和元年終。有集。道林的「文采風流」，爲時人追隨仰慕之標的。他的詩是沉浸於佛家的哲理中的，便題目也往往是佛家的。像〈四月八日讚佛詩〉、〈詠八日詩〉、〈五月長齋詩〉、〈八關齋詩〉等。他的〈詠懷詩〉在阮籍〈詠懷〉、太沖〈詠史〉、郭璞〈遊仙〉之外，別具一種風趣。像「詠發清風集，觸思皆恬愉。俯欣質文蔚，仰悲二匠徂。……無矣復何傷，萬殊歸一塗。道會貴冥想，罔象掇玄珠。悵快濁水際，幾忘映清渠。反鑒歸澄漠，容與含道符。心與理理密，形與物物疏。」那樣的哲理詩是我們所未之前見的。

鳩摩羅什，天竺人，漢義「童壽」。苻堅命將呂光伐龜茲，致之於中國。堅死，他留呂光所。光死，復依姚興，興待以國師之禮。晉義熙五年死於長安。他是傳播佛教於中土的大師之一，其全力幾皆耗於譯經上面（這將於下文詳之）。其詩不過寥寥二首。像〈贈沙門法和〉：「心山育明德，流薰萬由延」云云，也是引梵語於漢詩裡的先驅者。

又有惠遠，雁門樓煩人，本姓賈氏。年二十一，遇釋道安以爲師。年六十後，便結宇匡廬，不復出山。至八十三而終。他的〈廬山東林雜詩〉：「希聲奏群籟，響出山溜滴。有客獨冥遊，徑然忘所適。揮手撫雲門，靈關安足辟。流心叩玄扃，感至理弗隔。……妙同趣自均，一悟超三益」，也是很好的一篇哲理詩。相傳惠遠居廬山東林寺，送客不過溪。一日和陶淵明及道士陸靜修共話，不覺逾之。虎輒驟鳴。三人大笑而別。至今此遺跡尚在。

帛道猷本姓馮，山陰人，有〈陵峰采藥觸興爲詩〉一篇：「茅茨隱不見，雞鳴知有人。閒步踐其徑，處處見遺薪」，已具有淵明、摩詰的清趣。

竺僧度本姓王，名晞，字玄宗，東莞人，其出家時答其未婚妻苕華的詩：「今世雖云樂，當奈後生何！罪福良由己，寧云己恤他」，已能很熟練的運用佛家之說的了。

* * *

五

陶淵明⑤生於晉末，是六朝最偉大的詩人。六朝的詩，自建安、太康以後，便有了兩個趨勢，第一是文采塗飾得太濃艷，第二是多寫閨情離思的東西。固不待到了齊、梁的時代才是「連篇累牘，不出月露之形；積案盈箱，唯是風雲之狀」的。只有豪俠之士方能自拔於時代的風氣之外。陶淵明便是這樣的一位「出於汙泥而不染」的大詩人。他並不是不寫情詩，像〈閒情賦〉，寫得只有

⑤陶淵明見《晉書》卷九十四，《宋書》卷九十三，《南史》卷七十五。

更爲深情綺膩。他並不是不工於鑄辭，像他的諸詩，沒有一篇不是最雋美的完作。但他卻是天真的，自然的，不故意塗朱抹粉的。他是像蘇軾所言「外枯而中膏，似淡而實腴」的。黃庭堅也說：「謝康樂、庾義城之詩，爐錘之功，不遺餘力，然未能窺彭澤數仞之牆者。」在這個時代而有了淵明那樣的眞實的偉大的天才，正如孤鶴之展翮於晴空，朗月之靜掛於夜天。大詩人終於是不會被幽囚於狹小的傳統的文壇之中的（沈、宋時代而有王摩詰的挺生，其情形恰與此同）！

淵明名潛，一云名淵明，字元亮。潯陽柴桑人。少有高趣。「嘗著文章自娛，頗示己志，忘懷得失。」曾出就吏職，一度爲彭澤令。以不樂爲五斗米折腰，賦〈歸去來辭〉而自解歸。遂不復出仕（三六五—四二七）。但他雖孤高，卻並不是一位寂寞無聞的詩人。他死時，顏延年爲誄，並謚之曰靖節徵士。梁時，昭明太子爲其集作序，盛稱之，道：「其文章不群，辭采精拔，跌宕昭彰，獨超衆類。抑揚爽朗，莫之與京。橫素波而傍流，干青雲而直上。語時事則指而可想，論懷抱則曠而且眞。加以貞志不休，安道苦節，不以躬耕爲恥，不以無財爲病。自非大賢篤志，與道汙隆，孰能如此乎？」自唐韋應物以至宋蘇軾諸詩人皆嘗慕而擬之。他的作風雖不可及，卻是那樣爲後人所喜悅[6]！

淵明詩雖若隨意舒卷，只是蕭蕭疏疏的幾筆，其意境卻常是深遠無涯。郭璞〈遊仙〉、阮籍〈詠懷〉似都未必有他那麼「叔度汪汪」的清思。我們如果喜歡中國的清遠絕倫的山水畫，便也會

* * *

⑥《陶淵明文集》有明嘉靖間魯氏仿宋刊本；清末莫氏仿宋刊本；汲古閣刊本；何氏成都翻毛氏刊本。又《陶靖節詩注》，宋湯漢注，有拜經樓校本。

永遠忘不了淵明的小詩，像「曖曖遠人村，依依墟里煙。狗吠深巷中，雞鳴桑樹巔。戶庭無塵雜，虛室有餘閒。久在樊籠裡，復得返自然」；「山澗清且淺，可以濯吾足。撥我新熟酒，隻雞招近屬。日入室中暗，荊薪代明燭。歡來苦夕短，已復至天旭」（〈歸園田居〉）；「結廬在人境，而無車馬喧。問君何能爾，心遠地自偏。采菊東籬下，悠然見南山。山氣日夕佳，飛鳥相與還。此中有眞意，欲辨已忘言」（〈飲酒〉）；「孟夏草木長，繞屋樹扶疏。衆鳥欣有託，吾亦愛吾廬，既耕亦已種，時還讀我書」（〈讀山海經〉）；這些詩都是五言詩裡最晶瑩圓潤的珠玉。他們有一種魔力，一捉住了你，是再也不會放走了你的。他們是那樣的深入於讀者的內心，不是以詞語，而是直接的以最天眞最濃摯的情緒和你相見的。不僅五言，即他運用了久已「褪色」的四言詩，也是同樣的可愛，像〈停雲〉，〈時運〉，〈榮木〉等，都是四言裡最高的成就，而使這個已經沒落了的詩體再來一次燦爛的「迴光返照」的。

邁邁時運，穆穆良朝；襲我春服，薄言東郊。山滌餘靄，宇曖微霄。有風自南，翼彼新苗。洋洋平澤，乃漱乃濯。邈邈遐景，載欣載矚。稱心而言，人亦易足。揮茲一觴，陶然自樂。……清琴橫床，濁酒半壺。黃唐莫逮，慨獨在余。

——〈時運〉

他嘗著〈五柳先生傳〉以自況：「閒靜少言，不慕榮利。好讀書，不求甚解！每有會意，便欣然忘食。性嗜酒。……期在必醉。既醉而退，曾不吝情去留。環堵蕭然，不蔽風日。短褐穿結，簞瓢屢空，晏如也。」這樣的一位心胸闊大的詩人自然不會說什麼無聊的閒話的！

六

陶、謝並稱，然淵明遠矣！靈運⑦競於外物，徒知刻畫形狀。淵明則是「嘔出心肝來」的眞摯的詩人。不過在五言的進展上，靈運的地位也是不可蔑視的⑧。鍾嶸《詩品》道：「元嘉中，有謝靈運，才高詞盛，富艷難蹤。固已含跨劉、郭，陵轢潘、左。故知……謝客爲元嘉之雄，顏延年爲輔。斯皆五言之冠冕，文詞之命世也。」顏延之嘗問鮑照，己與靈運優劣。照道：「謝五言如初發芙蓉，自然可愛。君詩若鋪錦列繡，亦雕繢滿眼。」這些話未免於靈運稍涉奢誇。然謝詩像「步出西城門，遙望城西岑。連障疊巘崿（ㄧㄢˇ ㄜˋ），青翠杳深沉。曉霜楓葉丹，夕曛嵐氣陰」（〈晚出西射堂〉）；「初景革緒風，新陽改故陰。池塘生春草，園柳變鳴禽」（〈登池上樓〉）；「時竟夕澄霽，雲歸日西馳。密林含餘清，遠峰隱半規。久痗昏墊苦，旅館眺郊歧。澤蘭漸被徑，芙蓉始發池」（〈遊南亭〉），也並不是什麼輕率的篇什。而像「林壑斂暝色，雲霞收夕霏。芰荷迭映蔚，蒲稗相因依」（〈石壁精舍還湖中作〉）；「連岩覺路塞，密竹使徑迷。來人忘新道，去子惑故蹊。活活夕流駛，噭（ㄐㄧㄠˋ）噭夜猿啼。沉冥豈別理，守道自不攜」（〈登石門最高頂〉）；「殷憂不能寐，苦此夜難頹。明月照積雪，朔風勁且哀」（〈歲暮〉）尤富有自然之趣，不以雕斫爲工。他爲陳郡陽夏人。後移籍會稽。晉孝武帝時襲封康樂公。劉裕代晉，降爵爲侯，起爲散騎常

* * *

⑦ 謝靈運見《宋書》卷六十七，《南史》卷十九。

⑧ 《謝康樂集》有《漢魏六朝百三名家集》本。

侍。少帝時，出為永嘉太守。文帝徵為秘書監。撰《晉書》，未就，稱疾歸。他好為山澤之遊。嘗與賓客自始寧南山，伐木開徑，直到臨海，從者數百人。人驚疑其為山賊。後被殺於廣州，年四十九（三八五—四三三）。劉勰謂：「宋初文詠，……莊、老告退，而山水方滋。儷采百字之偶，爭價一句之奇。情必極貌以寫物，辭必窮力而追新，此近世之所競也。」在這一方面，靈運誠是功不蔽過的。

靈運族弟瞻及惠連也並能詩。瞻字宣遠，宋時為豫章太守，卒。所作存者不多，罕見才情。而像「夕霽風氣涼，閒房有餘清。開軒滅華燭，月露皓已盈」（〈答靈運〉）卻也未遜於靈運所作。惠連十歲能屬文。元嘉元年為彭城王法曹參軍，年三十七卒。有集。靈運嘗云，每有篇章，對惠連輒得佳句。在永嘉西堂思詩，竟日不就，忽夢惠連，即得「池塘生春草」句，大以為工。但在惠連的集中，像「池塘生春草」那樣自然的詞語也是很少見的。他的成就，像「漣漪繁波漾，參差層峰峙。蕭疏野趣生，逶迤白雲起」（〈泛南湖至石帆〉），已算是很高的了。

同時又有謝莊的，字希逸。孝武帝時為吏部都官尚書，左衛將軍，又領參軍將軍。明帝時，加金紫光祿大夫，卒。有集。蕭子顯謂：謝莊之誄，起安仁之塵。其詩卻無甚可觀的。

顏延之[9]與謝靈運齊名，時稱顏、謝。而延之所作，雕鏤之工更甚於靈運。延之字延年，琅琊臨沂人。性疏淡，不護細行。劉裕即帝位，補太子舍人。元嘉三年，出為永嘉太守。因不得志，作〈五君詠〉以見意。孝武帝時為金紫光祿大夫，卒。贈特進，謚曰憲。他較好的篇章，像〈夏夜呈

*　　*　　*

⑨ 顏延之見《宋書》卷七十三。

從兄散騎車長沙〉：「側聽風薄木，遙睇月開雲。夜蟬當夏急，陰蟲先秋聞」，也是很拘促於綺語浮辭之間的。有集⑩。

與顏、謝鼎立於當時者有鮑照⑪。然名位不顯，「故取湮當代」。但照卻是一位眞實的有天才的作家，其對於後來的恩賜是遠過於顏、謝的。齊梁之間，照名尤著。然其險狹之處，挺逸之趣，則繼軌者無聞焉。照字明遠，東海人。初見知於臨川王義慶，爲秣陵令。文帝時，選爲中書舍人。帝方以文章自高。照懼，乃以鄙言累句自汙。時謂才盡。後佐臨海王子頊爲前軍參軍。子頊敗，照也被害（四二一？—四六五？）。有集⑫。鍾嶸評他的詩，以爲「貴尚巧似，不避危仄。頗傷清雅之調」。杜甫則稱之曰：「俊逸鮑參軍」。他所作誠足當「俊逸」之評而無愧。在顏、謝作風籠罩一切之下，照的「俊逸」卻正是「對症之藥」。他喜爲擬古之作，像「傷禽惡弦驚，倦客惡離聲。離聲斷客情，賓御皆涕零」（〈代東門行〉）；「蓼蟲避葵堇，習苦不言非。小人自齷齪，安知曠士懷」（〈代放歌行〉）；「薄暮塞雲起，飛沙被遠松。……去來今何道，卑賤生所鍾」（〈代陳思王白馬篇〉），這些，都不僅僅是「擬古」而已，和左思的〈詠史〉，是同樣的具有更深刻的意義的。而〈松柏篇〉，擬傅玄者，尤爲罕見的結構：「事業有餘結，刊述未及成。資儲無擔石，兒女皆孩嬰。一朝放捨去，萬恨纏我情……墓前人跡滅，冢上草日豐，空林響鳴蜩（ㄊㄧㄠˊ，蟬），高

*　*　*

⑩《顏光祿集》有《漢魏六朝百三名家集》本。

⑪鮑照見《宋書》卷五十一，《南史》卷十三。

⑫《鮑參軍集》有《漢魏六朝百三名家集》本；又有明朱應登刊本，明程榮刊本。

松結悲風。長寐無覺期，誰知逝者窮。」借古人之酒杯，澆自己的塊壘，尤極沉痛。〈擬行路難〉十八首，幾乎沒有一首不是美好的：「瀉水置平地，各自東西南北流，人生亦有命，安能行嘆復坐愁」；「君不見河邊草，冬時枯死春滿道；君不見城上日，今暝沒山去，明朝復更出。今我何時當得然，一去永滅入黃泉」；「中庭五株桃，一株先作花。陽春妖冶二三月，從風簸蕩落西家。西家思婦見悲惋，零淚沾衣撫心嘆」；「剉蘗（ㄅㄛˋ）染黃絲，黃絲歷亂不可治。昔我與君始相値，爾時自謂可君意」；「君不見枯籜走階庭，何時復青著故莖；君不見亡靈蒙享祀，何時傾杯竭壺罌。君當見此起憂思，寧及得與時人爭！」這些，也都是爽脆之至，清暢之至的東西，又何嘗是什麼「危仄」！他的五言諸作也風格遒上，陳言俱去，像〈贈故人馬子喬〉：

寒灰滅更燃，夕華晨更鮮。春冰雖暫解，冬水復還堅。佳人捨我去，賞愛長絕緣。歡至不留日，感物輒傷年。

又像「嚴風亂山起，白日欲還次」（〈冬日〉），「寐中長路近，覺後大江違……此土非我土，慷慨當訴誰！」（〈夢歸鄉〉）之類，又何嘗是什麼「危仄」！

同時，更有袁淑（字陽源，陽夏人，元嘉末，被殺），王微（字景玄，琅琊人），王僧達（琅琊臨沂人，孝武時爲中書令，被殺），吳邁遠（他每作詩，得稱意語，輒擲地呼道：曹子建何足數哉！）諸人，皆有詩名，而篇章存者不多，未足以見其風格。又有湯惠休者，字茂遠，初入沙門，名惠休。孝武令還俗。位至揚州刺史。《詩品》道：「惠休淫靡，情過其才，世遂匹之鮑照。」顏延之卻薄惠休詩，以爲「惠休製作，委巷中歌謠耳」。惟其鄰於委巷中歌謠，故尚富天眞之趣。他的詩多爲艷曲，且多爲七言者，是很可注意的。七言詩在這時，當已在「委巷歌謠」裡發展著的了！姑錄他〈白紵歌〉一首，以見這種七言詩的一斑：

少年窕窈舞君前，容華艷艷將欲然。爲君嬌凝復遷延，流目送笑不敢言。長袖拂面心自煎，願君流光及盛年。

女作家鮑令暉爲鮑照妹。《詩品》稱其詩：「往往嶄絕清巧，擬古猶勝，唯百願淫矣。」她所作都爲戀歌，像〈寄行人〉：「桂吐兩三枝，蘭開四五葉，是時君不歸，春風徒笑妾」，也甚近於「委巷歌謠」。

▣ 參考書目

一、《漢魏六朝百三名家集》，明張溥編，有原刊本，長沙翻刊本。

二、《古詩紀》，明馮惟訥編，有原刊本。

三、《全漢三國晉南北朝詩》，丁福保編，有醫學書局鉛印本。

四、《詩品》，梁鍾嶸編，有《歷代詩話》本；《詩品注》有陳延傑編（開明書局）及古直編的數種。

五、《文選》，梁蕭統編，有胡克家仿宋刊本，《四部叢刊》本。

第十五章　佛教文學的輸入

中世紀文學史上的一件大事：佛教文學的輸入——佛教經典的翻譯事業——《四十二章經》——安世高嚴佛調等——支謙與聶承遠父子——南北朝佛教大盛的原因——這二百七十年間的翻譯家——鳩摩羅什——曇無讖與《佛所行贊經》——佛陀跋陀羅——法顯及其《佛國記》——拘那羅陀及所譯《唯識論》等——佛典翻譯的困難

一

中世紀文學史裡的一件大事，便是佛教文學的輸入。從佛教文學輸入以後，我們的中世紀文學所經歷的路線，便和前大不相同了。我們於有了許多偉大的翻譯的作品以外，在音韻上，在故事的題材上，在典故成語上，多多少少的都受有佛教文學的影響。最後，且更擬仿著印度文學的「文體」而產生出好幾種宏偉無比的新的文體出來。假如沒有中、印的這個文學上的結婚，我們中世紀文學當絕不會是現在所見的那個樣子的。關於佛教文學的影響，本章暫時不講。我們在下文裡將詳述之。本章所講的只是在六朝的時候，佛教文學輸入中國的一段歷史。

佛教文學的翻譯事業，總有一千年以上的歷史。最早的翻譯事業的開始，究竟在於何時，我們已不能知道。相傳有漢明帝求法之說。明帝永平八年（公元六五年）答楚王英詔裡，已用了「浮屠」、「伊蒲塞」、「桑門」三個外來的名詞，可見當時佛教的典籍已有人知道的了。相傳最早的翻譯的書是攝摩騰所譯的《四十二章經》，同來的竺法蘭也譯有幾種經。但《四十二章經》只是編集佛教的精語以成之的，並不是翻譯的書；其句法全學《老子》。這可見較早的介紹，只是一種提要式的譯述；其文體也總是犧牲外來文學的特色以遷就本土的習慣的。

可考的最早的譯者爲漢末桓、靈時代（一四七以後）的安世高、支曜、安玄、康巨、嚴佛調等。安世高爲安息人，支曜爲月支人，康巨爲康居人，他們皆於此時來到洛陽，宣傳佛教，所譯皆小品。嚴佛調則爲最早的漢人（臨淮人）譯者，和安玄合作，譯有《維摩詰經》等。到了三國的時候，主要的譯者若支謙、康曾會、維祇難、竺將炎等仍皆是外國人。維祇難是天竺人，黃初三年（公元二二二年）到武昌，與竺將炎合譯《曇鉢經》（今名《法句經》），用四言、五言的詩體，來裝載新輸入的辭藻，像「假令盡壽命，勤事天下神，象馬以祠天，不如行一慈」（〈慈仁品〉）；「夫士之生，斧在口中。所以斬身，由其惡言」（〈明哲品〉），都給我們詩壇以清新的一種哲理詩的空氣。支謙譯經甚多，影響很大，在其中，以《阿彌陀經》、《維摩詰經》爲最重要。謙本月支人而生於中國，故所譯殊鮮「格格不入」之弊。西晉的時候，竺法護是最重要的譯者。他本月支人，世居敦煌。嘗赴西域，帶來許多梵經，譯爲漢文。《高僧傳》說「所獲《賢劫》、《正法華》、《光贊》等一百六十五部，孜孜所務，唯以弘通爲業，終身寫譯，勞不告倦。」和他合作的有聶承遠、道眞父子二人。「此君父子比辭雅便，無累於古。」竺法護譯文弘達欣暢，雍容清雅，未始非聶氏父子潤飾之力。

二

但翻譯的最偉大時代還在公元三一七年以後。這時候是五胡亂華，南北分朝，民生凋敝到極點的時候。然佛教徒卻以更勇猛的願力，在這個動亂的時代活動著。據《洛陽伽藍記》所載，洛陽佛寺，在元魏的時候，大小不啻千數。雖也曾遇到幾次的大屠殺和迫害，然無害於佛教的發展。南朝的蕭衍，身爲皇帝，也嘗捨身於同泰寺。其他著名的文士，若謝靈運、沈約等無不是佛弟子。著名的文學批評家劉勰且成了和尚。我們如讀著《弘明集》及《廣弘明集》便知這時候的佛教勢力是如何的巨大。范縝的〈神滅論〉剛一發表，攻擊者便紛紛而至。慧琳的〈白黑論〉方才宣布，宗炳、何尚之便極力地壓迫他，至詆之爲「假服僧次，而毀其法」。他們是持著如何的蔑視異端的狂熱的宗教徒的態度！爲什麼佛教在這時會大行於世呢？一則是許多年來的暗地裡的培植，這時恰大收其果；二則亂華的諸胡，其本爲佛教的信仰者甚多；三則喪亂的時代，無告的人民最容易受宗教的薰染，而遁入未來生活的信仰之中；四則中國本土的宗教，實在是原始，無組織，故受佛教的影響而無能抵抗。然許多佛教徒持著「殉教」的精神，在宣傳，在講道，在翻譯，卻也是最重要的一因。

從晉的南渡（公元三一八年）起，到隋的滅陳（公元五八九年）止，只有二百七十多年，然據《開元釋教錄》所記載，南北二朝譯經者凡有九十六人，所譯經共凡一千零八十七部，三千四百三十七卷。如果非宗教的熱忱在迫驅著他們，怎麼會有那麼宏偉的成績可見呢。在這九十幾個翻譯家裡，最重要者爲鳩摩羅什、佛陀跋陀羅、法顯、曇無懺、拘那羅陀諸人。

鳩摩羅什是六朝翻譯界裡最重要的一位大師。其父天竺人，母龜茲王之妹。釋道安聞其名，勸苻堅迎之。堅遣呂光滅龜茲，挾什歸。未到而堅已亡。鳩摩羅什遂依呂光於涼州，凡十八年。故通曉中國語言文字。至姚興滅後涼，始迎他入關，於弘始三年十二月（公元四〇二年）到長安。在姚秦弘始十一年（公元四〇九年）卒。他在長安凡九年，所譯的經凡三百餘卷，其中有《大品般若》、《小品金剛般若》、《十住》、《法華》、《維摩詰》、《首楞嚴》、《持世》等經，又有諸種律、論等。鳩摩羅什通漢文，門下又多高明之士（有僧肇、僧睿、道生、道融，時號四聖，皆參譯事），故所譯遂暢達弘麗，於中國文學極有影響。《金剛》、《維摩詰》、《法華》諸經，於六朝及唐文學上尤爲輸入印度文學的風趣的最重要的媒介。《維摩詰經》是一部絕妙的小說，敘述居士維摩詰有病，佛遣諸弟子去問病，自舍利弗、大目犍連以下，皆訴說維摩詰的本領，不敢前去。後來只有文殊師利肯去。這部經，在中國文學上影響極大。在唐代嘗被演成偉大的《維摩詰經變文》。底下引羅什譯文一段：

佛告阿難：「汝行詣維摩詰問疾。」阿難白佛言：「世尊，我不堪任詣彼問疾。所以者何？憶念昔時，世尊身有小疾，當用牛乳。我即持缽詣大婆羅門家門下立。時維摩詰來謂我言：『唯，阿難，何爲晨朝持缽住此？』我言：『居士，世尊身有小疾，當用牛乳，故來至此。』維摩詰言：『止，止，阿難，莫作是語。如來身者，金剛之體，諸惡已斷，眾善普會，當有何疾？當有何惱？默住，阿難，勿謗如來。莫使異人聞此粗言，無命大威德諸天及他方淨土諸來菩薩得聞斯語。阿難，轉輪聖王以少福故，尚得無病，豈況如來無量福會，普勝者哉？行矣，阿難，勿使我等受斯恥也。外道梵志若聞此語，當作是念：何名爲師，自疾不能救，而能救諸疾人？可密速去。勿使人聞。當知，阿難。諸如來身，即是法身，非思欲身。佛爲世尊，過於三界。佛身無漏，諸漏已盡。佛身無爲，不墮諸數。如此之身，當有何疾？』時我，世尊，實懷慚愧，得無近佛而謬聽耶？即聞空中聲曰：『阿難，如居士言，但爲佛出五濁惡世，現行斯法，度脫衆生。行矣。阿難，取乳勿慚！』世尊，維摩詰智慧辨才爲若此也，是故不任詣彼問疾。」

羅什譯《法華經》，影響也極大。此經於散文外，並附有韻文的「偈」。這乃是把印度所特有的韻、散文雜爲一體的一種「文體」灌輸到中國來的一個重要的事件。後來「變文」、「寶卷」、「彈詞」乃至「小說」，皆是受這種影響而產生的。

曇無讖，中天竺人，北涼沮渠蒙遜時，到姑臧。初於玄始中譯《大般涅槃經》，次譯《大集》、《大雲》、《悲華》、《地持》、《金光明》等經，復六十餘萬言。而《佛所行讚經》五卷的移植，尤爲佛教文學極重要的事實。《佛所行讚經》（*Buddha charita*）爲佛教大詩人馬鳴（**Asvaghosha**）所著，以韻文述佛一生的故事。曇無讖，以五言無韻詩體譯之，約九千三百餘句，凡四萬六千多字，可以說是中國文學裡一首極長的詩。

北部的譯者極多，最重要者唯斯二人。至南朝重要的翻譯家，則有：佛陀跋陀羅（中名覺賢），迦維羅衛人。初至長安，甚爲羅什所敬禮。後乃南下。宋武帝禮供之。他在南方所譯的，凡經論十五部，百十有七卷。其中以《大方廣佛華嚴經》六十卷爲最有影響。又有法顯，俗姓龔，平陽武陽人，以晉隆安二年（公元三九九年）遊印度求經典。義熙十二年返國。凡在印度十五年，所歷三十餘國。著有《佛國記》，是今日研究中、印交通及印度歷史的最重要的著作之一。他自陸去，從海歸，故把當時水陸二途的交通，寫得很詳盡。他帶回經典不少，自己也動手譯《方等泥洹經》等。同時又有求那跋羅陀、智嚴、室雲（譯《佛本行經》）諸譯者。到了梁、陳間則有拘那羅陀（中名眞諦），本西天竺優禪尼國人，以大同十二年由海道到中國。所譯有《攝大乘論》、《唯識論》、《俱舍論》、《大乘起信論》等凡六十餘部，二百七十餘卷。他所給予中國哲學的影響是很大的。

當這二百七十餘年間，南北二朝政治上雖成對立之勢，宗教卻是同一的。佛教徒們常交通往來於二大之間。慧遠嘗向鳩摩羅什問學，覺賢不容於北，便赴南朝。在宗教上，南北可以說是統一的。

但佛教文學是一個陌生的闖入者，其不能融洽於中國本土文學是自然的現象。但傳教者們總是要求本土的人們的了解與讚許的。所以初期的譯者、述者們不是編述《四十二章經》，便是譯《曇缽經》，或其他小品，寧願以遷就本土的趣味爲主。鳩摩羅什諸人所譯，也多所刪節，移動。所以他自己嘗不滿意的說：「改梵爲秦，失其藻蔚。雖得大意，殊隔文體。有似嚼飯與人，非徒失味，乃令嘔噦也。」然即此「失味」的翻譯，在中國文學上已是產生了十分重大的影響了。

▣參考書目

一、《大藏經》有明版的《南藏》、《北藏》，清版的《乾隆藏》等；但以日本版的《大正大藏經》為最便於檢閱。

二、《宏明集》（釋僧佑編）及《廣弘明集》（釋道宣編）均有《大藏經》本，《四部叢刊》本及金陵新刻本。

三、《高僧傳》（慧皎編）及《續高僧傳》（道宣編）有《大藏經本》，亦有單刻本。

四、梁啓超《飲冰室文集》（中華書局），可讀其第四集的一、二、三卷論佛典翻譯的諸作。

第十六章　新樂府辭

六朝文學的光榮：新樂府辭——少年男女的戀歌——清新而健全的作風——與漢魏樂府的不同——民歌升格運動的程序——「吳聲歌曲」與「西曲歌」——〈子夜歌〉——〈華山畿〉與〈讀曲歌〉——〈三洲歌〉等——新樂府辭影響——「梁鼓角橫吹曲」

一

六朝文學有兩個偉大的成就，一是佛教文學的輸入，二是新樂府辭的產生。但在六朝，佛教文學還沒有很巨大的影響。翻譯作品是如潮水似的推湧進來了。其作用，卻除了給予「故事」與俊語新辭之外，並不曾有多少的開展。翻譯作品的本身，有若干固是很弘麗很煌亮，有若彗星的經天，足以撼動人的心肝；有若煙火的升空，足以使人目眩神移。但一過去了，便爲人所忽視。像把泰山似的大岩，擲到東海裡去，起了一陣的大浪花。但沉到底了，其影響也便沒有了。我們可以說，在唐以前，佛教文學在中國文學裡所引起的發酵性的作用，實是微之又微的。直到連印度文學的體制也大量輸入時，方才是火候純青，醴酒澄香的時期，而「變文」一類的偉大的體制便也開始產生出來。

所以，實際上爲六朝文學的最大的光榮者乃是「新樂府辭」。有人說，六朝文學是「兒女情多，風雲氣少」。新樂府辭確便是「兒女情多」裡的產物。有人說，六朝文學是「連篇累牘，不出月露之形」。新樂府辭確便是「風花雪月」的結晶。這正是六朝文學之所以爲「六朝文學」的最大的特色。這正是六朝文學之最足以傲視建安、正始，踢倒兩漢文章，且也有殊於盛唐諸詩人的所在。人類情思的寄託不一端，而少年兒女們口裡所發出的戀歌，卻永遠是最深摯的情緒的表現。若游絲，隨風飄黏，莫知其端，也莫知其所終棲。若百靈鳥們的歌囀，晴天無涯，唯聞清唱，像在前，又像在後。若夜溪的奔流，在深林紅牆裡聞之，彷佛是萬馬嘶鳴，又彷佛是松風在響，時似喧擾，而一引耳靜聽，便清音轉遠。他們輕喟，輕得像金鈴子的幽吟，但不是聽不見。他們深嘆，深重得像餓獅的夜吼，但並不足怖厲。他們歡笑，笑得像在黎明女神剛穿了桃紅色的長袍飛現於東方時，齊張開千百個大口對著她打招號的牽牛花般的嬉樂。他們陶醉，陶醉得像一個少女在天陰雪飛的下午，圍著炭盆，喝了幾口甜蜜蜜的紅葡萄酒，臉色緋紅得欲燃，心腔跳躍得如打鼓似的半沉迷，半清醒的狀態之中。他們放肆，放肆得像一個「半馬人」追逐在一個林中仙女的後邊，無所忌憚的求戀著。他們狂歌，狂歌得像阮籍立在絕高的山頂在清嘯，山風百鳥似皆和之而同吟。總之，他們的歌聲乃是永久的人類的珠玉。人類一天不消滅，他們的歌聲便一天不會停止。「搗麝成塵香不滅，拗蓮作寸絲難絕。」他們是那樣的頑健的永生著！六朝的新樂府便是表現著少年男女們這樣的清新頑健的歌聲的，便是坦率大膽的表現著少年男女們這樣的最內在、最深摯的情思的。在中國文學史上，可以說，沒有一個時期有六朝那麼自由奔放，且又那麼清新健全的表現過這樣的少年男女們的情緒過的。在《詩經》時代與《楚辭》時代，他們是那樣清雋的歌唱出他們的戀歌：「月出皎兮，佼人僚兮，舒窈糾兮，勞心悄兮」；「滿堂兮美人，忽獨與余兮目成。」然而他們究竟是遼遠了，太遼遠了，使我們聽之未免有些模糊影響。〈古詩十九首〉時代，比較得近，卻只是千篇一律的「迢迢牽牛星，皎皎河漢女，纖纖擢素手，札札弄機杼」，並未能使我們有十分廣賾與深刻的印象。溫、李諸人的歌詩，卻又是罩上了一層輕紗的。明、清的許多民間情歌，又往往粗獷坦率得使我們覺得有些聽不慣。六朝的新樂府辭卻是表現得恰到好處的。他們真率，但不獷陋；他們溫柔敦厚，但不隱晦。他們是明白如話的。他們是清新宛曲的。他們的情緒是那樣的繁賾，但又是那樣的深刻！像他們那樣的：「歡欲見蓮時，移湖安屋裡。芙蓉繞床生，眠臥抱蓮子」（〈楊叛兒〉），「不能久長離，中夜憶歡時，抱被空中啼」（〈華山畿〉），以及：

> 打殺長鳴雞，彈去烏臼鳥；願得連冥不復曙，一年都一曉。
>
> ——〈讀曲歌〉

都是那麼大膽、顯豁，卻又是那樣的溫柔敦厚的。

二

所謂新樂府辭，和漢、魏的樂府是很不相同的。漢、魏樂府的題材是很廣賾的，從思婦之嘆，孤兒之泣，挽悼之歌，以至戰歌、祭神曲，無所不包括。但新樂府辭便不同了。她只有一個調子，這調子便是少年男女的相愛。她只有一個情緒，那便是青春期的熱戀的情緒。然而在這個獨弦琴上，卻彈出千百種的複雜的琴歌來，在這個簡單的歌聲裡，卻翻騰出無數清雋的新腔出來。差不多要像人類自己的歌聲，在一個口腔裡，反反覆覆，任什麼都可以表現得出。新樂府辭的起來，和《楚辭》及五言詩的起來一樣，是由於民間歌謠的升格，郭茂倩《樂府詩集》及馮惟訥《古詩紀》皆別立一類，不和舊樂府辭相雜。他們稱之爲「清商曲辭」。這有種種的解釋。「清商樂一曰清樂」。這話頗可注意。所謂「清樂」，便是「徒歌」之意吧（〈大子夜歌〉：「絲竹發歌響，假器揚清音。不知歌謠妙，聲勢出口心」，可爲一證）。故不和伴音樂而奏唱的舊樂府辭同列。蓋凡民歌，差不多都是「徒歌」的。在「清商曲」裡，有江南吳歌及荊楚西聲，而以吳歌爲最重要（至今吳歌與楚歌還是那麼婉曼可愛）。馮惟訥謂「清商曲古辭雜出各代」，而始於晉。這見解不差。在晉南渡以前，這種新歌是我們所未及知的。到了南渡之後，文人學士們方才注意到這種民歌，正如唐劉禹錫、白居易之注意到〈柳枝詞〉等等民歌一樣。其初是好事者的潤改與擬作。後乃見之弦歌而成爲宮廷的樂調。這途徑也是民歌升格運動的必然的程序。

「吳聲歌曲」當是吳地的民歌。其中最重要的爲〈子夜歌〉。《唐書・樂志》：「晉有女子名子夜，造此聲，聲過哀苦。」這話未必可信。「後人更爲四時行樂之詞，謂之〈子夜四時歌〉，又有〈大子夜歌〉、〈子夜警歌〉、〈子夜變歌〉，皆曲之變也。」（《樂府解題》）今存這些「子夜歌」凡一百二十四首，幾乎沒有一首不是「絕妙好辭」。像「攬枕北窗臥，郎來就儂嬉。小喜多唐突，相憐能幾時？」「夜長不得眠，明月何灼灼。想聞散喚聲，虛應空中諾。」（〈子夜歌〉）「春林花多媚，春鳥意多哀。春風復多情，吹我羅裳開」；「初寒八九月，獨纏自絡絲。寒衣尚未了，郎喚依底爲？」（〈子夜四時歌〉）那麼漂亮的短詩，確是我們文庫裡最圓瑩的明珠。「歌謠數百種，〈子夜〉最可憐」（〈大子夜歌〉），這可想見那歌聲的如何宛曼動人。

此外又有〈上聲歌〉、〈歡聞歌〉、〈歡聞變歌〉、〈前溪歌〉、〈阿子歌〉、〈團扇郎〉、〈七日夜女郎歌〉、〈黃鵠曲〉、〈懊儂歌〉、〈碧玉歌〉、〈華山畿〉、〈讀曲歌〉等，皆是以五言的四句（或三句）組織成之的。其間以〈懊儂歌〉、〈華山畿〉及〈讀曲歌〉爲最重要。像「懊惱奈何許！夜聞家中論，不得儂與汝」（〈懊儂歌〉）；「歔欷暗中啼，斜日照帳裡。無油何所苦，但使天明爾」（〈讀曲歌〉），都可算是很清雋的情歌。〈華山畿〉及〈讀曲歌〉多有以一句的三言及二句的五言組織之者，像「松上蘿，願君如行雲，時時見經過」（〈華山畿〉）；「百花鮮，誰能懷春日，獨入羅帳眠」（〈讀曲歌〉），其歌唱的調子也許是不大相同的。

「西曲歌」爲「荊楚西聲」，其情調與組織大都和「吳聲歌曲」相同。其中重要的歌調，有〈三洲歌〉、〈采桑度〉、〈青陽度〉、〈孟珠〉、〈石城樂〉、〈莫愁樂〉、〈烏夜啼〉、〈襄陽樂〉等。像「望歡四五年，實情將懊惱。願得無人處，回身與郎抱」（〈孟珠〉），「布帆百餘幅，環環在江津。執手雙淚落，何時見歡還？」（〈石城樂〉），「莫愁在何處？莫愁石城西。艇子打兩槳，催送莫愁來」（〈莫愁樂〉）；和〈子夜〉、〈讀曲〉的情調是沒有什麼殊別的。所不同者，「西曲歌」爲長江一帶的情歌，故特多水鄉、別離的風趣耳。

這些民歌的風調，很早的便侵入於文人學士的歌詩裡去。所謂「宮體」，所謂「春江花月夜」等等的新調，殆無不是受了「新樂府辭」的感應的。最早的時候，相傳爲王獻之與其妾桃葉相酬答的短歌，便是受這個影響的。釋寶月的〈估客樂〉，沈約〈六憶〉之類，也是從〈子夜〉、〈讀曲〉中出的，蕭衍嘗擬〈子夜〉、〈歡聞〉、〈碧玉〉諸歌，像「含桃落花日，黃鳥營飛時，君住馬已疲，妾去蠶欲飢」（〈子夜四時歌〉），宛然是晉、宋的遺音。其他如蕭綱、蕭繹、張率、王筠諸人的所作，無不具有很濃厚的這種民間情歌的成分在內。陳叔寶所作，尤爲淫靡；不獨擬作

〈估客樂〉、〈三洲歌〉而已，且還造作「〈黃鸝留〉及〈玉樹後庭花〉、〈金釵兩鬢垂〉等曲，與幸臣等製其歌詞。綺艷相高，極於輕蕩。男女唱和，其音甚哀。」（《隋書・樂志》）惜今存者獨有〈玉樹後庭花〉：「映戶凝嬌乍不進，出帷含態笑相迎。妖姬臉似花含露，玉樹流光照後庭。」聊可見其新聲的作風的一斑。

三

在梁代（五〇二—五五七），又有一種新聲突然起來：那便是〈梁鼓角橫吹曲〉。《晉書・樂志》：「橫吹有鼓角，又有胡角，即胡樂也。」其來源可追溯到漢武帝時代。然有歌辭可見者唯在梁代。我的意見，這些胡曲的輸入時代，與其說是漢，不如說是五胡亂華的時候爲更適宜些。漢樂已渺茫莫考，而這些胡曲則當是隨了諸少數民族而入漢的新聲。在這些歌曲裡，也有戀歌，像：「腹中愁不樂，願作郎馬鞭。出入擐郎臂，蹀（ㄉㄧㄝˊ）座郎膝邊」，然其風趣卻和〈子夜〉、〈三洲〉大殊了。戀歌以外，更多他調，像「放馬大澤中，草好馬著膘」（〈企喻歌〉）；「隴頭流水，流離西下，念吾一身飄曠野」（〈隴頭流水歌〉）；「兄爲俘虜受困辱，骨露力疲食不足」（〈隔谷歌〉）等等，都是沉浸著北方的一種淒壯勁直之氣魄的。又，《古詩紀》等並附〈木蘭詩〉於此。但那是一篇很好的敘事詩，其時代至爲可疑；中有「對鏡帖花黃」語，花黃爲唐時之女飾，以歸之唐，似不會很錯。

▣參考書目

一、《樂府詩集》一百卷，宋郭茂倩編，有汲古閣刊本，湖北書局刊本，《四部叢刊》本。
二、《古詩紀》（明馮惟訥編）及《全漢三國晉南北朝詩》（近人丁福保編）亦應參考。
三、《樂府古題要解》二卷，題唐吳兢著，有《津逮秘書》，《學津討源》及《歷代詩話續編》本。

第十七章　齊梁詩人

齊梁詩的影響——詩的韻律的定式之發見——「竟陵八友」——謝脁沈約范雲等——任昉劉繪孔稚珪等——蕭衍蕭綱諸皇帝詩人——梁文學的極盛——江淹丘遲張率王筠等——何遜與吳均——蕭子顯與劉孝綽——陳叔寶及其時代——徐陵陰鏗江總等

一

齊、梁詩體爲世人所詬病者已久。但齊、梁體的詩果是如論者所攻擊的徒工塗飾，一無情思麼?唐宋文人慣於自誇的說什麼「文起八代之衰」，或什麼「自從建安來，綺麗不足珍」。但唐、宋的許多大詩人，其作品或多或少的受有齊、梁詩人們的影響是無可諱言的。李白詩的飄逸的作風，決不是六朝詩體所可範圍者。然他卻佩服謝脁。登華山落雁峰云：「恨不攜謝脁驚人詩來！」杜甫也嘗不客氣地說他道：「李侯有佳句，往往似陰鏗。」杜甫他自己是那樣的目無往古，卻也嘗讚嘆地說道：「清新庾開府。」而他們所稱的謝脁、陰鏗、庾信卻都是徹頭徹尾的齊、梁派的詩人們！這可見齊、梁時代的製作是並未被後來的大詩人們所鄙視、唾棄之的。凡是大詩人們便都知道欣賞齊、梁詩裡的眞正的珠玉。齊、梁作風，固嘗偏於一隅，然執以較之「花間集」的一個時代，和「北宋詞」的一個時代，他們又何嘗都不是以一種的作風成爲一個時代的風氣呢。齊、梁詩裡應酬頌揚之作過多，這是一病。更盡有許多眞實的偉大的作品在著。上文所說的許多的新樂府辭，當然是他們最光榮的產品。而此外，也未嘗無物。我們如果沒有什麼偏見，實在該駐足於此，對齊、梁諸大詩人的作品一沉吟，一詠賞的。

齊、梁詩人們有一個極大的貢獻，那便是對於詩的音韻的規律的定式之發見。在沈約以前，做詩的人都是僅憑天籟，習焉不察的。約所謂「自靈均以來，此秘未睹。或暗與理合，匪由思至」並不是誇大的話。到了齊永明的時候（四八三—四九三）沈約受了印度拼音文字輸入的影響，方才有四聲的發見，八病的披露。這使得詩律確立了下來，也使得音調更爲諧和，對偶更爲工整。這時候雖沒有「律詩」之名，而「律詩」的基礎，已在這時候打定的了。

二

從蕭道成移了宋祚之後，文章益盛。老詩人們逝去不少，而新詩人們的崛起，則更有如春草自綠，池萍自茂般的繁多。永明之際，詩壇之盛，足以追蹤建安、正始。當時文士們皆集合於竟陵王蕭子良的左右。子良爲武帝第二子，知藝好客。他自己也是一個詩人。蕭衍、王融、謝朓、任昉、沈約、陸倕、范雲、蕭琛等八人，尤爲子良所敬畏，號曰竟陵八友。在這八人裡，謝朓最長於詩，任昉、陸倕則工爲散文，沈約則詩文並美。《南齊書・陸厥傳》道：「永明末，盛爲文章。吳興沈約，陳郡謝朓，琅琊王融，以氣類相推轂。汝南周顒（ㄩㄥˊ）善識聲韻。約等文皆用宮商，以平上去入爲四聲，以此製韻，不可增減。世呼爲永明體。」又有張融、劉繪、孔稚珪等，在齊代也甚有文名。然其領袖，則允當推謝朓、王融、沈約、范雲等人。

所謂「永明體」，實開創了齊、梁詩的風格。在永明以前，六朝詩的作風並不曾統一過。有顏、謝的緻密，也有淵明的疏蕩自然。有郭璞的俊逸，也有鮑照的奇健清新。所謂六朝的作風，實在只是在永明的時候方才有了一個共同的趨勢的。對仗更工整了，題材更狹小了，情緒更纖柔了，音律更精細了。不是在文辭上做工夫，便是在歌詠著靡靡醉人的清音新調。這時產生出不少的「詩律工細」的詩人們。有時其風格也是很高超的。但像景純的〈遊仙〉，明遠的〈擬古〉，淵明的〈飲酒〉般的東西，卻永遠不見於詩壇上了。這時有的只是「夕殿下珠簾，流螢飛復息」，「餘霞散成綺，澄江靜如練」，「垂楊低復舉，新萍合且離」（謝朓）；只是「況復飛螢夜，木葉亂紛紛」，「絲中傳意緒，花裡寄春情」（王融）；只是「夢中不識路，何以慰相思」，「楊柳亂如絲，綺羅不自持」，「調與金石諧，思逐風雲上」（沈約）。他們的情調是清新的，他們的意境是雋美的，他們的音律是和諧的。所可譏者，乃在格局、才情偏於纖巧的一邊。他們帶領了一大批的沒有天才的文人們，走入一條很窄的死路上去了。然而在這一百十年（從齊到陳）間，在這種所謂齊、梁風尚裡，大詩人們卻仍是不斷地產生出來，成爲一個詩人的大時代。而謝朓在其間，尤有影響。

謝朓[①]字玄暉，陳郡陽夏人。初爲豫章王太尉行參軍。宣城王鸞輔政，以他爲驃騎咨議，掌中

* * *

① 謝朓見《南齊書》卷四十七。

書詔誥。出補宣城太守。後遷至吏部郎兼衛尉。永元初，下獄死（四六四—四九九）。有集[2]。朓詩精麗工巧，奇章秀句，往往錯出，而風格也警遒勁挺，不流於弱。沈約稱之道：「吏部信才傑，文鋒振奇響。調與金石諧，思逐風雲上。」又嘗云：「二百年來無此詩也。」而後人之「一生低首謝宣城」者，固也不只李白一人。他的五言頗多遊山宴集之作。康樂以善寫山水著稱，然時多生澀之語，遠不若朓詩的自然多趣。像「觸賞聊自觀，即趣咸已展」（〈遊山〉），「魚戲新荷動，鳥散餘花落。不對芳春酒，還望青山郭」（〈遊東田〉），「窗中列遠岫，庭際俯喬林」（〈答呂法曹〉）那樣的句子，都是顏、謝所不能措手的。

王融[3]字元長，琅琊人。少警慧，博涉多通。仕齊爲中書郎。竟陵王子良拔爲寧朔將軍。武帝將死時，他謀立子良爲帝，未成。及鬱林王即位，捕他下獄，殺之（四六八—四九四）。有集[4]。融有〈淨行詩〉十首，都是讚頌佛教的，像「三受猶絕雨，八苦若浮雲。……朝遊淨國侶，暮集靈山群」，「但念目前好，安知身後悲」，「淨花莊思序，慧沼盥身倪」，其情調和辭采固已都是印度的了。

沈約[5]字休文，吳興武康人。幼孤貧，篤志好學，晝夜不倦。母恐其以勞生疾，常遣減油滅

*　*　*

② 《謝宣城集》有汪士賢刊本；拜經樓校本；張溥《漢魏六朝百三名家集》本。

③ 王融見《南齊書》卷四十七。

④ 《王寧朔集》有張溥輯本。

⑤ 沈約見《梁書》卷十三。

火。齊時官至吏部尚書。入梁，為尚書僕射，封建昌縣侯。卒諡曰隱（四四一—五一三）。約好聚書，至二萬卷。所著撰甚多。文集至有二百卷[⑥]。鍾嶸評其詩，謂「詞密於范（雲），意淺於江（淹）」。未為知言。在齊、梁詩人裡，約實是最「長於清怨」的。他的戀歌都是嬌媚若不勝情的。像〈夜夜曲〉：「星漢空如此，寧知心有憶。孤燈曖不明，寒機曉猶織」；像〈六憶詩〉：「憶來時，灼灼上階墀，勤勤敘別離，慊慊道相思。相看常不足，相見乃忘飢」，「憶眠時，人眠強未眠。解羅不待勸，就枕更須牽。復恐旁人見，嬌羞在燭前。」他的〈八詠詩〉最為生平傑作，凡八首，每一首都是用了大力來寫作的。即事即景，用以攄懷，乃是抒情詩裡很弘麗的製作。

范雲[⑦]詩亦殊清雋。《詩品》稱雲作「清便宛轉，如流風回雪。」像「江干遠樹浮，天末孤煙起。江天自如合，煙樹還相似」（〈之零陵郡次新亭〉），「春草醉春煙，深閨人獨眠。積恨顏將老，相思心欲然。幾回明月夜，飛夢到郎邊」（〈閨思〉）等，誠足以當此好評。雲字彥龍，南鄉舞陰人。齊時為廣州刺史，免官。梁時為散騎常侍，吏部尚書，卒諡曰文。有集。

任昉[⑧]不以詩名，然所作凝重質實，在齊、梁體中，實為別調。像「近岸無暇目，遠峰更興想」（〈濟浙江〉），「勿以耕蠶貴，空笑易農士」（〈答何徵君〉）等，一望便知非沈、范的同流。

* * *

⑥《沈隱候集》有張溥輯本。
⑦范雲見《梁書》卷十三。
⑧任昉見《梁書》卷十四。

劉繪[9]字士章，彭城人。在集於蕭子良左右的諸文士裡，他是比較晚輩。官至大司馬從事中郎，卒。所作像「別離安可再，而我更重之。佳人不相見，明月空在帷。共銜滿堂酌，獨斂向隅眉。中心亂如雪，寧知有所思？」（〈有所思〉）寫得是那樣的清俊。可惜他所作存者已少。

孔稚珪字德璋，會稽山陰人。齊時爲太子詹事，散騎常侍，卒。張融字思光，吳郡人，齊時爲司徒，兼右長史，是稚珪的外兄。二人情趣相得。並好文詠。然所作零落已甚，並不足觀。

三

梁武帝（蕭衍）的時代，又是一個花團錦簇的詩人的大時代，也許較永明時代更爲熱鬧。蕭衍他自己是竟陵八友之一，天生的一位文人的東道主，他自己又是那麼的工於爲詩。故集合他左右的詩人們，是較之前一個時代更爲衆多，也更爲活動。繼於衍之後者，若綱，若繹，也都是有天才的作家，當然很知道怎樣的看重詩人們。蕭氏的這些「詩人皇帝」們，實在都是很可愛的。其文采風流，照耀一時，不徒其地位足爲當時詩人們的領袖，即其天才，也都足成爲他們的主人翁。不幸他們恰生當一個喪亂的時代，父子兄弟無一人得以善終。「詩人皇帝」們的結果，竟乃如此的可哀！

蕭衍[10]字叔達，小字練兒。於公元五〇二年即皇帝位。大清三年（公元五四九年）侯景攻陷台

*　*　*

⑨劉繪及孔稚珪均見《南齊書》卷四十八。

⑩梁武帝見《梁書》卷一至三。

城。衍被幽死（四六四—五四九）。衍在齊時已有文名，以與齊爲同姓，大見親任。後乃代齊而有天下。居帝位四十八年，於文學宴集之外，便講經論道。南朝的佛教，在他的時代最爲熾盛。所編著之文籍極多。今有文集存[11]。他的詩，以新樂府辭爲最嬌艷可愛（已引見上文）。其他像〈述三教〉：「少時學周、孔，弱冠窮六經。……中復觀道書，有名與無名。……晚年開釋卷，猶日映衆星」，是敘述他自己的宗教的閱歷的，像〈十喻〉：「蜃蛤生異氣，闥婆鬱中天。青城接丹霄，金樓帶紫煙。皆從望見起，非是物理然」，則是將佛教哲學捉入詩中的。

衍子統（昭明太子）[12]，以所編《文選》，得大名於世。他字德施，生而聰睿。爲太子時，寬和容衆，接引才俊。先衍卒，年三十一（五〇一—五三一）。有集[13]。他的詩以詠宴遊聽講者爲多；像「法苑稱嘉柰，慈園羨修竹。靈覺相招影，神仙共棲宿。慧義比瓊瑤，薰染猶蘭菊」（〈講席將畢賦〉）便也是以佛理爲題材的。

蕭綱（簡文帝）[14]爲衍第三子，字世纘，也早慧。天生的一個早熟的詩人，辭藻艷發，宛曲嬌麗，故或譏其傷於輕靡。時號其詩爲「宮體」。昭明死，立爲皇太子。即位期年，爲侯景所殺（五

* * *

⑪《梁武帝集》有張溥輯本。

⑫蕭統見《梁書》卷八。

⑬《梁昭明集》有明汪士賢刊本；張溥輯本。

⑭梁簡文帝見《梁書》卷四。

○三—五五一）。他的作風[15]是最適宜於寫新樂府辭的，故所作不少。即宴遊酬和之作，清什也很多。像「漬花枝覺重，濕鳥羽飛遲，黛令斜日照，並欲似游絲」（〈賦得入階雨〉），「窗陰隨影度，水色帶風移」（〈餞別〉），「草化飛爲火，蚊聲合似雷」（〈晚景納涼〉），都可看出他如何聰明的在鑄景遣詞。其第七弟繹（元帝）[16]字世誠，初封湘東王。後爲荊州刺史。遣王僧辯討侯景，殺之，遂即帝位於江陵。西魏伐梁，繹兵敗出降，被殺（五○八—五五五）。他著述甚富[17]，《金樓子》尤爲學者所稱。其詩的風格，不離「宮體」，故所作往往和蕭綱的相混雜。像「澄江涵皓月，水影若浮天。風來如可泛，流急不成圓」（〈望江中月影〉），「風細雨聲遲，夜短更籌急」（〈夜宿柏齋〉），都是狀物極爲工切的。而詠物的短詩，尤爲雕鏤得玲瓏可愛。像「風輕不動葉，雨細未霑衣。入樓如霧上，拂馬似塵飛」（〈細雨〉），「著人疑不熱，集草訝無煙。到來燈下暗，翻往雨中然」（〈詠螢火〉）。其〈幽逼詩〉四首，作於被幽的時候者，尤具著無涯的悲憤，與平日的倩巧的作風不類。

集於梁代諸帝左右的文士們是計之不盡的。老詩人沈約、范雲們爲蕭衍的老友，最見親信。其他像江淹、丘遲、王僧孺、柳惲（ㄩㄣˋ）、吳均、庾肩吾、何遜、張率、王筠以及蕭子顯、劉孝綽兄弟等也並見愛護。王褒、庾信二人在這時代亦爲大家，梁亡時方入仕北朝。他們在北去以前的作

*　*　*

⑮《簡文帝集》有張溥輯本。

⑯梁元帝見《梁書》卷五。

⑰《梁元帝集》有張溥輯本。

品，其風格也無殊沈、范諸人，經喪亂後，始變而爲遒勁（王、庾見第二十二章）。

江淹[18]字文通，濟陽考城人，宋時爲建平王鎮軍參軍。入齊，爲御史中丞，又出爲宣城太守。梁時爲散騎常侍，遷金紫光祿大夫，卒謚曰憲（四四四—五〇五）。有集[19]。淹詩初極精工，晚節才思減退，世以爲「江郎才盡」。像「涼草散螢色，衰樹斂蟬聲」（〈臥疾怨別劉長史〉），「白露滋金瑟，清風蕩玉琴」（〈清思詩〉）之類，對仗精切，而頗少生趣。像〈效阮公詩〉（十五首）及〈悼室人〉（十首）之類，才是他的傑作。「昔余登大梁，西南望洪河。時寒原野曠，風急霜露多……落葉縱橫起，飛鳥時相過」（〈效阮公詩〉），其情思的健曠，確似左思〈詠史〉和阮籍〈詠懷〉。丘遲[20]字希范，烏程人。梁時爲司空從事中郎。王僧孺[21]，東海郯人，仕梁爲蘭陵太守。其所作是很得新樂府辭神髓的。張率[22]字士簡，吳郡人。梁時爲秘書丞。出爲新安太守，卒。柳惲[23]字文暢，河東解人，梁時爲廣州刺史，徵爲秘書監。後又出爲吳興太守。庾肩吾[24]字子愼，

* * *

⑱江淹見《梁書》卷十四，《南史》卷五十九。

⑲《江文通集》有明胡人驥注本；梁賓校刊本；張溥輯本。

⑳丘遲見《梁書》卷四十九。

㉑王僧孺見《梁書》卷三十三。

㉒張率見《梁書》卷三十三。

㉓柳惲見《梁書》卷二十一。

㉔庾肩吾見《梁書》卷四十九。

新野人；是庾信之父。梁時爲太子中庶子。後出爲江州刺史，領義陽太守，卒。王筠[25]字元禮，一字德柔，琅琊人。梁時爲太子洗馬，中書舍人，雅爲昭明太子所禮重。他們這幾個人，作風的靡蕩，大體相類。惟庾肩吾亂後所作，像「泣血悲東走，橫戈念北奔。方憑七廟略，誓雪五陵冤」（〈亂後行經吳郵亭〉）云云，較見別調[26]。

但在這個大時代裡，眞實的有天才的詩人們卻要算是吳均和何遜[27]二人。沈約最愛賞何遜的詩，嘗謂之道：「讀卿詩一日三復，猶不能已。」遜字仲言，東海郯人。八歲能賦詩。嘗和范雲結忘年交，雲也深嗟賞之。嘗道：「頃觀文人，質則過儒，麗則傷俗，其能含清濁，中今古，見之何生矣！」元帝也道：「詩多而能者沈約，少而能者謝朓、何遜。」他是那樣的爲時人所推重！他在梁時，嘗爲建安王水曹參軍。後爲廬陵王記室，卒。有集[28]。我們看他的所作：「夕鳥已西度，殘霞亦半消。風聲動密竹，水影漾長橋。旅人多憂思，寒江復寂寥」（〈夕望江橋〉）；「星稀初可見，月出未成光。澄江照遠火，夕霞隱連檣」（〈敬酬王明府〉）；「客心已百念，孤遊重千里。江暗雨欲來，浪白風初起」（〈相送〉）；哪一句不是清新之氣逼人的。誠無愧爲第一流的大詩人。

* * *

㉕王筠見《梁書》卷三十三。

㉖丘遲、王僧孺、王筠、庾肩吾四人集均有張溥輯本。

㉗吳均及何遜均見《梁書》卷四十九。

㉘《何水部集》有明張紘刻本；張溥輯本。

吳均的影響，在當時也極大。或效其作風，號曰吳均體。他字叔庠（ㄒㄧㄤˊ），吳興故鄣人。家至貧賤。沈約見其文而好之。柳惲（ㄩㄣˋ）爲吳興刺史，召補主簿。後爲建安王偉記室（四六九—五一二）。有集[29]。他的詩體也是很清拔的。像「松生數寸時，遂爲草所沒；未見籠雲心，誰知負霜骨」（〈贈王桂陽〉）；「悵然不自怡，端憂坐漠漠。風急雁毛斷，冰堅馬蹄落」（〈奉使廬陵〉）；「山際見來煙，竹中窺落日。鳥向檐上飛，雲從窗裡出」（〈山中雜詩〉）等等，都不是塗朱抹粉的靡靡之什。

蕭子顯[30]和兄子範（字景則），弟子雲（字景喬），子暉（字景光）皆善詩。他們是蕭道成的後裔，卻皆仕梁。在其間，子顯尤爲白眉。子顯字景暢。梁時爲吏部尚書，又出爲吳興太守。所著述甚多，詩尤蒨靡可喜，像〈春別〉：「銜悲攬涕別心知，桃花李花任風吹。本知人心不似樹，何意人別似花離。」同時，劉氏兄弟們也多才情。孝綽[31]、孝儀、孝勝、孝威、孝先等並皆馳騁騷壇，競爲雄長。孝綽得名尤甚。他本名冉，彭城人。天監初，爲著作佐郎。後坐事左遷臨賀王長史，卒。他負才陵忽，前後五免。然辭藻爲後進所宗[32]。其詩似最長於寫水上的景色：像「反景照移塘，纖羅殊未動。駭水忽如湯，乍出連山合」（〈上虞鄉亭觀濤津渚〉）；「日入江風靜，安波

* * *

㉙《吳朝請集》有張溥輯本。

㉚蕭子顯見《梁書》卷三十五。

㉛劉孝綽見《梁書》卷三十三。

㉜劉孝綽及劉孝威集均有張溥輯刊本。

似未流。岸回知舳轉，解纜覺船浮。暮煙生遠渚，夕鳥赴前洲」（〈夕逗繁昌浦〉）；「月光隨浪動，山影逐波流」（〈月半夜泊鵲尾〉）云云，都是絕妙的景色，第一次被捉入詩裡的。孝威，天監末爲太子中庶子，通事舍人。所作像「聯村倏忽盡，循汀俄頃回。疑是傍洲退，似覺前山來」（〈帆渡吉陽洲〉），狀船行至爲入神。孝先，元帝時爲侍中。所作像「葉動花中露，湍鳴暗裡泉，竹風聲若雨，山蟲聽似蟬」（〈草堂寺尋無名法師〉），也寫得極工。孝綽又有三妹，並富才學，其稱劉三娘（名令嫻）者，嫁徐悱，文尤清拔。同時又有到溉、到洽兄弟，彭城武原人，也並善於詩，知名當世。

尚有陶弘景[33]者，字通明，丹陽秣陵人。齊時，隱於句曲山，自號華陽隱居。蕭衍屢加禮聘，不出。卒諡曰貞白先生。他的詩[34]，曉暢而峻切，雖不多，卻都爲珠玉。像〈詔問山中何所有賦詩以答〉：「山中何所有？嶺上多白雲。只可自怡悅，不堪持寄君。」這種風趣，淵明後便久已不見的了。

四

陳霸先，代蕭氏，收拾天下於殘破之餘，文人之四逸以避難者，一時復集。陳氏並向北國求還

* * *

㉝ 陶弘景見《梁書》卷五十一，《南史》卷七十五。

㉞《陶隱居集》有張溥輯本。

被羈之士，以是人才遂盛。到了後主時代，便又來了一個很偉大的詩人的時代。後主陳叔寶[35]，他自己也是一位有天才的詩人。他所作半爲艷嬌的樂府新辭（見前）。其他詩，像「苔色隨水溜，樹影帶風沉」（〈泛舟玄圃〉），「枝多含樹影，煙上帶珮生」（〈詠遙山燈〉），都是出之以苦吟的。他字元秀，以公元五七三年，即皇帝位。隋師伐陳，他出降（公元五八九年）。仁壽四年，終於洛陽（五五三—六〇四）。有集[36]。他最喜歌詩，嘗以宮人有文學者袁大舍等爲女學士，每使她們和狎客共賦新詩，互相贈答，采其尤艷麗者，以爲曲詞，被以新聲。這時的老詩人們，有徐陵，陰鏗等；又沈炯、張正見、江總等也皆以詩鳴。而總尤見寵禮。

徐陵[37]字孝穆，東海郯人，摛之子（摛在梁，亦以能詩名）。在梁，爲散騎常侍。入陳，歷侍中，光祿大夫，太子少傅，建昌縣開國侯（五〇七—五八三）。所編《玉台新詠》，和《文選》並爲僅存之六朝的「文學選本」。有集[38]。其詩像「風光今旦動，雪色故年殘」（〈春情〉），「嫩竹猶含粉，初荷未聚塵」（〈侍宴〉）等，也見刻意經營之跡。

陰鏗[39]的才情是很大的。杜甫、李白皆推尊之。杜詩道：「頗學陰、何苦用心」。像他的「山

* * *

㉟陳後主見《陳書》卷六。

㊱《陳後主集》有張溥輯本。

㊲徐陵見《陳書》卷二十六。

㊳《徐孝穆集》有張溥輯本；吳兆宜《箋注》本（吳註有原刊本，有阮氏困學書屋重刻本）。

㊴陰鏗見《梁書》卷四十六，《南史》卷六十四。

雲遙似帶，庭葉近成舟」（〈閒居對雨〉）；「從風還共落，照日不俱銷」（〈雪裡梅花〉）；「夜江霧裡闊，新月迴中明」（〈五洲夜發〉）；確都是「苦用心」之作。他字子堅，武威人，早慧。陳時爲晉陵太守，散騎常侍，卒。有集[40]。

沈炯[41]不甚以詩名，然其亂後所作，卻是那樣的淒楚沉痛：「猶疑屯虜騎，尚畏值胡兵。空村餘拱木，廢邑有頹城。舊識既已盡，新知皆異名」（〈長安還至方山愴然自傷〉）。這種情調，和庾信、王褒所作，卻只有更悲切。他字禮明，一作初明，吳興武康人，約之後。妻子皆爲侯景所殺。西魏克荊州時，炯又被虜。後得放歸。陳武帝以爲御史中丞。難怪他是那樣的悲歌痛哭著。

張正見[42]詩，「律法已嚴於四傑」（王世貞語）。像「高峰落回照，逝水沒驚波」（〈傷韋侍讀〉），「風前飛未斷，日處影疑重」（〈賦得題新雲〉）等可證。他字見賾，清河東武城人，仕陳爲通直散騎侍郎。其五言詩尤善。大行於世。

江總[43]字總持，濟陽考城人。梁時已有重名。入陳，官尚書令。陳亡，隨後主入隋，拜上開府，卒（五一九—五九四）。他不持政務，但日與後主遊宴後庭，共陳暄、孔范等十餘人，號爲狎客。故頗爲後人所譏。但他的詩雖也被譏爲浮艷，卻實頗有風骨。像「見桐猶識井，看柳尚知門」

* * *

[40]《陰常侍集》有《二酉堂叢書》本。

[41]沈炯見《陳書》卷十九。

[42]張正見見《陳書》卷三十四，《南史》卷七十二。

[43]江總見《陳書》卷二十七。

（〈南還尋草市宅〉）；「輕飛入定影，落照有疏陰」（〈經始興廣果寺〉）；「心逐南雲逝，形隨北雁來。故鄉籬下菊，今日幾花開」（〈於長安歸還揚州〉）；「屏風有意障明月，燈火無情照獨眠」（〈閨怨篇〉）等，都不純是一味柔靡之作[44]。

■參考書目

一、《漢魏六朝百三名家集》，明張溥輯，有明刊本，有長沙翻刻本。
二、《古詩紀》，明馮惟訥編，有明刊本。
三、《全漢三國晉南北朝詩》近人丁福保編，有醫學書局鉛印本。
四、《文選》，有《四部叢刊》本，有胡克家刻本。
五、《玉台新詠》，有明趙氏仿宋刻本，有近代徐氏刻本。
六、《古詩源》，清沈德潛編，這是比較通俗的選本；有原刊本，商務印書館印本。

* * *

㊹ 沈炯、張正見、江總集均有張溥輯本。

第十八章　批評文學的發端

孔子的文學觀——漢代諸作家的文學觀——曹丕《典論・論文》——文學批評的產生——陸機的〈文賦〉——摯虞的〈文章流別志論〉——齊梁的偉大的時代——反切法的輸入——四聲八病說——其反動——鍾嶸《詩品》——劉勰《文心雕龍》——為藝術的藝術論之絕叫——其反對者

一

在建安以前，我們可以說，沒有文學批評。孔子對於文學，一方面只是抱著欣賞的態度，像「師摯之始，〈關雎〉之亂，洋洋乎盈耳哉！」（《論語・泰伯》）一方面卻抱的是功利主義的文學觀，故屢屢地說道：「不學《詩》，無以言」（《論語・季氏》），「《詩》，可以興，可以觀，可以群，可以怨；邇之事父，遠之事君，多識於鳥獸草木之名」（《論語・陽貨》）。這可以說是，最徹底的詩的應用論了。卻也還夠不上說是「人生的藝術觀」。他又有「思無邪」之說，但其意義卻是不甚明瞭的。總之，孔子的詩論，只是側重在應用的一方面的。這也難怪，我們看，那個時代的外交上的辭令，幾乎都是稱「詩」以為證的，便可知「詩」的應用，在實際上已是很廣大的了。

漢代是詩思消歇的時代，文學批評也不發達。專門的辭賦家，像司馬相如，只是說，賦是天才的產品，其奧妙是不可知的。揚雄則倡讀千賦則能爲賦之說。那都不過是隨意的漫談。《漢書・藝文志・詩賦略》的序是比較得很有系統的批評，其見解卻也不脫教訓主義的色彩。後漢時代最有懷疑精神的王充，在《論衡》裡曾有很重要的發現，那便是「藝增」一類的倡論；但與其說是屬於批評的，還不如說是屬於修辭的。

眞實的批評的自覺期，當開始於建安時代。當時曹丕、曹植兄弟，恣其直覺的意見，大膽無忌的評騭著當代的諸家。像曹丕《典論》裡的〈論文〉，及〈與吳質書〉裡，都把文章的價值抬得很高。他也許是最早的一個人，感得「文章」具有獨立生命與不朽的。他道：「年壽有時而盡，榮樂止乎其身，二者必至之常期，未若文章之無窮。」（《典論》）他一方面又批評孔融、王粲、徐幹等七人的得失；這有些近於作家的批評了。同時還要探討文體的分類與特質。「夫文，本同而末異；蓋奏議宜雅，書論宜理，銘誄尙實，詩賦欲麗。此四科不同，故能之者偏也。」（《典論》）這裡把「文」分爲奏議、書論、銘誄、詩賦四類。大約是最早的一種文體論的嘗試了。他又說：「文以氣爲主。」這乃開創了後人論文的一條大路。曹植在〈與楊德祖書〉裡也評論著王粲、陳琳、徐幹諸人。唯他卻薄辭賦爲小道，而欲以「建永世之業，流金石之功」爲急。假如不是有激而云然，則其批評見解是遠不若他哥哥的高超了。

陸機在晉初寫了一篇〈文賦〉，那是以賦體來論文的一篇偉大的東西。對於著作的甘苦，他是頗能闡發之的。在文體論一方面，他雖分爲詩、賦、碑、誄、銘、箴、頌、論、奏、說等類，比曹丕多出若干，其大體卻仍是就曹氏論而放大了的。關於文章作法的一邊，那是他自己的特色。但也偏重於修辭、謀篇的部分。他主張，言辭與理意是應該並重的，而其本卻還爲理意。「謝朝華於已披，啓夕秀於未振」，他是那樣的具有開拓一個宗派的雄心。

與陸機同時的有摯虞，他編集了號爲第一部總集（該說除《詩經》、《楚辭》外）的《文章流別集》（本傳說，三十卷，《隋志》云，四十一卷），專選詩賦。又有〈文章流別志論〉，有遺文見存。其主張也是說：以情義爲本，以辭藻爲佐，和陸機差不了多少。東晉時，有李充作〈翰林論〉，宋時，有王微作〈鴻寶〉，顏延之作〈論文〉，他們的遺文都已不見隻字，故這裡不能說及（〈顏氏〈庭誥〉中有論文語，當非即所謂〈論文〉也）。

范曄的〈獄中與諸甥侄書〉，也是一篇論文章的得失的大作，其主張仍是：「嘗謂情志所託，故當以意爲主，以文傳意。以意爲主，則其旨必見，以文傳意，則其詞不流。」

二

齊、梁在文學批評史上是一個大時代。出現了好幾部偉大的批評的著作，產生了許多不同的批評見解。我們的批評史，從沒有那樣的熱鬧過。第一是沈約、陸厥們的關於音韻的辯論。這是一場極大的文學論戰。一方主張著韻律的定格的必要，一方則主張著自然的韻律論。易言之，也便是受了印度文學洗禮過的文人和本土的守舊的文人間的爭鬥。原來，隨了譯經而同來的，便是梵文的拼音字母的輸入。這把中國古來的「聲音」，「讀若某」的不大確切的「諧」音法。根本打倒了。代之而起的，是擬仿著拼音文字而得的反切法（始於魏、孫炎）。後沈約更取之，而倡爲四聲八病之論。同時謝朓、王融、周顒等皆相與應和。陸厥雖極力地反對，其聲音卻若落在曠野中去了。第二是鍾嶸《詩品》的創作。也許是受有《漢書・古今人表》的若干影響吧，故他把五言詩人們分別爲上中下三品而討論之。雖有人對於他的三品之分，表示不滿意，但像他那樣的統括著五言詩諸大家於一書而恣意批評之的氣魄，卻是空前的。他在序裡闡發著，詩以性情爲主，及「但令清濁通流，口吻調利，斯爲足矣」的主張，是很足注意的。爲了反對過度的格律的定式，故他對於「平上去入」、「蜂腰鶴膝」之說也表示不滿。第三是劉勰《文心雕龍》的出現。勰字彥和，東莞莒人，梁時，爲步兵校尉兼舍人。後來出家，改名慧地。他的《文心雕龍》也是空前的偉作，共有五十篇（其中〈隱秀〉一篇是僞作），可分爲三個部分。〈原道〉、〈徵聖〉、〈宗經〉、〈正緯〉及〈序志〉是文學通論。〈辯騷〉、〈明詩〉、〈樂府〉，以至〈諸子〉、〈奏啓〉、〈書記〉等二十一篇是文體論。〈神思〉、〈體性〉、〈風骨〉，以至〈知音〉、〈程器〉等二十四篇是修辭的原理和方法論。其主幹的見解是「因文而明道」，和陸機所論相同；而其大體，也不出〈文賦〉的範圍以外。然而，從〈文賦〉到《文心》，是如何的一種進步呢！第四是「爲藝術的藝術觀」的絕叫。文藝久成了功利主義的俘虜，但這時，則被解脫了。蕭統的《文選》，首先排斥經書、史籍及諸子於文學的領土之外。徐陵的《玉台新詠》更嚴「純文學」的門閥。蕭子顯的自序道：「風動春朝，月明秋夜，早雁初鶯，開花落葉，有來斯應，每不能已也。」蕭繹也道：「文者，惟須綺縠紛披，宮徵靡曼，唇吻遒會，情靈搖盪。」（《金樓子》）這是古所未有的大膽的主張。雖裴子野嘗作《雕蟲論》以糾之，北朝也屢有反抗的運動；然運會所趨，終莫能挽。能給純文學以最高的估值與賞識者，在我們文學史上，恐怕也只有這一個時代了。

■參考書目

一、《全上古三代秦漢三國六朝文》清嚴可均輯，有黃岡王氏刊本，有醫學書局石印本。
二、《文心雕龍》、《詩品》、《文選》、《玉台新詠》諸書，傳本皆甚易得。
三、《中國古代文藝論史》日本鈴木虎雄著，孫俍工譯，北新書局出版。

第十九章　故事集與笑談集

漢以前小說的亡佚——《神異經》與《十洲記》——邯鄲淳的《笑林》——《小說》與《啓顏錄》——《列異傳》與《博物志》——《搜神記》《異苑》《續齊諧記》等——宗教的故事集——《語林》與《世說》等——《漢武帝故事》《飛燕外傳》等

一

在唐以前，我們可以說是沒有小說。漢以前的所謂「小說」，幾乎全部都已亡佚，遺文極少，看不出其性質何若。漢以後的所謂「小說」，卻只是宇宙間異物奇事的斷片的記載和短篇的渾樸少趣的故事的傳錄而已。前者是《山海經》一流的《神異經》、《十洲記》。他們根本上不能列入小說之林。像《神異經》所記：「崑崙之山，有銅柱焉，其高入天，所謂天柱也。……上有大鳥，名曰希有，南向，張左翼覆東王公，右翼覆西王母；……西王母歲登翼上，會東王公也。」（〈中荒經〉）那一類怪誕無稽的片段的神話，便是這種書的好例。《神異經》和《十洲記》相傳俱說是東方朔所撰，但不可信。後者較有小說的格局，但卻都是樸樸質質的片段的敘述和記載，一點描狀的

風趣都沒有；所以只是「故事」，不是「小說」。這種「故事」往往成爲一集。他們又有兩種的區別：一種是「滑稽談」或所謂「笑談集」的，專是拾掇人間的小小的錯誤，以爲談笑之資，這一種故事是最近於小說的；一種是記載宇宙間的奇事異聞的，其中盡多各地方的民間傳說，也有很雋美的故事，卻都不過是未成形的小說。

關於「滑稽談」或「笑談集」，最早者爲《笑林》。《隋書·經籍志》題爲後漢給事中邯鄲淳撰。淳一名竺，字子禮，潁川人。少有雋才。元嘉元年（公元一五一年），上虞長度尙爲曹娥立碑，淳便於席間作碑文，操筆而成，無所點定，遂以知名。黃初初，爲魏博士給事中。《笑林》今有馬國翰輯本。這部書所載的「笑談」有到現在還傳流於民間的。像：「某甲，夜暴疾，命門人鑽火。其夜陰暝，不得火。催之急。門人忿然曰；『君責人亦大無理。今暗如漆，何以不把火照我？我當得覓鑽火具，然後易得耳。』孔文舉聞之曰：『責人當以其方也。』」「楚人居貧，讀《淮南方》：『得螳螂伺蟬自鄣葉，可以隱形。』遂於樹下仰取葉。螳螂執葉伺蟬，以摘之。葉落樹下。樹下先有落葉，不能復分別。掃取數斗歸。一一以葉自鄣，問其妻曰：『汝見我不？』妻始時恆答言見；經日，乃厭倦不堪，紿（ㄉㄞˋ）云不見。嘿然大喜。賫葉入市，對面取人物。吏遂縛詣縣。縣官受辭，自說本末。官大笑，放而不治。」都是很雋永的。梁時又有殷芸（四七一—五二九）撰《小說》，皆抄集群書而成，中也多可笑的故事。隋侯白作《啓顏錄》，也是這一流的東西。

二

記載奇聞逸事的故事集，其寫作也始於魏。有《列異傳》者，〈隋志〉以爲曹丕撰（〈唐志〉

則云張華撰），今已佚，惟於《太平廣記》等書中猶可見殘文若干：「武昌新縣北山上有望夫石，狀若人立者。相傳云，昔有貞婦，其夫從役，遠赴國難。婦攜幼子，餞送此山，立望而形化爲石。」像這樣的很哀艷的傳說，而只是以數行的枯燥無趣的記述了之，頗可見出一般「故事集」作者的描寫力的不夠。又有《博物志》，也傳爲張華作。王嘉《拾遺記》說，華嘗「捃采天下遺逸，自書契之始，考驗神怪，及世間閭里所說，造《博物志》四百卷，奏於武帝。」帝令芟截浮疑，分爲十卷。這書今存，係分類記載異境、奇物以及古代瑣聞雜事的。幾乎什麼都被包羅在內，有點像《太平廣記》的前驅。東晉有干寶者，作《搜神記》二十卷，體例始略純，不甚雜瑣談，而多載故事。其中很有不少重要的民間傳說，且有至今尙流傳於內地的。像所載豫章新喻學男子娶鳥女爲妻事，便是世界上流行最廣的「鵝女郎」的故事的一個。印度的影響，已開始出現於這部書裡，像所載天竺巫人「有數術，能斷舌復續，吐火」事便是。寶字令升。新蔡人。東晉時爲著作郎。後爲始安太守，遷散騎常侍。又有《搜神後記》者，凡十卷，係續干寶之書的，題陶潛撰。但不甚可信。或以其中曾收入潛的〈桃花源記〉（見卷一）而致誤歟？但這書所載的神話和傳說，重要者甚多，像謝端娶「螺婦」之類的故事，可信其當爲直接從民間的口傳的故事裡來的。又關於佛教和僧侶們的故事，也不少。這也是很可珍異的資料。晉時又有荀氏作《靈鬼志》，陸氏作《異林》，戴祚作《甄異傳》，祖沖之作《述異記》，祖台之作《志怪》，王浮作《神異記》等，原書並佚，僅有遺文見於《太平廣記》諸類書裡。晉、宋間，有劉敬叔，彭城人，嘗爲宋給事黃門郎，曾著《異苑》，卻幸得存於今。其記述的伎倆，也不殊於干寶。宋時有臨川王劉義慶作《幽明錄》，散騎常侍東陽無疑作《齊諧記》，也俱佚不存。梁吳均嘗續無疑之書（名《續齊諧記》）。其中嘗記「鵝籠書生」的故事，殊爲奇詭可喜。然其來歷卻是印度的。最早的輸入印度故事者，尙指出那是外來的。但到了均此時，卻已把外來的故事，改穿上中國的衣服，當作我們自己的東西了。又傳爲王嘉作的《拾遺記》，傳爲任昉作的《述異記》，其中也很有些重要的古代的神話與傳說。

同時，佛教盛行的結果，因果報應之說便因之而深入民間，代替了本土的定命論的人生觀。地獄受罪，天堂享樂之故事，也紛紛而起。我們相信，這些故事中定有許多是從印度故事改頭換面而來的。這種宗教的故事集，有宋劉義慶《宣驗記》，齊王琰《冥祥記》，隋顏之推《集靈記》、《冤魂志》，侯白《旌異記》。所記不外是念佛、拜經或造像者的受福，而謗佛不信者卻有人曾在地獄裡見其受罪。在六朝的神怪故事集裡，他們卻彈出別一種的調子來。

又有別一類專門記載人間的瑣事雋談的集子，開始出現於晉代。這是王、何輩玄談的結果。以一言一動，臧否人物，標榜風韻；亦時有雋語，卻往往不成其爲有系統的「故事」。裴啓的《語林》，郭澄之的《郭子》，劉義慶的《世說》，沈約的《俗說》，皆其著者；今惟《世說》盛行於世。

相傳爲漢時的小說，像《漢武帝故事》（稱班固撰），《漢武帝內傳》（亦稱班固撰），《漢武洞冥記》（稱郭憲撰），《飛燕外傳》（稱伶玄撰）等，殆無一爲眞漢人之作。然其狀事寫情，卻已頗有小說的趣味。除《雜事秘辛》等顯爲明人所僞作外，餘殆皆出於六朝人的所作，其成就反要較故事集等爲崇高。

▣ 參考書目

一、《太平廣記》，宋李昉等編，有明談氏刊本，明活字本，明許自昌刊本，清黃氏袖珍本，《筆記小說大觀》本，掃葉山房石印本。
二、《玉函山房輯佚書》，清馬國翰編，有原刊本，有長沙翻刊本。
三、《百子全書》，湖北書局刊行。
四、《說郛》，元陶宗儀編，有汲古閣刊本，有商務印書館鉛印本。
五、《中國小說史略》，魯迅著，北新書局出版。
六、《古小說鉤沉》，魯迅著，有鉛印本。

第二十章　六朝的辭賦

辭賦的再生——曹植禰衡與王粲——向秀陸機潘岳——陶淵明的〈閒情賦〉——鮑照謝莊等——江淹的〈恨賦〉〈別賦〉——蕭衍的〈淨業賦〉——沈炯江總等

一

復興了辭賦的「詩趣」的，乃是六朝的諸作家。這個復興運動，也當開始於建安時代。隨了詩思的復活，「辭賦」也便重見生機。禰衡的〈鸚鵡賦〉，引物以譬人，寫得那樣的可憐。曹植的〈洛神賦〉，是那麼的有風趣，已不是徒以奇字安麗句堆砌成文的了。王粲的〈登樓賦〉，其情調遠規靈均，近同平子（張衡有〈歸田賦〉），雖未盡宛曲之趣，實是披肝露膽之作。其後向秀作〈思舊賦〉以弔嵇康、呂安：「於時日薄虞淵，寒冰淒然，鄰人有吹笛者，發聲寥亮。追思曩昔遊宴之好，感音而嘆。」陸機作〈嘆逝賦〉以哀故友：「人何世而弗新，世何人之能故。野每春其必華，草無朝而遺露。」罔不是眞情流露，詩意充溢的。其〈文賦〉也具陳文心，備言甘苦，不是敷衍之作。而潘岳尤長於哀誄懷人之什。追逝思故，若不勝情。像他的〈西征〉、〈秋興〉、〈閒居〉、〈懷舊〉、〈寡婦〉諸賦，殆沒有一篇不是清雋之氣逼人的。〈秋興〉固足以上比宋玉，而

〈懷舊〉之寫「墳壘壘而接壟，柏森森以欑植；何逝沒之相尋，曾舊草之未異！」〈寡婦賦〉之寫「願假夢以通靈兮，目炯炯而不寢。夜漫漫以悠悠兮，寒淒淒以凜凜。氣憤薄而乘胸兮，涕交橫而流枕。」尤皆流連於生死故舊之情，淒迷於存亡窈念之際，決不是那些以塗飾誇誕自喜者之比。左思的〈三都賦〉，追蹤班固、張衡，雖不是抒情之作，卻也甚見工力。

東晉南渡以後，辭賦作家暫見消歇。郭璞的〈江賦〉，和木華的〈海賦〉並爲寫前人所未涉及的景色的，但究竟不大高明。到了晉末宋初，大詩人陶淵明、鮑照相繼而出，立刻把賦也抬高到未之前有的妙地仙境裡去。陶淵明的〈閒情賦〉，雖蕭統不大滿意，斥之爲「白璧微瑕」（〈陶集序〉），然實是極清新眞切的長篇的抒情詩。像「願在衣而爲領，承華首之餘芳，悲羅襟之宵離，怨秋夜之未央。願在裳而爲帶，束窈窕之纖身，嗟溫涼之異氣，或脫故而服新。……願在絲而爲履，附素足以周旋，悲行止之有節，空委棄於床前。願在晝而爲影，常依形而西東，悲高樹之多蔭，慨有時而不同。願在夜而爲燭，照玉容於兩楹，悲扶桑之舒光，奄滅景而藏明。……考所願而必違，徒契契以苦心。擁勞情而罔訴，步容與於南林。」情詩寫到這樣宛轉敦厚的地步，還有誰可及呢？見此，眞覺得像「君依光兮妾所願」諸作，還未免嫌單調。

鮑照的〈蕪城賦〉，我們只讀其歌：「邊風急兮城上寒，井徑滅兮丘隴殘。千齡兮萬代，共盡兮何言！」便已嗅出其淒涼的氣氛來。別人都寫輝輝煌煌的〈兩都〉、〈三京〉（張衡作〈東京〉、〈西京〉及〈南都賦〉），照獨憑弔「蕪城」；廢井頹垣，榛路荒基的寫照，或較離宮禁苑的鋪張揚厲的描狀，尤能打動人的情感吧。〈連昌宮辭〉（唐元稹作），〈哀江南曲〉（見孔尚任《桃花扇》）並此而三，難能有四！

謝惠連的〈雪賦〉只是一篇詠物的名作，然其〈祭古冢文〉卻是眞實的一篇雋妙的抒情詩。謝莊的〈月賦〉確能將渺茫朦朧的月夜的氣氛寫出：「美人邁兮音塵闕，隔千里兮共明月。臨風嘆兮將焉歇，川路長兮不可越。……月既沒兮露欲晞，歲方晏兮無與歸。佳期可以還，微露沾人衣。」他竟是充溢著惆悵的情懷的。

梁時，江淹作〈恨賦〉、〈別賦〉，那又是充滿著悵惘淒楚的空氣的。「試望平原，蔓草縈骨，拱木斂魂」；「黯然銷魂者唯別而已矣」，他選的是那樣一種的傷感的題目！「春草碧色，春水綠波；送君南浦，傷如之何！」這已夠令人淒然了；「春草暮兮秋風驚，秋風罷兮春草生；綺羅畢兮池館盡，琴瑟滅兮丘壟平。自古皆有死，莫不飲恨而呑聲！」更是直彈到人生的最深邃的中心了。漢人每喜誇誕的漫談，其失也淺薄。六朝人卻反了過來，專愛在傷感的情緒上著力，遂多「哀感頑艷」，「情不自禁」之作。六朝賦與漢賦之別便在於此。

蕭衍嘗作〈淨業賦〉。以佛人思想滲透到辭賦裡去，恐怕要以此篇爲唯一之作。其子綱，嘗作〈悔賦〉，顯然是模仿文通的〈恨〉、〈別〉二賦的。蕭繹所作〈玄覽賦〉，浩浩莽莽，幾復回到司馬、揚、班的時代。然其〈蕩婦秋思賦〉：「況乃倡樓蕩婦，對此傷情。於時露萎庭蕙，霜對階砌。坐視帶長，轉看腰細。重以秋水文波，秋雲似羅。日黯黯而將暮，風騷騷而渡河」，卻是具有很幽渺的抒情的成分的。

沈約有〈郊居賦〉，極寫郊外園林之樂，而用「惟以天地之恩不報，書事之官靡述」云云爲結，未免迂腐。同時有陸倕，字佐公，吳郡吳人，爲國子博士，守太常卿。他的〈感知已賦贈任昉〉（昉也有一賦答之）卻是「眞性情」流露之作。劉峻的〈廣絕交論〉，雖名爲論，實似一賦，也是出於不自已的憤激之心意的。張纘字伯緒，爲梁駙馬都尉。後授雍州刺史，爲蕭詧所殺，他的〈南征賦〉乃是安仁〈西征〉的同流。沈炯的〈歸魂賦〉，寫梁末喪亂，身爲北朝所羈留；「每日夕而靡依，常一步而三嘆。……言語之所不通，嗜欲之所不同。……豈論生平與意氣，止望首丘於南風」，痛定思痛，情意至為淒惶。江總也有〈修心賦〉，其情調與〈歸魂〉頗同；他們都是庾子山的〈哀江南賦〉的同道。

▣參考書目

一、《全上古三代秦漢三國六朝文》，清嚴可均輯，有黃岡王氏刊本，醫學書局石印本。

二、《漢魏六朝百三名家集》，明張溥編，有原刊本，有清長沙翻刻本。

三、《歷代賦彙》，清陳元龍編，有殿刊本。

第二十一章　六朝的散文

六朝文筆之分——六朝散文的重要——抒情小品的流行——劉琨郭璞等——王羲之獻之父子的雜帖——陶淵明的〈五柳先生傳〉與〈自祭文〉等——謝靈運顏延之與鮑照——王融與孔稚珪——梁代諸帝與蕭統——沈約任昉江淹等——何遜吳均等——劉峻的〈廣絕交論〉——丘遲的〈與陳伯之書〉——徐陵沈炯陳叔寶江總等——六朝宗教家的活躍——本土思想對於佛家思想的反攻——慧琳的〈白黑論〉——顧歡的〈夷夏論〉——范縝的〈神滅論〉——《抱朴子》與《金樓子》——六朝的史書作者

一

六朝文章有「文」「筆」之分。文即「美文」，筆則所謂應用文者是。劉勰《文心雕龍・總術篇》謂：「今之常言，有文有筆，以爲無韻者筆也，有韻者文也。」梁元帝《金樓子・立言篇》亦謂：「至如不便爲詩如閻纂，善爲章奏如伯松，若此之流，泛謂之筆。吟詠風謠，流連哀思者謂之文。」又謂：「至如文者，惟須綺縠紛披，宮徵靡曼，脣吻遒會，情靈搖蕩。」是則，所謂「文」者並不是以有韻者爲限，只要是以「綺縠紛披」之文，來抒寫個人情思者皆是。當然「文」是包括

了詩賦在內的。但如制誥章奏之流，便是所謂「筆」了。故除了「應用文」之外，凡「文章」皆可謂之文。《南史・顏延之傳》：「宋文帝嘗問以諸子才能。延之曰：『竣得臣筆，測得臣文。』」《梁書・劉贊傳》：「幼孤，兄弟相勵勤學。並工屬文。孝綽常曰：『三筆六詩』。三即孝儀，六孝威也。」這裡所謂「詩」，便是延之之所謂「文」。直到中唐，還有此別。趙璘《因話錄》云：「韓文公與孟東野友善。韓文公文至高，孟長於五言，時號孟詩韓筆。」實則，六朝之「文筆」，相差也至微。即所謂朝廷大製作，也往往是「綺穀紛披，宮徵靡曼」的。我們可以說，除了詩賦不論外，其他六朝散文，不論是美文，或是應用文，差不多莫不是如隋初李諤所攻擊的「連篇累牘，不出月露之形，積案盈箱，唯是風雲之狀」的云云。在這種狀態之下的散文，便是「古文家」所集矢的。後人的所謂「文起八代之衰」，便是斷定了六朝文要歸在「衰」之列的。但六朝的散文果是在所謂「衰」的一行列中麼？其文壇的情況果是如後人之所輕蔑的麼？這倒該爲她一雪不平。

把什麼公牘、記載之類的應用文，都駢四儷六的做起來，故意使得大衆看不懂，這當然是一個魔道。但如個人的抒情的散文，寫得「綺穀紛披，宮徵靡曼。脣吻遒會，情靈搖蕩」，難道便也是一個罪狀麼？在我們的文學史裡，最苦的是，抒情的散文太少。六朝卻是最富於此類抒情小品的時代。這，我們可以說，是六朝的最特異的最光榮的一點，足以和她的翻譯文學，新樂府辭，並稱爲鼎立的三大奇跡的。在我們的文學史裡，抒情小品文之發達，除了明、清之交的一個時代之外，六朝便是其最重要的發展期了。明、清之交的散文的奇葩，不過如「曇花一現」而已。六朝散文則維持至於近三百年之久，其重要性，尤應爲我們所認識。其他論難的文字，描狀的史傳，也盡有許多高明的述作，不單是所謂「月露之形」，「風雲之狀」而已。

抒情的散文，建安之末，已見萌芽。子桓兄弟的書札，往往憶宴遊的愉樂，悼友朋的長逝，悱惻纏綿，若不勝情，已開了六朝文的先路。正始之際，崇尙清談，士大夫以寥廓之言，祖蕩之行相高，更增進了文辭的雋永。五胡之亂，士族避地江南者多，「暮春三月，江南草長，雜花生樹，群鶯亂飛」，在這樣的山川秀麗的新環境裡，又濬啓了他們不少的詩意文情。於是便在應用、酬答的散文之間，也往往「流連哀思」，充滿了微茫的情緒。

二

東晉之初，劉琨、郭璞並爲重要之政治家。琨勇於任事，有澄清中原之志。所作章奏，辭意慷慨，風格遒上，像〈上愍帝請北伐表〉、〈勸進元帝表〉等等，痛陳世勢，指數方略。「厄運之極，古今未有。在食土之毛，含茹之類，莫不叩心絕氣，行號巷哭。」當此之時，唯有「以社稷爲務，不以小行爲先；以黔首爲憂，不以克讓爲事。」（〈勸進元帝表〉）其言都是出之以蓬勃的熱情的。然時勢已不可爲，軍士乏食，一籌莫展。「衣服藍縷，木弓一張，荊矢十發；編草盛糧，不盈二日；夏則桑椹，冬則蔻豆。視此哀嘆，使人氣索！」（〈與丞相箋〉）終於在這種情形之下爲悍將段匹磾所殺！

同時有盧諶的，字子諒，范陽涿人，尙武帝女滎陽公主。劉琨以爲司空主簿。其與琨贈答的簡牘，頗爲世人所稱。又琨被殺後，諶上〈理劉司空表〉，痛切的申琨之志，理琨之冤，頗能揭發當時姑息之政的內幕。

郭璞著書極多，大都爲注釋古書者。如《爾雅注》、《方言注》、《三蒼注》、《穆天子傳注》、《水經注》、《楚辭注》等等。璞以阻王敦謀亂被殺。看他的許多表奏，對於天天在崩壞的時局，他是很能注意到，而要加以匡扶的。

爲中興重鎭的王導[1]，字茂弘，琅琊臨沂人，成帝時，進太傅，拜丞相，咸和五年卒，年六十四。所作書札，類皆指揮、計劃當時的政治與時事的。而措辭沖淡，中多至情披露之語，其抒寫也頗有情趣。

同時又有殷仲堪[2]、陶侃[3]、溫嶠[4]、庾亮[5]諸人，皆爲主持朝政，或獨當一面者。其互相贈答的文札，或指陳政局，或相與激勵，在疏理陳辭之間，亦復楚楚有情致。仲堪，陳郡長平人，爲都督荊、益、寧三州諸軍事，荊州刺史，假節鎭江陵。安帝時爲桓玄所敗，自殺。侃字大行，鄱陽人，拜侍中太尉，加都督交、廣、寧七州軍事，又加都督江州，領刺史。咸和七年卒，年七十六。嶠字太眞，太原祁人，拜驃騎將軍，開府儀同三司，加散騎常侍。亮則爲晉國戚，久居政府。他字元規，潁川鄢陵人。嘗鎭武昌，號征西將軍，開府儀同三司；爲當時文士的東道主之一。

* * *

① 王導見《晉書》卷六十五。
② 殷仲堪見《晉書》卷八十四。
③ 陶侃見《晉書》卷六十六。
④ 溫嶠見《晉書》卷六十七。
⑤ 庾亮見《晉書》卷七十三。

世家子弟的王羲之⑥，字逸少，琅琊臨沂人，爲右軍將軍，會稽內史（三二一—三七九）。以善書得盛名。所作簡牘雜帖，隨意揮寫，而自然有致。所論皆家人細故，戚友交往，乃至贈賚雜物，慰勞答問。雖往往寥寥不數行，而澹遠搖蕩，其情意若千幅紙所不能盡，這是六朝簡牘的最高的成就。一半也爲了他的字爲後人所慕，故此種雜帖，遂保留於今獨多。姑舉二三例：

甲夜，羲之頓首：向遂大醉，乃不憶與足下別時。至家乃解。尋憶乖離，其爲嘆恨，言何能喻。聚散人理之常，亦復何云。唯願足下保愛爲上，以俟後期。故旨遣此信，期取足下過江問。臨紙情塞。王羲之頓首。

期小女四歲，暴疾不救，哀愍痛心，奈何奈何！吾衰老，情之所寄，唯在此等。奄失此女，痛之纏心，不能已已，可復如何？臨紙情酸！

奉橘三百枚。霜未降。未可多得。

雨寒，卿各佳不？諸患無賴，力書。不一一。羲之問。

他的〈三月三日蘭亭詩序〉爲古今宴遊詩序中最爲人知的一篇。「此地有崇山峻嶺，茂林修竹，又有清流激湍，映帶左右，引以爲流觴曲水，列坐其次。」雖沒有什麼絲竹管弦之盛，「一觴一詠，亦足以暢敘幽情。」又從宴樂感到人生的無常。雖不是什麼極雋妙的「好辭」，卻自有羲之

*　*　*

⑥王羲之見《晉書》卷八十。

的清澹的風格在著。大約這〈蘭亭序〉之所以盛傳，又半是爲了他的書法之故吧。後人翻刻之石，至有五百帖以上⑦。

羲之子獻之，亦以善書知名。他字子敬，尙新安公主。除建威將軍，吳興太守，徵拜中書令卒（三四四—三八八）。所作雜帖，傳者也多：

> 鏡湖澄澈，清流瀉注。山川之美，使人應接不暇。

像二王的種種雜帖，假如不是爲了書法美妙之故（集中是不會全收的），恐怕是不會流傳到後世來的。六朝的一部分社會情態，文士生涯，往往賴斯爲我們所知。故在別一方面看來，也是頗可注意的。從其間，所謂「六朝風度」者，往往可於無意中領略到。

孫綽⑧字興公，太原中都人，嘗爲殷浩建威長史。浩敗，王羲之引爲右軍長史。轉永嘉太守，拜衛尉卿。有《至人高士傳贊》二卷，《列仙傳贊》三卷，《孫子》十二卷，今不盡傳，傳者惟詩文若干篇⑨。（《全晉文》中有《孫子》及《至人高士傳贊》及《列仙傳贊》殘文。）興公長於哀誄碑版之文。政府要人死後，其碑文出於他的筆下者不少。

* * *

⑦《王右軍集》二卷，《有漢魏六朝百三名家集》本。

⑧孫綽見《晉書》卷二十六。

⑨《孫廷尉集》一卷，有《漢魏六朝百三名家集》本。

東晉之末，有詩人陶淵明，他的散文和他的詩一樣，全然是獨立於時代的風尚以外的。貌若淡泊，而中實豐腴，和當時一般的作品，慣以彩艷來掩飾其淺陋者，恰恰立於相反的地位。他的〈五柳先生傳〉是自敘傳，是個人的自適生活的寫眞。其〈桃花源記〉，卻欲以這個個人生活推而廣之，使之成爲一個理想的社會了。原因是，見了當代的喪亂，故不得不有託而逃。「不知有漢，無論魏、晉」，更何有於晉、宋的紛紛攘奪呢！但桃花源究竟是不會有的。在整個龍爭虎鬥的社會裡，怎麼會有什麼避世的桃花源呢？故遂以「迷不復得路」結之。但淵明究竟不是一個自了漢。他不完全提倡一個消極的躲避的辦法。故桃花源也遂成爲積極的理想，社會的模範，像「烏托邦」（Utopia）、「共和國」、（Republic）、「新大西洋」（New Atlantic），那樣的一個「避」秦之地。避秦之地終於是一個寓言的世界，於是五柳先生遂不得不逃於酒，在醉鄉裡，也就是在理想國裡，躲了過去。淵明全部理想幾全可以此釋之。所以他不僅是一位田園詩人，徹頭徹尾的詩人，而且是偉大的政治理想家。但他的所作，其重要性還不完全在此。卻在於他的特殊的淡泊的風格，在於他的若對家人兒女談家常瑣事似的懇切的態度。他不用一個濃艷的雕斫的辭句，他不使一點的做作的虛矯的心情；他只是隨隨便便的稱心稱意的說出他的整個情思來。純然以他的眞樸無飾的詩人的天才，來戰勝了一般的慣好浮誇與做作的作家們。這便是他的眞實的偉大的所在。無論在詩，在散文方面，都是如此。故他的散文，如〈五柳先生傳〉和〈桃花源記〉等之外，〈與子儼等疏〉、〈祭程氏妹文〉、〈祭從弟敬遠文〉及〈自祭文〉等，也是眞實的傑作。

又淵明除了風格的澹遠以外，其他是純然的一位承襲了魏、晉以來的風度的人物，一位純然的《世說新語》裡的文士。他和他的〈晉故征西大將軍長史孟府君傳〉裡所述的龍山落帽。「好酣飲，逾多不亂，至於任懷得意，融然遠寄，旁若無人」的孟嘉，乃是眞實的同志。他自己是「開卷有得，便欣然忘食；見樹木交蔭，時鳥變聲，亦復欣然有喜。常言五六月中，北窗下臥，遇涼風暫至，自謂是羲皇上人。」（〈與子儼等疏〉）「性嗜酒，家貧不能恆得。親舊知其如此，或置酒而招之，造飲輒盡，期在必醉，既醉而退，曾不吝情去留。」（〈五柳先生傳〉）像這樣一位坦率任性的人物，誠是「竹林七賢」以內的人物！

三

淵明雖生在晉末宋初，而元嘉以下的文士們的風格，卻一點也不曾受到他的影響——雖然他們並不是不知敬重他，愛好他。（六朝人士常是最好的文藝欣賞者。）如顏延之爲〈陶徵士誄〉，蕭統也爲之作傳。在實際上，像他那樣的純任天眞，不加浮飾的風格，非僅僅模擬之所能及的。且他的風格，也半由於他的田園生活所造成。當然像六朝文士們那樣的鎮日擾擾於侍宴遊樂之間者是決不會企冀得到的。

然風格雖殊，而「六朝風度」的灌溉，卻是同然一體的。故淵明的澹遠雖不可及，而宋、齊、梁、陳之際，「唇吻遒會，情靈搖蕩」的散文，也所在都有。

與淵明同代的，有謝靈運、顏延之及鮑照等。他們都是詩人，但於散文也都有相當的成就。靈運喜遊山水，乃竟因遊山之故，被誣爲謀反，見殺。被殺前，他上〈詣闕自理表〉，情辭甚爲悲惻，然竟無救於他的死。他的〈遊名山志〉，今僅存殘文，故無可觀。他的族弟惠連，有〈祭古冢文〉，其中充滿了詩意的悲緒。又他的從子謝莊，也長於書奏哀誄，所作頗多。

顏延之的〈庭誥〉，是淵明的〈與子儼等疏〉的一流，然文繁意密，不復有澹蕩之姿。其中也充滿了由經驗與學問給他的許多的儒家的教訓。像「言高一世，處之逾嘿；器重一時，體之茲沖。不以所能干衆，不以所長議物」云云，已不復是坦率任意的魏、晉風度了。

鮑照的散文，所作雖不若他的詩賦的重要，然如〈登大雷岸與妹書〉，狀石寫水，也頗盡物趣，仍具著嚴謹的風格。同時又有雷次宗的，字仲倫，豫章南昌人。元嘉中，徵至京師，開館於雞籠山，聚徒教授。除給事中，不就，加散騎常侍。他是當時的一位儒者。嘗有〈與子侄書〉，以言所守，其情趣甚同於陶淵明的〈與子儼等疏〉。

以作《後漢書》著稱的范曄，也有一篇〈獄中與諸甥侄書以自序〉。在將就戮之前，作著這麼一篇「自序」，當然是很富於感情的。然其中序生平事跡者少，而論文事、音樂的利鈍者多。或者《宋書．范曄傳》登錄此書時，只是節取的吧。

四

齊代的文學，以文學者的東道主的蕭子良[⑩]為中心。子良為武帝的第二子，封竟陵郡王。鬱林王即位，進太傅，督南徐州。子良邸中所聚，賢豪最多，其後鷹揚於梁代的人物，自蕭衍以下，幾全集於他的左右。他自己所作，以散文為多，尤以書疏為宛曲動人[⑪]。

＊ ＊ ＊

⑩ 蕭子良見《齊書》卷四十。

⑪ 《竟陵王集》二卷，有《漢魏六朝百三名家集》本。

王儉及其子融皆以文名。融爲鬱林王所殺。所作書序，皆甚可觀。其〈曲水詩序〉，以巧麗稱，一時有勝於顏延年之譽。劉繪、陸澄所作，傳者甚少。孔稚珪[12]字德璋，會稽山陰人，宋泰始中爲州主簿，東昏王時爲散騎常侍，永元三年卒（四四七—五〇一）。他嘗和子良論難宗教問題。又作〈北山移文〉以嘲周顒，有「叢條瞋膽，疊穎怒魄，或飛柯以折輪，乍低枝而掃跡。請迴俗士駕，爲君謝逋客」語。草木雲石，皆有感覺，斯爲罕見的名作[13]。又同時有謝朓，以詩鳴於世，而其箋啓也很可喜。

五

梁代的散文，其盛況幾同於建安。蕭氏的父子兄弟們以皇帝親王之尊，而躬親著作，不僅作文士們的東道主，且並是文士團體裡的健將，其情形也有同於曹氏的父子兄弟們。蕭綱（簡文帝）〈與蕭臨川書〉、〈與湘東王書〉；蕭繹（元帝）諸短啓書札；蕭統〈與晉安王綱令〉、〈答湘東王求文集及詩苑英華書〉等等，皆所謂「流連哀思」之文，絕類陳思兄弟的書啓。誠足以領袖群倫，主持風雅。蕭衍所作，亦多雅思。他沉浸於佛法之中，所下詔諭，往往有「煦煦爲仁」之意，與一般帝王詔令之雷厲風行，詞嚴旨酷者很不相同。

* * *

⑫ 孔稚珪見《齊書》卷四十八。

⑬《孔詹事集》一卷，有《漢魏六朝百三名家集》本。

追隨於蕭氏父子兄弟們的左右的文士們是計之不盡的。與蕭衍同輩的則有沈約、任昉、范雲、江淹、陸倕、陶弘景諸人。稍後則有何遜、吳均、劉孝綽兄妹們，劉峻、王僧孺、王筠、丘遲、庾肩吾諸人。

沈約所著甚多，而詩名最著，散文的書、論，傳者也不少。約篤信佛法，書牘來往，以言弘法衛教者爲多，亦有流連光景，商榷辭章之作。其〈修竹彈甘蕉文〉，爲很有趣味的「遊戲文章」，或有些別的微意在其中吧。

任昉字彥升，小名阿堆，樂安博昌人，爲竟陵王記室。入梁，拜黃門侍郎，出爲義興太守。天監七年卒。所作雜傳地志等至五百卷之多。昉爲文壯麗。沈約稱其心爲學府，辭同錦肆。時人云：任筆，沈詩。他聞之，甚以爲病。晚節用意爲之，欲以傾沈，然終不能及。他的散文，以「大手筆」爲多，但也有很好的書啓之作。

江淹所作散文，也以牋、啓爲最好。其〈報袁叔明書〉，乃是很雋永的抒情文。

方今仲秋風飛，平原彩色，水鳥立於孤洲，蒼葭變於河曲，寂然淵視，憂心辭矣。獨念賢明蚤世，英華殂落，僕亦何人，以堪久長。一旦松柏被地，墳壠刺天，何時復能銜杯酒者乎？忽忽若狂，願足下自愛也。

范雲、陸倕所作，罕有精思。倕[14]字佐公，吳郡吳人。入齊爲竟陵王議曹從事參軍。入梁，終於國子博士，守太常卿。普通七年卒。倕文章[15]與任昉並稱。蕭綱道：「謝脁、沈約之詩，任昉、陸倕之筆，實文章之冠冕，述作之楷模也。」（〈與湘東王書〉）然就今所傳者觀之，倕實不如昉遠甚。范雲之作，傳者絕少，也並不足與昉並論。

陶弘景所作碑文，頗多浮艷之辭。其〈尋山誌〉，始以：「倦世情之易撓，乃杖策而尋山」，實乃一賦。但像〈答謝中書書〉：

山川之美，古來共談。高峰入雲，清流見底。兩岸石壁，五色交暉。青林翠竹，四時俱備。曉霧將歇，猿鳥亂鳴。夕日欲穨，沉鱗競躍。實是欲界之仙都。自康樂以來，未復有能與其奇者。

卻是六朝散文中最高的成就之一。

何遜散文，見傳者僅寥寥數篇耳，而皆工麗可喜。爲〈衡山侯與婦書〉：「心如膏火，獨夜自煎，思等流波，終朝不息」諸語，也見巧思。吳均的〈與施從事書〉、〈與朱元思書〉、〈與顧章書〉等，皆爲絕妙好辭，能以儁巧之語，狀清雋之景。像：

*　*　*

⑭ 陸倕見《梁書》卷二十七。

⑮ 《陸太常集》一卷，有《漢魏六朝百三名家集》本。

風煙俱淨，天山共色。從流飄蕩，任意東西。自富陽至桐廬一百許里，奇山異水，天下獨絕。水皆漂碧，千丈見底，游魚細石，直視無礙。……橫河上蔽，在晝猶昏。疏條交映，有時見日。

——〈與朱元思書〉

狀風光至此，直似不吃人間煙火者。這乃是：「其秀在骨」，決不會拂拭得去的。誰說六朝人只會造浮艷的文章呢？

劉氏兄弟姊妹們，幾無不能文者。劉孝綽⑯彭城安上里人，本名冉，小字阿士，繪子，爲秘書監；所作箋啓甚工⑰。劉潛⑱字孝儀，以字行，孝綽第三弟，太清初，爲明威將軍，豫章內史；在大同中，有〈彈賈執傳湛文〉，頗傳人口⑲。又劉令嫺爲孝綽第三妹，適僕射徐勉子晉安太守悱；今傳〈祭夫文〉：「雹碎春紅，霜雕夏綠。躬奉正衾，親觀啓足。一見無期，百身何贖。嗚呼哀哉！生死雖殊，情親猶一！敢遵先好，手調薑橘。素俎空乾，奠觴徒溢！」甚爲惻惻動人。

*　*　*

⑯ 劉孝綽見《梁書》卷三十三。

⑰ 《劉秘書集》有《漢魏六朝百三名家集》本。。

⑱ 劉潛見《梁書》卷四十一。

⑲ 《劉豫章集》有《漢魏六朝百三名家集》本。

劉峻[20]字孝標，初名法武，平原人。梁時爲荊州戶曹參軍，以疾去職，居東陽之紫巖山。普通二年卒（四六二—五二一），門人謚曰玄靖先生[21]。有《世說注》十卷最爲有名。《世說注》隨事見人，隨人隸事，所引之古書，今已亡佚者至多，故極爲世人所重。孝標所作散文，並皆雋妙。〈辯命論〉才情濆溢，一切歸之天命，似爲有激而言。〈廣絕交論〉則明爲任昉諸孤而作，更多悲切之音。其他書啓，亦甚動人。像〈送橘啓〉：

南中橙甘，青鳥所食。始霜之旦采之，風味照座，劈之香霧噀人。皮薄而味珍，脈不黏膚，食不留滓。甘逾萍實，冷亞冰壺。可以熏神，可以芼（ㄇㄠˋ）鮮，可以漬蜜。氈鄉之果，寧有此耶？

我們讀此，似也覺得「香霧噀人」。

王僧孺[22]東海郯人，王肅八世孫。仕齊爲唐令。梁時，嘗因事入獄。後爲南康王諮議參軍，入直兩省。普通三年卒（四六五—五二二）。僧孺才辯犀利，而名位不達，故所作每多憤激之語。當他免官，久之不調，友人盧江何炯，猶爲王府記室，乃致書於炯道：「寒蟲夕叫（ㄐㄧㄠˋ），合輕重

* * *

⑳ 劉峻見《梁書》卷五十。

㉑《劉戶曹集》一卷，有《漢魏六朝百三名家集》本。

㉒ 王僧孺見《梁書》卷三十三，《南史》卷五十九。

而同悲；秋葉晚傷，離黃紫而俱墜。蜘蛛絡幕，熠燿爭飛。故無車轍馬聲，何聞鳴雞吠犬。俯眉事妻子，舉手謝賓遊。方與飛走爲鄰，永用蓬蒿自沒。」辭意雖甚酸楚，而亦不無幾分的怨望在著，故結之以：「唯吳馮之遇夏馥，范彧之值孔嵩，愍其留賃，憐此行乞耳」云云。有文集㉓。

丘遲㉔字希範，吳興烏程人，梁時嘗爲永嘉太守，遷司徒從事中郎。天監七年卒（四六四—五〇八）。他的〈與陳伯之書〉，勸伯之來歸江南者，最爲傳誦人口。「霜露所均，不育異類。姬漢舊邦，無取雜種。此虜僭盜中原，多歷年所，惡積禍盈，理至燋爛……而將軍魚游於沸鼎之中，鷰巢於飛幕之上，不亦惑乎！」六朝人所僞託的〈李陵答蘇武書〉，或正足爲這封名札作一個答案吧。㉕

王筠㉖字元禮，一字德柔，小字養楫子。梁簡文帝時爲太子詹事。庾肩吾㉗字子慎，新野人，簡文時爲度支尚書。二人並有箋啓碑銘，爲世所傳。肩吾又著《書品》，極論書法，頗有意緒。又後梁有王琳者（《酉陽雜俎》作韋琳），明帝時爲中書舍人，嘗作〈䱉表〉（《酉陽雜俎》作〈䱉表〉），頗富滑稽之趣。

*　*　*

㉓《王左丞集》有《漢魏六朝百三名家集》本。
㉔丘遲見《梁書》卷四十九。
㉕《丘司空集》一卷，有《漢魏六朝百三名家集》本。
㉖王筠見《梁書》卷三十三。
㉗庾肩吾見《梁書》卷四十九。

六

陳承蕭梁之後，遺老的散文作家們有徐陵、沈炯、周弘讓等，稍後又有陳叔寶（後主）、江總諸人。

徐陵爲陳代文萃的寶鼎，有如梁之沈約、任昉。不僅他的詩爲時人所宗式，即其散文，也並爲當代的楷模。陵的才情甚大，自朝廷大製作，以至友朋間短札交往，無不舒卷自如，隨心點染。他初與庾信齊名，合稱徐、庾。後信被留拘北庭，不得歸來，陵遂獨爲文章老宿。信因環境艱苦，情緒遂以深邃，故所造有過於陵者。然陵也嘗於梁太清中，爲魏人所拘繫，久乃得還。陵在那個時期所作〈與齊尚書僕射楊遵彥書〉、〈在北齊與宗室書〉、〈與王僧辯書〉、〈與王吳郡僧智書〉等，莫不淒楚懷歸，情意纏惻。「遊魂已謝，非復全生，餘息空留，非爲全死。」（〈與王僧辯書〉）而〈與楊遵彥書〉慷慨陳詞，愷切備至：「山梁飲啄，非有意於籠樊；江海飛浮，本無情於鐘鼓。況吾等營魄已謝，餘息空留。悲默爲生，何能支久！……歲月如流，人生何幾！晨看旅雁，心赴江淮。昏望牽牛，情馳揚越。朝千悲而下泣，夕萬緒以迴腸。不自知其爲生，不自知其爲死也！……若一理存焉，猶希矜眷。何故期令我等必死齊都，足趙、魏之黃塵，加幽、并之片骨。遂使東平拱樹，長懷向漢之悲，西洛孤墳，恆表思鄉之夢！」那樣的沉痛的呼號，似不遜於〈哀江南賦〉。

沈炯[28]於江陵陷時，也嘗被俘入西魏，迫仕為儀同三司。紹泰中始歸國。為王僧辯所作勸進諸表，慷慨類越石諸作。而他的〈經漢武通天台為表奏陳思歸意〉：「陵雲故基，共原田而膴膴；別風餘址，帶陵阜而茫茫。羈旅縲臣，豈不落淚！」竟乞哀於故鬼，尤可悲痛[29]！清初吳偉業嘗譜此事為〈通天台雜劇〉，借古人之酒杯，澆自己之塊壘，並是血淚成書，不徒抒憤寫意而已。

陳後主叔寶，詩才甚高，書札也復不凡。他的〈與江總書悼陸瑜〉，追憶遊宴論文之樂，惜其「遽從短運。遺跡餘文，觸目增泫」，大類子桓兄弟給吳質各書。

江總的散文，今傳者不多，有〈自序〉，時人謂之實錄，惜僅存其大略。其他諸文，大都和釋氏有關。他自以為，弱歲便歸心釋教，「深悟苦空，更復練戒，運善於心，行慈於物。」齊、梁以來的作家，殆無不是如此的。

* * *

七

六朝散文，論者皆以為惟長於抒情，而於說理則短。這話是不大公允的。六朝不僅是詩人雲起的時代，且也是宗教家和衛道者最活躍的時候。在六朝的散文裡，至少宗教的辯難是要占領一個很重要的地位的。那時，自漢以來的佛教勢力，漸漸的根深柢固了。自皇帝以至平民，自詩人以至學

[28] 沈炯見《陳書》卷十九。

[29] 《沈侍中集》有《漢魏六朝百三名家集》本。

士，無不受其薰染，爲之護法。南朝的梁武帝至捨身於同泰寺。北朝的魏都洛陽，城內外寺觀之數，多至一千餘（見《洛陽伽藍記》）。但以外來的佛教，占有那麼偉大的力量，當然本土的反動是必要發生的了。漢、魏是吸收期，六朝卻因吸收已達飽和期而招致反動了。故六朝便恰正是本土的思想與佛教的思想，本土的信仰與佛教的信仰作殊死戰的時候。這場決戰的結果，原是無損於佛教的毫末。卻在中國思想史上，文學史上留下一道光明燦爛的遺跡。我們看，佛法的擁護者是有著一貫的主張，具著宗教家的熱忱的，其作戰是有條不紊的。然而本土的攻擊者，卻有些手忙足亂，東敲西擊，且總是零星散亂，不能站在一條戰線上作戰的。時而以純粹的儒家見解來攻打。時而以新生的道教信仰當作攻打的武器。時而站在國家主義的立場上，就夷教排斥論來鼓動一般人的敵愾之心。時而又發表什麼「白黑論」以宣傳道釋並善之說。總之，攻擊的陣線是散亂的，佛家的防禦卻是統一的。以一貫之旨來敵散亂之兵，當然是應付有餘的了。但在決戰的時候，雙方的搏擊卻是出之以必死之心的。其由衝突而生的火光，是如黑夜間的掣電似的，特別明亮的出現於烏漆如黑的天空，顯著異樣的絢麗。自此以後，向佛家進攻的，如持著儒家正統論的韓愈、歐陽修等，其立論之脆弱，更是不足當佛徒之一擊的了。

這種論難的最早的開始，當在於宋元嘉十二年（公元四三五年）的公布的〈白黑論〉的時候。何尚之[30]有〈列敘元嘉讚揚佛教事〉，把這次辯難的經過，說得很詳細：

* * *

[30] 何尚之見《宋書》卷六十六，《南史》卷三十。

是時，有沙門慧琳，假服僧次，而毀其法，著〈白黑論〉。衡陽太守何承天與琳比狎，雅相擊揚，著〈達性論〉。並拘滯一方，詆呵釋教。永嘉太守顏延之，太子中舍人宗炳，信法者也。檢駁二論，各萬餘言。琳等始亦往還，未抵跡乃止。炳因著〈明佛論〉以廣其宗。

今〈白黑論〉等並存於世，旨頗可知。慧琳本姓劉，秦郡秦縣人。出家住冶城寺。元嘉中，在朝廷頗有勢力。他的〈白黑論〉（即〈均善論〉），設爲白學先生和黑學道士的論辯，以「白」主中國聖人之教，「黑」主談幽冥之途，來生之化的釋教。其結論是：「夫道之以仁義者，服理以從化，帥之以勸戒者，循利而遷善。故甘辭興於有欲而滅於悟理，淡說行於大解而息於貪僞……但知六度與五教並行，信順與慈悲齊立耳。」是明持著儒釋折中論的。以沙門而發這種議論，當時護佛者自然要大譁起來了。何尚之逕稱他爲「假服僧次，而毀其法」。何承天[31]似是當時唯一表同情於他的人，他將〈白黑論〉分送朝士，力爲宣傳。他是東海郯人，宋時爲尚書祠部郎，領國子博士，遷御史中丞。元嘉二十四年，坐事免官。卒年七十八（三七〇—四四七）。他原是當代的儒學的宗師，本來對於佛教是一肚子的不滿。看見有一個釋子做出了那樣的「毀法」的文章來，自然是十二分的高興，代盡分送的義務。因此，起了很重要的反響。護法的文士，無不參加論戰。宗炳原是承天的論敵，便首起舉難。炳字少文，南陽涅陽人。義熙中，爲劉裕主簿。後入宋，屢徵皆不就。他見了〈白黑論〉，便寫幾封長信給何承天，討論此事。後又著作〈明佛論〉，大爲佛家張目。承天

* * *

[31] 何承天見《宋書》卷六十四，《南史》卷三十三。

初送〈白黑論〉給他，只是請他批評。及炳長篇大論的攻擊起來，承天也便親自出馬，與之駁難。又著〈達性論〉及〈報應問〉。〈報應問〉直攻佛家的中心的信仰，舉例證明「殺生者無惡報，爲福者無善應」。又和顏延之往復辯難。延之也是信從佛教者。連作三論，專攻承天的〈達性論〉。

同時又有范泰，王弘，鄭鮮之[32]諸人，討論「道人踞食」事。但那是佛教本身的儀式問題，沒有多大的重要性。卻也可以看出一般人對於沙門等之行動，像踞坐與以手取食等，頗爲詫怪不滿。〈白黑論〉的論戰過去了，卻又起了另一個新的論難。那便是以顧歡的〈夷夏論〉爲中心的一場論難。顧歡[33]字景怡，一字玄平，吳郡鹽官人。宋末，征爲揚州主簿，永明初，征爲太學博士，並不就。〈夷夏論〉的攻擊，較〈白黑論〉更爲明白痛快，也更爲狠惡深刻。先引道經，說明老子入天竺維衛國，因國王夫人淨妙晝寢，遂乘日精入其口中，後生爲釋迦，佛道興焉。「道則佛也，佛則道也。」然因所在地不同，故儀式有異。「今以中夏之性，效西戎之法；既不全同，又不全異。下棄妻孥，上廢宗祀……且理之可貴者道也。事之可賤者俗也。舍華效夷，義將安取。若以道邪，道固符合矣。若以俗邪，俗則大乖矣。」這場攻擊，頗爲可怕，說他基本之道，原是中國的，而儀式則大不同。以此鼓動人民愛國之心，而去排斥佛教，方法是很巧妙的。故當時此論一出，駁者便紛紛而起。若袁粲，若朱昭之，若朱廣之，若明僧紹，皆痛陳其誤，加以詳辯。和尚一方面，也有慧通、僧愍二人做文來反攻。僧愍作了〈戎華論折顧道士夷夏論〉。以〈戎華論〉來罵歡的

* * *

㉜鄭鮮之見《宋書》卷六十四，《南史》三十三。

㉝顧歡見《南史》卷七十五。

〈夷夏論〉，恰好是針鋒相對。僧愍也引經來說明老子爲大士迦葉的化身，「化緣既盡，回歸天竺，故有背關西引之邈。華人因之作《化胡經》也。」正是以矛攻盾之法。又引經說，佛據天地之中，而清導十方，「故知天竺之土是中國也。」針對歡之責以中夏之性，效西戎之法。「子出自井坂之淵，未見江湖之望矣」，以更闊大的一個世界，來駁歡的褊狹的夷、夏之別。末更醜道而揚佛，欲其革己以從佛理。確是一篇很雄辯的東西。

欲以淺薄剽竊的道教的理論，來攻擊佛教，當然是不會成功的。奉佛甚虔的沈約嘗著〈均聖論〉，闡揚佛家素食之說，以殺生爲戒，並證之以中國往古聖人「聞其聲不忍食其肉」等等事，決定「內聖外聖，義均理一」。這不是什麼很重要的文章，但因此招致了道士陶弘景的熱烈的責難。約又作了一篇〈答陶隱居難均聖論〉，便辭旨弘暢得多了。弘景之難，頗似顧歡之論，仍以「夫子自以華禮興教，何宜乃說夷法」爲責難的中心。約則偏是規避此點不談。

但當時，最重要的辨難，還不是什麼就愛國主義而立論的〈夷夏論〉，也不是什麼折衷儒佛的〈白黑論〉，眞正的決死戰，卻在於以范縝的〈神滅論〉爲中心的一場大爭鬥。范縝[34]字子眞，南鄉舞陰人。齊初爲寧蠻主簿。建武中，出爲宜都太守。天監四年，徵爲尙書左丞。坐事徙廣州。還爲中書郎，國子博士。縝的〈神滅論〉，未知作於何時。然齊的鄭鮮之已有〈神不滅論〉：「多以形神同滅，照識俱盡，夫所以然，其可言乎？」鮮之卒於元嘉四年（公元四二七年）。難道縝的此論竟作於元嘉四年以前麼？但縝的所作，在梁武帝時候（公元五〇二—五四九年），才有人紛紛的

*　*　*

[34] 范縝見《梁書》卷四十八，《南史》卷五十七。

加以駁難，甚至連梁武帝他自己也親自出馬，可見此作絕不會是八十幾年前產生的。鄭氏的〈神不滅論〉和縝的此論，當是題材的偶同，而不會有什麼因果的關係的。

佛家所持以勸人者，像因果報應，幽冥禍福等等，類皆以靈魂不滅論爲其骨幹。若人死，靈魂果即消失，則佛家所說的一切，胥皆失所附麗。從前的〈夷夏〉、〈白黑〉諸論，皆只攻其皮毛。到了范縝的〈神滅論〉，才以科學的態度，直攻其核心的觀念，欲一舉而使其土崩瓦解。當縝著論之時，正是南朝佛家最爲專覇的時代，自天子以至親王、大臣、將軍們，幾無不爲佛氏的信徒。而縝則居然冒大不韙而向之進攻，誠不能不謂之豪傑之士。惟蕭衍及其臣下們究竟還是持著寬容異端的主義的，他雖作〈敕答臣下神滅論〉，罵了縝一頓：「妄作異端，運其隔心，鼓其騰口，虛畫瘡痏，空致詆訶」，而實際上也不曾加他以重罪。縝所論的，要旨如下：

> 或問予云：神滅，何以知其滅也？答曰：神即形也，形即神也。是以形存則神存，形謝則神滅也。……神之於質，猶利之於刀；形之於用，猶刀之於利。利之名，非刀也；刀之名，非利也。然而捨利無刀，捨刀無利。未聞刀沒而利存，豈容形亡而神在！……浮屠害政，桑門蠹俗，風驚霧起，馳蕩不休。吾哀其弊，思拯其溺。……又惑以茫昧之言，懼以阿鼻之苦，誘以虛誕之辭，欣以兜率之樂。故捨逢掖，襲橫衣，廢俎豆，列瓶缽，家家棄其親愛，人人絕其嗣續。致使兵挫於行間，吏空於官府，粟罄於墮遊，貨殫於泥木。所以奸宄弗勝，頌聲尚擁，惟此之故。其流莫已，其病無限！

這論，太重要了，不僅對於佛家挑戰，實在也對一切宗教挑戰。對於當時興高采烈的佛教徒們，這正是一個當心拳。故他們見了，莫不一時失色，紛紛的出死力以駁之。只沈約一人，便作了〈形神論〉、〈神不滅論〉、〈難范縝神滅論〉等好幾篇文章。居皇帝之尊的蕭衍，也親自出馬來訓斥了范縝一頓。縝又有〈答曹思文難神滅論〉，更伸前旨。這場論辯，實在是太有趣，太重要了。當時，又有〈三破論〉出現，專攻佛而崇道。全文已不存，幸劉勰的〈滅惑論〉所引不少，尚可見其大要。〈三破〉所論，與〈夷夏論〉鮮殊，彥和所駁，也不過佛家常談，故無甚重要。

與顧歡約同時的，有張融，以作〈門律致書周顒等諸遊生〉，力言佛家攻道之非。「吾見道士與道人戰儒墨，道人與道士獄是非。昔有鴻飛天道，積遠難亮。越人以為鳧，楚人以為燕。人自楚、越耳，鴻常一鴻乎！」他持著佛、道調和論，以為其本則一，其源則通。這已是道家的防禦戰，而非攻擊戰了。但他的論敵周顒則窮追不已，力擁佛而攻道。他以為非道則佛，不宜持兩端。「道佛兩殊，非鳧則燕，唯足下所宗之本，一物為鴻耳。」此言殊足以破佛道調和論之堅壘。（顒有〈答張融書難門律〉及〈重答張融書難門律〉。）

如此紛紜的論戰，大約要到梁代的後半葉方才告了滅熄。其所以滅熄之故，半因佛家勢力的一天天的膨脹，半也因皇家的熱心護法，足以緘止攻擊者之口。

八

於關於佛家的論難以外，六朝也不是沒有其他的名著。像葛洪的《抱朴子》，蕭繹的《金樓子》，都是很重要的巨作。

葛洪[35]字稚川，丹陽句容人。晉惠帝時，吳興太守顧秘檄爲將兵都尉，遷伏波將軍。元帝時，以功封關內侯，後選爲散騎常侍，領大著作。固辭，求爲句漏令。卒年八十一。他是一位很奇怪的人物，既是儒生，又是道士式的官僚，頗以神仙服食爲務。其求爲句漏令，蓋即以其地多出丹砂。他的《抱朴子》[36]，有內篇，有外篇。內篇言黃白之事，外篇則爲「駁難通釋」之文。今內外二篇存者頗多。外篇諸文，尤爲後人所傳誦。如〈勖學〉、〈崇教〉、〈君道〉、〈臣節〉、〈貴賢〉、〈任能〉、〈欽士〉、〈用刑〉、〈擢才〉以至〈酒誡〉、〈疾謬〉、〈刺驕〉、〈安貧〉、〈文行〉、〈彈禰〉等等皆是儒家之言，並異方士之術。而〈詰鮑〉一文，專攻鮑敬言老、莊式的議論，其立場也是站在純粹的儒學之上的。由此看來，他似是有兩重人格的。著《抱朴子》內篇的是一位葛洪，作外篇的，又是另一位葛洪。前一位是道人，是術士，後一位卻似可列入文、武、周公、孔子的道統表裡的純粹的儒者。

蕭繹（梁元帝）的《金樓子》[37]，自〈興王〉至〈自序〉凡十四篇，其中以有關文章者爲多，如〈聚書〉、〈立言〉、〈著書〉等皆是。惟往往多及往古之事，如〈興王〉便敘古帝王事，〈志怪〉便敘天地間怪異之事，大似張華的《博物志》，聚瑣屑的雜事而爲之整理歸類。並不是有一貫的主張，有堅固的壁壘，像《抱朴子》等的。但其中保存古代神話傳說不少，頗可供我們的研究。

* * *

[35] 葛洪見《晉書》卷七十二。

[36]《抱朴子》，有明刊本，《平津館叢書》本，《百子全書》本，《四部叢刊》本。

[37]《金樓子》，有《知不足齋叢書》本，《百子全書》本。

九

最後，還要一敘那時代的關於歷史的著作。六朝人士們，著作史書的勇氣與興致都甚高。故《晉書》之作，前後共有十八家之多。像王隱、虞預、朱鳳、何法盛、謝靈運、臧榮緒、沈約諸人皆有一家的著作。沈約又著《宋書》，至今尚傳於世。又有范曄者，著《後漢書》，也成爲最後的一個定本。裴松之則爲陳壽的《三國志》作注，賅博淵深，至今猶爲尋輯古代佚書的寶庫之一。

蕭衍嘗集儒士們著作《通史》，規模極爲偉大，當是合力的史書的最早之一部，可惜今已不傳了。

參考書目

一、《全上古六朝文》，清嚴可均輯，有黃岡王氏刊本，有醫學書局石印本。

二、《漢魏六朝百三名家集》，明張溥輯，有明刊本，有清長沙翻刊本，有石印本。

三、《弘明集》，唐釋僧佑編，有《大藏經》本，有《四部叢刊》本，有金陵新刻本。

四、《廣弘明集》，唐釋道宣編，有《大藏經》本，有《四部叢刊》本，有金陵新刻本。

五、《百子全書》，有湖北書局刻本，有掃葉山房石印本。

第二十二章　北朝的文學

北朝文學的開始——北地漢人地位的低下——北朝文學深受南朝的影響——北魏的文士們：溫子昇邢邵及魏收——北齊的才人們：顏之推陽休之等——《顏氏家訓》——陽俊之的《陽五伴侶》——保持著異國情調之文士們：拓拔勰高昂——無名氏的〈敕勒歌〉與〈楊白花〉——由南朝入周的文士們：王褒庾信——〈哀江南賦〉——為北地光榮的兩部不朽名著：《洛陽伽藍記》與《水經注》

一

所謂北朝文學，是指相當於南方的東晉、宋、齊、梁、陳諸朝的北地的文學而言。李延壽《北史》，始於魏道武帝登國元年（公元三八六年，即南朝晉孝武帝太元十一年），終於隋義寧二年（公元六一八年）。但我們所謂「北朝」，卻要開始於南北朝對峙的第一年，即晉愍帝被劉聰所殺的第二年，也即晉元帝即皇帝位於金陵的那一年（東晉太興元年，公元三一八年）。其終止，則在隋文帝開皇九年（公元五八九年）滅南朝的陳而統一南北的時候。這其間，共二百七十二年。在

這二百七十餘年的時代，南方是，正邁開大步，向純文學的一條路走去。北地的文壇是怎樣的呢？除上文所述的爲北國之光的佛教翻譯文學及佛教故事集以外，還有的是什麼呢？這便是本章所要述的。

從晉惠帝的時候，所謂五胡亂華的時代起，北方的天下，便沒有一天安寧過。長安陷落了，晉愍帝被劉聰所殺了，司馬睿和許多世族都逃到南方來，倚長江的天塹以爲固。北地的江山，千年來的帝王之都，便棄擲給許多少數民族的武士們，任他們在那裡彼此吞併，互相殘殺。中間南朝也曾有過數次的恢復故都運動，像桓溫、謝安、劉裕之所爲，然不久也仍然不得不放棄不顧。北方的大殘殺，到了各個不同民族的新國盡爲北魏所破滅（公元四四〇年）的時候，方才宣告停止。在這一年（即宋文帝元嘉十七年），方才是眞正的成爲南北二朝的對立。到了梁武帝大同元年（公元五三五年），北魏又分爲東、西二朝。後東魏被禪代而成爲北齊，西魏也被禪代而稱爲後周。到了陳宣帝太建九年（公元五七七年）北齊爲後周所滅，北朝方復統一。在這樣的兩個世紀半的時間裡，北地是那樣的多難！在這樣多難的一個時代裡，純文學當然是不易產生。所以北朝的文學，遠不及比較安靜的南朝那樣的蓬勃有活氣。

再者，還有一個重要的原因，使她不能產生什麼偉大作品來，那便是：無論是秦（苻氏），是涼，是魏（拓跋氏），是周（宇文氏），是齊（高氏），卻沒有一個不是不大通漢文的少數民族，不是以馬上的征戰爲生涯的。他們不大懂得漢字，更不會寫什麼雅麗的文學的著作。至於本土的漢人呢，終年的被蹂躪在少數民族的鐵蹄之下，又誰有閒情逸致來寫作什麼！顏之推的《顏氏家訓》裡，有一段極沉痛的話：

齊朝有一士大夫，嘗謂吾曰：「我有一兒，年已十七，頗曉書疏。教其鮮卑語及彈琵琶，稍欲通解。以此伏事公卿，無不寵愛，亦要事也。」吾時俯而不答。

——〈教子篇〉

那時漢人的地位是如何的可憐！又崔浩以修魏史，觸怒魏人，至被夷三族。漢人哪裡還有絲毫的什麼自由呢！以此，在北朝的初期，差不多是沒有什麼文學可談的，除了宗教的譯作以外。

到了稍後的時候，那些少數民族沉浸於漢人的文化中，漸漸的長久了，獷厲的性質，便也漸漸的變更過來，知道重文好士，文網也較寬。於是南方的文學潮流，便排闥登堂的輸入北國去了。就實際上說來，除了極少數的例外，北地的文學和南朝的是沒有多大的區別的。後王褒、庾信，又相繼的入仕於周，更煽動了北人的欣艷之心。所以遠在南北朝的政治上的統一以前，他們的文學是早已統一的了。

二

《北史．文苑傳》所述文士，始於許謙、崔宏、崔浩、高允、高閭、游雅及袁翻、常景等，後則有袁躍、裴敬憲、盧觀、邢臧、裴伯茂、孫彥舉、溫子昇諸人。視子昇較後者，則有邢邵、魏收二人。諸人所作，類似南朝，鮮見自立。例如，邢邵雅慕沈約，魏收則竊任昉。

溫子昇[①]字鵬舉，自云太原人，晉溫嶠之後。嘗作〈侯山祠堂碑文〉，爲常景所賞。梁使張皐，寫子昇文筆，傳於江外。梁武稱之曰：「曹植、陸機，復生於北土。」王暉業也說：「我子昇足以陵顏轢謝，含任吐沈。」他的詩，像「光風動春樹，丹霞起暮陰」（〈春日臨池〉），「素蝶向林飛，紅花逐風散；花蝶俱不息，紅素還相亂」（〈詠花蝶〉），都是南歌，看不出一點的北國的氣息出來[②]。

邢卲[③]字子才，河間鄚人。十歲便能屬文。雅有才思，聰明強記。年未二十，名動衣冠。既參朝列，屬掌文誥。與溫子昇同稱「溫、邢」。子昇死，又並魏收，稱爲「邢、魏」。高氏禪代後，邢卲即仕齊。他的樂府，像〈思公子〉：

綺羅日減帶，桃李無顏色。思君君未歸，歸來豈相識？

宛然是齊、梁風度[④]。

*　　*　　*

①溫子昇見《魏書》卷八十五，《北史》卷八十三。

②《溫侍讀集》一卷，有《漢魏六朝百三名家集》本。

③邢卲見《北齊書》卷三十六。

④《邢特進集》一卷，有《漢魏六朝百三名家集》本。

魏收⑤字伯起，小字佛助，鉅鹿下曲陽人。與邢子才並以文章顯，世稱「大邢小魏」。收於子才爲後輩，然時與之爭名。議論更相訾毀，各有朋黨。收每陋邵文。邵卻說：「江南任昉，文體本疏。魏收非直模擬，亦大偷竊。」收聞之，乃道：「伊常於沈約集中作賊，何意道我偷任！」斯可見二人的所好。收嘗奉詔爲《魏書》，是非頗失實，衆口讙然，號爲穢史。入齊後，爲光祿大夫尚書右僕射特進。收頗無行，在京洛輕薄尤甚，人號爲「驚蛺蝶」。齊武平三年卒⑥。

北齊受魏禪，文章之士，於先代的邢、魏外，復有祖鴻勳、李廣、劉逖、顏之推諸人，而之推爲尤著。又有陽休之，詩名也甚著。

顏之推⑦字介，琅玡臨沂人，博覽群書，無不該洽。自梁入齊。河清末，被舉爲趙州功曹參軍，後除司徒錄事參軍。累遷中書舍人。齊亡，入周。隋開皇中，太子召爲學士，甚見禮重。尋以疾終。之推有〈觀我生賦〉，文致清遠。而其不朽，則在《家訓》⑧一書。《家訓》凡二十篇，自〈序致〉、〈教子〉、〈文章〉、〈養生〉以至〈雜藝〉無所不談。以澹樸的文辭，或述其感想，或敘狀前代或當時的故事，或評騭人物及文章，其親切懇摯，有若面談，亦往往因此而多通俗的見解，平庸的議論。像〈文章篇〉中的一段云：

* * *

⑤ 魏收見《北齊書》卷三十七。

⑥ 《魏特進集》一卷，有《漢魏六朝百三名家集》本。

⑦ 顏之推見《北齊書》卷四十五。

⑧ 《顏氏家訓》，有《百子全書》本，抱經堂本，《知不足齋叢書》本。

> 江南文制，欲人彈射。知有病累，隨即改之。陳王得之於丁廙也。山東風俗，不通擊難。吾初入鄴，遂嘗以此忤人，至今爲悔。汝曹必無輕議也。

充分的可以看出一位謹愼小心，多經驗，怕得罪人的老官僚的口氣來。

陽休之，字子烈，北平無終人。初仕魏，爲給事黃門侍郎。入齊，遷吏部尙書左僕射。周平齊，休之又被任爲和州刺史。至隋開皇間始罷任，終於洛陽。休之有詩名，頗得齊、梁風趣，像〈秋〉詩：

> 月照前窗竹，露濕後園薇。夜螢扶砌響，輕蛾繞燭飛。

休之弟俊之，當文襄時，多作六言。「歌辭淫蕩而拙。」世俗流傳，名爲《陽五伴侶》，寫而賣之，在市不絕。俊之嘗過市取而改之，言其字誤。賣書的人道：「陽五古之賢人，作此《伴侶》；君何所知，敢輕議論！」俊之大喜。後待詔文林館。自言有文集十卷，「家兄亦不知吾是才士也。」可惜俊之的六言，今已不傳一字，不知其風格究竟如何。惟既已成爲通俗文體，而流行於市井間，則其作風，必與當時文士有所不同。史稱其「歌辭淫蕩而拙」，或是用當時流行的北方的民歌體而寫的吧。〈子夜〉、〈讀曲〉，獨傳南國，而北地的《陽五伴侶》則絕跡不見，殊是憾事！

三

惟在齊、梁風尚彌漫著的北地文學裡，保持著北人的剛健的風格者，也未嘗沒有其人。像拓拔勰的〈應制賦銅鞮山松〉：

問松林：松林經幾冬？山川何如昔？風雲與古同？

這是南朝詩裡所未嘗有的一種豪邁悲壯的風度。雖只是寥寥的十餘字，卻勝似一篇纏綿悱惻的長賦。勰爲魏獻文帝第六子，宣武帝時爲高肇讒構所殺。後其子孝莊帝嗣統，追尊他爲文穆皇帝。又像高昂的〈征行詩〉：

壟種千口牛，泉連百壺酒。朝朝圍山獵，夜夜迎新婦。

還不是遊牧民族的一幅行樂圖麼？正如無名氏的〈敕勒歌〉：

敕勒川，陰山下，天似穹廬，籠蓋四野。天蒼蒼，野茫茫，風吹草低見牛羊。

同樣的爲占據中原的少數民族所遺留給我們的最好的詩歌。其中是充滿了「異國」的風趣的。昂字敫曹，北海蓨人。齊神武起，昂傾意附之。除侍中司徒，兼西南道都督。他雖是武士，卻酷好爲詩，雅有情致，爲時人所稱。

拓跋諏的兒子子攸（孝莊帝），被爾朱榮立爲帝，改元永安。後爲爾朱兆所殺，年二十四。他的〈臨終詩〉：「權去生道促，憂來死路長。懷恨出國門，含悲入鬼鄉」云云，是殊爲淒惻動人的。

還有無名氏的一篇〈楊白花〉，相傳爲魏胡太后思楊華之作。華投梁後，太后追思他不能已，作此歌，使宮人連臂踏足歌之，聲甚淒婉；

陽春二三月，楊柳齊作花。春風一夜入閨闥，楊花飄盪落南家。含情出户腳無力，拾得楊花淚沾臆。秋去春還雙燕子，願銜楊花入窠裡。

這歌，和〈子夜〉、〈讀曲〉的調子是顯然有異的。雖因了南北之隔，華夷之別，而北人之作與南國不同者，僅此寥寥數曲而已。

四

當梁元帝時（公元五五二—五五四年），庾信、王褒相繼爲北人所羈，所擄，遂留於北方不歸。在北地，他們二人發生過不少的影響。庾信初嘗聘東魏，文章辭令，盛爲鄴下所稱。還爲東宮學士。侯景之亂，信奔江陵。元帝時，奉使於周。遂被羈留長安，不得歸。屢膺顯秩，拜洛州刺史。陳、周通好，南北流寓之士，各許還其舊國。陳氏乃請王褒及信等數十人。周人唯放王克、殷不害等。信及褒並留而不遣。遂終於北方。⑨

王褒之入北方，事在梁元帝承聖三年（公元五五四年），較庾信爲略後。是年，周師征江陵，元帝授褒都督城西諸軍事。軍敗，從元帝出降。同時北去者還有王克、劉瑴（ㄐㄩㄝˊ）、宗懍、殷不害等數十人。他們到長安時，周太祖喜道：「昔平吳之利，二陸而已。今定楚之功，群賢畢至，可謂過之！」後爲宣州刺史。⑩

這二人所作，原是齊、梁的正體，然到了北地之後，作風卻俱大變了。由浮艷變到沉鬱，由虛誇變到深刻，由泛泛的駢語，變到言必有物的美文。因此，庾、王在公元五五四年後之作，遂在齊、梁體中，達到了一個未之前有的最高的成就。像那樣的又深摯又美艷的作風，是六朝所絕罕見的。我們看子山的〈擬詠懷〉：

> 楚材稱晉用，秦臣即趙冠。離宮延子產，羈旅接陳完。寓衛非所寓，安齊獨未安。雪泣悲去魯，淒然憶相韓。唯彼窮途慟，知余行路難。
>
> 懷抱獨惛惛，平生何所論。由來千種意，併是桃花源。穀皮兩書帙，壺盧一酒樽。自知費天下，也復何足言！

* * *

⑨《庾信集》，有《漢魏六朝百三名家集》本，汪士賢刊本，《四部叢刊》本。

⑩《王褒集》，有《漢魏六朝百三名家集》本。

以及「涸鮒常思水，驚飛每失林」，「倡家遭強娉，質子值仍留」，「不特貧謝富。安知死羨生」，「楚歌饒恨曲，南風多死聲」，「其面雖可熱，其心長自寒」（以上並〈擬詠懷〉中句），「胡塵幾日應盡，漢月何時更圓」（〈怨歌行〉），「値熱花無氣，逢風水不平」（〈慨然成詠〉）等等，並是很露骨的悲怨所積的憤辭！處在這樣的一個逆境之下，當然所作會和酒酣耳熱，流連光景的時候的愉辭大爲不同。他的〈哀江南賦〉，尤爲一代絕作。家國之思，身世之感，胥奔湊於腕下，故遂滔滔不能自已。和僅僅弔古或詠懷之作，其胸襟之大小是頗爲不相牟的。其〈序〉云：「燕歌遠別，悲不自勝。楚老相逢，泣將何及。畏南山之雨，忽踐秦庭。讓東海之濱，遂餐周粟。下亭漂泊，皋橋羈旅。燕歌非取樂之方，魯酒無忘憂之用。追爲此賦，聊以記言。不無危苦之詞，唯以悲哀爲主。日暮途窮，人間何世！」被羈而見亡國之痛，充耳唯聞異國之音，能不「淒愴傷心」麼？環境迫得子山不得不腆顏事敵。這使他竟有「安知死羨生」之嘆。然這種悲憤的歌聲，卻使他的後半生的所作，較之一般齊、梁之什，都更爲偉大了！生丁百凶，僅得造成一大詩人，亦可哀已！

王褒入周後所作，與子山有同調。這緣環境相同，心聲遂亦無歧。像褒的〈渡河北〉（《苑詩類選》作范雲詩，非）。

秋風吹木葉，還似洞庭波。常山臨代郡，亭障繞黃河。心悲異方樂，腸斷〈隴頭歌〉。薄暮臨征馬，失道北山阿。

以及「寂寞灰心盡，摧殘生意餘」（〈和殷廷尉歲暮〉），「猶持漢使節，尙服楚臣冠；飛蓬去不已，客思漸無端」（〈贈周處士〉）等，還不是和子山「其心長自寒」之語相類麼？當汝南周弘正自陳聘周時，周帝許褒等通親知音問。褒贈弘正弟弘讓詩，並致書道：「嗣宗窮途，楊朱歧路。征蓬長逝，流水不歸。舒慘殊方，炎涼異節。……還念生涯，繁憂總集。視陰愒日，猶趙孟之徂年；負杖行吟，同劉琨之積慘。河陽北臨，空思鞏縣，霸陵南望，還見長安。所冀書生之魂，來依舊壤，射聲之鬼，無恨他鄉。白雲在天，長離別矣！」像這樣的情調，是六朝的不幸的人士們所常執持著的。為什麼在六朝會造作出許多李陵、蘇武的故事，以及把許多古詩都歸在蘇、李名下，還要僞作什麼〈李陵答蘇武書〉之類，大約都不是沒有意義的吧！那些心抱難言之痛的士大夫們，以今比古，便不得不有「李陵從此去」（庾信詩）的寄託的文章。被陷在同樣環境之下的士大夫們，從五胡之亂以後起，蓋不僅庾信、王褒等區區可指數的若干人而已！

五

爲北朝文學之光榮者，在散文一方面，還有兩部不朽的名著，即《洛陽伽藍記》與《水經注》者是。

《洛陽伽藍記》[11]爲後魏楊衒之作。衒之，一姓羊，北平人。魏末爲撫軍府司馬，歷秘書監，出爲期城太守。齊天保中（公元五五〇—五五九年）卒於官。這是一部偉大的史書。雖說是記載洛

* * *

⑪《洛陽伽藍記》，有明如隱堂刊本，《大藏經》本，武進董氏新刊本。《學津討源》諸叢書中也有之。

陽城中的廟宇，而魏代的興亡，於此亦可見之。其中，包含著無數的悲劇，無數的可泣可歌的資料。少數民族的人物在此古老的都城裡所幹的殘殺、祈禱等等的玩意兒，無不被捉入這書中；而又用了輕儁可喜的文字來描寫，來敘狀，益使這書成了一部文學的史籍。這書共五卷。在第五卷裡，所節錄的宋雲西行求法的記載，乃是佛教史中重要的史料之一，且又和西陲及印度的歷史有大關係。衒之著作此書，大約在武定之末（公元五四七—五四九年），他自序道：「武定五年，歲在丁卯（公元五四七年），余因行役，重覽洛陽。城郭崩毀，宮室傾覆，寺觀灰燼，廟塔坵墟。牆被蒿艾，巷羅荊棘。野獸穴於荒階，山鳥巢於庭樹。遊兒牧豎，躑躅於九逵，農夫耕稼，藝黍於雙闕。麥秀之感，非獨殷墟；黍離之悲，信哉周室！京城表裡凡有一千餘寺。今日寥廓，鐘聲罕聞，恐後世無傳，故撰斯記。」然其涉筆所及，又不獨在記述廟觀而已。

《水經注》[12]為後魏酈道元作。道元[13]字善長，范陽人，官御史中尉。所注《水經》，凡四十卷，繁徵博引，逸趣橫生，一洗漢、魏人注書的積習。其實他這書已是超出「注」的範圍以外。凡於一水經流之地，必考其故實，述其逸聞。古代之神話與傳說，往往賴以保存。正如希臘樸桑尼（Pausanias）氏之《希臘遊記》（Description of Greece），其所保存的各地的傳說，竟成為今代

*　*　*

⑫《水經注》，有明朱謀瑋刊本，戴震校注本，楊希閔枝注本。最近在《永樂大典》「水」字殘本數冊中，發現《水經注》全部，半在涵芬樓，半在北平李玄伯處，已為合浦之珠，將謀印行，不幸涵芬被焚，此事遂不得實現。（《大典》本足補正明清人刊本之闕誤不少。）

⑬酈道元見《魏書》卷八十九。

研究民俗學、神話學之寶庫。然酈氏之作，更有較樸桑尼氏之作爲尤偉大處。《希臘遊記》只是乾燥的旅行記載，而酈氏的《水經注》則爲肌體豐腴的絕妙之文學作品。凡所狀寫，無不精妙。而於寫景描聲，尤爲擅長。在一切文學史中，以注「古書」而其注的自身成爲絕好之不朽名著者，此書而外，似無第二部。像他注《水經》的「清水出河內修武縣之北黑山」一句云：

黑山在縣北白鹿山東，清水所出也。上承諸陂散泉，積以成川，南流，東南屈。瀑布乘岩，懸河注壑，二十餘丈，雷赴之聲，震動山谷。左右石壁層深，獸跡不交。隍中散水霧合，視不見底。南峰北嶺，多結禪棲之士，東岩西谷，又是刹靈之圖。竹柏之懷，與神心妙遠，仁智之性，共山水效深，更爲勝處也。其水歷澗飛流，清冷洞觀，謂之清水矣。……

即柳宗元最佳之記遊小品，即不過是。注中似此之處，更是應接不暇，且又絕少雷同之文。作者之筆力誠可稱是：舒卷自如，重過千鈞。

■參考書目

一、《北史》，唐李延壽撰，有《二十四史》本。
二、《魏書》，北齊魏收撰，有《二十四史》本。
三、《北齊書》，唐李百藥撰，有《二十四史》本。
四、《周書》，唐令狐德棻撰，有《二十四史》本。
五、《古詩紀》，明馮惟訥編，有明刊本。
六、《全漢三國晉南北朝詩》，丁福保編，有醫學書局鉛印本。
七、《漢魏六朝百三名家集》，明張溥編，有明刊本，有清長沙復刊本。
八、《全上古三代秦漢三國六朝文》，清嚴可均輯，有黃岡王氏刊本，有醫學書局石印本。

第二十三章　隋及唐初文學

隋及唐初文學皆受梁陳的影響——南朝文士北上者之多——隋的詩壇——詩人的楊廣——北方詩人：薛道衡盧思道及李德林——楊素與孫萬壽——南朝的降臣們：王冑及許善心等——唐初的詩壇——陳隋的遺老們：許敬宗等——長孫無忌李義府與上官儀——魏徵——王績——初唐四傑：王楊盧駱——白話詩人王梵志——隋及唐初的散文——玄奘的翻譯工作——《大唐西域記》

一

從庾信、王褒入周以後，北朝的文學起了一個很大的變動。幾乎是自居於六朝風尚的「化外」的北周與北齊的文壇，登時發生了一個大改革，把他們自已擲身到時代的潮流之中，而成爲六朝文學運動中的北方的支流。到了隋文帝開皇九年（公元五八九年），南朝的陳，爲隋兵所滅，自後主陳叔寶以下諸文臣學士，皆北徙。於是跟隨了南北朝的統一，而文壇也便統一了。在隋代的三十四年間（五八一——六一八）差不多沒有什麼新的樹立。從煬帝楊廣以下，全都是無條件的承襲了梁、陳的文風的。李淵禪代（公元六一八年）之後，情形還是不變。唐初的文士們，不僅大多數是由隋入唐的，且也半是從前由陳北徙的；像傅奕、歐陽詢、褚亮、蕭德言、姚思廉、虞世南、李百藥、陳叔達、孔穎達、溫彥博、顏師古諸人，莫不皆然。當然，那時文壇的風氣是不會有什麼丕變的。及王、楊、盧、駱的四傑出現，唐代的文學，始現出從自身放射出的光芒來。但王、楊、盧、駱諸人，與其說是改變了六朝的風尙，還不如說是更進展的把六朝的風尙更深刻化，更精密化，更普及化了。他們不是六朝文學的改革者，而是變本加厲地把六朝文學的勢力與影響更加擴大了的。他們承襲了六朝文學的一切，咀嚼了之後，更精練的吐了出來。他們引導了、開始了「律詩」的時代。在他們的時候，倩妍的短曲，像〈子夜〉、〈讀曲〉之流是不見了；梁、陳的別一新體，像「沙飛朝似幕，雲起夜疑城」（梁簡文帝），「白雲浮海際，明月落河濱」（吳均），「終南雲影落，渭北雨聲多」（江總）之流，卻更具體的成爲流行的詩格。這便啓示著「律詩時代」的到來。在這一方面，所謂「四傑」的努力是不能忘記的。

二

先講詩壇的情形。隋代的詩壇，全受梁、陳的餘光所照，既如上文所述。陳叔達、許善心，王胄以及虞世基、世南兄弟，皆爲由陳入隋者。北土的詩人們，像盧思道、薛道衡等也全都受梁、陳的影響。當時的文學的東道主，像帝王的楊廣，大臣的楊素，也都善於爲文。楊廣的天才尤高，所作艷曲，上可追梁代三帝，下亦能比肩陳家後主。

楊廣[①]爲文帝楊堅第二子。弘農郡華陰人。開皇元年（公元五八一年），立爲晉王。後堅廢太子勇，立廣爲太子。又五年，殺堅自立。在位十二年。爲政好大喜功，且溺於淫樂，天下大亂遂起。廣幸揚州，爲宇文化及所殺。廣雖不是一個很高明的政治家，卻是一位絕好的詩人，正和陳、李二後主，宋的徽宗一樣，而其運命也頗相同。他雖是北人，所作卻可雄視南士。薛、盧之流，自然更不易與他追蹤逐北。像他的〈悲秋〉：

故年秋始去，今年秋復來。露濃山氣冷，風急蟬聲哀。鳥擊初移樹，魚寒欲隱苔。斷霧時通日，殘雲尚作雷。

又像他的〈春江花月夜〉：

暮江平不動，春花滿正開。流波將月去，潮水共星來。

都是置之梁祖、簡文諸集中而不能辨的。又有「寒鴉飛數點，流水繞孤村」的數語，曾爲秦觀取入詞中，成爲「絕妙好辭」。惜全篇已不能有。[②]

* * *

① 楊廣見《隋書》卷四及卷五。
② 見《鐵圍山叢談》。

有了這樣的一位文學的東道主在那裡，隋代文學，當然是很不枯窘的了。相傳廣妒心甚重，頗不欲人出其上。薛道衡初作〈昔昔鹽〉，有「暗牖懸蛛網，空梁落燕泥」語，及廣殺之，乃說道：「還能作『空梁落燕泥』語否？」此事未必可信。「空梁落燕泥」一語，並不見如何高妙，〈昔昔鹽〉全篇，更爲不稱。廣又何至忮刻至此呢。

薛道衡[③]字玄卿，河東汾陰人。少孤，專精好學，甚著才名。爲齊尚書左外兵郎。齊亡，又歷仕周、隋。楊廣頗不悅之。不久，便以論時政見殺（五四〇—六〇九）。有集三十卷[④]。江東向來看不起北人所作，然道衡所作，南人往往吟誦。像他的〈人日思歸〉：

入春才七日，離家已二年。人歸落雁後，思發在花前。

頗不愧爲短詩的上駟。

＊　＊　＊

與道衡同時有聲並歷諸朝者，爲盧思道[⑤]及李德林[⑥]。德林字公輔，博陵安平人。初仕齊，後又歷仕周、隋。後出爲湖州刺史。有集。德林詩傳者甚少。思道，字子行，范陽人，聰爽有才辯。

③ 薛道衡見《隋書》卷五十七。
④《道衡集》見張溥輯的《漢魏六朝百三名家集》中。
⑤ 盧思道見《隋書》卷五十七。
⑥ 李德林見《隋書》卷四十二。

也歷仕齊、周、隋三朝。開皇間爲散騎侍郎。有集。思道所作，情思頗爲寥落。此二人俱並道衡而不及。

在北人裡，較有才情者還要算是一位不甚以詩人著稱的楊素。素[7]字處道，弘農華陰人。仕周，以平齊功，封成安縣公。楊堅受禪，加上柱國，進封越國公。大業初，拜太師，改封楚公。有集。他的詩，像：「日出遠岫明，鳥散空林寂」（〈山齋獨坐〉）諸語，還不脫齊、梁風格。至於〈贈薛播州十四首〉，中如：

北風吹故林，秋聲不可聽。雁飛窮海寒，鶴唳霜皋淨。含毫心未傳，聞音路猶敻。唯有孤城月，裴徊獨臨映。弔影余自憐，安知我疲病。

便非齊、梁所得範圍的了。殆足以上繼嗣宗，下開子昂。《北史》謂：「素嘗以五言詩七百字贈播州刺史薛道衡。詞氣穎拔，風韻秀上，爲一時盛作。未幾而卒（？—六〇六）。道衡曰：『人之將死，其言也善，若是乎！』」

又有孫萬壽字仙期，信都武強人。在齊爲奉朝請。楊堅爲帝時，滕穆王引爲文學。坐衣冠不整，配防江南。宇文述召典軍事，鬱鬱不得志。爲五言詩寄京邑知友，有：「如何載筆士，翻作負戈人！飄搖如木偶，棄置同芻狗。失路乃西浮，非狂亦東走」語，盛爲當世吟誦。天下好事者，多

*　*　*

⑦ 楊素見《隋書》卷四十八。

書壁而玩之。後歸鄉里，爲齊王文學。終於大理司直。他所作亦多北人勁秀之氣，直吐憤鬱，不屑做兒女之態，像〈東歸在路率爾成詠〉：

> 學宦兩無成，歸心自不平。故鄉尚千里，山秋猿夜鳴。人愁慘雲色，客意慣風聲。羇恨雖多緒，俱是一傷情。

又孔紹安，大業末爲監察御史，與萬壽齊名。後入唐爲秘書監。他的〈落葉〉：「早秋驚落葉，飄零似客心。翻飛未肯下，猶言惜故林」，頗具有深遠之意。

開皇九年（公元五八九年），是隋文學上很可紀念的一年。政治上成就了南北的統一，結束了二百七十餘年（三一七—五八九）的南北對峙的局面，而文壇上爲了南朝的降王降臣的來臨，更增加了活氣不少。

陳後主叔寶到了北朝以後。是否仍然繼續從前的努力，我們無從知道。即使還未放棄了創作的生活，其風格當也仍是不曾變動過。我們在他的集裡，看不出一點過著降王的生活後的影子。他死於仁壽四年（公元六〇四年），離開他的被俘，已是十六年之久了。相傳他和楊廣交甚厚。或者不至於過著「以眼淚洗面」的生活吧。叔寶的弟叔達也是因了這個政治上的統一而由南北上者。叔達字子聰，陳宣帝第十六子。年十餘歲，援筆便成詩，徐陵甚奇之。入隋爲絳郡通守。後又降李淵。貞觀中拜禮部尚書。他的詩是徹頭徹尾的梁、陳派，與他哥哥一樣，惟天才較差。

同在這一年北上的，有王胄、虞世基[8]、世南兄弟。王胄字承基，琅琊臨沂人，仕陳爲東陽王文學。入隋爲學士。以與楊玄感交遊，坐誅。虞世基字茂世，會稽餘姚人。仕陳爲尙書左丞。入隋，楊廣深愛厚之。宇文化及殺廣時，世基也遇害。其弟世南字伯施，與兄同入隋，時人以方二陸。大業中官秘書郎。後入唐，累官秘書監。

許善心，雖不是一位被俘的降人，卻也是一位庾、王似的南人留北者。他字務本，高陽北新城人。陳禎明二年，以通直散騎常侍，聘於隋。爲隋所留，縶賓館。及陳亡，哀服號哭。後乃拜官。楊廣被殺時，善心也同時遇害。

這幾個人的詩，風格都不甚相殊，可以王胄的〈棗下何纂纂〉爲代表：

御柳長條翠，宮槐細葉開。還得聞春曲，便逐鳥聲來。

三

所謂初唐的詩壇，相當於李淵及其後的三主的時代，即自武德元年到弘道元年的六十餘年（六一八—六八三）間。開始於陳、隋遺老的遺響，終止於王、楊、盧、駱四傑的鷹揚。這其間頗有些可述的。當武德初，李世民與其兄建成、弟元吉爭位相傾。各延攬儒士，以張勢力。世民於秦

* * *

⑧ 虞世基見《隋書》卷六十七。

邸開文學館，召杜如晦、房玄齡、于志寧、蘇世長、薛收、褚亮，姚思廉、陸德明、孔穎達、李道玄、李守素、虞世南、蔡允恭、顏相時、許敬宗、薛元敬、蓋文達、蘇勖等十八人爲學士，時號十八學士。及他殺建成、元吉後，太子及齊王二邸中的豪彥，也並集於朝。世民他自己也好作「艷詩」。當時的風尚，全無殊於隋代。詩人之著者，像陳叔達、虞世南、歐陽詢、李百藥、杜之松、許敬宗、褚亮、蔡允恭、楊師道諸人皆是由隋入唐的。此外還有長孫無忌、李義府、上官儀、魏徵、王績諸人，一時並作，詩壇的情形是頗爲熱鬧的。王績尤爲特立不群的雄豪。

歐陽詢[9]字信平，潭州臨湘人，仕隋爲太常博士。入唐，撰《藝文類聚》，甚有名。官至太子率更令。李百藥[10]字重規，德林子，七歲能屬文，時號奇童。隋時爲太子通事舍人。入唐，拜中書舍人。曾著《齊史》。百藥藻思沉鬱，尤長五言，雖樵童牧子亦皆吟諷。像〈詠蟬〉：

清心自飲露，哀響乍吟風。未上華冠側，先驚翳葉中。

已宛然是沈、宋體的絕句了。杜之松，博陵曲阿人，隋起居舍人。貞觀中爲河中刺史。與王績交好。許敬宗[11]字延族，杭州新城人，善心子。入唐爲著作郎，高宗時爲相。有集。褚亮字希明，杭

* * *

⑨ 歐陽詢見《新唐書》卷一百九十八。

⑩ 李百藥見《新唐書》卷一百二。

⑪ 許敬宗、李義府均見《舊唐書》卷八十二，《新唐書》卷二百二十三。

州錢塘人。隋爲太常博士。貞觀中爲散騎常侍，封陽翟縣侯。蔡允恭，荊州江陵人，隋爲起居舍人。貞觀中，除太子洗馬。楊師道，隋宗室，字景猷。入唐尚桂陽公主，封安德郡公。貞觀中爲中書令。爲詩如宿構，無所竄定。

李義府，瀛州饒陽人。對策擢第。累遷太子舍人，與來濟[12]俱以文翰見知，時稱「來、李」。高宗時爲中書令，後長流巂州。他的〈堂堂詞〉：

懶整鴛鴦被，羞褰玳瑁床。春風別有意，密處也尋香。

甚有名，是具著充分的梁、陳的氣息的。同時，長孫無忌[13]字輔機，河南洛陽人，爲唐外戚。（文德后兄）封齊國公。高宗時，貶死黔州。其〈新曲〉：「玉珮金鈿隨步遠，雲羅霧縠逐風輕。轉目機心懸自許，何須更待聽琴聲」云云，也是所謂「艷詩」的一流，甚傳於時。

上官儀[14]也是義府與無忌的同道。其詩綺錯婉媚，人多效之。謂爲「上官體」。他的〈早春桂林殿應詔〉：「曉樹流鶯滿，春堤芳草積。風光翻露文，雪華上空碧」云云，無愧於梁、陳之作。他字游韶，陝州陝人。貞觀初擢進士第。高宗時爲西台侍郎，同東西台三品。後以事下獄死

* * *

⑫ 來濟見《新唐書》卷一百五。

⑬ 長孫無忌見《舊唐書》卷六十五，《新唐書》卷一百五。

⑭ 上官儀見《舊唐書》卷八十，《新唐書》卷一百五。

（六一六？——六六四）。

魏徵[15]〈述懷〉卻不是梁、陳作風所能拘束的了。像「縱橫計不就，慷慨志猶存。……人生感意氣，功名誰復論」云云，其氣概豪健，蓋不是所謂「宮體」、「豔詩」所能同群者。「人生感意氣」云云，活畫出一位直心腸的男子來。以阮嗣宗與陳子昂較之，恐怕還要有些差別。獨惜徵所作不多耳。徵字玄成，魏州曲城人。少孤，落魄有大志。初從李建成，爲太子洗馬。世民殺建成，乃拜他爲諫議大夫，封鄭國公。

王績[16]與魏徵又有所不同，他卻是以澹遠來糾正濃豔的。績字無功，絳州龍門人。隋大業中爲揚州六合丞，以非所好，棄去不顧。結廬河渚，以琴酒自樂。武德初，以前官待詔門下省。或問：「待詔何樂？」他道：「良醞可戀耳。」照例日給酒三升，陳叔達特給他一斗。時太樂署史焦革家善釀。績求爲丞。革死，又棄官歸。嘗躬耕於東皋，故時人號東皋子。或經過酒肆，動留數日。往往題壁作詩，多爲好事者諷詠。死時，預自爲墓誌。其行事甚類陶淵明，而其作風也與淵明相近（五九〇？——六四四）。像〈田家〉：（一作王勃詩，但風格大不類。）

阮籍生涯懶，嵇康意氣疏。相逢一醉飽，獨坐數行書。小池聊養鶴，閒田且牧豬。草生元亮徑，花暗子雲居。倚床看婦織，登壠課兒鋤。回頭尋仙事，並是一空虛。

*　　*　　*

⑮ 魏徵見《舊唐書》卷七十一，《新唐書》卷九十七。

⑯ 王績見《舊唐書》卷一百九十二〈隱逸傳〉，《新唐書》卷一百九十六〈隱逸傳〉。

還不類淵明麼？更有趣的是，像〈田家〉的第二首：

家住箕山下，門枕潁川濱。不知今有漢，唯言昔避秦。琴伴前庭月，酒勸後園春。自得中林士，何忝上皇人。

以及第三首的「恆聞飲不足，何見有殘壺」云云，連其意境也便是直襲之淵明的了。他的最好的詩篇，像〈野望〉：

東皋薄暮望，徙倚欲何依？樹樹皆秋色，山山唯落暉。牧人驅犢返，獵馬帶禽歸。相顧無相識，長歌懷〈采薇〉。

像〈過酒家〉：

對酒但知飲，逢人莫強牽。倚壚便得睡，橫甕足堪眠。

也渾是上繼嗣宗、淵明，下起王維、李白的。在梁、陳風格緊緊握住了詩壇的咽喉的時候，會產生了這樣的一位風趣澹遠的詩人出來，是頗爲可怪的。或正如顏、謝的時候而會有淵明的同樣的情形罷。一面自然是這酒徒的本身性格，一面也是環境的關係。他不曾做過什麼「文學侍從之臣」，故也不必寫作什麼「侍宴」、「頌聖」的東西，以損及他的風格，或捨己以從人。

四

「四傑」的起來，在初唐詩壇上是一個極重要的消息。「四傑」也是承襲了梁、陳的風格的。惟意境較爲闊大深沉，格律且更爲精工嚴密耳。他們是上承梁、陳而下起沈、宋（沈佺期、宋之問）的。王世貞說：

盧、駱、王、楊，號稱四傑。詞旨華靡，固沿陳、隋之遺；翩翩意象，老境超然勝之。五言遂爲律家正始。內子安稍近樂府，楊、盧尚宗漢、魏。賓王長歌，雖極浮靡，亦有微瑕，而綴錦貫珠，滔滔洪遠，故是千秋絕藝。[17]

在許多持王、楊、盧、駱優劣論者當中，世貞此話，尚較爲持平。

王勃字子安，絳州龍門人。很早的便會寫詩。相傳他六歲善文辭，九歲得顏師古注《漢書》讀之，作〈指瑕〉以擿其失。麟德初（公元六六四年），劉祥道表於朝，對策高第。年未及冠，授朝散郎。沛王聞其名，召署府修撰。因作〈檄英王雞文〉，被出爲虢州參軍。後又因事除名。上元二年（公元六七五年），往交趾省父，渡海溺水，悸而卒[18]，年二十九（六四七—六七五）。有

*　*　*

⑰見王世貞的《全唐詩說》（《學海類編》本）。

⑱見《舊唐書》卷一百九十〈文苑（上）〉，《新唐書》卷二百一〈文藝（上）〉。

集[19]。初，他道出鍾陵，九月九日，都督大宴滕王閣，宿命其婿作序以誇客。因此紙筆遍請，客莫敢當。至子安抗然不辭。都督怒起更衣。遣吏伺其文輒報。至「落霞與孤鶩齊飛，秋水共長天一色」語，乃矍然道：「天才也！」請遂成文，極歡罷。那便是有名的〈滕王閣序〉。又相傳子安屬文初不精思，先磨墨數升，引被覆面而臥。忽起書之，不易一字。時人謂之腹稿。他所作以五言爲最多，且均是很成熟的律體。像〈郊興〉：

空園歌獨酌，春日賦閒居。澤蘭侵小徑，河柳覆長渠。雨去花光濕，風歸葉影疏。山人不惜醉，唯畏綠尊虛。

還不是律詩時代的格調麼？又像：

抱琴開野室，攜酒對情人。林塘花月下，別似一家春。

——〈山扉夜坐〉

山泉兩處晚，花柳一園春。還持千日醉，共作百年人。

——〈春園〉

* * *

⑲《子安集》，有通行本，《四部叢刊》本。

還不宛然是最正格的五絕麼？又像〈寒夜懷友雜體〉：

北山煙霧始茫茫，南津霜月正蒼蒼，秋深客思紛無已，復值征鴻中夜起。

雖說是「雜體」，其實還不是「七絕」之流麼？沈、宋時代的到來，蓋在「四傑」的所作裡，已先看到其先行隊伍的蹤跡了。正如太陽神萬千縷的光芒還未走在東方之前，東方是先已布滿了黎明女神的玫瑰色的曙光了。

楊炯，華陰人，幼即博學好爲文。年十一，舉神童，授校書郎。爲崇文館學士，遷詹事司直。恃才簡倨，人不容之。武后時，遷婺州盈川令，卒於官[20]（六五〇—六九五？）。他聞時人以四傑稱，便自言道：「吾愧在盧前，恥居王後。」（當時的品第是王、楊、盧、駱，他故云然。）張說道：「楊盈川文思如懸河注水，酌之不竭；既優於盧，亦不減王也。」有《盈川集》[21]。他的詩像「帝畿平若水，官路直如弦」（〈驄馬〉），「三秋方一日，少別比千年」（〈有所思〉），「離亭隱喬樹，溝水浸平沙。左尉才何屈，東關望漸賒」（〈送豐城王少尉〉）等，也都是足稱律詩的前驅的。

「四傑」身世皆不亨達，而盧照鄰爲尤。他爲了不可治的疾病，艱苦備嘗，以至於投水自殺。

* * *

[20] 見《舊唐書》卷一百九十〈文苑（上）〉，《新唐書》卷二百一〈文藝（上）〉。

[21] 《盈川集》有《四部叢刊》本。

在我們的文學史裡同樣的人物是很少的。照鄰字昇之，幽州范陽人。年十餘歲，從曹憲、王義方授《蒼雅》及經史。博學善屬文。初授鄧王府典簽。王有書二十車，照鄰披覽，略能記憶。王甚愛重之。對人道：「此即寡人相如也。」後拜新都尉，因染風疾去官。居太白山中。以服餌爲事。而疾益篤。客東龍門山，友人時供其衣藥。疾甚，足攣，一手又廢，乃徙陽翟之具茨山下，買園數十畝，疏潁水周舍。復豫爲墓，偃臥其中。作〈五悲〉及〈釋疾文〉，讀者莫不悲之。然疾終不愈。病既久，不堪其苦，乃與親友執別，自投潁水而死。時年四十[22]（六五〇？—六八九？）。有集[23]。照鄰少年所作，不殊子安、盈川。及疾後，境愈苦，詩也愈峻。像〈釋疾文〉：

歲將暮兮歡不再，時已晚兮憂來多。東郊絕此麒麟筆，西山秘此鳳凰柯。死去死去今如此，生兮生兮奈汝何！

蓋已具有死志了。像〈羈臥山中〉的「臥壑迷時代，行歌任死生。紅顏意氣盡，白璧故交輕。澗戶無人跡，山窗聽鳥聲。春色緣岩上，寒光入溜平。雪盡松帷暗，雲開石路明」云云，蓋還是雖疾而未至絕望的時候所作，故尚有「紫書常日閱，丹藥幾年成」云云。

駱賓王善於長篇的歌行，像〈從軍中行路難〉、〈夏日遊德州贈高四〉、〈帝京篇〉、〈疇昔

* * *

㉒見《舊唐書》卷一百九十〈文苑（上）〉，又見《新唐書》卷二百一〈文藝（上）〉。

㉓照鄰集有《四部叢刊》本。

篇〉等，都可顯出他的縱橫任意，不可羈束的才情來。〈疇昔篇〉自敘身世，長至一千二百餘字，從「少年重英俠。弱歲賤衣冠」說起，直說到「鄒衍銜悲繫燕獄，李斯抱怨拘秦桎。不應白髮頓成絲，直爲黃河暗如漆。」大約是獄中之作吧。這無疑是這時代中最偉大的一篇巨作，足和庾子山的〈哀江南賦〉列在同一型類中的。所謂在獄中，當然未必是指稱敬業失敗後的事，或當指武后時（公元六八四年）因坐贓「入獄」（？）的一段事。故篇中並未敘及兵事，而有「只爲須求負郭田，使我再干州縣祿」語。這樣以五七言雜組成文的東西。誠是空前之作。當時的人，嘗以他的〈帝京篇〉爲絕唱；而不知〈疇昔篇〉之更遠爲宏偉。賓王，婺州義烏人。與子安等同是早慧者，七歲即能賦詩。但少年時落魄無行，好與博徒爲伍。初爲道王府屬。嘗使自言所能。賓王不答。後爲武功主簿。裴行儉做洮州總管，表他掌書奏，他不應。高宗末，調長安主簿。武后時，坐贓左遷臨海丞，怏怏不得志，棄官而去。時徐敬業在揚州起兵討武后，署賓王爲府屬。軍中檄都是他所作。武后讀檄文到「一抔之土未乾，六尺之孤安在！」語，大驚，問爲何人所作，或以賓王對。後道：「宰相安得失此人！」敬業敗死，賓王也不知所終（？—六八四？）[24]。有集[25]。

＊　　＊　　＊

[24] 駱賓王見《舊唐書》卷一百九十〈文苑（上）〉，《新唐書》卷二百一〈文藝（上）〉。

[25] 《駱賓王集》有《四部叢刊》本。

五

在這個時代，忽有幾個怪詩人出現，完全獨立於時代的風氣之外；不管文壇的風尙如何，廟堂的倡導如何，他們只是說出他們的心，稱意抒懷，一點也不顧到別的作家們在那裡做什麼。在這些怪詩人裡，王梵志是最重要的一個。王梵志詩，埋沒了千餘年，近來因敦煌寫本的發現，中有他的詩，才復爲我們所知[26]。相傳他是生於樹癭（ㄧㄥˇ）之中的（見《太平廣記》卷八十二）。其生年約當隋、唐之間（約五九〇—六六〇年）。他的詩教訓或說理的氣味太重，但也頗有好的篇什，像：

吾有十畝田，種在南山坡。青松四五樹，綠豆兩三窠。熱即池中浴，涼便岸上歌。邀遊自取足，誰能奈我何！

城外土饅頭，餡草在城裡。一人吃一個，莫嫌沒滋味。

這樣直接的由厭世而逃到享樂的意念，我們的詩裡，雖也時時有之，但從沒有梵志這麼大膽而痛快的表現！

梵志的影響很大，較他略後的和尙寒山、拾得[27]、豐干，都是受他的感化的。寒山、拾得、豐

* * *

㉖王梵志詩，有《敦煌掇瑣》本。

㉗寒山、拾得詩，有日本影宋本，有明刊本，《四部叢刊》本。

干的時代，不能確知，相傳是貞觀中人。但最遲不會在大曆以後。寒山詩，像「有人笑我詩，我詩合典雅！不煩鄭氏箋，豈用毛公解。……忽遇明眼人，即自流天下」；「欲得安身處，寒山可長保，微風吹幽松，近聽聲逾好」云云，和拾得詩，像「世間億萬人，面孔不相似。……但自修己身，不要言他己」云云，都是梵志的嫡裔。顧況和杜荀鶴、羅隱諸人，也都是從他們那裡一條線脈聯下去的。

六

隋與唐初的散文，也和其詩壇的情形一樣，同是受梁、陳風氣的支配。楊堅即位時，有李諤者，嘗上書論文體輕薄，欲圖糾正。他以爲：「江左齊、梁，其弊彌甚。貴賤賢愚，唯務吟詠。遂復遺理存異，尋虛逐微，競一韻之奇，爭一字之巧。連篇累牘，不出月露之形，積案盈箱，唯是風雲之狀。世俗以此相高，朝廷據茲擢士。祿利之路既開，愛尚之情愈篤。」於是他便主張應該；「屛黜浮詞，遏止華僞。自非懷經抱質，志道依仁，不得引預搢紳，參廁纓冕。」還要對於那一類僞華的人，聞風劾奏，普加搜訪，「有如此者，具狀送台。」但那一篇煌煌巨文，卻如投小石於巨川，一點影響也不曾發生過。文壇的風尚還是照常的推進，沒有一點不變。李德林、盧思道、薛道衡諸人所作散文，也並皆擬仿南朝，以駢偶相尙。至於由南朝入隋的文人們，像許善心、王冑、江總、虞世基等更是無論了。

唐初散文，無足稱述。四傑所作，也不殊於當時的風尙。六朝之際，尙有所謂「文、筆」之分；美文多用駢儷；公牘書記，尙存質樸之意。至唐則差不多公文奏牘，也都出以駢四儷六之體。

且浸淫而以「四六文」爲公文的程式，爲實際上應用的定型的文體了。

這時期可述者惟爲若干部重要史籍的編纂。岑文本與崔仁師作《周史》。李百藥作《齊史》。姚思廉次《梁》、《陳》二史。魏徵編《隋史》。思廉、百藥之作，皆爲一家言。又有李延壽者，世居相州，貞觀中爲御史台主簿，兼修國史。本其父志，更著《北史》、《南史》二書。同時，又有《晉書》百三十卷的編撰，則出於群臣的合力，開後世「修史」的另外一條大路。自此以後，爲一代的百科全書的所謂「正史」者，便永成爲「合力」的撰述，而不復是個人的著作了。

七

佛經的翻譯，在這時代仍成爲重要的事業。但從鳩摩羅什大舉翻譯後，能繼其軌轍者，唯唐初的玄奘法師。玄奘[28]姓陳氏（五九六—六六四），曾往印度求法，遍歷西方諸小國及印度各地而歸，齎回經典極多。他離國十七年，艱苦無所不嘗。曾以其所身歷者，著爲《大唐西域記》[29]一書。（書題辯機譯；當是玄奘口述由辯機寫下者。辯機爲當時最有天才的和尚，玄奘的最有力的幫手。相傳他因和太宗女上陽公主通，事發被殺。這是一個極大的損失。玄奘的譯書，如永遠得他的幫忙，成績當不至限於今日之所見者。）此書的價值絕爲宏偉，是一部最好的散文的旅行記述。前

* * *

[28] 玄奘見《舊唐書》卷一百九十一〈方伎傳〉，又見慧立《大慈恩寺三藏法師傳》（有支那內學院新印本）。

[29] 《大唐西域記》，有《大藏經》本，商務印書館石印本。

者宋雲、法顯遊印時，並有所記，然持以較玄奘之作，則若小巫之見大巫。這部《西域記》大類希臘人樸桑尼（Pausanias）所著的《希臘遊記》（Description of Greece）。樸桑尼之作，在今日，其價值益見巨大。《西域記》亦然。今日論述印度中世史者，殆無不以此書爲主要的資料。而其中所載之迷信，故跡，民間傳說等等，尤爲我們的無價之寶。更有甚者，經由了這部偉著，無意中有許多印度傳說乃都轉變而成爲中土的典實；像著名之〈杜子春傳〉，便是明顯的係由《西域記》中的一個故事改寫而成的。這將在下文裡再詳說。

玄奘自貞觀十九年歸京師後起，直到龍朔三年圓寂的時候爲止，這十九年的功夫全都耗費在翻譯工作上面。他所譯的共有七十三部，一千三百三十卷。傳稱：「師自永徽改元後，專務翻譯，無棄寸陰。每日自立程課。若晝日有事不充，必兼夜以讀。遇乙之後，方乃停筆。攝經已，復禮佛行道。三更暫眠，五更復起，讀誦梵本，朱點次第，擬明旦所翻。」像這樣的一位專心一志的翻譯家，只有宗教的熱忱才能如此的驅迫著他吧。在他所譯經中，尤以《瑜伽師地論》一百卷，《阿毗達磨大毗婆沙論》二百卷，《大般若波羅密多經》六百卷爲最重要。其灌溉於後人的思想中者最爲深厚。他還譯《老子》爲梵文，又將《大乘起信論》回譯爲梵文，以遺彼土欲睹此已失之名著者。他在溝通中、印文化上是盡了說不盡的力量的！在玄奘以前，譯經者不是過於直譯，爲華土讀者所不解，便是過於意譯，往往失去原意。玄奘之譯，卻能祛去這兩個積弊，力求與梵文相近。〈玄奘傳〉云：「前代已來，所譯經教，初從梵語倒寫本文，次乃回之，順同此俗。然後筆人觀理文句，中間增損，多墜全言。今所翻傳，都由奘旨。意思獨斷，出語成章，詞人隨寫，即可披玩。」以他那樣精通梵文的人來譯經典，自然要較一般的譯者們爲更高明的了。再者，也以他處在鳩摩羅什諸大家之後，深知其病之所在，故也易爲之治療耳。

玄奘西行的經歷，其自身不久便成了傳說。他自己也被視作佛教聖人的一個。自唐末以來，便有種種的《西遊記》，以記述這個傳說。像這樣的一位重要的人物，一位偉大的宗教家，其成爲傳說的中心，當是無足訝怪的事吧。

▣參考書目

一、《隋書》，唐魏徵等撰，有《二十四史》本。
二、《舊唐書》，晉劉昫撰，有《二十四史》本。
三、《新唐書》，宋歐陽修，宋祁撰，有《二十四史》本。
四、《全漢三國晉南北朝詩》，丁福保輯，醫學書局鉛印本。
五、《全唐詩》，揚州詩局原刊本，上海同文書局石印本。
六、《唐百名家詩》，席氏刻本。
七、《藝苑卮言》，明王世貞撰，有《歷代詩話續編》本。
八、梁啓超：《飲冰室文集》（中華書局）卷六十《佛典之翻譯》，又卷六十一《翻譯文學與佛典》，又卷六十二《支那內學院精校本玄奘傳書後》。
九、《敦煌掇瑣》，劉復輯，中央研究院出版。
十、《全上古三代秦漢三國六朝文》，嚴可均輯，有黃岡王氏刊本，有醫學書局石印本。
十一、《全唐文》，有揚州詩局原刊本，有廣東復刻本。

第二十四章　律詩的起來

由古詩到律詩的途徑——六朝風尚的總結帳時期——律詩的成立——絕句與排律的同時產生——沈宋時代——沈宋律詩的成功與其影響——沈宋的絕句——沈宋的排律——沈宋的身世——同時代的諸詩人：蘇味道李嶠——杜審言崔融——崔湜崔液——上官婉兒——喬知之劉希夷——陳子昂

一

由不規則的古體詩，變爲須遵守一定的程式的律詩，其演進是很自然的。自建安以後，詩與散文一樣，天天都在向駢偶的路上走去。散文到了「四六文」，是走到「駢儷文」的最高的頂點了。辭賦到了「律賦」，也已是走到「駢儷賦」的最高的頂點了。詩也是同樣的，發展到「律詩」的創作的時候，也便是無可再發展的了。在這個無可再發展的時代，便起了幾種轉變。「絕詩」因之起來，詞也因之起來。同時，便也有人回顧到古體詩的一方面，欲再度使之復活。

在這個進展的途中，也頗有些「豪傑之士」奮起而思有所改革。然究竟像以孤柱敵狂瀾，無損於水勢的東趨。由建安（公元一九六年）到嗣聖（公元六八四年），快五百年了，這個趨勢還是不變。變動時代的到來，是要在安、史之亂（開始於公元七五五年）以後。那時，水勢是平衍了，是疲乏了，盡有分流與別導到溝渠裡去的可能。

許多人都以爲初唐時代是改革六朝風尙的開始，卻不知道六朝風尙，到了初唐卻更變本而加厲。在唐代的初期的近一百五十年間（公元六一八—七五五年），無論在詩與散文上都是這樣。儘管有人在喊著「復古」，在做著「尙書」體的〈大誥〉，但他們的聲音，自行消失於無反響的空氣中了。文風還是照常的進展。特別是詩體一方面，這百餘年間的進展更爲顯著，對於後來的文壇也最有影響。

在嗣聖（公元六八四年）之前，是初唐四傑的時代。他們秉承了齊、梁的遺風，更加以擴大與發展。在五言詩方面，引進了更趨近於「律體」的格調，在七言詩方面也給她以極可能的發展的希望。這在上文已經說到過了。在嗣聖到安、史之亂（公元七五五年）的七十幾年間，便是「律詩」的成立的時代了。五言的律詩是最先成立的。接著，七言的律詩也成爲當時最重要的文體之一了。接著，別一種的新詩體，即所謂「五絕」、「七絕」者，也產生了。接著，聯合了若干韻的律詩而成爲一篇的長詩，即所謂「排律」者的風氣，也開始出現了。在這短短的七十餘年間，誠是詩壇上放射出最燦爛的異彩的時代，誠是空前的變異最多而且最速的時代。

這七十餘年的時代，又可以分爲兩期。第一期是「律詩」的成立時代，也可以名之爲沈、宋時代。第二期是「絕詩」與「排律」盛行的時代，也可以稱之爲開元、天寶時代。現在本章先講第一期。

二

第一期從嗣聖元年到先天元年（公元七一二年），爲時不到三十年，卻奠定了「律詩」的基礎。這時代的兩個代表人便是沈佺期與宋之問。《唐書・文藝傳》說：

> 魏建安後迄江左，詩律屢變。至沈約、庾信，以音韻相婉附，屬對精密。及之問、沈佺期，又加靡麗。回忌聲病。約句準篇，如錦繡成文。學者宗之，號爲沈、宋。語曰：「蘇、李居前，沈、宋比肩。」謂蘇武、李陵也。①

這一段話頗足以表示出「律詩」的由來。又胡應麟云：「五言律體；兆自梁、陳。唐初四子，靡縟相矜。時或拗澀，未堪正始。神龍以還，卓然成調。沈、宋、蘇、李，合軌於前，王、孟、高、岑，並馳於後。新製迭出，古體攸分。實詞章改革之大機，氣運推遷之一會也。」這些話也可略見出律詩的歷史。蓋自沈約以四聲八病相號召，已開始了律詩的先驅。嗣聖時代，沈佺期、宋之問出現，便很容易的收結了五百年來的總帳，「回忌聲病，約句準篇」，而創出「律詩」的一個新體來。大勢所趨，自易號召，自易成功。所謂「聲病」云云的討論，自此竟不成爲一個問題了。

《律詩》中的「五言律詩」，「四傑」時代已是流行。例如駱賓王的〈在獄聞蟬〉：

*　*　*

① 沈佺期、宋之問見《舊唐書》卷一百九十中〈文苑（中）〉，《新唐書》卷二百二〈文藝（中）〉。

西陸蟬聲唱，南冠客思侵。那堪玄鬢影，來對白頭吟！露重飛難禁，風多響易沉！無人信高潔，誰爲表予心？

已是「律詩」的最完備的體格了。唯大暢其流者，則爲沈、宋。如沈佺期的〈送喬隨州侃〉：

結交三十載，同遊一萬里。情爲契闊生，心由別離死。拜恩前後人，從宦差池起。今爾歸漢東，明珠報知己。

宋之問的〈途中寒食題黃梅臨江驛寄崔融〉：

馬上逢寒食，愁中屬暮春。可憐江浦望，不見洛陽人！北極懷明主，南溟作逐臣。故園腸斷處，日夜柳條新。

都是示後進以準的之作。但沈、宋對於律體的應用，不限於五言，且更侵入當時流行的七言詩體範圍之內。七言詩開始流行於唐初，至沈、宋而更有所謂「七言律」。「七言律」的建立，對於後來的影響是極大的。沈、宋的最偉大的成功，便在於此。沈佺期的〈古意呈補闕喬知之〉：

盧家少婦鬱金堂，海燕雙棲玳瑁梁。九月寒砧催木葉，十年征戍憶遼陽。白狼河北音書斷，丹鳳城南秋夜長。誰謂含愁獨不見，更教明月照流黃。

頗爲有聲。宋之問所作的七律，今傳者甚少，姑引〈三陽宮侍宴應制得幽字〉一首：

離宮秘苑勝瀛洲，別有仙人洞壑幽。岩邊樹色含風冷，石上泉聲帶雨秋。鳥向歌筵來度曲，雲依帳殿結爲樓。微臣昔忝方明御，今日還陪八駿遊。

在這一方面的成功，沈、宋二人似都應居於提倡者的地位。他們的倡始號召之功，似較他們的創作爲更重要。《舊唐書．文苑傳》云[②]：「中宗增置修文館學士，擇朝中文學之士，之問與薛稷、杜審言等首膺其選。當時榮之。及典舉，引拔後進，多知名者。」《唐書．之問傳》亦敘其陪奉武后遊洛南龍門：「詔從后賦詩。左史東方虯詩先成，后賜錦袍。之問俄頃獻。后覽之嗟賞，更奪袍以賜。」宋尤袤《全唐詩話》云：「中宗正月晦日，幸昆明池賦詩。群臣應制百餘篇。帳殿前結彩樓，命昭容選一篇爲新翻御製曲。從臣悉集其下。須臾，紙落如飛。各認其名而懷之。既退，惟沈、宋二詩不下。移時，一紙飛墜。競取而觀之，乃沈詩也。及聞其評曰：『二詩工力悉敵。沈詩落句云，微臣雕朽質，羞睹豫章才，蓋詞氣已竭。宋詩云，不愁明月盡，自有夜珠來，猶陡健豪舉。』沈乃伏，不敢復爭。」像這樣的從容遊宴，所賦詩篇，傳遍天下，又加以典貢舉，天下士自

* * *

②見《舊唐書》卷一百九十〈文苑傳．宋之問〉。

然地從風而靡的了。何況「滾石下山，不達底不止」，這風氣又是五百年來的自然的進展的結果呢。同時，「絕詩」的一體，也跟了「律詩」的發達而大盛。絕詩的起來，與律詩的產生有不可分離的關係。漢、魏古詩六朝樂府中，五言的短詩爲最多，類皆像王台卿所作的〈陌上桑〉：

令月開和景。處處動春心，掛筐須葉滿，息倦重枝陰。

般的以四句的五言成篇。「律詩」「約句準篇」，每篇句類有定，不適於寫作這一類短詩之用。於是律詩作者們同時便別創所謂「絕詩」的一體。這維持了短詩的運命，且成爲我們詩體中常是最有精彩的一部分的傑作。宋洪邁至集唐人絕句至萬首之多，編爲專書③。可見此體愛好者之多且篤了。胡應麟謂：「五七言絕句，蓋五言短古，七言短歌之變也。五言短古，雜見漢、魏詩中，不可勝數。唐人絕體，實所從來。七言短歌，始於垓下。梁、陳以降，作者坌（ㄅㄣˋ）然。第四句之中，二韻互葉，轉換既迫，音調未舒。至唐諸子，一變而律呂鏗鏘，句格穩順，語半於近體，而意味深長過之，節促於歌行，而詠嘆悠永倍之，遂爲百代不易之體。」④胡氏的話，對於「絕句」，已盡讚頌之極致。但他又頗以「截近體首尾或中二聯」以成絕句之說爲非。此則，緣昧於詩體的自

* * *

③洪邁的《萬首唐人絕句》有明萬曆間刊本。王士禎有《唐人萬首絕句選》，有原刊本，又商務印書館有鉛印本。

④見《少室山房筆叢》後附之《詩藪內篇》六。《筆叢》有原刊本，有清嘉慶間翻刊本。

然演進的定律，故有異論耳。沈、宋之前，固有類乎「絕句」之物。惟「絕句」之成爲一個新體之物，且有定格，則爲創始於沈、宋時代。未可以偶然的「古已有之」的幾個篇章，便推翻了發展的定律。

沈、宋的五七言絕句，佳作甚多。宋之問貶後所作，尤富於眞摯的情緒，淒楚的聲調。像〈渡漢江〉：

嶺外音書斷，經冬復歷春。近鄉情更怯，不敢問來人。

即應制之作，也還不壞。像〈苑中遇雪應制〉：

紫禁仙輿詰旦來，青旗遙倚望春台。不知庭霰今朝落，疑是林花昨夜開。

沈佺期的五言絕句，今傳者甚鮮。其七言絕句像〈邙山〉：

北邙山上列墳塋，萬古千秋對洛城。城中日夕歌鐘起，山上惟聞松柏聲。

是頗具著渺渺的餘思的。若僅以「典麗精工」⑤視沈、宋，似乎是太把他們估價得低了。

三

爲唐代文壇重鎮的一個新詩體，所謂「排律」的，也起於沈、宋之時。胡應麟謂：「排律，沈、宋二氏，藻贍精工。」排律爲較長的詩體，非運之以宏偉的才情，出之以精工的筆力不可。沈、宋創造了「律詩」，同時並打開了排律的一個新的局面。王世貞謂：「二君正是敵手。排律用韻穩妥，事不旁引，情無牽合，當爲最勝。」⑥沈、宋的排律，五言最多，也最好。如佺期的〈釣竿〉篇：

朝日斂紅煙，垂竿向綠川。人疑天上坐，魚似鏡中懸。避檝時驚透，猜鉤每誤牽。湍危不理轄，潭靜欲留船。釣玉君徒尚，徵金我未賢。爲看芳餌下，貪得會無筌。

之問的〈初至崖口〉：

* * *

⑤胡應麟語（見《詩藪內篇》四）。

⑥見其所著《全唐詩說》（《學海類編》本，即《藝苑卮言》的一部分）。

崖口眾山斷，嶔崟（ㄑㄧㄣ ㄧㄣˊ）聳天壁。氣衝落日紅，影入春潭碧。錦績織苔蘚，丹青畫松石。水禽泛容與，岩花飛的皪。微路從此深，我來限于役。悵惘情未已，群峰暗將夕。

狀物陳形，已臻佳境。在排律中，氣度雖未若杜甫的闊大，波瀾雖未若杜甫的澎湃，然已是不易得的東西了。

四

沈、宋並稱，而沈、宋的詩也往往相混雜，可見其風格的相近。沈佺期字雲卿，相州內黃人。及上元二年（公元六七五年）進士第。由協律郎累除給事中考功。與張易之等烝昵寵甚。易之敗，遂長流驩（ㄏㄨㄢ）州。後得召見，拜起居郎兼修文館直學士。尋歷中書舍人，太子少詹事。開元初卒（？—七一三？）。

宋之問字延清，一名少連，汾州人。之問偉儀貌，雄於辯。甫冠，武后召與楊炯分直習藝館。累轉尚方監丞，左奉宸內供奉。與佺期、閻朝隱等，傾心媚附易之。易之所賦詩篇，盡之問、朝隱所爲。及敗，貶隴州。之問逃歸洛陽，匿張仲之家。武三思復用事，仲之欲殺之。之問上變。由是擢鴻臚主簿。天下醜其行。中宗時，下遷越州長史，窮歷剡溪山，置酒賦詩，流布京師，人人傳諷。睿宗立，流之問欽州，復賜之死（六六〇？—七一〇）。

宋、沈以附張易之，聲名頗爲狼藉，然其才名則不可掩。佺期嘗以詩贈張說。說道：「沈三兄詩清麗，須讓居第一也。」徐堅論之問以爲其文如良金美玉，無不可。之問友人武平一爲纂集其詩，成十卷⑦。佺期亦有集傳於世⑧。沈、宋之詩，至流徙後而尤工。佺期在驩州諸作，像〈三日獨坐驩州思憶遊〉、〈從驩州廨宅移住山間水亭〉、〈赦到不得歸題江上石〉、〈答魑魅代書寄家人〉諸篇，皆出之以五言排律，而於沉痛鬱結之中，不失其流麗疏放之體。〈答魑魅〉一篇，長至十二韻以上，尤爲當時罕有之作。「死生離骨肉，榮辱間朋遊。棄置一身在，平生萬事休」（〈移住山間水亭〉），其情誠可哀矜！

之問兩經流放，終至被殺，身世尤苦於佺期，故所作更多悲戚的聲韻。惟長篇較少，五律爲多。像〈度大庾嶺〉：

度嶺方辭國，停軺一望家。魂隨南翥鳥，淚盡北枝花。山雨初含霽，江雲欲變霞。但令歸有日，不敢恨長沙。

又像「故園長在目，魂去不須招」（〈早發韶州〉），「誰言望鄉國，流涕失芳菲」（〈早入清遠峽〉），「鄉心新歲切，天畔獨潸然。老至居人下，春歸在客先」（〈新年作〉）諸語，莫不表示出遲暮投荒，徘徊欲泣的情緒來。沈、宋的詩，自當以這種遷謫後所作的最工。應制諸什，非不精妙，卻不盡是從肺腑中流出的，故有靈魂、有眞情感者甚少。

* * *

⑦《宋之問集》，今有席刻《唐百家詩》本，又見《全唐詩》中。
⑧《沈佺期集》，今有席刻《唐百家詩》本，又見《全唐詩》中。

五

沈、宋同時的詩人極多。「初，中宗景龍二年（公元七〇八年），始於修文館置大學士四員，學士八員，直學士十二員。象四時八節十二月。於是李嶠（ㄐㄧㄠˋ）、宗楚客、趙彥昭、韋嗣立爲大學士；李適、劉憲、崔湜（ㄕˊ）、鄭愔、盧藏用、李乂、岑羲、劉子元爲學士；薛稷、馬懷素、宋之問、武平一、杜審言、沈佺期、閻朝隱等爲直學士。又召徐堅、韋元旦、徐彥伯、劉允濟等滿員。」⑨這裡殆已把沈、宋派詩人一網打盡了。但在其中的及未預其列的詩人們，若蘇味道、李嶠、杜審言、崔融、喬知之、崔湜、崔液、陳子昂、劉希夷諸人尤稱大家。更有女作家上官婉兒在當時主持風雅，提倡文藝甚力，也當一敘及。

蘇、李是和沈、宋並稱的。蘇味道，趙州欒城人。弱冠擢進士。證聖元年，出爲集州刺史。聖曆初，遷鳳閣侍郎，同鳳閣鸞台三品。居相位數載。神龍時坐張易之黨，貶眉州刺史。還爲益州長史，卒（？—七〇七）。李嶠⑩字巨山，與味道同里。弱冠擢進士第。武后時，官鳳閣舍人。每有大手筆，皆特命嶠爲之。累遷鸞台侍郎，知政事，封趙國公。睿宗立，出刺懷州。玄宗時貶爲滁州別駕，改廬州。嶠初與王、楊接踵，中與崔、蘇齊名，晚諸人沒，獨爲文章宿老。但嶠與味道所作，今存者類多應制之詩，未能窺其眞性情。姑舉嶠的〈酬杜五弟晴朝獨坐見贈〉爲例：

* * *

⑨見宋尤袤《全唐詩話》卷一。

⑩蘇味道、李嶠、崔融同見《舊唐書》卷九十四，又《新唐書》卷一百十四（崔、蘇）及卷一百二十三（李）。

平明坐虛館，曠望幾悠哉。宿霧分空盡，朝光度隙來。影低藤架密，香動藥欄開。未展山陽會，空留池上杯。

這已是他們的很高的成就了。風格同於沈、宋，而才情卻顯然有些差別。相傳明皇將幸蜀，登花蕚樓，使樓前善水調者奏歌。歌曰：「山川滿目淚沾衣，富貴榮華能幾時！不見只今汾水上，惟有年年秋雁飛。」帝慘愴移時，顧侍者曰：「誰爲此？」對曰：「故宰相李嶠之詞也。」帝曰：「眞才子！」不待終曲而去⑪。

杜審言⑫字必簡，京兆人。咸亨元年（公元六七〇年）進士。爲隰（ㄒㄧˊ）城尉。恃高才傲世，見疾。蘇味道爲天官侍郎，審言集判出，謂人道：「味道必死！」人驚問何故。道：「彼見吾判且羞死。」又道：「我文章當得屈、宋作衙官，吾筆當得王羲之北面。」其矜誕類此。坐事貶吉州司戶。武后時召還，授著作郎，爲修文館直學士，卒。他病時，宋之問、武平一去看他。他道：「甚爲造化小兒相苦。尚何言！然吾在，久壓公等。今且死，固大慰，但恨不見替人也。」審言少與李嶠、崔融、蘇味道爲文章四友。在這幾個人中，審言自是以天才獨傲的⑬。舉其二詩爲例：

* * *

⑪ 見辛文房《唐才子傳》卷一李嶠條下。「山川滿目」四語，見嶠所作〈汾陰行〉中。

⑫ 杜審言見《舊唐書》卷一百九十上〈文苑（上）〉，《新唐書》卷二百一〈文藝（上）〉。

⑬ 《杜審言集》二卷，有明刊本。

北地春光晚，邊城氣候寒。往來花不發，新舊雪仍殘。水作琴中聽，山疑畫裡看。自驚牽遠役，艱險促征鞍。

——〈經行嵐州〉

遲日園林悲昔遊，今春花鳥作邊愁。獨憐京國人南竄，不似湘江水北流。

——〈渡湘江〉

崔融字安成，齊州全節人。長安中授著作佐郎，進鳳閣舍人。坐附張易之兄弟，貶袁州刺史。尋召拜國子司業（？—七〇七）。他的詩詠從軍者爲多。像〈西征軍行遇風〉：

北風卷塵沙，左右不相識。颯颯吹萬里，昏昏同一色。馬煩莫敢進，人急未遑食。草木春更悲，天景晝相匿。（下略）

頗具有異域的風趣，置在這個時代裡，總算是別調。

女作家上官婉兒[14]，是這時主持風雅的一位很重要的人物。律詩時代的成立，她是很有力於其間的。婉兒爲儀之孫，武后時配入掖庭。善於文章。年十四，即爲武后內掌詔命。中宗即位，大被寵愛，進拜昭容。當時文壇因她的努力而大爲熱鬧。臨淄王兵起，她被殺。她的詩，今所存者僅

* * *

⑭上官婉兒見《舊唐書》卷五十一〈后妃（上）〉，《新唐書》卷七十六〈后妃（上）·韋皇后傳〉。

二十餘篇，大都是應制之作，未能見出她的眞實的情緒。像「密葉因裁吐，新花逐翦舒……春至由來發，秋還未肯疏。借問桃將李，相亂欲何如？」（〈侍宴內殿出翦花彩應制〉）正是律詩時代的「最格律矜嚴」之作。

六

崔湜、崔液[15]兄弟所作，並皆可觀。而液詩似更在其兄上。湜字登瀾，定州人。擢進士第。預修《三教珠英》。曾數度爲相。明皇立，流嶺外，復追及荊州，賜死（六六八—七一三）。液字潤甫，湜之弟。工五言詩。擢進士第一人。湜常呼他的小字道：「海子，我家龜龍也。」官至殿中侍御史。液所作，今傳者以閨情爲多。像〈上元夜〉：

星移漢轉月將微，露灑煙飄燈漸稀。猶惜路旁歌舞處，躊躕相顧不能歸。

又像〈擬古神女宛轉歌〉（一作郎大家作）：

日已暮，長檐鳥應度。此時望君君不來，此時思君君不顧。歌宛轉，宛轉那能異棲宿！願

* * *

[15] 崔湜、崔液見《舊唐書》卷七十四〈崔仁師傳〉。

爲形與影，出入恆相逐。

是很有〈子夜〉、〈讀曲〉的風趣的。

劉希夷與喬知之所作，皆以歌行爲多。知之[16]，同州馮翊人。則天時，爲右補闕。遷左司郎中。爲武承嗣所害。相傳知之有婢窈娘，爲承嗣所奪，他作〈綠珠篇〉密送與窈娘。她結詩衣帶，投井而死。承嗣以是諷酷吏羅織殺之。知之有〈擬古贈陳子昂〉一詩：「別離三河間，征戰二庭深。胡天夜雨霜，胡雁晨南翔」云云，是頗似子昂的〈感遇〉的。

希夷一名庭芝[17]，潁川人。上元二年（公元六七五年）進士，時年二十五。工篇詠，特善閨帷之作。詞情哀怨，多依古調體勢，與當時的風尚不合，遂不爲所重。他美姿容，好談笑，善彈琵琶，飲酒至數斗不醉。落魄不拘常檢。嘗作〈白頭吟〉，有「今年花落顏色改，明年花開復誰在」語，自以爲不祥。又吟一聯：「年年歲歲花相似，歲歲年年人不同。」遂嘆道：「生死有命，豈由此虛言乎？」遂並存之。詩成未周歲，果爲奸人所殺（六五一—六八〇？）。或謂：其舅宋之問，苦愛後一聯，知其未傳於人，懇求之。許而竟不與。之問怒其誑己，使奴以土囊壓殺於別舍，時年未及三十。[18]這話未必可信。之問爲一代宗匠，又何至奪甥之作！後孫翌撰《正聲集》，以希夷

＊　＊　＊

⑯ 喬知之見《舊唐書》卷一百九十〈文苑（中）〉。

⑰ 劉希夷見《舊唐書》卷一百九十〈文苑（中）〉。《唐才子傳》（卷一）作字延芝。

⑱ 見辛文房《唐才子傳》（《佚存叢書》本）卷一。

詩為集中之最。由是大為人所稱。〈白頭吟〉（一作〈代悲白頭翁〉）自是傑作，但像〈春日行歌〉：

山樹落梅花，飛落野人家。野人何所有？滿甕陽春酒。攜酒上春台，行歌伴落梅。醉罷臥明月，乘夢遊天台。

其拓落疏豪的態度，已是李白的一個先驅了。

七

但在這一群詩人裡，還不得不推陳子昂為一個異軍突起者。子昂和劉希夷、喬知之皆非沈、宋所能牢籠，所能範圍者。而子昂尤為傑出。齊、梁風尚的轉變，在子昂的詩裡，已充分的透露出消息來。子昂[19]字伯玉，梓州射洪人。開耀二年（公元六八二年）進士。初，年十八，未知書，以富家子，任俠尚氣，好弋博。後入鄉校，感悔。即於州東南金華山觀讀書，痛自修飾，精窮墳典。武后時，拜麟台正字，累遷拾遺。聖曆初，解官歸。為縣令段簡所誣詐，捕下獄，死。年四十三（六五六—六九八）。相傳子昂初入京不為人知。有賣胡琴者，價百萬。豪貴傳視，無辨者。子昂

*　*　*

[19] 陳子昂見《舊唐書》卷一百九十中〈文苑（中）〉，《新唐書》卷一〇七。

突出，顧左右以千緡（ㄇㄧㄣˊ）市之。衆驚問。答道：「余善此樂。」皆道：「可得聞乎？」子昂道：「明日可集宣陽里。」如期偕往，則酒肴畢具。置胡琴於前。食畢，捧琴語道：「蜀人陳子昂，有文百軸，馳走京轂，碌碌塵土，不爲人知。此樂，賤工之役，豈宜留心！」舉而碎之，以其文軸遍贈會者。一日之內，聲華溢都[20]子昂初爲〈感遇詩〉，王適見而驚道：「此子必爲海內文宗。」柳公權評其詩道：「能極著述，克備比興，唐興以來，子昂而已。」有集十卷[21]。子昂〈感遇詩〉，今見三十八章，其風格大似阮籍〈詠懷〉、左思〈詠史〉，當是受他們的啓示而寫的。這三十八章的詩篇，內容甚雜，或詠史，或抒懷，或超脫，或悲憫，但綜其格律，放在沈、宋的一群裡，卻是不類不同的。像：

林居病時久，水木澹孤清。閒臥觀物化，悠悠念無生。青春始萌達，朱火已滿盈。徂落方自此，感嘆何時平。

索居猶幾日，炎夏忽然衰。陽彩皆陰翳，親友盡暌違。登山望不見，涕泣久漣洏（ㄦˊ）。宿夢感顏色，若與白雲期。馬上驕豪子，驅逐正蚩蚩。蜀山與楚水，攜手在何時？

朔風吹海樹，蕭條邊已秋。亭上誰家子，哀哀明月樓。自言幽燕客，結髮事遠遊。赤丸殺

* * *

⑳見《全唐詩話》（《歷代詩話》本）引《獨異記》語。

㉑《陳伯玉文集》三卷，《詩集》二卷，有新都楊春刊本，清楊國楨輯刻本，又明刊本（二卷），《四部叢刊》本。

公吏，白刃報私仇。避仇至海上，被役此邊州。故鄉三千里，遼水復悠悠。每憤胡兵入，常爲漢國羞。何知七十戰，白首未封侯！

比了一般的頌聖酬宴的所作，自然是高出萬倍的了。他痛快的抒其所懷抱的情思，一點也不顧忌，一點也不宛曲迴避，直活現出一位「性褊（ㄅㄧㄢˇ）躁」，易於招禍的詩人來。又像〈登幽州台歌〉：

前不見古人，後不見來者。念天地之悠悠，獨愴然而涕下。

那樣的豪邁，那樣的瀟灑，自不會向「破家縣令」屈膝，自要爲其所陷害的了。

■參考書目

一、《舊唐書》，卷一百九十〈文苑傳〉。
二、《新唐書》，卷二百一至三〈文藝傳〉。
三、辛文房《唐才子傳》（有《佚存叢書》本；涵芬樓有石印本《佚存叢書》）。
四、《唐詩紀事》，宋計有功撰，有清刊本，有石印本。
五、《全唐詩話》，宋尤袤撰，有何文煥刻《歷代詩話》本。（《歷代詩話》有原刊本，有醫學書局石印本。）
六、《全唐詩》，有揚州詩局原刊本，有同文書局石印本。
七、《少室山房筆叢》，明胡應麟撰，有明刊本，有清嘉慶間刊本。
八、《全唐詩說》，明王世貞撰，有《學海類編》本。
九、《唐詩癸籤》，明胡震亨撰，有明刊本。又震亨的《唐詩談叢》，有《學海類編》本。
十、《唐百名家詩》，清席氏編刊。

第二十五章　開元天寶時代

唐詩的黃金時代——張九齡與吳中四傑——新詩人的紛起——王維與裴迪——孟浩然——王孟作風的不同——謫仙人李白——老詩人高適——富於異國情調的作家岑參——王昌齡常建崔顥等——崔國輔王翰賈至等

一

開元、天寶時代，乃是所謂「唐詩」的黃金時代；雖只有短短的四十三年（公元七一三—七五五年），卻展布了種種詩壇的波濤壯闊的偉觀，呈獻了種種不同的獨特風格。這不單純的變幻百出的風格，便代表了開、天的這個詩的黃金的時代。在這裡，有著飄逸若仙的詩篇，有著風致澹遠的韻文，又有著壯健悲涼的作風。有著醉人的譫（ㄓㄢ）語，有著壯士的浩歌，有著隱逸者的閒詠，也有著寒士的苦吟。有著田園的閒逸，有著異國的情調，有著濃艷的閨情，也有著豪放的意緒。總之，這時代是囊括盡了種種詩的變幻的。也沒有一個時代，更曾同時挺生那麼許多偉大的詩人過的！然而，她只是短短的四十三年！希臘的悲劇時代，英國的莎士比亞時代，還不只是短短的

數十年麼？

五七言的古、律詩體，到了這個時代，格律已是全備。其中，七言的律、絕，方才剛剛萌芽，還不曾有人用全力去灌溉之；正是詩人最好的一試馳騁的好身手的時候。故開、天的詩人們，於此獨擅勝場，正如建安時代的五言詩，沈、宋時代的五言的律、絕。把握著新發於鉶的牛刀，而以其勃勃的詩思爲其試手的對象，那些天才的「庖丁」們，當然個個的都會「得手應心」的了。

二

開、天間的詩人們，一時是計之不盡的。殷璠的《河岳英靈集》，錄當時詩人至二十四人之多。元結的《篋中集》，所載則有七人。此外不在其中者，更還有不少。杜甫也初次出現於這個時代的詩壇上。但他的重要的詩篇，幾皆是開、天以後的所作。這個黃金時代，包納不了杜甫，而杜甫在這個時代，也未盡揮展出他的驚人的天才。故另於下章詳之。

開、天時代的老詩人們：有張九齡、賀知章、姚崇、宋璟、包融、張旭、張若虛、張說、蘇頲、李乂等。

張九齡[①]字子壽，韶州曲江人。七歲知屬文。擢進士。遷左拾遺。後以張說荐，爲集賢院學

＊　　＊　　＊

① 張九齡見《舊唐書》卷九十九。

士。俄拜中書侍郎同平章事。爲李林甫所排擠，貶荊州長史，卒。有集②。九齡的詩，迴旋於沈、宋的時代，而別有所自得。他的〈感遇〉十二首，和陳子昂的所作又自不同，其託意的直率，頗有影響於後來的詩壇。像〈感遇〉中的一首：

江南有丹橘，經冬猶綠林。豈伊地氣暖，自有歲寒心。可以荐嘉客，奈何阻重深。運命唯所遇，循環不可尋。徒言樹桃李，此木豈無陰！

這全是以「丹橘」自況的；和後來的「妝罷低聲問夫婿，畫眉深淺入時無？」是在同一個調子裡的東西，但似更爲露骨些。九齡詩往往如此，故頗傷於直率，少含蓄的餘味。

與張九齡同爲開元、天寶時代的名相的姚崇、宋璟③，也並能詩。崇初名元崇，又名元之，陝州人。貞觀中，應下筆成章舉，授濮州司倉。後數居台輔，負時重望。荐宋璟自代。其詩像：「舟輕不覺動，纜急始知牽」，語甚有致。宋璟，邢州南和人，繼崇爲相，耿介有大節。他的〈送蘇尙書赴益州〉：「園林若有送，楊柳最依依」，意境也很新。

賀知章字季眞，會稽永興人，少以文辭知名。累遷秘書監。他性放曠，晚尤縱誕，自號四明狂客。天寶初，請爲道士還鄉里。詔賜鏡湖剡川一曲。年八十六卒。其七言絕句，像〈詠柳〉的「不

* * *

② 《張曲江集》二十卷，有明刊本，清順治刊本，《四部叢刊》本。

③ 姚崇、宋璟並見《舊唐書》卷九十六，《新唐書》卷一百二十四。

知細葉誰裁出，二月春風似剪刀」和〈回鄉偶書〉的二首：「少小離鄉老大回」，「唯有門前鏡湖水，春風不改舊時波」，都是盛傳人口的。

他和包融、張旭、張若虛並號「吳中四傑」。融，湖州人，爲大理司直。旭，蘇州吳人。嗜酒善草書，每醉後號呼狂走，才下筆，或以頭濡墨而書。既醒，自視以爲神。世呼爲張顛，或傳稱爲「草聖」。若虛，揚州人，爲兗（ㄧㄢˇ）州兵曹。所作〈春江花月夜〉：「春江潮水連海平，海上明月共潮生。灩灩隨波千萬里，何處春江無月明」的一首七言的長篇，乃是令人諷吟不能去口的雋什。

張說④和蘇頲也並爲開元名相，也皆能詩。說字道濟，一字說之，洛陽人。武后時爲鳳閣舍人，以忤旨，配流欽州。開元初，進中書令，封燕國公。亦數經遷謫，至左丞相卒。他喜延納後進。朝廷大述作多出其手，與蘇頲號「燕、許大手筆」。謫後的詩，益淒惋動人，人謂得江山之助⑤。像〈南中別蔣五岑向青州〉：

老親依北海，賤子棄南荒。有淚皆成血，無聲不斷腸。此中逢故友，彼地送還鄉。願作楓林葉，隨君度洛陽。

* * *

④ 張說見《舊唐書》卷九十七，《新唐書》卷一百二十五。

⑤ 《張燕公集》二十五卷，有《聚珍版叢書》本。

誠是深以遷謫爲念的。但像：「絲管清且哀，一曲傾一杯。氣將然諾重，心向友朋開」（〈宴別王熊〉），卻頗有些豪邁的意氣。

蘇頲[⑥]字廷碩，瓌子。幼敏悟。明皇愛其文，進紫薇侍郎，知政事。與李乂對掌書命。帝道：「前世李嶠、蘇味道，文擅當時，號蘇、李。今朕得頲及乂，又何愧前人。」他的小詩，也時有佳趣，像〈將赴益州題小園壁〉：

歲窮惟益老，春至卻辭家。可惜東園樹，無人也作花。

李乂字尚眞，趙州房子人，幼工屬文。開元初，爲紫薇侍郎，除刑部尚書，卒，年六十八。與兄尚一、尚貞並有文名。有《李氏花萼集》。

三

但開元、天寶的時代，虎踞於詩壇上者，並不是這些老作家們。新興的詩人們是像雨天的層雲般，推推擁擁的向無垠的天空上跑去。在那些無數的新詩人們裡，無疑的要選出王維、孟浩然、李白、高適、岑參五人，作爲最重要的代表。那五位詩人們的作風，都是很不相同的；差不多也可以

* * *

⑥蘇頲見《舊唐書》卷八十八，《新唐書》卷一百二十五。

代表了當時五方面的不同的傾向。先說王維。

王維⑦的作風，是直接承繼了東晉的陶淵明的。淵明的詩，澹泊而有深遠之致，維詩亦然。像那樣的田園詩，若淺實深，若凡庸實峻厚，若平淡實豐腴的，千百年間僅得數人而已。維字摩詰，河東人，工書畫，與弟縉，俱有俊才。開元九年進士擢第。天寶末爲給事中。安祿山陷兩都，維被囚於菩提寺。肅宗時，爲尚書右丞。維篤於奉佛，晚年長齋禪誦。一日忽索筆作書別親故，捨筆而卒（六九九—七五九）。開、天間，維詩名最盛，王侯豪貴之門，無不拂席迎之。嘗得宋之問輞川別墅，山水絕勝，與裴迪泛舟往來，嘯詠終日。殷璠謂：「維詩，詞秀調雅，意新理愜，在泉成珠，著壁成繪。」蘇軾亦云：「維詩中有畫，畫中有詩。」⑧《集異記》（《全唐詩話》引）載維未冠時，文章得名，妙能琵琶。春之一日，岐王引至公主第，使爲伶人進主前。維進新曲，號〈鬱輪袍〉，並出所作。主大奇之。此事或未可信。明人王衡嘗作〈鬱輪袍〉雜劇，爲維辨誣。惟唐人進身之階，往往要藉大力，像維一類的事，蓋當時並不以爲可怪。安、史亂後，音樂家的李龜年，奔放江潭，嘗於湘中採訪使筵上，唱：「紅豆生南國，春來發幾枝」，又「秋風明月苦相思，蕩子從戎十載餘」諸作，皆維詩也。可見當時維詩的流行的盛況。維的詩，最有畫意者，像〈渭川田家〉：

* * *

⑦ 王維見《舊唐書》卷一百九十下〈文苑（下）〉，《新唐書》卷二百二〈文藝（中）〉。

⑧ 《王右丞集》六卷，宋劉辰翁編，《四部叢刊》本；《王右丞集注》二十八卷，趙殿成注，原刊本；《王右丞詩集》六卷，明顧可允注說，嘉靖刊本，日本刊本。

> 斜陽照墟落，窮巷牛羊歸。野老念牧童，倚杖候荊扉。雉雊麥苗秀，蠶眠桑葉稀。田夫荷鋤至，相見語依依。即此羨閒逸，悵然吟〈式微〉。

像〈山居秋暝〉：

> 空山新雨後，天氣晚來秋。明月松間照，清泉石上流。竹喧歸浣女，蓮動下漁舟。隨意春芳歇，王孫自可留。

和「草際成棋局，林端舉桔槔」（〈春園即事〉），「牧童望村去，獵犬隨人還」（〈淇上即事田園〉），「春風動百草，蘭蕙生我籬」（〈贈裴十迪〉），「山下孤煙繞村，天邊獨樹高原」，「花落家僮未掃，鶯啼山客猶眠」（一作皇甫曾詩）（以上〈田園樂〉），「空山不見人，但聞人語響。返景入深林，復照青苔上」（〈鹿柴〉）等等，都是富於田園的風趣的。但他偶寫城市，也是同樣的可愛。像〈早朝〉：「皎潔明星高，蒼茫遠天曙。槐霧暗不開，城鴉鳴稍去。始聞高閣聲，莫辨更衣處。銀燭已成行，金門儼騶（ㄗㄡ）馭。」和隋代無名氏的〈雞鳴歌〉：「東方欲明星爛爛……千門萬戶遞漁鑰」恰是同類的雋作。若《琵琶記》的〈辭朝〉，從黃門官口中說出那麼一大片的官話來，卻徒見其辭費耳。維的七言絕句，像〈少年行〉：「相逢意氣爲君飲」，「縱死尤聞俠骨香」，像〈九月九日憶山東兄弟〉：「遍插茱萸少一人」，像〈渭城曲〉：「渭城朝雨浥輕塵」，像〈戲題輞川別業〉：「藤花欲暗藏猱（ㄋㄠ）子」，像〈私成口號誦示裴迪〉：「萬戶傷心生野煙」，都是很「俊雅」的。而〈渭城曲〉，論者（如胡應麟）尤推之，以爲盛唐絕句之冠。

集合於王維左右的詩人們，有維的弟縉（字夏卿，廣德、大曆中爲門下侍郎，同平章事），及其友裴迪（關中人，嘗爲尙書省郎，蜀州刺史）、崔興宗（嘗爲右補闕）、苑咸（成都人，中書舍人）、丘爲（蘇州嘉興人，太子右庶子）等。裴迪、崔興宗嘗與維同居終南山。苑咸能書梵字，兼達梵音，曲盡其妙。後維與裴迪又同住輞川，交往尤密。故迪的作風，甚同於維，於輞川諸詠尤可見之，像：「秋來山雨多，落葉無人掃」（〈宮槐陌〉），「泛泛鷗鳧渡，時時欲近人」（〈欒家瀨〉）等。

孟浩然[⑨]襄陽人，少好節義，工五言。隱鹿門山，不仕。四十遊京師，與諸詩人交往甚歡。嘗集秘省聯句，浩然道：「微雲淡河漢，疏雨滴梧桐。」衆皆莫及。其詩的作風，也正可以此十字狀之。張九齡、王維都極稱道他。維待詔金鑾，一旦私邀浩然入。俄報玄宗臨幸。浩然錯愕伏匿床下。維不敢隱，因奏聞。帝喜曰：「朕素聞其人而未見也。」浩然遂出。命吟近作，至「不才明主棄，多病故人疏」之句，帝慨然道：「卿不求仕，朕何嘗棄卿，奈何誣我！」因命放還南山。開元末，王昌齡遊襄陽。時浩然新病起，相見甚歡，浪情宴謔，食鮮勤疾而終（六八九—七四〇）。有集。[⑩]

浩然爲詩，佇興而作，造意極苦。篇什既成，洗削凡近，超然獨妙；雖氣象清遠，而采秀內

＊　＊　＊

⑨ 孟浩然見《舊唐書》卷一百九十下〈文苑（下）〉，《新唐書》卷二百三〈文藝（下）〉。

⑩ 《孟浩然集》四卷，明刊本，李夢陽刊本（二卷），閔齊伋刊本，《四部叢刊》本。

映，藻思所不及。像〈宿業師山房期丁大不至〉：

> 夕陽度西嶺，群壑倏已暝。松月生夜涼，風泉滿清聽。樵人歸欲盡，煙鳥棲初定。之子期未來，孤宿候蘿徑。

又像「相望始登高，心飛逐鳥滅。愁因薄暮起，興是清秋發」（〈秋登蘭山寄張五〉），「春眠不覺曉，處處聞啼鳥。夜來風雨聲，花落知多少」（〈春曉〉），「燭至螢火滅，荷枯雨滴聞」（〈初出關旅亭夜坐懷王大校書〉），「莫愁歸路暝，招月伴人還」（〈遊鳳林寺西嶺〉），「陰崖常抱雪，枯澗爲生泉」（〈訪聰上人禪居〉）等等。都足以見出他的風格來。

他和王維的作風，看來好像很相近，其實卻有根本的不同之點在著。維的最好的田園詩，是恬靜得像夕光朦朧中的小湖，鏡面似的躺著，連一絲的波紋兒都不動盪；人與自然，合而爲一，詩人他自己是融合在他所寫的景色中了。但浩然的詩，雖然也寫山，也寫水，也寫大自然的美麗的表現，但他所寫的大自然，卻是活躍不停的，卻是和我們的人似的刻刻在動作著的。像「卻聽泉聲戀翠微」（〈過融上人蘭若〉）的戀字，便充分的可以代表他的獨特的作風。細讀他的詩什，差不多都是慣以有情的動作，繫屬到無情的自然物上去的。又王維的詩，寫自然者，往往是純客觀的，差不多看不見詩人他自己的影子，或連詩人他自己也都成了靜物之一，而被寫入畫幅之中去了；他從不把自然界來拉到自己身上，作爲自己動作或情緒的烘托的。浩然則不然，他的詩都是很主觀的，處處都有個我在，更喜用「歲月青松老，風霜苦竹餘」（〈尋白鶴岩張子容隱居〉）一類的句子。所以王維是個客觀的田園詩人，浩然則是個性很強的抒情詩人。王維的詩境是恬靜的，浩然的詩意卻常是活潑跳動的。

五

現在該說第三個不同型的詩人李白⑪了。白的詩，縱橫馳騁，若天馬行空，無跡可尋；若燕子追逐於水面之上，倏忽西東，不能羈縶。有時極無理，像「白髮三千丈」，有時又似極幼稚可笑，像「願餐金光草，壽與天齊傾」（〈古風〉），但那都無害於他的詩的純美。他的詩如游絲，如落花，輕雋之極，卻不是言之無物；如飛鳥，如流星，自由之極，卻不是沒有軌轍；如俠少的狂歌，農工的高唱，豪放之極，卻不是沒有腔調。他是蓄儲著過多的天才的。隨筆揮寫下來，便是晶光瑩然的珠玉。在音調的鏗鏘上，他似尤有特長。他的詩篇幾乎沒有一首不是「擲地作金石聲」的。尤其是他的長歌。幾乎個個字都如「大珠小珠落玉盤」，吟之使人口齒爽暢。若不可中止。

但他並不是遠於人間的。他彷彿是一個不省事的詩人，其實卻十分關心世事。他也寫出塞詩，他也作閨怨辭，但那些似都不是他的長處所在。他早年是一位「長安」的遊俠少年，中年是一位行止不檢的酒的詩人，晚年是一位落魄不羈的真實的「醉翁」。相傳他是死於醉後的落水的。他從中年起便把少年的意氣都和酒精一同的蒸發於空中去了。他好神仙，他愛說長生上天等等的瘋話。那也大約都是有意識的醉後的狂吟吧。他的少年的意氣，便這樣的好像不結實於地上，而馳騁於天府

* * *

⑪ 李白見《舊唐書》卷一百九十下〈文苑（下）〉，《新唐書》卷二百二〈文藝（中）〉。

之上。

他的詩是在飄逸以上的。有人說他的詩是「仙」的詩。但仙人，似決不會有他那麼狂放。我們勉強的可以說，他的詩的風格是豪邁聯合了清逸的。他是高適、岑參又加上了王維、孟浩然的。他恰好代表了這一個音樂的詩的奔放的黃金時代。在我們的文學史上，沒有第二個像開、天的萬流輻輳，不名一軌的時代；也沒有第二個像李白似的那麼同樣的作風的。他是不可模擬的！⑫

白字太白，隴西成紀人，或曰山東人，或曰蜀人。他少有逸才，志氣宏放。初隱岷山，益州刺史蘇頲見而異之，道：「是子天才英特，可比相如。」天寶初，到長安，見賀知章。知章見其文，嘆道：「子謫仙人也。」乃解金龜換酒，終日相樂。言於明皇。召見金鑾殿，奏頌一篇。帝賜食，親爲調羹。有詔供奉翰林，白猶與酒徒飲於市。帝坐沉香亭子，意有所感，欲得白爲樂章。召入，而白已醉。左右以水頮（ㄏㄨㄟˋ）面，稍解。援筆成文，婉麗精切。白嘗侍帝，醉，使高力士脫靴。力士恥之，乃讒於楊貴妃。白自知不爲親近所容，懇求還山。帝賜金放還。乃浪跡江湖，終日沉飲。後永王李璘辟白爲僚佐。璘以謀亂敗，白坐長流夜郎。會赦得還。依族人陽冰於當塗，卒（七〇一—七六二）。相傳他是於渡牛渚磯時，醉後入水中捉月而被溺死的。元人王伯成作《李太白流夜郎》雜劇，乃有白入水中，爲龍王所迎去之說。明馮夢龍所輯的《警世通言》裡，也有〈李謫仙醉草嚇蠻書〉的平話一篇。白的生平，是久已成爲傳說的一個中心的。白有與〈韓荊州書〉，自敘

* * *

⑫《李太白集》三十卷，清繆曰芑仿宋刻本；《分類補注李太白集》三十卷，楊齊賢、蕭士贇注，元刊本，明刊本，《四部叢刊》本；《李太白詩集注》三十六卷。清王琦注，乾隆刊本。

早年的生平甚詳。他喜縱橫擊劍，爲任俠，輕財好施。嘗客任城，與孔巢父、韓準、裴政、張叔明、陶沔，居徂徠山中，日沉飲，號「竹溪六逸」。在長安時，又與賀知章、李適之、李璡、崔宗之、蘇晉、張旭、焦遂爲飲酒八仙人。他中年與杜甫交尤善。然二人的作風卻是很不相同的。他的作風，最能於長歌中表現出來。像〈行路難〉：

金樽清酒斗十千，玉盤珍羞直萬錢。停杯投箸不能食，拔劍四顧心茫然。欲渡黃河冰塞川，將登太行雪滿山。閒來垂釣碧溪上，忽復乘舟夢日邊。行路難，行路難，多歧路，今安在！長風破浪會有時，直掛雲帆濟滄海。

大道如青天，我獨不得去。羞逐長安社中兒，赤雞白狗賭梨栗。彈劍作歌奏苦聲，曳裾王門不稱情。淮陰市井笑韓信，漢朝公卿忌賈生。君不見，昔時燕家重郭隗，擁篲折節無嫌猜。劇辛樂毅感恩分，輸肝剖膽效英才。昭王白骨縈爛草，誰人更掃黃金台！行路難，歸去來！

像〈北風行〉：「唯有北風怒氣天上來。燕山雪花大如席，片片吹落軒轅台。」〈少年行〉：「看取富貴眼前者，何用悠悠身後名。」〈經亂離後天恩流夜郎憶舊遊書懷贈江夏韋太守良宰〉：「學劍翻自哂，爲文竟何成。劍非萬人敵，文竊四海聲。兒戲不足道，〈五噫〉出西京！」〈廬山謠〉：「我本楚狂人，鳳歌笑孔丘。」〈夢遊天姥吟留別〉：「天台四萬八千丈，對此欲倒東南傾。我欲因之夢吳越，一夜飛度鏡湖月。」〈蜀道難〉：「連峰去天不盈尺，枯松倒掛倚絕壁。飛湍瀑流爭喧豗（ㄏㄨㄟ），砯崖轉石萬壑雷。」〈將進酒〉：「君不見，黃河之水天上來，奔流到海不復回。君不見，高堂明鏡悲白髮，朝如青絲暮成雪。人生得意須盡歡，莫使金樽空對月！」等等，都是氣呑斗牛，目無齊、梁的。他騁其想像的飛馳，盡其大膽的遣詞，一點也不受什麼拘束，一點也不顧忌什麼成法，所以能夠狂言若奔川赴海，滔滔不已。雖時若「言大而誇」，卻並不是什麼虛矯的誇大。有他的這樣的天才，這樣的目無古作，才可以說是：「自從建安來，綺麗不足珍。」（〈古風〉）他誠是獨往獨來於古今的歌壇上的。

他的短詩，雋妙的也極多，幾乎沒有一首不是爽口悅耳的，卻又俱具著渾重之致，一點也不流於浮滑。又，在其間，關於酒的歌詠是特多。像〈前有樽酒行〉：

> 春風東來忽相過，金樽淥酒生微波。落花紛紛稍覺多，美人欲醉朱顏酡。青軒桃李能幾何，流光欺人忽蹉跎。君起舞，日西夕。當年意氣不肯傾，白髮如絲嘆何益！

像〈月下獨酌〉：「花間一壺酒，獨酌無相親。舉杯邀明月，對影成三人」，像〈山中與幽人對酌〉：「我醉欲眠卿且去」，像〈自遣〉：「對酒不覺瞑，落花盈我衣。醉起步溪月，鳥還人亦稀」等等都是。其他像〈越中覽古〉：「宮女如花滿春殿，如今惟有鷓鴣飛』，〈早發白帝城〉：「兩岸猿聲啼不盡，輕舟已過萬重山」等等，也都是七言絕句裡的最高的成就。又如〈烏夜啼〉、〈烏棲曲〉等，也都是冷雋之氣森森逼人。

六

高適年過五十，始學爲詩，即工。以氣質自高，多胸臆間語。他雖沒有王維、孟浩然的澹遠，李白的清麗奔放，卻自有一種壯激緻密的風度，爲王、孟他們所沒有的。適[13]字達夫，一字仲武，滄州人。少性拓落，不拘小節，恥預常科，隱跡博徒，才名便遠。後舉有道，授封丘尉。未幾，哥舒翰表掌書記。後擢諫議大夫，負氣敢言，權近側目。李輔國忌其才。蜀亂，出爲蜀、彭二州刺史。遷西川節度使，還爲左散騎常侍。永泰初卒（七〇〇？—七六五）有集[14]。他尚氣節，語王霸，袞袞不厭。遭時多難，以功名自許。嘗過汴州，與李白、杜甫會。酒酣登吹台，慷慨悲歌，臨風懷古。中間唱和頗多。他的詩也到處都顯露出以功名自許的氣概。他不談窮說苦，不使酒罵坐，不故爲隱遁自放之言，不說什麼上天下地，不落邊際的話。他是一位「人世間」的詩人，是一位顯達的作家。開、天以來，凡詩人皆窮，顯達者惟適一人而已。爲的是一位慷慨自喜的人，又是一位屢次獨當方面的大員，所以他的作風，於舒暢中又透著壯烈之致，於積極中更露著企勉之意。像「窮達自有時，夫子莫下淚」（〈效古贈崔二〉），「知君不得意，他日會鵬摶」（〈東平留贈狄司馬〉），「男兒爭富貴，勸爾莫遲回」（〈宋中遇劉書記有別〉）等，自非若「不才明主棄」一類的失意人語。他的詩，每一篇已，好事者輒傳播吟玩。他的最高的成就，像七言絕句中的：

* * *

⑬ 高適見《舊唐書》卷一百十一，《新唐書》卷一百四十三。

⑭ 《高常侍集》十卷，有明刊本，《四部叢刊》本（八卷）。

危冠廣袖楚宮妝，獨步閒庭逐夜涼。自把玉釵敲砌竹，清歌一曲月如霜。

——〈聽張立本女吟〉

千里黃雲白日曛，北風吹雁雪紛紛。莫愁前路無知己，天下誰人不識君！

——〈別董大〉

又像五言的〈登百丈峰〉：「漢壘青冥間，胡天白雪掃，憶昔霍將軍，連年此征討」，〈塞上〉：「總戎掃大漠，一戰擒單于。常懷感激心，願效縱橫謨」，〈自淇涉黃河途中作〉：「北風吹萬里，南雁不知數。歸意方浩然，雲沙更迴互」等等，都頗足以窺見他的慷慨壯烈的風格來。

七

岑參[15]是開、天時代最富於異國情調的詩人。王維的友人苑咸善於梵語，可惜其詩傳者不多，未見其曾引梵詩的風趣到漢詩中來。岑參卻是以秀挺的筆調，介紹整個的西陲、熱海給我們的。唐詩人詠邊塞詩頗多，類皆捕風捉影。他卻自句句從體驗中來，從閱歷裡出。以此，他一邊具有高適的慷慨壯烈的風格，一邊卻較之更為深刻雋削，富於奇趣新情。他南陽人，文本之後。天寶三年進士及第。後出為嘉州刺史。杜鴻漸表置安西幕府。以職方郎兼侍御史領幕職。流寓不還，遂終於

* * *

⑮《岑嘉州詩》四卷，有明刊本，《四部叢刊》本。

蜀。他累佐戎幕，往來鞍馬烽塵間十餘載，極征行離別之情。城障塞堡，無不經行。他的詩便在這樣的環境中寫出。論者謂參詩「辭意清切，迴拔孤秀，多出佳境。每一篇出，人競傳寫，比之吳均、何遜」。或又謂他「放情山水，故常懷逸念，奇造幽致，所得往往超拔孤秀，度越常情，與高適風骨頗同，讀之令人慷慨懷感」。其實，他的所得，似尤出於吳均、何遜及高適。清拔孤秀的風格雖同，而他的題材，卻不是他們所能有的。這特殊的異國的情調，給他的詩以另一般的風趣與光彩。像〈天山雪歌〉：「北風夜捲赤亭口，一夜天山雪更厚。……將軍狐裘臥不暖，都護寶刀凍欲斷」，〈火山雲歌〉：「火雲滿山凝未開，飛鳥千里不敢來。……繚繞斜吞鐵關樹，氛氳半掩交河戍」，〈銀山磧山館〉：「銀山磧口風似箭，鐵門關西月如練」，〈贈酒泉韓太守〉：「酒泉西望玉關道，千山萬磧皆石草」，〈優鉢羅花歌〉：「葉六瓣，花九房，夜掩朝開多異香」，〈宿鐵關西館〉：「馬汗踏成泥，朝馳幾萬蹄。雪中行地角，火處宿天倪」，〈經火山〉：「赤焰燒虜雲，炎氛蒸塞空」，〈熱海行〉：「側聞陰山胡兒語，西頭熱海水如煮」等等，是風，是沙，是雪，是火雲，是熱海，這些，都是第一次方被連續的捉入我們的詩裡的吧。在「終日風與雪，連天沙復山」（〈寄宇文判官〉），「秋來唯有雁，夏盡不聞蟬。雨拂氈牆濕，風搖毳幕膻」（〈首秋輪台〉）的境地裡，自然是會有另一種的情趣的。他的七言絕句，像〈趙將軍歌〉：

九月天山風似刀，城南獵馬縮寒毛。將軍縱博場場勝，賭得單于貂鼠袍。

寫邊塞將士們的生活是極爲活躍的。又像〈磧中作〉：

走馬西來欲到天，辭家見月兩回圓。今夜不知何處宿，平沙萬里絕人煙。

大約是他第一次「走馬西來」的所作吧。其他像〈山房春事〉二首：

風恬日暖蕩春光，戲蝶遊蜂亂入房。數枝門柳低衣桁（ㄏㄤˋ），一片山花落筆床。

梁園日暮亂飛鴉，極目蕭條三兩家。庭樹不知人去盡，春來還發舊時花。

情調與他作甚異，但這表白了我們的詩人，也不是不會寫作那麼清雋可喜之篇什的。

八

這五位詩人之外，還有王昌齡、儲光羲、常建、王灣、崔顥、王之渙、祖詠、李頎等若干人。他們都不是依花附草的小詩人們。他們也都是各具特殊的作風，馳騁於當世而不稍爲他人屈的。

王昌齡[16]字少伯，京兆人，與高適、王之渙齊名，而昌齡獨有「詩天子」的稱號。他登開元十五年進士第。爲江寧丞。後因不護細行，貶龍標尉，卒。他的詩，緒密思精，多哀怨清溢之作。「秦時明月漢時關」（〈出塞〉）傳誦最盛，實非其至者。像〈采蓮曲〉：「亂入池中看不見，聞

* * *

⑯王昌齡見《舊唐書》卷一百九十下〈文苑（下）〉，《新唐書》卷二百三〈文藝（下）〉。

歌始覺有人來」，〈長信秋詞〉：「玉顏不及寒鴉色，猶帶昭陽日影來」，〈閨怨〉：「閨中少婦不知愁，春日凝妝上翠樓」，〈芙蓉樓送辛漸〉：「洛陽親友如相問，一片冰心在玉壺」等，才足以代表他的作風罷。他作七言絕句甚多，也是最成功者的一個。

王之渙，并州人，與兄之咸、之賁皆有文名。天寶間與王昌齡、崔國輔、鄭明聯唱迭和，名動一時。《集異記》載：一日天寒微雪，之渙和高適、王昌齡三詩人，共詣旗亭貰酒小飲，聽梨園伶官唱詩。三詩人的所作，皆爲所唱及。獨妓中之最佳者，乃唱之渙的「黃河遠上白雲間，一片孤城萬仞山」（〈涼州詞〉）一詩。明、清戲曲家演此事之劇本以《旗亭記》爲名的，不只一二本而已。

儲光羲⑰，兗州人，登開元中進士第，歷監察御史。祿山亂後，坐陷賊貶官。光羲詩傳者頗多，殊有玉石雜混之感。像〈洛陽道〉：

洛水春冰開，洛城春水綠。朝看大道上，落花亂馬足。

等小詩，似是他較好的成就。

常建⑱在殷璠的《河岳英靈集》中，爲所錄二十四詩人們之冠。建，開元中進士第，大曆中爲

* * *

⑰《儲光羲詩》五卷，有雍正刊本。

⑱《常建集》三卷，有汲古閣本，明刊本（二卷）。

盱眙（ㄒㄩ ㄧˊ）尉。論者謂他的詩「似初發通莊，卻尋野徑。百里之外，方歸大道。其旨遠，其興僻。佳句輒來，唯論意表。」像他的「松際露微月，清光猶爲君」（〈宿王昌齡隱居〉），「戰餘落日黃，軍敗鼓聲死」（〈弔王將軍墓〉），「曲徑通幽處，禪房花木深。山光悅鳥性，潭影空人心」（〈題破山寺後禪院〉），都是足當「其旨遠，其興僻」之譽的。

崔顥[19]，汴州人，開元十一年登進士第。官司勛員外郎。天寶十三年卒。他少年爲詩，多浮艷語，晚乃風骨凜然，奇造往往並驅江、鮑。後遊武昌，登黃鶴樓，感慨賦詩道：「黃鶴一去不復返，白雲千載空悠悠。」及李白來，道：「眼前有景道不得，崔顥題詩在上頭。」無作而去。顥好蒲博，嗜酒。娶妻擇美者，稍不愜，即棄之，凡易三四。他苦吟詠，當病起清虛，友人戲之道：「非子病如此，乃苦吟詩瘦耳。」遂爲口實。今傳顥詩，仍以艷體爲多。像〈長干曲〉：

君家住何處？妾住在橫塘。停船暫相問，或恐是同鄉。

神情大類〈子夜〉、〈讀曲〉。他的歌行，像〈贈王威古〉：「春風吹淺草，獵騎何翩翩」，〈行路難〉：「萬萬長條拂地垂，二月三月花如霰」，〈渭城少年行〉；「長安道上春可憐，搖風蕩日曲江邊」等，都是很暢麗的。

王灣，洛陽人，登先天進士第。終洛陽尉。他文名早著，其「海日生殘夜，江春入舊年」

* * *

⑲崔顥見《舊唐書》卷一百九十〈文苑（下）〉，《新唐書》卷二百二〈文藝（中）〉。

（〈江南意〉）之句，當時稱最；張說至手題於政事堂。

李頎（ㄑㄧˊ），東川人，家於潁陽，擢開元十三年進士第，官新鄉尉。王世貞謂：「盛唐七言律，老杜外，王維、李頎、岑參耳。」但他的七絕，像〈野老曝背〉：

百歲老翁不種田，惟知曝背樂殘年。有時捫虱獨搔首，目送歸鴻籬下眠。

也有獨特的風趣。

祖詠，洛陽人，登開元十二年進士第，與王維友善。有司嘗試以〈終南望餘雪〉。詠賦道：「終南陰嶺秀，積雪浮雲端。林表明霽色，城中增暮寒。」僅此四句，就交了卷。或詰之，他道：「意盡！」

又有孫逖，河南人，開元中進士，終太子詹事。崔國輔，吳郡人，為禮部員外郎，後坐事貶晉陵郡司馬。盧象，字緯卿，汶水人，以受祿山偽署，貶永州司戶。王翰，字子羽，晉陽人，登進士第，為仙州別駕。日與才士豪俠飲樂遊畋，坐貶道州司馬卒。綦母潛，字孝通，荊南人，終著作郎。崔曙，宋州人，少孤貧，不應荐辟，苦志高吟。薛據，荊南人，終水部郎中。沈千運，吳興人，數應舉不第。孟雲卿，關西人，仕終校書郎。賈至字幼鄰，洛陽人，開元中為起居舍人，大曆初為京兆尹，右散騎常侍。劉昚虛，江東人，天寶時官夏縣令。皆以能詩名。而王翰的〈涼州詞〉：「葡萄美酒夜光杯」，尤盛傳人口。

▣參考書目

一、《全唐詩》，有揚州詩局原刊本，有同文書局石印本。
二、《唐百名家詩》，清席氏刊本。
三、《唐四家集》，明仿宋刊本。同文書局石印本。
四、《五十唐人小集》，仁和江氏仿宋刊本。
五、《唐才子傳》，辛文房著，日本《佚存叢書》本。
六、《唐事紀事》，宋計有功著，有清刊本，石印本。
七、《全唐詩話》，宋尤袤著，有歷代詩話本。
八、《唐音癸籤》，明胡震亨著，有明刊本。

第二十六章 杜甫

杜甫的時代——安史大亂與詩人的覺醒——杜甫的生平——他的詩的三個時代——「李邕願識面」的時代——安史亂中的所作——詩人的苦難與時代的苦難——真實的偉大的精神——晚年的恬靜的生活——具著赤子之心的詩人——大曆詩人們——韋應物與劉長卿——詼諧詩人顧況——李嘉祐皎然等——大曆十才子——戎昱戴叔倫及二包等

一

杜甫既歸不到上面開元、天寶的時代，也歸不到下面的大曆十子的時代裡去。杜甫是在天寶的末葉，到大曆的初期，最顯出他的好身手來的，這時代有十六年（公元七五五—七七〇年）。我們可以名此時代爲杜甫時代。這時代的大樞紐，便是天寶十四年（公元七五五年）十一月的安祿山的變亂。這個大變亂，把杜甫鍾煉成了一個偉大的詩人，這個大變亂也把一切開元、天寶的氣象都改換了一個樣子。

開、天有四十年的昇平，所謂「兵氣銷爲日月光」者差可擬之。然昇平既久，人不知兵。霹靂一聲，忽然有一個大變亂無端而起。安祿山舉兵於漁陽，統蕃、漢兵馬四十餘萬，浩浩蕩蕩，殺奔長安而來。破潼關，陷東京，如入無人之境。第二年的正月，他便稱帝。六月，明皇便倉皇奔蜀。等到勤王的兵集合時，主客之勢，差不多是倒換了過來。又一年，安祿山被殺，然兵事還不曾全定。自此天下元氣大傷，整個政治的局面，完全改了另一種式樣。中央政府漸漸失去了控御的能力，驕兵悍將，人人得以割據一方，自我爲政。所謂藩鎭之禍，便自此始。杜甫便在這個兵連禍結，天下鼎沸的時代，將自己所身受的，所觀察到的，一一捉入他的苦吟的詩篇裡去。這使他的詩，被稱爲偉大的「詩史」。差不多整個痛苦的時代，都表現在他的詩裡了。

這兩個時代，太不相同了。前者是「曉日荔枝紅」，「霓裳羽衣舞」，沉酣於音樂，舞蹈，醇酒，婦人之中，流連於山光水色之際，園苑花林之內，不僅一人之上的皇帝如此，即個個平民們也無不如此。金龜換酒，旗亭畫壁，詩人們更是無思無慮的稱心稱意的在宛轉的歌唱著。雖有愁嘆，那卻是輕喟，那卻是沒名的感慨，並不是什麼深憂劇痛。雖有悲歌，那卻是出之於無聊的人生的苦悶裡的，卻是嘆息於個人功名利達的不遂意的。但在後者的一個時代裡，卻完全不對了！漁陽鼙鼓，驚醒了四十年來的繁華夢。開、天的黃金時代的詩人們個個都飽受了刺激。他們不得不把迷糊的醉眼，回顧到人世間來。他們不得不放棄了個人的富貴利達的觀念，而去掛念到另一個痛苦的廣大的社會。他們不得不把無聊的歌唱停止了下來，而執筆去寫另一種的更遠爲偉大的詩篇。他們不得不把吟風弄月，遊山玩水的清興遏制住了，而去西奔東跑，以求自己的安全與衣食。於是全般的詩壇的作風，也都變更了過來。由天際的空想，變到人間的寫實。由只有個人的觀念，變到知道顧及社會的苦難。由寫山水的清音，變到人民的流離痛苦的描狀。這豈只是一個小小的改革而已。杜甫便是全般代表了這個偉大的改革運動的。他是這個運動的先鋒，也是這個運動的主將。

二

杜甫[1]字子美，京兆人。是唐初狂詩人審言的孫子。家貧，少不自振，客於吳、越、齊、趙間。李邕奇其才，嘗先往訪問他。舉進士不第，困長安，天寶三年，獻〈三大禮賦〉於明皇。帝奇之，使待詔集賢院，命宰相試文章。擢河西尉。不拜。改右衛率府冑曹參軍。數上賦頌，高自稱道。他這時似極想做「鳴朝廷之盛」的一位宮廷詩人[2]。但祿山之亂跟著起來了。他的太平詩人的夢被驚醒了。跟了大批朝臣，避難於三川。肅宗立，自鄜（ㄈㄨ）州羸服欲奔行在。爲賊所得。至德二年，亡走鳳翔，上謁，拜左拾遺。嘗因救護房琯之故，幾至得罪。時天下大亂，所在寇奪。甫家寓鄜，彌年艱窶，孺弱至餓死。因許甫自往省視。從還京師。出爲花州司功參軍。關輔飢，輒棄官去。客秦州，負薪，拾橡栗自給。流落劍南，營草堂成都西郭浣花溪。召補京兆功曹參軍，不至。會嚴武節度劍南、西川，因往依之。武再帥劍南，表爲參謀檢校，工部員外郎。武以世舊，待甫甚厚。相傳甫對武頗無禮。一日，醉登武床，瞪視道：「嚴挺之乃有此兒！」武心銜之，欲殺之。賴其母力救得免。但此說不大可靠。嚴、杜交誼殊厚，甫集中贈武詩至三十餘篇之多。皆有知己之感，而武死，甫爲詩哭之尤慟，當決不至有此事的。武死後，甫往來梓、夔間。大曆中，出瞿

＊　　＊　　＊

①杜甫見《舊唐書》卷一百九十下〈文苑（下）〉，《新唐書》卷二百一〈文藝（上）．杜審言傳〉。

②《集千家注杜詩》二十卷，元高楚芳編，明許自昌刊本，清刊本；《杜詩評注》二十五卷，清仇兆鰲注，康熙刊本，通行本；《杜詩鏡銓》二十卷，楊倫注，通行本，鉛印本；《四部叢刊》影印宋本。

塘，訴沅、湘，以登衡山。因客耒陽，遊岳祠。大水暴至，涉旬不得食。縣令具舟迎之，乃得還。爲設牛炙白酒。大醉。一夕卒。年五十九（七一二—七七〇）。

他的生平，可以分爲三個時代，他的詩也因之而有三個不同的作風。第一期是安祿山亂前（公元七五五年前）。這時，他正是壯年，頗有功名之思，很想做一個「致君堯舜上」的重臣，不獨要成一個不朽的詩人而已。他又往往薰染了時人的誇誕之習，爲詩好高自稱道，像：「讀書破萬卷，下筆如有神。賦料揚雄敵，詩看子建親。李邕求識面，王翰願卜鄰。自謂頗挺出，立登要路津。致君堯舜上，再使風俗淳。」（〈奉贈韋左丞丈〉）這不能怪他。凡唐人差不多莫不如此。在這時，他的詩，已是充分的顯露出他的天才。但像〈樂遊園歌〉：「此身飲罷無歸處，獨立蒼茫自詠詩！」像〈官定後戲贈〉；「耽酒須微祿，狂歌託聖朝」，其情調與當時一般的詩人，若李白、孟浩然等，是無殊的。

到了第二期，即從安、史亂後到他入蜀以前（公元七五五—七五九年），他的作風卻大變了。在這短短的五年間，他身歷百苦，流離遷徙，刻不寧息，極人生的不幸，而一般社會所受到的苦難，更較他爲尤甚。他的情緒因此整個的轉變了。他便收拾起個人利祿的打算，換上了一副悲天憫人的心腸。他離開了李白、孟浩然他們的同伴，而獨肩起苦難時代的寫實的大責任來。雖只短短的五年，而他是另一個人了，他的詩是另一種詩了。在他之前，那麼偉大的悲天憫人之作從不曾出世過。在他之後，才會有白居易他們產生出來。他的影響是極大的！在這五年裡，他留下了一百四十幾首詩，差不多總有一半是歌詠這次的大變亂的。我們不曾看見過別一個變亂的時代曾在別一位那麼偉大的詩人的篇什裡留下更深刻。更偉大的痕跡過！

他在這時代所寫的歌詠亂離的詩，仍以寫自身所感受的爲最多。好容易亂中脫賊而赴鳳翔，

〈喜達行在所〉：「眼穿當落日，心死著寒灰。所親驚老瘦，辛苦賊中來。」然而家信還渺然呢！他的憶家之作，是寫以血淚的。後來，回家了。他回到家中時的情形，是很可痛的。〈北征〉：「經年至茅屋，妻子衣百結。慟哭松聲迴。悲泉共幽咽。平生所嬌兒，顏色白勝雪。見耶背面啼，垢膩腳不韈。床前兩小女，補綻才過膝。海圖拆波濤，舊繡移曲折。天吳及紫鳳，顛倒在裋褐。」後來和家人同在遷徙流離著了，然而又苦飢寒。〈百憂集行〉：「入門依舊四壁空，老妻睹我顏色同。痴兒未知父子禮，叫怒索飯啼門東。」〈乾元中寓居同谷縣作歌七首〉是總寫他的窮困的生活和家庭的生死流離的。他自己是：「歲拾橡栗隨狙公，天寒日暮山谷裡。中原無書歸不得，手腳凍皴（ㄘㄨㄣ）皮肉死。」是手把著白木柄的長鑱，掘黃精以爲食。然雪盛，黃精無苗，只得空手與長鑱同歸，「男呻女吟四壁靜」。有弟在遠方，「三人各瘦何人強。生別展轉不相見，胡塵暗天道路長！」有妹在鍾離，婿歿遺諸孤，已是十年不相見了。在這樣的境地裡，恰好又是「四山多風溪水急，寒雨颯颯枯樹濕。黃蒿古城雲不開，玄狐跳梁黃狐立」，能不興「我生何爲在窮谷，中夜起坐萬感集」之嘆麼？

但他究竟是一位心胸廣大的熱情的詩人，不僅對於自己的骨肉，牽腸掛腹的憶念著，且也還推己以及人，對於一般苦難的人民，無告的弱者，表現出充分的同情來。〈茅屋爲秋風所破歌〉最足以見出這個偉大的精神：「布衾多年冷似鐵，嬌兒惡臥踏裡裂。床頭屋漏無乾處。雨腳如麻未斷絕。自經喪亂少睡眠。長夜沾濕何由徹？」因了自己的苦難，忽然的發出一個豪念：「安得廣廈千萬間，大庇天下寒士俱歡顏，風雨不動安如山。嗚呼，何時眼前突兀見此屋，吾廬獨破受凍死亦足！」天下寒士們如果都有所庇了，自己便「吾廬獨破受凍死亦足！」這是甚等的精神呢！釋迦、仲尼、耶穌還不是從這等偉大的精神出發的麼？

他所寫當時一般社會的苦難的情形，可於〈新安吏〉、〈潼關吏〉、〈石壕吏〉、〈新婚別〉、〈垂老別〉、〈無家別〉等作中見之。〈新安吏〉、〈石壕吏〉、〈新婚別〉、〈垂老別〉所敘的都是徵兵征役的擾苦。「客行新安道，喧呼聞點兵。……肥男有母送，瘦男獨伶俜（ㄆㄧㄥ）。白水暮東流，青山聞哭聲。莫自使眼枯，收汝淚縱橫。眼枯即見骨，天地終無情！」這是集丁應徵的情形。但農民們是往往躲藏了以避徵發的，於是如「石壕吏」者便不得不於夜中捉人。「老翁逾牆走」了，力衰的老嫗只好「請從吏夜歸，急應河陽役」。在這些被徵發的丁男裡，有的是新婚即別的，於「沉痛迫中腸」裡，新婦還不得不安慰她的夫婿道：「勿爲新婚念，努力事戎行。」連老翁也不得不去。「子孫陣亡盡，焉用身獨完！」於是他遂「投杖出門去，……長揖別上官」，也顧不得「老妻臥路啼」了。他在天寶十年所作的〈兵車行〉，也是寫這種生離死別的情形的。「生女猶得嫁比鄰，生男埋沒隨百草」，是沉痛之至的詛咒！但較之〈新安吏〉等篇，似尤未臻其深刻。人類的互相殘殺，是否逼不得已的呢？驅和平的農民們，市人們，教他們執刀去殺人，是否發狂的舉動？一九一四年的歐洲大戰，產生了不少的非戰文學出來。安、史之亂，也產生了杜甫的這些偉大的詩篇。不過甫只是替被徵發的平民們說話，對於戰爭的本身，他還沒有勇氣去直接的加以攻擊，加以詛咒。他的〈潼關吏〉是敘述士卒築潼關城的情形的，頗寓勸誡意：「請囑防關將，愼勿學哥舒。」這樣的風格，後來便爲白居易的「新樂府」所常常襲用。〈無家別〉是敘述亂後人民歸家時的情形的，「寂寞天寶後，園廬但蒿藜。我里百餘家，世亂各東西。存者無消息，死者爲塵泥！」這場大亂，眞的把整個社會的基礎都震撼得倒塌了。

第三期是從他於乾元二年的冬天到成都起，直到他的死爲止（公元七五九—七七〇年）。中間雖也曾由蜀播遷出來，但生活究竟要比第二期安定，舒服。所以他這十一年中的詩，往往都是很恬靜的，工致的，蒼勁的，與中年時代的血脈賁張，痛苦呼號者不同。雖也有痛定思痛之作，但不甚多。爲了生活的比較安定，所以這時代的詩寫得最多，幾要占全集的十分之七八以上。在這時，他似又恢復了從容遊宴之樂。他的浣花裡的居宅似頗適意。可望見江流，又種竹植樹，以增其趣。他縱酒嘯詠，與田夫野老相狎蕩，無拘檢。〈秋興〉八首，爲這時期的代表作。茲錄其一：

聞道長安似弈棋，百年世事不勝悲。王侯第宅皆新主，文武衣冠異昔時。直北關山金鼓振，征西車馬羽書馳。魚龍寂寞秋江冷，故國平居有所思。

他仍未忘懷於國家的大事。

三

他是一位眞實的偉大的詩人。不唯心胸的闊大，想像的深邃異乎常人，即在詩的藝術一方面，也是最爲精工周密，無瑕可擊的。「文章千古事，得失寸心知。」他是執持著那麼愼重的態度來寫作的，而他的寫作，又是那麼樣的專心一意，「語不驚人死不休」，故所作都是經由千錘百煉而出，而且是屢經改削的。（他自已有「新詩改罷自長吟」語。）他還常和友人們討論。（〈春日憶李白〉：「何時一尊酒，重與細論文。」）然而他還未必自滿。我們於「晚節漸於詩律細」一語，也可見其細針密縫的態度來吧。他最長於寫律詩，他的七言律，王世貞至以爲「聖」。他的五言律及七言歌行以至排律，幾無不精妙。在短詩一方面。雖論者忽視之，但也有很雋妙的篇什，像〈漫成一首〉：

> 江月去人只數尺，風燈照夜欲三更。沙頭宿鷺聯拳靜，船尾跳魚撥剌鳴。

置之王、孟集中還不是最好的東西麼？所以後人於杜，差不多成了宗仰的中心，當他是一位「集大成」的詩人。離他不五十年的元稹，已極口的恭維著他：「至於子美，蓋所謂上薄風騷，下該沈、宋，言奪蘇、李，氣吞曹、劉。掩顏、謝之孤高，雜徐、庾之流麗，盡得古今之體勢，而兼人人之所獨專矣。使仲尼考鍛其旨要，尚不知貴其多乎哉。苟以爲能所不能，無可無不可，則詩人以來，未有如子美者！」韓愈也說：「李杜文章在，光焰萬丈長！」

凡大詩人沒有一個不是具有赤子之心的，於杜甫尤信。他最篤於兄弟之情，而於友朋之際，尤爲純厚。他和李白是最好的朋友，集中寄白及夢白的詩不只二三見而已。李邕識他於未成名之時，故他感之最深，嚴武助他於避難之頃，故他哭之尤慟。（他有〈八哀詩〉歷敘生平已逝的友人。）

也爲了他是滿具著赤子之心的，故時時做著很有風趣的事，說著很有風趣的話。相傳有一天，他對鄭虔自誇其詩。虔猥道：「汝詩可已疾。」會虔妻痁作，語虔道：「讀吾『子璋髑髏（ㄉㄨˊ ㄌㄡˊ）血模糊，手提擲還崔大夫』立瘥矣。如不瘥，讀句某；未間，更讀句某。如又不瘥，雖和、扁不能爲也。」他又有〈戲簡鄭廣文〉一篇：

> 廣文到官舍，繫馬堂階下。醉即騎馬歸，頗遭官長罵。才名四十年，坐客寒無氈。賴有蘇

司業，時時與酒錢。

也是和鄭虔開玩笑的。鄭虔③是當時一位名士，有「鄭虔三絕」之稱，必定也是一位很有風趣的人物。惜他的詩，僅傳一首，未能使我們看出其作風來。

四

杜甫死於大曆五年（公元七七〇年）。他的影響要到了元和、長慶之間才大起來。大曆、貞元間的詩人們，對於他似都無甚關係。他亂後僻居西川，死於耒陽。雖是時時得到京城裡的消息，知道「同學少年皆不賤」，卻始終不曾動過東遊之念。

現在，爲了方便計，姑將十幾位大曆的詩人們述於本章之後。

五七言詩的發展是很奇怪的，經了千百年的發展，只有一步步的向前推進，卻從不曾有過衰落的時期。變體是一天天的多了；詩律是一天天的細了；風格是一天天的更變幻了；詩緒是一天天的更深邃了。到了開元、天寶之時，體式與詩律是進展到無可再進展了，卻又變了一個方向。作家們都在不同的風格底下，各自有長足的進展。王、孟、李、岑、高，風格各自不同，杜甫更與他們相異，其他無數的開、天詩人們也都各自有其作風。照老規矩是，一種文體，極盛之後，便難爲繼。

*　　*　　*

③鄭虔見《新唐書》卷二百〈文藝（中）〉。

但五七言詩體卻出於這個常例之外。經過了開、天的黃金時代，她依然是在發展，在更深邃，更廣漠的擴充她的風格的領土。繼於其後的是大曆時代。大曆時代的詩人們很不在少數，其盛況未亞於開、天。其中，最著者為韋應物、劉長卿、顧況、釋皎然、李嘉祐諸人，更有所謂大曆十才子者，也在這個時代的詩壇上活動著。

韋應物，京兆長安人，少以三衛郎事明皇。晚更折節讀書。建中三年，拜比部員外郎，出為滁州刺史。久之，改左司郎中，又出為蘇州刺史。應物性高潔，所在焚香掃地而坐，唯顧況、劉長卿、丘丹、秦系、皎然之儔，得廁賓客，與之酬唱④。評者謂：「其詩閒澹簡遠，人比之陶潛，稱陶、韋云。」白樂天謂：「韋蘇州五言，高雅閒淡，自成一家之體。」蘇東坡也說：「樂天長短三千首，卻遜韋郎五字詩。」⑤應物風格雖閒遠，但與其說他近淵明，不如說他較近於孟浩然。真實的淵明的繼人，應是王維而非應物。他和浩然相同，往往喜用自然景物來牽合攏來烘托自己的情緒。像：「流水赴大壑，孤雲還暮山，無情尚有歸，子行何獨難」（〈擬古詩〉），「攜酒花林下，前有千載墳……聊舒遠世蹤，坐望還山雲」（〈與友生野飲效陶體〉），「天邊宿鳥生歸思，關外晴山滿夕嵐。立馬欲從何處別？都門楊柳正毿（ㄙㄢ）毿」（〈送章八元秀才〉）等等都是。但像〈上皇三台〉：

* * *

④《韋蘇州集》十卷。有汲古閣刊本，席氏刊本，項絪翻刻宋本，《四部叢刊》本。

⑤白蘇二人語，均見宋葛立方《韻語陽秋》引。

不寐倦長更，披衣出户行。月寒秋竹冷，風切夜窗聲。

之類，卻別有一種幽峭之趣。

劉長卿[6]字文房，官至隨州刺史。皇甫湜（ㄕˊ）嘗道：「詩未有劉長卿一句，已呼宋玉爲老兵矣。」其爲人所重如此。每題詩不言其姓，但言長卿而已。因人謂：「前有沈、宋、王、杜，後有錢、郎、劉、李。」乃道：「李嘉祐、郎士元焉得與予齊稱耶！」長卿詩，意境幽雋者甚多。像「柴門聞犬吠，風雪夜歸人」（〈逢雪宿芙蓉山主人〉），「荒村帶返照，落葉亂紛紛。……野橋經雨斷，澗水向田分」（〈喜皇甫侍御相訪〉），「細雨濕衣看不見，閒花落地聽無聲」（〈別嚴士元〉），「春草雨中行徑沒，暮山江上捲簾愁」（〈漢陽獻李相公〉）等等，何減於淵明、右丞。惟往往貪多務得，未免時多雷同的想像，用此爲累耳。

顧況[7]字逋翁，蘇州人。至德進士。性詼諧。與之交者，雖王公貴人，必戲侮之。竟坐此貶饒州司戶參軍。後隱茅山卒。皇甫湜序其集[8]道：「偏於逸歌長句，駿發踔厲，往往若穿天心，出月脅，意外驚人語，非常人所能爲，甚快意也！」這話並不是瞎恭維。就創作的勇氣上說來，他是遠在應物、長卿以上的。他什麼字都敢用，他什麼話都敢說。他不怕俗，不怕人笑。他不願意把很好

＊　　＊　　＊

⑥《劉隨州集》十卷，有明活字版本，席氏刊本，《四部叢刊》本。

⑦顧況見《舊唐書》卷一百三十。

⑧顧況《華陽集》二卷，有明姚士選輯本，席氏刊本（五卷）。

的想像，很好的意思，葬送在「古雅」的墳墓之中。他有什麼便寫什麼，他並不是故意要求「語不驚人死不休」，他實在是落想便奇。有人單挑杜甫的幾首略帶詼諧的意味的詩來恭維，但像顧況才是眞實的詼諧詩人。在這一方面，他是比之開、天諸大詩人都更有成就的。人家都是苦吟的雅語，他卻是嘻嘻哈哈的在笑，對於一切都要調謔，像〈長安道〉：

長安道，人無衣，馬無草，何不歸來山中老！

像〈行路難〉：「君不見擔雪塞井空用力，炊砂作飯豈堪食」，「君不見古人燒水銀，變作北邙山上塵。藕絲掛在虛空中，欲落不落愁殺人。」又像〈范山人畫山水歌〉：

山崢嶸，水泓澄，漫漫汗汗一筆耕，一草一木棲神明。忽如空中有物，物中有聲；復如遠道望鄉客，夢繞山川身不行。

又像〈杜秀才畫立走水牛歌〉：「江村小兒好誇騁，腳踏牛頭上牛領，淺草平田擦過時，大蟲著鈍幾落井。」又像〈李供奉彈箜篌歌〉：「指剝蔥，腕削玉，饒鹽饒醬五味足。弄調人間不識名，彈盡天下崛奇曲。胡曲漢曲聲皆好，彈著曲髓曲肝腦。往往從空入戶來，瞥瞥隨風落春草。草頭只覺風吹入，風來草即隨風立。草亦不知風到來，風亦不知聲緩急。燕玉燭，點銀燈，光照手，實可憎：只照箜篌弦上手，不照箜篌聲裡能。」又像〈古仙壇〉：

遠山誰放燒？疑是壇旁醮。仙人錯下山，拍手壇邊笑。

這些話有誰曾說過呢？典雅的詩人們恐怕連想都不敢想到吧。他的田園詩也和一般田園詩人們的詩不同：

帶水摘禾穗，夜擣具晨炊；縣帖取社長，嗔怪見官遲。

——〈田家〉

板橋人渡泉聲，茆簷日午雞鳴。莫嗔焙茶煙暗，卻喜曬穀天晴。

——〈過山農家〉

這樣的即情即景的話，爲什麼別人便說不出來呢？更可怪的是〈上古之什補亡訓傳十三章〉裡的〈囝一章〉：

囝，哀閩也。（原注：囝音蹇；閩俗呼子爲囝，父爲郎罷。）

囝生閩方。閩吏得之，乃絕其陽。爲臧爲獲，致金滿屋；爲髡爲鉗，如視草木。天道無知，我罹其毒。神道無知，彼受其福。郎罷別囝，吾悔生汝。及汝既生，人勸不舉。不從人言，果獲是苦。囝別郎罷，心摧血下，隔地絕天，及至黃泉，不得在郎罷前。

這是最悲慘的一幅圖畫，卻出之以閩人的方言。到了現在，閩人還呼子爲「囝」，呼父爲「郎罷」，千年還不曾變。在方言文學裡，這眞要算是最早的最重要的一頁。在那時，閩人還是被視爲化外的吧，故可以任「吏得之，乃絕其陽」，當作奴隸。他的哀歌，更是眞情流露，像〈傷子〉：

老夫哭愛子，日暮千行血。聲逐斷猿悲，跡隨飛鳥滅。老夫已七十，不作多時別。

白居易的詩，人以爲明白如話，婦孺皆知；像顧況的詩才是眞實的說話呢。他敢於應用俗語方言入詩，居易卻還不敢。

釋皎然名晝，姓謝氏，長城人，靈運十世孫。居杼山。文章雋麗⑨。《因話錄》載：皎然嘗謁韋應物，恐詩體不合，乃於舟中抒思，作古體十餘篇爲贄。韋公全不稱賞。晝極失望。明日寫其舊製獻之。韋公吟諷，大加嘆詠。因語晝云：「師幾失聲名！何不但以所工見投，而猥希老夫之意。人各有所得，非卒能致。」晝大服其鑒別之精。這是很有趣的一件故事。

李嘉祐字從一，趙州人，大曆中爲兗州刺史。與劉長卿、冷朝陽、嚴維等爲友。高仲武說他「往往涉於齊、梁。綺美婉麗，蓋吳均、何遜之敵也。」像〈詠螢〉：「映水光難定，陵虛體自輕。夜風吹不滅，秋露洗還明」；像〈雜興〉：「花間昔日黃鸝轉，妾向青樓已生怨。花落黃鸝不復來，妾老君心亦應變」，都很有齊、梁風趣。

*　*　*

秦系字公緒，會稽人，天寶末避亂剡溪。建中初住泉州南安，其後東渡秣陵，年八十餘卒。南

⑨《杼山集》有汲古閣刊本。

安人思之，號其山為高士峰。權德輿道：「長卿自以為五言長城，系用偏師攻之，雖老益壯。」系所作，瘦瘠而高雋，確是隱逸者之詩。像「游魚猝荇沒，戲鳥踏花摧」（〈春日閒居〉），「鳥來翻藥碗，猿飲怕魚竿」（〈題石室山王寧所居〉），似都是苦吟而出之的。

嚴維字正文，越州山陰人，終秘書省校書郎。冷朝陽，金陵人，登大曆進士第，為薛嵩從事。

五

所謂「大曆十才子」，《唐書・文藝傳》指的是盧綸、吉中孚、韓翃（ㄏㄨㄥˊ）、錢起、司空曙、苗發、崔峒、耿湋、夏侯審及李端。江鄰幾所志，則多郎士元、李嘉祐、李益、皇甫曾，而無夏侯審、崔峒及韓翃，凡十一人。嚴羽《滄浪詩話》所載，則又有冷朝陽。但在這十幾個詩人當中，值得稱述的也只有錢起、郎士元、盧綸、韓翃、二李及皇甫曾耳。

錢起[10]，吳興人，天寶中舉進士，與郎士元齊名，時人稱之道：「前有沈、宋，後有錢、郎。」終考功郎中。高仲武稱其「詩格清奇，理致淡遠。」他少年時和王維、裴迪為友，故甚受他們的影響。像：「山色不厭遠，我行隨處深」（〈遊輞川〉）；「返照亂流明，寒空千嶂淨」（〈題準上人蘭若〉）等，皆是。惟像「鳥道掛疏雨，人家殘夕陽」，「長樂鐘聲花外盡，龍池柳色雨中深」（高仲武所特舉者）等語，未免雕斫的斧痕太顯露。

* * *

⑩《錢考功集》十卷，有明活字本，席氏刊本，《四部叢刊》本。

郎士元字君冑，中山人，天寶中擢進士第。歷右拾遺，出爲郢州刺史。他的詩，流暢多趣，似當在錢起之上；像〈送張南史〉：

雨餘深巷靜，獨酌送殘春。車馬雖嫌僻，鶯花不棄貧。蟲絲黏戶網，鼠跡印床塵。借問山陽會：如今有幾人？

盧綸字允言，河中蒲人。建中初爲昭應令。貞元中卒。

韓翃字君平，南陽人，侯希逸表佐淄青幕府，終中書舍人。《本事詩》有「章台柳」的一段故事，即爲關於翃者。明人曾以此故事，編作爲雜劇及傳奇。他長於絕句，像〈寒食〉：「春城無處不飛花，寒食東風御柳斜」等詩，皆頗傳誦人口。

李益[11]爲盧綸的妹婿。他字君虞，姑臧人，大曆四年進士。長於歌詩[12]。每一篇成，樂工爭以賂求取之，被聲歌供奉天子。又有寫〈征人歌〉、〈早行詩〉爲圖畫者。但益有心病，不見用。淪落久之，後乃爲禮部尚書，致仕卒。唐人蔣防有〈霍小玉傳〉，即敘益少年事。明湯顯祖也爲作《紫簫》、《紫釵》二記。王世貞道：「絕句李益爲勝，韓翃次之。」

李端字正己，趙郡人，大曆中進士。官杭州司馬卒。他短詩佳者甚多。明暢如話，時有奇趣，

* * *

⑪ 李益見《舊唐書》卷一百三十七。

⑫ 《李君虞集》二卷，有席氏刊本。

像〈蕪城懷古〉：

風吹城上樹，草沒邊城路。城裡月明時，精靈自來去。

皇甫曾字孝常，丹陽人，天寶中登進士第。其兄冉⑬，字茂政，大曆初官至右補闕。二人並有詩名，時人比之張氏景陽、孟陽。冉詩，高仲武最所稱賞，謂其：「可以雄視潘、張，平揖沈、謝。」

吉中孚，鄱陽人，官戶部侍郎。司空曙字文初，廣平人，從韋皋於劍南，終虞部郎中。苗發終都官員外郎。崔峒終右補闕。耿湋終右拾遺。夏侯審終侍御史。

六

「十才子」外，更有戴叔倫、戎昱、張繼及包何、包佶等，也挺生於大曆之際，負一時詩人之望。

戴叔倫字幼公，潤州金壇人，爲撫州刺史，遷容管經略使，綏徠蠻落，威名遠聞。

戎昱，荊南人，建中中爲辰、虔二州刺史。他的〈苦哉行〉（共五首），敘寫唐人利用蕃兵攻

*　　*　　*

⑬皇甫冉見《新唐書》卷二百二〈文藝（中）〉。

戰，結果是妻孥被擄，民間擾苦無已：

彼鼠侵我廚，縱狸授粱肉。鼠雖爲君卻，狸食自須足。冀雪大國恥，翻是大國辱。膻腥逼綺羅，磚瓦雜珠玉。登樓非騁望，目笑是心哭。何意天樂中，至今奏胡曲！

這是杜甫所不及知，所不曾寫的；別的詩人們卻又是不敢放筆去寫。唐中葉利用蕃軍的成績，於他的此等詩中已沉痛的寫出。這是最好的史料，別的地方所不能得見的。

張繼字懿孫，襄州人，登天寶進士第，大曆末，檢祠部員外郎。高仲武謂其「秀發當時，詩體清迴，有道者風。」像〈歸山〉：

心事數莖白髮，生涯一片青山。空林有雪相待，古道無人獨還。

似頗可以證實仲武的評騭之的當。

包何及其弟佶，爲融子，皆能詩，世稱二包。何登天寶進士第，大曆中爲起居舍人。他的詩像「雨痕連地綠，日色出林斑」（〈秋苔〉）是狀物工致的。佶字幼正，也登天寶進士第。後爲諸道鹽鐵輕貨錢物使，改秘書監，封丹陽郡公，爲大曆諸詩人中最顯達者。其詩像〈對酒贈故人〉：

扶起離披菊，霜輕喜重開。醉中驚老去，笑裡覺愁來。月送人無盡，風吹浪不回。感時將有寄，詩思澀難裁。

轉折周旋，新意層疊，是大曆詩中罕遇的佳什。

▣參考書目

一、《全唐詩》，有原刊本，石印本。
二、《全唐詩話》，宋尤袤著，有《歷代詩話》本。
三、《唐詩記事》，宋計有功著，有清刊本，石印本。
四、《唐才子傳》，元辛文房著，有日本《佚存叢書》本。
五、《唐百名家詩》，席氏刊本。
六、《五十唐人小集》，仁和江氏仿宋刊本。

第二十七章　韓愈與白居易

五七言詩風格的兩個極端的轉變——艱險與平易——韓愈與白居易——韓愈的詩——奇崛的創作——韓愈的同道者：盧仝、孟郊、賈島等——流暢如秋水的泛濫的白居易體——白氏的《新樂府》——偉大的敘事詩與抒情詩——元稹與李紳——劉禹錫柳宗元與姚合——第三派的崛起：王建張籍李賀等——女作家薛濤

一

上面已經說過，五七言詩的格律，到了大曆間，是已發展到無可再發展的了，其體式也已進步到無可再進步的了，詩人們只有在不同作風底下，求他們自己的深造與變幻。但大曆的諸詩人，除了顧況一人外，其他「十才子」之流，皆沒有表現出什麼重要的獨特的風格出來；他們彷彿都只在舊的詩城裡兜著圈子走。最大的原因是，沒有偉大的詩人出來，其才情夠得上獨闢一個天地的。但過了不久，偉大的詩人們終於是產生了。其中最重要者便是韓愈與白居易。他們各自開闢了一個嶄新的詩的園地，各自率領了一批新的詩人們向前走去。他們完全變更過了齊、梁、沈、宋，乃至

王、孟、李、杜以來的風格。他們嘗試了幾個古人們所從不曾嘗試過的詩境，他們闢出了幾個古人所從不曾窺見的詩的園地。但他們卻是兩條路走著的；他們是兩個極端。韓愈把沈、宋、王、孟以來的濫調，用艱險的作風一手拗彎過來。白居易則用他的平易近人，明白流暢的詩體，去糾正他們的庸熟。韓愈是向深處險處走去的。白居易是向平處淺處走去的。這使五七言詩的園苑裡更增多了兩朵奇葩；這使一般的詩的城國裡，更出現了兩種重要的嶄新的作風。

二

韓愈是一位古文運動的大將，他的詩似不大為人所重。當時孟郊的詩名，實較他為重，故有「孟詩韓筆」之稱。又宋人往往以為柳子厚的詩，工於退之。那大概是他的文名太大了，故把他的詩名也掩蔽住了。在他的同時，艱深險瘦的作風，把捉到者固不只一人；像孟郊、賈島、盧仝之流，莫不皆然。但他的才情實遠在他們以上。如同在散文上一樣，他在詩壇上也是一位天然的領袖人物。

愈[1]字退之，南陽人。生三歲而孤，由嫂鄭夫人撫育。少好學。貞元二年（公元七八六年）始到京師。到貞元八年（公元七九二年）才登進士第。他頗銳意於功名，數投書於時相，皆不報，因離京到東都。後寧武節度使張建封聘他為府推官。貞元十七年（公元八〇一年）調四門博士，遷

＊　＊　＊

①韓愈、孟郊見《舊唐書》卷一百六十，《新唐書》卷一百七十六；並附盧仝，賈島，皇甫湜等。

監察御史。十九年以事貶陽山令。憲宗即位（公元八〇六年），爲國子博士，改都官員外郎。後裴度宣慰淮西，奏以愈爲行軍司馬。吳元濟平，人爲刑部侍郎。元和十四年（公元八一九年），憲宗遣使到鳳翔迎佛骨入宮。愈上表切諫。帝大怒，貶他爲潮州刺史。穆宗立（公元八二一年），召他爲國子祭酒。後又爲京兆尹，轉吏部侍郎。長慶四年卒（七六八—八二四）。年五十七。有集四十卷②。

他的詩，和他的散文的作風很不相同。他在散文方面的主張，是要由艱深的駢儷回復到平易的「古文」的，他打的旗幟是「復歸自然」的一類。但他的詩的作風卻不相同了，雖然同樣的持著反對濃艷與對偶的態度，卻有意的要求險，求深，求不平凡。而他的才情的弘灝，又足以肆應不窮。其結果，便樹立了詩壇上的一個奇幟，一個獨創出來的奇幟。故他的散文是揚雄、班固、《左傳》、《史記》等等的模擬，他的詩卻是一個創作，一個嶄新的創作。他在詩一方面的成就，是要比他的散文爲高明的。《唐書》謂他「爲詩豪放，不避粗險，格之變，亦自愈始焉。」《歲寒堂詩話》說：「柳柳州詩，字字如珠玉，精則精矣，然不若退之變態百出也。使退之收斂而爲子厚則易，使子厚開拓而爲退之則難矣。意味可學，而才氣則不可及也。」這評語頗爲公允。他爲了才氣的縱橫，故於長詩最爲擅長，像〈南山詩〉是最著名的。他在其中連用五十幾個「或」字，以形容崖石的奇態，其想象的奔馳，是遠較漢賦的僅以堆字爲工者不同的：

* * *

② 《韓昌黎集》四十卷，有東雅堂刊本，蘇州翻刻本，《四部叢刊》本。又《編年昌黎詩注》，方世舉注，雅雨堂本。

或連若相從，或蹙若相鬥，或妥若弭伏，或竦若驚雊，或散若瓦解，或赴若輻湊，或翩若船遊，或決若馬驟，或背若相惡，或向若相佑，或亂若抽筍，或嶢若注炙，或錯若繪畫，或繚若篆籀，或羅若星離，或翁若雲逗，或浮若波濤，或碎若鋤耨。或如賁育倫，賭勝勇前購，先強勢已出。後鈍嗔詎譳（ㄉㄡˋ　ㄋㄡˋ）。或如帝王尊，叢集朝賤幼，雖親不褻狎，雖遠不悖謬。或如臨食案，肴核紛飣餖（ㄉㄧㄥˋ　ㄉㄡˋ），又如遊九原，墳墓包槨柩。或累若盆甖，或揭若甑豆，或覆若曝鱉，或頹若寢獸。……

差不多把一切有生無生之物，捕捉進來當作形容的工具的了。又像〈嗟哉董生行〉：「壽州屬縣有安豐，唐貞元時縣人董生召南，隱居行義於其中……嗟哉，董生朝出耕，夜歸讀古人書，盡日不得息，或山而樵，或水而魚」，其句法是那樣的特異與不平常！難怪沈括要說，「韓退之詩乃押韻之文耳」了。在短詩方面，比較不容易施展這種非常的手段，但他也喜用奇字，發奇論，像〈答孟郊〉：「名聲暫膻腥，腸肚鎮煎熁。古心雖自鞭，世路終難拗。弱拒喜張臂，猛拏閒縮爪。見倒誰肯扶？從嗔我須皺。」又像〈晚寄張十八助教周郎博士〉：「日薄風景曠，出歸偃前檐。晴雲如擘絮，新月似磨鐮。」但他所刻意求工者，究竟還在長詩方面。他的許多長詩，差不多個個字都現出斧鑿鎚打的痕跡來，一句句也都是有刺有角的。令人讀之，如臨萬丈削壁，如走危岩險徑，毛髮森然，汗津津然出，不敢一刻放鬆，不敢一步走錯，卻自有一個特殊的刺激與趣味。這是他的成功！

和他同道的，有盧仝、孟郊、賈島、劉叉、劉言史諸人。他們也都是刻意求工，要從險削，從寒瘦處立定足根的。盧仝，范陽人，隱居少室山，自號玉川子[③]。韓愈爲河南令，愛其詩，與之酬唱。後因宿王涯第，涯被殺，仝竟也罹禍。他的長詩，像〈月蝕詩〉，也是險峻異常的，但功力的深厚，較韓愈卻差得多了；且設想也幼稚得可笑。短詩卻盡有很可愛的，像〈示添丁〉：「泥人啼哭聲呀呀，忽來案上翻墨汁，塗抹詩書如老鴉。父憐母惜摑不得，卻生痴笑令人嗟。」又像〈喜逢鄭三遊山〉：

相逢之處花茸茸，石壁攢峰千萬重。他日期君何處好，寒流石上一株松。

孟郊[④]字東野，湖州武康人，少隱嵩山。性介，少諧合。韓愈一見爲忘形交。年將五十，始得登進士第。調溧陽尉。鄭餘慶鎮興元，奏爲參謀，卒（七五一——八一四）。張籍私謚之曰貞曜先生。郊最長於五言。李觀說他：「郊之五言詩，其高處在古無上，其平處下顧二謝。」他沒有寫過什麼很長的詩，但個個字都是出之以苦思的。他喜寫窮愁之狀，喜繪寒飢之態。像：〈寒地百姓

* * *

③《玉川子集》，有清孫之騄編刊本，《四部叢刊》本。

④《孟東野集》十卷，有汲古閣本，席氏刊本，閔刻朱墨本，《四部叢刊》本。

吟〉：「無火炙地眠，半夜皆立號。冷箭何處來，棘針風騷騷。霜吹破四壁，苦痛不可逃」；〈飢雪吟〉：「飢烏夜相啄，瘡聲互悲鳴。冰腸一直刀，天殺無曲情」；〈出東門〉：「餓馬骨亦聳，獨驅出東門。少年一日程，衰叟十日奔」；〈寒溪〉：「曉飲一杯酒，踏雪過清溪，……獨立欲何語？默念心酸嘶」；〈秋懷〉：「秋至老更貧，破屋無門扉。一片月落床，四壁風入衣」；〈答友人贈炭〉：「驅卻座上千重寒……暖得曲身成直身」等等。豈便是所謂「郊寒」的罷？

賈島字浪仙，范陽人。初爲僧，名無本。韓愈很賞識他，勸他去浮屠，舉進士。後爲普州司倉參軍。會昌初，卒，年六十五（七七七—八四一）。島與孟郊齊名，時稱他們的詩爲「郊寒島瘦」。像「鬢邊雖有絲，不堪織寒衣」（〈客喜〉），「坐聞西床琴，凍折兩三弦」（〈朝飢〉）等等，也頗有寒酸氣⑤。相傳他初赴舉在京時，雖行坐寢食，苦吟不輟。嘗跨蹇，張蓋橫截天衢。時秋風正厲，黃葉可掃，遂吟道：「落葉滿長安」，方思屬聯，杳不可得，忽想到「秋風吹渭水」五字，喜不自勝。至唐突某官，被繫一夕始釋。又一日在驢上得句云：「鳥宿池邊樹，僧敲月下門」，思易「敲」爲「推」，引手作推敲之勢，至犯韓愈的車騎，他還不覺。⑥這眞是一位深思遺世，神遊象外的詩人了。他嘗自道：「二句三年得，一吟雙淚流」，可見其吟詠之苦。每至除夕，必取一歲所作，置几上，焚香再拜，酹酒祝曰：「此吾終年心血也。」痛飲長謠而罷。

劉叉少任俠，因酒殺人亡命。會赦出，更折節讀書。聞韓愈接天下士，步歸之。作〈冰柱〉、

* * *

⑤賈島《長江集》十卷，有汲古閣本，席氏刻本，《四部叢刊》本。

⑥見《野客叢書》。

〈雪車〉二詩。後以爭語不能下賓客，因持愈金數斤去，道：「此諛墓中人得耳，不若與劉君爲壽！」遂行。歸齊、魯，不知所終。他的〈雪車〉，是很大膽的謾罵：「士夫困征討，買花載酒誰爲適？天子端然少旁求，股肱耳目皆奸慝。……相群相黨，上下爲蟊賊。廟堂失祿不自慚，我爲斯民嘆息還嘆息！」

劉言史，邯鄲人，他的詩美麗恢贍。和孟郊友善。初被荐爲棗強令，辭疾不受。後客漢南，李夷簡署司空掾。尋卒。他的詩頗近郊、島，像：「老性容茶少，羸肌與簟疏。舊醅難重漉，新果未勝鉏。」（〈立秋日〉）

四

要是說韓愈一派的詩，像景物蕭索，水落石出的冬天，那麼，白居易一派的詩，便要說他是像秋水的泛濫，暢流東馳，顧盼自雄的了。韓愈派的詩是有刺的；白居易派的詩卻是圓滾得如小皮球似的，周轉溜走，無不如意。韓愈派的詩是刺目澀口的；白居易派的詩，卻是爽心悅耳的，連孩子們念來，也會朗朗上口。

白居易[⑦]字樂天，下邽人。幼慧，五六歲時，已懂得作詩。以家貧，更苦學不已。登進士第後，授秘書省校書郎。元和三年（公元八〇八年）拜左拾遺，元和九年（公元八一四年）授太子左

* * *

⑦白居易見《舊唐書》卷一百六十六，《新唐書》卷一百十九。

贊善大夫。未幾，以事貶江州司馬，移忠州刺史。元和十五年升主客郎中，知制誥。長慶二年（公元八二二年）除杭州刺史。文宗開成元年（公元八三六年）爲太子少傅，進封馮翊縣開國侯。後以刑部尚書致仕。卒年七十五（七七二—八四六）。有《白氏長慶集》⑧。

他是最勤於作詩的人；他嘗序劉夢得的詩道：「彭城劉夢得，詩豪者也。其鋒森然，少敢當者。予不量力，往往犯之。……一二年來，日尋筆硯，同和贈答，不覺滋多。太和三年春已前，紙墨所存者凡一百三十八首。其餘乘興仗醉，率然口號者不在此數。」僅僅一二年間，已有了那麼多的成績！在他的長久的詩人的生涯裡，所得自然更多。他嘗自分其詩爲四類：一，諷喻，包括題爲「新樂府」者，這是他自己最看得重的一部分；二，閒適，是他「知足保和，吟玩情性者」；三，感傷，是他「事物牽於外，情理動於內，隨感遇而形於嘆詠者」；四，雜律，是他的「五言七言，長短絕句，自一百韻至兩韻者」；但他的詩，最重要者自是他的「新樂府」辭。他〈與元九書〉說：「文章合爲時而著，歌詩合爲事而作。」他是徹頭徹尾抱著人生的藝術之主張的。故他的詩「非求宮律高，不務文字奇；惟歌生民病，願得天子知。」（〈寄唐生〉）而許多題爲「新樂府」者，便都是在這樣的主張底下寫成的。杜甫的許多歌詠民間疾苦的詩，是寫實，是從寫實裡彈出譏諷之意來的；他並沒有明白的說他是諷諫。但居易卻是老老實實的把他的詩拿來做勸誡的工具了。他的「新樂府」，作於元和四年（公元八〇九年），恰好是他做左拾遺的時候。全部「凡

*　*　*

⑧《白氏長慶集》七十一卷，有明蘭雪堂活字本，馬元調刊本，日本活字本，《四部叢刊》本。又《白香山詩集》四十卷，汪立名編，一隅草堂刊本。

九千二百五十二言，斷為五十篇」。其自序道：「其辭質而徑，欲見之者易喻也；其言直而切，欲聞之者深誡也；其事覈而實，使采之者傳信也；其體順而肆，可以播於樂章歌曲也。總而言之，為君，為臣，為民，為物，為事而作，不為文而作也。」已把他的主旨說得很明白。這樣徹底的人生的藝術觀，是我們唐以前的文學史上所極罕見的。在這五十篇中，有議論，像〈海漫漫〉，〈華原磬〉等；有敘事，像〈新豐折臂翁〉，〈賣炭翁〉等；但即敘事者，也往往以勸誡的議論結。〈新豐折臂翁〉最有名，是寫一個折了臂的老人的故事。其所以折臂者，蓋全為了逃避兵役之故。「此臂折來六十年，一肢雖廢一身全。」這和杜甫的〈兵車行〉等是同樣表曝了唐代徵兵制度的罪惡的。除了「新樂府」外，像〈秦中吟〉十首，也同是此意。惟「新樂府」多婉曲的勸諭，〈秦中吟〉則是不客氣的諷刺與責罵：「日中為樂飲，夜半不能休。豈知閿鄉獄，中有凍死囚」（〈歌舞〉）；「有一田舍翁，偶來買花處；低頭獨長嘆，此嘆無人喻：一叢深色花，十戶中人賦」（〈買花〉）。大約「新樂府」為了是居諫臣之位時所作，「願得天子知」的，故措辭不得不和平婉曲些吧。但此類的「新樂府」，實在未見得成功；天子知與不知，且不說，就文學而論，則五十篇中，眞實的可算做好詩的，還不到十篇。無疑的，〈新豐折臂翁〉與〈賣炭翁〉乃是其中的最好的二篇。居易的好詩，實不在此而在彼。他自己所不大看得重的「閒適」和「感傷」的二類的詩，其中盡有許多眞實的偉大的作品在著。〈長恨歌〉是很成功的一篇敘事詩；〈琵琶引〉也是很偉大的一篇抒情詩。我們讀了：「大弦嘈嘈如急雨，小弦切切如私語。嘈嘈切切錯雜彈，大珠小珠落玉盤。間關鶯語花底滑，幽咽泉流水下灘。水泉冷澀弦凝絕。……銀瓶乍破水漿迸，鐵騎突出刀槍鳴。曲終收撥當心畫，四弦一聲如裂帛。東舟西舫悄無言，惟見江心秋月白。」（但這似有些受顧況〈李供奉彈箜篌歌〉的暗示的吧。）實在覺得韓愈的〈南山〉，盧仝的〈月蝕〉有些吃力不討好。其他長歌短什，好的也很不少。相傳他未冠時謁顧況，況恃才少所推可，見其文自失道：「吾謂斯文遂絕，今復得子矣！」居易作風，有一部分確近顧況，惟顧況較他更爲逼近口語耳。居易他自己也很想做到婦孺皆能懂的地位。〈墨客揮犀〉曾記著：「白樂天每作詩，令一老嫗解之。問曰：解否？曰解；則錄之。不解；則又復易之。」他既這樣的要求通俗，所以當時他的詩流傳得也最盛。《豐年錄》：「開成中，物價至賤。村路賣魚肉者，俗人買以胡絹半尺，士大夫買以樂天詩。」（《唐音癸籤》引）《酉陽雜俎》也記著：當時有刺樂天詩意於身，詫白舍人行詩圖者的事。又，雞林行賈，售居易詩於其國相，率篇易一金。流行之盛，可謂自詩人以來所未曾有。

五

和白居易同時的詩人們，有元稹、李紳和劉禹錫諸人。他們都是居易的好友，雖然作風未必十分相同。居易和元稹先有元、白之稱。稹卒，又和劉禹錫齊名，號劉、白。居易敘禹錫詩道：「予頃與元微之唱和頗多，或在人口。嘗戲微之云：僕與足下二十年來爲文友詩敵，幸也，亦不幸也。吟詠情性，播揚名聲，其適遺形，其樂老者，幸也。然江南士女，語才子者多云元、白。以子之故，使僕不得獨步於吳、越間，此亦不幸也。今垂老復遇夢得，夢得非重不幸耶？」把他們的關係，說得很明白。

元稹[9]字微之，河南人。詩名與白居易相埒，天下傳諷，號「元和體」。往往播樂，妃嬪近習皆誦之。宮中呼元才子。嘗爲工部侍郎同平章事。後官武昌軍節度使（七七九—八三一）。有《元氏長慶集》百卷[10]。稹雖和居易相酬唱，但居易的流暢平易的作風，他卻未能得到。不過他的詩雖不能奔放，卻甚整練，像：「荊榛櫛比塞池塘，狐兔驕痴緣樹木。舞榭欹傾基尙在，文窗窈窕紗猶綠。塵埋粉壁舊花鈿，烏啄風箏碎珠玉。……蛇出燕巢盤鬥拱，菌生香案正當衙」（〈連昌宮辭〉），寫殘破的燕宮是很盡了力量的。他的〈和李校書新題樂府十二首〉，顯然是受了白居易「新樂府」的影響的。他嘗謂：「近人唯詩人杜甫〈悲陳陶〉、〈哀江頭〉、〈兵車〉、〈麗人〉等，凡所歌行，率皆即事名篇，無復倚傍。余少時與友人樂天、李公垂輩，謂是爲當，遂不復擬賦古題。」（〈樂府古題序〉）這是「新樂府」的一篇簡史。他還寫了〈代曲江老人百韻〉、〈茅舍〉、〈賽神〉、〈青雲驛〉、〈陽城驛〉以及〈連昌宮辭〉等，皆有諷勸之意。他還作了一篇傳奇〈會眞記〉，成了後來的一個最有名的傳說的祖本。

李紳[11]字公垂，潤州無錫人，與元、白爲友，就是元稹〈和李校書新題樂府十二首〉裡所說的李校書。今紳所作的〈新題樂府〉（凡二十首）已不傳，而他詩傳者卻甚多。他於武宗時爲中書侍郎，同門下平章事。他的〈鶯鶯歌〉，失傳已久，近乃於金董解元〈西廂記諸宮調〉中輯得之，可

* * *

⑨ 元稹見《舊唐書》卷一百六十六，《新唐書》卷一百七十四。

⑩《元氏長慶集》，有明馬調元刊本，清董氏刊本，《四部叢刊》本。

⑪ 李紳見《舊唐書》卷一百七十二，《新唐書》卷一百八十一。

見出其敘事歌曲的作風的一斑。

劉禹錫[12]字夢得，彭城人，貞元間登進士第，爲監察御史。以附王叔文，貶爲朗州司馬。落魄不自聊，吐詞多諷託幽遠。蠻俗好巫，嘗倚其聲，作〈竹枝詞〉十餘篇，武陵溪洞間悉歌之。後入爲主客郎中，又出刺蘇州。遷太子賓客分司。會昌時，加檢校禮部尚書，卒（七七二—八四三）。年七十二。有集[13]。他雖和樂天、微之相酬唱，但他卻不是他們的一群。他很少寫什麼諷勸的「願得天子知」的東西，他有他自己很特異的作風。他久在蠻方，其短歌，是很受少數民族的情歌的影響的，故甚富於南國的情調。像〈竹枝詞〉：

楊柳青青江水平，聞郎江上唱歌聲。東邊日出西邊雨，道是無晴卻有晴。

山桃紅花滿上頭，蜀江春水拍天流。花紅易衰似郎意，水流無限似儂愁。

山上層層桃李花，雲間煙火是人家。銀釧金釵來負水，長刀短笠去燒畬。

這些情歌的風趣，是我們的詩歌裡所不曾有過的。禹錫的模擬，可說是成功的。

＊　＊　＊

⑫劉禹錫見《舊唐書》卷一百六十，《新唐書》卷一百六十八。

⑬《劉夢得史集》四十卷，有武進董氏刊本，《四部叢刊》本。

和劉禹錫最友好的柳宗元⑭，與韓愈同以古文鳴。但他的詩卻和他的散文同爲我們所看重。他並不像韓愈那樣的善於鼓吹，宣傳，且又久竄蠻方，無召集一班跟從者的憑藉。所以他在當時，雖然文名甚著，卻是很寂寞的。除了老朋友們，像韓愈、劉禹錫等，時時還提到他外，別的人幾乎是都不曾想到過有那麼一位詩人！他字子厚，河東人，登進士第。調藍田尉。王叔文用事時，待宗元甚厚，擢尚書禮部員外郎。叔文敗，與劉禹錫等並遭貶斥。他貶永州司馬。自此蹭蹬不振，以是益自刻苦爲文章，養成了雋鬱而清幽的作風。元和十年移柳州刺史；後四年卒。年四十七（七七三—八一九）。有集⑮。他的詩，像〈柳州二月榕葉落盡偶題〉：

> 宦情羈思共淒淒，春半如秋意轉迷。山城過雨百花盡，榕葉滿庭鶯亂啼。

以及「煙銷日出不見人，欸乃一聲山水綠」（〈漁翁〉）；「泉迴淺石依高柳，逕轉垂藤間綠筠」（〈過盧少尹郊居〉）；「孤舟蓑笠翁，獨釣寒江雪」（〈江雪〉）；「蒹葭淅瀝含秋霧，橘柚玲瓏透夕陽」（〈得盧衡州書因以詩寄〉）等，都是精瑩如珠玉似的，與韓愈詩之大氣包舉，萬象森

* * *

⑭ 柳宗元見《舊唐書》卷一百六十，《新唐書》卷一百六十八。

⑮ 《柳河東集》四十五卷。有明郭雲鵬刊本，蔣之翹刊本，《四部叢刊》本。

六

列者大不相同。

和柳宗元風格略同而影響更大者有姚合，陝州峽石人，登元和進士第，授武功主簿。後出爲杭州刺史。終秘書監。他和張籍、王建諸人遊，詩名重於時，人稱「姚武功」。曾成了後一期詩人們的一個中心。他的詩，頗具幽峭之趣，刻意苦吟，務求古人體貌所未到。像「童子病來煙火絕，清泉漱口過齋時」（〈寄靈一禪師〉）；「幽處尋書坐，朝朝閉竹扉。山僧封茗寄，野客乞詩歸」（〈寄張徯〉）；「秋燈照樹色，寒雨落池聲。好是吟詩夜，披衣坐到明」（〈武功縣中作〉）等，皆是足供輕吟的。宋代的「永嘉四靈」便是奉他爲宗主的。他曾選《極玄集》，錄王維至戴叔倫二十一人詩一百首，頗可見其意旨所在。有集[16]。

七

元和、會昌之間（公元八〇六—八四六年）的詩人們裡，曾別有一群，挺生出來，爲韓、白二派所不能包納；那便是張籍和李賀、王建等。他們是復興了宮體的艷詩，而更加上了窈渺之情思的。他們開闢了別一條大道，給李商隱、溫庭筠他們走。這一派的詩，關係既大，影響也極巨偉。唐、五代以來的「詞」的一個新詩體，其作風差不多都是由此而衍繹下去的。他們是繁弦細管的音樂，是富麗噢暧的宮室，是夏日晝光所反映的海水，是酒後模糊的譫語；若可解若不可解，若明又

* * *

⑯《姚少監集》十卷，有明刊本，汲古閣本，席氏刊本，《四部叢刊》本。

若昧，那便是他們的作風。

王建字仲初，潁川人，大曆十年進士。初爲渭南尉。太和中，出爲陝州司馬，從軍塞上。後歸咸陽，卜居原上。他工樂府，與張籍齊名。〈宮詞〉百首，尤傳誦人口。像：

水面細風生，菱歌慢慢聲。客亭臨小市，燈火夜妝明。

——〈江館〉

合暗報來門鎖了，夜深應別喚笙歌。房房下著珠簾睡，月過金階白露多。

——〈宮詞〉

都是很艷麗，且很富於含蓄之情的。已是開了張籍與溫、李的先路。他初作〈宮詞〉時，因與樞密使王守澄有宗人之分，故多知禁掖事。後因過燕飲，以相譏謔。守澄深銜之。忽曰：「吾弟所作〈宮詞〉，內庭深邃，何由知之？明當奏上。」建作詩以謝，末句云：「不是姓同親說向，九重爭作外人知？」守澄恐累己，事遂寢。[17]

張籍[18]字文昌，蘇州吳人。或曰和州烏江人。貞元十五年登進士第。韓愈深重之，荐爲國子博士。仕終國子司業。他的詩，其作風甚類王建，往往要想留些「有餘不盡」之意，又往往喜寫怨女

* * *

⑰《王司馬集》八卷，有汲古閣刊本，席氏刊本，胡介祉刊本。

⑱張籍見《舊唐書》卷一百六十，《新唐書》卷一百七十六。

春情之事。像：「曲江亭上頻頻見，爲愛鸂鶒雨裡飛」（〈贈項斯〉）；「梧桐葉下黃金井，橫架轆轤牽素綆。美人初起天未明，手拂銀瓶秋水冷」（〈楚妃怨〉）；「江南人家多橘樹，吳姬舟上織白苧。……清莎覆城竹爲屋，無井家家飲潮水」（〈江南曲〉）等皆是。相傳朱慶餘受知於籍，籍爲選定其詩。慶餘因之登第，尙爲謙退，作〈閨意〉以獻籍道：「洞房昨夜停紅燭，待曉堂前拜舅姑；妝罷低聲問夫婿，畫眉深淺入時無？」籍和之道：「越女新妝出鏡心，自知明艷更沉吟。齊紈未足人間貴，一曲菱歌抵萬金。」全以「閨情」爲象徵，這便是他們所最擅長之處。有集[19]。

李賀[20]字長吉，系出鄭王後。七歲能辭章。韓愈、皇甫湜始聞未信。過其家，使賀賦詩，輒就，乃大驚。自是有名。賀每日旦出。騎弱馬，從小奚奴，背古錦囊。遇所得，書投囊中。及暮歸，足成之。母道：「是兒嘔出心肝乃已耶？」然不能禁也。所作樂府，樂工皆合之管弦。仕爲協律郎。卒年二十七。有集[21]。他的詩句尙奇詭，絕去畦徑，但其大體，則近於王建、張籍。惟較爲生硬耳。〈蝴蝶飛〉一詩，最足以見出其作風：

楊花撲帳春雲熱，龜甲屏風醉眼纈，東家蝴蝶西家飛，白騎少年今日歸。

又像他的長篇〈昌谷詩〉：「遙巒相壓疊，頹綠愁墜地。光潔無秋思，涼曠吹浮媚。……嘹嘹濕蛄

*　*　*

⑲《張司業集》八卷，有明刊本，馮班校刊本，席氏刊本，《四部叢刊》本。

⑳李賀見《舊唐書》卷一百三十七，《新唐書》卷二百三〈文藝（下）〉。

㉑《李賀歌詩編》四卷，有明刊本，《唐四名家》本，《四部叢刊》本。

聲，咽源驚濺起。」蓋並有退之之奇與建、籍之艷者。

八

這時有一個女作家薛濤。其詩很可稱道。濤字洪度，隨父宦，流落蜀中為妓女。辨慧工詩，甚為時人所愛。元稹嘗喜之。韋皋鎮蜀，也時召令侍酒賦詩，稱為女校書。暮年屏居浣花溪，著女冠服。好製松花小箋，時號薛濤箋。其詩輕儁而艷麗，時有佳句，像〈題竹郎廟〉：

竹郎廟前多古木，夕陽沉沉山更綠。何處江村有笛聲？聲聲盡是迎郎曲。

▣參考書目

一、《全唐詩》，有原刊本，石印本。

二、《全唐詩話》，宋尤袤撰，有《歷代詩話》本。

三、《唐才子傳》，元辛文房撰，有《佚存叢書》本。

四、《唐詩紀事》，宋計有功撰，有原刊本，有石印本。

五、《唐百名家集》，清席氏刊本。

六、《五十唐人小集》，仁和江氏仿宋刊本。

第二十八章　古文運動

古文運動的意義——其成功的原因——北朝古文運動的曇花一現——蕭穎士與李華等——大宣傳家韓愈——韓愈成功的秘訣——柳宗元——古文運動的成就並不怎樣偉大——韓門的諸子——附陸贄

一

古文運動是對於魏、晉、六朝以來的駢儷文的一種反動。嚴格地說起來，乃是一種復歸自然的運動，是欲以魏、晉、六朝以前的比較自然的散文的格調，來代替了六朝以來的日趨駢儷對偶的作風的。原來自六朝以來，到了唐代，駢儷文的勢力，深中於朝野的人心，連民間小說也受到了這種的影響，[1]連朝廷上的應用的公文也都是非用這種格調不可。馴至成了所謂「四六文」的一個專門的名詞。即上一句是「四言」，下一句必須是「六言」的；其相對的第三句第四句，也都應是四言

* * *

① 見本書第三十三章〈變文的出現〉。

與六言的；總之，必須以「四」與「六」的句法交錯成文到底。這樣，與律詩的情形恰是一樣，成了一種最嚴格的文章公式，一點也不能變動。《舊唐書》敘李商隱從令狐楚那裡，得到了作「今體章奏」的方法，遂成爲名家的一段話，是很可以使我們注意的。在正式的「公文程式」上，這種文體，自唐以後還延長壽命很久。但在文學的散文上，駢儷文的運命，卻自唐以來，便受了古文作家們最大的攻擊，以至於銷聲匿跡，不再成爲一種重要的文體。古文運動爲什麼會成功呢？最大原因便在於駢儷文的矯揉做作，徒工塗飾，把正當的意思與情緒，反放到第二層去。而且這種駢四儷六的文體，也實在不能儘量的發揮文學的美與散文的好處。這樣，駢儷本身的崩壞，便給古文運動者以最大的可攻擊的機會。這和清末以來在崩壞途中的古文，一受白話文運動者的聲討，便立即塌倒了的情形，正是一毫也不殊。在大衆正苦於駢儷文的陳腐與其無謂的桎梏的時候，韓愈們登高一呼，萬山皆響，古文運動便立刻宣告成功了。

二

但古文運動也並不是一時的突現，其伏流與奔泉也由來已久。在六朝的中葉，北方淪陷於少數民族之後，少數民族的人根本上不甚明白漢文，更難於懂得當時流行之駢儷文體，所以當時在北方頗有反駢儷文的傾向。宇文泰在魏帝祭廟的時候，曾命蘇綽爲〈大誥〉奏行之。後北周立國，凡綽所作文告，皆依此體。然〈大誥〉實爲模擬《尚書》之作，其古奧難懂的程度，似更在齊、梁駢體以上。故此體在當時不過曇花一現，終不能行。後隋文帝時，李諤又上書論正文體。他大罵了齊、梁文體一頓：「江左齊、梁，其弊彌甚，貴賤賢愚，唯務吟詠。遂復遺理存異，尋虛逐微；競一韻之奇，爭一字之巧。連篇累牘，不出月露之形，積案盈箱，唯是風雲之狀。世俗以此相高，朝廷據茲擢士。」這話是不錯的，確曾把齊、梁文體的根本弱點指出來了。他又說明，開皇四年，曾「普詔天下公私文翰，並宜實錄」。其年九月，泗州刺史司馬幼之爲了文表華艷之故，還付所司推罪呢。然「聞外州遠縣，仍踵弊風」，故他更要文帝：「請勒有司普加搜訪。有如此者，具狀送台。」但這一場以官力來主持的文學改革運動，終於不久便消滅了。平陳以後，南朝文士們的紛紛北上，大量增加北朝文風的齊、梁化。自此至唐，風尚不改。武后時，陳子昂曾有改革齊、梁風氣的豪志。他的〈與東方左史虯修竹篇〉的序言道：「文章道弊五百年矣。漢、魏風骨，晉、宋莫傳，然而文獻有可徵者。僕嘗暇時觀齊、梁間詩，彩麗競繁，而興寄都絕，每以永嘆。竊思古人，常恐逶迤頹靡，風雅不作，以耿耿也。」但他的所指，還在詩歌。至於散文方面，他是不大注意的。然其書疏，氣息也甚近古。同時有盧藏用[②]、富嘉謨、吳少微[③]者，也皆棄去徐、庾，以經典爲宗。時人號嘉謨、少微之文爲富、吳體。蕭穎士也盛推盧、富。然他們的影響卻都不很大。

* * *

② 盧藏用見《舊唐書》卷九十四，《新唐書》卷一百二十三。

③ 富嘉謨、吳少微見《舊唐書》卷一百九十〈文苑（中）〉，《新唐書》卷二百二〈文藝（中）〉。

三

到了開元、天寶之際，蕭穎士、李華[4]出來，以其絕代的才華，力棄俳綺，復歸自然，才第一次使我們看見有所謂非駢儷的「文學的散文」[5]。蕭穎士字茂挺，四歲屬文。十歲補太學生。開元二十三年（公元七三五年）舉進士，對策第一。天寶初，補秘書正字。後免官客濮陽。執弟子禮者甚衆，號蕭夫子。官至揚州功曹參軍，客投汝南，卒年五十二。門人共謚曰文元先生。子存，字伯誠，亦能文辭。與梁肅、沈既濟等善。李華與穎士齊名，世號蕭、李。又並與賈至、顏眞卿等同遊。華字遐叔，趙州贊皇人。天寶中嘗爲監察御史。晚去官，客隱山陽，安於窮槁。然天下士大夫家傳墓版文及州縣碑頌，仍時時賚金帛往請。大曆初，卒。華作〈弔古戰場文〉，極思研榷；已成，汙爲故書，雜置梵書之庋（ㄐㄧˇ）。他日，與穎士讀之。稱工。華問：「今誰可及？」穎士道；「君加精思，便能至矣。」華愕然而服。華的宗子翰及從子觀，皆有名。

賈至[6]字幼鄰，長樂人，嘗從玄宗幸蜀，知制誥。與蕭、李善。又有獨孤及[7]者，出李華之

* * *

④李華、蕭穎士見《舊唐書》卷一百九十下〈文苑（下）〉，《新唐書》卷二百二及二百三〈文藝（中）〉（蕭）及〈文藝（下）〉（李）。

⑤《蕭茂挺文集》一卷，有盛氏刊本；《李遐叔文集》四卷，抄本。

⑥賈至見《舊唐書》卷一百九十〈文苑（中）〉，《新唐書》卷一百十九。

⑦獨孤及見《新唐書》卷一百六十二。

門。及字至之，河南人，官至常州刺史。梁肅⑧又出於及之門。肅字敬之，一字寬中，陸澤人，官至右補闕。又有元結⑨者，字次山，河南人，天寶十二載登進士第，官至道州刺史。他們皆衍蕭、李之緒，於乾元、大曆間，以古文鳴於時。

四

但蕭、李諸人雖努力於古文，且也有不少的跟從者，卻還不曾大張旗鼓的宣傳著。他們似都不是很好的宣傳家；或只是獨善其身，自傳其家學的沒有鼓動時代潮流的勇氣的文士們。所以他們的影響並不大。到了貞元、元和的時候，大影響便來到了。一方面當然是若干年的伏流，奔瀉而出地面，遂收水到渠成之功；但他一方面，也是因了當時有一二位天生的偉大宣傳家，像韓愈，出來主持這個運動，故益促其速成。所謂古文運動便在這個時代正式宣告成立。古文自此便成了文學的散文，而駢儷文卻反只成了應用的公文程式的東西了。這和六朝的情形，恰恰是一個很有趣味的對照。那時，也有文筆之分，「筆」指的是應用文。不料這時的應用文，卻反是那時的所謂「文」，而那時的所謂「筆」者，這時卻成為「文」了。

韓愈是一位天生的煽動家、宣傳家，古文運動之得成功於他的主持之下，並不是偶然的事。他

* * *

⑧梁肅見《新唐書》卷二百二。

⑨元結見《新唐書》卷一百四十三。

最善於鼓吹自己，宣傳自己。他慣能以有熱力有刺激的散文，來說動別人。想來他的本身也便是一團的火力，天然的有吸引人的本領。所以當時的怪人們，像李賀、孟郊、賈島、劉叉等莫不集於他的左右。我們看他勸賈島放棄了和尚的生涯的一段事，便可知他的影響是如何的大。他在少年未得志的時代，便慣於呼號鼓吹，慣於自己標榜；像他的幾篇〈上時相書〉、〈送窮文〉、〈進學解〉等等，哪一篇不是「言大而誇」，哪一篇不是替自己標榜。爲了這，——兼之，他是那樣的故意自己大聲疾呼的談窮訴苦！——所以天然的便容易得到一般人的同情，一般人的迷信。他嘗說道：

性本好文章，因困厄悲愁，無所告語，遂得究窮於經傳史傳百家之說。沉潛乎訓義，反復乎句讀，礱磨乎事業，而奮發乎文章。

又說道：

學之二十餘年矣！始者非三代兩漢之書不敢觀，非聖人之志不敢存；處若忘，行若遺，儼乎其若思，茫乎其若迷。當其取於心，注於手也，惟陳言之務去！戛（ㄐㄧㄚˊ）乎其難哉！

又自信不惑地說道：

用力深者，其致名也遠。若皆與世沉浮，不自樹立，雖不爲當時所怪，亦必無後世之傳也。

這些，都是用最巧妙的宣傳的口氣出之的。難怪會吸引了多數的人跟隨著他走。他在貞元十八年爲四門博士，元和初爲國子博士，元和十五年爲國子祭酒，元慶間爲吏部侍郎，都是處在領導天下士人們的地位，所以他的影響更容易傳播出去。他還不僅僅要做一個文學運動的領袖，他還要做一個衛道者，一個在「道統」中的教主之一。他作〈原道〉以攻佛，又上表力諫憲宗的迎佛骨。他的所謂「道統」，乃是「堯以是傳之舜，舜以是傳之禹，禹以是傳之湯，湯以是傳之文、武、周公，文、武、周公傳之孔子。孔子傳之孟軻，軻之死不得其傳焉。荀與揚也，擇焉而不精，語焉而不詳。」而他自己卻儼然有直繼孟軻之後，而取得這個「道統」上的「傳統者」的地位的豪氣！他的〈原道〉並不是什麼了不得的大著作，只是以淺近的常識論來攻擊佛教的組織而已。（也許和勸賈島棄僧服的事有關係。）然其影響則極大。「文以載道」的一句話，幾與古文運動劃分不開，其引端便是從他起的。個個古文家都以肩負「道統」自任——到了今日還有妄人們在閉目念著道統表呢——其作俑也便是從他開始的。

但韓愈的古文運動，他自己雖諱言其所從來，實與開、天時代的蕭、李未嘗沒有淵源的關係。愈少時爲蕭穎士子存所知。又和李華的從子觀同舉進士，相友善；而華之宗子翰，能爲古文，愈每稱之。《舊唐書》也稱愈嘗從獨孤及及梁肅之徒遊。晁公武《讀書志》引《唐實錄》，謂韓愈學獨孤及之文。這其間的影響是灼然可知的。

同時與愈並舉進士者，於李觀外，尚有閩人歐陽詹⑩，字行周，也會寫作古文。但觀與詹俱早卒，故名不得與愈同稱。其與愈並稱爲古文運動中的兩大柱石者，惟柳宗元一人耳。

柳宗元是比較韓愈爲孤介的。他並不怎樣宣傳他自己，他的境遇又沒有韓愈好。自王叔文敗後，他便被竄斥於荒癘之地，鬱鬱不得志以死。然他的古文，實在是整練雋潔，自有一段不得掩飾的精光在著，故後學的人們也往往歸之。他嘗自敘其爲文的淵源：

> 每爲文章，本之《書》、《詩》、《禮》、《春秋》、《易》，參之《穀梁》以厲其氣，參之《孟》、《荀》以暢其支，參之《老》、《莊》以肆其端，參之《國語》以博其趣，參之〈離騷〉以致其幽，參之《太史》以著其潔。

這和退之的「非三代兩漢之書不敢觀」的話對照起來，足知古文家的復歸自然的程度是怎樣的。這當然要比蘇綽的擬仿《尚書》而寫作〈大誥〉的可笑舉動，是高明到萬倍的，故遂得以大暢其流。然究竟還是「託古改制」，還未忘有諸經典及《莊》、《騷》、《史記》的模範在著。故雖是一個文學改革運動，卻究竟還不是什麼眞正的文學革命運動。爲的是，他們去了一個圈套——六朝文——卻又加上了另一個圈套——秦、漢文。他們是兜圈子走的，並不是特創的，且不曾創造出什麼新的東西來。故其成功究竟有限。只是把散文從六朝的駢儷體中解放出來而已。

*　　*　　*

⑩《歐陽行用集》，有明萬曆間刊本，明閔氏刻本，麟後山房刊本，《四部叢刊》本。

宗元的文字往往仿〈離騷〉，這是他境遇使然。他又喜作山水遊記，在永、柳諸州所作者，尤爲精絕，往往有詩意畫趣，是古文中的眞正的珠玉，足和酈道元的《水經注》並懸不朽。

五

子厚、退之齊名於世，而退之的影響獨大。有李翺、李漢、張籍、皇甫湜、沈亞之等，皆爲退之之徒。樊宗師爲文奇僻，也和退之相友善。子厚所交厚者，如劉禹錫、呂溫等也善爲古文。

李翺[11]字習之，韓愈的侄婿，元和初爲國子博士。後官至山南東道節度使。韓愈的影響由他的傳播而益大張。皇甫湜字持正，睦州新安人，爲陸渾尉，仕至工部郎中。沈亞之字下賢，蘇州人。元和十年進士，仕不出藩府，長慶中爲櫟陽尉，太和中謫掾郢州。

後又有孫樵、劉蛻等也學退之爲文。樵〈與王霖秀才書〉道：「樵嘗得爲文眞訣於來無擇，來無擇得之於皇甫持正，皇甫持正得之於韓吏部退之。」歷敘淵源。大類退之的敘述「道統」。這也是古文家的常態。（來無擇名擇。）大詩人李商隱也善爲古文。大約從韓、柳以後，古文的一體，便正式的成爲文學的散文了。凡欲爲文士，欲得文名傳於後世，便非學做古文不可。而駢儷文在文壇上的運命遂告了一個結束。

* * *

⑪ 李翺見《舊唐書》卷一百六十。

六

但在這個古文運動的時代，卻有一位奇特的人物陸贄[12]出現。他並不提倡古文。他還是寫著當時應用的對偶文字。但他的成就卻很可驚。他並不想成就一位文人。他只是一位大政治家。但他的關於政治的文章，卻使他在文壇上得了一個不朽的地位，使我們不能不記住。他的文章，雖出之以對偶，卻一點也不礙到他的說理陳情。他的滔滔動人的議論，他的指陳形勢，策劃大計，都以清瑩如山泉，澎湃如海濤的文筆寫出之。這乃是駢儷文中最高的成功，也是應用文中最好的文章。他的影響很大。宋代的許多才人們，例如蘇軾，其章奏大都是以他的所作為範式的。[13]

* * *

⑫ 陸贄見《舊唐書》卷一百三十九，《新唐書》卷一百五十七。

⑬ 《陸宣公集》，有通行本。《正誼堂叢書》本（選本）。

■ 參考書目

一、《舊唐書》卷一百六十韓愈等人傳。
二、《新唐書》卷一百七十六韓愈等人傳。
三、《全唐文》一千卷，有揚州詩局刊本，廣雅書局本。
四、《唐文粹》一百卷，宋姚鉉編，有明刊本，顧廣圻校刊本，蘇州局刊本，《四部叢刊》本。
五、《唐宋八大家文鈔》，明茅坤編，通行本。
六、《唐宋十大家文集》，清儲欣編，於八家外加李翺、孫樵。蘇州局刊本。

第二十九章　傳奇文的興起

傳奇文為古文運動的附庸——附庸的蔚為大國——最美麗的故事的淵藪——最早的傳奇文：〈古鏡記〉〈白猿傳〉——張文成的《遊仙窟》——《遊仙窟》的影響——大曆元和間的黃金時代——沈既濟沈亞之李公佐等——小小的人間的戀愛的故事——〈鶯鶯傳〉〈霍小玉傳〉〈李娃傳〉等——劍俠故事的起源——《酉陽雜俎》與傳奇諸書裡的劍俠故事——傳奇文所受古作的和外來的影響——〈杜子春〉

一

自蕭、李、韓、柳所提倡的古文運動告了成功之後，古文的一個體制，便成爲文學的散文，這在上文已經闡明過了。古文運動的主旨，原是論道與記事，其主要的著作爲碑、傳、論、札之類。但那些作品，眞有偉大的價値者卻很少。其眞實的珠玉反爲柳宗元的小品文，像他的山水遊記之類。若古文運動的成就，僅止於此，當然未免過於寒儉。但附庸於這個運動之後者，卻還有一個遠較小品文更爲偉大的成就在著；——這是從事於古文運動者所不及料的一個成功，也是他們所從

不曾注意到的一件工作，——那便是所謂「傳奇文」的成就。唐代「傳奇文」是古文運動的一支附庸；卻由附庸而蔚成大國。其在我們文學史上的地位，反遠較蕭、李、韓、柳的散文爲更重要。他們是我們的許多最美麗的故事的淵藪，他們是後來的許多小說戲曲所從汲取原料的寶庫。其重要有若希臘神話之對於歐洲文學的作用。而他們的自身又是那樣晶瑩可愛，如碧玉似的雋潔，如水晶似的透明，如海珠似的圓潤。有一部分簡直已是具備了近代的最完美的短篇小說的條件。若將六朝的許多故事集置之於他們之前，誠然要如爝（ㄐㄩㄝˊ）火之見朝日似的黯然無顏色。他們是中國文學史上有意識的寫作小說的開始。他們是中國短篇小說上的最高的成就之一部分。他們把散文的作用揮施於另一個最有希望的一方面去。總之，他們乃是古文運動中最有成就的東西——雖然後來的古文運動者們未必便引他們爲同道。

二

「傳奇文」的開始，當推原於隋、唐之際，但其生命的長成則允當在大曆、元和之時無疑。在隋、唐之際的「傳奇文」，只是萌芽而已；大曆、元和之間，才是開花結果的時代。而促成其生長者，則古文運動「與有大力焉」。蓋古文運動開始打倒不便於敘事狀物的駢儷文，同時，更使樸質無華的「古文」，增加了一種文學的姿態，俾得儘量的向「美」的標的走去。「傳奇文」便這樣的產生於古文運動的鼎盛的時代。其間的消息當然很明白的可知的。「傳奇文」的著名作者沈既濟乃是受蕭穎士的影響的。又沈亞之也是韓愈的門徒，韓愈他自己也寫著遊戲文章〈毛穎傳〉之類。其他元稹、陳鴻、白行簡、李公佐諸人，皆是與古文運動有直接間接的關係。故「傳奇文」的運動，我們自當視爲古文運動的一個別支。當時的文士們也往往有將傳奇文作爲投謁時的行卷之用者。可見時人也並不鄙視此體。（但清人所輯的《全唐文》則屏斥傳奇文不收。）宋洪邁嘗說道：「唐人小說不可不熟。小小事情，淒惋欲絕，洵有神遇而不自知者。與詩律可稱一代之奇。」這話不錯。從零星斷片的宗教故事，神異故事及《世說新語》，到唐人的傳奇文，其間的進步是不可以道里計的。唐人傳奇文不僅是第一次有意的來寫小說的嘗試，且也是第一次用古文來細膩有致的抒寫人間的物態人情以至瑣屑情事的。這種新鮮的嘗試，立刻便得到了成功。

三

在沒有說到大曆、元和及其後的傳奇文以前，先須略略提起隋、唐之際的幾篇東西。那幾篇東西恰是介乎六朝故事集與唐人傳奇文之間的著作，也正是由故事集到傳奇文的必然要走的一個階段。他們乃是故事集的結束，而傳奇文的先驅者。

有一篇很有趣味的東西，在隋、唐之際出現，那便是：見於《太平廣記》卷二百三十的一篇〈王度〉，實即王度所自作的〈古鏡記〉。王度，太原祁人，文中子王通之弟，詩人王績之兄。大業中爲御史，後出爲芮城令，武德中卒。他在這篇〈古鏡記〉裡，先自述他的神鏡的由來，後詳敘神鏡的降魅驅妖之功。最後，敘其弟績（原作勣）遠遊，借古鏡以自衛，也歷在各地殺除怪物不少。歸後，還鏡於度。一夕，聞鏡在匣中悲唱，良久乃定。「開匣視之，即失鏡矣。」其中所敘古鏡的功績爲：㈠使程雄家婢鸚鵡現出老狸原形而死；㈡這鏡「合於陰陽光景之妙」，與薛俠的寶劍較之，鏡上吐光，明照一室，劍則無復光彩；㈢度爲芮城令時，令懸鏡於廳前妖樹上。夜中有風雨電光纏繞此樹。至明，有一大蛇死於樹下；㈣治張龍駒家人的疫疾；㈤王績遠遊時，遇山公、毛生，以鏡照之，一化爲龜，一化爲猿，皆死；㈥除靈湫中妖魚；㈦殺大雄雞妖，治癒張珂家女子的病；㈧遇風濤大作，出鏡懸之，波不進，屹如雲立，然後面則濤波洪湧，高數十丈；㈨治癒李敬愼家三女的魅病，殺死一鼠狼，一老鼠，一守宮。這些故事原都是六朝故事集裡所常見的東西，今則以一古鏡的線索，把他們連貫起來成爲一篇了。這是〈古鏡記〉的嘗試的成功之一點。

又有〈補江總白猿傳〉，不知什麼人寫的，（見《太平廣記》卷四百四十四，題曰《歐陽紇》）也作於這個時代。敘梁將歐陽紇的妻，爲白猿所奪。及救歸，已孕，生一子貌類猿。即後來有盛名的歐陽詢。因紇死時，詢爲江總所收養，故以「補江總」〈白猿傳〉爲名。這篇東西，與〈古鏡記〉不同，乃是單一的故事，頗具描寫的姿態，與後來的傳奇文很相同。唯此作有大可注意之處：紇妻被奪事，大類印度最流行的〈拉馬耶那〉（Ramayana）的傳說，而若飛的神猿又是這個傳說中之所有的。或者，中土的講談者，把魔王的拉瓦那（Ravana）和救人的神猿竟纏合而爲一了吧。這故事在後來的影響極大。宋、元間的《陳巡檢梅嶺失妻》的話本、戲文等，皆係由此而衍出者。

四

但在唐武后時，又有絕代的奇作《遊仙窟》出現。這是張鷟（ㄓㄨㄛˊ）所作的，鷟字文成，調露初（公元六七九年）登進士第，調長安尉。開元初，貶嶺南，後終司門員外郎（六六〇？—六九〇？）[①]。他所作有《朝野僉載》、《龍筋鳳髓判》，今皆傳於世。獨《遊仙窟》本土久佚，唯日本有之。此作在日本所引起的影響很大。《唐書》謂：「新羅日本使至，必出金寶購其文。」當是那時流傳出去的。相傳他作此文，隱約的說著他自己和武后的戀愛故事。一說已成，一說是幻想的描寫。[②]總之這是我們文學史上的第一部有趣的戀愛小說無疑。他自敘奉使河源，道中夜投一宅，遇十娘、五嫂二婦人，恣爲笑謔宴樂，止宿而去。文近駢儷，又多雜詩歌，更夾入不少通俗的雙關語，拆字詩等等；當是那時代通俗流行的一種文體。[③]這種文體，其運命很長。敦煌發現的小說，體裁也甚近此作。明人瞿佑、李昌祺、雷燮諸人所作，又明版的《國色天香》、《繡谷春容》、《燕居筆記》諸書中所錄的諸通俗的傳奇文，若〈嬌紅記〉等，殆無不是《遊仙窟》的親裔。而唐代的諸傳奇文，若〈周秦行記〉、〈秦夢記〉等，其情境和《遊仙窟》幾全同。又其中每雜歌詩，也大似有張鷟的影響在著。故《遊仙窟》的軀體，在中國雖已埋沒了一千餘年，而其精靈卻是永在的。《遊仙窟》中的詩，曾被輯錄入《全唐詩佚》中（有《知不足齋叢書》本），已先本文而被重傳到中土來。

* * *

① 張鷟見《舊唐書》卷一百四十九〈張薦傳〉，《新唐書》卷一百六十一〈張薦傳〉。
② 《遊仙窟》，有《古逸小說叢刊》本；日本有注本；北新書局鉛印本。
③ 詳見北新版《遊仙窟》跋。

五

開元、天寶的全盛時代，只是一個歌詩的全盛時代而已。傳奇文反而感到寂寞。直到大曆（公元七六六—七七九年）的時候，方才有沈既濟起來，第一個努力於傳奇文的寫作。既濟爲蘇州吳人，曾和蕭穎士子存相友善。以楊炎荐，召拜左拾遺，史館修撰。貞元時，炎得罪，既濟也貶爲蘇州司戶參軍。後官至禮部員外郎卒④（七五〇？—八〇〇？）。既濟所作有〈枕中記〉（《太平廣記》卷八十二題作〈呂翁〉）及〈任氏傳〉，皆大傳於世。〈枕中記〉敘盧生於一頓黃粱還未熟的夢境中，遍歷了人間的富貴榮華，亦嘗遇厄境；以此，醒後，便憮然若失，功名之念頓灰。元馬致遠的《黃粱夢》劇，明湯顯祖的《邯鄲記傳奇》，皆衍此事。但既濟也有所本。干寶《搜神記》中有楊林入夢事，與此悉同。盧生便是楊林的化身吧。〈任氏傳〉（《廣記》卷四百五十二）敘妖狐化爲美女，嫁鄭生。不爲強暴所屈。後出行，遇獵犬，現原形而被殺死。鄭生購其屍葬之。宋、金間諸宮調有「鄭子遇妖狐」，即衍其事。

大曆間又有陳玄佑者，作〈離魂記〉。敘張鎰女倩娘與王宙相戀。但鎰別以女許嫁他人。宙鬱鬱別去。倩娘追之同行，後生二子，歸省鎰；大駭。蓋室中別有一倩娘在著，病臥已久；聞她至，自起相迎，兩身合爲一。離去者原來是倩娘的魂。玄佑生平未知，而此記則流行甚廣。元鄭德輝有《倩女離魂》劇。

* * *

④沈既濟見《新唐書》卷百三十二。

略後，元和間有沈亞之者，爲韓愈之門徒，字下賢，吳興人，元和十年進士第。後爲南康尉，終郢州掾。集今存⑤。集中有〈湘中怨〉，記鄭生遇龍女事；〈異夢錄〉，記邢鳳夢見美人及王炎夢侍吳王，作西施挽歌二事；〈秦夢記〉則自敘夢入秦爲官，尙秦穆公公主弄玉，後弄玉死，秦穆公乃遣之歸事。亞之文名甚盛，李賀有〈送沈亞之歌〉，中有「吳興才人怨春風」云云，李商隱也有〈擬沈下賢〉詩。但他這幾篇傳奇文，都無甚情致；〈秦夢〉固遠在〈南柯〉下，而〈湘中怨〉也大不及〈柳毅傳〉。

〈南柯記〉爲李公佐作。公佐亦元和間人，字顓蒙，隴西人。嘗舉進士，元和中爲江淮從事。大中時猶在。〈南柯〉敘淳于棼夢入古槐穴中，爲大槐國王駙馬，拜南柯太守，生五男二女。後與檀蘿國戰敗，公主又死，王遂送之歸。既醒，則「斜日未隱於西垣，餘樽尙湛於東牖，夢中倏忽，若度一世矣。」和〈枕中記〉是此類傳奇文中的兩大傑作。而〈枕中記〉於情意的惝怳動人處似猶欠他一著。明人湯顯祖作《南柯記傳奇》，既衍其事。公佐還作〈謝小娥傳〉，敘小娥變男子服，刺殺其仇人事；〈盧江馮媼〉，敘媼見女鬼事；〈李湯〉，敘水神無支祁事。皆無甚趣味，其情致都遜〈南柯〉。

〈柳毅傳〉爲李朝威作。朝威，隴西人，生平不知。當也是這時代的人物。〈柳毅傳〉敘柳毅下第，爲龍女傳書，後乃結爲姻眷事。元人戲曲敘此事者不少。尙仲賢有《柳毅傳書》劇，李好古有《張生煮海》，也敘龍女事，並與此有關。所謂「龍女」，在中國古代並無此物。可能是由印度

* * *

⑤《沈下賢集》，有明刊本，長沙葉氏刊本，《四部叢刊》本。

所給予我們的許多故事裡傳達進來的。

相傳爲牛僧孺⑥所作的〈周秦行紀〉，也當寫於此時。李德裕嘗作〈周秦行紀論〉，欲因此文致僧孺罪。蓋此文本爲德裕客韋瓘作，正要用以傾陷僧孺者。但這個文字獄竟沒有羅織成功，徒成爲牛、李交惡案中的一個談資而已。〈周秦行記〉託僧孺自敘，謂他於某夜旅中，夢見古帝王的后妃與之宴樂，並以昭君荐寢。其情境無殊於《遊仙窟》、〈秦夢記〉諸作，似更爲淺露無聊。僧孺自有《玄怪錄》，今佚；《太平廣記》尚載若干則。其瑣屑無當，大類六朝故事集，置之唐傳奇文裡，其貌頗爲不揚。

六

以上的那些傳奇文，都是欲於夢幻中實現其恣意所欲的享用與戀愛的；表面上似是淡漠的覺悟，其實是蘊著更深刻的悲哀。觀於作者們大多爲落拓失意之士，便知其所以欲於夢境中求快意之故。大約他們多少都有些受《遊仙窟》的影響吧。（惟〈倩女離魂〉事別是一型；〈任氏傳〉也顯然是諷刺著世俗的妖姬蕩婦的。其作者或於愛情上受有某種刺激吧。）

但最好的傳奇文，卻存在別一個形式之中。夢裡的姻緣，空中的戀愛，畢竟是與人世間隔一塵的。眞實的人世間的小小戀愛悲劇的記載，卻更足以動人心肺，往往會給人以「淒惋欲絕」之無

* * *

⑥牛僧孺見《舊唐書》卷一百七十二，《新唐書》卷一百七十四。

端的游絲似的感慨。本來人世間的瑣瑣細故，已是盡夠作家們的取用的。

在這一型的傳奇文中，首屈一指者自當爲元稹的〈鶯鶯傳〉（一作〈會眞記〉）。此傳流傳最廣，影響最大，有衍之爲詩歌者（〈鶯鶯歌〉，李公垂作，今存《董西廂》中）；爲鼓子詞者（趙令畤《商調蝶戀花》）；爲諸宮調者（《董西廂》）；爲雜劇者（王實甫《西廂記》）；爲傳奇者（李日華、陸采諸人的《南西廂記》）；更有《翻西廂》，《續西廂》，《竟西廂》諸作，出現於明、清之交的，也不下十餘種。可謂爲我們最熟悉的一個故事。惟〈鶯鶯傳〉裡，敘張生無端與鶯鶯絕，卻是很可怪的事，尤不近人情。董解元把後半結果改作團圓，雖落熟套，卻未爲無識。

但寫得最雋美者還要算蔣防的〈霍小玉傳〉。防字子徵，義興人。爲李紳所知。歷官翰林學士，中書舍人。長慶中貶汀州刺史。此傳寫詩人李益事，當不會是憑空造出的。霍小玉爲都中名妓，與李益交厚。但益竟負心絕之，從母命別婚盧氏。小玉因臥疾不能起。一日，益出遊，竟爲黃衫豪士強邀至小玉家。小玉數說了他一頓，乃大慟而絕。其情緒的淒楚，令讀者莫不酸心。明人的平話〈杜十娘怒沉百寶箱〉，其所創出的情境，與此傳也略相同，而大不如此傳的婉微可喜。湯顯祖曾爲此傳衍作傳奇兩部——《紫簫記》與《紫釵記》。

白行簡的〈李娃傳〉，恰可與〈霍小玉傳〉成一對照。〈霍小玉傳〉爲一不可挽回的悲劇，〈李娃傳〉卻是一個情節很複雜的喜劇。行簡字知退，詩人居易弟，與李公佐爲友。元和十五年授左拾遺，累遷司門員外郎主客郎中。寶曆二年卒⑦。此傳作於貞元十一年，是其早年之筆。敘李娃

* * *

⑦白行簡附見《舊唐書》卷一六六及《新唐書》卷一一九〈白居易傳〉中。

的多情，鄭子的能悔過，頗能諧合俗情；故劇場上至今猶演唱此故事不絕。（元石君寶有《曲江池》劇，明薛近兗有《繡襦記》傳奇，也衍此事。）行簡此作，文甚高潔，描敘也甚宛曲動人，與〈小玉傳〉同是唐人傳奇文裡最高的成就。他又有〈三夢記〉，敘次也很有趣，且是近代心理學上的很好的資料。

陳鴻的〈長恨歌傳〉，係為白居易的〈長恨歌〉而作。鴻字大亮，貞元主客郎中，與白居易為友。〈長恨歌傳〉敘述明皇、楊妃事。從她入宮起，到馬嵬之變及道人之索魂天上止，全包羅後來一切「天寶遺事」的綱目。以此傳為出發點而衍為諸宮調、雜劇、傳奇者不少。最著者為元王伯成《天寶遺事諸宮調》，白仁甫《唐明皇秋夜梧桐雨》劇及清洪昇《長生殿傳奇》。明人之《彩毫》、《驚鴻》諸記，亦並及太眞事。唐人傳奇文之最為人知者，元氏〈鶯鶯傳〉外，便要算是此作了。

在此時前後，尚有許堯佐作〈柳氏傳〉，敘韓翃及柳氏事；薛調作〈無雙傳〉，敘王仙客及無雙事；皇甫枚作〈飛煙傳〉，敘趙象及飛煙事；房千里作〈楊娼傳〉，敘楊娼及某帥事；皆是以人間的眞實的戀愛的故事為題材者。在其中，尤以韓翃、柳氏及王仙客、無雙二事最為人所知。明陸采有《明珠記》，即衍仙客、無雙事。

七

但到了唐的末葉，時勢日非。軍人也益橫暴，個個割據了一個地方，不聽中央政府的命令。他們自己更各自爭戰，併吞，聯橫，合縱，天下騷然，民間受苦益甚。於是，在無可奈何之中，有一班富於幻想的文人們，便造作出種種劍俠的故事，聊以自慰。劍俠是自己站在千妥萬穩的立場上，而以其橫絕無敵的精技，來除暴安良，或爲人報仇雪恨的。爲了直接抵抗的不可能，民間便自然的要造作出這些超人的劍俠們的故事，欲借重他們，以掃蕩自己之所惡的。這正和義和團及紅槍會之產生於清末及我們的時代中的情形頗爲相同。更有一點，也足以促進劍俠思想的傳播，那便是這時的佛教故事的大量的宣揚。在佛教故事裡，超自然的故事是太多了，騰空而去，霎時而返，乃是他們的常談；「上窮碧落下黃泉」，更是他們的習用的故事結構。又，道士們也在此時大顯神通，恣話著不可能的情境。這些都更足以助長劍俠故事的氣焰。明人刊有段成式的《劍俠傳》一書，便是集合這些劍俠故事的大成的。但這《劍俠傳》，實是僞書，託段氏之名以傳者。在成式的《酉陽雜俎》裡，自有〈盜俠〉（卷九）一類；所敘自魏明帝時登緣凌雲台的異人起，凡九則。在其間，有敘述韋行規、黎幹、韋生及唐山人事的四則，最爲奇詭可觀。這四則，都已被錄入《劍俠傳》中。韋行規的一則，寫韋行規自負勇武，乃遇京西店中老人，以劍術折其銳氣。段氏寫來，頗虎虎有生氣，自是《酉陽雜俎》裡最好的文字之一。成式字柯古，臨淄人，爲宰相文昌子，以蔭爲校書郎，終太常少卿[8]。他的《酉陽雜俎》[9]包羅的事物甚廣，似仍未盡脫張華《博物志》的窠臼。

在裴鉶的《傳奇》裡，敘述這一類劍俠的故事也頗不少。最有名的是〈崑崙奴〉、〈聶隱娘〉

* * *

⑧ 段成式見《舊唐書》卷一百六十〈段文昌傳〉，《新唐書》卷八十九〈段志玄傳〉。

⑨ 《酉陽雜俎》三十卷，有明脈望館刊本，《津逮秘書》本，《學津討源》本，《四部叢刊》本，又有單行刊本。

二則。鍘為高駢從事。駢好神仙，所為多妄誕。故鍘之所敘，較其他同類之作，更多些詭奇之趣。像〈聶隱娘〉裡的黑白衛，用之則為活衛，收之則為紙剪的驢。又所謂妙手空空兒等等的故事和人物，皆已超出於劍俠故事的範圍以外，而入於神仙故事的範圍之中了。〈崑崙奴〉一作，也甚可注意。所謂「崑崙奴」，據我們的推測，或當是非洲的尼格羅人，以其來自極西，故以「崑崙奴」名之。唐代敘「崑崙奴」之事的，於裴氏外，他文裡尚有之，皆可證其實為非洲黑種人。這可見唐帝國內，所含納的人種是極為複雜的，又其與世界各地的交通，也是甚為通暢廣大的。在文學上說來，鍘的這兩則故事，對於後來作家們，皆甚有影響。明梅鼎祚有《崑崙奴雜劇》，清尤侗有《黑白衛雜劇》，所敘的事皆以此二故事為藍本。

袁郊的《甘澤謠》裡，有〈紅線〉一則，也極為流行。郊為唐末人，官刑部郎中。《甘澤謠》作於咸通戊子（公元八六八年），正是劍俠故事流傳極盛之時。故郊所寫的紅線，乃是典型的女俠之一。但也甚有些仙氣；「再拜而行，倏忽不見」，而「忽聞曉角吟風，一葉墜露」，紅線回矣。這種飛來飛去的行蹤，乃正是聶隱娘的同道。明梁辰魚嘗以此事寫為雜劇。約同時，又有有名的〈虬髯客傳〉。此作相傳為張說所寫。但《太平廣記》（卷一百九十三）所載，僅註明「出〈虬髯傳〉」，而不著其作者。明顧元慶《顧氏文房小說》乃著其為杜光庭作。其以為張說作者，蓋明末人的妄題。光庭字賓至，處州縉雲人，為唐末道士。入蜀，依王建。所作有《廣成集》（《四部叢刊》本）及《錄異記》。〈虬髯傳〉所言，頗多方士的氣息。他所寫的海外為王的事，後來陳忱的《後水滸傳》所敘的李俊稱王事，似即本於此。此傳流傳殊盛。梁辰魚有《紅拂劇》（今佚），張鳳翼有《紅拂記》，凌濛初有《虬髯翁》，又有《雙紅記》等，其故事皆本此傳。

無名氏《原化記》當也作於此時。其中像〈嘉興繩技〉、〈車中女子〉等故事，也並見收於

《劍俠傳》。在詞人孫光憲的《北夢瑣言》⑩裡，也有好幾則同類的記載，像〈荊十三娘〉等。這一類的故事，不僅由唐末而蔓延到五代，即到了宋初，也還有吳淑的一部《江淮異人傳》⑪的出現。江淮異人傳全敘劍俠事，已把這一類幻想的復仇的故事當作一種專門的寫作的目標了。

八

這一類唐人的傳奇文，也和六朝的故事集相同，往往有陳陳相因的，同一個傳說，往往被好幾個作家們捉來寫下。像《太平廣記》卷四百九十所載的無名氏《東陽夜怪錄》，敘述成自虛於夜間遇見諸精怪吟詩事，和牛僧孺《玄怪錄》的〈元無有〉（《太平廣記》三百六十九），其情趣與結構幾全相同。而所謂成自虛、元無有也便是同爲「烏有先生」的一流，固不僅是巧合而已。而更有甚者，作者們競寫此種大半空想的故事的結果，往往想像枯窘，不得不於古作或外來的傳說裡乞求些新的資料。〈南柯〉諸記之遠同《遊仙窟》固不必說。最有趣的是下面一事：段成式《酉陽雜俎續集》卷四〈貶誤〉一門裡，嘗引相傳的中岳道士顧玄績命一人看守丹灶，囑其愼勿與人言。不料歷諸幻境之後，其人乃突然失聲。因此，豁然夢覺，鼎破丹飛。這一則故事，成式以爲此事係出於釋玄奘《西域記》。「蓋傳此之誤，遂爲中岳道士。」這已是夠可笑的了。而不料李復言《玄怪續

* * *

⑩《北夢瑣言》，有雅雨堂刊本，廣州刻本。

⑪《江淮異人傳》，有《知不足齋叢書》本。

錄》所載的〈杜子春〉（《太平廣記》卷十六引），卻又是明目張膽的抄襲這個印度的故事，而改穿上中國的衣裝。在《古今說海》裡又有〈韋自東傳〉（亦見《太平廣記》卷三百五十六，原出裴鉶《傳奇》），其所記載的故事，又和此完全相同。這竟是不厭一而再，再而三的輾轉傳述的了。想不到這個流傳於印度一個地方的傳說，偶然被保存於《大唐西域記》裡的，乃竟會在中國引起了那麼大的一場波瀾。這很同於我們讀了著名的《魔鬼的二十五故事》（Vikram and the Vampire），看著那位徒勞無功的國王，屢次的因了失聲發言，而把前功盡棄的情形，而覺得發笑，頗同有些異國的情趣之感。像這樣的外來的資料，如果肯仔細的抓尋起來，在唐人傳奇文裡恐怕還有不少。

▣參考書目

一、《太平廣記》五百卷，宋太平興國三年（公元九七八年）李昉等編，保存古代逸書極多，庸代傳奇文的尋求，可以此書爲淵藪。明人們所紛紛刊刻者，都不過拾其唾餘而已。像其中第四百八十四卷到第四百九十二卷的九卷〈雜傳記〉，即保存了最著名的傳奇文不少。又像其中第一百九十三卷到第一百九十六卷的四卷〈豪俠〉類裡，也便保存了本文所敘述的劍俠的故事最多。有明活字印本，談氏刊本，許自昌刊本，清乾隆間黃氏刊袖珍本，《筆記小說大觀》本，掃葉山房石印本。

二、《唐宋傳奇集》，魯迅編，北新書局鉛印本。

三、《中國短篇小說集》，第一冊鄭振鐸編，商務印書館鉛印本。

四、通行本的《龍威秘書》，《唐代叢書》（《唐人說薈》）裡也有唐傳奇文不少，但均不可靠。

五、《中國小說史略》，魯迅著，可看其中第八篇到第十篇。

六、《古今說海》，明刊本，清嘉慶間刊本，鉛印本。

第三十章 李商隱與溫庭筠

五七言詩作風的別闢一奇境——詩人的兩大派別——白居易與溫李——溫李的作風為五代宋詞的先驅——溫李與張籍——李商隱的生平——他的〈無題〉詩——溫庭筠風格的綺靡燠暖——他的生平——溫李的跟從者：韓偓吳融李群玉等——同時代的諸詩人：杜牧張祜等——張籍的一派：司空圖朱慶餘等——賈島的一派：李洞唐求及喻鳧——姚合的一派：李頻周賀等——李咸用方干陳陶等——「芳林十哲」；鄭谷等——通俗詩人們：三羅杜荀鶴胡曾等

一

從韓、白時代以後，便來到了溫、李的時代。溫、李時代當開起於唐文宗開成元年（公元八三六年）而終止於唐代的滅亡（公元九〇七年）；也即相當於論者所謂「晚唐」一個時期。

這個時代的詩人們，其風起雲湧的氣勢，大似開元、天寶的全盛時代。但其作風卻大不相同。這時代的代表作家們，無疑是李商隱與溫庭筠二人。其餘諸作家，除杜牧等若干人外，殆皆依附於他們二人的左右者。溫、李的作風，甚爲相類，是於前代諸家之外獨闢一個奇境者。五七言詩到了溫、李，差不多可辟的境界也已略盡了。故其後遂也只有模擬而鮮特創的作風。但溫、李雖是最後的創始一種作風的一群，其影響與地位卻是特別的重要。原來，在詩的園地裡，作風雖多，總括之，卻不過數種。像陶淵明、王摩詰一類的田園詩，其作風不算不閒逸，卻不是人人所可得而學得者。韓愈、盧仝一類的奇險怪誕的詩，其作風，不能不謂之特闢一境，卻因過於峻窄，走的人多了，也便走不通，會失掉其特性。李白一類的遊仙的與酒人的詩，其作風雖較爲闊大可喜，卻也不是一般詩人們所得而追逐於其後者。他們都只是小支與別派，不能說是詩壇的正體，與大「宗」。眞實的說起來，只有兩派的作風，是永遠的在對峙著，也是永遠的給詩人們走不厭的兩條大路；一派是白居易領導著的明白易曉，婦孺皆懂的作風；一派便是溫、李所提倡著的曖昧朦朧，精微繁縟的作風了。白居易的一派唯恐人不懂他們的東西；溫、李派的詩什，則唯恐人家一讀就懂。白居易派的詩，是可讀唱給老嫗聽的；溫、李派的詩，則就是好學深思的人讀之也要費些功夫。總之，白要明易，溫、李要晦昧；白要通俗，溫、李則但求「可爲知者道耳」。白是主張著爲人生的藝術的。溫、李則是主張著爲藝術而藝術的。白派的詩，如太陽光滿曬著的白晝似的，物無遁形，情皆畢露；溫、李派的，則有如微雲來去不已的月夜，萬象皆朦朦朧朧，看不清楚。白派是托爾斯泰的一流。溫、李派則和近代的法國象徵派、高蹈派的詩人們，像麥拉爾梅（Mallarmé）、戈底葉（Gautièr）諸人爲同類。詩歌到底是要明白如太陽似的呢，還是要朦朧如月夜似的呢，這恐怕是要成爲長久的爭端，不能在一朝一夕，以一言數語決之的。有人喜愛前者，也有人喜歡後者。正如在宇宙的恆久的現象裡，雖有人喜歡白天的金黃色的太陽光，但也有人會喜歡夜間的銀灰色的月光的。這，我們不能在這裡仔細討論。但溫、李派的出現，其爲我們文壇上最重要的一件大事，則是無可置疑的。當然，也有時對溫、李派集矢，正如托爾斯泰派之集矢於鮑特萊爾（Baudelaire）諸人們一樣，但那並無害於溫、李的重要。我們的諸種文學，往往爲了過於求明白，很少最崇高的成就，也就減少想像力的馳騁的絕好機會。溫、李派的終於產生，不能不說是一個十分重要的發展的事態。五七言詩的作風，進展到溫、李，也便「至矣，盡矣，蔑以復加矣」了。以後，溫、李的跟從者幾乎無代無之。而其更高的成就，則結果在五代與宋的絕妙好「詞」上。我們的抒情詩的一體，所謂「詞」者，其在五代與宋之間的造就，無疑的乃是我們的詩史裡的偉大的一個成就。而溫、李卻是他們的「開天闢地」的盤古、女媧！

在溫、李之前，王建、張籍他們已有走上這條大路的傾向，這在上文已經說到過。但王建、張籍究竟只是打先鋒的陳勝、吳廣，不能成大事，立大業。溫、李才是眞正的得天下的劉邦。假如我們說，溫、李派的詩的作風，像深藏在重簾深幕之後的絕代美人，那麼，張籍諸人的風趣，卻只是像臉上蒙了一塊避風紗的近代北方的女郎們而已。張籍他們還是夕陽西下未黃昏的氣候，溫、李則已是「月上柳梢頭」的夜晚的光景了。王建、張籍等只是齊、梁的風格的復活，再上了些朦朧的略具暗示的餘味。溫、李才是眞正的「高蹈派」的開始。建、籍不過說的是閨怨，春愁。用的是含蓄的語氣，究竟還不難懂。溫、李則連題材和風格都是不大好了解的，有時簡直以〈無題〉二字了之，而其用字，也並是若明若昧，「不求甚解」的。所以溫、李不僅是建、籍的門楣的擴大，而建、籍終於不過是溫、李的勝、廣而已。

二

李商隱字義山，懷州河內人。令狐楚奇其文，召入幕中。開成二年，擢進士第。調弘農尉。王茂元鎮河陽，愛其才，表掌書記，以女妻之，得侍御史。茂元死，來遊京師，久不調。更依桂管觀察使鄭亞府爲判官。亞謫循州，他從之，凡三年乃歸。後柳仲郢節度劍南、東川，辟判官，檢校工部員外郎。府罷，客滎陽卒（八一三—八五八）①。商隱初自號玉溪生，有《玉溪生詩》三卷②。評者謂其詩「如百寶流蘇，千絲鐵網，綺密瓌妍，要非適用之具。」③這當然是由文學功利論者的眼光裡所看出來的。其實，商隱詩大體還不至如溫庭筠那麼曖昧難明呢。像〈樂遊原〉：

向晚意不適，驅車登古原。夕陽無限好，只是近黃昏。

還有點像澹遠一流的作品，不過意象卻已大爲不同耳。在「夕陽無限好」之下，澹遠一流的作家，恐怕是不會加上那麼一句：「只是近黃昏」的。他的詩題，曖昧難知者頗多。像〈錦瑟〉、〈爲

* * *

① 李商隱見《舊唐書》卷一百九十下〈文苑（下）〉，《新唐書》卷二百三〈文藝（下）〉。

② 《李義山集》三卷，有汲古閣本，席氏刊本，《四部叢刊》本（詩集六卷，文集五卷）；又《義山詩箋注》有朱鶴齡、姚培謙、馮浩諸本；《文集》有徐樹穀、徐炯箋注本。

③ 見《唐才子傳》卷七。

有〉、〈一片〉、〈日射〉、〈搖落〉、〈如有〉等等，都與詩意毫不相干，只是隨意採用了詩中的頭二字爲題而已。有的時候，簡直連這種題目也不用，只是乾脆的寫上「無題」二字。「無題」詩在玉溪生詩中，見不一見，最足以代表他的作風。姑舉幾首於下：

颯颯東風細雨來，芙蓉塘外有輕雷。金蟾嚙鎖燒香入，玉虎牽絲汲井回。賈氏窺簾韓椽少，宓妃留枕魏王才。春心莫共花爭發，一寸相思一寸灰。

相見時難別亦難，東風無力百花殘。春蠶到死絲方盡，蠟炬成灰淚始乾。曉鏡但愁雲鬢改，夜吟應覺月光寒。蓬山此去無多路，青鳥殷勤爲探看。

大約所謂「無題」，便是給某某女郎的情詩的代名詞吧。（後來的人便皆以「無題」來做「情詩」的代名詞。）他還喜歡詠落花，詠垂柳，詠月，詠蜂，詠蝶等等，而詠蝶者更不只一二見。他的作風還不和五色斑斕、粉光輝耀的輕蝴蝶似的麼？像「遠恐芳塵斷，輕憂艷雪融」；「爲問翠釵上鳳，不知香頸爲誰回」；「相兼惟柳絮，所得是花心」；「葉葉復翻翻，斜橋對側門」（皆〈詠蝶〉）；「色染妖韶柳，光含窈窕蘿」（〈西溪〉）；「花鬚柳眼各無賴，紫蝶黃蜂俱有情」（〈二月二日〉）；「蠟照半籠金翡翠，麝熏微度繡芙蓉」（〈無題〉）；「南塘漸暖蒲堪結，兩兩鴛鴦護水紋」（〈促漏〉）；又像：

三更三點萬家眠，露欲爲霜月墮煙。鬥鼠上堂蝙蝠出，玉琴時動倚窗弦。

——〈夜半〉

擬杯當曉起，呵鏡可微寒。隔箔山櫻熟，褰帷桂燭殘。書長爲報晚，夢好更尋難。影響輸雙蝶，偏過舊畹蘭。

——〈曉起〉

還不都是「五色令人目迷，五音令人耳亂」的繁縟之至，燦爛之至的篇什麼？我們要指義山詩的好處與特點，便當在這種粉蝶翩飛似的境地裡去尋找。

三

假如我們說李商隱的詩似粉光斑斕的蝴蝶，那麼，溫庭筠[④]的詩便要算是綺麗膩滑的錦繡或彩緞的了。溫詩是氣魄更大，色調更爲鮮明，文采更爲綺靡的東西。他的所述，更不容易令我們明白。他愛用〈織錦詞〉、〈夜宴謠〉、〈曉仙謠〉、〈舞衣曲〉、〈水仙謠〉、〈照影曲〉、〈晚歸曲〉等等的題目，而他的詩材便也似題目般的那麼繁縟而閃爍[⑤]。我們且看他所抒寫的：「晴碧煙滋重疊山，羅屏半掩桃花月」（〈郭處士擊甌歌〉）；「江風吹巧剪霞綃，花上千枝杜鵑血」（〈錦城曲〉）；「金梭淅瀝透空薄，剪落鮫綃吹斷雲」（〈舞衣曲〉）；「繡頸金鬟蕩倒光，團

* * *

④ 溫庭筠見《舊唐書》卷一百九十下〈文苑（下）〉，《新唐書》卷九十一〈溫大雅傳〉。

⑤ 《溫庭筠集》，有明刊本，有《四部叢刊》本；又《溫飛卿集箋注》（顧予咸等注），有秀野草堂本。

團皺綠雞頭葉」（〈蘭塘詞〉）；「格格水禽飛帶波；孤光斜起夕陽多……水極晴搖泛灩紅，草平春染煙綿綠。玉鞭騎馬楊叛兒，刻金作鳳光參差」（〈晚歸曲〉）；「搗麝成塵香不滅，拗蓮作寸絲難絕」（〈達摩支曲〉）；「紅珠斗帳櫻桃熟，金尾屏風孔雀閒。雲髻幾迷芳草蝶，額黃無限夕陽山」（〈偶遊〉）；「紅絲穿露珠簾冷，百尺啞啞下纖綆，……涼簪墜髮春眠重，玉兔熅香柳如夢」（〈春愁曲〉）；「日影明滅金色鯉，杏花唼喋青頭雞」（〈經西塢偶題〉）；「蟲歇紗窗靜，鴉散碧梧寒。……亂珠凝燭淚，微紅上露盤」（〈詠曉〉）等等，還不都是不平常的想像與鑄辭麼？還不都是如春夢似的迷惘，如蟬影似的倩空麼？就是他偶寫社會的苦難的光景，卻也仍是出之以這種的不平常的錦繡斑斕的文采的，像〈燒歌〉：

起來望南山，山火燒山田。微紅夕如滅，短焰復相連。差差向岩石，冉冉凌青壁。低隨回風盡，遠照檐茅赤。鄰翁能楚言，倚插欲潸然。自言楚越俗，燒畬為早田。豆苗蟲促促，籬上花當屋。廢棧豕歸欄，廣場雞啄粟……誰知蒼翠容，盡作官家稅。

這裡寫山上田家的光景是極為逼真可喜的。雖是詛咒「官家」，其氣象究竟和杜甫與白居易之作有別。他還喜用舊曲名，像〈春江花月夜〉、〈敕勒歌〉、〈公無渡河〉之類，然其所述則仍是溫馥綺艷，特具一體。

庭筠本名岐，字飛卿，太原人。少敏悟，才思艷麗，工為詞章小賦，與李商隱皆有名，稱溫、李。每入試，押官韻作賦，凡八叉手而八韻成，時號溫八叉。多為鄰鋪假手，日救數人。然行為輕薄，頗為縉紳所不齒。宣宗愛唱〈菩薩蠻詞〉，丞相令狐綯假其修撰，密進之。戒令勿泄，而遽言於人。由是疏之。他也有言道：「中書堂內坐將軍」，以譏相國的無學。宣宗好微行，嘗遇庭筠於逆旅；他不之識，傲然而詰之道：「公非長史司馬之流？」帝道：「非也。」又道：「得非六參簿尉之類？」帝道：「非也。」謫爲方城尉，再遷隋縣尉卒。

四

溫、李的作風，開闢了五七言詩的另一條大路給後人們走。而當時受其影響者便已不少。其中最有名者爲韓偓、吳融、唐彥謙等。

韓偓[⑥]字致光，一云字致堯，小字冬郎，京兆萬年人。好爲縟綺之詩，李義山甚稱許之。龍紀元年（公元八八九年）擢進士第。佐河中幕府。歷翰林學士，中書舍人，兵部侍郎。以不附朱全忠，貶濮州司馬。天佑二年復原官[⑦]。偓不赴，依王審知而卒。有《翰林集》一卷，《香奩集》三卷。他的作風，於義山爲近，像〈幽窗〉：「刺繡非無暇，幽窗自鮮歡。手香江橘嫩，齒軟越梅酸」；〈繞廊〉：「濃煙隔簾香漏泄，斜燈映竹光參差」；〈懶起〉；「枕痕霞黯澹，淚粉玉闌珊。籠繡香煙歇，屏山燭焰殘。」又像〈已涼〉：

* * *

⑥ 韓偓見《新唐書》卷一百八十三。

⑦ 《韓內翰別集》一卷，汲古閣本，席氏刊本，《玉山樵人集香奩集》附。《四部叢刊》本，麟後山房刊本。

碧闌干外繡簾垂，猩色屏風畫柘枝。八尺龍鬚方錦褥，已涼天氣未寒時。

也都是像「樓閣朦朧煙雨中」（〈夜深〉）的光景的。他的〈無題〉數首，顯然也是受義山的影響的。

吳融字子華，越州山陰人。龍紀初（約公元八八九年）及進士第。後爲翰林承旨卒。有《唐英集》三卷。他的作風雖說是學溫、李，卻沒有他們的燠暖縟麗，反時露淒楚之音；這是溫、李派中所罕見的。「不必繁弦不必歌，靜中相對更情多」（〈紅白牡丹〉），這二語便足以形容他的風格吧。像〈野廟〉：

古原荒廟掩莓苔，何處喧喧鼓笛來。日暮鳥歸人散盡，野風吹起紙錢灰。

淒涼欲泣，更哪裡有一絲一毫的溫、李的溫馥之感呢？他也作〈無題〉：「萬態千端一瞬中，心園蕪沒佇秋風。鵲鴞夜警池塘冷，蝙蝠晝飛樓閣空。」但已渾不是義山的〈無題〉：「鳳尾香羅薄幾重，碧文圓頂夜深縫。扇裁月魄羞難掩，車走雷聲語未通」一類的無思慮的繁縟昇平的氣象了。大約融隨了昭宗播遷受苦，擔驚受怕，無時不在驕兵悍將的刀光劍影之下討生活，已深感到了社稷殘破的悲悼吧。

唐彥謙⑧字茂業，并州人。咸通中（公元八六〇年以後）舉進士，十餘年不第。乾符末（約公元八七九年），攜家避地漢南。楊守亮鎭興元，署爲判官。累官至副使，閬、壁、絳三州刺史。他博學多藝能，書畫音樂，無不出於輩流，號鹿門先生。他少時師溫庭筠，故風格類之。而宋人楊大年又說他：「爲詩慕玉溪，得其清峭感愴。」他也有〈無題〉十首（錄其一）：

夜合庭前花正開，輕羅小扇爲誰裁？多情驚起雙蝴蝶，飛入巫山夢裡來。

似較近於義山。

此時又有皮日休、陸龜蒙諸詩人出，作風不同於溫、李，而自有所樹立。皮日休⑨字襲美，一字逸少，襄陽人。性傲誕，隱居鹿門，自號閒氣布衣。咸通八年（公元八六七年）登進士第。授太常博士。黃巢入長安，日休爲所殺（？—八八〇）。他頗受白居易的影響，曾作〈正樂府〉十篇，蓋即居易的《新樂府》的同流；但他後來和陸龜蒙唱酬最多，未免也受了他的很深的影響，而寫著：「爲說松江堪老處，滿船煙月濕莎裳」（〈行次野梅〉）；「孔雀鈿寒窺沼見，石榴紅重墮階聞。牢愁有度應如月，春夢無心只似雲」（〈病後春思〉）；「溪光冷射觸鸀鳿（ㄓㄨˊ ㄩˋ），柳帶凍脆攢欄杆。竹根乍燒玉節快，酒面新潑金膏寒」（〈奉和魯望早春雪中作吳體見寄〉）一類的

* * *

⑧唐彥謙見《舊唐書》卷一百九十下〈文苑（下）〉，《新唐書》卷八十九〈唐儉傳〉。

⑨《皮子文藪》十卷，有明刊本，《四部叢刊》本。

話。

陸龜蒙⑩字魯望，蘇州人。舉進士不第。辟蘇、湖二郡從事。退隱松江甫里，多所論撰，自號天隨子。他和皮日休唱酬最多。日休序其集道：「近代稱溫飛卿、李義山爲之最，以陸生參之，烏知其孰爲先後也！」龜蒙詩確於溫、李爲近，像：「行歇每依鴉舅影，挑頻時見鼠姑心」（〈偶掇野蔬寄襲美有作〉）；「鬢亂羞雲卷，眉空羨月生」（〈寄遠〉）；「黃蜂一過慵，夜夜棲香蕊」（〈春曉〉）。

李群玉⑪字文山，澧州人。裴休荐爲弘文館校書郎。未幾，乞假歸。其風格似溫、李而略爲明暢，於〈感春〉一詩可知之：

春情不可狀，艷艷令人醉。暮水綠楊愁，深窗落花思。吳宮新暖日，海燕雙飛至。愁思逐煙光，空濛滿天地。

劉滄字蘊靈，魯人，大中八年（公元八五四年）進士第。調華原尉，遷龍門令。所作稍類溫、李，而較多蕭爽的秋氣。像：「啓戶清風枕簟幽，蟲絲吹落掛簾鉤」（〈秋日山齋書懷〉）；「半夜秋風江色動，滿山寒葉雨聲來」（〈秋夕山齋即事〉）；「微微一點寒燈在，鄉夢不成聞曙鴉」

* * *

⑩《唐甫里先生文集》二十卷，有《四部叢刊》本。又《笠澤叢書》，有江都陸氏刊本。

⑪《李群玉詩集》八卷，有汲古閣刊本（三卷）席氏刊本，《四部叢刊》本。

（〈晚春宿僧院〉）；「雲鬟高動水宮影，珠翠乍搖沙露光。心寄碧沉空婉戀，夢殘春色自悠揚」（〈洛神怨〉）；「羸馬客程秋草合，晚蟬關樹古槐深」（〈入關留別主人〉）等等，都具淒清之意，若寒潭的水，冷碧之色，直撲人眉宇間。

馬戴字虞臣，會昌四年（公元八四四年）進士第。爲龍陽尉。咸通末佐大同軍幕，終太常博士。他和賈島是朋友，常相往來，故其作風，於窈渺中也並具清瘦之態，像「寒雁過原急，渚邊秋色深。煙霞向海島，風雨宿園林」（〈宿賈島原居〉）；「微陽下喬木，遠色隱秋山」（〈落日悵望〉）；「亂鐘嘶馬急，殘日半帆紅」（〈客行〉）；「初日照楊柳，玉樓含翠陰……幽怨貯瑤瑟，韶光凝碧林」（〈春思〉），「斜日掛邊樹，蕭蕭獨望間」（〈隴上獨望〉）；「落葉他鄉樹，寒燈獨夜人」（〈灞上秋居〉），都是其較好之作。

許渾[12]字用晦，潤州人。大中三年（公元八四九年）任監察御史。終睦、郢二州刺史。所作於溫馥中也多愴楚之感，像：「松楸遠近千官冢，禾黍高低六代宮。石燕拂雲晴亦雨，江豚吹浪夜還風」（〈金陵懷古〉）；「芳草渡頭微雨時，萬株楊柳拂波垂。蒲根水暖雁初下，梅徑香寒蜂未知」（〈初春雨中〉）。

女作家魚玄機也在這個時代出現，寫著頗爲大膽的情詩，和溫飛卿相酬答[13]。玄機的生平很怪。她字幼微（一字蕙蘭），爲長安里家女。喜讀書，有才思。初爲李億妾。後出爲女道士，主持

* * *

⑫ 許渾《丁卯集》二卷，有明弘治刊本；汲古閣刊本；《四部叢刊》本。

⑬《魚玄機詩》，有清仿宋印本，有中華書局《四部備要》本。

咸宜觀，和諸名士往返。以笞殺女童綠翹，被京兆溫璋所戮。有集。她的應酬詩，無甚可觀，但像〈情詩寄李子安〉：「書信茫茫何處問，持竿盡日碧江空」；〈閨怨〉：「春來秋去相思在，秋去春來信息稀」；〈冬夜寄溫飛卿〉：「滿庭木葉愁風起，透幌紗窗惜月沉」；〈暮春有感寄友人〉：「鶯語驚殘夢，輕妝改淚容」云云，都很有濃情深意在著。她雖進不了溫、李的堂室，但在女流作家裡卻是很傑出的。她是那麼坦白的披露出她的胸臆，那是她們所少有的。

五

超然於溫、李派影響之外者，有杜牧⑭。牧字牧之，京兆萬年人，太和二年（公元八二八年）擢進士第。爲牛僧孺淮南節度府掌書記，擢監察御史，移疾分司東都。拜殿中侍御史，內供奉。歷黃、池、睦三州刺史，又爲湖州刺史。逾年，拜考功郎中，知制誥，遷中書舍人卒。牧剛直有奇節，敢論列大事。他的詩也情致豪邁，與時流之競爲枯瘠清瘦或繁縟溫馥之作者不同。人號爲小杜，以別杜甫。有《樊川集》⑮。他的作風，大類元、白。像〈感懷詩〉、〈冬至日寄小侄阿宜詩〉、〈華清宮三十韻〉、〈昔事文皇帝三十二韻〉，都是逼肖元、白之作。他很想用世：「處士有常言，殘虜爲犬豕，常恨兩手空，不得一馬棰」（〈送沈處士〉）。但有時卻又頗頹唐自放：

*　*　*

⑭ 杜牧見《舊唐書》卷一百四十七〈杜佑傳〉，《新唐書》卷一百六十六〈杜佑傳〉。

⑮ 《樊川文集》二十卷，有明刊本，《四部叢刊》本。又《注本》四卷，清馮集梧撰，有刊本。

「但爲適性情，豈是藏鱗羽。一世一萬朝，朝朝醉中去」（〈雨中作〉）。這兩種的矛盾心理的表現，在白居易的詩裡也是常常見之的。牧之還喜愛李、杜、韓、柳之作：「高摘屈宋艷，濃薰班馬香。李杜泛浩浩，韓柳摩蒼蒼。近者四君子，與古爭強梁」（〈冬至日寄小侄阿宜詩〉）。而尤推崇韓、杜：「杜詩韓集愁來讀，似倩麻姑癢處抓」（〈讀韓杜集〉），故他於韓的奇，杜的整練也頗得之。他的短詩，雋永的也不少，像〈獨酌〉：

窗外正風雪，擁爐開酒缸。何如釣船雨，蓬底睡秋江。

同時又有張祜、趙嘏二人，甚爲牧之所稱許。牧之贈張祜道：「粉毫唯畫月，瓊尺只裁雲」；又〈殘春獨來南亭因寄張祜〉道：「仲蔚欲知何處在？苦吟林下拂詩塵。」又有〈雪晴訪趙嘏街西所居〉：「命代風騷將，誰登李杜壇？……今日訪君還有意，三條冰雪獨來看。」張祜字承吉，清河人，以宮詞得名。辟諸侯府，多不合，自劾去。嘗客淮南，愛丹陽曲阿地，築室卜隱。他的〈宮詞〉：「故國三千里，深宮二十年，一聲〈河滿子〉，雙淚落君前」，曾流入宮禁。武宗疾篤，孟才人唱此詞，歌「一聲〈河滿子〉」，氣亟立殞。上令醫候之，道：「脈尙溫而腸已絕。」祜因之爲〈孟才人嘆〉，敘此事。趙嘏字承祜，終於渭南尉。他嘗家於浙西，有美姬，惑之。爲浙帥所奪。後嘏中第，浙帥遣此姬歸之。嘏方出關，逢於橫水驛。姬抱嘏慟哭而卒。葬於橫水之陽。嘏的詩，像〈長安秋望〉：「殘星幾點雁橫塞，長笛一聲人倚樓。紫艷半開籬菊靜，紅衣落盡渚蓮愁」，是甚有張籍諸人的風趣的。

六

在這時，張籍的影響甚大。司空圖、項斯、朱慶餘、任蕃、陳標、章孝標等無不受其陶冶。然籍的作風，乃是溫、李的先驅，這可見這時風尚之所歸向。司空圖[16]字表聖，河中人。咸通十年（公元八六九年）進士第。王凝爲宣、歙（ㄕㄜˋ）觀察使，辟置幕府。後拜禮部員外郎。黃巢起義時，僖宗次鳳翔，以圖爲知制誥，中書舍人。昭宗召爲兵部侍郎，以足疾自乞還。圖家本中條山王官谷，有先人田廬，遂隱不出。自號知非子，耐辱居士。後聞哀帝被殺，不食扼腕，嘔血數升而卒。年七十二（八三七—九〇八）。有《一鳴集》[17]。他嘗著《詩品》，以雋永之語，標舉古今詩的風格，是批評文裡空前的清俊之什。他也寫「伏溜侵階潤，繁花隔竹香」（〈春中〉）；「恰値小娥初學舞，擬偷金縷押春衫」（〈楊柳枝〉）。然最多的卻是嘆亂傷時之什，像〈狂題〉十八首，像〈寓居有感〉三首，像〈偶題〉三首，像〈即事〉九首等等，都是如杜鵑啼血似的哀吟。最可痛者，像〈河湟有感〉：「一自蕭關起戰塵，河湟隔斷異鄉春；漢兒盡作胡兒語，卻向城頭罵漢兒。」整個不良社會，都已被映寫出來了。爲了環境的不同，他已不是張籍派所可包羅的了。章孝標，桐廬人，元和十四年（公元八一九年）進士第。太和中試大理評事。他是張籍的好友，這時代的老詩人。又有任蕃、陳標、項斯、朱慶餘諸人，皆爲依附張籍而成名者。他們所作，風格皆不大

＊　＊　＊

⑯司空圖見《舊唐書》卷一百九十下〈文苑（下）〉，《新唐書》卷一百九十四〈卓行傳〉。

⑰《司空圖集》，有明刊本，席氏刊本，《乾坤正氣集》本，《四部叢刊》本（文集十卷，詩集五卷）。

相殊，上文所舉朱慶餘的「待曉堂前拜舅姑」一詩便可作爲代表。相傳項斯始未爲聞人，因以卷謁楊敬之，楊苦愛之，贈詩道：「平生不解藏人善，到處逢人說項斯。」明年斯遂擢上第。這恰和朱慶餘與張籍的遇合之際有些相似。

七

追逐於賈島的左右而力擬其作風者有李洞、唐求及喻鳧（ㄈㄨˊ）。李洞字才江，京兆人。唐宗室。慕賈島爲詩，至鑄其像，事之如神。昭宗時不第，遊蜀卒。他因模擬賈島過度，故有僻澀之誚。獨吳融甚稱之。他的詩，像：「醉眼青天小，吟情太華低」（〈贈唐山人〉）；「臥語身黏蘚，行禪頂佛松」（〈宿鳳翔天桂寺〉）；「冷筇和雪倚，朽櫟帶雲燒」（〈維摩暢林居〉）等，都是斫句甚苦的。唐求居蜀之味江山。王建帥蜀，召爲參謀，不就。放曠疏逸，邦人謂之唐隱居。爲詩撚稿爲丸，納之大瓢。後臥病，投瓢於江，道：「斯文苟不沉沒。得者方知吾苦心爾。」流至新渠，有識者道：「唐山人瓢也。」接之。十才二三。他的詩都是從苦吟與體驗中得到的，像：「爲雨疑天晚，因山覓路遙」（〈塗次偶作〉）；「竹和庭上春煙動，花帶溪頭曉露開」（〈題李少府別業〉）。喻鳧，毗陵人，登開成五年（公元八四〇年）進士第，終烏程尉。他和賈島是朋友，作風也甚清瘦，像「鐘沉殘月塢，鳥去夕陽村。搜此成閒句，期逢作者論」（〈龍翔寺言懷〉），卻沒有賈島那樣的精練與拗強了。

八

與姚合爲一群而深受其影響者，有殷堯藩、李頻、周賀諸人。李頻是姚合的女婿。他字德新，睦州壽昌人。時合爲給事中，有詩名，士多歸重。頻走千里，丐其品。合大稱賞，遂以女妻之。大中八年（公元八五四年）擢進士第，終於建州刺史。他所作詩，功力甚深，像「沙渚漁歸多濕網，桑林蠶後盡空條」（〈鄂州頭陀寺上方〉）；「架書抽讀亂，庭果摘嘗稀」（〈過嵩陰隱者〉）等等。

周賀字南卿，東洛人。初爲浮屠，名清塞。姚合爲杭州太守時，愛其詩，加以冠巾，改名賀。所作像：「出定聞殘角，休兵見壞鋒」（〈送省己上人〉）；「亂雲迷遠寺，入路認青松。鳥道緣巢影，僧鞋印雪蹤」（〈入靜隱寺途中作〉）；「蠹根停雪水，曲角積茶煙」（〈玉芝觀王道士〉）等等，都是出之以清吟與深思的。

殷堯藩，蘇州嘉興人。元和中登進士第。辟李翺長沙幕府，加監察御史，又嘗爲永樂令。他和姚合、雍陶、馬戴、許渾等相酬和，所作多清婉可喜，像：「踏碎羊山黃葉堆，天飛細雨隱輕雷」（〈遊山南寺〉）；及〈經靖安里〉：

巷底蕭蕭絕市塵，供愁疏雨打黃昏。悠然一曲泉明調，淺立閒愁輕閉門。

咸通左右，又有李咸用、來鵬、陳陶、曹鄴、方干諸人，雖詩名重於一時，卻皆命薄如雲，流落以終（惟曹鄴較顯達）。李咸用與來鵬同時，工詩不第，嘗應辟爲推官，有《披沙集》。咸用的詩顯然可見是受多方面的影響而不名一家的，——許多晚唐詩人大概都是這樣的——像：「須知代不乏騷人，貫休之後，惟修睦而已矣」（〈讀修睦道上人歌篇〉），宛然是韓愈的口氣。「淅淅夢初驚，幽窗枕簟清」（〈聞泉〉），又有些像姚合了。來鵬（一作鵠），豫章人，咸通中舉進士不第。他詩思清麗，像：「冷酒一杯相勸頻，異鄉相遇轉相親。落花風裡數聲笛，芳草煙中無限人」（〈鄂渚清明日〉）；「新歷才將半紙開，小庭猶聚爆竿灰」（〈早春〉）等等，皆頗能狀日常情況入詩。

方干字雄飛，新定人。嘗謁杭州太守姚合。合視其貌陋，甚卑之。坐定覽卷，乃駭目變容，館之數日。咸通中，一舉不得志，遂遁會稽，漁於鑒湖。他的詩名，滿於江之南，後進私謚曰玄英先生[18]（？—八八八？）。像「未明先見海底日，良久遠雞方報晨。古樹含風長帶雨，寒岩四月始知春」（〈題龍泉寺絕頂〉）；「坐牽蕉葉題詩句，醉觸藤花落酒杯」（〈題越州園袁秀才林亭〉）等等，也頗情致疏蕩。曹鄴字業之，桂州人，登大中（公元八四七—八五九年）進士第，終洋州刺史。他的詩頗能表現出唐末喪亂頻仍的時代的內幕來，像〈築城〉、〈戰城南〉、〈甲第〉、〈官

九

* * *

⑱ 方干《玄英集》，有席氏刊本。

倉鼠〉、〈薊北門行〉、〈秦後作〉等，都有些與白居易的〈新樂府〉相類。但居易還以勸誡爲名，他則直抒哀怨了。他也有清雋異常之作，像〈早起〉：

> 月墮滄浪西，門開樹無影。此時歸夢闌，獨立梧桐井。

陳陶字嵩伯，嶺南人（一作鄱陽人，又作劍浦人）。大中時遊學長安。南唐升元中，隱洪州西山：後不知所終。他的詩也多淒楚之音，雖間作超世語，卻多用世意。像：「可憐無定河邊骨」（〈隴西行〉）是最爲人所傳誦者。又像：「近來詩思清於水，老去風情薄似雲」（〈答蓮花妓〉）等等也殊可喜。

同時又有曹唐的，曾作〈遊仙詩〉百首，卻都膠執無聊，一點也沒有靈雋飛動之意緒，可說是這一類詩中的最下者。他字堯賓，桂州人，初爲道士，後舉進士不第。

同時又有所謂「芳林十哲」者，唱答往還，自成一派。這「十哲」是：鄭谷、許棠、任濤、張蠙、李棲遠、張喬、喻坦之、周繇、溫憲（庭筠子）及李昌符。而鄭谷、許棠、張喬、張蠙尤有名。鄭谷[19]字守愚，袁州宜春人。幼穎悟絕倫，七歲能詩。光啓三年（公元八八七年）第進士。乾寧四年爲都官郎中，詩家稱鄭都官。又嘗賦鷓鴣，警絕，復稱鄭鷓鴣。未幾告歸，卒於北岩別墅。他的詩清婉明白，不俚而切。齊己攜詩卷來表謁谷；〈早梅〉云：「前村深雪裡，昨夜數枝開。」

* * *

⑲ 鄭谷《雲台編》三卷，有席氏刊本。

谷道：「數枝非早也，未若一枝佳。」已不覺設拜道：「我一字師也！」谷詩頗多警策之什，像：「雨昏青草湖邊過，花落黃陵廟裡啼」（〈鷓鴣〉），而也時有訴老談窮之作，像：「流年俱老大，失意又東歸」（〈送進士盧棨東歸〉）。許棠字文化，宣州涇縣人。咸通十二年（公元八七一年）登進士第。授涇縣尉，又嘗爲江寧丞。也多談窮訴苦之作，像：「連春不得意，所業已疑非」（〈留別友人〉）；「欲吟先落淚，多是怨途窮」（〈客行〉）；「飛塵長滿眼，衰髮暗添頭」（〈遣懷〉）之類。張喬，池州人，咸通中（公元八六六年左右）進士。黃巢起義時，罷歸，隱九華。他的詩像「秋山清若水，吟客靜於僧」（〈題鄭侍御藍田別業〉）：「憑檻見天涯，非秋亦可悲。山水分鄉縣，干戈足別離」（〈江樓作〉）等，皆於澹遠之中，見出喪亂之感的。張蠙字象文，清河人，初與許棠、張喬齊名，登乾寧二年（公元八九五年）進士第，爲犀浦令。入蜀，終金堂令。相傳王衍與徐后遊大慈寺，見壁間題云：「牆頭細雨垂纖草，水面迴風聚落花」，深喜之。問寺僧，知爲蠙作，欲大用之。而讒者以蠙輕忽傲物爲言，遂止。

十

但在這個溫、李、杜、韓的影響彌漫著唐末的詩壇上的時候，卻有另外一群的詩人們起來，打著通俗的旗幟，做著自以爲是的詩歌，闖進典雅秀致的書室裡，把一切的陳設都撕下了，摔壞了，任意放歌，任意舞踏，頗富粗豪諧俗的意興。但他們卻並不是突然的從天掉落下來的。他們的淵源是很古遠的。從王梵志到顧況，到他們，那是一條直線的路徑。不過中間常受典雅的沙石所壓迫，故他們遂常成爲地中的伏流，偶一遇土質鬆動處才得噴流出來，成爲清泉，或成爲小溪。唐末是喪亂頻仍的時代，科第已失了羈縻人心的效力，個個才士都要自謀出路，自求發展。這一層壓力一去，於是那一股伏流便滾滾滔滔的涌出地面上來了。在這一股伏流裡，三羅、杜荀鶴、李山甫及胡曾是其代表。他們慣是以俗意淺言，來作民間能懂的詩的。他們的詩，眞的是常在民間的口頭上說著，至於今千年未絕。且也成了民間生活常識的一部分，分離不開，影響極大。白居易詩每以婦孺皆懂爲目的，然究竟還是過於典雅，未必眞的能夠深入民間；像羅隱、杜荀鶴、胡曾等人，才是眞正的民間詩人呢。

三羅，爲羅鄴、羅隱及羅虬，而羅隱之名最大。羅隱[20]字昭諫，餘杭人。光啓中，依浙江錢繆。鏐辟他爲節度判官副使。朱溫召之，不行。年八十餘卒。隱是民間自己的眞實的詩人，至今浙人尙流傳著他的許多聰明的故事；且有「羅隱皇帝口」云云的俗諺，說他是「言無不中」。《詠齋閒覽》道：「唐人詩句中用俗語者，惟杜荀鶴、羅隱爲多。羅隱詩，如曰：『西施若解亡人國，越國亡來又是誰』；曰：『今宵有酒今宵醉，明日愁來明日愁』；曰：『能消造化幾多力，不復陽和一點塵』；曰：『只知事逐眼前去，不覺老從頭上來』；曰：『時來天地皆同力，運去英雄不自由』；曰：『采得百花成蜜後，不知辛苦爲誰甜』；曰：『明年更有新條在，繞亂春風卒未休。』今人多引此語，往往不知誰作。」蓋這些詩句也已深入民間而成爲他們自己的日常的成語的了。他所作有《羅昭諫集》[21]。

* * *

⑳ 羅隱見《十國春秋》卷八十四。

㉑ 《羅昭諫集》有張贇刊本，汲古閣刊本，席氏刊本，《四部叢刊》本。

羅鄴[22]也是餘杭人。楊愼推他爲三羅之首，大約因爲他的詩在三羅中是最典雅的之故吧。但像：「不愁世上無人識，唯怕村中沒酒沽」（〈自遣〉）；「萬里山河星拱北，百年人事水歸東」（〈春晚渡河有懷〉）等等，也還是很諧俗的。羅虬[23]台州人，依鄜州李孝恭爲從事。他狂宕無檢束。嘗在孝恭坐，殺了一個妓女，名杜紅兒。後悔之，乃作〈比紅兒詩〉百首，當時盛傳。像〈比紅兒詩〉中的「不似紅兒些子貌，當時爭得少年狂」，「若同人世長相對，爭作夫妻得到頭」云云，也是近於俗語方言的。

杜荀鶴字彥之，池州人，有詩名，自號九華山人。景福二年（公元八九三年）進士第。或以他爲杜牧出妾之子。朱溫受禪，拜他爲翰林學士，數日而卒（八四八—九〇七）。他自序其詩爲《唐風集》。他的詩也以類乎格言的成語，爲最得民間歡迎，像：「舉世盡從愁裡老，誰人肯向死前休」；「世間多少能言客，誰是無愁行睡人」；「逢人不說人間事，便是人間無事人」；「易落好花三個月，難留浮世百年身」等等。

李山甫，咸通中數舉進士被黜，依魏博幕府爲從事。他有不羈才，能爲青白眼。往往不得衆情，以陵傲之，以此無所遇。時人憐之，後不知所終。山甫詩也喜用淺語，不避俗談，像：「有時三點兩點雨，到處十枝五枝花」（〈寒食〉）；「南朝天子愛風流，盡守江山不到頭」（〈上元懷古〉）；「老逐少來終不放，辱隨榮後直須勻。勸君不用誇頭角，夢裡輸贏總未眞」（〈寓懷〉）

* * *

[22] 羅鄴詩，有《五十唐人小集》本。

[23] 羅虬《比紅兒詩注》一卷。清沈可培注，有《昭代叢書》本。

等等，在古典的批評家眼中，都是很粗卑的。

胡曾有〈詠史詩〉百篇，盛傳於世。凡通俗小說，像《三國志演義》，《隋唐志傳》等等，殆無不引入曾的〈詠史詩〉。辛文房謂：「〈詠史詩〉皆題古君臣爭戰廢興塵跡，經覽形勝，關山亭障，江海深阻，一一可賞；人事雖非，風景猶昨。每感輒賦，俱能使人奮飛。至今庸夫孺子，亦知傳誦。」他，長沙人，咸通中舉進士，不第。嘗爲漢南節度使從事。他的〈詠史詩〉能以淺近之辭，表達歷史上的可泣可歌之事，像〈夾谷〉：

> 夾谷鶯啼三月天，野花芳草整相鮮。來時不見侏儒死，空笑齊人失措年。

爲的是頗能諧合一般民衆的口味，故得以傳誦不休。

參考書目

一、《五十唐人小集》，有仁和江氏仿宋刊本。

二、《全唐詩》，有原刊本，石印本。

三、《唐百名家詩》，有席氏刊本。

四、《唐才子傳》，有《佚存叢書》本，諸詩人傳皆在其中。

五、《唐詩紀事》，宋計有功編，有清刊本，石印本。

六、《全唐詩話》，宋尤袤編，有《歷代詩話》本。

第三十一章　詞的起來

詞與詩的區別——詞非「詩餘」——詞的來歷——胡夷之曲與里巷之曲——新曲的創作——〈回波樂〉——李隆基——李白——元結——張志和——〈調笑令〉與〈三台〉——劉禹錫與白居易——〈閒中好〉——溫庭筠——李曄韓偓等

一

五七言詩在唐代，時見之歌壇，但並不是每一首詩都可歌。詩人們每以其詩得人管弦爲榮。開元中王昌齡、高適、王之渙旗亭畫壁的故事，即是其一例。唐代可歌的曲調，有辭傳於世者絕少。崔令欽的《教坊記》，共錄曲名三百二十五，爲詞人所襲用者不過十一而已。在這三百二十五曲中，究竟有多少是用五七言詩體來歌唱的，今已不可得而知。所可知者，即唐代的歌壇上，所用的歌曲是極爲繁夥的，在其間，五七言詩體，也往往「合之管弦」。到了後來，便專名這種可以入樂或「合之管弦」的歌曲爲「詞」。故後來「詞」中，也有〈南柯子〉、〈三台令〉、〈小秦王〉、〈瑞鷓鴣〉、〈竹枝〉、〈柳枝〉、〈阿那〉等曲，原是七言的律絕體。所以，我們可以說，

「詞」乃是可歌的樂曲的總稱，而五七言詩則未必全是可歌者，必須要「合之管弦」，方能被之聲歌。

論者每以「詞」爲「詩餘」。沈括在《夢溪筆談》裡說：「詩之外又和聲，則所謂曲也。唐人乃以詞填入曲中，不復用和聲。」朱熹也說：「古樂府只是詩，中間卻添許多泛聲。後來人怕失了那泛聲，逐一添個實字，遂成長短句，今曲子便是。」（《朱子語類》百四十）他們是主張詞由詩變的。其實不然。詞和詩並不是子母的關係。詞是唐代可歌的新聲的總稱。這新聲中，也有可以五七言詩體來歌唱的。但五七言的固定的句法，萬難控御一切的新聲。故嶄新的長短句便不得不應運而生。長短句的產生是自然的進展，是追逐於新聲之後的必然的現象。清人成肇麐說：「其始也，皆非有一成之律以爲範也。抑揚抗隊之音，短修之節，運轉於不自已，以蘄（ㄑㄧˊ）適歌者之吻。而終乃上躋於雅頌，下衍爲文章之流別。詩餘名詞，蓋非其朔也。唐人之詩，未能胥被管弦，而詞無不可歌者。」（《七家詞選序》）這話最有見地。

二

詞的來歷，頗爲多端。但最爲重要者則爲「里巷之音」和「胡夷之曲」。一種新文體的產生，往往有其很悠久的歷史。若蝴蝶然，當其成蟲之前，必當經過了毛蟲和蛹的階段。詞雖大行於唐末、五代，然其醞釀的時期，則已久了。中國音樂受外來的影響最深。漢代樂歌已雜西域之聲。及六朝而更盛行「胡夷之曲」。《隋書・音樂志》敘此種情形甚詳。《唐書・音樂志》也說：「自周、隋已來，管弦雜曲將數百曲，多用西涼樂；歌舞曲多用龜茲樂。其曲度皆時俗所知也。」這可見「胡夷之曲」的如何流行於世。詞調中，受這種影響最深。我們或可以說，唐、五代、宋詞的一部分，便是周、隋以來「胡夷之曲」的被保存下來的歌辭。可惜唐以前，那些胡曲的歌辭皆已不傳，或竟往往是有曲而無辭的。故我們於唐末、五代詞外，便絕罕得見以前的樂「詞」。

因爲受了新的「胡夷之曲」的排斥，「古曲」在唐代幾乎盡失。《唐書・音樂志》謂：「自長安已後，朝廷不重古曲，工伎轉缺。能合於管弦者唯〈明君〉、〈楊伴〉……等八曲。」

「里巷之曲」亦是「詞」的來歷之一。如〈竹枝詞〉、〈楊柳枝〉、〈浪淘沙〉、〈調笑〉、〈欸乃曲〉等皆爲南方的民歌。劉禹錫說：「里中兒聯歌〈竹枝〉，吹短笛，擊鼓以赴節。歌者揚袂睢舞，以曲多爲賢。」（〈劉賓客集竹枝詞序〉）又如張志和有名的〈漁歌子〉，也當是擬仿當時的漁歌而作者。

初期的「詞」，大約只是胡夷、里巷之曲的擬仿。但到了後來，便有自製的新聲出現。歐陽炯說道：「〈楊柳〉、〈大堤〉之句，樂府相傳；〈芙蓉〉、〈曲渚〉之篇，豪家自製。」（〈花間集序〉）所謂「豪家自製」，便指的是音樂家們的創作了。這些創作的新聲，在詞調裡也有不少。宋人嘗寫「自度曲」。直到清代，也還有所謂「自度曲」者出現。

三

最早的「詞」，或追溯到六朝時代的「長短句」。但「長短句」，即在《詩經》裡也有之。這裡所謂「詞」，則是專指唐以後所產生的可歌的新聲而言，故不必遠溯到唐以前。武后的時代，是重新聲而「不重古曲」的時代。李景伯、沈佺期和裴談所作的〈回波樂〉，恰好是「詞」的前驅。

稍後，有張說的〈舞馬詞〉六首，崔液的〈蹋歌詞〉二首。唐明皇（李隆基）最好新聲，他自己且是一位大音樂家，其所作〈好時光〉：「彼此當年少，莫負好時光」，正足以表現出那個花團錦簇的開、天時代的背景來。

這時代的大詩人李白，相傳也作詞。《尊前集》收他的詞十二首，《全唐詩》則收十四首。在這十幾首詞裡，誤收者當然不少，像〈清平樂令〉等顯然是不會出於他的手筆之下的。至於〈菩薩蠻〉：「平林漠漠煙如織」，〈憶秦娥〉：「西風殘照，漢家陵闕」的二首，則辯難者尤多。但這二首「絕妙好辭」雖未必是白所作，其爲初期詞中的傑作，則是無可置疑的。

元結有〈欸乃曲〉五首，張志和也有〈漁歌子〉五首，當都是擬仿里巷之歌的。志和字子同，婺（ㄨˋ）州金華人。唐肅宗時待詔翰林。後被貶，遂不復出仕，自號煙波釣徒。著有《玄眞子》。像〈漁歌子〉裡的：

> 西塞山前白鷺飛，桃花流水鱖魚肥。青箬笠，綠蓑衣，斜風細雨不須歸。

一首，是最爲吟誦在人口頭的。其兄張松齡見其浪遊不歸，也嘗和其韻以招之。

詩人韋應物、王建、戴叔倫、劉禹錫及白居易皆嘗作詞。應物作〈三台〉二首，〈調笑令〉二首。建寫〈三台〉六首，〈調笑令〉四首。叔倫作〈調笑令〉一首。叔倫的「山南山北雪晴，千里萬里月明」，是詞中罕見的詠吟邊情的名作。

劉、白二人擬作民間的〈竹枝詞〉、〈楊柳枝〉、〈憶江南〉諸詞不少。像禹錫的一首〈竹枝詞〉：

山桃江花滿上頭，蜀江春水拍山流。花紅易衰似郎意，水流無限似儂愁。

連其意境也全是襲之於民間情歌的了。居易的〈浪淘沙〉：

借問江湖與海水，何似君心與妾心？相恨不如潮有信，相思始覺海非深。

也似是由渾樸眞摯的民歌改寫而成的。

河南司隸崔懷寶曾作〈憶江南〉一首，「平生願，願作樂中箏」云云，也甚富於六朝的〈子夜〉、〈讀曲〉的情趣。

唐末，鄭符、段成式與張希復三人酬答的〈閒中好〉三首[①]，清雋可喜。像：「閒中好，塵務不縈心。坐對當窗木，看移三面陰」（成式作）云云，後來的詞裡便很難見到這樣渾樸的東西了。

*　*　*

四

唐末大詩人溫庭筠是初期的詞壇上的第一位大作家。他的詞，和他的詩一樣，也是若明若昧，若輕紗的籠罩，若薄暮初明時候的朦朧的。他打開了詞的一大支派，一意以綺靡側艷爲主格，以

①見段成式的《酉陽雜俎》。

「有餘不盡」，「若可知若不可知」爲作風。所謂「花間」派，實以他爲宗教主。故《花間集》錄他的詞至六十六首之多；可見其中的消息了。庭筠原是一位大音樂家。《唐書》謂他「能逐弦吹之音，爲側艷之詞。」所著有《握蘭》、《金荃》二集。惜今《握蘭》已佚，《金荃》也全非本來面目[②]。欲見溫氏之全，已不可能。這是很大的損失！但即就《花間》、《金荃》諸集所錄者觀之，也已略可見出他的風格的一斑了。

詞中的「側艷」一派，先已見之於杜牧之的〈八六子〉：「聽夜雨冷滴芭蕉，驚斷紅窗好夢」一詞。然庭筠則是第一個全力赴於此的詞人。他所寫的是離情，是別緒，是無可奈何的輕喟，是無名的愁悶。劉禹錫、白居易諸人的擬民歌，全是渾厚樸質之作。到了庭筠，才是詞人的詞。全易舊觀，斥去淺易，而進入深邃難測之佳境。庭筠詞的作風，可於下列諸詞裡見之：

水精簾裡頗黎枕，暖香惹夢鴛鴦錦。江上柳如煙，雁飛殘月天。藕絲秋色淺，人勝參差剪。雙鬢隔香紅，玉釵頭上風。

——〈菩薩蠻〉

柳絲長，春雨細，花外漏聲迢遞。驚塞雁，起城烏，畫屏金鷓鴣。香霧薄，透簾幕，惆悵謝家池閣。紅燭背，繡簾垂，夢長君不知。

——〈更漏子〉

* * *

② 《金荃集》，今有《彊村叢書》本，作《金奩集》，中雜韋莊、張泌、歐陽炯之作不少，顯非原本。

手裡金鸚鵡，胸前繡鳳凰，偷眼暗形相。不如從嫁與，作鴛鴦。

——〈南歌子〉

他所述的是煙，是月，是春雨，是香霧，是水精簾，頗黎枕，是鴛鴦，是鳳凰，是金鷓鴣，金鸚鵡，他連選取的對象，也是那麼樣的綺靡絢煌，金碧眩人！

五

唐昭宗（李曄）時代，是一個動亂的時代，中原全陷於可慘怖的悍將們的攻掠的鐵掌之中。這位詩人皇帝是一籌莫展的。他是唐懿宗的第七子，以公元八八九年即皇帝位。在朱全忠的旗影刀光之下，偷生苟活了幾年，終於在公元九〇四年，爲全忠所害（八六七—九〇四）。其生活是很可慘的。但正因了這種慘怖的生活，數度的播遷，他的詞境便更是深邃動人。惜今所傳的篇什極少。像〈菩薩蠻〉；「登樓遙望秦宮殿，茫茫只見雙飛燕」，其淒涼悲壯，似有過於著名的傳爲李白所作的〈憶秦娥〉：「咸陽古道音塵絕」的一首。

韓偓爲昭宗的翰林學士承旨，相得極歡，終見惡於朱全忠，貶濮州司馬。後復被召，竟不敢應命，避地於閩以卒。他的詞，和他的詩相同，也深受溫庭筠的影響，像〈生查子〉：

侍女動妝奩，故故驚人睡。那知本未眠，背面偷垂淚。　懶卸鳳皇釵，羞入鴛鴦被。時復見殘燈，和煙墜金穗。

同時有皇甫松者，字九奇，爲湜之子，牛僧孺之婿。《花間集》錄其詞十一首。獨具朗爽之致，不入側艷一流，像〈浪淘沙〉：

灘頭細草接疏林，浪惡罾（ㄗㄥ）舡半欲沉。宿鷺眠鷗飛舊浦，去年沙觜（ㄗㄨㄟˇ）是江心。

此後，便入五代了。詞成了五代文學的中心，顯出極絢爛的光彩來。唐詩到了溫、李已是登峰造極。後乃降到三羅及胡曾、杜荀鶴輩的通俗的體格。物窮則變，大詩人們便皆掉轉頭來，在另一種的新體的詩，即所謂「詞」的當中討生活。因了採取了嶄新的詩體之故，詩壇上便一時更現出異彩新光來，不因五代的喪亂而暗淡下去。這將在下文詳提到。

參考書目

一、《隋書・音樂志》，見《隋書》卷十三至卷十五。

二、《唐書・音樂志》，見《唐書》卷二十八至卷三十一。

三、《教坊記》，崔令欽著，有《古今逸史》本，《古今說海》本，《唐代叢書》本。

四、《樂府雜錄》，段安節著，有《古今逸史》本，《古今說海》本。

五、《花間集》，有汲古閣刊《詞苑英華》本，有徐氏刊本，有雙照樓《景宋金元本詞》本，有《四印齋所刊詞》本，有《四部叢刊》本。

六、《尊前集》，有汲古閣刊《詞苑英華》本，有《彊村叢書》本，有《景宋金元本詞》本。

七、《全唐詩》，有原刊本，有同文書局石印本，其第十二函第十冊，爲唐五代詞。

八、《唐五代詞選》，成肇麟輯。有原刊本，有商務印書館鉛印本。

九、《全唐五代詞》，有商務印書館鉛印本。

十、《中國文學史》，中世卷第三篇上冊第一章，作者著，商務印書館出版。

第三十二章　五代文學

文藝中心的移動——溫庭筠的影響——所謂「花間派」——蜀中詞人：韋莊——王衍——牛嶠毛文錫等——歐陽炯等——波斯人李珣——孟昶——荊南詞人：孫光憲——中原詞人們：和凝李存勗——南唐詞人：李璟與李煜——馮延巳等——敦煌發現的《雲謠集雜曲子》——五代詩人們——五代的散文作家們

一

所謂五代文學指的是：從朱溫的即皇帝位（公元九〇七年）到南唐的被宋所滅（公元九七四年）的六十餘年間的文學。在這短短的六十餘年間，中原不曾有一天太平過。我們看見了五次的改姓換代的事。國祚之長者，如梁，如後唐，皆不過十餘年。國祚之短者，如後漢，前後二主，僅只享國四年。又加之以外寇的強梁，石晉至稱子稱孫於契丹。倒是中原以外的幾個偏遠的地方，如蜀，如江南，如閩，如越，還可以略略的保持著太平的局面。因之，一部分的文人學士便往往避地於彼間。漸漸的，那些偏遠之地，也成了文藝的中心。在其間，尤以西蜀及江南爲最重要。

二

五代的文壇，以新體的詩，所謂「詞」者爲主體。詞人們雄踞著當代的各個文藝中心的騷壇上，氣焰不可一世。然畢竟逃脫不了溫庭筠的影響。溫氏的作風幾如太陽似的在當代的詞壇上無所不照射到。即高才的詞人們，像南唐二主，也多少總受有溫氏的煦暖。而所謂「花間派」的，則其影響尤爲顯著。《花間集》以溫氏爲首，未始沒有微旨。總之，以直率淺顯爲戒，以深邃曲折，迷離惝恍爲宗，則是五代詞人們所同具的作風。這一流派的勢力，長久而且偉大，幾乎成了「詞」的一體的特色。明白曉暢的「詞」，反而成了別調。《花間》一集在中國文學史上乃是一個可怪的詩的熱力的中心。

《花間集》爲蜀人趙崇祚所編，有歐陽炯的序。序末署著：「時大蜀廣政三年（即公元九四〇年）夏四月日。」《花間》之編成，當即在其時。這時，已在五代的後半葉了。所錄於溫庭筠、皇甫松外，幾全爲蜀人，僅一孫光憲是荊南的作家，和凝是中原的詞人耳。（又有張泌，但與南唐的張泌，似是二人）崇祚字弘基，仕後蜀爲衛尉少卿。五代詞之傳於世，端賴有此《花間》一集。全書所錄「詩客曲子詞五百首，分爲十卷。」（歐陽炯序）所選凡十八人：

溫庭筠六十六首	薛昭蘊十九首	毛文錫三十一首
和凝二十首	魏承班十五首	尹鶚六首
皇甫松十一首	牛嶠三十三首	牛希濟十一首
顧夐五十五首	鹿虔扆六首	毛熙震三十首

韋莊四十七首　張泌二十七首　歐陽炯十七首
孫光憲六十一首　閻選八首　李珣三十七首

這十八個詞人構成了所謂「花間派」；打開了中國詩中的一條大路，灌溉了後來的無數的詩人的心田，創始了一個最有影響，且根柢最爲深固的作風。五代詞固不只是「花間派」的作家們，在江南，尙有中、後二主與馮延巳的三位「大手筆」的詞人們在著。然南唐二主詞與《陽春集》，風格過高，仿之者往往畫虎不成，影響究竟不若「花間派」的偉大。他們是大詩人，但並不是影響最大的作家們。故論五代詞，究當以《花間》諸作家們爲主體。

三

「花間派」詞人們的作風，並不純然如一。也有很淺陋的，像毛文錫、閻選諸人。但追蹤於溫庭筠之後者究爲多數。茲先述蜀中諸詞人，然後再及非蜀地的作家們。

蜀中詞當始於韋莊。韋莊①是一位偉大的詩人，他在五七言詩的領域裡，所建樹的也很重要。〈秦婦吟〉爲詠吟這個變動時代的長詩；時有「〈秦婦吟〉秀才」之稱。他的詞②也充分的表現出他的清雋溫馥，雋逸可喜的作風。在他之前，蜀中文學，無聞於世。蜀士皆往往出遊於外。李、杜

* * *

① 韋莊見《十國春秋》卷四十；《唐才子傳》卷十。
② 韋莊的《浣花集》有《四部叢刊》本。

與蜀皆有關係，但並沒有給蜀中文學以若何的影響。到了韋莊的入蜀，於是蜀中乃儼然成爲一個文學的重鎮了。從前後二位後主起，到歐陽炯等諸人止；殆無不受有莊的影響。《花間》的一派，可以說是，雖由溫庭筠始創，而實由韋莊而門庭始大的。莊字端己，杜陵人，唐乾寧元年（公元八九四年）進士。天復元年（公元九〇一年）赴蜀，爲王建書記。建自立爲帝，以莊爲丞相。他的詞集，名《浣花詞》，原本已佚，今人嘗輯爲一卷③。莊的詞以寫婉孌的離情者爲最多。相傳他的姬爲王建所奪，莊曾作〈荷葉杯〉一詞。姬見此詞，不食而死。然此語殊無根。〈荷葉杯〉的全詞如下：

> 記得那年花下，深夜。初識謝娘時：水堂西面畫簾垂，攜手暗相期。　惆悵曉鶯残月，相別。從此隔音塵。如今俱是異鄉人，相見更無因。

觀其「如今俱是異鄉人」語，似非指被奪之姬；且建似也不至奪莊之姬。莊之所憶，或別有在吧。像〈女冠子〉：

> 昨夜夜半，枕上分明夢見，語多時；依舊桃花面，頻低柳葉眉。　半羞還半喜，欲去又依依。覺來知是夢，不勝悲！

* * *

③《浣花詞》有《王忠愨公遺書》本。

之類，其情調大都是一貫的。又像莊的〈菩薩蠻〉：「洛陽城裡春光好，洛陽才子他鄉老」云云，也是甚有家國之思的。他雖避難於蜀，爲建僚屬，其不忘「洛陽」故鄉的情緒，自然地會流露出來。莊的詞可以說是都在這種思鄉與憶所戀的情調之下寫成了的。

與韋莊同樣的由他處入仕於蜀者有牛嶠（ㄐㄧㄠˋ）④。嶠字松卿，一字延峰，隴西人，唐乾符五年（公元八七八年）登進士第。入蜀爲王建判官。建即帝位，嶠爲給事中。有集三十卷。其詞傳於今者僅《花間集》中所錄的三十餘首而已。其風格頗淺迫，非溫、韋的同群，像〈更漏子〉：「閨草碧，望歸客，還是不知消息；孤負我，悔憐君，告天天不聞。」乃是民間情歌的同道。

但嶠之兄子希濟⑤，其詞雖存者不過十餘首，卻可看出其爲一大詩人。希濟仕蜀爲御史中丞。降於後唐，明宗拜他爲雍州節度副使。其〈生查子〉數首：「語已多，情未了，回首又重道。記得綠羅裙，處處憐芳草」，「紅豆不堪看，滿眼相思淚」，皆甚蘊藉有情致。

前蜀後主王衍⑥（不在《花間集》中）也喜作詞，今存者雖不多，卻可充分的看出他的富於享樂的情調，正如他的〈宮詞〉所道：「月華如水浸宮殿，有酒不醉眞痴人。」著名的〈醉妝詞〉：「者邊走，那邊走，只是尋花柳。」便是在這種情調之下寫出的。

薛昭蘊字里均無考。仕蜀爲侍郎。《花間集》列他於韋莊之下。牛嶠之上，當爲前蜀的詞人。

*　*　*

④牛嶠見《十國春秋》卷四十四，《唐才子傳》卷九。

⑤牛希濟見《十國春秋》卷四十四。

⑥王衍見《舊五代史》卷一百五十六，《新五代史》卷五十三，《十國春秋》卷三十七。

他所作，其情調也皆爲綺靡的閨情詞，像〈謁金門〉：「斜掩金鋪一扇，滿地落花千片。早是相思腸欲斷，忍教頻夢見」，和溫、韋諸人的風趣是很相同的。

張泌字里也無考。〈花間集〉稱之爲「張舍人」。南唐亦有詩人張泌（佖），字子澄，淮南人。初官句容尉。仕李煜爲中書舍人。改內史舍人。煜降宋，泌亦隨到中原，仍入史館。然此張泌當非《花間集》中之張泌。《花間》不及錄南唐人所作。中主、後主固不會有隻字入選；即馮延巳也未及爲趙崇祚所注意，何況張泌？南唐的張泌，當後主時代（公元九六三—九七五年）始爲中書舍人，內史舍人。而《花間集》則編於蜀廣政三年（公元九四〇年），前後至少相差二十餘年，如何《花間集》會預先稱他爲「舍人」呢？惟初期的蜀中詞人：類多爲外來的遷客，泌或未必是蜀人。泌的詞，作風也同溫、韋，像「含情無語倚樓西」，「早晨出門長帶月。可堪分袂又經秋！晚風斜月不勝愁」，「天上人間何處去？舊歡新夢覺來時，黃昏微雨畫簾垂」（均〈浣溪沙〉）；「滿地落花無消息，月明腸斷空憶」（〈思越人〉），都是溫柔敦厚，與溫氏的〈菩薩蠻〉諸作可以站在一條線上的。而〈南歌子〉：

柳色遮樓暗，桐花落砌香，畫堂開處遠風涼；高捲水精簾額襯斜陽。

一首，尤爲《花間》中最高雋的成就之一。

毛文錫⑦是《花間》詞人們裡最淺率的一位。但他結束了前蜀的詞壇，又開始了後蜀的文風。在他以前，蜀中文學是「移民的文學」，在他之後，方才是本土的文學。他的地位也甚重要。他字平珪，南陽人，仕蜀爲翰林學士，進文思殿大學士，拜司徒。貶茂州司馬。後隨王衍降於後唐。孟氏建國，他復與歐陽炯等並以詞章供奉內廷。葉夢得評文錫詞，謂「以質直爲情致，殊不知流於率露。」像「相思豈有夢相尋，意難任」（〈虞美人〉），「昨日西溪遊賞，芳樹奇花千樣」（〈西溪子〉），「堯年舜日，樂聖永無憂」（〈甘州遍〉）云云，誠有淺率之譏。夢得又謂：「諸人評庸陋詞，必曰此仿毛文錫之〈贊成功〉而不及者。」然〈贊成功〉：

海棠未坼，萬點深紅，香包緘結一重重。似含羞態，邀勒春風。蜂來蝶去，任繞芳叢。

昨夜微雨，飄灑庭中，忽聞聲滴井邊桐。美人驚起，坐聽晨鐘；快教折取，戴玉瓏璁。

雖無一般《花間》派的蘊藉之致，卻也殊有別趣。在這一方面，文錫的影響確是很不少的。詞中「別調」，文錫已導其先路了。

魏承班（一作斑，誤）大約是最早的蜀地詞人之一吧。他的父親弘父，爲王建養子，封齊王。承班爲駙馬都尉，官至太尉。他的詞也明白曉暢，而較毛文錫爲尖麗。《柳塘詩話》謂：「承班詞較南唐諸公更淡而近，更寬而盡，人人喜效爲之。」然像「王孫何處不歸來？應在倡樓酩酊。……

*　*　*

⑦毛文錫見《十國春秋》卷四十一。

夢中幾度見兒夫，不忍罵伊薄幸。」（〈滿宮花〉）云云，眞情坦率，也正不易效爲之。同時尹鶚、李珣[⑧]諸人所作，也都是同樣的明淺簡淨。尹鶚，成都人，事王衍爲翰林校書，累官參卿。李珣字德潤，先世本波斯人。他妹妹李舜弦爲王衍昭儀。他自己爲蜀秀才，大約不曾出仕過。有《瓊瑤集》一卷，今已亡佚。然《花間》、《尊前》二集，錄他的詞多至五十四首，也自可成爲一集。他雖以波斯人爲我們所注意，然在其詞裡卻看不出有什麼異國的情調來。像〈浣溪沙〉：

入夏偏宜澹薄妝，越羅衣褪鬱金黃，翠鈿檀注助容光。　相見無言還有恨，幾回判卻又思量，月窗香徑夢悠颺。

徹頭徹尾仍是《花間》的情調。

顧夐（ㄒㄩㄥˋ）、鹿虔扆（ㄧˇ）、閻選、歐陽炯諸人，也皆爲由前蜀入後蜀者。炯[⑨]和虔扆、閻選、文錫及韓琮，時號「五鬼」，頗不爲時人所崇戴。然就詞而論，炯實爲《花間》裡堪繼溫、韋之後的一個大作家。他益州人，初事王衍。前蜀亡後，又事孟氏，進侍郎，同門下平章事。後孟昶降宋，炯也隨之入宋，授左散騎常侍。他的詞，色彩殊爲鮮妍，刻畫小兒女的情態也甚爲動人。像下二闋的〈南鄉子〉：

* * *

⑧尹鶚、李珣均見《十國春秋》卷四十四。

⑨歐陽炯見《十國春秋》卷五十六。

嫩草如煙，石榴花發海南天。日暮江亭春影綠，鴛鴦浴。水遠山長看不足。
岸遠沙平，日斜歸路晚霞明。孔雀自憐金翠尾，臨水，認得行人驚不起。

其風調是在溫庭筠的門庭之內的，似較韋莊尤爲近於庭筠。

顧敻[10]，字里未詳；前蜀時官刺史，後事孟知祥，官至太尉。《蓉城集》（《歷代詞話》引）謂：「顧太尉〈訴衷情〉云：『換我心爲你心，始知相憶深。』雖爲透骨情語，已開柳七一派。」這話不錯，像「換我心爲你心」那樣的露骨的深情語，《花間》裡是極罕見的。又像「記得那時相見，膽顫，鬢亂四肢柔，泥人無語不抬頭」（〈荷葉杯〉）；「隔年書，千點淚，恨難任！」（〈酒泉子〉）其恣狂的放蕩，也不是溫、韋的「蘊藉微茫」之所能包容得下的。

鹿虔扆[11]字里未詳。事孟昶爲永泰軍節度使，進檢校太尉，加太保。《樂府紀聞》謂他「國亡不仕，多感慨之音。」像〈臨江仙〉：

金鎖重門荒苑靜，綺窗愁對秋空，翠華一去寂無蹤。玉樓歌吹，聲斷已隨風。煙月不知人事改，夜闌還照深宮。藕花相向野塘中，暗傷亡國，清露泣香紅。

＊　　＊　　＊

⑩ 顧敻見《十國春秋》卷五十六。

⑪ 鹿虔扆見《十國春秋》卷五十六。

誠有無限感慨淋漓處，置之《花間》的錦繡堆裡，眞有點像倚紅偎翠，紙醉金迷的時候，忽群客中有一人淒然長嘆，大爲不稱！此作當爲前蜀亡時之作。評者或牽涉到孟昶事，卻忘記了時代的決不相及。此詞被選入公元九四〇年所編輯的《花間集》裡，而孟蜀之亡則在公元九六五年。虔扆當然不會是預先作此亡國之吟的。

閻選字里也未詳。《花間集》稱之爲「閻處士」。當廣政時代，他或未及仕途。然其後則和歐陽炯等同秉朝政，有「五鬼」之目。選詞直率無深趣，與毛文錫等。

又有毛熙震者，蜀人，官秘書監。他間亦作「暗傷亡國」之語，想也是悼傷前蜀的。像「自從陵谷追遊歇，畫梁塵黦。傷心一片如珪月，閒鎖宮闕」（〈後庭花〉），足和鹿虔扆的〈臨江仙〉，同爲《花間》裡的奇葩異卉。熙震所作也甚高雋，像「四肢無力上秋千。群花謝，愁對艷陽天」（〈小重山〉），「天含殘碧融春色，五陵薄幸無消息。……寂寞對屏山，相思醉夢間」（〈菩薩蠻〉）云云。顯然也是溫、韋的同流。

後蜀主孟昶[12]，是一位天才很高的詞人皇帝。他是當時許多重要文人的東道主；但他的詞卻來不及被選入《花間》，在別的選本裡也極罕見。這是極大的一個損失！他的一闋〈玉樓春〉，蘇軾僅記住兩句，已爲之驚賞不已。嘗爲足成〈洞仙歌〉，也不能勝之。〈玉樓春〉云：

冰肌玉骨清無汗，水殿風來暗香滿。繡簾一點月窺人，欹枕釵橫雲鬢亂。　起來瓊戶啓無

* * *

[12] 孟昶見《舊五代史》卷一百三十六，《新五代史》卷六十四，《十國春秋》卷四十九。

聲，時見疏星渡河漢。屈指西風幾時來，只恐流年暗中換。

寫夏景是絕鮮有匹的。

四

荊南詞人孫光憲，其所作曾被選入《花間集》中。光憲[13]字孟文，貴平人。唐時爲陵州判官。天成初避地江陵。高季興據荊南，署爲從事。累官荊南節度副使，檢校秘書，兼御史丞。後降宋爲黃州刺史。他自號葆光子。著《北夢瑣言》及《荊台》、《筆佣》諸集。在「花間派」詞人們裡，他是足以和溫、韋在一條水平線上的。像「早是銷魂殘燭影，更愁聞著品弦聲，杳無消息若爲情。」「攬鏡無言淚欲流，凝情半日懶梳頭，一庭疏雨濕春愁」（〈浣溪沙〉）；「小庭花落無人掃，疏香滿地東風老。春晚信沉沉，天涯何處尋？」（〈菩薩蠻〉）；「泛流螢，明又滅，夜涼水冷東灣闊。風浩浩，笛寥寥，萬頃金波澄澈」（〈漁歌子〉）云云，都是溫、韋所不能屈之於下座的窈渺清雋之什。

和凝[14]是中原詞人裡唯一的被選入《花間集》裡的一位。中原文學，五代時極不足重。韋莊、

*　*　*

⑬孫光憲見《十國春秋》卷一百二。

⑭和凝見《舊五代史》卷一百二十七，《新五代史》卷五十六。

韓偓、陳陶諸人皆去而之他。眞實的偉大作家，不過寥寥可數的幾個而已。在其中，和凝無疑的是高出於衆人的。凝字成績，鄆州須昌人。他似是一位和馮道同科的謹愼小心的老官僚，故皇帝們的姓氏雖屢次改易，而他始終不失爲元老。他在後唐天成中爲翰林學士，知貢舉。《花間集》的編成，約在此後不久（約後十一二年），故稱他爲「學士」。石晉時爲中書侍郎同門下平章事。劉漢及周初皆爲太子太傅。世宗顯德二年卒（八九八—九五五）。他所作詩文甚富，有集百卷。嘗自篆於版，模印數百帙分贈於人。少好爲曲子，布於汴、洛。及入相，契丹號他爲「曲子相公」。他的詞，較爲直率，像「卻愛藍羅裙子，羨他長束纖腰」（〈河滿子〉），「不是昔年攀桂樹，豈能月裡索姮娥」（〈柳枝〉）之類，但〈薄命女〉一闋：

> 天欲曉，宮漏穿花聲繚繞，窗裡星光少。冷霞寒侵帳額，殘月光沉樹杪，夢斷錦幃空悄悄，強起愁眉小。

卻是《花間》裡最好的篇什之一。

未爲《花間集》編者所注意的中原詞人，還有一位更重要的李存勖（後唐莊宗）。存勖[15]爲李克用長子，其先本西突厥人。同光元年，滅梁即皇帝位。他酷好音樂，自己能爲曲子，與伶人昵遊。在位四年，爲伶人高從謙所殺（八八五—九二六）。伶人們將他的屍首雜著樂器，一同焚化。

* * *

⑮ 李存勖見《舊五代史》卷二十七至三十四，《新五代史》卷四至五。

《五代史》謂他「既好俳優，又知音能度曲。至今汾、晉之俗，往往能歌其聲，謂之御製者，皆是也。」（卷三十七）惜當時無人爲之搜集，故傳者寥寥可數。然即就這些寥寥可數的篇什裡，也可看出其爲一個大詞人無疑。像「長記別伊時，和淚出門相送。如夢，如夢，殘月落花煙重」（〈如夢令〉）；像：

一葉落，搴朱箔，此時景物正蕭索。畫樓月影寒，西風吹羅幕。吹羅幕，往事思量著。

——〈一葉落〉

都是可歸在五代的最好的篇什之列的。他和西蜀的李珣同爲華化的外國人，但二人同樣的華化已深，故在他們的作品裡一點都看不出異國的情調來。

五

五代文學的中心，西蜀外便要數到江南。然江南的詞人，《花間集》裡是來不及注意到的。（《花間》結集時，南唐建國方才四年。）江南又沒有一個趙崇祚來做這種結集的工作，故詞人之傳者不過三數人而已。二主外，馮延巳、成彥雄並稱作家。其他便無聞焉。（《花間》中之張泌，非南唐人，見前。）然南唐文學，「自成片段」，非《花間》所得包括。除成彥雄外，二主，正中無不是眞實的大詞人，各有其千秋不磨的巨作在著。僅這寥寥三數詞人，已足使南唐成爲五代文壇最重要的一個中心了。

李璟[16]（中主）在公元九四三年繼他父親李昇爲皇帝。周世宗時，去帝號，稱唐國主。宋太祖建隆二年卒（九一六—九六一）。年四十六。璟琛嘗戲問馮延巳道：「『吹皺一池春水』干卿甚事？」延巳對道：「未若陛下『小樓吹徹玉笙寒』也。」可見江南君臣之注意於詞，乃至以此爲戲。惜璟所作，傳者不多。其〈攤破浣溪沙〉二首：「青鳥不傳雲外信，丁香空結雨中愁」，「細雨夢回雞塞遠，小樓吹徹玉笙寒」最負盛名。

李煜[17]（後主）字重光，爲璟第六子。建隆二年嗣位。開寶八年，曹彬克金陵，煜降於宋。終日以眼淚洗面。太平興國三年卒，相傳係宋太宗以毒藥殺之。年四十二（九三六—九七八）。他天才極高，善屬文，工書畫，尤長於音律。嘗著《雜說》百篇，時人以爲曹丕《典論》之流。又有集十卷。今皆不傳。今所傳者，僅零星詩詞五十餘首而已[18]。他的詞人生活，可以天然的劃分爲兩個時期：第一期是少年皇帝的生活，「酒惡時拈花蕊嗅，別殿遙聞簫鼓奏」（〈浣溪沙〉）；「歸時休放燭光紅，待踏馬蹄清夜月」（〈玉樓春〉），可謂極人間的富貴豪華。其間且又有些戀愛的小喜劇，「一向偎人顫」、「相看無限情」（〈菩薩蠻〉）。恰有如恬靜的綠湖，偶有粼粼的微波，更增其動人之趣。這時代的詞，無不清麗可喜。但第二期的詞卻於清麗之外，更加以沉鬱；他的風格遂大變了。第二期是降王的囚居的生活。刻刻要提防，時時遭猜忌。恣情的歡樂的時代是遠了，

* * *

[16] 李璟見《舊五代史》卷一百三十四，《新五代史》卷六十二，《十國春秋》卷十六。
[17] 李煜見《舊五代史》卷一百三十四，《新五代史》卷六十二，《十國春秋》卷十六。
[18] 《南唐二主詞》，有《晨風閣叢書》本，明刊本，趙氏影明本，侯文燦《名家詞》本。

不再來了。他的詞便也另現了一個境界。鹿虔扆諸人所作是「暗傷亡國」，韋莊所作是故鄉的憶念，到了李後主，卻是號啕痛哭了。他家國之思，更深更邃，遭際之苦，更切更慘；這個多感的詩人，怎能平息憤氣以偷生苟活呢？「故國不堪回首月明中」（〈虞美人〉）；「燭殘漏滴頻欹枕，起坐不能平」（〈烏夜啼〉）；「故國夢重歸，覺來雙淚垂」（〈子夜歌〉）；「多少淚，斷臉復橫頤。心事莫將和淚說，鳳笙休向淚時吹，腸斷更無疑」（〈望江南〉）；「金劍已沉埋，壯氣蒿萊。晚涼天淨月華開；想得玉樓瑤殿影，空照秦淮」（〈浪淘沙〉）！這樣的不諱飾的不平的呼號，都是足以招致猜忌，使他難保令終的。又像〈烏夜啼〉一闋：

> 無言獨上西樓，月如鉤，寂寞梧桐深院鎖清秋。剪不斷，理還亂，是離愁！別是一般滋味在心頭。

其沉鬱淒涼的情調，都是《花間集》裡所找不到的。

馮延巳[19]一名延嗣，字正中，廣陵人。與弟延魯皆極得南唐主的信任。延巳初爲翰林學士，後進中書侍郎同平章事。有《陽春集》一卷[20]。延巳似未及事後主，故其卒年當在公元九六一年之前（？—九六一？）。延巳詞，蘊藉渾厚，並不一味以綺麗爲歸，是詞中的高境。溫、韋、後主

*　*　*

⑲ 馮延巳見《十國春秋》卷二十六。

⑳ 《陽春集》，有侯文燦《名家詞》本，《四印齋所刻詞》本。

之外，五代中殆無第四人足和他並肩而立的。像「庭際高梧凝宿霧，捲簾雙鵲驚飛去」（〈鵲踏枝〉）；「誰道閒情拋棄久，每到春來，惆悵還依舊」（〈蝶戀花〉）；「疏星時作銀河渡，華景臥秋千，更長人不瞑」（〈菩薩蠻〉）；「路遙人去馬嘶沉；青簾斜掛，新柳萬枝金」（〈臨江仙〉）；又像：

> 風乍起，吹皺一池春水。閒引鴛鴦芳徑裡，手挼（ㄖㄨㄛˊ）紅杏蕊。　逗鴨闌干獨倚，碧玉搔頭斜墜。終日望君君不至，舉頭聞鵲喜。
>
> ——〈謁金門〉

都是慣以淺近之語，寫深厚之情，難狀之境的。較之五色斑斕。徒工塗飾而少眞趣者。當然要高明得多了。

成彥雄字文幹，與延巳同時，也仕於南唐。延巳和中主以「吹皺一池春水」句相戲的事，或以爲係彥雄事。他別有《楊柳枝》詞十首，見於《尊前集》，其中像「馬驕如練纓如火，瑟瑟陰中步步嘶」，其意境也是很高妙的。

六

在敦煌石室所發現的漢文卷子裡，有《雲謠集雜曲子》[21]一種，凡錄〈鳳歸雲〉、〈天仙子〉、〈竹枝子〉、〈洞仙歌〉、〈破陣子〉、〈柳青娘〉、〈漁歌子〉、〈長相思〉、〈雀踏枝〉等曲子數十餘首，當是晚唐、五代之作。惜皆無作者姓氏。這數十餘首曲子的發現，並不是小事。我們所見的初期的詞，皆是有名的文人學士之作，大都皆以典雅爲歸，淺鄙近俗者極少。這數十餘首曲子卻使我們明白初期的流行於民間的詞調是甚等樣子的。其中也有很典雅的詞語，但民間的土樸之氣終流露於不自覺。這是眞正的民間的詞，我們不能不特別加以注意的。像「往把金釵卜，卦卦皆虛。魂夢天涯無暫歇，枕上長噓，待卿回，故日容顏憔悴，彼此何如」（〈鳳歸雲〉）；「不施紅粉鏡台前，只是焚香禱祝天」（〈竹枝子〉）；「塵土滿面上，終日被人欺」（〈長相思〉）等等，其設想鑄辭，都未脫田間的泥土的氣息。除了拜倒在「典雅詞」之前的人們外，對於這種渾樸的東西，也決不會唾棄之的。其中，最好的篇什，像〈雀踏枝〉：

> 叵耐靈鵲多滿語，送喜何曾有憑據！幾度飛來活捉取，鎖上金籠休共語。　比擬好心來送喜，誰知鎖我在金籠裡？欲他征夫早歸來，騰身卻放我向青雲裡。

*　*　*

㉑《雲謠集雜曲子》有《彊村叢書》本；《敦煌掇瑣》本。

少婦和靈鵲的對語，是如何的俏皮可喜！這種風趣，文人學士們的詞裡，似還不曾擬仿到過呢。

與《雲謠集雜曲子》同時在敦煌被發現者，尚有〈嘆五更〉、〈孟姜女〉、〈十二時〉等民間雜曲。這些雜曲，如〈嘆五更〉、〈孟姜女〉等，今尚流行於世，想不到其淵源是如此的古遠！像「一更初，自恨長養枉生軀。耶孃小來不教授，如今爭識文與書」（〈嘆五更〉），「雞明丑，摘木看窗牖。明來暗自知，佛性心中有」（〈禪門十二時〉）之類，似通非通，是其特色。《雲謠集雜曲子》尚爲「斗方名士」之作，此則誠出於初識之無的和尚或平民之手下的了。

七

這時代的五七言詩壇也並不落寞。晚唐的諸派競鳴的盛況，此時代仍然繼續下去。不過詩人們因中原喪亂之故，已多散之四方。老詩人韓偓則避地於閩，司空圖則隱於中條山，羅隱則遷於浙，韋莊、貫休諸人則西走於蜀。若說起這時代詩壇的情形來，也很值得費一點篇幅。先從詩人最多的蜀中說起。韋莊自然是領袖人物。他的〈秦婦吟〉是在未入蜀以前所作的。他站在封建統治者的立場上，刻畫出「亂離」的景象來。「東鄰有女眉新畫，傾城傾國不知價。長戈擁得上戎車，回首香閨淚盈把。旋抽金線學縫旗，才上雕鞍教走馬。有時馬上見良人，不敢回眸空淚下！」而「亂」後，則「大道俱成棘子林，行人夜宿長安月。明朝曉至三山路，百萬人家無一戶。」如此比較眞實的描狀，是統治階級所嫌忌的。固不僅「內庫燒爲錦繡灰，天街踏盡公卿骨」云云，爲時人所駭怪也，〈秦婦吟〉之不傳，殆因此故。今始隨敦煌諸漢文書籍的發現而復出現。他的《浣花集》裡的他詩，也都很可誦。

和尚詩人貫休[22]字德隱，俗姓姜氏，蘭溪人。七歲出家。初客吳、越，與錢王相忤。於天復中西走益州。王建父子禮遇甚隆。署號禪月大師，終於蜀。年八十一。有《禪月集》。他的詩多清苦之趣。

詞人歐陽炯曾做著幾首精心結構的長詩，像〈貫休應夢羅漢畫歌〉、〈題景煥畫應天寺壁天王歌〉，皆是空前罕見的偉弘精工之篇什，足為五代的詩壇生光彩。

女作家花蕊夫人以《宮詞》[23]著稱。她青城人，姓徐氏（一作費氏），幼能文。孟昶深愛之，賜號花蕊夫人。後昶降宋，夫人也隨去。相傳她在宋，甚為趙匡胤所愛幸，一旦被匡義引箭射殺之。作《宮詞》者，自唐王建外，代有其人，然大都出外臣之手，往往記載失實。花蕊夫人之作，卻是以宮中人寫宮中事，故很可注意。

南唐詩人也甚多。後主及馮延巳、成彥雄皆能作五七言體。此外又有韓熙載、李建勳、張泌、伍喬、沈彬、孟貫諸人。熙載字叔言，北海人，仕南唐為虞部員外。建勳字致堯，隴西人，仕南唐為中書侍郎同平章事。他們皆是北人仕南者。熙載有〈奉使中原署館壁〉一詩：「僕本江北人，今作江南客。再去江北遊，舉目無相識」云云，是很足為這時代許多離鄉背井的詩人們寫出胸臆中事來的。

張泌（一作佖），淮南人，其詩很鮮妍。沈彬是一個老詩人。曾仕吳為秘書郎。伍喬，廬江

＊　＊　＊

[22] 貫休《禪月集》有汲古閣刊本，《金華叢書》本，《四部叢刊》本。

[23] 花蕊夫人《宮詞》，有《三家宮詞》本，《十家宮詞》（朱彝尊編）本。

人，南唐時舉進士第，仕至考功員外郎。孟貫字一元，建安人，後入仕於周。又有徐鉉、徐鍇兄弟，也善詩。鉉字鼎臣，與韓熙載齊名江東，謂之韓、徐。仕南唐為吏部尚書，降宋，爲散騎常侍。有《騎省集》。鍇字楚金，仕唐爲集賢殿學士。他嘗作《說文繫傳》四十卷，至今猶爲文字學上的經典。

中原的詩人們，初期有老作家杜荀鶴、曹唐、胡曾、方干等，後又有和凝、王仁裕、馮道、李濤諸人。他們都是老官僚，意境自不會高雋。馮道的「但知行好事，莫要問前程」（〈天道〉）云云，正可作爲代表作。其中惟和凝、李濤二人所作較爲清麗。

此外，閩地詩人，有顏仁郁（字文傑，泉州人），王延彬（審知弟之子）等；長沙詩人，有徐仲雅（一作東野，其先秦中人，事馬氏爲天洲府學士）；荊南詩人有僧齊己。齊己和貫休齊名，是五代的兩個大詩僧。他名得生，姓胡，潭州益陽人。嘗欲入蜀，經江陵，爲高從晦所留，居龍興寺。自號衡岳沙門。有《白蓮集》十卷[24]。他的詩殊多清韻。像「幽院才容個小庭。疏篁低短不堪情。春來猶賴鄰僧樹，時引流鶯送好聲。」（〈幽齋偶作〉）頗不似僧人之作。

八

五代的散文殊無足述。江南的徐鉉，曾作《稽神錄》六卷。談神說鬼，殊無情趣。史虛白作

* * *

㉔《白蓮集》有汲古閣刊本，《四部叢刊》本。

《釣磯立談》，記南唐瑣事，也沒有什麼重要。譚峭的《化書》，較有名，是當時散文壇上的罕見之作。石晉時，劉昫奉詔撰《唐書》二百卷，也可算是混亂的五代裡最偉大的一部史籍。

■參考書目

一、《花間集》，蜀趙崇祚編；有雙照樓、四印齋、徐氏及《四部叢刊》等諸通行本。
二、《尊前集》，無編者姓氏；有《詞苑英華》本，《彊村叢書》本。
三、《全唐詩》，其中第十二函第十冊，所載皆唐五代詞。
四、《唐五代二十家詞》王國維編；有《王忠愨公遺書》四集本。
五、《唐五代詞選》，成肇麐編；有光緒間江寧刊本，有商務印書館本。
六、《全唐詩》，第十一函第四冊到第六冊所載皆五代詩。
七、《舊五代史》，薛居正著；有通行《二十四史》本。
八、《新五代史》，歐陽修著；有通行《二十四史》本。
九、《十國春秋》，吳任臣撰；有顧氏小石山房刊本。
十、《唐才子傳》，辛文房著；有日本《佚存叢書》本。（《佚存叢書》有商務印書館影印本。）

第三十三章　變文的出現

敦煌寫本發現的經過——敦煌寫本的時代——民間敘事詩：〈太子贊〉與〈季布歌〉等——「變文」的發現——偉大的體制——印度文體的影響——「變文」產生的時代——「變文」的進展——《維摩詰經變文》——《降魔變文》——《目連救母變文》——《佛本行集經變文》等——非佛教故事的變文；《伍子胥變文》、《明妃變文》、《舜子至孝變文》。

一

在二十幾年前（一九〇七年五月），有一位爲英國政府做工作的匈牙利人斯坦因（A. Steine）到了中國的西陲，從事於發掘和探險。他帶了一位中國的通事蔣某，進入甘肅敦煌。他風聞敦煌千佛洞石室裡有古代各種文字的寫本的發現，便偕蔣某同到千佛洞，千方百計，誘騙守洞的王道士出賣其寶庫。當他歸去時，便帶去了二十四箱的古代寫本與五箱的圖畫繡品及他物。這事與中世紀的藝術、文化及歷史關係極大。其中圖畫和繡品都是無價之寶，而各種文字的寫本尤爲重要。就漢文

的寫本而言，已是近代的最大的發現。在古典文學，在歷史，在俗文學等等上面，無在不發現這種敦煌寫本的無比的重要。這消息傳到了法國，法國人也派了伯希和（Paul Pelliot）到千佛洞去搜求。同樣的，他也滿載而歸。他帶了不多的樣本到北京，中國官廳方才注意到此事。行文到甘肅提取這種寫本。所得已不多。大多數皆爲寫本的佛經，其他略略重要些的東西，已盡在英、法二國的博物院、圖書館裡了。又經各級官廳的私自扣留，精華益少（今存北京圖書館）。但斯坦因第二次到千佛洞時，王道士還將私藏的寫本，再掃數賣給了他。這個寶庫遂空無所有，敦煌的發現，至此告了一個結束。

千佛洞的藏書室，封閉得很早。今所見的寫本，所署年月，無在公元第十世紀（北宋初年）之後者。可見這庫藏是在那時閉上了的。室中所藏卷子及雜物，從地上高堆到十英尺左右。其容積約五百立方英尺。除他種文字的寫本外，漢文的寫本，在倫敦者有六千卷，在巴黎者有一千五百卷，在北京者有八千五百卷。散在私家者尚有不少，但無從統計。這萬卷的寫本，尚未全部整理就緒，在倫敦的最重要的一部分，也尚未有目錄刊出。其中究竟有多少藏寶，我們尚沒有法子知道。但就今所已知者而論，其重要已是無匹。研究中國任何學問的人們，殆無不要向敦煌寶庫裡作一番窺探的工夫，特別是關於文學一方面。

二

上文已說到敦煌所發現的民間俗曲及詞調。此外尚有更重要的民間敘事歌曲及「變文」。民間歌曲今所見者有〈孝子董永〉、〈季布歌〉、〈太子贊〉等，都是氣魄很宏偉的大作；雖然文辭很有些粗率的地方，但無害其想像的奔馳，描狀的活潑。〈太子贊〉敘述釋迦牟尼出家修道事，以五七言相間成文，組織另具一體，像：「車匿報耶殊，太子雪山居。路遠人稀煙火無，修道甚清虛」云云，當是以五七言體去湊合了梵音而歌唱著的，故不得不別創此新體。〈孝子董永〉敘董永行孝事。民間熟知的二十四孝，便有董永的一「孝」在著。此故事最早的記載，見於傳爲劉向作的《孝子傳》。（《太平御覽》卷四百十一引，又見《漢學堂叢書》）干寶的《搜神記》也有之。董永父母死，無錢葬埋他們，乃賣身於一富翁家。中途遇天女降下，嫁他爲妻。生一子後，又騰空而去。這大約是一個很古遠的民間傳說，和流行於世界最廣的「鵝女郎」型的故事是很相同的。但〈孝子董永〉後半所說董仲尋母事，卻是他處所未有的。後來的民間傳說，乃以董仲爲漢初的董仲舒，更是可笑。〈孝子董永〉全篇皆用七言，白字連篇，間有不成語處。但無害其爲很偉大的敘事詩。〈季布歌〉也是如此，全篇也都是七言的。敘的是：季布助項羽以敵劉邦。邦得天下後，到處搜購布。布卒得以智自脫。尚有一種〈季布罵陣詞〉，當是本文的前半段。

三

但敦煌寫本裡的最偉大的珍寶，還不是這些敘事歌曲以及民間雜曲等等。它的眞實的寶藏乃是所謂「變文」者是。「變文」的發現。在我們的文學史上乃是最大的消息之一。我們在宋、元間所產生的諸宮調、戲文、話本、雜劇等等都是以韻文與散文交雜的組成起來的。我們更有一種宏偉的「敘事詩」，自宋、元以來，也已流傳於民間，即所謂「寶卷」、「彈詞」之類的體制者是。他們也是以韻、散交組成篇的。究竟我們以韻、散合組成文來敘述、講唱，或演奏一件故事的風氣是如何產生出來的呢?向來只當是一個不可解的謎。但一種新的文體,絕不會是天上憑空落下來的;若不是本土才人的創作,便當是外來影響的輸入。在唐以前,我們所見的文體,俱是以純粹的韻文,或純粹的散文組織起來的。(《韓詩外傳》一類書之引《詩》,《列女傳》一類書之有「贊」,那是引用「韻文」作爲說明或結束的,並非韻散合組的新體的起源。)並沒有以韻文和散文合組起來的文體。這種新文體究竟是如何產生的呢?在什麼時候產生的呢?最可能的解釋,是這種新文體是隨了佛教文學的翻譯而輸入的。重要的佛教經典,往往是以韻文散文聯合起來組織成功的;像「南典」裡的《本生經》(Jataka),著名的聖勇(Aryasura)的《本生鬘論》(Jataka-mala)都是用韻、散二體合組成功的。其他各經,用此體者也極多。佛教經典的翻譯日多,此新體便爲我們的文人學士們所耳濡目染,不期然而然的也會擬仿起來了。但佛教文學的翻譯,也和近來的歐洲文學的翻譯一樣,其進行的階段,是先意譯而後直譯的。初譯佛經時,只是利用中國舊文體,以便於覽者。其後,才開始把佛經的文體也一併擬仿了起來。所以佛經的翻譯,雖遠在後漢、三國,而佛經中的文體的擬仿,則到了唐代方才開始。這種擬仿的創端,自然先由和佛典最接近的文人們或和尚們起頭,故最早的以韻、散合組的新文體來敘述的故事,也只限於經典裡的故事。而「變文」之爲此種新文體的最早的表現,則也是無可疑的事實。從諸宮調、寶卷、平話以下,差不多都是由「變文」蛻化或受其影響而來的。

「變文」是什麼東西呢?這是一種新發現的很重要的文體。雖已有了千年以上的壽命,卻被掩埋在西陲的斗室裡,已久爲世人所忘記。——雖然其精靈是蛻化在諸宮調、寶卷、彈詞等等裡,並不曾一日滅亡過。原來「變文」的意義,和「演義」是差不多的。就是說,把古典的故事,重新再演說一番,變化一番,使人們容易明白。正和流行於同時的「變相」一樣;那也是以「相」或「圖畫」來表現出經典的故事以感動群衆的。「變文」和「變相」在唐代都極爲流行；沒有一個廟宇的巨壁上，不繪飾以「地獄變相」等等壁畫的。（參看張彥遠的《歷代名畫記》）同樣的，大約沒有一個廟宇不曾講唱過「變文」的吧。

其初，變文只是專門講唱佛經裡的故事。但很快地便爲文人們所採取，用來講唱民間傳說的故事，像伍子胥、王昭君的故事之類。最早的變文，我們不知其發生於何時；但總在開元、天寶以前吧。我所藏的一卷《佛本生經變文》，據其字體，顯然是中唐以前的寫本。又《降魔變文》序文上有：「伏惟我大唐漢朝聖主，開元、天寶聖文神武應道皇帝陛下，化越千古，聲超百王；文該五典之精微，武析九夷之肝膽」云云的頌聖語，其爲作於玄宗的時代無疑。王定保的《唐摭言》記張祜對白樂天說道：「明公亦有『《目連變》』。〈長恨詞〉云：『上窮碧落下黃泉，兩處茫茫皆不見。』豈非『目連訪母』耶？」是「《目連變》」之類的東西，在貞元、元和時代，在士大夫階級裡也已成爲口談之資。巴黎國家圖書館藏的《維摩詰經變文》第二十卷之末，有「於州中應明寺開講，極是溫熱」云云的題記。當是在應明寺講唱此變文，大得聽衆的歡迎後所寫的罷。《盧氏雜記》（《太平廣記》卷二百四引）載「文宗善吹小管。時法師文漵爲入內大德。一日，得罪流之。弟子入內收拾院中籍入家具籍，猶作法師講聲。上采其聲爲曲子，號〈文漵子〉。」《樂府雜錄》也載：「長慶中，俗講僧文敘，善吟經，其聲宛暢，感動里人。」文敘竟有「俗講僧」之稱，可見中晚唐時代，僧徒之爲俗講是很流行的事。這些都可見供講唱的變文，在中晚唐時代的流行是並非模糊影響之事。至於變文到了什麼時候才在社會上消失了勢力了呢？宋真宗（九九八—一〇二二年）曾禁止除了道、釋二教之外的一切異教，而僧侶們的講唱變文，也被明令申禁。我們可以說，在公元第十世紀之末，隨了敦煌石室的封閉，「變文」也一同遭埋入了。然宋代有說經、說參請的風氣，和說小說、講史書者同列爲「說話人」的專業，則「變文」之名雖不存，其流衍且益爲廣大的了。所謂宋代說話人的四家，殆皆是由「變文」的講唱裡流變出來的吧。

四

「變文」的名稱，到了最近，因了幾種重要的首尾完備的「變文」寫本的發現，方才確定。在前幾年，對於「變文」一類的東西，是往往由編目者或敘述者任意給他以一個名目的。或稱之爲「俗文」，或稱之爲「唱文」，或稱之爲「佛曲」，或稱之爲「演義」，其實都不是原名。又或加「《明妃變文》」以「《明妃傳》」之名，「《伍子胥變文》」爲「《伍子胥》」，或「《列國傳》」，也皆是出於懸度，無當原義。我在商務版的《中國文學史中世卷》第三篇第三章〈敦煌的俗文學〉裡，也以爲這種韻、散合體的敘述文字，可分爲「俗文」和「變文」。現在才覺察出其錯誤來。原來在「變文」外，這種新文體，實在並無其他名稱，正如「變相」之沒有第二種名稱一樣。

這種新文體的「變文」，其組織和一部分以韻、散二體合組起來的翻譯的佛經完全相同；不過在韻文一部分變化較多而已。翻譯的佛經，其「偈言」（即韻文的部分）都是五言的；而變文的歌唱的一部分，則採用了唐代的流行的歌體或和尙們流行的唱文，而有了五言、六言、三三言、七言，或三七言合成的十言等等的不同。在一種變文裡，也往往使用好幾種不同體的韻文。像《維摩詰經變文》第二十卷：

我見世尊宣敕命，令問維摩居士病。
初聞道著我名時，心裡不妨懷喜慶。
金口言，堪可敬，無漏梵音本清淨，
依言便合入毗耶，不合推辭阻大聖。
願世尊，慈悲故，聽我今朝懇詞訴。

這是以七言為主，而夾入「三三言」的。像《大目乾連冥間救母變文》：

或有劈腹開心，或有面皮生剝。
目連雖是聖人，急得魂驚膽落。
目連啼哭念慈親，神通急速若風雲。

這是以七言、六言相夾雜的。但大體總是以七言為主體。這種可唱的韻文，後來便成了「定體」。在寶卷和彈詞一方面，其唱文差不多都是如此布置著的。鼓詞的唱文，也不過略加變化而已。

說到「變文」的散文一部分，則更有極可注意之點在著。我在上文說到唐代傳奇文及古文運動時，皆曾提起過，唐代的通俗文乃是駢儷文，而古文卻是他們的「文學的散文」。這話似乎頗駭俗。但事實是如此。以駢儷體的散文來寫通俗小說，武后時代的張鷟在《遊仙窟》裡已嘗試過。今日所見的敦煌的變文，其散文的一部分，幾沒有不是以駢儷文插入應用的。更可證明了這一句話的真實性。自六朝以至唐末好幾百年的風尚，已使民間熟習了駢偶的文體。故一使用到散文，便無不以對仗爲宗。儘管不通，不對，但還是要一排一排的對下去。這是時代的風氣，無可避免的。只有豪傑之士，才開始知道用「古文」。古文之由「文學的散文」解放而成爲民間的通用的文字，那是很後來的事呢。像中晚唐時代，所用的散文，殆無不是如下列一樣的：

阿修羅，執日月以引前；緊那羅，握刀槍而從後。於時，風師使風，雨師下雨，濕卻囂塵，平治道路。神王把棒，金剛執杵。簡擇驍雄，排比隊伍。然後吹法螺，擊法鼓，弄刀槍，振威怒。動似雷奔，行如雲布。

——《降魔變文》

五

「變文」之存於今者，就已發現者而言，已有四十餘種。現尚陸續在出現。她不僅是敦煌寫本裡最重要的東西，也將是敦煌寫本裡除佛經外，最常見的東西了。今將講唱佛經故事的變文與講唱非佛經故事的變文，分爲兩部分，擇其重要者略敘於下。

講唱佛經故事的變文，最重要者是《維摩詰經變文》。《維摩詰經》原是釋經裡最富於文學的趣味者之一，復被講唱者將這故事作爲「變文」，放大了許多倍，更成爲一部宏偉無比的傑作；可以說我們文學史裡未之前見的一部大「史詩」。今所知者，已有二十卷之多，但其間殘缺了不少。經文的一百餘字，這位偉大的講唱者總至少要把她演成三四千字，寫得又生動，又工致，又雋妙。可惜我們至今僅獲讀其數卷，尚不能將所殘存者抄錄得全耳。《文殊問疾》第一卷，藏上虞羅氏，敘述佛使文殊到維摩詰處問疾事。佛先在會上，問五百聖賢，八千菩薩，皆曰不任，無人敢去，結果是文殊應命而去。巴黎所藏的，有第二十卷，敘的是，佛使彌勒菩薩、光嚴童子等去問疾，而彼等皆不欲去，並追述往事，聲訴所以不能去之故。卷末有「廣政十年八月九日在西川靜直禪院寫此第廿卷」云云。當是抄寫者的所記。

北京圖書館藏有《持世菩薩》第二卷，敘述持世菩薩堅苦修行，魔王波旬欲破壞其道行，便幻爲帝釋之狀，從二千天女，鼓樂弦歌，來詣持世修行之所，但持世不爲所惑事。其描狀極絢麗雋好之致：

> 波旬自乃前行，魔女一時從後。擎樂器者，喧喧奏曲，響聒青霄；爇香火者，澹澹煙飛，氤氳碧落。靚（ㄐㄧㄥˋ）作奢衣美貌，各申窈窕儀容。擎鮮花者，共花色無殊；捧珠珍者，共珠珍不異。琵琶弦上，韻合春鶯；簫笛管中，聲吟鳴鳳。杖敲羯鼓，如拋碎玉於盤中，手弄秦箏，似排雁行於弦上。輕輕絲竹，太常之美韻莫偕。浩浩唱歌，胡部之豈能比對。妖容轉盛，艷質更豐。一群群若四色花敷，一隊隊似五雲秀麗。盤旋碧落，宛轉清霄。遠看時意散心驚，近覩者魂飛目斷。從天降下，若天花亂雨於乾坤；初出魔宮，似仙娥芬霏於宇宙。天女咸生喜躍，魔王自己欣歡。此時計較得成，持世修行必退。容貌恰如帝釋，威儀一似梵王。聖人必定無疑，持世多應不怪。天女各施於六律，人人調弄五音。唱歌者詐作道心，供養者假爲虔敬。莫遣聖人省悟，莫交菩薩覺知。發言時直要停藤，稅調處直如穩審。各請擎鮮花於掌內，爲吾燒沉麝於爐中。呈珠顏而剩逞妖容，展玉貌而更添艷麗。浩浩簫韶前引，喧喧樂韻齊

聲。一時皆下於雲中，盡入修禪之室內。（吟）魔王隊仗利天宮，欲惱聖人來下界。廣設香花中供養，更將音樂及弦歌。清冷空界韻嘈嘈，影亂雲中聲響亮。胡亂莫能相比並，龜慈不易對量他。遙遙樂引出魔宮，隱隱排於霄漢內。香爇煙飛和瑞氣，花擎寮亂動祥雲。琵琶弦上弄春鶯，簫笛管中鳴錦鳳。

又有《降魔變文》，本於《賢愚經》，敘舍利弗和六師鬥法事。六師凡五次輸敗，遂服佛家的威力，不復與佛爲梗。前在《敦煌零拾》裡，僅見到一小部分，已驚其宏偉奇麗，不可迫視。今得讀全文，更爲快心！其描述佛家與六師的鬥法，以《西遊記》的孫行者、二郎神的鬥法對讀之，《西遊記》只有「甘拜下風」耳。姑舉一段：

六師聞語，忽然化出寶山，高數由旬。欽岑碧玉，崔嵬白銀，頂侵天漢，藂竹芳薪，東西日月，南北參晨。亦有松樹參天，藤蘿萬段。頂上隱士安居，更有諸仙遊觀，駕鶴乘龍，仙歌聊亂。四眾誰不驚嗟，見者咸皆稱嘆。舍利弗雖見此山，心裡都無畏難。須臾之頃，忽然化出金剛。其金剛乃作何形狀？其金剛乃頭圓像天，天圓只堪爲蓋，足方萬里，大地才足爲鉆。眉鬱翠如青山之兩崇，口啜啜猶江海之廣闊。手執寶杵，杵上火焰沖天。一擬邪山，登時粉碎。山花萎悴飄零，竹木莫知所在。百僚齊嘆希奇，四眾一時唱快。故云，金剛智杵破邪山處。若爲：

六師忿怒情難止，化出寶山難可比，
嶃（ㄔㄢˊ）嚴可有數由旬，紫葛金藤而覆地。
山花鬱翠錦文成，金石崔嵬碧雲起。
上有王喬丁令威，香水浮流寶山裡。
飛仙往往散名華，大王遙見生歡喜！
舍利弗見山來入會，安詳不動居三昧。
應時化出大金剛，眉高額闊身軀礧（ㄌㄟˇ）。
手持金杵火沖天，一擬邪山便粉碎。
於時帝王驚愕，四衆忻忻。此度既不如他，未知更何神變？

但在許多講唱佛教故事的變文裡，最爲流行者還是《目連救母變文》，這變文有種種不同的本子。倫敦有《大目乾連冥間救母變文》一卷，巴黎有《目連緣起》，北京有《目連救母變文》數卷；事實皆大同小異，文句也多相同的。可見這故事在當時流傳的普遍，固不僅張祜之戲白居易以「《目連變》」云云也。在這些異本裡，以倫敦的一本爲最完備。首有序，敘七月十五日「天堂啓戶，地獄門開」，盂蘭會的緣起。末有「貞明七年辛巳歲四月十六日淨土寺學郎薛安俊寫」云云。這故事成爲後來寶卷、戲文的張本，至今在民間尙有很大的勢力。這變文敘述佛的弟子目連，出家爲僧，以善因得證阿羅漢果。借了佛力，他上了天堂，見到父親，但母親卻不知何在。佛說：「她在地獄中呢。」目連便遍歷地獄，歷睹慘狀，最後到了阿鼻地獄，才見到他母親青提夫人。她借佛力，出了這地獄，但不能出餓鬼道，見食即化爲火。目連悲戚，無法可施。佛乃教他於七月十五日建蘭盆大會，可以使她一飽。但她飽後，忽又不見。乃已轉生人世，變爲黑狗之身。最後，目連又借佛力，使她脫離了狗身，到天上去受快樂。這部變文，雖沒有《維摩詰》、《降魔》的偉弘奇麗，但關係極大。在中國的一切著作裡，這可以說是最早的詳盡的敘述周歷地獄的情況的；其重要有若〈奧特賽〉（Odyssey）、〈阿尼特〉（Aeniead）及〈神曲〉諸史詩。

此外，尙有《佛本行集經變文》、《八相成道經變文》、《有相夫人升天變文》、《佛本生經變文》、《地獄變文》等等，皆較爲簡短，且俱首尾殘闕，不知其原名爲何。在其間，《佛本生經變文》，敘述釋迦牟尼以身餧餓虎的事，其結構也殊弘麗，且就其字體看來，實是中唐的寫本，今所見的變文的寫本，時代無在其前者。

六

講唱非佛教故事的變文，今所知者有：《列國志變文》、敘述伍子胥的故事；（巴黎也藏有一卷《伍子胥》）《明妃變文》、敘述王昭君和番事；《舜子至孝變文》，敘述舜的故事。《舜子至孝變文》恐怕是最早的把舜的故事，傳說化了的；寫那瞽叟歷次的受了後妻的鼓弄，要想設計陷害舜。而舜也每次都得脫逃出來。頗富於「神仙故事」的趣味。大約其中是附加上了不少民間故事的成分進去了吧。最奇特的結構，是每次後母要陷害舜時，總是說著：

> 自從夫去遼陽，遣妾勾當家事，前家男女不孝。

瞽叟聽完了後妻的陷害之計後，也總是說道：

娘子雖是女人，設計大能精細。

這是任何變文裡所不曾見過的格調。《列國志變文》，也極有堪以注意處。其間敘伍子胥逃難時，見到他的妻子，但不敢相認。他妻子乃舉藥名以暗示他：「妾是仵茄之婦，細辛早仕於梁。就禮未及當歸，使妾閒居獨活」云云，這大約也是民間所最喜愛的「文章遊戲」的一端吧。《明妃變文》已缺首段，其結束，則敘明妃在胡，抑抑不樂而死。死後；漢使祭她的青冢。這大約便是後來的明妃投黑水而死的傳說的前驅。《明妃變文》分上下二卷，在上卷之末，有云：

上卷立鋪畢，此入下卷。

這是一個很重要的消息，使我們可以明白後來的許多「欲知後事如何，且聽下回分解」的云云，在中國的最早的根源是在什麼地方。宋人「話本」之由「變文」演變而來，這當也是例證之一吧。

■參考書目

一、《沙州文錄》二卷，蔣斧編，羅福萇補；有上虞羅氏鉛印本。
二、《敦煌零拾》七卷，羅振玉編；有上虞羅氏鉛印本。
三、《敦煌遺書第一集》，法國伯希和、日本羽田吉合編，有上海東亞考古會印本。凡大小二冊，爲一部。
四、《敦煌劫餘錄》，陳垣編，有新出鉛印本。
五、《敦煌掇瑣》，劉復編，第一輯已出版；有中央研究院印本。
六、《佛曲敘錄》，鄭振鐸著，見於《小說月報》號外《中國文學研究》。
七、《中國文學史》中世卷第三篇上冊，鄭振鐸著，商務印書館出版。

第三十四章　西崑體及其反動

宋初詩壇的寂寥——「西崑派」的起來——李商隱的影響——楊億劉筠錢惟演等——〈宣曲〉的風波——《西崑體》的反動：石介的〈怪說〉等——楊劉前後的詩人們：九僧寇準林逋潘閬等——歐陽修梅堯臣蘇舜欽——王安石邵雍等——蘇軾與蘇門諸子。

一

宋初文學，全襲五代餘蔭，其重要的作家，殆皆是西蜀、江南諸地的降王降臣。到了太平興國以後，方才有新的作家起來。最早的重要的文人們，有所謂「西崑體」諸家者，以追蹤於李商隱、唐彥謙諸詩人之後爲極則。其領袖爲楊億、劉筠、錢惟演等。從而和之者甚衆。以新詩更相屬和。後合爲一集行世，即有名之《西崑酬唱集》是。在《西崑酬唱集》裡，於楊、劉、錢三人外，尚有李宗諤、陳越、李維、劉騭（ㄓˋ）、刁衍、任隨、張詠、錢惟濟、丁謂、舒雅、晁迥、崔遵度、薛暎、劉秉等，共十七人。而其間惟億、筠及惟演三人爲大家。《西崑集》所選這三人的詩也獨多。餘人不過附庸而已。楊億序《西崑集》謂：「余景德中忝佐修書之任，得授群公之遊。」則其結集當在景德（公元一〇〇四—一〇〇七年）以後不久。我們如以一〇一四年左右爲「西崑」結集之時。或不會相差得很遠吧。

楊億[①]字大年，建州浦城人。七歲善屬文。雍熙初，年十一，召試詩賦，授秘書省正字。淳化中命試翰林，賜進士第。眞宗朝歷官知制誥。天禧中拜工部侍郎，翰林學士兼史館修撰。卒謚曰文。劉筠[②]字子儀，大名人，咸平元年（公元九九八年）進士。累遷御史中丞，知制誥，翰林承旨，兼龍圖閣直學士卒。錢惟演[③]字希聖，吳越王錢俶（ㄔㄨˋ）之子。少補牙門將。歸宋，累遷翰林學士，樞密使。後爲保大軍節度使，知河陽。入朝，加同中書門下平章事。坐事落職，爲崇信軍節度使卒，謚曰思。當《西崑》結集的時候，他們三個人正在館職，文名甚著。又其他屬和之者，也大都皆在朝之士，並有聲望。故《西崑》一集，對於當時的文壇影響甚大。億的序說：「今紫微錢君希聖，秘閣劉君子儀，並負懿文，尤精雅道，調章麗句，膾炙人口」云云，正是他們的自贊之語。爲了他們的在朝的地位，又是那樣的一吹一唱，互相酬答，故「崑體」的作風遂廣被於天下，成爲宋初最有力的文派。在《西崑酬唱集》裡，我們很可以看得出，李商隱所給予他們的影響是很大的。除了詠〈禁中庭樹〉、〈館中新蟬〉、〈始皇〉、〈漢武〉一類的題目之外，便是〈代

＊　　＊　　＊

① 楊億見《宋史》卷四百四十三。
② 劉筠見《宋史》卷四百四十三。
③ 錢惟演見《宋史》卷三百十七。

意〉、〈無題〉、〈宣曲〉、〈淚〉、〈七夕〉、〈夕陽〉、〈前檻〉等等很迷離閃艷的題材了。像楊億的〈無題〉：「曲池波暖蕙風輕，頭白鴛鴦占綠萍。才斷歌雲成夢雨，斗迴笑電作嗔雷」；錢惟演的〈無題〉：「誤語成疑意已傷，春山低斂翠眉長；鄂君繡被朝猶掩，荀令薰爐冷自香」；劉筠的〈無題〉：「簾聲竹影浪多疑，仙谷何能爲解迷！藻井風高蛛壞網，杏梁春晚燕爭泥」云云，都可使我們約略的知道其作風的趨向來。他們慣以靡艷之意，著爲靡艷之辭，老是追逐在濃妝淡抹的藻飾之後。他們是嘆離惜別，傷春悲秋，無事而忙的王孫公子，除了做詩以外不知有別的事。有時曾產生很俊逸的句子，有時也頗爲繁詞縟意所累。他們曾各作著名爲〈宣曲〉的一詩，詩意也如其題似的迷離惝怳，不可深究。楊億〈宣曲〉的起聯：「宣曲更衣寵，高堂荐枕榮」云云，當即爲〈宣曲〉命名之所在。溫、李的詩也常是以首數語名題的。他們所作隱約裡似皆詠宮廷中事，而劉筠的〈宣曲〉裡更有「取酒臨邛遠，呑聲息國亡」云云，恰好當時被寵幸的二妃皆蜀人。祥符中（公元一〇〇八—一〇一六年）遂下詔禁文體浮艷。或謂詔意蓋指這幾篇盛傳都下的〈宣曲〉而言。因劉、楊方幸，故得不興文字獄。

二

楊、劉諸人的提倡「崑體」其來源是很深遠的。自唐末溫、李以來，此體便頗爲流行於世，尤給極大的影響於新體詩的「詞」。楊、劉諸人不過擴大這種趨勢而已。在詞一方面，這種影響還是繼續下去。但在詩的一方面，立刻便碰到反抗了。楊、劉諸人，天才都不甚高，徒知以粉澤華飾號召於人，自然會特別的引起許多人的反感。當時有陳從易的，好古，深嫉楊億之作，曾進策說時文之弊道：「或下里如會粹，或叢脞（ㄘㄨㄛˇ）如《急就》。」也正深中其病。《古今詩話》謂「後進效之，多竊取義山語。嘗御賜百官宴。優人有裝爲義山者，衣服敗裂，告人曰：爲諸館職撏撦（ㄒㄩㄣˊ ㄔㄜˇ）至此！聞者大噱。」後石介作〈怪說〉，尤力詆楊億，不遺餘力：

> 昔楊翰林欲以文章爲宗於天下，憂天下未盡信己之道，於是盲天下人目，聾天下人耳。使天下人目盲，不見有周公、孔子、孟軻、揚雄、文中子、吏部之道。使天下人耳聾，不聞有周公、孔子、孟軻、揚雄、文中子、吏部之道……今天下有楊億之道四十年矣……今楊億窮妍極態，綴風月，弄花草，淫巧侈麗，浮華纂組，列鎪聖人之經，破碎聖人之言，離析聖人之意，蠹傷聖人之道。使天下不爲《書》之〈典〉、〈謨〉、〈禹貢〉、〈洪範〉，《詩》之〈雅〉、〈頌〉，《春秋》之經，《易》之繇、爻、十翼，而爲楊億之窮妍極態，綴風月，弄花草，淫巧侈麗，浮華纂組，其爲怪大矣！

介的話，不偏重在攻擊「西崑派」的散文。但「西崑派」流行天下四十年，也已是盛極而衰了。就沒有介的攻擊，也不會再盛行下去的了。這時候，有眞實的天才的大詩人們也已接踵而出，竟毫不費力的承繼了「西崑派」的詩的寶座。

三

在「西崑體」流行的前後，未入楊、劉們之網羅的詩人們很不在少數，不過其聲勢都沒有劉、楊諸人的浩大耳。較早的時候，有九僧。九僧[4]者，劍南希晝、金華保暹、南越文兆、天台行肇、汝州簡長、青城惟鳳、江東宇昭、峨眉懷古、淮南惠崇。其中惟惠崇爲最著。歐陽修嘗稱之。他們嘗相酬和，別具一體。歸心禪門之人，其所寫的詩篇，總要帶些寒峻之色。像「落日懸秋樹，寒蕪上廢城」（簡長：〈晚次金陵〉）：「河分岡勢斷，春入燒痕青」（惠崇：〈訪楊雲卿〉）云云，都是精思錘煉以出之的。

又有寇準、王禹偁、林逋（ㄅㄨ）、魏野、潘閬（ㄌㄤˇ）、陳堯佐、趙湘、錢易諸人，皆以詩名，而俱清眞平淡，不爲靡艷之音。準[5]字平仲，華州下邦人。太平興國中進士。淳化五年參知政事。眞宗朝，封萊國公。乾興初，貶雷州司戶，徙衡州司馬卒。謚忠愍（ㄇㄧㄣˇ）。有《巴東集》[6]。《苕溪漁隱叢話》謂：「忠愍公詩，含思淒惋，蓋富於情者也。」他的詩，像：「日落汀州一望時，柔情不斷春如水」（〈江南春〉）；「山深微有徑，樹老半無枝」（〈題巴東寺〉）之類，都是貌若清淡而中實膏腴的。王禹偁[7]字元之，鉅野人。太平興國中進士。拜左司諫。因事貶商州團練副使。眞宗時，召知制誥。出知黃州卒。有《小畜集》[8]。所作像〈泛吳松江〉：「葦篷疏薄

* * *

④《宋九僧詩》有醫學書局印本。

⑤寇準見《宋史》卷二百八十一。

⑥《寇忠愍集》有明刊本，近刊本。

⑦王禹偁傳見《宋史》卷二百九十三。

⑧《小畜集》有乾隆刊本，《四部叢刊》本。

漏斜陽，半日孤吟未過江。惟有鷺鷥知我意，時時翹足對船窗」，已開後來宋詩的風趣。林逋[9]字君復，隱西湖之孤山。眞宗聞其名，詔長吏歲時勞問。卒，賜謚和靖先生。歐陽修甚稱其〈山園小梅詩〉：「疏影橫斜水清淺，暗香浮動月黃昏。」其實像「衡茅林麓下，春氣已微茫」（〈山村冬暮〉）；「秋山不可盡，秋思亦無垠。碧澗流紅葉，青林點白雲」（〈宿洞霄宮〉），也不能謂不工。而詠〈西湖〉的「春水淨於僧眼碧，晚山濃似佛頭青」云云，尤爲即景而得的奇句。魏野字仲先，號草堂居士，蜀人，後居陝州東郊。眞宗聞其名，遣中使召之。野閉戶逾垣而遁。天禧三年（公元一〇一九年）卒。他雖是隱居不仕，但常與達官貴人相往返，故詩名重於一時。他的詩質實平常，不事虛語，像「驚回一覺遊仙夢，村巷傳呼宰相來」（〈謝寇萊公見訪〉）云云，讀之，頗可爲他的隱士生活發一笑。潘閬[10]字逍遙，大名人。太宗時賜進士第。嘗因事被追捕，不得。咸平初，來京，爲吏所收。眞宗釋其罪，以爲滁州參軍。《皇朝類苑》謂：「好事者以閬遨遊浙江，詠潮著名，以輕綃寫其形容，謂之〈潘閬詠潮圖〉。」他的詩，平樸而有風味。爲的是，皆從經歷與肺腑中出，故不至踏襲前人片語。像「好是雨餘江上望，白雲堆裡發濃藍」（〈九華山〉）；「繞寺千千萬萬峰，滿天風雪打杉松」（〈宿靈隱寺〉）云云，皆未經人道過。他又有過〈華山詩〉云：「帚頭吟望倒騎驢，旁人大笑從他笑」云云，長安許道寧乃爲畫〈潘閬倒騎驢圖〉（見《圖畫見聞錄》）。後來八仙傳說裡，有張果老倒騎驢之說，（唐人〈張果傳〉無倒騎驢的事）或係由此

* * *

⑨《林和靖集》有明刊本，鮑以文校刊本，《四部叢刊》本。

⑩潘閬《逍遙集》，有《知不足齋叢書》本。

轉變而出。陳堯佐字希元，端拱二年進士。歷官同中書門下平章事，卒謚文惠。所作如「雨網蛛絲斷，風枝鳥夢搖」云云，甚爲司馬光所稱（見《續詩話》）。趙湘字叔靈，衢州西安人，淳化三年進士。所作殊有清韻。錢易字希白，歸宋，中咸平二年進士。仕爲翰林學士卒。他嘗作擬唐詩百篇，備諸家之體。但像〈西遊曲〉：「花銷秋老白日短，敗紅荒綠迷空館，擬將清血灑昭陵，幽谷蛇啼半山晚」云云，已深具宋詩的清險的風趣。

四

但自歐陽修、梅堯臣諸人起，「西崑體」方才不掃而自空。眞實的偉大的詩才，正如紅日的東升似的，爝火之光自不足以當其一照。與歐、梅同時者，更有蘇舜欽、石延年、邵雍、王安石諸人。稍後，則蘇軾挺生於西蜀，尤爲承前啓後的一個大師。

歐陽修[11]字永叔，廬陵人，天聖中進士。累擢知制誥，翰林學士，參知政事。神宗時，以太子少師致仕卒（一〇〇一——一〇六〇）。謚文忠[12]。修晚號六一居士。爲宋代古文運動的中心人物。他嘗在錢惟演幕中，但並未受「西崑派」的影響。《石林詩話》云：「歐公矯崑體，專以氣格爲主。」他蓋以大力洗盡脂粉綺靡之氣，而以平易近人的眉目，與讀者相見的。不事雕飾，自然清

* * *

⑪ 歐陽修見《宋史》卷三百十九。

⑫ 《歐陽文忠公集》有明刊本，清刊本，坊刊本，《四部叢刊》本。

高。崑體的沒落，未必由石介諸人的攻擊，而實由於歐陽、梅、蘇的別創一調，帶領作者們向另一條更寬暢的大路上走去之故。修有〈廬山高〉一詩：「廬山高哉，幾千仞兮！幽花野草不知其名兮，風吹露濕香澗谷」云云，最爲梅堯臣們所稱嘆。而平淡之什，若「無譁戰士銜枚勇，下筆春蠶食葉聲」（〈閱進士試〉）；「夜涼吹笛千山月，路暗迷人百種花」（〈夢中作〉）云云，也很有雋趣。

梅堯臣[13]字聖俞，宣城人，以蔭補齋郎，嘉祐初，召試，賜進士。歷尙書都官員外郎卒（一〇〇二—一〇六〇）。有《宛陵集》[14]。歐陽修極稱其詩，以爲「聖俞覃思精微，以深遠閒淡爲意。」張芸叟評之云：「如深山道人，草衣捆屨，王公大人，見之屈膝。」（《韻語陽秋》引）相傳他日課一時，寒暑未嘗易。蓋他的詩，風格同永叔，而功力過之。像「月出斷岸口，影照別舸背。且獨與婦飲，頗勝俗客對」（〈舟中與家人飲〉）；「朔風三日暗吹沙，蛟龍卷沫噴成花。花飛萬里奪曉月，白日爛堆愁女媧」（〈春雲〉）；「五更千里夢，殘月一聲雞」（〈夢後寄永叔〉）云云，我們皆可於閒淡之中，見出他的努力來。

蘇舜欽的詩，風格較堯臣爲雄放。歐陽修說他「筆力豪俊，以超邁橫絕爲奇。」（《見六一詩話》）舜欽[15]字子美，梓州桐山人。景祐中進士。累遷集賢校理，坐事除名。居蘇州，作滄浪亭以

* * *

⑬ 梅堯臣見《宋史》卷四百四十三〈文苑（五）〉。

⑭《宛陵集》有坊刊本，《四部叢刊》本。

⑮ 蘇舜欽見《宋史》卷四百四十三〈文苑（五）〉。

自適。終湖州長史（一〇〇八—一〇四八）。其所作[16]，像「綠楊白鷺俱自得，近水遠山皆有情」（〈過蘇州〉）；「時時攜酒只獨往，醉倒惟有春風知」（〈獨步滄浪亭〉）；「曙光東向欲朧明，漁艇縱橫映遠燈。濤面白煙昏落月，嶺頭殘燒混疏星」（〈長橋觀魚〉）云云，其氣魄都是很闊大的。

五

王安石[17]字介甫，臨川人，慶曆二年進士。神宗朝累除知制誥，翰林學士，拜同中書門下平章事。封荊國公，卒謚曰文（一〇二一—一〇七〇）。有《臨川集》[18]。他是一位大政治家。歷行新法，頗爲守舊者所嫉視。他的詩才殊高，所作皆以險絕爲功，多未經人道語。他有〈題金陵此君亭詩〉云：「誰憐直節生來瘦，自許高才老更剛」，正是他的自贊。黃庭堅深喜安石晚年的詩，正以其格律有相合處。像「空山渟千秋，不出嗚咽聲。山風吹更寒，山月相與清」（〈寒穴泉〉）；「荒埭暗雞催月曉，空場老雉挾春驕」（〈自金陵至丹陽道中有感〉）；「晴日暖風生麥氣，綠陰幽草勝花時」（〈初夏即事〉）云云，都是很清瘦，而且是出之以艱辛的。

* * *

⑯《蘇學士集》有《四部叢刊》本。

⑰王安石見《宋史》卷三百二十七。

⑱《臨川集》有明、清諸刊本，《四部叢刊》本。

石延年字曼卿，一字安仁，其先幽州人。家宋城。眞宗朝，中進士。歷太子中允。《隱居詩話》說延年「長韻律，詩善敘事，其他無好處。」但像《後村詩話》所引：「行人晚更急，歸鳥夕無行」；「天寒河影淡，山凍瀑聲微」諸句，也殊不易及。

邵雍[19]的詩，在北宋諸作裡，顯出特殊的風味，與時流格格不能相入。他於「西崑」固攀附不上，於歐、梅也去之甚遠。歐、梅雖力矯靡艷而趨於閒淡，但並沒有淡到像白開水似的無韻無味。雍的詩卻獨往獨來的做到這一層了。有時如格言，有時如說理，像「我若壽命七十歲，眼前見汝二十五。我欲願汝成大賢，未知天意肯從否？」（〈生男吟〉）誠是王梵志以來最大膽的詩人。如此明白如話的詩語，就是顧況、杜荀鶴諸人也還不敢下呢。而像「頻頻到口微成醉，拍拍滿懷都是春」；「卷舒千古興亡事，出入幾重雲水山」；「恍惚陰陽初變化，氤氳天地乍迴旋。中間些子好光景，安得工夫入語言」云云，也都不是一般詩人們所可同群的。其蒼茫獨立的風度，頗有些宗教主的氣味。

六

蘇軾[20]是歐陽、梅、蘇後最有天才的詩人。他是一位多方面的作家，詩、詞、古文，無不精

＊　＊　＊

⑲ 邵雍《伊川擊壤集》，有《四部叢刊》本。

⑳ 蘇軾見《宋史》卷三百三十八。

好，隨手拈來，皆成妙諦。而他的詩[21]的情緒與風格，也是多方面的，有的清新，有的瘦削，有的豐腴，有的險峻。他上迫梅、歐，下啓山谷、後山。他的筆鋒是那麼樣的無施不可，他的才調是那麼樣的無所不能。像「雨過浮萍合，蛙聲滿四鄰」（〈雨晴後〉）之類，是頗似梅、歐閒澹之什的。但像「君來扣門如有求，頎然病鶴清而修」（〈送晁美叔〉）云云，便大似黃、陳一派的音調了。故蘇軾在宋詩的壇坫上，乃是一位承前啓後的大家，其地位和杜甫的在唐是沒有二致的。其才情的浩莽，也恰是異代相對的雙璧。軾字子瞻，眉州眉山人，洵子；與弟轍，並稱「三蘇」。嘉祐二年進士。歷端明殿學士，禮部尙書。紹聖初，坐訕謗，安置惠州。徽宗立，赦還，提舉玉局觀。建中靖國元年，卒於常州（一○三六——一一○一）。

同時又有「三孔」、「三沈」也皆以詩名。「三孔」者，武仲、平仲、文仲兄弟。三沈者，沈遘、沈遼、沈遜兄弟。三孔爲臨江新喻人，三沈爲錢塘人。沈遼兄弟們常和王安石唱和。又有文同字與可，梓州人；米芾字元章，太原人（徙居襄陽）；皆善畫，也能詩，俱和蘇軾相唱和。

受蘇軾影響最大者，有所謂蘇門四學士的。蓋指黃庭堅、秦觀、張耒、晁補之四人。或更加上了陳師道和李廌（ㄓˋ），稱爲「蘇門六君子」。在其間，黃庭堅和陳師道是另闢了一個門戶的，當於下文詳之。而秦觀、張耒、晁補之、李廌諸人也各有所樹立，各有其特殊的風格。秦觀[22]字少

* * *

㉑《東坡集》板刻極多，《東坡七集》最好，有新印本。又《分類東坡先生詩》有《四部叢刊》本。

㉒ 秦觀見《宋史》卷四百四十四〈文苑（六）〉。

游，高郵人，最工於長短句，而於詩也很有成就[23]（一〇四九—一一〇〇）。王安石以爲他「清新婉麗，有似鮑、謝。」張耒[24]字文潛、楚州淮陰人。有《宛邱集》[25]；其散文最有名。晁補之[26]字無咎，鉅野人，有《雞肋集》[27]。李廌[28]字方叔，濟南人。他們二人也皆工於古文。

*

*

*

㉓《淮海集》有《四部叢刊》本。

㉔張耒見《宋史》卷四百四十四〈文苑（六）〉。

㉕《宛邱集》有坊刊本，《四部叢刊》本。

㉖晁補之見《宋史》卷四百四十四〈文苑（六）〉。

㉗《雞肋集》有《四部叢刊》本。

㉘李廌見《宋史》卷四百四十四〈文苑（六）〉。

▣參考書目

一、《西崑酬唱集》，有《四部叢刊》本。
二、《宋詩鈔》，吳之振等編，有原刊本，有商務印書館影印本。
三、《宋詩記事》，厲鶚編，有原刊本。
四、《歷代詩話》，何文煥編，有原刊本，有醫學書局影印本。
五、《宋人集》，李之鼎編，有近刊本
六、《石倉詩選》，明曹學佺選，有明刊本。
七、《宋元詩會》，有原刊本。
八、《唐宋詩醇》，有原刊本。

第三十五章　北宋詞人

詞的黃金時代——北宋詞的三期——三期的特色——第一期的作家們：晏殊歐陽修范仲淹張先等——歐陽修詞的偽作者劉輝——晏幾道宋祁王安石——第二期的作家們：柳永蘇軾秦觀黃庭堅等——黃庭堅的白話詞——賀濤程垓等——趙令畤王詵——女作家魏夫人——第三期的作家們：周邦彥呂渭老向鎬朱敦儒等——皇帝詞人趙佶與女作家李清照

一

敦煌俗文學的影響，在北宋的文壇上還未十分顯著。我們猜想，這些俗文學、敘事詩、民間歌曲與變文等等，必已在民間十分的流行著，然而文人學士卻完全不加以注意。大多數的文人學士卻還在那裡長歌曼吟著流傳於他們的一個階級及與他們的一個階級接觸最繁的歌妓舞女階級之間的詞，提倡著載道的古文與古來相傳的五七言古律詩。詞在唐末與五代，已成了文人學士的所有物，民間雖仍在流行著，然已染上了不少的「文」氣，加上了不少的雅詞麗句，離俗文學的本色日遠，換一句話，即離民間的愛好亦日遠。他們幾乎爲文人學士的階級所獨占。他們的不能訴之於詩古文的情緒，他們的不能拋卻了的幽懷愁緒，他們的不欲流露而又壓抑不住的戀感情絲，總之，即他們的一切心情，凡不能寫在詩古文辭之上者無不一泄之於詞。所以詞在當時，是文人學士所最喜愛的一種文體。他們在閒居時唱著，在登臨山水時吟著，他們在絮語密話時微謳著，在偎香倚玉時細誦著，他們在歡宴迎賓時歌著，在臨歧告別時也唱著。他們可以用詞來發「思古之幽情」，他們可以用詞來抒寫難於在別的文體中寫出的戀情，他們可以用詞來慶壽迎賓，他們可以用詞來自娛娛人。總之，詞在這時已達到了她的黃金時代了。作家一做好了詞，他便可以授之歌妓，當筵歌唱。「十七八女孩兒按執紅牙拍，歌『楊柳岸曉風殘月』。」這個情境豈不是每個文人學士都所羨喜的。所以，凡能做詞的，無論文士武夫，小官大臣，都無不喜做詞。像秦七，像柳三變，像周清眞諸人，且以詞爲其專業。柳三變更沉醉於妓寮歌院之中，以作詞給她們歌唱爲喜樂。所以我們可以說一句，在詞的黃金時代中，詞乃是文人學士的最喜用之文體。詞乃是與文人學士相依傍的歌妓舞女的最喜唱的歌曲。換言之，詞在這個黃金時代中，乃是盛傳於文人學士的一個階級及與文人學士的一個階級最接近的歌女階級中的一個文體。到了最後，詞之體益尊且貴，且已有了定型，詞的生命便日益鄰於「沒落」了。我們猜想，當時民間或仍流行著唱詞的風氣，非文人學士的階級，或仍保存了或模擬著文人學士的唱詞的習慣。然而文的詞語已日漸的高雅了，詞的格調已日漸的艱隱了，詞的情緒已日漸的晦暗隱約了。聽者固未必深明其義，即唱者也只能依腔照唱而已。所以這一個時代的民間的聽詞者，或已到了「耳熟其音而心昧其義」之時了。當時的人，往往譏嘲柳三變的詞太俗，然而哪一位詞人的詞，有柳氏的詞那樣的流行呢？柳氏的詞所以能夠「有井水飲處，即能歌」之者，正以其詞之淺近，能夠通俗。其實柳氏已太高雅，其音調雖甚諧俗，其詞語恐已未必爲當時民間所能懂得。

綜言之，詞的黃金時代恰可當於「北宋」的這一個時期。到了北宋以後，詞的風韻與氣魄便漸漸的近於「日落黃昏」之境了。

二

北宋的詞壇，約可分爲三個時期。第一個時期是柳永以前。這是晏殊、范仲淹、歐陽修的時代。在這個時代裡，《花間》派與二主、馮延巳的影響，尚未能盡脫。眞摯清雋是其特色，奔放的豪情卻是他們所缺少的。他們只會做《花間》式的短詞，卻不會做纏綿宛曲的慢調。他們會寫：「寸寸柔腸，盈盈粉淚，樓高莫近危欄倚，平蕪盡處是春山，行人更在春山外」（歐陽修〈踏莎行〉）；他們會寫：「綠酒初嘗人易醉，一枕小窗濃睡」（晏殊〈清平樂〉）；他們會寫：「山映斜陽天接水，芳草無情，更在斜陽外」（范仲淹〈蘇幕遮〉）。他們卻不會寫：「都門帳飲無緒，方留戀處，蘭舟催發，執手相看淚眼，竟無語凝咽，念去去千里煙波，暮靄沉沉楚天闊」（柳永〈雨霖鈴〉）。他們更不會寫：「便攜將佳麗，乘興深入芳菲裡，撥胡琴語，輕攏慢捻總伶俐，看緊約羅裙，急趣檀板，霓裳入破驚鴻起。正顰月臨眉，醉霞橫臉，歌聲悠揚雲際。任滿頭紅雨落花飛，漸鳷鵲樓西玉蟾低，尙徘徊未盡歡意」（蘇軾〈哨遍〉）。

第二個時期是創造的時候。這一個時期是柳永的，是蘇軾的，是秦觀、黃庭堅的。但柳永的影響在當時竟籠罩了一切，連蘇門的「秦七、黃九」也都脫不了他的圈套。東坡的詞卻爲詞中的一個別支，在當時沒有什麼人去仿效，其影響要過了一百餘年後才在辛棄疾他們的作品裡表現出來。所以這一個時期，我們也可以說她是「柳永的時代」。《吹劍續錄》說：「東坡在玉堂日，有幕士善歌，因問：『我詞比柳耆卿何如？』對曰：『柳郎中詞只好十七八女孩兒按執紅牙拍，歌楊柳岸曉風殘月；學士詞須關西大漢執鐵綽板，唱大江東去。』公為之絕倒。」按此語大約指東坡〈念奴嬌〉諸詞而言。其實東坡詞亦多綺麗雋妙者，不盡如〈大江東去〉之樸質有若史論。柳永詞每諧於音律，東坡詞則為「曲子內縛不住者」。然這兩位大作家，亦有一個同點，即二人皆注意於慢詞，皆趨於豪放宛曲的一途。這是他們與第一個時期中諸作家的不同之點。又，第一期多用舊調，而這一期則多自行創作新調，以便唱歌。前期的諸大家往往非音律家，而這一期中的大家柳永便是一位深通於音律的人。所以他能夠寫許多慢詞，他能夠創許多新調。

第三個時期是深造的時期，也可以說是周美成的時代。在這一個時期裡，音律更為注重，「曲子內縛不住」的作品已經是絕無僅有的了。新的歌調仍在創造，而第二期的豪邁不羈的精神則漸漸地不見了。綜言之，第三期的精神，可以稱她為循規蹈矩的時代。第一期的清雋健樸的特質，他們是沒有的，第二期奔放雄奇的特色，他們又是沒有。他們的特質是嚴守音律，是日益趨於修斲（ㄓㄨㄛˊ）字句，即在嚴格的詞律之中，以清麗婉美之辭章，寫出他們的心懷。他們實開闢了南宋詞人的先路。但在這一期的最後，卻有兩個大詞人出現，其精神作風卻與周美成他們不同，這兩個大詞人是：皇帝詞人趙佶，與女流作家李清照。宋徽宗詞近似李後主。清照的詞則回復到第二期的豪放，而不流入粗鄙，有第一期的清雋，而又具豪情逸思，實是這一期裡最大的一個詞人。

三

第一期的大作家，當以晏殊、歐陽修、范仲淹、張先為首。但他們的崛起，離五代詞人的最後幾個，已經是近一百年了。北宋的初年，東征西討，人不離騎，馬不離鞍，注意於詞者絕少。及曹彬、潘仁美他們削平了諸國，構成了大一統的局面以後，降王降臣奔湊於皇都，文化的事業大爲發達。又有《太平御覽》、《太平廣記》、《文苑英華》的編纂，似乎詞壇應該很熱鬧的了。然而當時的詞的作者，除了降王李煜，降臣歐陽炯等之外，卻沒有什麼新興的作家。我們與其以李煜、歐陽炯等爲盛代的先驅，還不如以他爲「殘蟬的尾聲」爲更妥切些。眞實的一個大時代的先驅，乃是晏殊他們，而非李煜他們。

在晏殊之前，有幾個詞人，應一爲敘及。徐昌圖，莆陽人，宋太祖時守國子博士，後遷至殿中丞。他的詞不多，然如〈臨江仙〉之「殘燈孤枕夢，輕浪五更風」諸語，也很美雋。潘閬字逍遙，有《逍遙詞》，①僅存〈酒泉子〉十首，皆詠杭州西湖的景色者。有幾首寫得很好。如「別來幾向畫闌（一作圖）看，終是欠峰巒」，「三三兩兩釣魚舟，島嶼正清秋」，「寒鴉日暮鳴還聚」之類，皆可稱得起是「好句」。寇準的詞，未脫《花間》的衣鉢，但較爲淺露。王禹偁在北宋初，乃是一位很重要的五七言詩作者。他偶作小詞，也頗有意緒。像〈點絳唇〉，可爲一例：

雨恨雲愁，江南依舊稱佳麗。水村漁市，一縷孤煙細。　天際征鴻，遙認行如綴。平生事，此時凝睇，誰會憑欄意。

*　　*　　*

①《逍遙詞》有《四印齋匯刻宋元三十一家詞》本。

錢惟演雖爲降王之子，居大位，然而他的小詞卻甚爲動人，不失爲一位很好的詩人。他的〈玉樓春〉：「城上風光鶯語亂，城下煙波春拍岸。……情懷漸變成衰晚，鸞鏡朱顏驚暗換。昔年多病厭芳樽，今日芳樽惟恐淺。」黃叔暘謂：「此暮年作，詞極淒惋。」但第一個大詞人有意於爲詞，且爲之而工者當推晏殊。

晏殊[②]字同叔，江西撫州臨川人。他是一個大天才，七歲便能文。「景德初以神童荐。召與進士千餘人並試庭中。殊神氣不懾，援筆立就。賜進士出身」（《宋史》本傳）。帝且使他盡讀秘閣書。每有諮訪，率用方寸小紙，細書問之。後事仁宗，尤加信愛。仕至觀文殿大學士卒（九九一—一〇五五）。他的生平可算是「花團錦簇」的一位詩人生活。他卒後，贈謚元獻。當時知名之士如范仲淹、孔道輔、歐陽修皆出其門。性剛峻，遇人以誠。一生自奉如寒士。「爲文贍麗，尤工詩，閒雅有情意」（《宋史》本傳）。有集二百四十餘卷[③]。然他的最大的成功，他的詩人的眞面目，卻完全寄託在他的詞中。他的詩不足以代表他，他的散文更不足以表現他。他的《珠玉詞》[④]雖僅一百數十首，卻完全把這位「花團錦簇」，鐘鳴鼎食的「詩人大臣」的本來面目表現出來了。人生什麼都能夠看得透，只有戀情是參不破的，什麼都能夠很容易的志得意滿，唯有戀情卻終似明

* * *

② 見《東都事略》卷五十六，《宋史》卷三百十一。

③ 今存《晏元獻遺文》一卷，有《四庫全書》本，有《宜秋館匯刻宋人集乙編》本（宜秋館本附《補編》三卷）。

④ 有汲古閣刊《宋六十家詞》本。

月般的易缺難圓。晏殊在這一方面似乎也是深嘗著她的滋味的。他的兒子幾道曾說道：「先君平日小詞雖多，未嘗作婦人語也。」但這話是不對的。「月好謾成孤枕夢，酒闌空得兩眉愁，此時情緒悔風流」（〈浣溪沙〉）；「爲我轉回紅臉面」（同上）；「且留雙淚說相思」（同上）；「落花風雨更傷春，不如憐取眼前人」（同上）；「鬟嚲（ㄉㄨㄛˇ）欲迎眉際月，酒紅初上臉邊霞，一場春夢日西斜」（同上）；「東城南陌花下，逢著意中人」（〈訴衷情〉）；「何況舊歡新寵阻心期，滿眼是相思」（〈鳳銜杯〉）；「未知心在阿誰邊？滿眼淚珠言不盡」（〈玉樓春〉）；「當時輕別意中人，山長水遠知何處」（〈鳳銜杯〉）；「消息未知歸早晚，斜陽只送平波遠」（〈蝶戀花〉）；「濃睡覺來鸚亂語，驚殘好夢無尋處」（同上）；「昨夜西風凋碧樹，獨上高樓，望盡天涯路」（同上）；「那堪更別離情緒，羅巾掩淚，任粉痕沾汙，爭奈向千留萬留不住」（〈殢人嬌〉），這些都不是「情語」麼？同叔之未脫這些婦人語，正足見其未脫盡《花間》派的衣鉢。《貢父詩話》說：「元獻尤喜馮延巳歌詞，其所自作亦不減延巳樂府。」他的成就的高處，確足以闖入延巳之室。

同時的詞人范仲淹⑤，其詞存者不過寥寥幾首，卻無一首不是清雋絕倫。仲淹字希文，吳縣人，大中祥符八年進士。仕至樞密副使，參知政事。卒謚文正（九八九—一〇五二）。有集。⑥像

* * *

⑤見《東都事略》卷五十九，《宋史》卷三百十四。

⑥《文正集》二十卷，別集四卷，補編五卷，有歲寒堂刊本，有《四庫全書》本。又《范文正集》九卷，有《正誼堂叢書》本。又《范文正公詩餘》一卷，有《彊村叢書》本。

下面的二詞，都是使我們讀之唯恐其盡的：

碧雲天，黃葉地，秋色連波，波上寒煙翠。山映斜陽天接水，芳草無情，更在斜陽外。黯鄉魂，追旅思，夜夜除非，好夢留人睡。明月樓高休獨倚，酒入愁腸，化作相思淚。

——〈蘇幕遮·懷舊〉

塞下秋來風景異，衡陽雁去無留意，四面邊聲連角起。千嶂裡，長煙落日孤城閉。濁酒一杯家萬里，燕然未勒歸無計，羌管悠悠霜滿地。人不寐，將軍白髮征夫淚。

——〈漁家傲·秋思〉

歐陽修有《六一居士詞》⑦。我們在他的散文中，只見到他是一位道貌儼然的無感情的學者；在他的五七言詩中，我們也很難看出他是怎樣富於感情的一位詩人。但在他的詞中，卻不意將他的道學假面具全都卸下來了。他活潑潑的，赤裸裸的將他的詩人生活，表現在我們之前。「蓮子與人長斷類，無好意，年年苦在中心裡」；「天與多情絲一把，誰斷惹，千條萬縷縈心下」；「脈脈横波珠淚滿，歸心亂，離腸便逐星橋斷」（以上皆〈漁家傲〉）。我們可想見他的戀情，也必是有一段苦趣的。宋人小說裡，因有永叔盜甥之說。王銍《默記》載永叔的〈望江南〉，他說：「奸黨

* * *

⑦《六一詞》有汲古閣刊《宋六十家詞》本。又《歐陽文忠公近體樂府》三卷，及《醉翁琴趣外編》六卷，有《雙照樓景宋元明詞》本。

因此誣公盜甥。公上表自白云：喪厥夫而無託，攜孤女以來歸。張氏此時，年方十歲。錢穆父素恨公，笑曰：此正學簸錢時也。歐知貢舉，下第舉人，復作〈醉蓬萊〉譏之。」此說在當時流傳一定很盛，所以許多人竭力為他辨明。陳質齋說：「歐陽公詞，多有與《花間》、《陽春》相混。亦有鄙褻之語廁其中。當是仇人無名字所為也。」羅長源說：「公嘗致意於《詩》，為之本義，溫柔寬厚，所得深矣。今詞之淺近者，前輩多謂是劉輝偽作。」我們看，在《醉翁琴趣外編》裡，有許多為《六一詞》所不收的詞，很可怪，像：「更問假如事還成後，亂了雲鬢，被娘猜破」（〈醉蓬萊〉）；「空淚滴，眞珠暗落。又被誰，連宵留著？不曉高天甚意：既付與風流，卻恁薄情！細把身心自解，只與猛拚卻。又及至，見來了，怎生教人惡」（〈看花回〉）；「相思字一時滴損，便直饒伊家總無情，也拚了一生，為伊成病」（〈洞仙歌令〉）；「才會面，便相思，相思無盡期。這回相見好相知，相知已是遲」（〈阮郎歸〉）。這似和《六一詞》的作風，太不相同了，顯然不是出於同一詞人的手筆。當便是所謂劉輝的偽作吧。但這一類的詞，實在不壞，在《花間》、《陽春》裡，我們找不到那麼眞情而樸質的東西。假如果是劉輝所作，則他也當是一位大詞人了。或他僅是集了當時的民歌也難說。像《六一詞》裡的：

> 柳外輕雷池上雨，雨聲滴碎荷聲，小樓西角斷虹明。闌干倚處，待得月華生。燕子飛來窺畫棟，玉鉤垂下簾旌，涼波不動簟紋平。水精雙枕，旁有墮釵橫。
>
> ——〈臨江仙〉

和劉輝之作（？）較之，當然立刻便可見到其不同來的。

張先[8]字子野，吳興人，爲都官郎中（九九〇—一〇七八）。有《安陸詞》一卷[9]。先與柳永齊名。《古今詩話》載有一段故事：「有客謂子野曰：人皆謂公張三中，即心中事，眼中淚，意中人也。公曰：何不目之爲張三影？客不曉。公曰：雲破月來花弄影；嬌柔懶起，簾壓卷花影；柳徑無人，墮飛絮無影。此余平生所得意也。」而「三影」中尤以「雲破月來花弄影」爲最著於人口，其全文如下：

水調數聲持酒聽，午醉醒來愁未醒。送春春去幾時回？臨晚鏡，傷流景，往事後期空記省。　沙上並禽池上暝，雲破月來花弄影。重重簾幕密遮燈。風不定，人初靜，明日落紅應滿徑。

——〈天仙子〉

在先的小詞裡，有許多句子眞是嬌媚欲泛出紙面，像「聞人話著仙卿字，瞋情恨意還須喜。何況草長時，酒前頻見伊」（〈菩薩蠻〉）；「牡丹含露眞珠顆，美人折向簾前過。含笑問檀郎：花強妾貌強？檀郎故相惱，剛道花枝好。花若勝如奴，花還解語無」（〈菩薩蠻〉）；「密意欲傳，嬌羞

* * *

⑧見談鑰《吳興志》。

⑨《安陸集》一卷附錄一卷，有葛氏刊本，又有揚州詩局刊本。《張子野詞》一卷，有《名家詞》本（《粟香室叢書》）。又二卷補遺二卷，有《知不足齋叢書》本及《彊村叢書》本。

未敢。斜偎象板還偷瞷（ㄐㄧㄢˋ）。輕輕試問借人麼？佯佯不覷雲鬟點」（〈踏莎行〉）諸語，哪一個字不是若十七八女郎之倩笑的。他亦間作慢詞，卻都未見得好。他有技巧而沒有豪邁奔放的氣勢，有纖麗而沒有健全創造的勇力，仍是第一期的詞人。

更有幾個人也可附在第一期中。晏幾道字叔原，殊幼子，監潁昌許田鎮。有《小山詞》⑩。黃庭堅稱其詞能「寓以詩人之句法，清壯頓挫，能動搖人心。」後來論者亦稱其詞聰俊，出入於溫、韋之間，而尤勝於大晏。程叔徹說：「伊川聞誦晏叔原『夢魂慣得無拘檢，又踏楊花過謝橋』，笑曰：『鬼語也。』意亦賞之。」他是一個十足的詩人，所以「常欲軒輕人，而不受世之輕重。」雖因此不得在上位，而詞亦因此日工。像：

彩袖殷勤捧玉鍾，當年拼卻醉顏紅。舞低楊柳樓心月，歌盡桃花扇底風。　從別後，憶相逢，幾回魂夢與君同。今宵剩把銀釭照，猶恐相逢是夢中。

——〈鷓鴣天〉

可作爲他的代表作。

宋祁⑪字子京，安州安陸人。天聖中進士。累官翰林學士承旨。卒贈尙書，諡景文（九九八—

*　*　*

⑩《小山詞》有汲古閣刊《宋六十家詞》本，又有晏端書刊本。

⑪宋祁見《宋史》卷二八四。

一〇六一）。有《出塵小集》，《西洲猥稿》。子京詞名甚著，然其詞傳者不多。像〈玉樓春〉：

> 東城漸覺風光好，縠縐波紋迎客棹。綠楊煙外曉雲輕，紅杏枝頭春意鬧。　浮生長恨歡娛少，肯愛千金輕一笑，爲君持酒勸斜陽，且向花間留晚照。

最爲膾炙人口，竟使他得了「紅杏枝頭春意鬧尚書」之號。

王安石有詞一卷⑫。以他這樣的一位用世的名臣，宜乎氣格與別的詞人們不同。他的詞脫盡了《花間》的習氣，推翻盡了溫、韋的格調，另自有一種桀傲不群的氣韻，足爲蘇、辛作先驅。像〈桂枝香〉，是其一例：

> 登臨送目，正故國晚秋，天氣初肅。千里澄江似練，翠峰如簇。征帆去棹殘陽裡，背西風酒旗斜矗。彩舟雲淡，星河鷺起，畫圖難足。　念往昔繁華競逐，嘆門外樓頭，悲恨相續。千古憑高，對此謾嗟榮辱。六朝舊事隨流水，但寒煙芳草凝綠。至今商女，時時猶唱〈後庭〉遺曲。

其實安石的詞，也盡有十分清雋的，像：「晚來何物最關情，黃鸝三兩聲」（〈菩薩蠻〉）；「塵

* * *

⑫《臨川先生歌曲》一卷，《補遺》一卷，有《彊村叢書》本。

不到，時時自有春風掃」（〈漁家傲〉）；「山桃溪杏兩三栽，爲誰零落爲誰開」（〈浣溪沙〉）諸語。也盡有許多深情繾綣的，如：「而今誤我秦樓約，夢闌時，酒醒後。思量著」（〈千秋歲引〉）；「紅箋寄與煩惱，細寫相思多少。醉後幾行書字小，淚痕都搵了」（〈謁金門〉）。

四

第二期的詞，是慢詞最盛的時代。柳永雖未必爲慢詞的創造者，卻是慢詞的代表人。與他抗立的大詞人是蘇軾。軾的門下，如秦七（觀）、黃九（庭堅）等，都是很受永的影響的。所以我們可以說，這一期是柳永及其跟從者的時期。

蘇軾可以說是「非職業」的詞人，柳永則爲「職業的」詞人。蘇軾的一生，愛博而無所不能，以其絕代的天才，雄長於當時的「詞壇」，詩壇，文壇。然柳永的一生，卻專精於「詞」。他除詞外沒有著作，他除詞外沒有愛好，他除詞外沒有學問。相傳宋仁宗留意儒雅，深斥浮艷虛華之文。永則好爲淫冶之曲，傳播四方。嘗有〈鶴沖天〉詞云：「忍把浮名，換了淺斟低唱。」及臨軒放榜時，特落之，說道：「且去淺斟低唱吧，何要什麼浮名。」其後，他另改了一個名字，方才得中。永的初名是三變，字耆卿，樂安人。景祐元年進士。官至屯田員外郎，故世號「柳屯田」。有《樂章集》⑬。他的一生生活，眞可以說是在「淺斟低唱」中度過的。他的詞大都在「淺斟低唱」

＊　　＊　　＊

⑬《樂章集》一卷，有汲古閣刊《宋六十家詞》本。又三卷，《續添曲子》一卷，有《彊村叢書》本。

之時寫成了的，他的靈感大都是發之於「倚紅偎翠」的妓院中的，他的題材大都是戀情別緒，他的作詞大都是對妓女少婦而發的，或代少婦妓女而寫的。他的文辭因此便異常淺近諧俗，深投合於妓女階級的口味，爲這些妓女階級所能傳唱，所能口唱而心知其意，所能欣賞而深知其好處，所能受感動而悵惘不已。所以他的詞才能流傳極廣，「凡有井水飲處，即能歌柳詞。」但頗爲學人所鄙。李端叔說：「耆卿詞，鋪敘展衍，備足無餘。較之《花間》所集，韻終不勝。」孫敦立說：「耆卿詞雖極工，然多雜以鄙語。」黃叔暘說：「耆卿長於纖艷之詞，然多近俚俗。」對於他的能諧俗之一點，大約是當時的許多詞人所同意詬病於他的。例如「平生自負風流才調，口兒裡道知張、陳、趙……閻羅大伯曾教來道，人生但不須煩惱，遇良辰，當美景，追歡買笑」（〈傳花枝〉）；「幾多狎客看無厭，一輩舞童功不到……而今長大懶婆娑，只要千金酬一笑」（〈木蘭花〉）之類，誠不免於鄙俗無詩趣。然他的詞格卻不止於這個境地。這些原是他的最下乘的東西。他的名作，其蘊藉動人處，眞要「十七八女孩兒按執紅牙拍」以唱之，才能盡達得出來的。蘇軾曾拈出「霜風淒緊，關河冷落，殘照當樓」，以爲「唐人佳處，不過如此」。他的情調，幾乎是千篇一律的「羈旅悲怨之辭，閨帷淫媟之語」。然千篇的情調雖爲一律，千篇的詞語卻未有相同的。他的詞，百變而不離其宗的是旅思閨情，然卻能以千樣不同的方法，千樣不同的辭意傳達之，使我們並不覺得他們的重複可厭。我們如果讀《花間》、《尊前》過多，往往有雷同冗複之感。在柳永的《樂章集》中，這個缺點，他卻常能很巧妙地避去了。這是他的慢詞最擅長之一點，也是他的最足以使我們注意的一點。我們試讀下面的幾首詞：

洞房記得初相遇，便只合長相聚。何期小會幽歡，變作離情別緒。況值闌珊春色暮，對滿目亂花狂絮，直恐好風光，盡隨伊歸去。　一場寂寞憑誰訴？算前言總輕負。早知恁地難拋，悔不當時留住。其奈風流端正外，更別有繫人心處。一日不思量，也攢眉千度。

——〈晝夜樂〉

寒蟬淒切，對長亭晚，驟雨初歇。都門帳飲無緒，方留戀處，蘭舟催發，執手相看淚眼，竟無語凝咽。念去去千里煙波，暮靄沉沉楚天闊。　多情自古傷離別，更那堪冷落清秋節。今宵酒醒何處？楊柳岸曉風殘月。此去經年，應是良辰好景虛設。便縱有千種風情，更與何人說。

——〈雨霖鈴〉

耆卿詞的好處，在於能細細的分析出離情別緒的最內在的感覺，又能細細的用最足以傳情達意的句子傳達出來。也正在於「鋪敘展衍，備足無餘」。《花間》的好處，在於不盡，在於有餘韻。耆卿的好處卻在於盡，在於「鋪敘展衍，備足無餘」。《花間》諸代表作，如絕代少女，立於絕細絕薄的紗簾之後，微露風姿，若隱若現，可望而不可即。耆卿的作品，則如初成熟的少婦，「偎香倚暖」，恣情歡笑，無所不談，談亦無所不盡。所以五代及北宋初期的詞，其特點全在含蓄二字，其詞不得不短雋。北宋第二期的詞，其特點全在奔放鋪敘四字，其詞不得不繁辭展衍，成爲長篇大作。這個端乃開自耆卿。

耆卿的影響極大。秦少游本以短雋擅場，卻也逃不了耆卿的範圍。《高齋詞話》說：「少游自會稽入都，見東坡。東坡曰：『不意別後，公卻學柳七作詞。』少游曰：『某雖無學，亦不至如是。』東坡曰：『銷魂當此際，非柳七語乎？』」少游至此，也只好愧服了。少游如此，其他更可知了。東坡詞雖取境取意與柳七絕異，然在奔放鋪敘一方面，當也是暗受耆卿勢力的籠罩的。

蘇軾的影響，在當時雖沒有柳七大，然實開了南宋的辛、劉一派，成爲詞中的一個別支。故論者每以爲東坡的小詞似詩；又以爲東坡「以詩爲詞，如雷大使之舞，雖極天下之工，要非本色」（陳師道語）。東坡他自己也嘗說：「生平有三不如人。」謂著棋，吃酒，唱曲也。他的詞「雖工而多不入腔，蓋以不能唱曲故耳。」晁補之也說：「東坡居士詞，人謂多不諧音律。然橫放傑出，自是曲子中縛不住者。」但東坡詞實有兩個不同的境界。這兩個境界，固不同於《花間》，也有異於柳七。一個境界是「橫放傑出」，不僅在作「詩」，直是在作史論，在寫遊記。例如〈念奴嬌〉：

大江東去，浪淘盡千古風流人物。故壘西邊，人道是三國周郎赤壁。亂石穿空，驚濤拍岸，捲起千堆雪。江山如畫，一時多少豪傑。遙想公瑾當年，小喬初嫁了，雄姿英發。羽扇綸巾談笑間，強虜灰飛煙滅。故國神遊，多情應笑我早生華髮。人生如夢，一尊還酹江月。

以及如「老夫聊發少年狂，左牽黃，右擎蒼」（〈江城子〉），「荷蕢過山前，曰，有心也哉此賢」（〈醉翁操〉）諸詞皆是。這一個境界，所謂「橫放傑出」者，誠不是曲中所能縛得住的。不過像〈減字木蘭花〉：「賢哉令尹，三仕已之無喜慍。我獨何人，猶把虛名玷搢紳。不如歸去，二頃良田無覓處。歸去來兮，待有良田是幾時？」卻有點過於枯瘠，無絲毫詩意含蓄著，乃是他的詞最壞的一個傾向。

然東坡的詞境，還有另一個境地，另一種作風。這便是所謂「清空靈雋」作品。這使東坡成了一個絕爲高尙的詞人。黃庭堅謂東坡的〈卜算子〉一詞：「語意高妙，似非吃煙火食人語。」胡寅謂：「詞在東坡，一洗綺羅香澤之態，使人登高望遠，舉首浩歌，超乎塵埃之外。於是《花間》爲皂隸，柳氏爲輿台矣。」張炎說：「東坡詞，清麗舒徐處，高出人表，周、秦諸人所不能到。」這些好評，非在這一個境界裡的詞，不足以當之。像：

缺月掛疏桐，漏斷人初靜。時見幽人獨往來，縹渺孤鴻影。　驚起卻回頭，有恨無人省。揀盡寒枝不肯棲，寂寞沙洲冷。

——〈卜算子〉

冰肌玉骨，自清涼無汗。水殿風來暗香滿。繡簾開，一點明月窺人，人未寢，欹枕釵橫鬢亂。　起來攜素手，庭户無聲，時見疏星渡河漢。試問夜如何？夜已三更。金波淡，玉繩低轉。但屈指西風幾時來，又不道流年暗中偷換。

——〈洞仙歌〉

讀了這一類的詞，我們還忍說他須「關西大漢」執銅琵琶、鐵綽板來唱麼？還忍責備他不諧音律麼？將這些清雋無倫的諸詞，雜置於矯作「綺羅香澤之態」的諸詞中，眞如逃出金鼓喧天的熱鬧場，而散步於「一天涼月清於水」，樹影倒地，花香微聞的僻巷，其雋永誠可久久吟味的。他的詞集，有《東坡居士詞》⑭。

五

黃庭堅、秦觀、晁補之、張耒四人，被稱為蘇門四學士。然在詞一方面，他們四個人，差不多都可以說不曾受過東坡什麼影響。庭堅自有其獨到之處。觀則雜受《花間》、柳七之流風而熔冶之於一爐。晁、張二人則間有可喜的雋語而已，並不是什麼大家。

黃庭堅⑮（一〇四五—一一〇五）有《山谷詞》⑯。他的詞，可分為兩個完全不同的方面。第一方面是傳統的作品，第二方面卻是他自己所大膽特創的作風。他的傳統的詞，頗有人批評之，如晁補之所謂：「黃魯直小詞固高妙，然不是當行家語，是著腔子詩。」至於第二方面的作品，論者則直以「時出俚淺，可稱傖父」（陳師道語）二語抹殺之而已。但像「銀燈生花如紅豆，占好事如

*　　*　　*

⑭《東坡詞》一卷，有汲古閣刊《宋六十家詞》本。《東坡樂府》二卷，有《四印齋所刻詞》本，有《彊村叢書》本（三卷），又有林大椿校本（商務）。又《蘇辛詞》，葉紹鈞選注，有《學生國學叢書》本（商務）。

⑮見《東都事略》卷一百十六〈文藝傳〉，《宋史》卷四百四十四〈文苑（六）〉。

⑯《山谷詞》一卷，有汲古閣刊《宋六十家詞》本。又《山谷琴趣外篇》三卷，有《涉園景宋金元明詞續刊》本。

今有。人醉曲屏深，借寶瑟輕招手。一陣白蘋風，故滅燭教相就」（〈憶帝京〉）云云，即在一般傳統的作品中也不能不算是佳作。若他的第二方面的特創之作，則恐怕除了當時的俗客歌伎之外，所謂雅士文人是再也不會賞識她們的了。在這方面的作品裡，他儘量的引用了當時的方言俗語入詞；更儘量的模擬著當時流行的民歌的作風。他的大膽的解放，可說是「詞史」上所未曾有的。柳永曾被論者同聲稱為「鄙俗」，然《樂章集》中引用俗語方言之處，如庭堅之「奴奴睡也奴奴睡」（〈千秋歲〉）；「有分看伊，無分共伊宿，一貫一文蹺十貫，千不足，萬不足」（〈江城子〉）諸句，卻從來不曾見過。永的詞，畢竟還是文人學士的詞。若庭堅的詞，則真為一般市井人所完全明白，所完全知道其好處者。

對景還銷瘦，被個人把人調戲，我也心裡有。憶我又喚我，見我喚我。天甚教人怎生受！看承幸廝勾，又是樽前眉峰皺。是人驚怪，冤我忒撋就，拼了又捨了，一定是這回休了。及至相逢又依舊。

——〈歸田樂引〉

更有許多首，雜著好些北宋時代的方言俗語，非今日所能解，只好不引之了。他有時也染著最壞的民歌的習氣，以文字為遊戲。例如：「你共人女邊著子，爭知我門裡挑心」（〈兩同心〉）；「似合歡桃核，眞堪人恨，心兒裡有兩個人人」（〈少年心〉）。「女邊著子」是「好」字，「門裡挑心」是「悶」字，「人」字蓋即「仁」字的諧音。庭堅自言，法秀道人曾誡他說：「筆墨勸淫，應墮犁舌地獄。」他答曰：「不過空中語耳。」他又說，晏幾道詞較他尤為纖淫，應墮何等地獄！其實幾道的情語戀辭，哪裡有他那麼樣的深刻。

秦觀（一〇四九—一一〇〇）有《淮海詞》⑰。晁補之說：「近來作者皆不及少游。如『斜陽外，寒鴉數點，流水繞孤村』，雖不識字人亦知是天生好言語。」蔡伯世說：「子瞻辭勝乎情，耆卿情勝乎辭，辭情相稱者惟少游而已。」然他的氣魄卻沒有耆卿大，他的韻格卻沒有子瞻高，在大膽創造一方面，他的能力，竟也沒有魯直那麼雄厚。他是一個謹愼小心的作者，是一個深刻尖峻的詩人，最善於置景藉辭，遣情使語的。他的小令，受《花間》及第一期作家的影響很深，確有許多不可磨滅的名言雋語，足以令人諷吟不已，像：

遙夜沉沉如水，風緊驛亭深閉。夢破鼠窺燈，霜送曉寒侵被。無寐無寐，門外馬嘶人起。

——〈憶仙姿〉

他的慢詞，則頗受影響於柳永；子瞻曾經指出，他自己也曾默認。但他的慢詞畢竟不是柳永的；他自有一種婉約輕圓的作風，爲永所不能及。今試舉一例如下：

山抹微雲，天粘衰草，畫角聲斷譙門。暫停征棹，聊共引離尊。多少蓬萊舊事，空回首煙

* * *

⑰《淮海詞》一卷，有汲古閣刊《宋六十家詞》本。又《淮海居士長短句》三卷，有《彊村叢書》本。

靄紛紛。斜陽外，寒鴉數點，流水繞孤村。 消魂當此際，香囊暗解，羅帶輕分，謾贏得青樓薄幸名存。此去何時見也，襟袖上空染啼痕。傷情處，高城望斷，燈火已黃昏。

——〈滿庭芳〉

相傳少游性不耐聚稿，間有淫章醉句，輒散落青簾紅袖間。故今傳者並不甚多。

晁補之（一〇五三—一一〇一）有《雞肋詞》、《逃禪詞》⑱。陳質齋以爲補之詞，佳者不遜於秦七、黃九。然補之的詩才本不甚高，即其最佳的作品，視之秦七、黃九也實在不及。他沒有秦七那麼婉約多姿，也沒有黃九那麼蒼勁有力。

張耒（一〇五二—一一一二）在元祐諸詞人中，作詞最少。諸人皆有詞集，耒則無之。計其所作，僅〈風流子〉及〈少年遊〉、〈秋蕊香〉三詞傳於世而已。然此三詞皆甚有風致。像〈秋蕊香〉：

簾幕疏疏風透，一線香飄金獸。朱闌倚遍黃昏後，廊下月華如晝。 別離滋味濃如酒，令人瘦。此情不及牆東柳，春色年年依舊。

* * *

⑱《晁無咎詞》六卷，有汲古閣《琴趣外篇》本，又有《雙照樓景宋元明詞》本。

六

這時代的詞人如夏雲春雨似的綿綿不絕。蘇、柳、黃、秦外，更有賀鑄、李之儀、陳師道、毛滂、程垓、謝逸、周紫芝、晁沖之、陳克、李廌、王觀、張舜民諸家。

賀鑄[19]字方回，衛州人。元祐中，通判泗州，又倅（ㄘㄨㄟˋ）太平州。退居吳下，自號慶湖遺老（一〇六三—一一二〇）。有《東山寓聲樂府》[20]。張耒謂：「賀鑄《東山樂府》妙絕一世。盛麗如遊金、張之堂，妖冶如攬嬙、施之祛，幽索如屈、宋，悲壯如蘇、李。」陸游云：「方回狀貌奇醜，俗謂之賀鬼頭。其詩文皆高，不獨工長短句也。」鑄有小築，在姑蘇盤門之外十餘里，地名橫塘。方回往來其間，作〈青玉案〉云：

凌波不過橫塘路，但目送芳塵去。錦瑟年華誰與度？月台花榭，綺窗朱戶，惟有春知處。

碧雲冉冉蘅皋暮，彩筆新題斷腸句。試問閒愁都幾許？一川煙草，滿城風絮，梅子黃時雨。

* * *

⑲見《東都事略》卷一百十六〈文藝傳〉，《宋史》卷四百四十三〈文苑（五）〉。

⑳《東山詞》一卷，有《名家詞》本（《粟香室叢書》）及《鶴印齋所刻詞》本（多補鈔一卷），又有《涉園景宋金元明詞續刊》本（殘本，僅存上卷）。又同上一卷，《賀方回詞》二卷，《東山詞補》一卷，有《彊村叢書》本。

此詞盛傳於世。後黃庭堅贈以詩云：「解道江南腸斷句，只今惟有賀方回。」周紫芝云：「方回少爲武弁。小詞有『梅子黃時雨』之句，人呼爲賀梅子。」

李之儀[21]字端叔，無棣人。歷樞密院編修官，通判原州。徽宗初，提舉河東常平。坐事編管太平。遂居姑熟。有《姑溪詞》[22]。他的小詞，殊「清婉峭茜」。毛晉說，之儀的小令「更長於淡語，景語，情語」。之儀的「淡語」或未爲當時鬥紅競綠的詞人們所賞。然像〈卜算子〉：「我住長江頭，君住長江尾。日日思君不見君，共飲長江水。此水幾時休？此恨何時已？只願君心似我心，定不負相思意。」直是〈子夜辭〉、〈讀曲歌〉中的最好之作。

陳師道[23]有《後山長短句》[24]。他自己於詞頗自矜許。但實未足以與秦、黃並驅。毛滂字澤民，江山人。嘗知武康縣，又知秀州。有《東堂詞》[25]。其中，小令特多，但慢詞亦有甚工者。程垓字正伯，眉山人，爲東坡中表之戚。有《書舟詞》[26]。其「沉木熨香年似日，薄雲垂帳夏如秋」（〈望江南〉）諸語，爲《古今詞話》所賞；楊愼也甚稱其〈酷相思〉諸作。謝逸字無逸，臨川

* * *

㉑見《東都事略》卷一百十六〈文藝傳〉。

㉒《姑溪詞》有汲古閣刊《宋六十家詞》本。

㉓見《東都事略》卷一百十六〈文藝傳〉，《宋史》卷四百四十四〈文苑（六）〉。

㉔《後山詞》一卷，有汲古閣刊〈宋六十家詞〉本。

㉕《東堂詞》一卷，有汲古閣刊〈宋六十家詞〉本，有《彊村叢書》本。

㉖《書舟詞》有汲古閣刊《宋六十家詞》本。

人，第進士。有《溪堂詞》㉗。他的《花心動》：「風裡楊花輕薄性，銀燭高燒心熱。香餌懸鉤，魚不輕吞，辜負釣兒虛設。桑蠶到老絲長絆，針刺眼淚流成血。思量起黏枝花朵，果兒難結。」沈天羽謂：「此詞句句比方，用《小雅．鶴鳴》篇體也。」周紫芝字少隱，宣城人。舉進士。爲樞密編修，守興國。有《竹坡詞》㉘。孫競序他的詞，以爲「竹坡樂章，清麗婉曲，非苦心刻意爲之」。既非苦心刻意爲之，故頗饒自然之趣。像〈醉落魄〉：

> 江天雲薄，江頭雪似楊花落。寒燈不管人離索，照得人來，眞個睡不著。　歸期已負梅花約，又還春動空飄泊。曉寒誰看伊梳掠？雪滿西樓，人坐闌干角。

晁沖之字叔用，一字川道，鉅野人，有《具茨集》㉙。他是補之的從兄弟。他的詞，也頗有情致。

陳克㉚字子高，臨海人，僑寓金陵。元豐間，以呂安老薦入幕府，得官。有《赤城詞》㉛。陳質齋以爲「子高詞格頗高麗，晏、周之流亞也」。以「高麗」二字評克的詞，克誠足以當之無愧。

*　*　*

㉗《溪堂詞》有汲古閣刊《宋六十家詞》本。

㉘《竹坡詞》三卷，有汲古閣刊《宋六十家詞》本。

㉙《具茨集》十五卷，有坊刊本，有《海山仙館叢書》本。

㉚見《南宋書》卷五十五〈文苑傳〉。

㉛《赤城詞》一卷，有《赤城遺書彙刊》本，有《彊村叢書》本。

如他的〈菩薩蠻〉：

緣蕪牆繞青苔院，中庭日淡芭蕉卷。蝴蝶上階飛，風簾自在垂。玉鉤雙語燕，寶甃楊花轉。幾處簸錢聲，綠窗春夢輕。

其情韻頗清峻。他亦間有感時憤語，像「四海十年兵不解，……疏髯渾如雪，衰涕欲生冰，……別愁深夜雨，孤影小窗燈」（〈臨江仙〉），當是晚年遇亂以後的作品。李廌[32]字方叔，不第，遂絕意進取。定居長社，有《月岩集》。他的詞，時有佳句，不同凡響。杜安世字壽域，京兆人，有詞一卷[33]。他的〈卜算子〉：「樽前一曲歌，歌裡千重意。才欲歌時淚已流；恨更多於淚！試問緣何事，不語渾如醉。我亦情多不忍聞，怕和我成憔悴。」意雖淺近，情卻甚深。王觀字通叟，官翰林學士。賦應制詞，宣仁太后以其近褻謫之。自號逐客。有《冠柳詞》。黃昇以為「通叟詞名《冠柳》，至〈踏青〉一詞，風流楚楚，又不獨冠柳詞之上也。」陳質齋則深貶之，以為「逐客詞風格不高；以《冠柳》自名，則可見矣。」他當然受了不少柳永的影響，像「晴則個，陰則個，餖飣得天氣有許多般。須教撩花撥柳，爭要先看，不道吳綾繡襪，香泥斜沁幾行斑。東風巧，盡收翠綠，吹上眉山。」（〈慶清朝慢〉）還不顯然的是柳詞麼？韋驤字子駿，錢塘人。皇祐五年進士。

* * *

[32] 見《宋史》四百四十四〈文苑（六）〉。

[33] 《壽域詞》一卷，有汲古閣刊《宋六十家詞》本。

累官尚書主客郎中，夔州路提點刑獄。有詞一卷㉞。其作風頗帶些激昂豪放之氣，顯然可見出其爲第一二期中間的人物。那時《花間》的影響已微，柳、蘇的變調方始，像韋氏那樣的疏暢明白的小詞，恰正是「及時當令之作」。

人生可意，祇說功名貪富貴。遇景開懷，且盡生前有限杯。　韶華幾許，鶗鴂（ㄊㄧˊ ㄐㄩㄝˊ）鳩聲殘無覓處。莫自因循，一片花飛減卻春。

——〈減字木蘭花〉

張舜民㉟字芸叟，邠州人。元祐初，除監察御史。徽宗朝爲吏部侍郎。以龍圖閣待制，知同州。坐元祐黨，貶商州卒。舜民自號浮休居士，又號矴齋。娶陳師道之姊。有《畫墁集》，詞附㊱。他「爲文豪重，有理致。最刻意於詩。晚年爲樂府百餘篇。自序云：年逾耳順，方敢言詩。百世之後，必有知音者」（《郡齋讀書志》）。

宗室貴戚能詞者，在這個時代亦甚多。如安定郡王趙令時及駙馬都尉王詵等，皆是當代很著名的作家。令時字德麟，燕懿王玄孫。元祐中，簽書潁州公事，歷右朝請大夫。後爲寧遠軍承宣使，

* * *

㉞《韋先生詞》一卷，有《彊村叢書》本。

㉟見《東都事略》卷九十四，《宋史》卷三百四十七。

㊱《畫墁詞》一卷，有《彊村叢書》本。

同知行在大宗正事。有《聊復集》。德麟詞輕圓嬌憨，很有些傳誦人口之作。嘗夜過東坡家，飲梅花下，曾有題〈會眞記鳳棲梧〉云：「錦額重簾深幾許，只是低頭，怕受他人雇。強出嬌嗔無一語，絳綃頻掩酥胸素。」

王詵（ㄕㄣ）㊲字晉卿，太原人，徙開封，尙英宗女魏國大長公主。歷官定州觀察使，開國公，駙馬都尉。謚榮安。黃庭堅以爲：「晉卿樂府清麗幽遠，工在江南諸賢季孟之間。」他有歌姬名囀春鶯。他得罪外謫，姬爲密縣人所得。晉卿南還至汝陰道中，聞歌聲，曰：「此囀春鶯也。」訪之，果然。因賦詩云：「佳人已屬沙吒利，義士曾無古押衙。」尋復歸晉卿。晉卿嘗作〈憶故人〉：「燭影搖紅向夜闌，乍酒醒心情懶。尊前誰爲唱陽關，離恨天涯遠」云云。徽宗喜其詞意，遂令大晟府別撰腔。周邦彥增益其詞，即名爲〈燭影搖紅〉。

又有婦人作家魏夫人，所作詞殊爲蘊藉秀媚。朱熹道：「本朝婦人能文者唯魏夫人及李易安二人而已。」夫人，襄陽人，道輔之姊，曾布丞相之妻，封魯國夫人。《雅編》云：「魏夫人有〈江城子〉、〈卷珠簾〉諸曲，膾炙人口。其尤雅正者則〈菩薩蠻〉……深得〈國風．卷耳〉之遺」（《詞林紀事》引）。

* * *

㊲附見《宋史》卷二百五十五〈王全斌傳〉中。

七

第三期是北宋詞的成熟期。慢詞到此，已成了最流行的一體，在意境上，在情調上，皆已無所增長。於是只好在遺詞用句上著意，只好在音律上留心，只好在摹寫物態上用力。這一期，周邦彥的影響籠罩了一切。

周邦彥[38]字美成，錢塘人。歷官秘書監。進徽猷閣待制，提舉大晟府。出知順昌府，徙處州卒。有《清眞集》[39]。強煥序其詞道：「美成詞摹寫物態，曲盡其妙。自題所居曰顧曲堂。」邦彥以進〈汴都賦〉得官。提舉大晟府時，每製一詞，名流輒爲賡和。方千里及楊澤民全和之；或合爲《三英集》行世。美成與汴妓李師師戀著，師師欲委身而未能。一夕，徽宗幸師師家，美成倉卒不能出，匿複壁間，遂製〈少年遊〉以紀其事。徽宗知而譴發之。師師餞送他，美成復作〈蘭陵王〉詞，有「長亭路，年去歲來，應折柔條過千尺」之句。師師於徽宗前歌之。徽宗即復招他回來。自此便很寵待他。美成詞大抵皆「圓美流轉如彈丸」。長調尤善鋪敘，富艷精工，紆徐反復，能道盡所蓄之意，而下字用韻又皆有法度。故沈伯時說：「作詞當以《清眞集》爲主。」後人以美成詞爲

*　*　*

[38] 見《東都事略》卷一百十六〈文藝傳〉，《宋史》卷四百四十四〈文苑（六）〉。

[39] 《片玉詞》二卷，補遺一卷，有汲古閣刊《宋六十家詞》本，又《西泠詞萃》本。又《清眞詞》二卷附集外詞一卷，有《四印齋所刻詞》本。又《詳注片玉集十卷》有《涉園景宋金元明詞續刊》本。又《周姜詞》，葉紹鈞選注，有《學生國學叢書》本（商務）。

圭臬的眞是不少。然他每用唐人詩語，隱括入律。劉潛夫說：「美成頗偷古句。」張叔夏說：「美成詞渾厚和雅，善於融化詩句。」這一點頗足以見出他想象的枯窘。然他雖偷古句，而每使人仍覺其新鮮可喜。像〈六醜〉：

正單衣試酒，恨客裡光陰虛擲。願春暫留；春歸如過翼，一去無跡。爲問家何在？夜來風雨，葬楚宮傾國。釵鈿墮處遺香澤，亂點桃蹊，輕翻柳陌，多情爲誰追惜？但蜂媒蝶使時叩窗槅。　東園岑寂，漸蒙籠暗碧，靜繞珍叢底，成嘆息。長條故惹行客，似牽衣待話，別情無極。殘英小，強簪巾幘，終不似一朵釵頭顫裊，向人欹側。漂流處，莫趁潮汐；恐斷鴻尚有相思字，何由見得。

可算是他的典型之作。

同時的作家，有晁端禮、万俟（ㄇㄛˋ ㄑㄧˊ）雅言、呂渭老、向子諲、曹組、蔡伸、趙長卿、葉夢得、向鎬、王灼、陳與義、吳則禮諸人。

晁端禮字次膺，熙寧六年進士。晚以承事郎爲大晟府協律，有《閒適集》。万俟雅言號詞隱，崇寧中充大晟府制撰，與晁端禮按月律進詞。有《大聲集》。呂渭老（一作濱老）字聖求，秀州人，宣和末朝士。有《聖求詞》㊵。趙師秀說：「聖求詞婉媚深窈，視美成、耆卿伯仲。」楊愼

* * *

㊵《聖求詞》一卷，有汲古閣刊《宋六十家詞》本。

謂：「呂聖求在宋不甚著名，而詞極工……諸調佳處不讓少游。」

向子諲[41]字伯恭，臨江人。建炎初，直龍圖閣，江淮發運副使。為黃潛善所斥。後遷戶部侍郎（一〇八六—一一五三）。他自號薌林居士，有《酒邊集》[42]。胡致堂說：「薌林居士步趨蘇堂，而嚌其胾者也。」以今觀之，他的詞實在是追隨東坡不上；但有一個好處，便是不刻琢。像〈鷓鴣天〉：

說者分飛百種猜，泥人細數幾時回。風流可慣長孤冷，懷抱如何得好開。　垂玉箸，下香階，並肩小語更兜鞋。再三莫遣歸期誤，第一頻教入夢來。

曹組字元寵，潁昌人，宣和三年進士。有寵於徽宗，曾賞其〈如夢令〉：「風弄一枝花影」，及〈點絳唇〉：「暮山無數，歸雁愁邊度」句。蔡伸字仲道，莆田人，宣和中，官彭城倅。歷左中大夫。有《友古詞》[43]。伸喜引古句人詞，往往是生硬不化。趙長卿自號仙源居士，南豐宗室，有《惜香樂府》[44]。頗多淡而有致的情語，如：「人道長眉如遠山，山不似長眉好」（〈卜算

* * *

[41] 見《宋史》卷三百七十七，《南宋書》卷十八。

[42] 《酒邊集》一卷，有《雙照樓景宋元明詞》本。又二卷本，汲古閣刊（《宋六十家詞》）。

[43] 《友古詞》一卷，有汲古閣刊《宋六十家詞》本。

[44] 《惜香樂府》二卷，有汲古閣刊《宋十家詞》本。

子〉）；「客路如天杳杳，歸心特地寧寧」（〈朝中措〉）。葉夢得[45]字少蘊，吳縣人。紹聖四年進士，除戶部尙書，以崇信軍節度使致仕（一〇七七—一一四四）。有《石林詞》[46]。關子東說：「葉公妙齡，詞甚婉麗。晚歲落其華而實之，能於簡淡，時出雄傑，合處不減東坡。」但像他的「疊鼓鬧清曉，飛騎引雕弓」（〈水調歌頭〉）之類，實並不「雄傑」。還是「江南夢斷橫江渚，浪黏天，葡萄漲綠，半空煙雨」（〈賀新郎〉）之類，比較得當行些。向鎬字豐之，河內人，有《喜樂詞》[47]。他和黃庭堅一樣，也頗喜用當時的白話寫詞，因此，很有些今已不能懂得的句子。像〈如夢令〉：「誰伴明窗獨坐？我和影兒兩個。燈燼欲眠時，影也把人拋躲。無那，無那，好個悽惶的我。」其作風和時人是格格不入的。朱敦儒[48]字希眞，洛陽人。少年時以布衣負重名。靖康間，召至京師，不肯就官。南渡後，爲秘書省正字。秦檜當國，以他爲鴻臚少卿。檜死，他遂廢黜。有《樵歌》[49]。《宋史》本傳稱他：「素工詩及樂府。婉麗清暢。」黃昇稱他：「天資曠逸，有神仙風姿。」汪叔耕說他的詞：「多塵外之想；雖雜以微塵，而其淸氣自不可沒。」像〈好事近〉：

* * *

㊺見《宋史》卷四百四十五〈文苑（七）〉，《南宋書》卷十九。

㊻《石林詞》一卷，有汲古閣刊《宋六十家詞》本，有葉廷琯刊本。

㊼《喜樂詞》有《四印齋匯刻宋元三十一家詞》本。

㊽見《宋史》卷四百四十五〈文苑（七）〉。

㊾《樵歌》三卷，有《彊村叢書》本。《樵歌拾遺》，有《四印齋匯刻宋元三十一家詞》本。

搖首出紅塵，醒醉更無時節。活計綠蓑青笠，慣披霜沖雪。　晚來風定釣絲閒，上下是新月。千里水天一色，看孤鴻明滅。

乃是他的代表作。王灼字晦叔，遂寧人，有《頤堂詞》[50]。他作《碧雞漫志》[51]，對於詞的製作，頗有些可存的意見。但他自己所作，卻不過「平穩」而已。

陳與義[52]字去非，本蜀人，後徙居河南葉縣。紹興中，拜翰林學士，知制誥，參知政事（一〇九〇—一一一八）。有《無住詞》[53]。黃昇云：「去非詞雖不多，語意超絕。識者謂可摩坡仙之壘。」但他的詞，實不能「摩坡仙之壘」。像〈臨江仙〉：「憶昔午橋橋上飲，坐中都是豪英。長溝流月去無聲。杏花疏影裡，吹笛到天明」云云，已是最好的例子了。吳則禮字子副，富川人，官至直秘閣，知虢州。晚居豫章，自號北湖居士。有《北湖集》五卷，附詞[54]。則禮詞多慷慨激昂之作，像〈江樓令〉：「憑欄試覓紅樓句，聽考考城頭暮鼓。數騎翩翩度孤戍，盡雕弓白羽。」當已開了辛棄疾的先路。

* * *

[50]《頤堂詞》一卷，有《彊村叢書》本。
[51]《碧雞漫志》有《知不足齋叢書》本。
[52]見《宋史》卷四百四十五〈文苑（七）〉，《南宋書》卷五十五〈文苑傳〉。
[53]《無住詞》一卷，有汲古閣刊《宋六十家詞》本，有《彊村叢書》本。
[54]《北湖詞》一卷，有《彊村叢書》本。

八

但在這個時代裡，如雙白玉柱似高出一般詞人之上者卻有趙佶和李清照二人。

趙佶[55]（宋徽宗）的天才，不下於李煜，其生平際遇，也很有似於李煜。他初期的生活，在極綺麗清閒中度過。他知道如何的享樂。他是一個最好的文人學士，但可惜他卻是一位必要擔負天下事的皇帝。因此，他一放鬆了自己，而天下事便弄得不可收拾。金人乘機而人，他遂與他的兒子欽宗一同被虜北去，他後半期的生活，便在北地度過極人世不堪忍受的種種痛苦。他的詞集不傳，今所有者，皆從時人筆記選本中零星見到。後期的作品尤爲寥寥可數。所以我們研究他的作品，最痛苦的便是覺得材料太少。但即就那些少數的作品中，他的天才也已深爲我們所認識了[56]。他的生活，既有截然不同的兩個時期，他的作風與情調，便也有了兩個截然不同的方面。在他的第一期倚紅偎翠的皇家生活裡，他的詞是舒緩的，是綺麗的，是樂生的，是「絳燭朱籠相隨」，是「龍樓一點玉燈明，簫韶遠，高宴在蓬瀛」，是「共乘歡，爭忍歸來，疏鐘斷，聽行歌猶在禁街」，是「鳳帳籠簾縈嫩風，御坐深翠金間繞」。到了他的第二期「終日以眼淚洗面」的俘虜時代，他的情緒便緊張了，便淒涼了，便迫切了；他不再作快樂的夢了；他也學李煜一樣的在遠離祖國的北地作著悲憤的詞：

* * *

[55] 見《東都事略》卷十至卷十一，《宋史》卷十九至卷二十二。

[56] 《宋徽宗詞》一卷，有《彊村叢書》本。

玉京曾憶舊繁華，萬里帝王家。瓊樓玉殿，朝喧弦管，暮列笙琶。 花城人去今蕭索，春夢繞胡沙。家山何處？忍聽羌管，吹徹梅花！

——〈眼兒媚〉

這還不與李煜的「無限江山，別時容易見時難」如出一模麼？至如佶的〈燕山亭〉：

裁翦冰綃，輕疊數重，冷淡燕脂勻注。新樣靚妝，艷溢香融，羞殺蕊珠宮女。易得凋霧，更多少無情風雨。愁苦，閒院落，淒涼幾番春暮。 憑寄離恨重重，這雙燕何曾會人言語。天遙地遠，萬水千山，知他故宮何處！怎不思量，除夢裡有時曾去。無據，和夢也新來不做！

則似乎比李煜的「還似舊時遊上苑，車如流水馬如龍」更為深入一重了。

李清照[57]是宋代最偉大的一位女詩人，也是中國文學史上的最偉大的一位女詩人。她的詞集凡六卷，她的文集也有七卷。今所傳的詩詞，不過寥寥的數十首而已。這個損失，大有類於希臘之損失了她的最大的女詩人莎孚（Sapho）的大部分的作品一樣。然即在那些殘餘的「劫灰」裡，仍可充分的見出她的晶光照人的詩才來。她的五七言詩並不甚好；她的歌詞卻是她的絕調。像她那樣

* * *

[57]見王鵬運的《易安居士事輯》（附《四印齋所刻詞》中的《漱玉詞》後）。

的詞，在意境一方面，在風格一方面，都可以說是「前無古人，後無來者」。她是獨創一格的，她是獨立於一群詞人之中的。她不受別的詞人的什麼影響，別的詞人也似乎受不到她的什麼影響。她是太高絕一時了，庸才的作家是絕不能追得上的。無數的詞人詩人，寫著無數的離情閨怨的詩詞。他們一大半是代女主人翁立言的。這一切的詩詞，在清照之前，直如糞土似的無可評價。她自號易安居士，濟南人。父名格非，也是一位很有名的文士。母王氏，也能寫文章。她於二十一歲時嫁給太學生趙明誠，明誠又是一位文士。他們的家庭生活，據易安的自述，是十分的快樂的。在這個時候，她的詞似乎是已達到了最高的境界。所有好詞，在這時作的最多。他們結褵未久，明誠便出遊。易安寄他之小詞很多。有一次她以〈重陽醉花陰詞〉函致明誠。明誠思勝之，一切謝客，廢寢忘食者三日夜，得五十餘闋，雜易安作以示友人陸德夫。德夫玩誦再三，說道：「有三句乃絕佳。」明誠詰之，他道：「『莫道不消魂，簾卷西風，人比黃花瘦。』」正是易安之作！在金兵南侵之時，他們流徙四方以避之，家業喪失十之七八。明誠又病死。此時以後，她的生活便很艱苦。在這時候，她的詞，也寫得不少[58]。我們在她的詞裡，還約略看得出她這一個時期的生活情形。她的詞，要引起例來，眞該引得不少。這裡姑舉幾首：

尋尋覓覓，冷冷清清，淒淒慘慘戚戚。乍暖還寒時候，最難將息。三杯兩盞淡酒，怎敵他晚來風急！雁過也，正傷心，卻是舊時相識。　滿地黃花堆積，憔悴損，而今有誰堪摘？守著

*　　*　　*

[58]《漱玉詞》一卷，有汲古閣刊《詩詞雜俎》本，有《四印齋所刻詞》本。

窗兒，獨自怎生得黑！梧桐更兼細雨，到黃昏點點滴滴。這次第，怎一個愁字了得。

——〈聲聲慢〉

風住塵香花已盡，日晚倦梳頭。物是人非事事休！欲語淚先流。　聞說雙溪春尚好，也擬泛輕舟。只恐雙溪舴艋舟，載不動許多愁。

——〈武陵春〉

▣參考書目

一、《宋六十一家詞》，汲古閣編刻，重要的北宋詞集，一大部分已備於此刻之內。有原刊本，有廣州刻本，有影印本。

二、《名家詞集》十卷，侯文燦編，有原刊本，有《粟香室叢書》，錄汲古閣未刊詞十家。

三、《宋元名家詞》不分卷，江標編，有湖南刊本，錄汲古閣未刊詞十五家。

四、《四印齋所刻詞》及《四印齋匯刻宋元三十一家詞》，王鵬運編刻。蘇、辛詞及《漱玉》、《清眞》諸集，刻得都精。

五、《雙照樓景宋元明詞》，吳昌綬編刻，正續凡四十家（續集陶湘刊）。刻得極爲精美。於此可略見宋、元人詞集的眞面目。

六、《彊村叢書》，朱祖謀編刻。收羅最富，凡二百餘家。

七、《樂府雅詞》三卷，《拾遺》一卷，宋曾慥編，有《詞學叢書》本及《粵雅堂叢書》本。

八、《陽春白雪》八卷，《外集》一卷，宋趙聞禮編，有《詞學叢書》本及《粵雅堂叢書》本。

九、《唐宋諸賢絕妙詞選》十卷，宋黃昇編，有汲古閣刊《詞苑英華》本。

十、《草堂詩餘》四卷，傳本極多，有武林逸史編的一本（《詞苑英華》本），有明何良俊刊本，有四印齋刊本，有《雙照樓景宋元明詞》本，又有明沈際飛編刊的四集本。

十一、《詞綜》三十四卷，朱彝尊編，王昶補。有原刊本及坊刻本。關於北宋詞，可讀其第四卷至第十一卷。又後有「補人」「補詞」亦應注意。惟所選殊偏。

十二、《歷代詩餘》一百二十卷，沈良垣等編，有內刊本，有石印本。

十三、《詞林紀事》二十二卷，清張宗橚輯，有原刊本，有石印本。其卷三至卷十之前半，錄北宋人詞。

十四、《直齋書錄解題》二十二卷，宋陳振孫著，有清武英殿刊本及江蘇書局刊本，其中卷二十一「歌詩類」，爲著錄唐、宋詞最早之目錄。

十五、《東都事略》一百三十卷，宋王偁著，有掃葉山房刊本。與《南宋書》等合稱《四朝別史》。

十六、《宋史》四百九十六卷，元脫克脫等撰，有《二十四史》本。

國家圖書館出版品預行編目資料

中國文學史／鄭振鐸著. ——初版. ——臺北市：五南，2015.09
冊；　公分
ISBN 978-957-11-8302-2（上冊：平裝）. ——
ISBN 978-957-11-8303-9（下冊：平裝）

1.中國文學史

820.9　　104017064

1XDE

中國文學史（上）

作　　者— 鄭振鐸
發 行 人— 楊榮川
總 編 輯— 王翠華
企劃主編— 黃文瓊
責任編輯— 吳雨潔　莊菀琪
封面設計— 童安安
出 版 者— 五南圖書出版股份有限公司
地　　址：106台北市大安區和平東路二段339號4樓
電　　話：(02)2705-5066　　傳　　真：(02)2706-6100
網　　址：http://www.wunan.com.tw
電子郵件：wunan@wunan.com.tw
劃撥帳號：01068953
戶　　名：五南圖書出版股份有限公司
法律顧問　林勝安律師事務所　林勝安律師
出版日期　2015年9月初版一刷
定　　價　新臺幣420元